KB083101

근대 신춘문예 당선 단편소설

『동아일보』 편

편자
손동호 孫東鎬, Son Dong Ho
전(前) 연세대학교 근대한국학연구소 HK연구교수, 현(現) 한국인문사회총연합회 학술연구교수

감수자
고석주 高錫主, Ko Seok Ju
연세대학교 국어국문학과 교수

자료입력
김소연, 김예진, 김은지, 박소진, 박현규, 서연선, 안지은, 이연경, 주은찬, 허박문
연세대학교 미래캠퍼스 국어국문학과

근대 신춘문예 당선 단편소설－『동아일보』 편

초판인쇄 2024년 5월 15일 **초판발행** 2024년 5월 25일
엮은이 손동호 **감수자** 고석주 **펴낸이** 박성모 **펴낸곳** 소명출판 **출판등록** 제13-522호
주소 서울시 서초구 사임당로 14길 15, 2층
전화 02-585-7840 **팩스** 02-585-7848 **전자우편** somyungbooks@daum.net **홈페이지** www.somyong.co.kr

값 44,000원
ISBN 979-11-5905-905-6 93810

이 책은 2017년 정부(교육부)의 재원으로 한국연구재단의 지원을 받아 수행된 연구임(NRF-2017S1A6A3A01079581)

연세
근대한국학
자료총서
012

THE SHORT FICTION COLLECTION OF THE
SPRING LITERARY CONTEST
VOLUME 2 : DONGA ILBO, 1925~1940

근대 신춘문예 당선 단편소설
『동아일보』 편

손동호 엮음
고석주 감수

일러두기

1. 이 책은 1925년부터 1940년까지 『동아일보』에 연재된 신춘문예 당선 단편소설(총27편) 전문(全文)을 교열·편찬한 것이다. 동아일보사에서 제공하는 '동아일보 아카이브'를 대본으로 하였다.
2. 원문의 형태를 유지하기 위해 문단 구분은 원문을 따랐으며, 속자(俗字)와 고자(古字)도 원문대로 표기하였다.
3. 명백한 오자(誤字) 및 탈자(脫字)인 경우에는【 】안에 바로잡아 표기하였다.
4. 원문은 띄어쓰기가 되어 있지 않으나, 본문은 가독성을 고려하여 현대 표준어 규정에 따라 띄어쓰기를 하였다.
5. 판독(判讀)이 어려운 글자는 ▣로 표시하였다.

차례

해제

손동호

1. 신춘문예의 기원과 정착

『동아일보』가 전개한 신춘문예의 전개 과정을 정리하기에 앞서 신춘문예제도의 정착 과정을 살펴볼 필요가 있다. 신춘문예제도가 『동아일보』만의 독자적인 문예제도가 아닐 뿐만 아니라 이전 시기부터 시도된 다양한 현상제도를 계승하여 발전시킨 제도이기 때문이다. 선행연구는 1914년에 모집 공고한 『매일신보』의 '신년문예대모집'을 신춘문예의 효시로 보고 있다.[1] 응모 규정을 근거로 현재의 신춘문예제도와 비교해도 손색이 없다는 이유였다. 하지만 1914년 12월 10일 자 『매일신보』 3면에 실린 '신년문예모집' 공고에 따르면 모집분야가 시, 문文, 시조, 언문줄글, 언문풍월, 우습거리, 창가歌, 언문편지, 단편소설, 화畵 등으로 시와 단편소설을 제외하면 현재의 신춘문예제와 큰 차이가 있었다. 그리고 문, 언문줄글, 언문편지, 단편소설은 애초 작품의 길이를 1행 30자 50행으로 제한하여 소품 수준의 작품만 응모할 수밖에 없었다. 게다

1 임원식, 『신춘문예의 문단사적 연구』, 국학자료원, 2003, 46쪽; 이재복, 「신춘문예의 문학제도사적 연구」, 『한국언어문화』 29, 2006, 371~373쪽.

가 해당 모집 결과 단편소설은 독자의 참여가 저조했고, 그나마도 당선될 정도의 수준에는 미치지 못해서 수상작이 없었다. 『매일신보』는 1919년 말에 '신춘문예'라는 명칭을 사용하는데 기존 연구는 이를 근거로 『매일신보』가 최초로 신춘문예를 시도했다고 주장한다. 하지만 '신춘문예'라는 명칭만 하더라도 1921년부터는 다시 '신년현상문예'로 회귀하며, 이전 시기 신문과 잡지에서도 신춘문예와 유사한 독자참여제도가 시행되었으므로 이러한 상황을 고려해야만 신춘문예 시행의 전모를 제대로 파악할 수 있다.

김영민[2]은 『매일신보』 이전 시기의 신문에서 선보였던 '신년소설'에 주목하여 이를 '신춘문예'와 연결지어 설명하였다. 『만세보』1907와 『제국신문』1909, 그리고 『대한민보』1910 등을 통해 간헐적으로 선을 보이던 '신년소설'이 비전문적 작가에 의한 '현상 응모 단편소설'과 결합하고, 그 발표 시기를 신년 초로 확정하면서 정착된 제도가 '신춘문예' 제도라는 설명이다. 김영철[3]도 1900년대 학회지나 신문, 잡지로부터 현상 문예제가 초기적 발아를 보였다고 주장하였다. '사조詞藻', '사림詞林', '문원文苑', 문예, 가총 등의 문예란을 설정함으로써 독자들에게 문호를 개방하고, 『대한자강회월보』1호, 1906.11를 시발로 하여 『태극학보』1906.12, 『대한흥학보』1909.11, 『소년』1908.11 등으로 이어지는 독자투고제가 1910년대 『매일신보』의 현상문예를 거쳐 신춘문예로 정착했다는 설명이다. 그는 이 시기의 현상문예가 본격적인 현상제도는 아니지만 개별 장르에 대한 인식이 보이며, 문체에 대한 고심, 문학 인식의 싹이 보인다는 점과 투고

2 김영민, 「한국 근대 신년소설의 위상과 의미」, 『현대문학의 연구』 47, 2012.
3 김영철, 「신문학 초기의 현상 및 신춘문예제의 정착과정」, 『국어국문학』 98, 1987.

에 대해 보상 행위를 한 점 등으로 미루어 현상 문예제의 정착을 위한 초기 단계로서 중요한 의의가 있다고 보았다. 이들 연구가 학회지나 신문을 중심으로 논의한 것에 비해 박헌호[4]는 잡지를 중심으로 논의했다. 1910년대 『청춘』의 현상문예제도가 시조, 한시, 신체시, 창가, 단편소설 등을 망라하며 근대적 등단제도의 과도기적 역할을 담당하고 있었다면, 1920년대에는 『개벽』과 『조선문단』이 등단제도의 본격화에 기여했다고 주장하였다.

이들 선행연구를 통해 신춘문예제도의 기원과 정착 과정은 상당 부분 설명되었다. 1900년대의 학회지, 신문, 잡지 등의 매체들이 시도했던 각종 독자참여제도를 계승하여 소수의 전문작가를 배출하는 시스템으로 발전시킨 구조가 바로 신춘문예라는 것이다. 1920년 『동아일보』와 『조선일보』가 창간됨에 따라 독자들의 문예 참여활동은 그 통로가 더욱 확대된다. 『매일신보』와 이들 민간지는 서로 영향을 주고받으며 신춘문예제도를 정비해 나간다. 신춘문예제도 연구는 기존의 독자참여제도를 계승하는 한편 매체에 따라 다양한 양상을 보여준다는 점에서 개별 매체에 따른 연구가 필요하다. 또한 제도적인 측면에서는 연구성과가 상당히 축적되었으나[5] 개별 당선작품에 대한 논의는 전혀 이

4 박헌호, 「동인지에서 신춘문예로-등단제도의 권력적 변환」, 『대동문화연구』 53, 2006. 연구에 따르면 『개벽』의 행로는 『조선문단』과 달랐다. 독자투고를 등단제도와 결부시켜 작가탄생의 제도적 권위를 스스로에게 부여한 『조선문단』과 달리 『개벽』은 신인작가의 등단에 대해서 많은 관심을 기울이지 않았다. 『개벽』은 새로운 작가의 발굴보다는 기존 작가를 활용하는 전략을 채택했다. 『개벽』은 종합지였던 탓에 현실문제에 대응하면서 여론을 주도하고 논의를 확산하는 역할을 담당한 것이다. 그런 점에서 문학판의 확대 재생산에만 주력했던 『조선문단』과 달랐다. 게다가 『개벽』이 주도한 프로문학의 경우 계급성의 획득이 중요한 변별자질이 되는 까닭에 순문학적 규범이나 형식적 숙련도를 중시하는 현상문예는 그 자체로 거부대상이 되기 쉬웠다.

루어지지 않았다. 이에 이 글은 『동아일보』를 중심으로 신춘문예의 전개 과정을 정리하고, 신춘문예가 처음 시도되는 1925년부터 신문이 폐간되는 1940년까지의 단편소설 당선작을 대상으로 해당 작품의 내용적 특질과 문학사적 의의를 정리하고자 한다.

2. 『동아일보』 신춘문예의 전개 과정

『동아일보』는 발행 초기부터 독자들이 신문 문예에 참여할 수 있도록 다양한 독자참여제도를 시행하였다. 1925년 신춘문예를 시행하기 이전까지는 독자투고[6]와 현상문예가 대표적인 독자참여제도였다. 독자투고와 현상문예의 가장 큰 차이는 응모 당선작에 대한 상금의 지급 유무였다. 현상문예는 당선작에 대해 별도의 사례를 전제로 작품을 모집했기 때문에 독자투고보다 독자들의 투고열을 자극했다. 이에 따라 모집규정도 상세하게 공지하였으며 당선 조건도 까다로워졌다. 신문사의

5 김춘희, 「한국 근대문단의 형성과 등단제도 연구」, 동국대 석사논문, 2001; 김석봉, 「식민지 시기 『조선일보』 신춘문예의 제도화 양상 연구」, 『한국현대문학연구』 16, 2004; 「식민지 시기 『동아일보』 문인 재생산 구조에 관한 연구」, 『민족문학사 연구』 32, 2006; 전은경, 「1910년대 『매일신보』 소설 독자층의 형성과정 연구」, 『현대소설연구』 29, 2006; 이희정, 「1920년대 『매일신보』의 독자문단 형성과정과 제도화 양상」, 『한국현대문학연구』 33, 2011; 「1920년대 식민지 동화정책과 『매일신보』 문학연구(1)」, 『어문학』 112, 2011; 「1920년대 식민지 동화정책과 『매일신보』 문학연구(2)」, 『현대소설연구』 48, 2011 참조.

6 『동아일보』 독자투고의 전개와 특징에 대해서는 손동호의 「『동아일보』 소재 '독자문단(讀者文壇)' 연구」(『한국민족문화』 53, 2014) 참조.

입장에서는 현상금 정도의 투자로 양질의 원고를 모을 수 있었으므로[7] 이러한 현상제도를 확대해 나간 것으로 보인다.

1923년 5월 3일 3면에는 『동아일보』 발행 일천호를 기념하여 상금 일천원의 대현상을 알리는 공고가 실린다. 모집부분은 논문, 단편소설, 일막각본, 동화, 한시, 시조, 신시, 동요, 만화, 감상문, 지방전설, 향토자랑, 우리어머니, 가정개량 등으로 모집분야가 매우 다양하였다. 단편소설은 1행 20자로 120행 내외의 길이를 요구하였다. 신춘문예 단편소설 원고 길이가 24,000자였던 것에 비하면 10분의 1 정도에 불과하였다. 문체는 순조선문, 시대는 현대, 창작에 한정한다는 세부규정을 제시하였다. 상금의 경우 갑甲 1편 15원, 을乙 2편 동아일보 6개월분 구독권으로 명시하였다. 당시 단편소설 당선작은 김인길金仁吉의 「비운悲運」 1923.5.25이 갑甲을 수상했고, 신필희申必熙의 「사진寫眞」 1923.5.26과 이홍원李紅園의 「회靴」 1923.5.27가 각각 을乙을 수상하였다.

1923년 5월 20일까지 4면이었던 신문은 『동아일보』 일천호 기념으로 12면으로 증편 발행되었으며 주말까지 특별 증편 체제를 유지한다. 이후 6월 3일부터 '일요호'가 신설되어 지면 역시 8면으로 증가한다.[8]

---

7 김석봉은 1923년 5월에 있었던 '지령 1천호 기념 상금 1천원 현상 모집'에 대해 "100원 남짓의 실 지출을 통해 1,000원 규모의 행사를 주관했다는 광고 효과를 거두었을 뿐만 아니라 이 행사를 통해 새로운 독자층을 창조하는 부수적인 효과까지 거둔 것이다"라고 평가하였다. 김석봉, 「식민지 시기 『동아일보』 문인 재생산 구조에 관한 연구」, 『민족문학사 연구』 32, 2006, 164쪽 참조.

8 이혜령은 『동아일보』 학예면의 시초를 '일요호'로 보고 논의를 전개하였다. 일요호에 실린 문예물 중 일반 독자의 투고작품이 압도적인 비중을 차지함을 근거로 일요호의 신설 동기가 독자의 문예열을 수렴하고자 한 것으로 파악하였다. 이어서 『동아일보』 학예면의 형성은 부인란, 아동란, 문예란 이 세 가지 섹션의 형성과정이라 정리하였다. 이에 대한 자세한 내용은 이혜령, 「1920년대 『동아일보』 학예면의 형성과정과 문학의 위치」, 『대동문화연구』 52, 2005, 101~106쪽 참조.

『동아일보』 일천호 기념 현상문예가 ‘일요호’의 신설로 이어진 것이다. ‘일요호’에는 ‘독자문단’, ‘소년소녀란’, ‘지방동요란’이 게재되었다. ‘독자문단’은 신시新詩, 감상문, 동화, 단편소설, 동요 등의 장르를 세분화하여 작품을 모집하고 발표하였다. 일천호 기념 독자투고에서 당선권 안에 들지 못했던 작품들이 ‘일요호’에 실렸다는 점을 볼 때 이러한 기획이 연속성을 지닌 작업임을 알 수 있다. 1923년 9월 2일에는 일요호에 발표할 독자들의 원고를 확보하기 위해서 「동아문단 투고 모집」 공고[9]를 내기도 하였다.

1923년 6월 5일 3면에는 각본 현상 모집 공고[10]가 실렸다. ‘낭자 본지 일천호 기념으로 일천 원을 제공하여 원고 및 인물투표의 현상모집을 행한 바 인물투표는 경찰관헌의 간섭으로 중지하고 기타 원고의 입상도 예정 수에 달치 못하였으므로 예정한 상금을 전부 의의 있게 사용하고자 다시 고려 중이었던 바 적히 조선물산장려회에서 사업수행의 일조로 각본모집의 계획을 발표하였으므로 본사에서 그 회會에 대하여 전

9 투고의 종류는 단편소설, 일막각본, 동화(이상 순조선문으로 1행 14자씩 180행 이내) 시조, 신시, 동요, 서정문, 감상문 기타 문예작품(이상 1행 14자씩 80행 이내)됨을 요함. 투고는 우량한 자를 선택하야 지면에 발표함, 특히 가작으로 인하는 작품의 작자에게는 상품을 증정함. 번역 혹 번안일 시는 원작의 제명과 원작자의 씨명을 명기함을 요함. 투고는 여하한 경우이든지 총히 반환치 아니함. 투고의 봉피에는 “일요호 원고”라 명기함을 요함. 동아일보사. 1923년 10월 7일에는 근고(謹告)가 실려 있다. “本 日曜號에 寄稿한 諸氏 中 煙坡, 金麗水, 외흘읍, 김준, 趙弘淵, 李螢月, 申必熙, 壽岩 諸氏는 住所通知하십시요 略少하나마 賞品 進呈하겟슴나다 東亞日報社 日曜號係 白.”

10 모집요령 / 일, 막수(幕數)는 일막, 물산장려에 관한 재료로 시대는 현재 창작에 한함 / 일, 행수는 상연 시간 약 30분 될 것을 요함 / 일, 원고제출기한은 6월 30일까지, 심사결과는 7월 11일 동아일보에 발표함 / 일, 당선각본의 흥행권은 동아일보사의 명의로 조선물산장려회에 기부하고 출판권은 작자의 소유로 함(단 동아일보사는 당선 각본의 전부 혹 일부의 내용을 수의로 지면에 발표함을 득함) / 일, 당선작품의 상금은 일등 1인 금 50원, 이등 1인 금 30원, 3등 1인 금 20원 / 일, 심사는 전문가 수인(數人)에게 의뢰함 / 일, 응모 원고는 총히 경성부 서대문정 2정목 7번지 조선물산장려회로 송부함을 요함.

기 상금 잔액 중의 일부를 제공하여 이를 모집'한다고 밝혔다. 같은 해 9월 16일 6면에는 8월 6일 자로 기록된 운정생雲汀生[11]의 '선자選者의 말'이 있다. 신병으로 심사가 한 달 간 연기되었음을 전하고 원고 거를 때 윤백남尹白南의 원조를 받았다고 했다. 윤백남을 소개하면서 실지 경험이 많다는 사실을 강조한 점으로 미루어 고선자의 전문성을 근거로 권위를 내세우고자 한 의도를 엿볼 수 있다. 해당 현상모집의 수상작은 진종혁秦宗爀의 「시드러가는 무궁화」[12]였다. 당선작 결정의 근거를 예술미가 아니라 현실미 때문이라고 강조했다. 여기서 말하는 현실미란 물산장려와 농촌의 모습을 반영했는지의 여부를 뜻한다. 이러한 점에서 당선작품을 가려내는 고선 기준이 작품의 예술적 완성도보다 현상모집 주체였던 조선물산장려회의 의도에 얼마나 부합했는지였음을 알 수 있다.

1923년 12월 2일 1면에는 「일요호의 폐지와 월요란의 신설」이라는 제목으로 매주 월요일마다 4면에 '월요란'이 신설됨을 알리고 있다. 월요란이 기존의 일요호를 계승했음을 직접적으로 알림과 동시 독자의 작품 역시 많이 소개하고자 한다며 투고 모집 공고를 내고 있다.

독자투고와 현상문예는 순차적으로 등장했지만 상호보완적 관계를 유지하며 동시에 진행되기도 하였다.[13] 신춘문예는 이러한 독자참여제도를 거친 후 '신진작가의 발굴'[14] 등 새로운 시행 목적을 내세우며 등

11 본명 김정진(金井鎭)으로 『동아일보사사』의 역대사원명록과 『동아일보』 1920년 4월 1일 자 「본사 사원씨명」에 기자로 기록되어 있다. 신문 창간부터 기자로 활동하였으며 1923년 퇴사한 것으로 보인다.

12 '물산장려각본'의 당선작은 이밖에도 이걸소(李傑笑)의 「한배님의 눈물」, 신필희의 「안수정등(岸樹井藤)」, 인두표(印斗杓)의 「유부(幽府)」 등이 있다.

13 김석봉, 「식민지 시기 『조선일보』 신춘문예의 제도화 양상 연구」, 『한국현대문학연구』 16, 2004. 210쪽 참조.

장했다. 『동아일보』 최초의 신춘문예 모집공고는 1925년 1월 2일 2면에 등장한다. 모집공고는 1925년 1월 26일까지 지속되었다. 그 구체적인 모습은 다음과 같다.

=薄謝進呈=

新春文藝募集

◇文藝欄 · 婦人欄 · 少年欄◇

◇종래의 문예란(文藝欄) 부인란(婦人欄) 소년란(少年欄) 등으로 힘이 자라는 데까지는 보다 충실하게 하야 조곰조곰씩이라도 보람잇게 하여 보려고 본사 편즙국댱 홍명희(編輯局長洪命憙) 씨의 학예부댱(學藝部長) 겸임 아래에서

一, 文藝欄係

二, 婦人欄係

三, 少年欄係

의 세 가지 부문을 짜로짜로 독립식히고 각 계에 책임자를 두어 힘과 정성을 하다려 합니다

◇ 엇더케 하여 나가는지는 장차 사실로써 보여들이려 하거니와 위선 아래의 규뎡으로 일반 신진작가의 작품을 모집하오니 우리의 시험을 도와주시려는 유지는 만히 투고하여 이 세 가지 란으로 하여곰 금상첨화의 꼿밧을 이루게 하여주시옵

14 1935년 1월 10일 신춘문예선후감2 소설편에 "신인을 낸다는 데 신춘문예 모집의 본의가 있을 것"이라고 명시했다. 1935년 3월 20일에도 "신춘문예현상모집 등에서 의도한 바는 주로 신인을 얻으려는 것"이라며 신춘문예의 시행 취지에 대해서 또다시 언급했다.

◇文藝係募集作品◇

一, 短篇小說

一等 一人 五十圓

二等 二人 各 二十五圓

三等 五人 各 十圓

二, 新詩

一等 一人 十圓

二等 二人 各 五圓

◇婦人係募集作品◇

一, 家庭小說

一等 一人 五十圓

二等 二人 各 二十五圓

◇少年係募集作品◇

一, 童話劇

一等 一人 五十圓

二等 二人 各 二十五圓

二, 歌劇

一等 一人 五十圓

二等 二人 各 二十五圓

三, 童謠

一等 一人 十圓

二等 二人 各 五圓

入選 五人 各 貳圓

◇ 이상 각 뎨에 대하야 투고하시되 내용을 모다 각계(各係)에 특색이 나도록 부인계 투고는 부인들이 읽기에 알마즌 것으로 소년계의 투고는 반듯이 소년소녀에게 뎍당한 내용을 가저야합니다 이밧게 주의하여주실 것은

▲ 投稿期限은 今月末日까지

▲ 原稿의 數는 無制限

▲ 原稿는 各係募集을 別封하야 文藝係면 文藝係, 婦人係면 婦人係로 보내시되 住所氏名을 分明히 쓰실 일

▲ 原稿는 當選與否를 勿論하고 一切返送치 아니함

모집공고에 따르면, 신춘문예는 편집국장이자 학예부장인 홍명희가 주도하여 문예계, 부인계, 소년계로 나누어 일반 신진작가의 원고를 모집한다고 밝혔다. 원고의 모집기한은 1월 말일까지였고 문예계는 단편소설과 신시, 부인계는 가정소설, 소년계는 동화극, 가극, 동요 등을 모집하였다. 동아일보사가 시행한 최초의 신춘문예는 독자의 층위를 변별하여 개별 작품을 모집했다는 점에서 특색이 있다. 특히 '가정소설'이라는 세부적인 양식을 특정 독자에게 요구한 것은 『동아일보』만의 특징이다.

신춘문예 당선작 발표는 같은 해 3월 2일 부록 1면에 했다. 당선문예 발표에는 "박사薄謝는 3주일 후에 진정進呈하겠습니다. 그러고 선외작만 있는 동화극에는 2, 3등의 분分을 나누어 드리겠사오며 그밖에 선외작에도 약간한 사례가 있겠습니다. 그러고 선후감選後感은 작품 발표와 함께 발표하겠습니다"라고 밝혔지만 실제 선후감은 3월 9일 부록 3면에 동요선후감만 게재되었다. 『동아일보』의 신춘문예는 시행 첫해부터

독자들의 반응이 뜨거웠다. “본사에서 모집한 신춘문예는 강호제위의 만흔 옥고玉稿를 엇어 깃버하기말지 아니함니다만은 넘우도 원고수原稿數가 만하 만흔 시일이 걸리게 됨니다 하야 부득이 同 문예작품의 당선은 오는 3월 2일 문예란에 발표하게 되엿습니다”[15]라는 기사가 이러한 사정을 잘 말해준다. 『동아일보』 신춘문예가 독자들에게 큰 호응을 얻을 수 있었던 이유는 신춘문예를 시행하기 전부터 독자투고와 현상문예 등을 시행함으로써 독자참여제도에 대한 기틀을 마련하고 충분한 제도적 보완을 거쳐왔기 때문이다.

당선자에게 지급하는 상금도 독자의 참여를 유도하는 데에 기여하였다. 단편소설 상금은 1등 1인 50원, 2등 2인 각 25원, 3등 5인 각 10원이었다. 이 금액은 이전의 현상문예 상금보다 많은 액수였다. 또한 같은 시기 『매일신보』가 신춘문예 상금으로 1원에서 10원을 현상한 것에 비해서도 다섯 배나 많은 액수였다. 당시 『동아일보』 신문 1부 값이 4전이고 1년 대금이 10원 90전이었음을 감안한다면 50원이라는 현상금은 독자들의 투고열을 충분히 자극[16]할 만큼 매우 큰 액수였다. 1920년대

---

15 『동아일보』 1925년 2월 16일 7면 「예고(豫告)」. 『동아일보』 1934년 12월 19일 3면 「산적한 응모 원고 망쇄한 고선 광경」. “본사의 신춘현상문예는 전례에 없는 실화, 만화 등을 가하야 종류에 잇어서 수를 더하엿을 뿐 아니라 이밖에 특별논문과 삼대가요의 공모까지 잇엇으므로 **응모 총수가 실로 예년의 배량인 성황을 이루엇다.** 지난 15일로써 접수를 완료하고 즉시, 정리에 착수하는 한편으로 각 담당선자가 주야겸행으로 고선에 망쇄하고 잇다. 사진은 산적한 응모 원고의 일부와 망쇄한 고선 광경이다.”(강조-인용자).

16 『동아일보』1932년 1월 15일 5면 신춘문예 소설선후언 1에는 다음과 같은 선자(選者)의 증언이 있다. “時代가 安穩만 하면, 수판이나 노코 장부나 뒤적일 사람, 혹은 색기나 ᄭᅩ고 농사나 지을 사람이 **賞金 五十圓이라는 미ᄭᅵ에 걸려서 붓대를 잡고 小說을 써보려고 달려든 사람이 만헛다.** 明年의 農資 나올 길이 업는 이 農資를 요행히 여기서라도 求하여 보려고 허미를 잡을 손으로 서투른 붓대를 잡고 옛말을 지어보려는 그들의 勞力은, 文을 業으로 하는 우리들의 勞力보다 몃 十, 몃 百배가 들을지 측량할 길이 업다.”(강조-인용자).

조선에는 『매일신보』, 『조선일보』, 『동아일보』 등의 중앙지가 발행되었다. 『조선일보』는 1928년에 이르러서야 신춘문예를 시행하므로 『동아일보』 입장에서는 『매일신보』가 유일한 경쟁자였다. 상대적으로 신춘문예 후발주자였던 동아일보사는 신춘문예 상금을 50원으로 책정함으로써 상금경쟁력을 기반으로 매일신보사를 추격하고자 노력한 것으로 보인다.[17]

신춘문예 시행 첫해의 흥행이 성공적이었음에도 불구하고 1926년에는 신춘문예가 시행되지 않았다. 1925년 신춘문예를 기획했던 홍명희가 1925년 4월 동아일보사를 퇴사하고, 1926년 11월 이광수가 부임하기까지 편집국장 자리가 공석이었다는 점에서 신춘문예를 이끌 담당자의 부재가 가장 큰 요인이었을 것으로 추정할 수 있다. 그러나 동아일보사는 신춘문예 시행 첫해인 1925년부터 신문이 폐간되는 1940년까지[18] 신춘문예를 꾸준하게 시행했다. 신문사의 무기정간 조치로 인해 신춘문예를 시행할 수 없었던 1937년을 제외하면 1926년 한 번만 거른 셈이다. 신춘문예에 투고한 이들은 경성, 경주, 마산, 진주, 전주, 함흥, 강원 등 국내뿐만 아니라 중국 상해와 일본 동경에서도 원고를 보내왔다. 신춘문예의 모집기간이 한달 남짓이었음을 고려할 때 해외에서 응모한 투고자들은 신춘문예가 시행될지 미리 예측하고 작품을 투고한 것으로 보인다. 이러한 예측투고가 가능했던 것은 동아일보의 신

17 이밖에 중앙지에 자신의 작품을 투고하고자 하는 투고자의 욕망도 신춘문예 흥행의 한 원인으로 볼 수 있다. 신춘문예 첫해부터 신문은 당선작을 지상(紙上)에 공개했다. 자신의 작품과 이름이 전국은 물론 해외에까지 전해질 정도로 파급력이 있었기 때문에 투고자들의 호응이 높았던 것으로 보인다.

18 1940년 8월 11일에는 총독부 신문지통제방침으로 『동아일보』가 폐간됨에 따라 1945년 12월에 재간하기까지 신춘문예는 시행될 수 없었다.

춘문예가 매우 정례적으로 시행되었기 때문이다. 신춘문예의 모집기간은 시행 첫해에만 1월이었고 이후부터는 11월 초부터 12월까지로 고정된다.[19] 모집기간을 신년이 시작되기 전으로 고정하면서 심사 기간을 확보하고, 당선작을 신년초에 발표하여 신춘문예라는 명목에 맞춘 것이다. 길게는 두 달에서 짧게는 20여 일 정도만 모집공고를 냈지만 독자들의 참여가 높았던 이유 역시 이러한 정례적인 제도 시행에서 찾을 수 있다.

신춘문예의 모집분야는 고정적이지 않았다. 단편소설, 희곡, 신시, 시조, 한시, 동화, 동요 등을 기본으로 논문, 평론, 민요, 가사, 작곡, 감상문, 실화, 작문, 자유화, 일기, 글씨, 시나리오, 만화, 전설, 콩트, 만문 등 다양한 장르를 시도했다. 1925년부터 1940년까지 신춘문예 모집분야를 정리하면 다음 〈표 1〉과 같다.

위의 신춘문예 모집분야에서 볼 수 있듯이 다양한 장르를 포괄함으로써 독자들의 적극적인 참여를 유도하였다. 특히 작문, 그림, 일기, 글씨, 만화 등은 비전문가들의 신춘문예 진입장벽을 낮춤으로써 신춘문예를 대중적으로 확산하는 데에 크게 기여하였다. 또한 아동, 여성, 청년 등으로 독자층을 나누어 계층별로 모집한 점도 『동아일보』 신춘문

19 1927년에는 직전 해 10월 31일부터 12월 10일까지 모집했고, 1928년에는 직전 해 11월 10일부터 12월 15일까지, 1929년에는 직전 해 11월 3일부터 말일까지, 1930년은 직전 해 11월 25일부터 12월 15일까지, 1931년은 직전 해 12월 12일부터 25일까지, 1932년은 직전 해 12월 3일부터 25일까지, 1933년은 직전 해 12월 4일부터 20일까지, 1934년은 직전 해 11월 17일부터 12월 20일까지, 1935년은 직전 해 11월 14일부터 12월 15일까지, 1936년은 직전 해 11월 16일부터 12월 15일까지, 1938년은 직전 해 11월 18일부터 12월 15일까지, 1939년은 직전 해 11월 5일부터 12월 15일까지, 1940년은 직전 해 11월 5일부터 12월 10일까지 작품을 모집하였다.

〈표 1〉『동아일보』 신춘문예 모집분야(1925~1940)

시행년도	모집분야
1925	문예계(단편소설, 신시), 부인계(가정소설), 소년계(동화극, 가극, 동요)
1926	크로쓰 워드 퍼즐(십자말 수수격기)
1927	신춘논문, 신춘문예(단편소설, 문예평론, 시가(시, 시조, 민요, 가사, 동요)), 부인란투고(논문, 감상문), 아동란투고(작문, 시가, 서(書), 자유화)
1928	단편소설, 창작가요, 한시, 창작동화, 용의 전설, 아동작품(작문, 가요, 서한, 일기, 자유화, 글씨 등)
1929	단편소설, 사(뱀)의 전설, 아동작품(작문, 가요, 일기, 자유화, 글씨 등)
1930	문예평론, 단편소설, 아동작품(작문, 동요, 일기, 자유화), 동화, 한시, 말(馬에) 관한 전설, 희곡
1931	창가, 시조, 한시, 좌우명, 슬로건, 동화, 동요, 자유화
1932	단편소설, 일막희곡, 동화, 시가(신시, 시조, 창가, 동요), 아동작품(작문, 습자, 자유화)
1933	일막희곡, 동화, 시가(신시, 시조, 동요), 아동작품(작문, 습자, 자유화), 닭의 전설
1934	문예평론, 단편소설, 희곡, 시가(신시, 시조, 가요), 아동물(동화, 동요, 아동자유화, 습자, 작문), 개의 전설
1935	단편소설, 희곡, 실화(고진감래기), 콩트, 시가(신시, 시조, 민요, 한시), 아동물(동화, 동요, 아동자유화, 습자, 작문), 만화, 도야지의 전설
1936	단편소설, 희곡, 씨나리오, 실화(구사일생기), 만문(쥐와 인생), 시가(신시, 시조, 민요, 한시), 아동물(동화, 동요, 아동자유화, 습자, 작문) 특별논문
1938	단편소설, 희곡, 시가(신시, 시조, 민요, 한시), 아동물(동화, 동요, 자유화, 습자, 작문), 호랑이의 전설, 일화, 만문
1939	단편소설, 희곡, 시가(신시, 시조, 민요, 한시, 자장가, 엄마노래), 아동물(동화, 동요, 자유화, 습자, 작문, 토끼의 전설)
1940	단편소설, 일막희곡, 씨나리오, 신시, 민요, 시조, 한시, 작곡(作曲), 동화, 동요, 자유화, 습자, 용의 전설

예의 특징 중 하나이다.

신춘문예라는 제도 안에서 모집분야를 다양하게 시도한 점 외에도 기존의 모집방식에서 벗어난 참신한 실험을 시도하기도 했다. 먼저 1926년 10월에는 '신춘특별논문 급 문예작품현상모집'을 시행하였다. 모집분야는 문예계, 부인계, 아동계 외에 논문계가 추가되었다. 모집분야별 세부규정을 보면 우선 논문계는 '신춘논문'의 주제로 '청년운동의 진흥통일책'과 '농촌진흥책'을 제시하였다. '신춘문예'는 단편소설, 문예평론, 시가 등을 모집하였다. 1927년 신춘문예는 최초로 문예평론을 모집했다는 점에 의의가 있다. '부인란투고'는 논문과 감상문을, '아동란투고'는 작문, 시가, 서書, 자유화自由畵를 모집하였다. 1931년에는 '신춘대현상모집'과 '소년소녀신춘문예현상모집'을 진행한다. '신춘대현상모집'은 동아일보사 학예부 주관으로 '조선의 놀애', '조선청년의 좌우명', '우리의 슬로간'을 모집하였다. '조선의 놀애'는 "모든 조선사람이 깃브게 부를 조선의 놀애를 가지고 싶다"며 창가, 시조, 한시를 모집했으며, '조선청년의 좌우명'은 조선청년 전체가 좌우에 명銘해 놓고 복응할 남녀 좌우명 각 1편씩을 구했다. '우리의 슬로간'은 생활 혁신, 민족 보건, 식자운동識字運動을 주제로 슬로건을 모집하였다. 한편 '소년소녀신춘문예현상모집'은 동화, 동요, 자유화를 모집하였다. 기존의 '신춘문예현상모집'을 청년과 아동으로 계층별로 분화하여 모집한 것이 특색이다. 1935년은 『동아일보』 창간 15주년으로 기존의 신춘문예 외에 '특별논문투고환영', '삼대가요특별공모'를 함께 진행하였다. 1935년 3월 20일부터 6월 26일까지는 본보 창간 15주년을 기념하여 '장편소설특별공모'까지 시행하였다. 이러한 시도들의 공통점은 신문사가 독자들의 층위를 변별하여 작품을 모집했으며, 기존의 신춘문예에 변화를 줌으로써 대중들의 관심을 계속해서 환기하고자 한 의도가 반영되었다는 점이다.

신춘문예 당선작에 대한 평가인 선후감[20]은 해당 제도의 공정성과 선

20 1928년부터 문예계, 부인계, 아동계로 나누었던 기존의 방식을 바꿔 학예부로 일원화하였다. 1928년 신춘문예 고선(考選)은 '본사 편집국'이 한다고 했는데 당시 편집국장은 김준연(金俊淵)이었으며 이광수는 1927년 10월 1일부터 1929년 12월까지 편집고문을 맡았다. 1929년 11월 1일 주요한이 편집국장을 맡게 되며, 12월 14일 주요한이 피검되

명성을 보장[21]한다는 점에서 중요하다. 또한 신춘문예 모집공고와 고선, 그리고 당선작 발표와 작품 연재에 이어 신춘문예의 형식적 완결을 이룬다는 점에서도 중요하다. 『동아일보』 신춘문예의 경우 시행 첫해에는 동요만 선후감을 공개하였다. 하지만 1932년에는 모든 모집분야의 선후감이 게재되며, 1935년부터는 꾸준하게 선후감을 게재하였다. 선후감에는 당선작을 선발한 기준과 절차뿐만 아니라 모집분야별 당선작에 대한 분석과 응모 시의 주의점을 실었다. 이처럼 당선과 직접적인 관련이 있는 정보가 담겨있었으므로 독자들의 관심은 매우 높았고, 선자는 모집장르별 형식과 내용에 대한 정보를 제공함으로써 독자들의 작품 수준을 높이는 데에 기여하였다.

3. 『동아일보』 신춘문예 단편소설의 특징과 주제의식

이 장에서는 『동아일보』 신춘문예에 당선된 단편소설의 특징을 고찰하기 위해 당선작 27편[22]을 주제별로 분석해 보았다. 다음 〈표 2〉는

자 1929년 12월 20일부터 1933년 8월까지 이광수가 편집국장을 맡는다. 1933년 9월부터 윤백남과 김준연이 편집국촉탁으로 활동하며, 설의식, 백관수, 고재욱이 1940년 신문이 폐간되기까지 편집국장을 맡는다. 그리고 신춘문예 모집공고의 주체였던 학예부장은 1928년 3월부터 1930년 1월까지 이익상, 1933년 10월부터 1938년 9월까지 서항석(徐恒錫), 1939년 7월부터 폐간되기까지 현진건이었다.(동아일보편집부, 『동아일보사사』 권일(1920~1945), 1975. 413~414·503~504쪽 참조).

21 1928년 신춘문예 모집 규정에 따르면 '차작(借作) 또는 번역인 것이 판명될 때에는 상품을 취소함'이라 명시하여 순수 창작물을 요구하는 한편 투고윤리를 강화하기 시작하였다.

22 『동아일보』는 신춘문예를 시행하면서 단편소설을 지속적으로 모집했다. 1925년부터

1925년부터 1940년까지의 단편소설 부문 당선자와 당선작, 그리고 작품의 주제를 정리한 것이다.

단편소설 부문의 당선작은 27편이다. 하지만 한설야가 1927년에는 김덕혜, 1928년에는 한형종이라는 이름으로 두 번 당선[23]되었고, 방휴남이 1930년에 이어 1934년 또다시 당선됨으로써 신춘문예 단편소설 부문 당선자는 모두 25명이 된다. 25명의 당선자 중에는 이후 문단에서 지속적으로 활동을 하게 되는 문인들이 있다. 김말봉[24], 한설야, 채봉

〈표 2〉『동아일보』 신춘문예에 당선 단편소설 목록

연도	당선자	작품명	주제
1925	최자영(崔紫英)	(소설)「오빠의 이혼 사건」	조혼폐단 비판, 연애결혼 주장
	최풍(崔風)	(소설)「방랑의 광인」	탐욕 없이 유유자적하는 광인 연민
	이영근(李永根)	(소설)「출교」	종교적 권위보다 사랑 선택
	노초(露草)	(가정소설)「시집살이」	인간의 욕망과 가정 비극
	유민성(兪敏聖)	(가정소설)「의문의 P자」	교내 살인사건의 범인 추적
1927	김남주(金南柱)	(단편소설)「소작인 김첨지」	가난한 소작인의 비극적 삶
	이문(李文)	(단편소설)「짓밟힌 이의 웃음」	생존을 위한 기생의 비극적 삶
	김덕혜(金德惠)	(단편소설)「그릇된 동경」	일본인의 허위 고발, 민족애 고취
1928	한형종(韓炯宗)	(입선창작)「홍수」	자연재해에 맞서는 가장의 모습
	채봉석(蔡鳳錫)	(입선창작)「가정교사」	재력가의 허위 고발
1929	이석신(李錫薪)	(단편소설)「인정」	중국인을 보호해주려는 한 가족
	이일광(李一光)	(당선단편)「세모편경(歲暮片景)」	가난한 처녀의 사기극 통한 비참상

1940년 신문이 폐간되기까지 1931년과 1933년 두 차례를 제외하고는 꾸준하게 모집했다. 신춘문예 단편소설 부문의 수상작은 25편으로 신춘문예 시행 첫해에만 등장했던 '가정소설'까지 포함하면 모두 27편이 된다. 이 글에서는 '가정소설'을 '단편소설'에 포함시켜 논의했다.

23 문학과사상연구회 편저, 『한설야 문학의 재인식』, 소명출판, 2000, 214~215쪽 한설야 작품목록 참조.

24 1925년 가정소설 부문에 3등 수상작인 「싀집사리」를 투고한 경주의 노초(露草)가 김말봉이다.

연도	당선자	작품명	주제
	박남조(朴南祚)	(당선단편)「젊은 개척자」	조선 청년의 사명 자각
1930	방휴남(方烋南)	(당선소설)「감돌」	세력가에 대한 피해자 아들의 복수
	김명수(金明水)	(소설)「두 전차 인스팩터」	차표 검사원의 비극적 삶
1932	문성훈(文成薰)	(당선소설)「명랑한 전망」	가출 청년의 회개, 연애
	김현홍(金玄鴻)	(가작소설)「국화」	가문의 흥망성쇠, 세력에 순응
1934	최인준(崔仁俊)	(당선소설)「황소」	촌사람과 서울 사람의 삼각관계
	운향(雲香)	(가작소설)「입원」	돈만 밝히는 의사의 허위 고발
	방휴남(方烋南)	(가작소설)「외투」	외투 분실 사건의 해결
1935	김경운(金卿雲)	(당선소설)「격랑」	어민의 비극과 복수극
	김정혁(金正革)	(선외가작)「이민열차」	조선인의 비극적인 삶
1936	김동성(金東星)	(당선소설)「산화」	산촌민의 참상과 복수극
	정비석(鄭飛石)	(가작소설)「졸곡제」	가난한 가장의 번뇌
1938	천지인(天地人)	(당선소설)「실낙원」	냉혹한 현실 인식
1939	김몽(金夢)	(당선소설)「만세환」	가난한 어민의 비극적 삶
1940	강형구(姜亨求)	(당선소설)「봉두메」	농촌 생활의 희망

석,[25] 방휴남,[26] 김명수,[27] 최인준,[28] 김경운,[29] 김정혁, 김동리,[30] 정비석,[31]

25 1928년 신춘문예에 입선하기 전 해인 1927년 2월 11일부터 17일까지 『동아일보』에 단편소설 「섬에 피는 꽃」을 연재한 이력이 있다.

26 충남 아산군 온양면 읍내리 출신으로, 1930년 4월 6일 연희전문학교 문과 본과 16명 명단에 이름이 올라있다. 또한 1934년에는 동아일보사 주최 제4회 하기계몽당 운동에 참여했다는 기사가 있다.

27 『동아일보』 1939년 11월 8일 석간 6면에는 「상해소개판」이라는 특집란이 실렸다. 이 란에 '재기자발한 문인 유신학원 김명수 씨'라는 제목으로 그에 대한 소개글이 실린다. "씨는 서울 출생으로 15세 소년시대에 내호(來滬)하야 광동국립중산대학 영문과를 필업하고 예술에 만흔 취미를 가저 연구를 하고 1930년에 씨의 처녀작 '두 전차 인스펙터'라는 단편소설이 본보 신춘문예현상에 1등 당선됨은 이미 발표된 바이며 기후 극협회를 조직하야 활동하고 『상해소년』, 『습작』 등 문예잡지를 발행하여 해외청소년을 예술적분야에서 지도함에 노력하였다. 사실 전까지 영조계공부국에 봉직하다가 지금은 신동아의 청년을 양성하는 흥아원화중연락부 유신학원에 근무중이며 현 32세 활약기 청년으로 사회에서 그에 대한 기대는 크다."

28 현경준과 함께 동반작가로 알려져 있다.

29 동아일보』 1935년 1월 4일 11면 '현상당선자소개'에는 김운경(金雲卿)으로 소개되기도 하였다. 기사에 따르면 그의 본명은 현경준(玄卿駿)이며 함북 명천 출생으로 금년 27세

곽하신,[32] 강형구 등이 대표적 인물이다. 신춘문예 시행의 목적이 문단에 신인을 공급하기 위함임을 염두에 둘 때, 『동아일보』 신춘문예가 문단에 기여한 바가 크다고 평가할 수 있는 부분이다.

이들 당선자가 창작한 당선작을 주제별로 분석한 결과, 사회 문제를 다룬 작품과 개인의 감정을 다룬 작품으로 대별할 수 있었다. 사회 문제를 다룬 작품은 가정문제를 소재로 한 작품과 민족정신을 고취한 작품, 그리고 하층민의 비극적인 삶을 다룬 작품으로 세분화할 수 있다. 이에 해당하는 작품은 전체 27편 중에서 22편81.5%으로 가장 많은 비중을 차지하였다.

신춘문예 시행 초기에는 가정문제에 많은 관심을 두었다. 이는 신춘문예 모집분야에 '가정소설' 부문을 따로 모집한 점만 보아도 알 수 있

라 한다. 평양 숭중, 문사풍중(門司豊中)을 졸업하고 동경 가서 수년 동안 유학하였으며 앞으로 문예에 더욱 정진할 것이라며 포부를 밝혔다. 같은 해 2월 1일 석간 3면에 '본보 신춘현상문예 "격랑" 당선축하회'라는 제목으로 기사가 실렸다. 그의 고향 명천(明川)의 학생들과 재경 명천 유지의 환영축하회가 열렸다고 한다. 축하회의 사진도 함께 실렸다. 그는 이후 1940년 5월 10일부터 6월 2일까지 동아일보에 본명으로 소설 「야우(夜雨)」를 연재하기도 한다.

30 『동아일보』 1936년 1월 6일 '신춘문예당선자소개 3'에는 "동리는 아호요 본명은 김시종(金始鍾), 원적 경북 경주군 경주읍 성건리, 현주 경남 합천군 해인사강당, 대정2년생, 학력 별로 이러타 할 학력은 없고 그 伯氏에게 나아가 동양학을 청강한 것과 일역문으로 된 서양작품을 남독한 것과 방랑생활한 것"이라 소개하였다. 1934년 조선일보에 시 「백로」로 입선했고, 1935년 조선중앙일보에 소설 「화랑의 후예」가 당선되었다.

31 『동아일보』 1936년 1월 4일 '신춘문예당선자소개 1'에는 "평북 용천 출생, 본명 정서죽(鄭瑞竹), 25세, 신의주중학 중도 퇴학, 일대(日大) 예과(豫科) 중도 퇴학, 기타 여기저기 중도 퇴학, 사진무(無)"라고 소개했다.

32 당선자 명단에는 천지인(天地人)으로 기록되었으나 실제 작품이 연재될 때에는 곽하신(郭夏信)이라고 이름을 밝혔다. 1938년 1월 7일 조간 4면 '신춘문예당선자소개 1'에는 "경기도 연천 출생. 당년 18세. 이러타는 학력도 없다. 이력이란 것도 별로 없다"며 소개된다. 하지만 1939년 4월 20일부터 5월 6일까지 『동아일보』에 단편소설 「안해」를 연재하기도 하며, 1949년 12월에 한국문학가협회 결성식에 이름을 올리기도 한다.

다. 신춘문예 단편소설 부문 최초 당선작은 최자영의 「옵바의 이혼사건」1925.4.5~10이다. 이 작품은 조혼의 폐단을 지적하고 연애결혼의 필요성을 역설하였다. 주인공 '나순희'의 입을 빌려 동경유학생인 오빠가 왜 이혼을 할 수밖에 없었는지 오빠의 심경을 직접 노출함으로써 주제의식을 심화하였다. 부모의 강권에 의해 조혼을 한 오빠는 유학 생활을 하면서 진정한 행복을 느끼지 못하고 괴로워하다가 결국 이혼을 선택한다. 여성 주인공을 내세웠음에도 불구하고 남성오빠의 심리적 갈등을 잘 묘사하여 조혼의 폐단과 연애결혼의 필요성을 드러냈다는 점에서 의의가 있다. 같은 해 '가정소설' 부문에 당선된 노초露草의 「싀집사리」1925.4.18~25는 세 살 연하인 남편에게 시집을 갔다가 시집살이를 견디지 못하고 다시 친정으로 돌아온 을순이의 모습을 통해 가정의 비극을 그린 작품이다. 평범한 여성이었던 을순이가 전통적인 가정제도로 인해 자신의 목숨까지 버린다는 결말은 작품의 주제를 잘 대변해주고 있다.

일본의 허위를 고발함으로써 민족정신을 고취한 작품도 있다. 김덕혜의 「그릇된 동경」1927.2.1~10은 평소 일본을 동경하던 주인공 '나'의 이야기가 전개된다. 일본 여자 같다는 말에 기쁨과 만족감을 느끼고 글씨와 말투까지 일본식으로 흉내 내던 '나'는 결국 일본 남자와 결혼한다. '나'는 서툴게 일본 사람의 흉내를 내며 개성과 인격을 버린 채 허위와 가식으로 살게 된다. 그러나 결혼생활을 한 지 일 년도 못 되어 남편에게 구박과 멸시를 당한다. 남편은 상해에서 정치범으로 붙잡혀 온 '나'의 오빠를 두고 "임시정부니 민족주의니 해가지고 주제넘게 덜렁대지만 그것은 다 어림없는 장난이다. 어림없이 덤비다가는 그만 났던 바람도 없이 쓰러져버릴 것이다. 야만인이란 할 수 없다. 학대하고 절대

지배를 하지 않으면 그 못된 근성이 없어질 날이 없다. 그 근성을 빼내야 동화도 가능한 것이다"라며 자신뿐 아니라 가족과 조선민족을 욕한다. 이에 "나는 알았나이다. 총과 칼이 세력 있는 시대에는 어디를 물론하고 강한 자가 문명인이오 약한 자가 야만인인 것을 (…중략…) 그러나 약하다고 옳은 일이 옳지 않을 수는 없는 것임에 우리는 우리의 사명을 다하지 않으면 안 될 것이로소이다"라며 자신의 사명을 자각하고, 남편과 결별하여 만주 S학교에서 교편을 잡고 조선의 아들딸을 위해 교육에 힘쓰겠다고 다짐한다.

박남조의 「젊은 개척자」1929.1.7~9도 조선 청년의 사명을 일깨우는 내용을 담고 있다. 가난 때문에 어쩔 수 없이 일본인 밑에서 표구 일을 하는 태신19세은 주인이 자신을 양자로 삼으려 하자 고민을 한다. 일본인 주인인 좌등은 마산에 본점을 두고 진주에도 지점이 있는 부호인데, 그에게는 딸만 둘이라 태신을 아들로 삼아 재산을 상속하겠다고 제안했기 때문이다. 게다가 좌등의 큰딸 도미고18세가 태신에게 연정을 품자 태신의 고민은 더욱 깊어진다. 작품은 "조선의 한 젊은이는 제 운명을 제가 개척하여야 한다! 하고 빈약한 조선에서 설어운 운명을 가지고 자라난 태신이는 황금도 미녀도 떨쳐버리고 멀리 개척의 나라로 떠났다"며 마무리된다. 앞서 언급한 「그릇된 동경」과는 달리 일본인에 대한 묘사가 호의적이며, 조선 청년의 사명을 자각하게 되는 계기도 누락되어 개연성이 부족하다. 하지만 민족정신 고취를 주제로 삼았다는 공통점이 있다. 김정혁의 「이민열차」1935.1.18~19는 일본인에 의해 만주에 있는 회사 직공으로 팔려가는 조선 여인의 모습을 그려냈다.[33]

신춘문예 단편소설은 농어민이나 노동자 계급 등을 내세워 '하층민의 비극적인 삶'을 주로 다루었다. 1927년 1등 수상작인 김남주의 「소작인 김첨지」1927.1.4~11는 농촌을 배경으로 소작인을 주인공으로 내세워 궁핍한 농민의 비극적인 삶을 그려냈다. 일 년 동안 피땀으로 지은 농산물은 종자값으로 빼앗기고 설상가상으로 자본가의 계략에 휘말려 보증 사기를 당한다는 설정은 조선인의 비극성을 고조시키는 데 기여하고 있다. 이러한 경향의 작품으로 이문의 「짓밟힌 이의 우슴」1927.1.21~29, 한형종의 「홍수」1928.1.2~6, 이석신의 「인정」1929.1.1~3, 채봉석의 「가정교사」1928.1.7~10, 방휴남의 「감돌」1930.2.2~5, 김현홍의 「국화」1932.1.12~16, 운향의 「입원」1934.1.7~14, 김경운의 「격랑」1935.1.2~17, 김동성의 「산화」1936.1.4~18, 천지인의 「실낙원」1938.1.6~14, 김몽의 「만세환」1939.1.7~19 등이 있다. 이들 작품은 농촌, 산촌, 어촌, 도시 등 구체적인 공간을 배경으로 농민, 어민, 노동자들이 각각 지주, 세력가, 자본가들에게 억압과 착취를 당하는 모습을 주로 묘사하였다. 이 외에도 김명수의 「두 전차 인스팩터」1930.2.6~9는 중국을 배경으로 조선인 노동자의 비참한 삶의 모습을 그려냈다. 그리고 이일광의 「세모편경」1929.1.4~6에서는 가난 때문에 자신의 딸까지 팔아야 하는 상황을 묘사함으로써 비극성을 더욱 고조시켰다. 정비석의 「졸곡제」1936. 1.19~2.2 역시 극심한 생활고 때문에 어린 자식들을 죽일 생각을 하는 가장의 모습을 통해 하층민의 비참한 삶을 그려냈다.

신춘문예 당선작 중에는 연민, 사랑 등 개인의 감정을 다룬 작품도 5편18.5%이 있었다. 최풍의 「방랑의 광인」1925.4.11~13은 백두산 근처 마

33 해당 작품은 연재 2회만에 "부득이한 사정"으로 중단되어 자세한 내용은 알 수 없다.

을을 배경으로 김 참봉과 김 참봉의 아내, 그리고 한 미치광이의 사연을 들려준다. 김 참봉의 아내가 중국 사람과 연애하다 미치광이에게 들켰는데 김 참봉의 아내가 이 사실이 남편에게 발각될까 두려워 미치광이를 모함해 집에서 쫓아냈다는 내용이다. 작품은 "나는 늘 돈도 계집도 모르고 천애이역에 표박류리하여 태연자약하는 그 미치광이를 그윽히 생각합니다"라며 탐욕 없이 유유자적하는 미치광이를 연민한다는 내용으로 마무리된다. 이영근의 「출교」1925.4.14~16는 종교를 희생하더라도 사랑을 포기할 수 없다는 주제를 담은 작품이다. 주인공 인숙에게는 장래를 약속한 사람이 있다. 학교 교원인 영석으로 그에게 처자식이 있다는 소문을 들은 인숙은 영석에게 따져 물었으나 영석은 거짓말로 위기를 넘긴다. 인숙은 목사가 자신을 호출하자 영석이 교회를 다니지 않아 반대하는 것으로 알고 종교 대신 사랑을 선택하겠다고 다짐한다. 하지만 목사는 인숙에게 영석의 비밀을 알려주고 이미 영석의 아이를 임신한 인숙은 출교를 결심한다. 문성훈의 「명랑한 전망」1932.1.6~9은 가출 청년이 연애를 통해 삶의 의미를 되찾고 회개한다는 내용을 담았다. 주인공 봉호는 전문학교를 졸업하고도 취직도 안 하고 결혼도 안 하며 어머니와 대립한다. 기울어가는 가정형편을 짐작하면서도 아무런 노력을 하지 않던 봉호는 옛 애인 경희를 만나면서 결혼을 다짐하고 밝은 미래를 꿈꾸게 된다. 최인준의 「황소」1934.1.1~6는 시골 남녀 사이에 서울 남자가 끼어들면서 벌어지는 삼각관계를 다루었으며, 방휴남의 「외투」1934.1.18~23는 외투 분실 사건을 둘러싼 등장인물들 간의 갈등과 해소를 희극적으로 그려냈다.

신춘문예 단편소설 당선작의 주제를 분석해 본 결과, 당선작의 대부분이 현실 사회 문제를 다루는 등 일정한 경향을 보이고 있음을 확인할 수 있었다. "응모작품의 9할 이상이 계급문제를 취급한 것이었다"[34]는 진술은 신춘문예 응모작과 당선작 모두 현실 사회 문제를 주로 다루고 있음을 보여준다. 이는 신문 편집진이 특정 주제를 다룬 작품만을 선정한 것이 아니라 당시 독자들 역시 계급문제 등 현실 사회 문제에 깊은 관심을 갖고 그와 관련된 작품을 투고했음을 의미한다. 이처럼 신춘문예 응모작품이 특정한 경향성을 띠게 된 이유는 애초 신춘문예 모집규정에서부터 작품의 제재를 제한하는 등 편집진[35]이 적극적으로 개입했기 때문이다. 실제로 신춘문예 모집규정에는 모집분야 및 일정 외에 작품의 제재를 명시하기도 하였다. 신춘문예 시행 첫해부터 "내용을 모다 각계各係에 특색이 나도록 부인계 투고는 부인들이 읽기에 알마즌 것으로 소년계의 투고는 반듯이 소년소녀에게 덕당한 내용을 가저야 합니다"[36]라며 제재를 언급했다. 1928년에는 농민 생활과 학생 생활을 제재로 해달라고 주문했고, 1932년에는 실생활에서 취재한 것으로 제한했다. 심지어 명랑하고 경쾌한 것을 써달라고 특정하기도 했다. 1932년 당선작인 문성훈의 「명랑한 전망」은 신문사가 요구한 조건을 충실하게 반영한 대표적인 작품이다. 주인공 봉호는 전문학교를 졸업하고

34 선자(選者), 「신춘문예 소설선후언(4)」, 『동아일보』 1932년 1월 20일 3면. "강포한 악덕의 지주(혹은 대금업자)와 씩씩한 청년 투사와 약한 소작인(혹은 여인 혹은 노동자)가 최서해의 '홍염'에 유사한 스토리를 따라서 움직이다가 발광, 방화, 살인, 소작쟁의, 스트라익 중의 한 가지의 방법으로 소설은 끝이 난다."

35 박종린에 따르면 1920년대에 들어서면서 사회주의적 지식인들 중 일부가 『동아일보』의 편집을 주도했다고 한다(박종린, 「일제하 사회주의사상의 수용에 관한 연구」, 연세대 박사논문, 2006. 12, 27~33쪽 참조).

36 「신춘문예 모집공고」, 『동아일보』, 1925년 1월 2일 2면.

도 취직도 안 하고 결혼도 안 하며 어머니와 대립한다. 기울어가는 가정형편을 짐작하면서도 아무런 노력을 하지 않던 봉호가 갑자기 경희를 만나면서 어제의 우울한 그림자는 사라지고 신선한 기색이 넘쳐흐르게 되었다는 서술은 신문사가 제시한 '명랑하고 경쾌한 내용'을 담아달라는 요구조건에 부응한 사례로 볼 수 있다. 제목 또한 '명랑한 전망'으로 '명랑'을 강조하고 있다. 이렇듯 작품의 제재나 성격을 구체적으로 요구했기 때문에 작품의 배경이나 주인공, 주제가 특정한 경향성을 보이게 된 것이다.[37]

심사 주체가 작품을 모집할 때 특정 제재를 요구한 것은 '문단과 민중의 교섭'을 의도했던 것으로 보인다. 1927년 2월 2일 3면 '문단시비'에는 김상회의 「머러진 문단」이 연재되었다. 이 글에서 김상회는 "오늘날 조선 사람의 생활이 10에 8, 9가 프로이니 그들에게 보여줄 문예가 또한 프로문예가 아니고는 아무 영향도 아무 가치도 절대적 없을 것"이라며 조선 문사는 민중 속으로 들어가 민중과 보조를 같이 해야 한다고 주장하였다. 1928년 12월 26일 6면에 실린 「무진문단총관(7)戊辰文壇總觀桂山人」에서도 창작상 소재를 노동자와 농민의 생활로 제한할 필요성에 대해 언급했다.[38] 1927년 12월 30일 1면에는 「신기운新氣運

37 이러한 모습은 신춘문예 이전의 현상문예에서도 찾아볼 수 있다. 1923년 6월에 시행된 각본현상모집에서도 예술미보다는 현실미를 근거로 당선작을 가려냈다는 언급이 있다. 이때의 현실미란 물산장려와 농촌의 모습을 반영했는지의 여부를 의미한다. 당선작을 가려내는 고선 기준이 '현상모집 주체의 의도에 얼마나 부합했는가' 였던 것이다.

38 "첫째 대중이 작품 가운데서 자기의 자태를 발견할 것이니 정당하며 둘째 작가의 감각 취미 등의 단련을 스스로 노력하게 될 것이니 필요하다. 그리하야 작가는 먼저 노동자 농민의 생활을 생활하여야 될 것이다. 그리고 프로레타리아 계급 이외의 계급의 생활에서 취재한다 하더라도 그것은 프로레타리아 계급의 생활에의 대조로써만 유용하다 할 것이다. 이 대조로써의 저들의 생활과 이데올로기의 파악과 묘사와 이해가 아니고서는 그것은 폭

횡일橫溢한 신춘본지新春本紙」라는 제목으로 1928년 신년호에 발행할 중요 목차를 발표하였다. '세계정국총관', '경제', '신춘의 문예진', '문예평론', '가정부인' 등의 항목 아래 주요기사명과 필진을 거론했다. '신춘의 문예진'에는 문단과 민중은 오늘까지 몰교섭한 것은 사실이라며 문예의 민중침윤과 민중의 문예기대를 발견하는 첫 시험의 일단으로 조선 작가 제씨의 단편소설을 신년호부터 게재하게 되었다고 밝혔다.[39] 이러한 점을 미루어 볼 때 '문단과 민중의 교섭'을 목적으로 전문작가가 창작한 단편소설은 물론이고 독자들의 응모로 이루어지는 신춘문예 단편소설도 제재를 현실 사회 문제로 제한했을 가능성이 있다.

신춘문예 선후감을 통해 당선작의 선정 기준을 지속적으로 유포한 점 역시 작품의 경향성을 강화하는 데 일조했다. 단편소설 응모자들은 해당 매체의 선후감을 통해 문예이론을 학습하고 선자가 제시한 대로 작품을 창작, 응모했을 것이다. 선후감에는 당선작을 가려내는 과정이 언급되기도 하였다. 1932년 1월 15일 5면 「신춘문예 소설선후언」에 따르면 그해 단편소설 응모작은 400편 정도였다고 한다. 그중에서 응모규정[40]에 따라 원고 길이가 모자라거나 넘으면 내용 여하를 막론하고

로가 되지 못하고 비판이 되지 못하는 까닭이다."

39 집필자로는 김팔봉, 김랑운, 최서해, 염상섭, 최독견, 박회월, 이기영, 최승일, 김영팔, 조포석, 김운정, 방춘해 등을 소개했다. 실제로 1928년 1월 3일부터 김랑운의 「니것든 연인」을 시작으로 이기영의 「고난을 뚫고」(1.15~1.24), 방인근의 「목사, 딸, 연애」(1.25~2.6), 조명희의 「이쁜이와 룡이」(2.7~2.15), 김영팔의 「어여쁜 노동자」(2.16~2.26), 최독견의 「유린」(2.27~3.8), 박야리의 「출가자의 편지」(3.9~3.22), 유화봉의 「연연이 이야기」(3.24~4.3), 최서해의 「폭풍우시대」(4.4~4.12), 김팔봉의 「삼등차표」(4.15~4.25)가 연재되었다.

40 단편소설 응모규정에 의하면 원고의 길이는 1925년 12,000자, 1927년 7,200자, 1928년 5,600자, 1929년 8,400자, 1931년 10,500자, 1933년부터 1937년까지는 무제한, 1938년부터는 24,000자로 변화하였다. 10행 24자 50매 분량에서 꾸준히 늘어 1940년에는

제외했다고 한다. 신문지의 인기정책도 있지만 문예 진흥도 목적이라 구시대의 표현과 감정을 다룬 작품 역시 제외 대상이었다고 한다. 이에 따라 구소설 투로 쓴 작품도 제외되었다. 검열 관계로 거리낌이 있는 작품 또한 내용의 가치 여하를 막론하고 제외했다고 한다. 이렇게 초선에 170여 편을 추린 후 단편소설로서의 내용과 기교를 검구해 재선, 3선, 4선을 거쳐 최종 4편의 작품을 추려냈다고 한다. 선자選者는 선후감을 통해 당선작 선정 기준, 당선작품 분석, 단편소설 응모 시 주의점, 느낀 점 등을 언급했다. 1935년 1월 9일 '신춘문예선후감'에는 "단편소설이나 희곡에 대한 개념만이라도 응모자들이 갖고 있는 것 같은 것이 그네들의 작품 속에 은연중 나타나있기도 했다. 조선말이 예년보다 훨씬 많이 쓰여진 것도 기쁜 현상이었고, 공상을 버리고 눈앞에 놓여있는 현실, 생활 속에서 취재하는 것, 태도에도 확실히 호감이 갔다"며 응모자들의 문학에 대한 이해가 높아진 상황을 긍정적으로 평가하고, 여전히 현실 문제에 높은 관심을 보이고 있음을 드러내기도 하였다. 그리고 이런 과정을 거쳐 당선된 당선작은 또다시 "그해 문단의 걸어갈 길은 어느 정도까지 예언"[41]하며 당선작들의 작품 경향을 고착해 나갔다.[42] 선후감이 일종의 문학 수업 기능을 한 셈이다. 대중 독자들에게

200자 원고지 100매 이상 120매 정도로 배이상 증가한 셈이다. 작품의 연재기간을 보면 3회에서 13회까지 불규칙적이었으나 평균 6회에 걸쳐 연재하였다.

41 선자(選者), 「신춘문예선후감(1)」, 『동아일보』, 1935년 1월 9일 석간 3면.

42 선자(選者), 「신춘문예선후감(1)」, 『동아일보』, 1936년 1월 4일 신년호 부록 其三 1면. "단순한 남녀관계에 그치는 작품이 십 편 내외에 불과했다는 것이다. 이것은 우리의 생활이 날로 절박해 온 것이 무엇보다도 큰 원인이겠지만 생활 속에서 문학을 찾고 예술을 창조하려는 노력이 확연히 보인다. 아직까지도 우리가 손대보지 못한 화전민과 벽촌농민들의 생활에서 취재한 것도 확실히 우리들 작가에게 새로운 시야를 열어준 것 중의 하나라고 생각한다. (… 우리네의 절박된 생활양식을 가장 리얼한 붓으로 그리려고 애쓴 흔적이 역력히

단편소설 창작법을 전파하는 데에 기여한 점은 선후감의 긍정적인 성과지만 소설의 제재 및 주제를 한정하여 다양성을 위축시킨 점은 한계로 지적할 수 있다.

4.『동아일보』 신춘문예 단편소설의 문학사적 의의

『동아일보』 신춘문예는 1900년대의 학회지, 신문, 잡지 등의 매체들이 시도했던 각종 독자참여제도를 계승 발전시킨 문인 등단제도이다. 신춘문예가 독자들에게 큰 호응을 얻을 수 있었던 이유는 신춘문예를 시행하기 전부터 독자투고와 현상문예 등을 시행함으로써 독자참여제도에 대한 기틀을 마련하고 충분한 제도적 보완을 거쳐 왔기 때문이다. 또한 당선자에게 지급하는 상금도 독자의 참여를 유도하는 데에 기여하였다.

『동아일보』는 1925년부터 신문이 폐간되는 1940년까지 신춘문예를 꾸준하게 지속했다. 신춘문예의 모집 분야는 고정적이지 않았다. 단편소설, 신시, 시조, 동화, 동요, 희곡 등을 기본으로 민요, 가사, 감상문, 작문, 그림, 일기, 글씨, 평론, 시나리오, 실화, 만화, 전설, 콩트, 작곡

보인다. 그러고 종래 퇴퇴적(退頹的)이오 너무나 소극적이었던 작자의 사상이 힘찬 새것, 빛나는 명일을 보여주려 한 데도 선자는 커다란 기쁨을 느낀다. 종래의 문학이 우리의 빈곤상, 빈곤한 생활현상을 그리는 데 그치던 소극적인 태도를 버리고 그 빈곤 생활 속에서 새로운 생의 창설을 꾀한 것만은 두 손 들어 찬양할 일이다."

등 다양한 장르를 시도했다. 신춘문예는 신인을 발굴하여 문단에 공급하는 것을 목적으로 시행한 만큼 많은 신인들이 신춘문예를 통해 문단에 등단하였다. 단편소설로 한정하여 보더라도 당선자가 25명에 이를 정도로, 신인작가를 발굴하겠다는 신춘문예의 취지에 부합하는 성과를 냈다. 예컨대 김말봉, 한설야, 방휴남, 최인준, 현경준, 김정혁, 김동리, 정비석, 곽하신 등 문단에서 활발한 창작활동을 하는 인물들이 『동아일보』 신춘문예를 통해 등단했다.

단편소설에서 가장 비중 있게 다룬 주제는 현실 사회의 문제였다. 농어민이나 노동자 계급 등을 내세워 '하층민의 비극적인 삶'을 주로 다루었다. 이는 식민지 삶의 비극성을 부각함으로써 신문사가 전개한 사회문화운동에 대한 정당성을 강화하기 위한 것으로 보인다. 당선작품이 일정한 경향성을 띠게 된 이유는 애초 신춘문예 모집규정에서부터 작품의 제재를 제한하여 특정 제재를 요구했기 때문이다. 신춘문예 선후감을 통해 당선작의 선정 기준을 지속적으로 유포한 점 역시 작품의 경향성을 강화하는 데 일조했다. 단편소설 모집에 앞서 특정 제재를 요구한 것은 '문단과 민중의 교섭' 의도가 반영된 것으로 보인다. 신춘문예 선후감은 독자대중에게 단편소설 창작법을 전파하는데 많은 기여한 반면에, 소설의 제재 및 주제를 한정함으로써 다양성을 위축시키는 결과를 낳기도 하였다.

신춘문예 단편소설 당선작은 조선어를 사용하기 어려웠던 식민지 시기에 독자들로 하여금 조선어 학습을 가능하게 했다는 점에서도 문학사적 의의가 있다. 신춘문예 단편소설은 문체 선택에 있어 순한글체를 지향했다.[43] 신춘문예 당선작이 실린 지면 또한 부인란, 문예란, 학예란

등 한글을 주로 사용하는 지면이었다. 아울러 신춘문예의 선후감을 통해 올바른 철자법을 교육하고, 모어 발굴을 독려하였다. '조선말이 예년보다 훨씬 많이 쓰여진 것도 기쁜 현상'이라며 조선말 사용을 적극적으로 권장하는가 하면, 세부적인 한글 표기 문제도 다루었다. '애'와 '에', '해'와 '헤', '대'와 '데'의 혼동을 지적하고,[44] 지역에서 사용하는 방언을 그대로 사용해 의미전달이 어려운 어휘를 지적하며 표준발음으로 표기해 줄 것을 요구하기도 하였다.[45] 또한 "'의'와 '에'를 구별할 줄 안다는 것"[46]과 "모어를 발굴키에 노력한 자취가 보이는 데도 우리는 경의를 표한다"[47]며 지속적으로 한글 사용에 대한 언급을 했다. 이처럼 신문사가 한글 사용에 관심을 보인 데에는 민족문화 및 민족문자를 보존 발전시키려는 의도[48]와 신문 구독 독자층을 확대시키려는 두 가지

---

43 애초 모집규정에도 순언문으로 써달라고 요구했으며, 강형구의 「봉두메」에 대한 평을 하면서 "한자혼용의 불필요를 이 작자에게도 말해두고 싶다."고 언급하기도 하였다. 단편소설의 문체는 순한글체로 해야 한다고 인식했음을 알 수 있는 대목이다. 일선자(一選者), 「신춘문예선후감 단편소설의 부(部)」, 『동아일보』, 1940년 1월 11일 석간 4면 참조.

44 선자(選者), 「신춘문예 소설선후언(3)」, 『동아일보』, 1932년 1월 19일 5면. "표준발음에 의하지 않은 지방식 발음을 그대로 쓴 작품이 너무 많았다. 함경도와 경상도 전라도에서 들어온 작품은 거의가 그랬다. '애'와 '에'의 구별이 없이 '해'를 '헤'라 하고 '대'를 '데'라 하였으니 예컨대 "대게 세벽헤가 뜬 뒤에 배우랴고 선생을 차자가는 생도의 무리가 운운"라는 것이 있었는데 이것은 "대개 새벽해가 뜬 뒤에 배우랴고 선생을 차자가는 생도의 무리가"라는 것을 그렇게 쓴 것이었다. 경상 전라와 함경에서 들어온 작품의 9할은 모두가 '애'와 '에'의 구별이 없었다. 각도를 통하여 '에'와 '의'의 구별을 못하고 '은'과 '는', '을'과 '를'의 구별을 못한 사람이 많았지만 이런 작품은 대개 그 내용으로 보아 그다지 지식층의 사람의 것이랄 수가 없는 것이 명확하였지만 '애'와 '에'의 혼동은 상당한 지식층의 사람에게도 거의 있었다. 이것은 주의할 필요가 있을 줄 안다."

45 앞의 글, "평안도물 가운데 '여관'을 '너관', '전차'를 '던차'란 것이 2,3편 있었는데 그것은 필적 등으로 그다지 지식층의 사람의 것이 아니었지만 함경도와 전라도와 경상도의 투고에 '애'와 '에'의 혼동은 거의 전부였다. 경기인의 것으로 '즌차증류장'식의 사투리를 쓴 사람은 수 인 있었다. 이런 것은 모두 주의하여 표준발음으로 하는 편이 좋을 줄 안다."

46 선자(選者), 「신춘문예선후감(1)」, 『동아일보』, 1936년 1월 4일 신년호 부록 其三 1면.

47 앞의 글.

목적이 있었다. 실제 『동아일보』는 이러한 목적을 달성하기 위해 문맹타파 운동과 브나로드 운동 등 실천적인 활동을 펼치기도 하였다. 중요한 점은 신춘문예를 통해 순언문으로 된 작품을 모집, 연재함과 동시에 선후감과 특집기사를 통해 어문법을 꾸준하게 지도했다는 사실이다. 결국 『동아일보』 신춘문예 단편소설은 순언문으로 된 작품을 발표할 수 있도록 지면을 제공하고, 어문법을 지도함으로써 조선어 학습은 물론 당대인의 사상과 감정을 전달했다는 점에서 문학사적인 의의를 찾을 수 있다.

48 신용하, 「1930년대 문자보급운동과 브나로드 운동」, 『한국학보』, 2005, 128쪽.

『동아일보』 신춘문예 단편소설 부문 당선작 목록

당선자	작품명	연재일자
최자영(崔紫英)	(소설 2등) 「오빠의 이혼 사건」(6회, 완)	1925.4.5~1925.4.10
최풍(崔風)	(소설 3등) 「방랑의 광인(狂人)」(3회, 완)	1925.4.11~1925.4.13
이영근(李永根)	(소설 선외가작) 「출교(黜敎)」(3회, 완)	1925.4.14~1925.4.16
이문옥(李文玉)	(가정소설 3등) 「시집살이」(8회, 완)	1925.4.18~1925.4.25
유민성(兪敏聖)	(가정소설 선외가작) 「의문의 P자」(4회, 완)	1925.4.26~1925.4.30
김남주(金南柱)	(단편소설 1등) 「소작인 김첨지」(8회, 완)	1927.1.4~1927.1.11
이문(李文)	(단편소설 2등) 「짓밟힌 이의 웃음」(8회, 완)	1927.1.21~1927.1.29
김덕혜(金德惠)	(단편소설 2등) 「그릇된 동경(憧憬)」(9회, 완)	1927.2.1~1927.2.10
한형종(韓炯宗)	(입선창작) 「홍수(洪水)」(5회, 완)	1928.1.2~1928.1.6
채봉석(蔡鳳錫)	(입선창작) 「가정교사」(4회, 완)	1928.1.7~1928.1.10
이석신(李錫薪)	(단편소설 1등) 「인정(人情)」(3회, 완)	1929.1.1~1929.1.3
이일광(李一光)	(당선단편 2등) 「세모편경(歲暮片景)」(3회, 완)	1929.1.4~1929.1.6
박남조(朴南祚)	(당선단편 3등) 「젊은 개척자」(3회, 완)	1929.1.7~1929.1.9
방휴남(方烋南)	(당선소설) 「감돌」(4회, 완)	1930.2.2~1930.2.5
김명수(金明水)	(소설) 두 전차(電車) 「인스팩터」(3회, 완)	1930.2.6~1930.2.9
문성훈(文成薰)	(당선소설) 「명랑한 전망」(4회, 완)	1932.1.6~1932.1.9
김현홍(金玄鴻)	(가작소설) 「국화(菊花)」(5회, 완)	1932.1.12~1932.1.16
최인준(崔仁俊)	(당선소설) 「황소」(6회, 완)	1934.1.1~1934.1.6
운향(雲香)	(가작소설) 「입원」(6회, 완)	1934.1.7~1934.1.14
방휴남(方烋南)	(가작소설) 「외투」(5회, 완)	1934.1.17~1934.1.23
김경운(金卿雲)	(당선소설) 「격랑」(14회, 완)	1935.1.1~1935.1.17
김정혁(金正革)	(선외가작) 「이민열차」(2회, 미완)	1935.1.18~1935.1.19
김동성(金東星)	(당선소설) 「산화(山火)」(13회, 완)	1936.1.4~1936.1.18
정비석(鄭飛石)	(가작소설) 「졸곡제(卒哭祭)」(11회, 완)	1936.1.19~1936.2.2
천지인(天地人)	(당선소설) 「실낙원(失樂園)」(7회, 완)	1938.1.6~1938.1.14
김몽(金夢)	(당선소설) 「만세환(万歲丸)」(10회, 완)	1939.1.7~1939.1.19
강형구(姜亨求)	(당선소설) 「봉두메」(13회, 완)	1940.1.5~1940.1.20

『동아일보』 신춘문에 당선
단편소설 원문

오빠의 이혼 사건 1925.4.5~1925.4.10

최자영(崔紫英)

1925년 4월 5일 4면

(소설 2등)옵바의 離婚事件(1)

여긔 게재(揭載)하는 소설(小說)은 이번 신춘문예품(新春文藝品)에 모집(模集)되야 2등 당선된 것입니다 이러케 발표하랴고 하든 것이 아니엿습니다만은 연재되든 소설『재생(再生)』은 작자(作者)의 신병(身病) 째문에 아직도 몃칠 지내야 게재(揭載)케 되겟슴으로 그동안 독물(讀物)로 지금 발표합니다

一

옵바는 긔어코 언니를 보내버리고 말엇다

二

옵바가 만세(萬歲) 나든 해에 PC학교를 고만두고 오륙년 동안이나 일본으로 혹은 중국으로 도라단이다가 일본 동경 M대학을 졸업하고 집에 도라오기는 재작년 녀름방학 째이엿다 자기는 무엇을 좀 더 — 연구

(研究)하여 보겟다고 가을에 곳 또다시 써나려고 하엿스나 세상이 다 써들든 그 몹슬 디진(地震)으로 하여서 고만두게 되고 짜라서 집안에 쭈구리고 드러안께 되엿다

집에 잇께 된 옵바는 별로 일뎡한 직업(職業)도 업시 혹은 도서관(圖書館)에도 단이는 모양이고 또한 어느 째는 무슨 단체(團體)에도 가입(加入)하여 가지고 밧분 것도 업시 밧부게 단이는 모양이엿다 그러고 혹 엇던 째 내가 그의 책상을 살펴볼 째 그의 책상 우에는 홋트러진 원고(原稿)도 보이는데 그것은 대개 소설이나 희극(戱曲)갓흔 것들이엿다 물론 지식(知識)으로나 리상(理想)으로나 나보다 멧 배 나흔 우리 옵바이니까 나로써 우리 옵바를 비판(批判)한다는 것은 좀 어려운 일이고 되지 못할 일이나 그의 작품(作品)을 몰내 그가 업는 동안에 읽어보드라도 PC학교에 단일 적부터 문학! 문학! 하고 써들고 다니든 옵바와는 아조 괄목상대(刮目相對)할 만하엿다 그것은 무엇보다도 필연적(必然的)이니까 별로 나는 놀내지도 아니하엿다

그러나 이상한 일은 그가 차차 쇠약하여저 감이엿다 동경서 처음 올 째에는 얼골에 살이 잇고 화기가 잇고 우슴이 잇더니만 왼일인지 집에 잇스면서부터는 얼골에 업든 광대쌔가 내여밀고 눈이 깔닥하여지고 아래턱이 차차 쌜라드러간다 그래서 그의 얼골은 누구가 보던지 엇더한 고민(苦悶)이 잇는 침울(沈鬱)한 얼골이 되고 말엇다 그는 집안에 드러오면 아모 말이 업다 그저 다만 저녁 먹으면 곳 나가서 잘 째에나 드러오고 아츰 먹으면 곳 나가서 저녁 먹을 째에나 그의 그림자를 우리집 안방에서 차저볼 수가 잇섯다

그러하야 나는 늘 ― 옵바를 보면 다만 아모 말업시 궁금한 마음이

가득한 생각으로 눈을 이상히 하여 고대할 섄이엿다 사실 왼일인지 하도 그가 아모 말이 업고 눈살을 찝흐리고 단니니까 해볼나야 해볼 수 업는 사정이엿다 그러나 또한 내가 그 의문(疑問)을 풀게 된 동기(動機)는 건느방 새언니가 싸라서 아모 말이 업고 때때로 머리가 압흐다고 하기도 하고 또 혹시 달이 밝으면 뒤 퇴마루에 가 안저서 실음업시 무엇을 생각하고 안젓는 것을 볼 때 비로소 『올치 그 문뎨로구나!』 하는 — 옵바가 서울서 중학교 단니든 때부터 실타든 — 언니를 배척(排斥)하는 문뎨이로구나 할 때 나도 왼일인지 한숨이 나오고 가슴이 두근두근하고 눈물이 핑핑 돎을 때다랏다 그것은 나도 옵바와 가치 사건(事件)은 갓흐나 내용은 다른 그러한 가엽슨 처디에 잇기 때문이엿다

『옵바 얼골이 웨 저 모양이우?』 하고 엇더한 때 옵바가 저녁을 먹고 채 출입을 하기 전에 마당에 나려와 거닐 때 내가 혹시 물으면 『나도 모르지……』 하고 아조 랭정하게 대답할 섄이엿다 그러나 다만 그에 그치지 아니하엿다 『너는 웨 저 모양이 되엿니』 하고 됩더 내게 물을 때 그때 옵바의 말소리는 보통 회화(會話)할 때 말과는 다르게 아조 유난하게 리즘이 처참(悽慘)하엿다 『조선 안에 잇서서 얼골에 살이 퉁퉁히 찐다는 젊은 남녀가 잇다면 엇더한 의미로 보던지 빠가(馬鹿)[1]니라』 하시면서 고개를 도리킨다 그러면 나는 그 말이 웃지나 비통(悲痛)하게 흘너나오는지 고만 훍훍 늣기여 울 것을 참어바리고 눈물이 글성글성한 눈을 옵바 못 보는 사이에 어둠컴컴한 짱을 향해서 나려깔고 말엇다

이리하야 아모 짜듯함이 업고 아조 쓸슬한 분위기(雰圍氣) 안에서 두

1 馬鹿(ばか) : 바보, 멍청이.

어 달이나 지나갓다

디진이 난 후 두어 날【달】 뒤이니싸 가을이 깁허가는 째이엿다 옵바는 간혹 술이 취해서 드러왓다 술을 마시고 드러오는 날이면 대문을 거더차고 『애 순희야!』 하면서 마루를 털고 올라와서는 안방문을 열고 드러와서 호주머니에서 술안주를 써내여 내게다 던저 준다 그러고는 무엇이라고 써들다가 어머니를 향해서 『어이구 나 죽것소 어머니』 하고는 가삼을 헤치는 것을 볼 째 나는 바다온 술안주에서 옵바의 술취한 얼골을 차즈면서 묵묵히 안저 잇섯다 그러다가 나도 『고만 건너가 주무서요』 하고 어머니께서도 『고만 건너가 자거라』 하시면서 『졂은애가 술이 다 — 무엇이냐?』 하시는 꾸지람 비슷한 말을 하시는 날이면 『나를 술 먹게 맨든 사람이 누구인데요?』 하면서 뒤밋처 『조선의 어머니 아버지애요』 하고는 거진 부르짓다십히 하면서 쿵쿵거리고 건느방으로 건너가는 모양이 지금도 내 눈압헤 보이는 듯십다

1925년 4월 6일 4면

옵바의 離婚事件(2)

그러면 어머니께서는 『재가 밋첫나?』 하시면서 한숨을 쉬이시며 그 밤을 새이시는 것도 보앗다 그러나 또한 생각지 못할 일은 옵바가 건넌방으로 건너간 후에는 집안이 쥐죽은 듯이 고요한 것이엿다 옵바가 만일 언니가 실코 언니에게 불평 야료를 할 것인데 아모리 주정을 하다가도 건너방에만 건너가면 고만 아모 소리도 업는 것이엿다 『웨 그럴가?』 하는 의심은 그 후 한참 잇다가 언니가 간 후에야 비로소 알게 되엿다 그러나 이것 한 가지마는 짐작하게 되엿다 그것은 다른 것이 아니

라 옵바가 언니방에를 아니 드러가자면 어듸 가서 잘 쎄가 업는 탓이엿다 직업도 업고 짜라서 돈 생기는 곳도 업스니 그는 짜로 어듸 가서 거처할 수도 업는 형편이엿고 안방에서 자자면 그보다 두 살이 아래인 나하고 또한 나의 동생 덕희가 어머니를 뫼시고 자니까 올 수도 업는 형편이고 또 아레ㅅ방엔 내 아우 영철의 내외가 거처하니까 그곳은 애초에 문뎨 밧기엿다 그리하야 쏙 그는 그의 방에 가서 자지 안흐면 아니되게 되엿다 그러나 나의 바람은 차라리 옵바가 어느 친구의 집에서 자든지 길에서 자드래도 언니의 방에만 아니 가면 그 고통이 조곰 덜 하려니? 하는 생각이 돌 째 나의 가슴은 터질 듯이 압헛다 내가 당하야본 경험을 생각하여서라도 그리하야 그 가을이 지나가고 겨울이 또 지나가고 이듬해 봄이 오고 또 녀름이 왓다 가고 하엿다

아마 그것이 작년 느진 가을 어느 날 저녁인가 십다 그날 저녁에도 옵바는 업고 언니 혼자만 건넌방에 잇는 것을 나는 엇지한 일인지 별로 일도 업시 건너가게 되엿다 내가 건넌방 문을 열고 드러설 째 그때 나는 언니의 우는 모양을 보앗다 웃목에서 바느질고리짝을 압헤 놋코 일을 하고 잇든 채 고개를 숙오리고 쪽구리고 안저서 우는 모양을 보앗다 나는 깜작 놀랏다 그래서 동정(同情)이라 하면 너무도 새삼스럽고 무엇이라 형언할 수 업는 감정을 늣기면서

『언니!』

하고 그의 압헤 가 안젓다 그러나 전가트면 우숨으로 마자주는 그가 오늘은 꼼작도 아니하고 고개도 들지를 아니한다 다만 나인 것을 알더니 더욱 늣기여 울 쑨이엿다

『웨 울우?』

하고 다 아는 일이지마는 그래도 물어보는 방식(方式)으로는 이 도리밧게 별 수가 업섯다 나는 그때 별안간 나의 정신을 아득하게 지배하는 감정을 깨다른 것은 괴로워하는 옵바 우는 언니 속병 든 어머니 심술내이는 동생 — 그러고 보닛가 나의 설움은 어듸로인지 형뎨도 업시 사라진 것과 가치 생각되엿다 아지 못하는 가운데 나도 눈물이 핑 — 돌앗다 내가 생각하여보아도 내가 그때운 것은 내가 그를 동정하며 불상히 녁이여서 운 것보다도 남이 설어하는 것을보닛가 별안간 내 설음이 북밧처 올라서 견댈 수 업시 울어바리고 만 것이엿다 그리하야 나는 그의 우는 양을 한참이나 바라보다가 고만 나도 울어 가지고는 실컨 한참 동안이나 서로 붓들고 울고 말엇다 그러나 둘이 함께 우는 가운데도 안방에 게신 어머니가 혹시나 드르실가 보아서 소리도 못 내이고 다만 잇다금 흙흙 늣기는 소리밧게 나는 것이 업섯다 그러다가 한참이나 맥놋코 울든 언니가 별안간 눈물을 씻고 먼 산을 바라다보고 안는다 그때 그의 목에서는 다만 가슴에서 써오르는 기가 탁 — 막히는 그러한 갓분 숨밧게 써오르는 것이 업는 모양이엿다 나도 고만 끈처바리고 말엇다 그래서 또 얼마 동안 잠잠히 지내다가 차차 이약이가 풀려나오기 시작하엿다

三

『나는 인제 시흥(詩興)으로 가겟소』

하는 언니의 말소리는 아조 결뎡하여 바린 듯한 어조로 쑥 — 잘라 말하여 바리는 모양이엿다 고만 나의 심장(心臟)은 고동(鼓動)되고 말엇다 엇지한 일인지 가슴이 두근두근하여진다 그리고 그 말에 얼마나 원한(怨恨)이 가득찬 듯하고 억지로 니를 악무는 듯한 엄숙(嚴肅)함이 잠기

여 잇든지 나는 그를 치여다보지도 못하엿다 그러고 쏘한 『저이가 가면 나와는 남(他人)이 되려니』 하기 쌔문에 엇전지 서운하여저감을 쌔닷게 되엿다 그러나 나와 그와는 십여 년 동안이나 서로 의지하고 서로 동정하며 서로 참 친형데나 다름업시 지내 온 터이엿다 그럼으로 『그가 가시니……』 하고 생각할 쌔 먼저 맛보는 것은 가슴의 쓰라림이엿다

『웨 옵바가 무어랍듸까?』

이것도 알고도 뭇는 말이엿다 그러나 쏘한 쏘다른 방책이 업스닛가 이러케 물을 수밧게 업섯다

『나 하나만 가고 업서젓스면 잘 살 것을……그럴 것 무엇잇나』 하면서 아모 계통(系統)도 업고 순서도 업는 말 — 그것은 다만 자긔 혼자 결단하여 가지고 혼자 부르짓는 독백(獨白)밧게는 되지 못하엿다 그러나 나는 그 말의 의미는 충분히 짐작할 수가 잇섯다 그것은 옵바와 언니의 생활 속에서 이러나는 — 미리부터 예상(豫想)하엿든 — 파탄(破綻)이엿다 과연 그러타 나는 그들과 함께 지나이니까 그들의 심리(心理)의 변환(變換)되여 가는 것이라든지 요사히는 엇더한 것을 생각하고 잇거니? 하는 생각까지라도 잘 알고 잇스니까 그들의 무슨 말을 듯든지 다만 한 마듸만 들어도 능히 그들의 전 감정을 짐작할 수 잇섯다 설령 싸홈을 햇다 하면 싸홈을 어느 정도까지 하엿다는 것이라든지 조와하고 사랑한다면 그들은 어느 정도까지 잘지내인다는 것을 대강은 짐작할 수 잇섯다 그리하야 어차피 아는 사정인데 다시금 모르는 사람 모양으로 중언부언 물어볼 수도 업고 하여서 하여간 그들은 기어코 헤여지는고나? 하는 생각밧게는 갓지 못하엿다 그럼으로 나로써는 옵바의 편을 드잘 수도 업는 일이고 쏘 그러타고 언니의 편을 들 수도 업는 형편이엿다

그러니까 다만 나의 가삼 속에서 우러나오는 말은『아 — 하 — 모든 것은 과거인(過去人)의 죄이다 우리들보다 나희 먹은 이들의 죄이다』하는 부르지즘이엿다

『자근앗씨 — 그래요 그는 나를 사랑치 아니하엿써요 십 년 동안이나 갓치 지내이엿것마는 나에게 짜듯한 말 한 마듸 건니지 아니하엿써요』

1925년 4월 7일 4면

옵바의 離婚事件(3)

언니는 또다시 흙흙 늣끼여 울기를 시작하엿다 얼마나 그의 말이 감정적(感情的)이고 또한 지금 그의 말은 누구가 들어보드라도 구식 녀자의 하는 소리는 아니엿다 그러나 그는 평소에 내게나 또한 나의 옵바들한테서 귀에 젓도록 들엇스니까 그때는 모르는 체하고 그런 말은 아지 못하는 체하엿지마는 지금에 그러한 쓰라린 파멸(破滅)을 맛보니까 우연히도 의식 업시 울어나오는 모양이엿다 나는 우에도 말하엿거니와 우리 옵바를 원망할 수도 업섯다 또한 우는 언니를 미워할 수도 업섯다 다만 원망하고 미워하는 것이 잇다 하면 그것은 사랑하지 못하는 마음 사랑할 수 업는 마음! 웃지해서 또한 그러한 사랑할 수도 업고 사랑하지도 못하게 되는 부부가 이 세상에 잇나? 하는 그러한 불평이 만흔 사회를 저주(詛呪)하는 수밧게 업섯다 나는 고만 이 우에 더 — 참을 수 업섯다 우는 사람을 보는 마음 내 설음 — 내 괴로움이 북밧치는 마음이 한꺼번에 폭발이 되기 째문에 될 수만 잇스면 지금 당장에 쒸여나가 부지갱이라도 들고 나가서 이러한 철뎌치 못한 사회를 한번 휘저놋코 십헛다 그러나 그것을 실행하기에는 내 마음이 너무도 약하엿다 방 안은

조용하엿다 그러나 살풍경이엿다 언니의 흙흙 늣기여 우는 소리 나의 가삼에서 울어나오는 긴 — 한숨 그것이 방 안의 공긔를 점령하게 되엿다 나는 다만 멍 — 하니 뎐등불만 건너다보고 안저 잇섯쓸 썐이엿다 그러나 한편귀로는 언니의 울음소리를 드르면서도 뎐등불을 바라다보는 나의 눈에는 햇쓱한 옵바의 면영(面影)이 보인다 나는 고만 벌덕 이러나 안방으로 건너오고 말엇다

안방으로 건너와서 이불을 뒤여쓰고 드러누어서 잠을 억지로 자랴하나 잠은 오지 아니하엿다 그러고 옵바와 언니와의 관게와 또한 나의 지나간 과거의 일이 조각조각 머리에 떠오르면서 나의 가삼을 답답하게 하엿다

생각건대 옵바는 열세 살에 장가를 갓다 (그쌔 나는 열한 살이엿다) 새로 온 새악씨 — 우리 언니는 그쌔 열다섯 살이엿다 물론 도량으로라든지 키로라든지 모든 것이 옵바보다 퍽 — 컷섯다 그리하야 한 삼사 년 동안은 아모 탈 업시 옵바가 언니를 실타는 말도 아니하고 사실 아모 것도 몰낫든 것이엿다 어머니가 『오늘은 건넌방에 드러가 자거라』 하시면은 얼골이 새밝애지면서도 우숨을 씌우면서 조와라고 그날 밤은 옵바가 우리방에서 자지 아니하고 언니방에 가서 잣섯다 그러나 그 후에 옵바가 중학교에 입학해서 단일 쌔부터는 어머니한테 쌔쌔 『나 — 장가 공연히 갓서』 하고 후회하는 모양도 보이엿고 또한 공연히 언니한테 핀잔을 주기도 하고 눈을 흙이는 것을 보기도 하엿다 그러다가 만세 나든 해에 옵바는 일본으로 가버리고 말엇다 일본으로 간 후에도 늘 어머니한테 편지가 오기를 『요새 세상에는 녀자도 공부을 해야지 공부 아니한 녀자는 쓸데업다』는 둥 엇더한 쌔는 『건넌방 치도 공부를 다시 식히엿쓰면 좃

켓슴니다』 하는 의견이 오기도 하고 또 엇더한 째는 『나는 건넌방 치가 실흐니 보내주세요』 하는 말을 써보내기도 하고 또 얼마 잇다가는 『어머니! 나는 그를 사랑치 안슴니다 공연히 어머니 아버지가 저를 식혀서 나어린 아모 것도 모르는 — 저를 식히여서 남의 집 처녀에게 죄만 짓게 하섯세요』 하는 편지를 써서 보내기도 하엿다 그럴 째마다 집안에서는 야단이 낫섯다 어머니는 우시고 아바지는 노(怒)하시고 언니는 머리를 싸서매이고 드러눕는다 아바지는 심지어 『학비는 보내 무엇해 그런 놈!』 하시면서 아니 보내려고 하시며는 어머니께서 몰내몰내 얼마식 보내시는 것을 보기도 하엿다 그러다가 재작년 녀름방학에 옵바는 집으로 도라오게 되엿다 이어서 그 뒤부터 은연중에 이러나게 된 풍파가 오늘날 이러한 절뎡(絶頂)에 달하게 된 것이엿다

그러나 이것은 옵바가 어머니 아바지한테 희생(犧牲)된 비참한 십 년이란 긴 력사이고 또 나는 엇더하엿느냐? 나는 옵바가 장가간 지 사 년 후에 — 내가 보통학교를 마치든 해 — 아바지는 나를 싀집보내시엿다 나의 남편은 시골사람인데다가 보통학교도 단이지 아니하고 다만 한문 공부만 조곰 하여 본 양반(兩班)의 아달이엿다 아바지는 양반의 아들이란 말에 자긔가 보지도 아니하고 사람을 식혀서 선이라고 본 후에 사주(四柱)가 가고 오고 하드니 고만 어느 날인가 그와 나와는 우리집 마루에서 초례(初禮)를 치루게 되엿다 그러나 혼인이라고 한 지가 한 달이 넘고 두 달이 넘도록 그의 집에서는 나를 데려가지 아니하엿다 그것은 구차한 탓이엿다 그의 부모가 구차하고 짜라서 그는 직업이 업고 하니까 나를 데려가랴고 하엿스나 데려 갈 수는 업는 형님편【형편】이엿다 더군나 나는 혼인을 갓 하면서부터 왼일인지 나의 참사랑 — 가삼에서

써오르는 애착이 조곰도 그에게로 가지를 아니하엿다 그를 보면 웃지 한 일인지 가삼이 답답하여지고 실혀지고 하니까 자연히 몸밧게 축나는 것이 업섯다 사실 말이지 지금에 이르러서는 웨 내가 혼인 뎡할 째 그째부터 애당초에 싀집을 아니 가겟다고 못하엿는고? 하면서 후회가 지금까지 나지마는 그째는 나희도 어리고 더군다나 아모것도 모르고 붓쓰러만 잇고 게다가 어룬의 말에는 복종할 마음만 잇섯든 나

1925년 4월 8일 4면

옵바의 離婚事件(4)

나로써는 감히 거역하지를 못하엿다 도대체 내가 약한 탓이엿다 그러다가 그의 아버지 나의 싀아바지는 만세 째에 운동(運動)에 참례하엿다가 감옥(監獄)으로 가게 되엿다 가서 사 년선고를 바【받】엇다 그래서 나는 그 소문을 듯고 그것이 동긔(動機)가 되어 가지고 분연히 쩔치고 이러낫다 다시 학교에 드러가기를 집에다 원하엿다 그리하야 다시 학교에 드러가서 고등과를 마치고 지금에는 작년부터 소위 어린아희를 맛하서 가리키는 유치원교사로 잇게 되엿다 그동안에 나의 남편 되는 그는 나의 학교 단니는 것을 핑계 잡아 가지고 시골로 나려가서는 지금은 소식조차 업게 되엿다 물론 나의 미래는 엇지 되든지 그의 소식갓흔 것을 밧지 안는 것이 오히려 괴로움을 덜게 되엿다 나는 그날 저녁에 그 언제인가 옵바가 동경서 갓 도라와서 나와 나의 남동생을 자긔 압헤 불러 안처 놋코『우리는 정의(正義)와 진리(眞理)를 위해서 사는 사람이다 정의와 진리 압헤는 부모의 애정도 쓸데업는 것이다 우리는 이러나야 하겟다 그리하야 녯 과거(過去)를 대표한 불합리(不合理)한 이 사회의

유물 그들에게 반역(叛逆)해야 하겟다 이것도 자유(自由)를 부르짓는 형【혁】명(革命)의 한 부분을 점령한 것이다 그러타 우리는 그들과 싸와야 하겟다 하면서 『나만 싸라오너라』 하든 그때 그 말이 나의 온 머리를 점령하여서 나는 그것 때문에 얼마나 괴로운지 몰낫섯다

그날 저녁에 옵바는 집에 드러와 자지를 아니하엿다 그뿐 아니라 그 뒤부터는 집에서 자지를 아니하엿다 하로에 한 번식 드러와서는 혹은 점심 겸 저녁으로 밥이나 한씨식 어더먹은 다음에는 또다시 아모말 업시 밧갓으로 나가바린다 그때는 옵바를 보고 『옵바 요새는 어듸서 주무시우?』 하고 물어보면 『써도라 단니면서 잔단다』 하고는 나가버린다 그러면 어머니는 혜[2]를 툭툭 차시면서 근심스러운 얼골로 옵바의 나가는 모양을 바라보신다 그러나 나는 그럴 때마다 『올타 옵바는 인제부터 정말 사람다운 생활을 개척(開拓)하라는 도정(道程)에 잇섯다』 하면서 속으로 부르지즈며 한편으로는 일종의 통쾌(痛快)함을 늣끼면서도 또 한편으로는 언니에게 대한 동정하는 마음도 업지 아니하엿다 또한 더욱이나 언니에게 대해서 내가 경양(敬讓)하는 마음을 갓는 것은 그 후에도 언니가 우리집을 써나기 전까지는 늘 쉬히지 안코 부지런하게 집안일을 살피여보는 것이엿다 밤에나 혹시 또 저번처럼 우는지는 모르겟스나 아츰에 이러나서 저녁까지 쭉갓치 그전과 다름업시 일하는 것이엿다 언니의 생활을 이러케 십여 년을 지내온 것이엿다 생각하면 그는 우리집에 드러와서 무보수로 종(奴隷)노릇한 것밧게는 업섯다 아 — 얼마나 참혹한 그의 반생이랴

2 혜(鞋) : 짚신이나 신발.

그러나 그러는 중에도 세간을 탄다 고리짝을 사드린다 하면서 차차 자긔집으로 써날 준비을【를】하는 모양이엿다

몃칠 지낸 뒤에 어느 날인가 언니가 써나기 전 몃칠 아니 남은 때이엿다 그날 부억에서 나를 맛나서 하는 말이

『난 래일모래 써나겟소』

하고 내 압흘 지내간다 나는 가삼이 선듯하엿다 더군다나 건느방에서 둘이 함께 울든 날 — 그날부터는 왼일인지 서운하여지고 하엿는데다가 오날 그말을 드르니까 『저 — 가삼 속에는 얼마만큼이나 울분(鬱憤)이 가득 찻슬까? 하고 생각되기 때문에 몸에 소름이 쪼-ㄱ 씻친다 그러고 그의 얼골엔 언제 보든지 늘 — 긴장된 표정이 써도는 데다가 밤이면 잠을 통 — 못 자는지 늘 그의 눈은 푸석하엿다 여전히 옵바는 하로에 한 번식 집에를 들느것마는 그 뒤부터는 집에 와서 그와 맛나드라도 서로 이-ㅅ쌋을 어울느는 것을 보지 못하엿다 물론 그들 가운데는 다 — 락착이 난 모양이엿다

그 잇흔날 — 언니는 자섵 일가집에 가서 그 집 옵바더러 『더【데】려다 달나는 부탁을 하려 간다』고 나가고 업는 때이엿다 그때 마츰 옵바는 집에 드러왓다 어머니는 성을 내이시면서 『얘래일 네 처는 써난단다 자섵 저이 일가집 옵바더러 데려다 달난다나?』 하시면서 들쎄여노코 하시는 말삼으로 옵바을 흘겨보시며 말슴하섯다

『웨 앗까우시지요? 인제는 부려먹을 사람이 업스시니까』

의외에 옵바는 극도의 흥분이 되는 모양이엿다 그 눈치를 어머니도 아섯든지 고만 어머니는 풀을 죽이시면서 『이왕 너희들끼리 그러케 된 일을 웃지하니? 그러나 아버니께서는 두 군데 다 — 노하섯단다 어제

는 그 애를 불너가지시고 『너 — 정말 갈 테냐?』 하시면서 『너 — 만일 네 남편이 정 — 너를 실타고 하거든 나나 너의 싀어머니라도 바라고 살념으나』 하시니싸 아모 말도 아니 하드구나 그러드니 건너방에 건너가서 그러드라나 『요새 세상에 누가 싀어머니나 싀아버지만 바라고 살겟느냐고……』

『하여간 두 년놈이 쪽갓다 쪽갓해』 하시면서 이에 어머니는 뒤말을 막아바리시고 말엇다 생각에도 아바지나 어머니쎄서는 인제는 하실 수 업는 모양이엿다 당자(언니)가 간다고 나서는데야 할 수 업는 모양이엿다

『듯기 실혀요』

옵바는 내부핏는【내뱉는】 말로 그러면서 건너방으로 드러가서 덜석 두러눕는 모양이엿다 그쌔 나는 엇지한 일인지 옵바를 싸라서 드러가게 되엿다 옵바는 길 — 게 다리를 쑥뻣고 드러누어서 무엇인지 천정을 치여다보고 생각하는 모양이엿다

1925년 4월 9일 4면

옵바의 離婚事件(5)

『옵바』

하고 나는 될 수 잇는 대로 어엽분 목소리로 가다듬어서 불러 보왓다 옵바는 곳

『응?』

하고 대답은 하면서도 나를 보지 아니한다

『옵바…… 옵바는 언니가 불상하지도 안슴니싸?』

하고는 고만 그의 압헤 가서 씨러지면서 흙흙 늣기여 울엇다 참으로

내가 옵바와 언니의 리혼 관계를 보는 동안에 그째가치 설은 째는 쏘다시 업섯다 언니가 써나든 째 보다도

『웨 아니 불상해 불상하지 불상해 그러나 나는 더 — 불상하단다 사랑하랴고 애를 쓰나 사랑할 수 업는 내 마음 — 내 운명은 더 — 불상해』

이째 나는 거지반 소리가 나도록 흙흙 늣끼여 울엇다 그것은 내가 당해 온 운명 그것이 지금 옵바가 내 말을 하여주는 것과 가튼 탓이엿다

『정【순】희야! 들어보아라 나와 그와는 인제 문제가 다 해결되고 말엇다 내가 이 집에서 자지 안튼 그날 — 그 전날 저녁이다 나는 그에게 나의 량심(良心)을 고백하엿다 『나는 당신을 사랑하려고 만흔 노력을 하엿스나 그것도 — 수포로 도라가고 쏘한 내나 당신이나 다 — 불상한 사람이라』고 하면서 『만일 이째로 억지의 생활 억지의 허위를 가지고 우리가 우리의 미래를 살아간다면 얼마나 참혹한 것이냐』고 — 『쏘한 당신은 나를 사랑하는지 그것은 정도나 쏘는 참도 알 수 업는 일이지마는 한편에서만 그러하고 한편에서는 그러치 못하다하면 그것 역시 사랑은 성립되지 못하는 것이니 결단코 그러한 모순(矛盾)된 살림 속에서 살 것이 아니라 우리는 다 — 가서 그 썹질을 뚤코 나가서 다시 우리의 새로운 생활을 맨드러내야 하겟소』 하엿다 그리고 쏘한 말하기를 『당신은 그러면 나 째문에 병신이 되엿다고 하겟지요 그러나 병신이면 나도 병신이 된 것이외다』 하닛가 그는 뎐등도 끈 캄캄한 방 안에서 자리에 누어서 울드라 『그러나 그 병신은 짤븐 것이고 우리의 장래는 좀 더 — 긴 것이라』는 것을 말하고는 『결단코 나보다 당신이 그것을 더 — 비관(悲觀)할 것이 아니라』는 말을 하엿다 그러닛가 자긔도 다 — 안다고 하드라 그러고 그는 『간다』고 하드라 그래서 나는 마즈막으로 새사

람이 되기를 굿게 언약하엿다 그러나 웨 아니 불상하것니? 그의 과거가 불상하고 나의 과거가 불상한 것이며 아울너 헤여진다는 것 — 써난다는 것이 불상한 일이다 쏘 그러나 이 모든 것은 제도(制度)나 전통(傳統)이 억지로 갓다준 불행함이요 불상함이니싸 우리는 맛당히 굿게 발길로 내 — 차던저야 하겟다』

『정【순】희야! 너는 이 말을 남보다 더 쏙쏙히 들어둘 필요가 잇서!』 하는 옵바의 마즈막 말을 들을 째 나는 더 — 한층 늣씨여 울엇스며 옵바도 어느 틈에 우는 모양이엿다

五

쏘 그 잇흔날 — 이 날은 언니가 가는 날이다 말숙이 개인 가을 하늘은 새ㅅ파랏코 놉다랏타 이날 나는 옵바가 설마 그래도 오늘은 일즉이 드러와서 언니의 써나는 것을 보내려니 하는 마음을 가젓섯다 그러나 아츰을 먹고 오정이 갓가와오나 옵바는 영영 드러오지를 아니하엿다 오정 반차에 시흥 가는 완행차(車)를 타고 언니는 써나게 되엿는 것이엿다 이날 우리집 — 집안 공기는 매우 이상스럽게 긴장이 되어잇고 쏘한 쓸쓸하엿다 이날이 마츰 공일이라 나며 나의 동생이며 나의 아우가 다 — 한집안에 잇게 되엿다 어머니는 눈살을 잔뜩 찝흐리시고 압뒤로 도라다니시고 아바지는 아츰부터 오서서(서모집에서) 술이 건어하게 취해 가지시고 공언히 쓸데업는 잔말을 하시면서 짐 실리는 분별을 하시고 안저 게시엿다

열한 시 십 분이 되자 기다리든 옵바는 영영 드러오지를 아니하여서 하는 수 업시 짐을 지게군에게 다 지워보내고 나와 나의 동생 쏘한 나

의 아오 — 그러고 쏘 그와 그의 일가 옵바가 갓치 우리집에서 써나서 정거장으로 가게 되엿다 사람사람들은 서로 무슨 말을 할 뜻 할 뜻하다가도 고만두고 서로 눈치만 살펴보면서 써나게 되엿다

『음 잘 가거라』

하시면서 절하고 물러나오는 언니를 아버지는 유심히도 보시면서 거진 반 약간 썰니는 목소리로 일느신다

『몸이나 성히 잘 잇거라 그게 다 운수다 마음 돌일 째나 기대리고 잘 잇거라』

하시면서 어머니는 고만 며느님의 절을 바드시면서 치마고름으로 눈물을 씨스신다 언니도 울고 나도 울고 동생도 울고 덕희도 울고 할맘까지도 울고 언니의 친척 옵바는 대문깐에서 기대리고 — 그러나 대문을 나서야만 되겟다는 의식은 고만 우리들의 눈물을 끈처주고 말엇다 그러나 다만 혼자 대문 뒤에가 스서서 흙적흙적 우시는 어머님 한 분섄이엿다 언니는 철두철미 침착하엿다 아모 말업시 다만 대문간에서 할멈을 보면서

『할멈 잘 잇써』

하고 자긔와 가치 로동(勞動)하든 — 부려지든 동모를 도라보면서 하직의 말을 일느면서 우리집 좁은 골목을 나와바리고 말엇다

정거장(停車場)에 사람의 소리는 시-ㅅ끄러윗다 일본사람의 나막신 소래 아가보(赤帽)[3]가 구르마 끌고 가는 소리 써드는 소리가 함께 뒤석겨 나오기 째문이엿다 그리고 모든 소리는 그런 곳에 자조 가지를 아니

3 아카보(あかぼう) : 빨간 모자를 의미하며, 정거장 등에서 수화물을 나르는 짐꾼을 일컬음.

하든 우리들을 어리둥절하게 맨드럿다 우리도 언니의 짐 부치는데 참견을 하랴 표 사는 것을 살펴보랴 긔차(汽車)가 곡간차를 썰려고 『푸-파』거리고 가는 것을 구경하랴 잠간 동안은 헤여진다는 — 보낸다는 설음을 이저바리게 되엿다 그래서 덕희는 사람 만흔 곳에서 혹시 나의 그림자를 찻지 못하면 『언니- 언니-』 하고 부르며 쏫차다니고 동생은 『누나!』 하고 부르면서 왓다갓다하엿다 그러다가 시간이 되여서 입장권 산 우리와 차표 산 그들(언니와 그의 옵바)은 다- 가치 쭉- 느러서 개찰구(改札口)를 나왓다

1925년 4월 10일 4면

옵바의 離婚事件(6)

차실(車室)에다 바스켓트와 가방을 갓다 두고 우리는 푸라트홈에 가나와서고 언니의 고개는 차창(車窓)으로 내여밀어 가지고 서로 바라보게 되엿다 나는 그때야 비로소 또한 『옵바가 혹시 정거장으로 나 나오나?』 하는 마음이 부련듯이[4] 써오르게 되엿다 그래서 때때로 개찰구 쪽을 바라보면서 덕희와 아오에게도 혹시 나오나 살펴보라고 일러주엇다 그러나 푸라트홈 천정에 매여달닌 시계(時計)의 분침(分針)이 령 시 이십분을 가리킬 때까지 그의 그림자는 낫타나지 아니하엿고 차저볼 수 업섯다

『옵바두 보지 못하구』

나는 우연히 차창으로 내려다보는 언니를 보고 이러케 말하엿다 그

4 불현듯이 : 불을 켜서 불이 일어나는 것과 같다는 뜻으로, 갑자기 어떠한 생각이 걷잡을 수 없이 일어나는 모양. 어떤 행동을 갑작스럽게 하는 모양.

러나 언니는

『보면 무얼하우』

할 샌이엿다 그때이다 언니의 눈에는 눈물이 핑 돌랏다 우리도 다 가치 울엇다 그러자 차 떠난다는 경종(警鐘)이 길게 울기 시작한다 나는 차창으로 내여민 언니의 손을 꼭쥐엿다 언니도 나의 손을 꼭쥐엿다 그의 그 조금 딱딱하고 썰스레운 손 — 빨내하고 다듸미하고 반찬하든 — 그 두틈하고 모양 업는 손 — 얼마나 그의 실미직지근한 온기가 나의 머리 속에다 말할 수 업는 깁흔 인상(印象)을 주엇는지? — 차가 천천히 움지기기 시작한다 언니는 흙흙 늣끼여 운다 — 그때 그날 밤보다도 더 —

『잘 가우 언니』

나와 나의 아우 덕희는 다만 울음 석긴 어조로 이 말밧게 아니 나왓다 그러는 동안에도 『옵바는 너무 박정하다』 하는 생각이 잠시라도 나의 머리을【를】 떠난 때가 업섯다 옵바와 내가 한 동기간이라 그러한지는 모르겟스나 옵바가 잘못한다는 생각을 가질때 내가 오히려 더 — 미안하엿다 의식 업시 누구가 흉을 보는지? 누구들이 우리들을 에워싸고 구경하는지도 모르고 그의 탄 기차의 전망거(展望車)의 맨 뒤 그림자가 푸라트홈[5]에서 마즈막 나갈 때 나는 항케치[6]를 흔드럿다 언니도 처음에는 가만히 잇는 것 갓드니 나종에 그도 그 멀니서 항케치을 흔든다 그 차가 다 — 보이지 아니할 때까지 사나히 동생이 『고만 갑시다』 할 때까지 나는 눈물과 항케치 흔드는 것으로 그를 보내이엿다 그도 차 안에

5 플랫폼(platform) : 역에서 기차를 타고 내리는 곳.
6 행커치프(handkerchief) : 손수건, 또는 장식용의 네모난 작은 천.

서 얼마나 울엇쓸는지? 텅텅 븨인 정거장에서 우리들이 맨 나종으로 나오게 되엿다 그날이 다 — 가도록 나의 생각 속에는『아- 쌀살하고도 엄연(嚴然)한 언니이다 이 세상에는 실흐면서도 — 실타는 데도 억지로 모순(矛盾)된 생활을 하는 사람이 만컷마는……』하는 일종의 존경하는 마음 외애(畏愛)하는 마음이 가득차섯다

저녁 때이다 그 전날 단겨가서 오날 저녁 때까지만 이십사 시간이 지나고 멧 시간이 더 — 지나간 때 옵바의 침울(沈鬱)한 얼골은 우리집 마루 섯헤 낫하낫다 그때 나는 곳 안방에서 뛰여나오면서 자그마한 목소리로 구두 벗는 옵바를 향해서

『옵바! 엇써면 정거장에도 아니 나온단 말이요』하면서 책망하는 듯한 말을 한 마듸 하니까

『보면 무얼하니 가삼만 더 — 답답하지 나도 인정을 가진 사람인데』

오히려 그는『나도 인정을 가진 사람인데』하엿다 나는 더 — 깁히 그를 동정하고 그를 리해하게 되기가 그때부터이라고 생각된다 그러나『올흐냐? 그르냐』라는 의문은 지금도 아즉것 남어 잇다고 생각된다 그러나 그보다도 나는 그 나오지 못하는 애처로운 마음! 애를 써서 맛나보랴고도 하지 안는 언니의 마음을 더- 잘 안다

『아버지가 게시우』

나는 그 무슨 싸홈이 이러나리라는 예감(豫感)이 잇섯든지 옵바에게 이러한 말을 하엿다 그러나 옵바는 천연하엿다 그러고 그는 안방으로 모자를 버서들고 드러간다 나도 그의 뒤를 따라 드러갓다 옵바가 방문을 열고 드러와서 웃목에 서서 잇슬 때 그의 시선은 아버지의 노혀운 무서운 시선과 서로 이상스러운 위협(危險)을 띄어가지고 부듸치는 것을

방문 압헤 선 내가 확실히 보엿다

『이놈 너마저 어듸로 가거라』

아버지는 떨니고 무섭고 커다란 목소리를 벽력갓치 질넛다 방 안에 안저 계신 어머니와 문압헤 섯는 나는 머리 끗이 쭉뼛하여지고 소름이 쭉끼첫다

그러나 그때 옵바는 아모 말 업시 태연한 태도로 나의 압흘 향해서 거러오는 것을 보앗다 장차 문박으로 나가랴는 모양이엿다 나는 옵바의 압흘 막아섯것마는 그는 나를 잡아다리여 비켜놋코는 고만 문박으로 나가바리엿다 어머니가 쏫차나가섯다

나도 어머니의 뒤를 싸라나갓다 그러나 옵바는 역시 아모말 업시 구두끈을 되는 대로 얼거매인 후 대문을 향해서 나아간다 나는 다만 멍-하니 옵바의 뒤모양을 바라다 볼 싸름이엿다

『얘 어듸 가니?』

하시는 어머니의 울음 석긴 목소리로 부르는 듯한 뭇는 말도 옵바는 못 드른 체하면서 영영 나가바리고 말엇다

그 후에 옵바는 다시 도라오지 아니하엿다

六

언니는 시흥으로 가고 옵바는 만주(滿洲)로 간 지도 발서 너덧 달이 되엿다 그동안에 묵은해는 가고 새해는 오기도 하엿다

아 — 옵바는 언제나 도라오려는지? 옵바는 이 사회에서 맨드러 내인 모든 희성【생】자(犧牲者) 중에 한 사람이다 옵바는 정의(正義)와 진리(眞理)를 위해서 싸운 투사(鬪士)이다 모든 제도 (制度) — 과거의 썩어써러진

것을 박차기 위하야 박차바리고 자기의 환경(環境)을 쏙쏙히 하고 축방(逐妨)된 용자(勇者)이나 불행(不幸)을 버리고 행복(幸福)을 요구하려고 하고 속박(束縛)을 버서나 자유(自由)를 부르짓든 옵바는 지금 봄이 아즉도 먼 저 — 눈벌판에서 자기의 주의(主義)를 위해서 힘잇께 싸올 터이지? 그러나 시웅【홍】 간 언니의 운명(運命)은 웃지나 되엿는지?

그러하나 우리 집안의 풍파는 아즉도 긋칠 날이 멀엇다 인제는 나의 문뎨(問題)가 그들의 압헤 가로노혀 잇다 함으로 생각하면 웃지나 될는지? 그러나 나에게 희망(希望)과 생명(生命)이 되는 것이 잇다 아 — 그것은 늘 — 내 귀에 남어 잇는 『나만 싸라오너라!』 하는 옵바의 부르는 소리

씃

방랑의 광인狂人 1925.4.11~1925.4.13

최풍(崔風)

1925년 4월 11일 4면

(소설 3등)放浪의 狂人(1)

이 소설도 신춘문예모집에 3등으로 당선된 것으로 연재되든 소설 『재생(再生)』이 필자(筆者)의 신병(身病)으로 얼마 동안 휴재(休載)케 되기 째문에 지금 이것을 발표하야써 그동안의 독물(讀物)을 삼슴니다

一

벌서 사 년 전 일입니다(엇던자는 말하엿다)

나는 백두산(白頭山) 뒤 청석하라는 조그마한 촌에 살엇습니다 그째 우리집은 뒤에 절벽이 잇고 압헤 맑은 시내가 잇는 새에 외싸로 잇섯습니다 형뎨가 업는 나는 늘 우리집에 잇는 농군과 함께 기음도 매고 소도 맥이면서 아죠 자미잇게 지내엿습니다 그리고 새이만 잇스면 처가(妻家)로 갓섯습니다 내가 가면 장모게서는 『사위 사위』 하시면서 썩도 하여 주고 엿도 대려 춤【줍】니다 그리고 장인게서는 나지면 밧호로 나가시고 밤이면 이웃에 가서 장긔나 두시다가 잘 째에나 도라오십니다

그런 까닭으로 집에서는 아버지의 책망이 두러워서 긔를 못 펴든 나는 처가에만 가게 되면 뛰고 소리치고 바로 내 세상이 되지요 그럼으로 나는 처가에 가기를 늘 즐겨하엿습니다 집에서도 처가에 간다면 책망이 업섯습니다

첫녀름 흐뭇이 더운 엇던 날이엿습니다 보리밧 밀밧 조히밧 김도 아시[1]가 지나고 후치질[2]까지 다 필한 나는 말과 소는 농군에게 맥이라고 부탁하고 처가로 갓습니다 처가는 우리집에서 二十리나 북쪽으로 더 가서 달리소라는 곳에 잇섯습니다 아참을 먹고 해가 죽 퍼저서 나는 감발을 하고 막대를 쓸고 집을 써낫습니다 이고든【이곳은】 삼림이 울창하고 풀이 욱어젓고 물 고인 진철이 만허서 발괌기를 하지 안코는 단일 수 업습니다 그리고 군대군대 중국 사람 집에 사나운 개가 엇지 만흔지 몽동이 업시는 단일 수 업습니다

안박(內外) 十리나 되는 우리집 뒷령을 터들덕어리면서 넘엇습니다 이령을 넘으면 무성한 나무 그늘 속 그리 크지 안은 시내ㅅ가에 연하야 쓰러저가는 초가집들이 잇습니다 이것은 『백하구상』이라는 동리입니다 나는 어느새 『백하구상』을 지냇습니다 그리하야 양장 가튼[3] 내ㅅ가 돌길로 씨씨한 풀내를 마트면서 『하백구상』이란 곳에 다다럿습니다 이곳은 흑룡강과 백하가 합수(合水)되는 곳입니다 나의 처당은 흑룡강을 건너서 잇습니다 나는 중국 사람의 구유 가튼 통궁이 배를 타고 높고도 험한 벼랑 압 순하고 깁흔 물을 도라 건넛습니다 강안에 나린 나는푸른

1 아시 : 북한어 '아시김'을 뜻한다. 우리말로는 '애벌김'이다. 논이나 밭을 첫 번째 매는 김.
2 후치질 : 농작물이 자라고 있는 도중에 김을 매는 일.
3 양장(羊腸) : 양의 창자. 꼬불꼬불하고 험한 길을 비유적으로 이르는 말.

버들 속을 지나 경사가 완완한 옥수수밧 엽길에 올러섯습니다 얼는 보기에는 산갓지 안케 완완한 산중턱에 외짜로 노힌 처가가 펴 — 런 기장밧 저편에 보엿습니다 나는 다리 압흔 것도 니러버리고 거름을 밧비 하는데 바람결에 이상스러운 소리가 들임니다 이때 나의 신경은 긴장하엿습니다 나는 발을 멈추고 가만히 섯습니다 그 소리는 확실히 장바[4] 두어 커리[5]나 나가서 저편 산속에서 납니다 그러나 벌서 풀문이 맥혀서 무엇인지 잘 보이지도 안코 웅얼웅얼하는 것이 무슨 소린지? 그리고 나뭇가지를 뚝뚝 꺽는 것은 산즘생 가타엿습니다 『저것이 곰이나 아닌가?』 나는 생각하엿지요 그러케 생각하니 엇지 무서운지 단꺼번에 뛰여서 처가로 갓습니다 장인께서는 밧흐로 나가시고 장모만 집에서 뵈【베】를 짭니다 장모께서는 내가 마당에 들니서는 것을 보시드니 말코[6]를 버서 노코 베틀에서 내려서 엿감주[7] 한 사발을 써다 줍듸다 나는 단숨에 드리켯습니다

『어 — 달아 나는 오늘 오다가 곰을 보앗서요』

나는 가장 큰 자랑거리나 잇는 듯이 호그【기】럽게[8] 말햇습니다 그리고 마루에 안젓습니다

『웅! 무얼…… 곰을…… 아이 숨직해라! 어듸서 보앗누?』 베틀에 안즈려든 장모는 놀나운 안색으로 나를 봅니다

『바로 이 압산 모퉁이에서!』 나는 손을 들어 가르칫습니다

4 장바 : '긴 밧줄'의 북한말.
5 커리 : 켤레의 방언.
6 말코 : 베틀에 딸린 기구의 하나. 길쌈을 할 때에 베가 짜여 나오면 피륙을 감는 대.
7 엿감주 : 엿을 만들 때에, 엿물을 짜기 전의 지에밥이 삭은 국물.
8 호기(豪氣)롭다 : 씩씩하고 호방한 기상이 있다. 꺼드럭거리며 뽐내는 면이 있다.

『아 — 저런! 그려 사람을 보고 가만이 잇서?』 장모는 더욱 놀나십니다 나는 대답이 구구하엿습니다[9] 곰인지 호랑인지 무슨 소리만 들ㅅ고【듣고】 보지도 못한 것을 본 체 한 것이 이제 거즛말로 탄로되게 되니 그윽히 붓그럽기도 하고 무슨 큰말이나 한 체하든 용긔조차 썩거젓습니다

『무서워서 보지도 못하고 뛰여왓습니다』

『나는 또 보앗다구! 그럼 곰인 줄은 엇지 알엇나?』 장모는 빙그시 웃습니다 문뎨는 더욱 빽빽하게 되엇습니다

『웅얼웅얼하면서 나무를 썩는지 뚝딱씩근해요 그리고 우실넝우실넝 단니는 듯해요』 나는 될수 잇는 대로 긔운 잇도록 말하려 하엿습니다

『하하하하하』 장모께서는 질겁게 우습니다

『바로 이 압히지?』 장모는 그저 우스면서 턱을 처들어 내가 들어오든 길을 가르침니다 나는 나의 거짓의【을】 웃지나 안는가【아는가】 하야 더욱 무류하엿습니다[10] 그래 대답을 못 하고 잇섯습니다

『흥 사위가 미치광이 짓거리는 것을 들은 게로군!』 또 우습니다 나는 미치광이만【란】 소리에 일종의 호긔심이 울넝거렷습니다

『네? 미치광이란이요?』 나는 의심스럽게 물엇습니다 이때 무류한 찰나를 버서버리게 된 것도 다행하게 생각하엿습니다

『여긔 그런 사람 하나 잇지! 혼자 말 잘하는 사람!』 장모는 베를 쌍쌍 짬니다 홀로 말하는 사람이 엇던 사람일가 나는 더욱 의심이 낫습다【낫습니다】

---

9 구구(區區)하다 : 잘고 많아서 일일이 언급하기가 구차스럽다. 떳떳하지 못하고 졸렬하다.
10 무류하다 : 무안하다.

『웨 혼자 말하까요?』 나는 썰분 곰방대에 담배를 담으면서 물엇습니다

『누가 아나! 아모도 업스면 몹시도 짓거리지! 그러나 일은 잘해!』

『무슨 말을 해요!』

『몰라 무어라고 하는지? 공부하다 밋처대!』

장모는 『최』를 쏍아서 다시 쏫습니다

『무슨 공부?』

『누가 아나 장수가 되려고 산에 가서 도(道)를 닥다가 밋첫다든가?』

1925년 4월 12일 4면

放浪의 狂人(2)

내 일즉 산에 들어서 도를 닥다가 귀신의 힐난에 밋친다는 말은 늙은 이들에게서 들엇스나 이때까지 본 일은 업섯습니다【『】이제 즘생으로 나를 속히고 놀내이든 것이 그런 사람이라니 엇더한 자 ―』가 하고 나는 이윽히 상상에 머리를 썻습니다 엇지면 공부하다가 미치나? 도를 닥는데 귀신이 엇더케 히마를 주나? 과연 귀신이 잇는가 엇더한 사람인데 무엇을 바라고 도를 닥다가 귀신이 엇더케 하야서 미첫나 이러케 생각할수록 그 미첫다는 사람이 보고 심헛습니다 그러나 미치광이라는 소리에 혼자 차저가기는 무섭고 또 산길에 피곤한 다리는 다시 걸을 용긔도 업섯습니다 나는 머리에 썻든 수건을 버서서 얼골에 몬지를 씻고 잠잠히 안저서 『허덕』 그늘 속에서 베 짜는 장모를 물그럼히 보앗습니다

『웨 그리고 안젓나? 긔운 업나 방에 들어가서 드러눕지』 나를 보시는 장모는 낫체 걱정스러운 빗치 보엿습니다 그것은 내가 항상 알으니 또 어듸가 압하서 그런가 걱정함이겟지요

『아니요』 나는 몸을 한번 틀면서

『그 사람이 어듸 잇서요?』 하고 나는 또 그 미치광이를 생각하엿습니다

『누가? 응! 밋치광이 말인가 저건 되놈(中國人)의 집 엽댕에 잇는 김 참봉 집에 잇지』

『그걸 한번 보앗스면』

『그건 보아 무엇해? 밤이면 우리집에 놀너오지!』 나는 장모에게 들은 말을 종합히【하】야 밋첫다는 그 사람의 신상을 상상하면서 압 강으로 발 씨츠러 나갓습니다

二

모긔쎄가 엇더케 심한지 나는 저녁 뒤에 장인과 가치 뜰에 피어 노흔 모긔불 켯트로 나갓습니다 이웃집 김 장의도 오고 박 서방의 부자도 놀러왓습니다 열【엳】은 안게가 사방을 아른이 둘러싸서 동산 우에 놉히 솟은 달빗은 으스름한 것이 그윽한 회포를 자아냅니다 석벽이 병풍가치 둘인 동산 아래를 휘도라 내려가는 강물 소래는 이날 밤의 정조(情調)를 더욱 농후케 하는 듯하엿습니다

『달이 물을 에웟네!』 모긔불에 옥수수 이삭을 굽든 뎡월돌(박 서방의 아들)이는 달을 치어다보고 코를 훌적 드리마시면서 중얼거렷습니다 모기불에 가 민상투바람으로 도라안젓든 어룬늘【들】은 약속이나 한 듯이 일시에 달을 치어다 봅니다 나도 치어다보앗지요 달을 한가운데로 둥그런 무지개가 가락지 모양으로 어른이 둘엿습니다

『또 비가 오랴나?』 김 장의는 살작 지나가는 바람에 캐 — 한 모긔불

연긔가 낫체 스치는 것이아츠러운지? 이마를 씽기고 손으로 연긔를 휘휘 붓침니다

『후치질이나 한 다음에 비가 와야지!』 걱정하시는 장인의 소리는 놈의 소리하듯 별로 걱정가치 들니지 안엇습니다

『무얼 비가 와도 이제야』 하고 김 장의는 담배를 퍽퍽 쌜드니 춤을 씩 뱃고 『올가을에는 소나 한 마리 사게 될가』 하면서 자긔의 농사는 남부럽지 안타는 듯이 배를 만침니다

『압! 김 장의야 소 한 마리야 파고 심은 닥나무지! 소만 사겟소 말업시 우둑허니 안저서 담배만 피든 박 서방은 한숨을 휘 — 쉽니다 디주(地主)에게 묵은 량식갑이 잇는지요?

『미치광이 쏘 온다 뎌 미치광이!』 바로 내 엽헤 안저서 노루쇠리 가튼 노 — 란 머리태를 회회 두루면서 이 사람 저 사람의 낫을 치어다보면서 썸엇케 탄 옥수수알을 쌥아 먹든 뎡월돌이는 저편을 보면서 나즉히 소리를 침니다

『이자식 쏘 들으면 매마즐나』 박 서방은 책망합니다 나는 『나제 나를 놀내든 미치광이 오는게다!』 생각하면서 저편을 보앗습니다 달빗치 으슥한 호박밧 가 도야지 우리ㅅ 뒤로 검은 그림자가 우줄우줄 오는 것이 보임니다

『그러케 사나운가요?』 나는 박 서방을 치어다보앗습니다

가만 버려두면 일 업지만 저를 욕만 하면 세는 것이 업서요 저거번 이밧 님가【임자】가 미치광이라고 햇다고 돌멍이로 째려서 머리가 터젓소』 박 서방은 무슨 성수가 낫는지 흥분된 어조엿습니다 『밧 임자를 째리고 견듼다 참말 미친 게다』 나는 이러케 생각하엿습니다 이곳 밧 임

자는 모다 중국 사람입니다 그 『되놈』들이 엇더케 무지한지 제가 글넛드래도 작인이 비위에 맛지 안으면 작인의 버러노흔 곡식을 쌔앗고 주지 안커나 쫏거나 때리거나 그러치 안으면 놈몰내 죽이는 수가 흔합니다 이럿케 머리를 듸밀고 일하는 작인은 모다 조선 사람입니다

『어듸 사람인가요?』

『잘 알 수가 업서요 홍원서 왓다고도 하고 북청서 왓다구도 하고 제 나희도 몃친지 모르는걸요!』 이러케 그의(미장이) 신상담(身上談)을 주고밧는 사이에 그는 벌서 우리 압헤 나타낫습니다 이때 나는 몸서리가 치입듸다

『어! 조 생원님이오』 장인께서는 우스면서 몸저 인사를 합니다 그는 아모 대답도 업시 한쪽에 쭈구리고 안더니 쏭문이에서 짤막한 담배대를 쓰내면서 『담배 한 대 주오』 하고 좌중에 손을 내밉니다 그 어조는 조곰도 서툴지 안으나 음성은 좀 청청스럽습듸다 박 서방은 『제기 담배는 뫼산이야!』 하면서 쌈지에서 담배 한 닙새를 써내줍니다 그는 별소리 업시 대에다 삭삭 담어서 풀석풀석 피웁니다 일동은 고요히 그만 봅니다 담배를 퍽퍽 쌜 째마다 번적번적하는 불빗은 달빗을 등진 그의 낫을 번득번득 빗최입듸다 그때마다 보이는 그의 웃둑한 성칼스런 코와 때가 검은 낫빗은 무섭게 뵈입니다 쭈구리고 안젓든 그는 맨쌍에 펄석주저안저서 담배를 여전히 픽픽 쌜더니 모긔불에다 춤을 툭 뱃고 허공을 보면서 무에라고 말합니다 말하다가는 또 담배를 쌤니다 담배를 쌜고는 또 춤을 밧습니다 춤을 뱃고는 쓰어한 허공을 보면 무어라고 숭얼숭얼합니다 나는 무슨 소리를 하나 하야 주의를 하야 들엇지요 그러나 전혀 알 수가 업섯습니다 겻헤 잇는 이들은 모다 빙그레 웃습다【웃습니

다】 뎡월돌이는 손으로 입을 막고 킥킥 우숨니다 그러나 미치광이는 놈이야 웃거나 말거나 놈이야 무에라고 하거나 말거나 조곰도 쉬지 안코 엇던 때는 놉흐게 엇던 때는 낫게 숭얼숭얼함니다 이러케 숭얼거릴 때마다 무엇을 쏙보는 듯하여요 허공을 펀 — 히 보는 것이……

『조 생원 책이나 보지』 소랑소랑한 박 서방은 빙글빙글 우섯습니다 미치광이는 방을 물그럼이 봄니다

『저 방에 잇소 저 선생님이 가지고 오셧소』 박 서방은 나를 보고 눈을 썸적어리면서 『책을 좀 주오 읽는 것을 봅시다』 함니다 나는 책을 읽는다는 것이 하도 신긔하여서 방으로 드러가면서

『자 — 이리 드러오시요』 하고 그자를 방으로 청하엿슴니다

1925년 4월 13일 4면

放浪의 狂人(3)

『그것은 메라구 방으로 부르나【』】 붓두막에서 바누질하시든 장모쎄서는 말삼함니다 그러나 나는 그 대답은 하지 안코 그자를 방으로 청하엿슴니다 박 서방과 뎡월돌이는 빙글빙글 웃스면서 문턱에 걸터안슴니다 깁 — 고 씨저지고 때가 더덕더덕한 중국 의복을 입은 미치광이는 조금도 서슴지 안코 신 신은 채로 방 가운데 펄석 안슴니다 나는 시렁에서 『영웅루』라는 중국소설을 집어서 그에게 주엇슴니다 그는 바더서 읽슴니다 역시 웅얼웅얼하는데 알아들을 수가 업슴니다 그리고 책 첫 폐지를 펜 지가 이슥토록 더 번지지 안슴니다 나는 그의 동정을 살피노라고 시간 가는 줄도 몰랏슴니다

한참 닑든 그는 목침을 차저서 누우려고 함니다

『에 누어서는 안 되…… 책을 이리 주어 저 성【선】생님도 보서야지』 문턱에 안젓든 박 서방은 방으로 드러와서 그의 잡은 목침을 빼앗습니다

『뎌 책을 달나고 하시오 그양 두면 날이 밝도록 들고 잇서요』 박 서방은 나더러 또 말합니다

미치광이는 가만히 안저서 책을 이윽히 보다가 악가운 듯이 나를 주면서

『조흔 책이오 문리(文理)가 업시는 못 읽게소!』 함니다 나는 책을 바드면서

『무슨 책인지 알겟소?』 하고 우섯습니다 그러나 아모 대답 업시 벽에다가 걸어 노흔 기름불을 치어다보면서 또 숭얼숭얼 홀노 말함니다 아아 무서워! 이때 불 아래서 쏙쏙히 보니 그의 두 눈의 검은자위는 샘쓰는 듯이 쪽갓치 미간으로 몰켯는데 형용키 어려운 무서운 빗치 환합듸다 나는 그만 엇지 무서운지 박그로 나왓지요

『병신은 병신이래도 체면은 여간이 아니야! 저번 날 김 참봉이 어듸 간 날 밤에는 집에 들어오지 안엇드래…… 그래 그 이튼날 아츰에 보니까 그 비가 몹시 오는데 강까 보리집 속에서 자고 왓드라나!』 이때까지 침묵을 직히든 김 장의는 누가 무ㅅ지도 안는 말을 함니다

『웨 강까에서 잣슬가?』 내가 물은 즉

『젊은 게집(김 참봉의 안해)이 혼자 자는 집에서 자기가 실타고 그러지요』 김 장의는 대답함니다 『더군다나 김 참봉의 녀편네하고 그 뒤에 잇는 되놈하고 배가 마즌 것을 보앗다나? 저 미치광이가……

【『】그런 뒤로는 김 참봉만 업스면 집에서 자지 안어!』 박 서방은 제가 더 잘 안다는 듯이 말함니다 스르르 지나는 바람에 몹시 타드러가든 모긔불은 화르르 화염이 일어낫습니다 으슥하든 주위는 환함니다 뎡월

돌이는 불을 흔들어 끔니다 불 써진 뒤에는 여전이 몽롱한 달빗이 뜰을 쌋습니다 사람들은 잠간 새이 침묵하엿습니다 압 강의 물소리는 출넝 출넝 의미 깁게 들립니다

이때 미치광이는 방으로서 나옵니다 『조 생원 가나?』 장인께서는 소리를 쳣스나 그는 여전히 대답 업시 숭얼숭얼하면서 도야지우리 뒤ㅅ길로 저벅저벅 갑니다 나는 그의 그림자가 사라질 때까지 보앗습니다

『참 별사람이야 미친 것 갓기도 하고 성한 사람 갓기도 하구…… 헐벗엇스니 뉘 것을 훔칠 줄 아나 배곱흐니 밥을 달나나! 주면 먹고 안 주면 말고…… 그래도 일은 잘해 기음을 매는 것이나 나무하는 것이나 한다 하는 장뎡이 와도 못 싸루겟든걸! 저번에도 강까에서 돈 백 냥을 어든 것을 김 참봉을 주엇대! 그래야 김 참봉은 저 사람을 신발 하나 새로 사주지 안어!』

『아 김 참봉이야 소도적놈인데!』 김 장의의 말 뒤에 박 서방은 때나 맛난 듯이 김 참봉을 욕합니다

『저 사람도 내디(朝鮮)에 부모 처자가 잇스면 저런 줄은 모르고 좀 기대릴가!』 장인께서는 고향이 그리운지 달을 치어다 봄니다 달은 어느새 중텬에 갓가웟습니다

미치광이 간 뒤에 이러한 회화가 잇섯습니다 그러나 누구나 그의 래력을 아는 사람은 업섯습니다 다만 장모님의 말과 가치 장수가 되려고 공부하다가 밋첫다 할 섄임니다 그것도 취【추】측인지 사실인지 확실치 못한 말임니다 나는 이날 밤에 자리 속에서 그 미치광이의 신상에 숨엇슬 비밀을 머리가 압흐도록 상상하여 보앗습니다 이때 내 눈에 비최이고 마음에 써오른 그 미치광이는 미치광이 갓지 안케 생각낫습니다 나

는『그가 도로혀 우리를 미쳣다고나 하지 안을가?』고도 생각하엿습니다 그 두 눈을 쏘렷이 쓰고 허공을 볼 째 그는 확실히 싼 세계를 보는 듯하며 맛나려는 엇던 이를 맛난 듯이 생각낫습니다

三

나는 그 이틀날 급한 볼일이 생겨서『양물인재』라는 곳에 갓다가 십여 일 후 도라오는 째에 처가에 들럿습니다 이째에는 그 미치광이가 업섯습니다 박 서방께서 들으니 이러합듸다

— 말성 만흔 김 참봉의 안해가 중국 사람하고 련애(?)를 걸다가 엇더케 서툴너서 미치광이안【한】테 세 번이나 들켯습니다 그러나 미치광이는 아모 말도 업섯습니다 하지만 김 참봉의 안해는 발설이 될가 겁이 나서 미치광이가 밥을 도적질한다고 남편에게 거즛말로 모함하엿습니다 귀 넓은 김 참봉은 그 말을 올케 듯고 미치광이를 죽도록 째려서 쏫차습니다 미치광이는 김 참봉 집에서 일 잘하여준 보수라고 할는지 돈 한 푼 못 밧고 매를 죽도록 맛고 쏫겻것만 아모 소래 업시 태연자약한 태도로 갓다합니다

×

그 후에는 벌서 사년재나 그 미치광이의 소식을 나는 못 들엇습니다 그러나 나는 늘 돈도 계집도 모르고 텬애이역에 표박류리하야 태연자약하는 그 미치광이를 그윽히 생각합니다 그 미치광이는 지금 어듸 가 살엇는지 죽엇는【죽엇는지】?(쯧)

출고(黜敎) 1925.4.14~1925.4.16

이영근(李永根)

1925년 4월 14일 4면

(소설 선외가작)黜敎(1)

이 소설은 신춘문예모집에 선외가작(選外佳作)입니다 이것도 쏘한 연재되는 소설 『재생(再生)』이 필자(筆者)의 신병(身病)으로 얼마 동안 휴재(休載)케 되기 쌔문에 지금 이것을 발표하야써 그동안의 독물(讀物)을 삼습니다

『중대한 일에 대하야 물어볼 말이 잇스니 금일 오후 칠 시 반에 S례배당 三호실로 잠간 와주시오』라고 쓴 조희[1] 조각을 바다 쥐인 인숙의 마음은 알 수 업는 공포와 괴로움이 뭉글그리웟다

그것은 S 례배당 L 목사에게로부터 온 호출장이엿다

몃칠 전에 H 녀학교 C 선생에게로부터 『영석이는 안해가 잇는 사람이라고 하니 특별 조심하오』 이러한 경고 비슷한 말을 들은 뒤로 인숙

---

1 조희 : '종이'의 경남, 충남 방언

이는 스스로 만흔 고통과 번뇌로 작은 가슴을 말할 수 업시 애태웟다

하늘과 ᄯᅡ【땅】를 두고 철석갓치 장래를 맹세한 자긔의 사랑하는 사람 그 ᄭᅢᆺ긋하고 얌전한 영석이가 안해가 잇고 그리고 자긔를 속이여서 순전한 처녀의 뎡조를 유린식힌다는 것은 넘우나 미들 수 업는 황당한 소리 갓탓다 그러나 만약 그가 벌서 안해가 잇는 사람이라면 하고 생각할 ᄯᅢ에 그 마음은 ᄭᅳᆺ업는 두려움에 업눌리여 온몸이 그만 벼락불이나 맛는 것처럼 자리에서 ᄭᅡᆷ짝할 수 업스리 만큼 분하고 원통한 생각이 온 피ㅅ줄로부터 치밧처 올랏다 영석이가 안해를 가진 몸이라면 결국 인숙의 몸은 아주 파렬을 당하고 마는 날이다 오늘ᄭᅡ지 동경하든 모든 리상도 여디업시 ᄭᅢ여지고 마는 날이다 모든 것이 절망이다 사람들의 사는 곳에서 멀리 황막한 사막으로 내여ᄶᅩᆺ김을 밧는 날이다

그러나 그럿트래도 지금에 와서는 다시 엇지할 수 업는 일이엿섯다 지나간 ᄯᅢ의 목아지를 빗틀어 돌리고 엇던 그 순간을 자긔의 사라온 그 만흔 날 가온대서 ᄶᅵᆨ어버릴 수가 잇다면 설사 영석이가 안해를 가진 몸이라기로서 아모 계관[2]이 업슬 것이다 그러나 그럴 수 업다면 오직 만행으로 안해가 업기를 바랄 ᄲᅮᆫ이다

그러나 인숙이가 엇던 날 영석이를 차저가서 단도직입으로 악이 밧처서

『당신은 안해가 잇는 몸으로써 웨 나를 속이엿슴닛가?』 하고 물을 ᄯᅢ에 영석이는 태연한 태도로

『인숙이는 나를 밋지 안음닛가? 나는 무어라고 햇서요 안해가 업는 몸이라고 맹서ᄭᅡ지 하지 안엇슴닛가?』

---

2 계관(係關) : 둘 이상의 사람, 사물, 현상 따위가 서로 관련을 맺거나 관련이 있음. 또는 그런 관련.

그는 인숙의 손을 꼭 쥐며 약간 노긔를 씌운 듯이 대답하엿다

아모리 보아도 자긔를 속일 것 갇지는 안엇다 그리고 안해가 잇는 사람 갓지는 안엇다 만약 그가 안해가 잇고 나를 속이엿다면 내가 그럿케 뭇는 데에는 아모래도 놀래지 안을 수 업스리라 하엿다 무엇보다도 태연자약한 영석의 태도가 인숙의 회의를 풀어바리도록 하엿다 인숙은 다소간 안심하엿다 그리고 얼마 전에 C 선생이 자긔에게 영석이를 삼가라고 하든 말을 하여 주엇다

그러나 영석이는 아모럿치도 안은 듯이 빙그레 웃스며 어린애 달래듯이

『그래 인숙이는 그 말을 미더요 그 밋친년의 수작을 ―』

그러고 나종에는 C가 자긔에게 청혼하는 것을 퇴ㅅ자를 노앗더니 그런 뒤로는 각금 자긔를 훼방하는 말도 하고 도전뎍 태도를 취하는 쌔가 잇다고 하엿다 그러고 금번의 그 말도 질투하는 생각으로 나를 모함하는 말이라고 하엿다 인숙은 그럴 듯하다고 생각하엿다

그런 뒤로 산란하든 인숙의 마음은 가라안고 별다른 고통이 업시 지내왓다

그러나 갑작이 당회로부터 호출장을 바다 놋코 왜 ― 오라고 할가? 생각할 쌔에 안뎡되엿든 그의 마음은 다시 알 수 업는 공포와 회의로 번뢰하지 안을 수가 업섯다 스스로 자긔의 얼마 동안 지내온 생애를 갈피갈피 뒤지고 차저보앗스나 무슨 일 쌔문에 호출ᄭᅡ지 하엿는지 알 수가 업섯다

무슨 일 쌔문인지는 모른다 그러나 그 무서운 당회가 중대한 일이라고 하엿스니 중대한 일이 잇기는 잇다 하나 아모리 생각해 보아도 자긔에게 무슨 중대한 일은 잇슬 리가 업섯다

결혼에 대한 소문이 다소간 헌자하야진 모양이니 거긔에 대한 일이 아니고는 아모리 생각해 보아도 자긔에게 무슨 당회의 취조를 바들 만큼 중대한 일은 업슬 것 가텃다

만일 결혼에 대하야서라면 — 그럿타면 무엇이 그리 중대할가? 하엿다

영석이는 긔독교를 밋지 안는 사람이다

설사 밋지 안는 사람과 결혼하엿기로서니 그리 중대할 것이 무엇이냐? 하엿다

그러면 C의 말과 가치 그가 안해가 잇는 사람이라는 말을 듯고 그 째문에 중대한 일이니 꼭 오라고 하엿슬가?

이럿케도 생각해 보앗스나 영석이를 밋는 인숙의 마음에는 조곰도 문뎨될 것이 업다고 생각하엿다

그럴 째에 밧갓방에서

『인숙아』 하고 찻는 소리가 들린다 인숙은 무슨 예감이나 밧는 듯이 깜작 놀래이며 시계를 보앗다 벌서 여덜 시나 거진 되엿다 그는 얼풋 니러나서 치마를 밧고 아닙엇다

쏘다시 인숙아 — 하고 찻는 아버지의 소리가 들린다

인숙이는 네 — 하고 대답하면서 밧비 사랑으로 나왓다 문을 열 째의 그는 무심코 멈춧하엿다 례배당 고직이[3]가 자긔 아버지 압헤 쭈그리고 안저 잇다

---

3 고(庫)지기 : 일정한 건물이나 물품 따위를 지키고 감시하던 사람.

1925년 4월 15일 4면

黜敎(2)

인숙의 머리에는 직각뎍으로 나를 다리려 왓고나 하는 생각이 번개가치 니러낫다

인숙의 드러오는 것을 보든 그의 아버지는

『웨 얼른 대답이 업늬? 저 목사님께서 너다려 좀 물어볼 말이 잇다고 김 서방을 보내엿는데 얼풋 단녀오너라』

그의 아버지는 무슨 깃분 일이나 잇슬 듯한 것을 예감하는 듯이 보이엿다

인숙의 가슴은 가분작이 울렁그리고 쒸놀앗다 그러나 좌우간 가보리라 하엿다

고직의 뒤를 싸라가는 인숙이는 무엇 째문일가? 하고 이리저리 생각해 보앗스나 도모지 알 수가 업섯다 그러나 무슨 자긔네에게는 중대하게 보이는 일이 잇기는 잇다

그러면 결혼 째문이다 밋지 안는 사람과 결혼하엿다고 그러는 것이다 그것을 교회에서는 엄금한다

인숙은 싸무륵 하든 생각을 깨친 듯이 『그럿타 그럿타』 하엿다

그러면 분명히 파혼하라고 할 터이다 그러나 나는 파혼은 못 한다 종교를 희성【생】하드래도 종교 째문에 사랑은 희성【생】치 못한다

그러케 말하면 나는 아주 거절할 터이다 인숙은 이럿케 결심하고 도전뎍 태도를 어대싸지든지 강경히 취하리라 하엿다

그러나 례배당 문 압헤싸지 왓슬 째에는 몹시 헛즌헛즌한 듯하엿다 그러고 답답한 것이 가슴에서는 맛방망이질이나 하는 것 가탓다 인숙

은 약간 떨리는 듯한 몸을 억지로 참아가며 문 밧게 서서 주저하엿다

고직이가 먼저 문을 열며 드러오라고 하엿다 그는 아모ㅅ 대답 업시 드러갓다

문안에 드러선 인숙이는 감안히 허리를 굽혀 인사를 하엿다 그러고 방 안을 한번 둘러보고 한편 구석으로 가서 쪼그리고 안젓다 목사와 장로들이 갓득 모혓다

목사는 쏘는 듯한 눈자위로 흘긧 치여다보고는 아모ㅅ 소리 업시 감안히 안저 잇다

방 안에 공긔는 몹시 음침하고 묵어운 듯하엿다 그러고 엇전지 살긔가 등등한 듯하엿다

인숙이는 고개를 푹 수구리고 무슨 말이 어서 나오기를 기다렷다 모든 사람들은 자긔만 흘겨보는 것 가탓다 그럴싸록 자긔의 몸은 함정에 든 범 가탓다 수 업는 새파랏케 날 선 창살이 자긔의 조고마한 몸 하나를 에워싸고 일시에 찌르랴고 견우고 잇는 듯하엿다

그러나 그의 마음 속에는 모든 것이 초개 가탓다 영석이는 분명히 자긔를 속이지 안을 터이다라고 밋는 마음이 온 가슴을 잡고 잇섯다 그리고 그이와 결혼함으로 말미암아 책벌을 당하드래도 달게 바드리라 하엿다

방 안은 고요하엿다 누구 한 사람 기침하는 소리도 업다 숨소리까지도 들리지 안엇다

한참 동안이나 잇다가 목사는 아조 침착한 말소리로

『인숙이를 오라고 한 것은 잠간 물어볼 말이 잇서서 오랫소 쏙 — 바른 대로 대답해 주시오』 하고 감안히 인숙을 바라본다

그 말을 듯는 인숙의 가슴은 뜨끔하엿다 쏙 — 바른 대로 대답해 주오 하는 위협하는 듯한 말 한 마듸가 무슨 깁흔 의미가 포함되여 잇는 듯하엿다

그러나 조금 전보다는 훨신 새로운 용긔가 나는 것 갓다

그는 서슴지 안코

『네』 하고 대답하엿다 하나 그 소리는 겨우 입 속에서 종알거릴 뿐이엿다

목사는 타구를 쓸어서 침을 배앗고 테불 우에 몸을 기대며 아주 엄격한 소래로

『인숙이 결혼햇소』 하고 물엇다

결혼 — 그 말이로구나 인숙이는 소료[4]에 버서나지 안는고나 하엿다

『네』

가늘고 미약한 그의 대답은 조금 썰리여 나왓다

『누구와 결혼햇소?』

목사의 말소래는 점점 엄격하여진다 그리고 그의 태도는 법뎡에서 재판장이 죄인을 심문하는 것 갓탯다

『D교의 영석 씨와요』

이 말 한 마듸는 실로 죽을 용긔를 써서 대답하엿다 그의 얼골은 새빩하케 주홍물 드린 것 갓태진다 머리는 아주 폭 숙으러진다

목사는 벌서 다 — 알엇다는 듯이 고개를 끗덕한다 그리고 잠간 좌중을 휘돌아본다

4 소료(所料) : 미루어 생각한 바.

인숙의 마음은 말할 수 업시 타드러간다 차라리 무슨 말이든지 얼피ㅅ 해버렷스면 나흘 것 갓트나 그러케 쉽게 말해주지도 안는다

그럴사록 마음과 마음은 조이삭 부비듯이 서로서로 부드키여 조각조각이 쌔여저 써러지는 것 갓탓다

『그리면 부모의 승락은 바닷소』

『네』

인숙의 마음은 조금 늣구어지는 듯하엿다

『인숙이는 영석이라는 사람을 엇더케 알엇소?』

인숙이는 무엇이라고 대답하여야 조흘지 몰랏다 그의 인격이나 혹은 심성에 대하야 뭇는 말인지? 무슨 동긔로 그이와 서로 알게 되엿다는 것을 뭇는 말인지? 요령을 잡을 수가 업섯다

목사는 인숙의 대답이 업는 것을 보고

『엇더케 알엇소? 그이가 엇던 사람인지? 자세히 알어 보앗소』

아즉도 무슨 말인지 뜻을 알 수가 업섯다

다만 인숙이는 쒸처나오고 십흔 생각이 붓석 닐어난다

『그리면 안해가 잇는지? 업는지? 알엇소?』

그의 뭇는 말소래는 더욱 엄하고 날카롭게 들리엿다 인숙의 가슴은 터지는 것갓치 압핫다 만약 그가 안해가 업다면 이러케 물을 필요가 업다고 생각할 쌔에 그는 무서운 유령이나 보는 듯키 머리를 두어 번 흔들엇다 밋지 안는 사람과 결혼햇다는 것은 물론 아니엿다

그러나 무엇이라고 대답은 하여야 된다 이제는 막다른 골목이엿다 그리고 나중에는 엇던 결과를 짓든지? 영석이를 밋든 그대로 대답하여야만 된다고 하엿다 인숙이는 잠간 목사를 처다보고 머리를 숙이며

『네 — 안해가 업서요』

『안해가 업는 줄 분명히 알엇소』

『녜 —』

목사는 탄식하는 듯이 머리를 들어 텬정을 치여다보며

『인숙이는 영석이에게 속앗소 그는 분명히 안해가 잇는 사람입니다』

1925년 4월 15일 4면

黜敎(3)

인숙는 생벼락을 맛는 것 가탓다 그리고 넘우나 뜻밧기인데 놀내지 안을 수가 업섯다

『녜 — 안해가 잇다니요』

인숙은 울랴고 하여도 울 수도 업고 우슬 수도 업섯다 말할 수 업는 고민이 사랑스럽든 붉으레한 얼골에 무섭게 나타낫다 얼골빗이 그만 새ㅅ파랏케 질러운다

『녜 — 분명히 잇슴니다 안해뿐 아니라 자식이 남매나 잇다고 하는데요』

그는 최후의 선고를 나리웟다

인숙이는 가슴이 터지는 것 가탓다 쌔가 저리고 자긔의 몸동이가 싸밋흐로 써저 드러가는 듯하엿다 그는 한숨을 싸이 써질 듯이 내여쉬엿다 그리고 인숙의 입에서는 『아』 하고 비창한 탄식하는 소리가 짓는 듯이 압흐게 흘리여 나왓다

목사는 고민하는 인숙이를 물쓰럼히 바라보다가 스르르 눈을 감는다

인숙이는 이제는 모든 것이 절망이로고나! 하엿다 그러타 모든 것이 절망이다 안해뿐 아니라 자식까지 잇다고 할 때에 그리고 밋고 밋든 영

석이가 나를 속이엿고나 할 때에 그의 마음은 영석이가 밉다는 것보다 원망스럽다는 것보다 차라리 자긔의 마음이 한껏 원망스러웟다 그리고 슬푸고 압헛다

그는 안해가 잇다 자식이 잇다 하나 그럿트래도 이제는 엇지할 수 업다 더럽힌 이 몸을 무엇으로 씨서내이랴? 영원히 더럽힌 자긔의 몸둥이는 마즈막 파탈이 남앗슬 셴이라 하엿다

울랴도 눈물도 나오지 안엇다 그대로 속만 바작바작 타드러간다 그는 자긔의 머리털을 두 손으로 잡아트덧다 입살을 악 — 물엇다 발간 입술에서는 붉은 피가 수르르 흘러나린다 이러서랴도 이러설 긔운이 업섯다

목사는 눈을 써서 인숙이를 바라보앗다 마치 실성한 사람 가텃다 그는 손을 들엇다 그리고 『다 가치 긔도 드립시다』

그는 거의 울 듯이 슯흔 소리로 하느님께 긔도를 드렷다

『여호와 하느님! 모든 죄인들의 간원하는 바 긔도를 드러주소서 당신의 사랑하는 쌀 인숙이는 사탄에게 속앗습니다 그리하야 지금 그는 말할 수 업는 고민에 애통합니다 그러나 사람의 힘으로는 엇지할 수 업사오니 하느님의 성신이 곳 강림하시사 저의 마음을 괴로움에서 건저내여주시고 하느님의 밝은 거리로 인도하여 주시옵소서 하느님께서 돌보시지 안으시면 저는 아조 사탄의 밥이 되고 저의 생명은 영원히 디옥의 구렁으로 써러질 터이오니 하느님의 권능이 곳 나타나사 저의 마음을 감화식히시고 전날의 지온 모든 죄를 통한히 뉘웃치고 다시 하느님압헤서 주를 찬미하는 쌀자식이 되게 하여 주시기를 다만 주 예수의 공로를 밧드러 비옵나이다 아멘』 모든 사람들도 엄숙한 소리로 아멘 —

하고 니러나 안젓다

그러나 그 모든 소리가 하나도 인숙의 귀에는 들리지 안엇다

목사는 수건을 써내여 눈물을 씨스며

『인숙이 — 회개하고 그 결혼은 깨트립시다』

그는 슬픈 소리로 다정히 권고하엿다

그러나 인숙이는 모든 것이 절망이라고 생각하엿다 이제 파약을 하드래도 자긔의 배ㅅ속에는 임의 죄악의 씨를 뿌려 노핫다 그러고 자긔는 죄악에 빠진 사람이다 다시 그 죄악에서 버서날 수는 업다 여섯 달만 지내면 죄악의 씨는 발로된다 그때에는 모든 사람들은 더러운 계집애라고 침을 배앗고 저주할 터이다 심지어 여긔 안즌 목사나 장로까지라도 자긔가 임의 뎡조를 깨트린 몸인 줄 안다면 반듯이 저주하고 욕할 것이다

이런 모든 생각이 인숙의 마음 속에서 슬품과 분통함이 뒤석기여 끌어올랏다

그럴 때에 이제는 버린 몸이니 목숨을 내여놋코 극단으로 나가보리라 하는 악독한 생각이 그의 순진하든 심장을 뚤으고 드러갓다 그러고 엇더케 하든지 나의 원수를 갑고야 말리라 하엿다

『아니요 파혼 못 해요』

이럿케 대답하는 인숙의 말소리에는 비수 갓흔 독긔가 박힌 듯하엿다

이 말을 듯든 목사는 깜짝 놀래서

『예? 파혼을 못 해요?』

『네 — 파혼을 못 해요 어느 때든지 영석 씨는 제의 남편입니다』

『그럼 영석의 첩이 될 터임닛가? 인숙이가 —』

인숙이는 피ㅅ긔가 올은 새빨간 눈을 들어 목사를 치여다보며

『첩이라도 되지요 첩이면 관계가 잇나요』

인숙의 말소리는 아주 날카롭고 대담하엿다 조곰도 써는 긔색도 업시 당돌하엿다

그러나 그의 가슴은 날카로운 송곳으로 온 심장을 콕콕 찌르는 듯이 압헛다

『첩이라도 관계치 안어요 — 나는 인숙이의 마음이 그럿케까지는 변할 줄 몰랏소이다 다시 한번 돌려 생각해 보시오』

목사는 몹시 비창한 소리로 간권하엿다 그러나 인숙이는 종시 듯지 안엇다 목사는 눈물을 흘리며

『다 — 머리를 숙이고 하느님께 간구합시다』 하고 꿇어업드리엿다 장로들도 업듸엿다

그러나 인숙이는 불쏫이 치밧치는 눈으로 모든 사람들을 흘겨보고 잇섯다

『하느님이시여 — 당신의 쌀 인숙이는……』

그는 말씃을 채 맺지 못하고 울엇다

『맛츰내 죄악의 길로 드러감니다』

여긔까지 듯든 인숙이는 벌썩 니러서며 눈알이 빠질 듯이 흘겨보앗다 그러고는 덜컥 — 문을 열고 쒸처나왓다

목사는 긔도를 채 맛치지 못하고 쒸여나가는 인숙이를 불럿다

그러나 인숙이는 드른 체도 하지 안코 쒸여간다 목사는 가만히 이러서서 문설주를 잡고 놀라운 듯이 바라보고 섯다 인숙의 그림자가 희미하게 스러질 째 그는 도라서며 하늘을 우르러 『아 — 하느님 저 녀자를

불상히 녁이소서』 하고 눈물을 씻는다

다음 주일날 인숙이는 교회로부터 출교를 바닷다 모든 사람들은 『요즈음 계집애들은 다 — 그래』 하고 비웃고 욕할 섄이엿다(终)

(영해객창(寧海客窓)에서)

시집살이 1925.4.18~1925.4.25

이문옥(李文玉)

1925년 4월 18일 4면

(가정소설 3등)시집사리(1)

이 소설(小說)은 신춘문예모집(新春文藝募集)에 3등 당선입니다 이것도 또한 연재(連載)되든 소설 『재생(再生)』이 필자(筆者)의 신병(身病)으로 얼마 동안 휴재(休載)케 되기 때문에 지금 이것을 발표하야써 그동안의 독물(讀物)을 삼습니다

을순이가 이 집으로 시집온 지가 벌서 두 달이 지냇다 시집을 왓대야 제법 남편되는 사람과 한자리에 안저서 이야기 한번 못해 보앗다 자긔보다 세 살이나 아래 되는 코 흘리는 남편을 아츰 저녁으로 볼 때마다 가슴 속에 무거운 납덩어리를 매단 것가치 답답하고 애닯흠을 늣겻스나 『……몃 해만 지내면……』 하는 장래를 기다리는 생각이 그에게 저윽히 안심을 주엇다 가슴이 조일 때마다

『이것이 장래의 무궁한 행복의 전조다! 그 행복이 도라왓술 때에 이런 이야기를 녯이야기 삼어 말할 것이면 얼마나 질거움을 더할 것인가』

하고 위로를 밧으랴고도 애를 썻다 쏘한 이런 고생과 학대를 바더야만 그 보수로 즐거움이 도라 오려니 하엿다 그가 시집오기 전에 우리 어머니가 우리집으로 시집와서 가진 설흠을 다 격다가 할머니와 할아버지가 도라가시고 집안일을 어머니가 맛터 다스리게 될 째에야 비로소 행복스럽게 지냇다는 것을 어머니가 항상 말슴하시는 것을 드럿다 그뿐 안이라 동리 부인네가 이야기할 째마다 시집사리란 극히 하기 어렵고 석새[1] 무명 반물[2]치마가 눈물 씻기에 다 저젓다 한다 그때에 그런 말를 드를 째에는 『그러케 몹시 어려울가?』 하고 의심하엿다가 지금 와서 내 몸이 직접 당하고 보니 참으로 못할 것은 이 노릇이다고 하엿다 시집오기 전에 드른 어마님과 밋 동리 녀편네들의 자긔 갓의 경험담이 사실인 것을 인제야 쌔닷게 되엿다 그러나 이것은 우리 할머니나 어머니나 쏘한 지금 세상에 잇는 부인들이 다 한 번식 당한 것이닛가 나도 당연히 당할 것이며 싸라서 쓰린 맛을 그들이 나보다 몃백 배 몃천 배 더 당하엿스닛가 내가 요만한 고생을 참치 못하고 이러쿵 저럭쿵 참을성 업시 가슴을 태우면 장래에 나에게 도라올 크나 큰 행복은 일조에 쌔트려지고 말 것이다 하엿다 하닛가 당장에 엇더한 간난이 도라올지라도 그것을 참고 익여야만 될 것이라고 생각하엿다

엇지 행복뿐이랴! 내가 시집올 째에 우리 어머니가 가마문을 열고 드려다보시며 울음 석긴 목소리로

『……시부모에게 순종하고 가장을 잘 섬겨야만 내가 너를 기른 본의가 잇다…… 이것이 내가 바라든 바이며 쌀자식이란 어느 째든지 이러

1 석새 : 240올의 날실로 짠 베. 성글고 굵은 베를 이르는 말.
2 반물 : 검은빛을 띤 짙은 남색.

한 창연함을 당하는 것이니 조곰도 섭섭해 하지 말고 아모조록 잘 가서 살어라 녀자는 삼종지도(三從之道)가 읏뜸이니라……』 하고 참아 놋치 못 하시든 것을 생각하면 창자를 씃는 것갓치 몸부림을 하고 울고 십지만 은 그런다고 소용 업는 짓을 하기로서니 이 집에서 위로해 줄 사람이 누가 잇는가? 단지 어머니가 부탁하신 말슴을 직히자면 엇더한 고생이 라도 달게 바다야 맛당할 줄 미덧다 쏘한 녀자된 자의 썻썻한 도리라고 생각하엿다

『모든 것을 참어라…… 후길을 보자……』 을순은 언제든지 이 결심을 마음에서 놋치 안엇다

× × ×

이러케 하야 그해 칩든 겨울도 다 갓다 일흔 봄도 눈결에 지내가고 말엇다 을순에게는 눈 싸힌 달밤이 너무도 원망스러웟다 아지랑이 씐 봄 산을 한슴 업시는 보지 못하엿다 들에 피는 쏫을 쏫으로 보앗슬 것 이냐? 한말로 말하면 젊은이의 슬품을 가슴 속에 넘치도록 품은 을순 에게는 자연의 모든 것이 눈물의 씨밧게는 아모 것도 업섯다 그럴 째에 을순은 자긔의 나히를 새삼스럽게 헤여 보앗다

『……내 나희가 몃치냐? 열여덜! 아 — 쏫싸운 나희다 — 이 쏫싸운 나희를 엇재 쏫싸웁게 그리지를 못하는고? 엇재 들에 핀 쏫을 우슴으 로 보지를 못해?』 하고 짜증내드시 소리를 처보다가 자긔가 이런 생각 을 가지는 것이 너무도 음란한 데 갓가운 것을 깨닷고 그는

『창녀나 이러한 생각을 가지지 나 갓흔 깨씃한 사람은 이러한 마음이

도리혀 나를 더럽게 맨드는 것이다 하고 씨서버리랴고 애를 쓰나 좀처럼 씨서지지를 아니하엿다 날마다 자긔의 남편은 글방에 갓다가 해가 누엿누엿 서ㅅ쪽 하늘로 써러지랴 할 째에야 아모러케나 둘둘 마러 언진 상투를 흔들면서 대문싼서부터 『어머니』 소리를 치고 쒸여드러 오는 것이엿다 자긔는 부억에서 밥을 짓고 잇스면서 그 목소리를 들을 째 펵두 반갑건만은 얼골을 들고 내다보지를 못하엿다 참아 그러케 하지는 못하엿다 한편으로는 코 밋헤 코물 흘린 자곡이 사러지지 안코 더구나 허리씌 노리에 찬 필랑 — 먹투성이가 된 바지를 허리에다 걸고 바지가랭이는 쌍을 휩쓰는 모양 — 아츰마다 글방에 갈 째면 망건을 쓴 자리가 압허서 쓰기 실타고 시어머니에게 응석하는 모양 저녁에 도라와서 밥이 적으니 만흐니 되니 지니 하고 투정하는 모양을 볼 째마다 한숨【숨】만이 그에게 유일히 주는 물건이엿다

『저것이 장래의 내 남편이다!』 하고 산란한 마음을 억지로 가라안치랴고 하엿다 그래서 저녁 째마다 그의 목소리가 대문싼서부터 날 째에는 처음은 몹시도 반가우나 다시 그의 모양을 생각할 째면 신산스러운 쓰린 감정으로 도라오고 하엿다

1925년 4월 19일 4면

시집사리(2)

『이팔청춘 젊으나 젊은 년이…… 사람답은 질김 업시 살 수가 잇슬가?』 하고 손에 집혓든 물건을 깨여저라 하고 쌍에다가 메다부듯칠 째도 잇섯다 그 순간에

『내가 더러운 게집이다!』 하고 몹시 자긔의 마음이 붓그러워서 얼골

이 확싄확싄함을 깨달엇다 또한 시어머니가 이 눈치를 알지나 안이하엿나 하고 자긔를 바라보는 시어머니의 크게 뜬 눈을 히끗 처다보고는 고개를 푹 숙여바렷다 그리고 자긔가 처녀 시절에 게집아희들이 울타리 밋헤서 하든 노래는 여태ㅅ것 긔억에 사라지지 안엇다

엄마 엄마 날 길러서
촌 시집에 주지 마소
보리게ㅅ집 보리밥에
된장찌개 먹기 실소
물레돌 베고 자고
쏭지머리 쥐고 잔다
월야삼경 깁흔 밤에
울고 가는 저 기럭아
백일칭텬 저 기럭이
너 혼자서 어듸 가나
밤은 장차 깁헛는데
서재ㅅ도령 올 때로다
시아바지 맨든 물레
찌꺽찌꺽 돌지 안네
님 올 때는 되것만은
어이하야 안이 오누
진사 대과 못할 때랑
밤서재ㅅ랑 고만 두소
어머니의 매진 정리

참실가치 매젓습네
참실가치 맷친 정리
풀리도록 보고지고
혼자 독자 외오라비
싹 나라고 심엇더니
싹 도움도 안이 나고
썩엇는지 골앗는지
아이고 설어 나 죽겟네
……
…… (中略)
움물에 가 물을 길어
독전에다 갓다 놋코
한숨 쉬며 도라서는
이 내 가슴 터지도다

이 노래가 그째에는 퍽도 더럽게 들렷다 열 살도 못된 게집아희들이 이러한 음란한 노래를 엇더케 부르는가 하엿다 그게 무슨 낫븐 소리냐고 톡톡히 야단도 쳣다 그러나 이 노래소리가 나에게 마즐 줄이야 엇지 뜻하엿스랴?

그러면 우리 어머니나 우리 동리 부인들이 다 — 나와 갓흔 어려움을 맛보앗기에 게집아희들까지도 이 노래를 부르게 된 것이다 하엿다

『아! 과연 시집사리란 이러케도 어려운 것인가?』 하엿다 시어머니의 인정 업는 학대 — 그럴지라도 남편이란 사람에게 반분의 위안을 바들디경이면 아모리 눈물 만흔 고생사리라도 달게 녁이겟지만은 아모 철

모르는 그에게 이것을 바란다면 여름날 저녁에 반듸불를【을】 쫏는 격밧게 아모 것도 아니라고 생각하엿다 그래도 어머니는 참어라 참어라 하시면서 천 번 만 번 부탁하섯지만은 하고 긴 압날에 엇지나 이 부탁을 직히여 간단 말인고 『그러나 참어라 이 끗헤는 조흔 열매가 맷칠 것이다』 하고는

『녀편네 사람이란 이 어려운 시집사리를 하지 안코는 살어나가지를 못할 팔잔가』 하엿다

× × ×

어느 날 저녁이엿다 못처럼 시악시 방이라고 드러온(이것도 제가 드러오고 십허서 드러온 것이 아니라 시부모가 식혓지만은) 사나희는 드러오자말자 『난 잘 테야』 하고 그대로 쓰러저 버린다 못처럼 만에 드러오닛가 속으로는 반가우나 그대로 한엽흐로 빗겨 안젓다 그래도 나의 남편이라고 처음 드러올 때 반가움 갓해서는 일어서서 웃는 얼골로 인사라도 하엿스련만은 엇재 그런지 그리하기는 너무도 어린 남편되는 사람이 알어주지 못할 것이오 쏘한 을순 자신의 용긔가 밋지 못하엿다 그러나 속으로는 엇더한 긔대를 가지고 잇섯다 그것은

『암만 어려도 사나희』라는 긔대엿다 그러나 들어오자말자 『나는 잘 테야』 하고 자리의 쓰러지는 양을 볼 때에는 락망치 안니치 못하엿다 그러면서도 자리의 드러누흔 사나희 얼골이 퍽도 어리고 퍽도 귀엽게 보엿다 글방 독이 드러서 햇슥하게 시인 얼골이 더욱 애처롭게 보엿다

오 분 — 십 분 — 침묵으로부터 침묵으로 흐를 싸름이다 을순은 한

엽헤 안저서 자긔 일만 한다 방 안 공긔는 무섭게 고요하다 사나희의 약하고 자즌 숨결과 바눌이 흔겁을 뚤코 실이 바늘구녕을 슷처지나가는 소리가 그윽하게도 침묵에 가라안즌 공긔를 흔는【든】다 맛치 엄숙하고 신비스러운 나라에 몰려 드러간 듯하다 을순은 둥글고 영채 잇는 눈으로 사나희의 자는 얼골을 슬적 보고 한숨을 쉬엿다 그리고 가지고 잇든 바누질가지를 아모러케나 척척 접어서 반지고리에 올려놋코 두 손을 들고 일어나서 귀치안은 듯이 함 우에 언저 노앗다 한참 넉 일흔 사람처럼 그의 의미 잇는 시선이 사나희 얼골을 써나지 안엇다 그러다가 옷 입은 채로 자리에 쓸어저 버렷다

을순은 자리에 반듯이 드러누엇스나 가슴에 넘처오르는 정의 화렴은 그 마음을 밋칠 듯키 흔드럿다 엿태것 아모 동요가 업든 정욕은 무서운 세력으로 을순의 전 정신과 전 육톄를 지배하엿다 맛치 작열된 용광로와 갓치 그 용광로 속에 엇더한 물건을 집어너흘지라도 순간에 녹아버릴 무서운 열도를 가지고 잇는 것갓치 그의 정렴(情焰)이 무서웟다 그의 눈압헤는 아모 것도 업섯다 다만 정의 불쏫이 타오를 싼이엿다 그는 썰리는 손으로 사나희 몸 우에 자긔 팔을 언저 보앗다 아모러한 반응이 업다 다시 힘을 주어 끌어단여 보앗다 역시 아모러한 반동이 업다 하다가 을순의 전 신경을 무슨 물건으로 몹시 찌르는 듯한 충동은 부지불각에 자는 사나희 적은 몸동아리를 힘잇게 쓰러안엇다 다시 힘을 주어 부르르 썰엇다

1925년 4월 20일 4면

시집사리(3)

『……나 좀 보아요!』 투정하는 사람처럼 사나희의 몸에 팔을 감은 채로 뒤흔들고서는 아모 대답이 업스닛가 또 한번 『……나 좀 보라닛가……』 하고 이번에는 사나희 얼골을 자긔의 압흐로 돌렷다 『이건 왜 이래요? 밋첫나 자다가 공연히……』 사나희는 비로소 잠을 깬 목소리로 불으지젓다 그러면서 자긔의 허리에 감긴 녀자의 팔을 풀랴고 애를 쓰나 굿센 힘으로 감은 팔은 사나희의 약한 힘으로는 버서나지를 못햇다

『……글세 노아요 귀치안쿠면……』

『……』

을순은 아모 말 업시 귀밋머리카락이 덥힌 사나희의 고개 밋흐로 자긔의 머리를 트러박는다

『접대두 어머니가 날더러 조심하라구 그랫서……』

『조심은 무슨 조심?』 하고 을순이 대답하엿다

『이러케 하지 말라구 그랫서……아버지에게 수중듯는대 ―』 방금 수중이나 듯는 것처럼 겁을 집어먹은 소리로 말하엿다

『사나희가 왜 그러케 못낫수? 어른이 하라고 하신 대로 시행하는 것이 좃치만은 소용 잇수……』

을순도 『소용이 잇느냐 ―』 말은 자긔가 말햇지만은 의미가 잇는 듯하면서도 모를 것이라 생각햇다 사나희는 자긔 아버지의 명령을 무시나 하는 갓해서

『엇재 소용이 업서? 하라고 하신 대로 해야지』 하고 나서 귀치안은 드시

『글세 노라닛가 그래 이러면 어머니한테 가서 잘 테야 ―』 하고 다시

몸을 빼치랴 한다

을순은 몸을 빠르르 썰면서 더욱 굿세게 끌어안는다 그리고 가늘게 썰리는 입술은 사나희의 싸근싸근한 입술을 힘껏 빨엇다

『이것 보게 어머니 하듯 하네 제가 어머니인가』 여긔에 을순은 긔막히는 우숨을 아니 우슬 수가 업섯다 모든 것은 절망으로 절망으로 자긔 몸둥아리가 몰려드러가는 듯하얏다 그는 힘 업시 자긔의 팔을 사나희 몸에서 풀엇다

『아! 내가 과연 음란한 계집이다 — 이 철 모르는 어린아희에게 무엇을 요구한단 말이냐? 이 나희 어린 사람에게 음란한 생각을 가짐이 참으로 무서운 죄악이다 아! 내가 왜 이러케 더럽게 변하엿는고?……』 하고 후회가 아니 나오지 못하엿다 앗가까지도 무서운 충돌을 이르키든 욕념은 원통한 슯흠으로 변하고 말엇다 금방 눈물이 나올 듯 나올 듯하엿다 앗가는 무슨 마음으로 참지 못할 욕망이 이러낫스며 지금은 또 무슨 생각으로 이러한 원통하고 애닯은 슯흠으로 드러가는지를 을순 자신도 모른다 다만

『나는 모든 것이 절망이다!』 하는 생각이 이 원통함을 가저오게 한 것이라 하엿다

『 — 저리 가버려 다 고만 두어요 —』 하고 안엇든 팔을 놋코 오인발로 사나희의 다리에 벗틔고 두 손으로 사나희 가슴에 대고는 한써번에 써밀처 바렷다 써밀친 사나희 조고마한 몸동이는 밋헤 깔렷든 요와 함께 웃목으로 밀려가 버렷다 을순은 벽을 향하고 드러누어서 눈물이 소리 업시 작고작고 흐른다

『아 이런 망할 것 보게 사람을 왜 차!』 하고 벌써 일어나서 『엑기』

하고 도라 눈 을순의 허리를 발길로 탁 차고 문을 열고 나갓다 을순은 여긔에 반항하랴고도 아니하고 이번에 늣겨 우는 소리가 그의 목구녕으로부터 새여나올 뿐이엿다 마루 우흐로 쿵쿵 거러가는 소리가 두어 번 들리더니 안방문 여는 소리가 낫다

『그게 누구냐?』 이것은 시어머니의 자다가 깬 목소리다 을순은 가슴이 뚝금햇다

『나요……』 하는 것은 자긔의 어린 남편의 목소래다 을순은 귀를 기우리고 무슨 이약이를 하나 하고 숨소래를 죽엿다 과연 무슨 말인지 두런두런하는 말소리가 낫다 조금 후에는 잠잠 하여젓다 을순은 시어머니의 뭇는 말소리가 날 째부터 적지 안은 불안을 늣겻다 그것은 철 모로는 자긔의 남편이 앗가 내가 저에게 한 짓을 모다 일러밧치지나 아니하엿나 하는 근심이엿고 몃 마듸의 두런두런하는 말소리는 을순에게 더욱 적지 안은 걱정을 하게 하엿다

그러나 『일으거나 말거나 상관할 것이 무엇이냐? 나 어린 자식 장가 일즉 드린 것만은 후회할 테지?』 하고 모든 것을 걱정하지 안으랴고 애를 썻다 하다가 그래도 그럿치 안치? 내 자식 숭을 아나 남의 자식만 가지고 음란한 계집애니 못쓸 계집이니? 별별 소리를 다 해 가며 동래방래 써드러 놀 것이다

그째에는 나는 볼일 다 본다 이째까지 한 고생사리가 일조에 물겁품이 될 것이다 아! 그럴 것이다

『……아! 내가 밋친년이다 반드시 무엇에든지 밋첫다 배곱흔 사람이 밤에 밋처서 날쒸는 것과 갓치 나도 무엇에 밋처서 날쒼다 그러기에 계집년이 이러한 수치를 당하는 것이다 — 내가 무엇하러 그 철부지 어린

아희에게 졸낫서? 무엇하러 껴안엇서? 어머니가 자식 사랑하드시 귀여움에 못 견듸여 안어보앗든 것인가? — 아니지 아니지 어머니가 자식 사랑하는 뜻으로 쓰러안지는 안이 하엿다 올타 그럿타 내가 그를 사랑하랴고 하는 것이 어머니가 자식 사랑하는 것과는 아주 다른 것이다…… 그러면 무슨 까닭으로?…… 적어도 남편이닛가 — 에이 그럼 엇더냐 래일이면 시어머니의 실죽한 눈 — 아니다 그럿치도 안타 자긔도 나희 찬 계집아희의 마음속을 알어줄 테지?……』

을순은 귀치안은 드시 허리에 걸치엿든 이불을 발길로 탁 차버렷다 몸부림을 하드시 몸을 좌우로 흔드럿다 그는 이갓치 괴로워하면서 위안 가온대서 불안을 늣기고 불안 가온대서도 위안을 차저 내랴고 애를 썻다 발치에 노인 롱의 장식이 번쩍번쩍한다

1925년 4월 21일 4면

시집사리(4)

을순이가 처음 시집오기 전에 이와 갓치 밤에 잠을 못 자고 근심으로 지낸 적이 잇섯다

그것은 이집으로 뎡혼하기 한 달 전쯤 일이다

아버지와 어머니는 내 혼인 때문에 한참 걱정을 하시기에 밤에 잠을 못 줌으섯다 아버지는

『여보 을순이 혼인을 엇더케 해?』 하고 안저서 솜을 피시는 어머니에게 말한 즉

『글세 엇더케 해요』 하시는 것이 퍽두 답답하신 말슴이다 아버지 하시는 말슴을 들으면 혼인할 곳은 여긔저긔서 말하는 곳이 만치만은 하

나도 합당한 곳이 업슬 쌘 아니라 슬하에 을순이 하나밧게 업스닛가 일조에 출가를 식히는 날이면 그야말로 을순의 아버지와 어머니에게 그러한 곤난은 업슬 것이다 그럿타고 영영 크나큰 짤을 슬하에 다리고 잇기는 절대로 불가능한 것이며 지금에 출가를 식히고자 하나 당장에는 맛당한 곳이 나서지를 아니하는 짜닭에 실로 걱정됨이 여간이 아니엿다 그러다가 을순이가 듯는 데는 이런 이야기 저런 이야기를 하시지는 아니 해도 두 분이 말슴하시는 눈치를 보면 다릴사위를 구하시는 양을 발견하엿다 그것도 을순에게는 그리 실치는 아니하엿스나 우리집에 재산이 그 전과 가치 넉넉하엿스면 용이히 되겟지만은 지금은 그러치도 못하다 더구나 재산을 숭배하는 이쌔에 제법 잘생긴 아들을 돈 업는 우리집에 들여 밀 사람이 누가 잇슬가? 드러온대야 온양 온천에 전다리 모혀들 듯 어대서 지질이 못난이만 드러올 것이다 그러면 나는 못난이 서방 밋테서 한 생전 신세를 망칠 것이다 나종에 아버지께서 다릴사위감으로 유의하시든 곳을 알고 보니 건넌 말 학순이 아들이라 한다

몃 해 전싸지도 우리집에 들락날락하며 우리 어머니의 환심을 사서 나를 롱락하고자 하는 모양 갓해서 밉살머리스러워서 어머니에게 말하고 우리 집에 일절 발길을 드려 놋치 말라고 말을 하엿는데 그 총각 녀석이 저의 부모를 졸라서 나한테로 장가를 들게 하여 달라고 졸랏다는 것을 동리 부인에게 드른 후로 더욱 밉게 생각하엿든 것이 지금 와서 엇더케 아버님의 쯧이 그 총각 녀석에게 두시게 되엿는지? 지금이라도 덥수룩한 대가리와 여드름이 덕적덕적한 얼골을 생각하면 구역이 날 듯 더러워서 만약 아버지와 어머니가 그 총각에게로 시집을 가라 하시면 당장에 칼을 물고 업드러저 죽을 결심을 하엿다 그러나 그 총각 집

에서는 총각의 말이 그 시악시(을순)한테로 장가만 들게 되면 다릴사위 안이라 자긔 집에 두 섬지기나 되는 쌍을 가지고 드러온다고 풍치는 바람에 아버지가 거긔에 마음이 쓸려바리신 모양이다

그 후에 을순은 엇지할 수가 업서서 밥을 안 먹고 이불을 싸고 드러누엇다 참으로 그 총각에게는 가기 실타는 뜻을 보이랴고 굿게 결심을 하고 한 사흘 동안을 굶엇다 아버지는 처음에 걱정을 하시면서

『계집애가 어른이 식히는 대로 하지 — 붓그러운 줄도 몰으고 무엇이 엇지고 엇재?』 하시며 천길이나 쒸실 드시 야단을 치섯스나 을순의 마음이 철석 가튼 것을 보고는 먼저 번민의 정이 압서서 그 총각에게는 한마듸로 거절을 해버렷다

『애 을순아 거긔는 파의하엿스니 일어나서 밥 먹어라』 어머니의 이 가튼 말을 듯고서야 비로소 마음을 노앗다 그리고 어머니에게 양자를 하나 어더서 장가나 드려노면 내가 간 후에라도 어머니의 한편 팔을 족히 붓들 수가 잇겟다고 권하엿다 하닛가 어머니는

『애 그런 말 마라 이전에 우리 집에서 전량이나 진이고 잇슬 쌔는 웬 일가가 그리 만터니 지금에는 그리 만튼 일가가 별안간에 업서젓스니 양자도 돈이 잇서야 한단다』 실상은 양자를 한대야 제 부모가 아닌 양자가 우리 어버이에게 곱은곱은히 말을 들을 테냐 쏘한 장가나 드리고 보면 우리 어머니와 며누리와 싸홈질 그럴 째마다 양자 녀석이 눈을 부릅쓰고 반항하는 모양이 눈에 보여서 그것도 못할 것이라고 단념해 버리고 말엇다

『그러치 아니하면…… 싀집? 다릴사위?……』 그가 이러케 자리에 누어서 캄캄한 텬정을 처다보며 생각하다가 아모래도 한 생전 당신네들

도라가실 때까지 봉양해 드리고 슬하에서 자미를 보여드리자면 다릴사위 하는 것밧게 달은 수가 업다 그 총각 녀석 외에 인물 곱고 재조 잇고 글 잘하고 마음 조코 쏘한 사나희답게 생긴 남자를 골라서 드렷스면 내가 이후에 싀집사리의 별별 어려운 일도 하지 안을 것이오 부모를 그립게 지내지도 안을 터이고 내외분께 대하야 뎨일 유익할 것이다 그리고 남편된 사람이 글을 잘해서 벼슬 가튼 것을 다니면 집안이 번창할 것이오 나도 벼슬하는 사람의 안해가 되여 만 가지 즐김을 바들 것이다 하엿다』 하다가

『내가 밋칫나 계집애가 무슨 남편 생각을 이다지도 하나?』 하고 혼자 우섯다 쏘한 이때까지 한 공상을 언제까지든지 이저버리지 말엇스면 하엿다

『너 — 무슨 생각을 하고 웃니?』

어머니는 이째것 안 주무섯는지 을순의 혼자 웃는 소리를 듯고서 이불 속에서 손을 내밀어서 을순의 뺨을 쓰다듬엇다 을순은

『아무것도 안이야요』 하고 입을 쏙 물엇다

어머니에게 내가 생각한 것의 눈치를 채웟고나 하고 내 얼골이 훅근훅근한다

『어머니는 왜 입때 안 주무섯서요?』

하고 이불로 억개를 쏙 싸면서 어머니에게 정면을 하고 도라 누엇다

『글세 걱정이 되는구나…』 하시는 말슴이 을순의 가슴을 칼로 오려내는 듯하엿다 이러케 그 밤을 눈 한번 못 부치고 새웟다

그 후에 생각하든 것은 다 허사가 되고 이 집으로 시집을 오게 되다 엿【되엿다】 이 집이 부자인 것과 량반이라는 두 가지 때문에 혼인을 하

고 말엇다 이런 줄만 알엇드라면 찰아리 늙어 죽을지라도 오지 아니하엿슬 것이다

1925년 4월 22일 4면

시집사리(5)

시집이라고 와서 보니 시어머니는 거염[3] 만코 변덕 만흔 호랭이 가튼 부인이엿다 시아버지는 이와 반대로 나약하고 공손하엿다 집안일에 대하야 무슨 의론할 것이 잇서서 자긔의 의견을 뎨출하면 시어머니 되는 이가 덥허 놋코 반대다 그런다고 시아버지라는 이가 불평한 말을 한마듸라도 하엿다가는 시어머니의 전테의 변덕과 거염이 폭발하야 열 길 스므 길 뛰는 바람에 쥐 숨듯 움츠러지는 것이다 이러닛가 을순이가 처음 시집왓슬 째는 새며누리라고 맛【앗】기고 인정과 사랑이 구비한 체 하드니 단 열흘이 못 가서 일 부려먹는 종년이나 어더온 듯이 아츰 저녁으로 들들 복가대엿다 을순의 장처[4]는 될 수 잇스면 덥흐랴고 애를 쓰는 것가치 보엿고 털쯧만한 허물이 잇고만 보면 이것을 들추어 내기로만 일을 삼엇다 한번은 시집올 째 동모가 분 한 장을 선사하엿는데 그것을 아츰에 바르고 나갓더니 시어머니는 금방 눈이 실쭉해지며

『일해 먹는 애가 분은 발러 무엇해……』 하고 톡톡한 쑤중을 드른 후에는 일절 분도 안 발으고 머리도 안 비섯다 닷세에 한번만은 빗거나 말거나 하엿다

을순의 처녀 시절(지금도 처녀지만은)에 마음을 태우든 그것은 한 줄기

3 거염 : 부러워서 생기는 시기심.

4 장처(長處) : 좋거나 잘하거나 긍정적인 점.

찬란한 장래가 잇섯고 또한 그 시절에 맛보든 번민이란 달큼하고 앗질한 것이엿스나 지금에 이 절박한 경우는 을순으로 하여금 모든 것이 절망의 구렁에 빠진 것 갓흔 아득한 생각만이 마음을 졸라씌엿다 을순은 이것을 깨닷고 넘우도 차이가 큼에 놀냇다 그는 다시

『찰아리 이럴 줄만 알앗드면 그 총각한테로 시집을 갓슬 것이다!』

슬흠과 학대를 당함보다 남편이 잘낫거나 못낫거나 그래도 그 총각에게서는 사랑의 만족은 늣길 것이 안인가 하엿다 사랑의 즐김으로써 인생의 전 향락을 삼는 것은 안이라도 만약 이것이 업고만 보면 인생은 또한 쓸쓸한 것이다 을순이 생각하기에 사랑의 만족을 찾고자 나와가치 가슴 태우는 인생이나 한갓 렬녀현부의 칭호를 바다가며 일생을 랭장고 갓흔 속에서 지내여 온 우리의 할머니나 또한 어머니나 그 외에 지금 세상의 모든 녀자 중 그 어느 것이 참다웁고 인생다운 것인가 하엿다 아모리 생각해 보아도 음란한 사랑만을 찻는 것도 인생답지 못하고 렬녀현부만 찻는 것도 참답지 못하다 을순은 지금에 렬녀현부가 될 수도 잇고 또한 음탕한 육욕을 쏫차 갈 수도 잇다 그것은 이 집에서 눈물과 원통한 시집사리를 숫숫내 참어나가면 이것은 첫재 조건에 맛는 것이오 다시 동리에 잇는 총각을 쏫차가면 둘재 조건에 맛는 것이다 을순은 이 두 가지 중에 어느 것을 취할 줄을 몰랏다 아니다 두 가지가 을순에게는 다 — 실혓다 한편으로 이 두 가지를 한써번에 취하엿스면 하는 생각이 낫스나 이것은 도저히 되지 안을 줄로 곳 판단하여 버렷다 그리고 을순의 선 — 자리가 렬녀현부는 되기가 쉬우나 육욕의 만족을 엇기는 어려웟다

『렬녀현부? 아! 가소로운 말이다 그러면 어린 남편에게 정욕의 만

족? 아! 참으로 음란한 계집이다』 한 슷헤

『내가 대관절 요구하는 것이 현부량처는 안이다 정욕의 만족도 안이다 그러면 무엇이란 말인고?』

육욕의 충동은 일시덕이다 여긔까지 생각하고 보니 오직 답답할 싸름이다 자긔가 구하는 것이 무엇인지를 몰랏다 이럴 째에 불연듯 어머니 생각 이낫다

『내가 어려서 울 째에는 젓꼭지를 물려 주섯더니라 조금 커서 울 째에는 밥이나 먹을 것으로 달래 주섯느니라 지금 이 장성한 자식이 울 째에는 무엇을 주실 것인가?……울지 말라고 이리로 시집보내 주신 것이 역시 울음의 ㅅ씨를 쌜여 주섯던가!』 하고 어머니를 불러 보앗다 그러나 이런 곳으로 시집을 보내엿다고 자긔의 부모를 원망치는 못하엿다 원망치 못하리만콤 그는 어머니를 사랑하엿다 당장에 어머니한데 쒸여가서 그 무릅에 머리를 대고 울고 십헛다 그래야만 이 답답한 가슴이 시원히 풀닐 것 갓햇다

『올타 어머니에게로 가자! 렬녀는 무엇이냐 — 현부는 무엇이냐 — 쏘한 남편은 무엇이냐 — 어머니는 나를 사랑하신다 어머니밧게 업다!』 그는 창졸간[5]에 자리에서 튀여 일어낫다

성냥을 차저서 조고마한 짬싹 등잔에 불을 켯다 그다음에는 문을 소리 안 나게 열고 나가서 안방 장지 엽헤 귀를 대엿다 죽은 듯이 고요한 방 안에서는 시아버지의 가늘게 코 고는 소리만 들렷다 을순은 다시 발을 돌리여 다시 자긔방으로 도라왓다 그는 장 안을 열고 옷가지를 써내

5 창졸간(倉卒間) : 미처 어찌할 수 없이 매우 급작스러운 사이.

놋키를 시작하엿다 한 가지식 써내서는 자리 우헤 탈삭탈삭 나려 놋는다 약한 불빗에 곱게 빗나는 분홍저고리 다홍치마 — 남빗 나는 순인[6] 치마 — 연두겹저고리 — 이와 갓흔 것에 눈이현황[7]하여진다 을순은 한참 들추어내다가 장 안에다가 팔을 걸친 채로 무엇을 생각하다가 쏘 몃 가지를 써냇다 그리고는 ㅅ집어 낸 옷가지를 싸하 놋코 그 우에 쏘다시 업흐러젓다 을순의 가슴 속에는 『이것이 녀자의 맛당히 행할 만한 도리일가?』 하는 의심이 나올 째는 아모래도 온당치가 못한 것 갓햇다 더욱이 이후에 아버지의 체면이나 나의 신세는 엇더케 될 것인가 하고 주저치 아니치 못하엿다 이후에 사람들이 을순을 가르처 음란한 계집 도망군이 이러한 욕설을 한몸에 뒤집어 쓸 것이 무서웟고 이로 말미암아 우리집에 도라오는 괴악한 루명으로부터 자긔의 신세가 씃이 맥힐 것이 무서웟다 이리하야 자긔가 처음의 결심대로 시행하기를 주저하엿다 그러나 몃 순간 후에 그는 이러한 판단을 어덧다

1925년 4월 23일 4면

시집사리(6)

『나에게는 내 신세를 망칠 만한 작죄[8]가 업다 — 사람들의 욕설이 정당치가 못하다』는 것을 전데로 하고 얼마 후에는 녀자된 자긔네들이 경험하여 온 고통을 깨닷게 되는 동시에 내가 이 집에서 튀여나간 것에 대하야 동정하야 주리라는 것과 어린 남편이 장성만 하고 보면 나를 영

6 순인 : 용, 봉 또는 전자 따위의 무늬를 놓아 약 20센티미터 넓이로 짠 천. 여름 비단으로 지칭되기도 하며 치맛단으로도 쓰임.

7 현황(眩慌 / 炫煌) : 정신이 어지럽고 황홀함.

8 작죄(作罪) : 죄를 지음. 또는 그 죄.

영 버리지 안코 이 집에서 다시 불을 것이 명백할 것이며 그럿치 안코 라도 나의 년령이 아직도 솟봉오리 갓흔 것임으로 한 생전을 생과부 노 릇은 하지 안을 것이라고 생각하엿다

그러닛가 이때ᄭᅡ지 먹은 마음을 죽이고 이 집에서 눌러잇고만 보면 래일부터 시어머니의 인정 업는 학대가 더욱 심하야질 것은 물론이다 나희 어린 남편을 바라고 더욱 애답하질 것이며 기나긴 세월을 지내가 기가 어려울 것이다 다시 말하면 가슴에 치미는 사랑의 불길을 죽이고 눈물 만흔 시집사리는 참아 못할 것이다 하엿다

을순이 생각하기에 어머니에게로 간다 할지라도 나의 전욕망을 만족 하게 하여 주시지는 못한다 남편에게 어드랴 하는 것과 어머니가 주시 는 그것과 아조 그 성질이 다르다는 것이다 을순에게는 엇더한 사나희 든지 자긔의 몸을 힘것 ᄭᅳ러안어 주어야만 만족할 듯하다 어머니의 ᄯᅡ 뜻한 품속보다도 사나희의 불덩어리 갓흔 품속이 더욱 그립다 그러나 지금 당장에 을순의 처리디로【처지로】 잇서서 인간뎍 전욕구(全欲求)는 바랄 ᄯᅢ가 아니다 단지 래일날의 슯흔 맘은 학대만을 면하고 십혓고 남 편에게 못 바든 사랑을 어머니에게 밧고 십헛다 이러케 세궁력진[9]한 판 단을 어든 을순은

『……어머니에게로 가자! 어머니는 나를 사랑하신다』라는 애매한 해 답을 어덧다

그리하야 장 안에서 들추어내인 옷가지를 보자기에 싸랴다가 멈추고 『이러케 하면 이 집을 내가 영영 배반한다는 뜻이며 이것이 나에게

---

9 세궁역진(勢窮力盡) : 기세(氣勢)가 다 꺾이고 힘이 빠짐. 기진맥진하여 꼼짝할 수 없게 됨.

그리 귀한 것이 아니다!』 하고 지금껏 집어내인 옷가지를 다시 집어 넛코 그중에서 급히 닙을 것만은 골라서 넓은 보자기에 서【싸서】 한엽흐로 빗켜 놋코 깔어 노앗든 이부자리를 착착 개여 언젓다 그다음에는 이불 싸흔 구석에서 허리띄를 써내여 자긔의 허리를 밧싹 졸라매엿다 영창문을 방그시 열고 어둔 밧 곗을 내다보앗다 좀 흐릿한 하늘에는 수만흔 별들이 깨여 잇다는 드시 구름 속에서 군데군데 빗나고 잇섯다 을순은 영창문을 닷고 방 안을 한번 둘러보앗다 써나기가 섭섭한 생각이 나서 방 안에 노싸힌 물건을 하나도 무심히 보지 못하엿다 알 수 업는 처량한 감정이 가슴속을 쏘다시 흔늘어 놋는다 그러다가 이럴 때가 아니라 하고 벌썩 일어나서

『……사랑을 차자 가자 내 어머니에게로 가자!』

이가치 부르짓고 방문을 열고 나갓다 그의 조고마한 몸동이는 어둠속으로 살어저 버렷다

× × ×

일흔 봄비가 부실부실 나려 늣겨 우는 울음가치 구슯흔 멜로듸로 새여 가는 쓸쓸한 저녁을 물들일 때 을순은 진흙짱 빗탈길을 허둥허둥 거러간다 머리에는 보통이를 한손으로 붓들고 밋그러운 짱을 조심스럽게 밟으면서도 거름거리는 퍽도 허둥허둥하엿다 앗까 집에서 나올 때는 좀 하늘이 흐릿하엿지만은 몃 거름을 못 와서 열분 먹물로 그림조희 우에 좍 노흔 듯한 구름장이 점점 퍼저서 왼하늘을 암회색으로 뒤덥고 말엇다 그 뒤를 이여 이보다 좀 롱[10]한 구름이 저편에서 머리를 쑥 내여밀

고 하늘 한복판으로 밀리기를 시작한다 쌀아 여긔서도 저긔서도 검읏한 구름쌍이 군데군데 자리를 잡기 시작햇다 그러나가【그러다가】 몃분이 못가서 비방울이 거러가는 을순의 이마 우에 한 방울 두 방울 써러지기를 몃 번 한 뒤에는 정말 오게 되엿다 거러가는 압길은 희미하지만은 몃 간 통 압헤는 검은 포장을 가로 처노은 드시 캅캅하엿다 처음에 무서운 생각도 낫다 등 뒤에서 잡어먹을 드시 옹송그리고 선 ××산이 덥허 누를 것갓치 무서웟다 더구나 군데군데 서서 잇는 나무들이 무슨 형상갓치 보이며 머리씃이 쑤쎗쑤쎗하여서 고개만 푹 숙이고 거러왓다 그러나 비가 오게 되매 독이 나기를 시작햇다 발이 밋그러워서 머리에 엿든 보통이를 몃 번 논 가온데로 내굴리게 됨에 악이 밧삭 낫다 거러가는 압흐로 닥치는 바람은 찬 비방울과 함께 낫에 부드친다 옷은 비에 저저 점점 묵어워젓다

『죽어라! 나 갓흔 년……』 을순은 아래 입살을 웃니로 쏙 물엇다 쌍은 점점 밋그러워지고 발길은 작고 세로가로 노여진다 나종에는 방향도 이저바리고 발길 노이는 대로 거럿다 내가 지금 어데를 거러가는지도 이저버렷다 단지 자긔가 시집올 째에 이 길로 온 것을 희미하게 짐작하나 이 길로만 가면 되려니 하고 거럿슬 섄이다 거러가다가 쏘 몃 번 넘어젓다

얼마를 거러왓는지 모르게 될 째 그는 발을 싹 멈추엇다 이째것 등을 지고 가든 ××산이 눈압헤 닥쳣다 하도 이상스러워서 다시 보앗다 여전히 ××산이엿다 능글능글하게 비웃는 우슴을 웃는 듯하엿다 다시

10 농(濃) : 짙다.

눈을 쏙바로 쓰고 사면을 둘러볼 때에는

『에그머니……』 하고 놀라지 안을 수가 업섯다 행상 쑥경 엽헤 논 것 갓치 보이는 지붕과 동리 가온대 서 잇는 늣틔나무를 보면 분명히 엇저녁에 등을 지고 써나든 그 동리엿다 을순은 독개비에게 흘렷거나 그러치 안으면 나의 불상한 몸을 어느 악한 귀신이 쏙뚜깍씨 놀리드시 작난을 하는 것이라 하엿다 번연히 내가 동리를 등을 지고 거러왓는데 쏘다시 이 동리로 도라오게 된 것은 암만 생각해도 몰을 일이라고 하엿다

아마 하늘이 평생을 눈물과 설음으로 지내라고 마련하엿나보다 — 내 팔자가 그런 것이다 하고 생각해 보니 온 전신의 맥이 풀려버렷다

1925년 4월 24일 4면

시집사리(7)

그래서 이고 잇든 보퉁이를 되는 대로 짱 우에 집어 팽개치고 그 자리에 주저안젓다 엇더케 해야 조흘지 몰랏다 실컨 울엇스면 조흘 듯하나 가슴이 답답해서 울음도 나오지를 아니할 것 갓다 그대로 죽엇스면 좃켓다 하엿다

이러케 안젓기를 몃 분을 지냇다 하다가

『에라 — 내가 이대로 시집으로 드러가고 보면 그야말로 이 우에서 더 큰 수욕[11]은 업다!』 하고 나서

『이러케 다시 도라오게 된 것은 길을 잘못 드럿든 것이다 이 쐴악선이를 하고 시집으로 드러가고만 보아 에구 그 호랭이 가튼 시어머니에

11 수욕(受辱) : 남에게 모욕을 당함.

게 들들 복김은 누가 당하고…… 동리 사람에게 더러운 비평은 누가 밧고 아모러케나 팔자 사나운 년이 죽기밧게 더하랴! 찰아리 죽어도 어머니 압헤 가서 죽으리라』 이러케 말하고 넉을 일코 안젓든 을순은 다시 일어섯다 무서운 것도 이저버렷다 옷이 속까지 저저서 춥든 것도 이저버렷다 다시 악은 밧삭 낫다

『 — 죽어라 나 가튼 년이……』

다시 한번 입술을 꼭 깨무럿다 동리에서는 개가 컹컹 짓기를 시작하고 악가보다 하늘과 짱이 훤한 것을 보면 아마 동이 트나보다 하엿다 오든 비는 조금 긋첫다 을순은 짱에 노힌 보통이를 다시 집어 이고 또 거러가기를 시작햇다

을순이 친뎡집까지 왓슬 때에는 일흔 아츰이엿다 혹 누가 자긔의 모양을 볼가 하야 뒤ㅅ길로 자긔집 문압까지 왓다 을순은 밋칠 드시 조왓다 대번에 울음이 나올 쓋 나올 쓋하엿다 쌀리 대문을 지내 밧마당까지 드러서도 아모도 업다 이럴 때에 방 안에서 기침소리가 낫다 을순은 그것이 어머니의 목소린 줄 알엇다 그의 신경은 무엇으로 쏵 씨르는 듯하엿다 그다음 순간에는 마루 우로 올라서서 방문을 열고 드러갓다 어머니는 자리를 개고 나서 방을 비로 쓸고 잇섯다 을순은 자긔의 어머니를 보자말자 밋친 사람가치 쒸여가서 어머니의 무릅을 쓸어안고

『으아』 하고 울음이 터저나왓다 어머니는 홁투성이가 되여 쒸여드러오는 을순을 보고 누군 줄 모르고 깜작 놀랏다가 자긔 무릅에 업대여 우는 것이 자긔의 쌀인 것을 알게 됨에 먼저 가슴이 덜컥 나려안젓다

『그런데 네가 이게 웬일이냐?』 하는 무름에 대답도 아니하고 늣겨 우는 을순의 머리를 얼사안고 자긔도 울엇다 을순은 『싀집에서 가초가

초 격거 오든 원한과 슯흠 — 엇저녁에 성(性)의 충동으로 맛본 쓰린 맛 — 어머니를 보랴고 길에서 비를 마저가며 가진 고초를 격든 생각 — 이 여러 가지가 한테 어우러저서 울음으로 변하고 말엇다 눈물은 작고 작고 나왓다 어머니는 긋칠 줄 모르고 슯히 우는 자긔의 쌀의 등을 어루만저가며 자긔도 모르게 우름이 나왓다 한참 동안은 두 사람 사이에는 늣겨 우는 우름판이 버러젓다 그러다가 어머니가 먼저 눈물을 거두고 을순을 일으키면서 『인제 고만 긋처라』 하고 을순의 눈물 저즌 얼골을 드려다보앗다 을순도 얼골을 들고 어머니의 주름쌀 잇는 얼골를 처다보고 한 반년 사이에 더욱 늙으신 것가치 보엿다 그동안 내가 업서서 어머니가 고생을 몹시 하섯구나 하는 애처러움이 드러가서 쏘다시 눈물이 나왓다 어머니는 갑갑한 듯이

『대관절 그 비오는 밤에 웬일이냐?』

하고 물엇다 을순이가 싀집에서 용납지 못할 큰 죄를 젓슬지라도 그 비오는 밤에 혼자 올 리는 만무한데 더구나 을순의 단정하고 오유한 마음씨로 싀집에서 좀 몹시 군다고 싀어머니에게 대항을 하얏다든가? 엇더한 죄를 짓기도 만무하고 쏘한 을순이가 싀집사리가 하기 어려워서 그밤에 도망을 하여 오기도 만무하다

『어머니가 보고 십허서요』 하는 을순의 대답도 그럴 듯이 미더지를 안엇다 여긔에 곡절이 잇기는 잇고나 하엿다 그러나 이것을 을순에게 핍박하여 뭇기도 어려웟다 을순은 이럼으로 눈물과 코를 풀고

『아버지 어데 가섯서요?』 하고 자긔를 의미 잇게 보는 어머니를 쏘한 번 보앗다

『아츰에 볼일 보러 나가섯다 조곰 후에 드러오시겟지 그래 싀집에서

몹시 굴지는 안테? 그밤에 어미가 보고 십다고 백줘 왓니?』

『싀집에서는 보내주지 안코 어머니는 보고 십허 못 견대겟고 해서……』

을순은 어머니가 나의 도망하여 온 까닭을 대단히 녁이는 듯하얏스나 참아 속에 잇는 말을 하기는 어려웟다 붓그럽기도 하려니와 엇더케 말을 할지를 몰라서 그냥 어머니가 보고 십허서 왓다고 대답하엿다 그럴 째에 아버지가 드러오섯다 아버지는 을순을 보시더니 눈을 크게 쓰며 아래목으로 나려가 안저서

『네가 이게 웬일이냐?』 하고 한마듸 하시더니 한참 무엇을 생각하고 입맛을 쩍쩍 다신다

『어서 옷이나 가라입어라 — 모다 아비의 탓이다 —』 을순이 듯기에 대단히 가슴을 씨르는 말이다 아버지는 자긔의 속을 짐작하는 것 갓햇다 그리고 과연 아버지가 나를 이러케 맨드러 주섯나 하엿다 어머니나 아버지가 그집으로 싀집을 보내서 내가 도망까지 하여오게 맨드럿나? 그러면 나와 가튼 처디에 잇는 사람이 이 세상에 몃 천 사람이 잇는지 모를 것인데 그것이 다 아버지의 탓인가 암만하여도 그 허물이 뉘게 잇는지를 몰랏다 아버지의 『다 아비의 탓』이란 말은 미더지지 안엇다 몃칠 후에 아버지가 을순이다려 싀집에는 그 집에서 오라기 전에는 가지 못할 것과 한 생전 부모 슬하에서 지내야만 할 것을 말슴햇다 어머니나 아버지의 정이 엉킨 말을 들를 째마다 을순은 가슴을 태웟다 자긔의 장래를 생각하고 마음을 조렷다 그다음에는

『내가 평생을 어머니만 바라고 살 수가 잇슬가?』 하엿다

1925년 4월 25일 4면

시집사리(8)

× × ×

한 달쯤 후에 ××집 쌀이 싀집에서 도망하여 온 후로부터 밋첫다는 소문이 왼동리 사람의 이야기거리가 되엿다 그 밋친 원인은 여러 사람의 말이 한결갓지가 못하엿다 엇던 사람은 싀집에서 도망하야 오든 저녁에 못된 귀신이 덤비여서 밋첫다는 사람도 잇고 쏘 엇던 사람은 그집 쌀이 싀집가서 엇던 놈팽이하고 음란한 행실를【을】 하다가 싀집에서 알게 되닛가 할 수 업시 도망을 하여왓스나 항상 그 놈팽이를 잇지 못하다가 그만 상사병으로 밋치고야 말엇다고 극단의 험담을 하는 사람도 잇섯다 그러나 거긔에 정당하고 유력한 말을 드러보면 이러하다

그집 쌀이 밤에 도망해 온 까닭은 알 수 업스나 그 싀집에서 이것을 허점을 삼어가지고 며느리에게 씻지 못할 더러운 허물을 뒤집어 씨웟다 한다 그 허물이란 것은 며누리가 아모도 모르게 밤중에 도망한 것은 새ㅅ서방을 끼고 어대로 도망하다가 가지 못하고 며누리는 친뎡으로 가고 새ㅅ서방은 그 동리에 묵삭이고 잇다는 것을 빙자하야 영영 오지 말라는 통고로 인함이라고 하며 뎨일 그 시어머니라는 이의 말을 드러보면 며누리가 자긔네 집으로 시집오기 전에도 어느 총각하고 부정한 행실을 부리다가 시집을 오게 되여서부터 새며누리는 밤낫 눈물을 흘리며 울고 지냇다 함을 비롯하야 그 동리 사람 중에 엇던이는 그 총각이 시집온 대까지 좃차와서 밤마다 그 집 울타리 밋헤서 배회하고 잇는 것까지 보앗다고 시어머니를 충동함에 그 동리에서는 별々 욕을 을순

의 한몸에 펴붓게 됨으로 시집에서는 가문을 더럽힌 추부(醜婦)라고 영영 내친다는 선고엿다 그래서 이 말을 드른 을순의 부모는 애통하는 것은 물론이어니와 더욱 을순의 벗지 못할 더러운 루명을 쓰고 억울함과 붓그러움과 분함이 가슴에 북밧치나 그런 기색을 낫하내지 안코 자긔의 부모를 위로하는 모양은 참아 볼 수 업섯다 하며 그러면서도 사람이 업슬 째에는 머리를 쥐여 쓰드며 울다가 점점 실진한 사람이 되엿다는 것이 뎨일 유력하엿다 그러나 사람마다 그의 얼골과 모양과 마음을 아는 사람이면 먼저 불상한 생각이 압흘 섯다

쏘 그 밋친 경로를 드러보면 처음에는 슬허하는 부모를 위로도 하고 자신이 먼저 부모 압헤서 눈물을 보이지 안으랴고 애를 쓰더니 나종에는 그 참는다는 것이 을순으로 하여금 광증이 생기게 되엿다 한다 몃칠을 밥을 안 먹고 드러누어서 울고 웃고 하는 모양이 실로 비참 가련하엿고 나종에는 드러눕지도 안코 일어나서는 하로 동안을 산으로 헤매이는 것을 사람들이 붓잡아왓다 한다 그러다가 한번은 칼을 가지고 그의 어머니에게 덤벼든 째도 잇섯다 하야 아버지를 물어쓰드며 몸부림을 하다가도 별안간에 손벽을 치며 웃는 일도 잇섯다 한번은 자긔 머리채를 벼여가지고 동리로 쏘단니며 맛나는 사람마다 욕설을 하다가 사나회를 맛나면 붓들고 입을 맛추며 힐난을 하는 등 별별 괴악한 짓을 하닛가 그의 부모는 할 수 업시 건는방에다가 가두어 두고 밧갓흐로 못을 박어서 나오지 못하게 하엿다

그후로 밤중이면 그 집에서 처랑한 우름소리가 낫다 우름소래가 맛치 은방울을 울리는 것갓치 맑고 구슯헛다 낫이면 잠근 문을 두다리며

『어머니 어머니 나 문 좀 열어주세요! 이 문을 열어주세요!』 하는 목

소래가 애를 끗는 소리엿다 쏘 밤마다 우는 우름 속에는 반듯이 넉두리가 석겨 잇섯다 그것은

『이 문을 열어주세요! 어서어서 이 문을 열어주세요! 세상에 나가서 나와 갓치 밋친 사람들을 맛나 보람니다 세상의 남자들은 다 나를 사랑한대요? 다 나를 귀애준대요…… 아이구 원통해 죽겟네!』하고 호곡[12] 한다

× × ×

이러케 하기를 몃칠 후에 이 집에서 목매 죽은 나 졂은 녀자의 죽엄을 상여에 실고 공동묘디로 향하야 감을 발견하엿다 상여 메인 사람들의 입으로부터 흐르는 만가(輓歌)[13]는 길고 느리게 혹은 얇고 굴게 처량히 흘럿다 상여의 뒤를 붓들고 통곡하는 한 늙은 부인이 업흐러지며 그 뒤를 쫏차갓다 상여군의 느릿느릿한 발자곡이 점々 머러짐을 짤하서 모혀 섯든 동리 부인들은 치마로 얼골을 싸고 소리를 내여 울엇다 상여 우에 친 푸른 테 두른 포장이 바람에 펄덕거리는 것이 압벌판을 지내고 산 밋에 도라 엇비슷한 빗탈길로 도라갈 째까지 그윽히 들리는 만가는 더욱 구슯히 들렷다(쏫)

12 호곡(號哭) : 소리를 내어 슬피 욺. 또는 그런 울음.

13 만가(輓歌) : 상여꾼들이 상여를 메고 가면서 부르는 구슬픈 소리. 죽은 사람을 애도하는 노래나 가사.

의문의 P자 1925.4.26~1925.4.30

유민성(兪敏聖)

1925년 4월 26일 4면

(가정소설 선외가작)疑問의 P ㅅ자(1)

이 소설(小說)은 신춘문예모집(新春文藝募集)에 선외가작(選外佳作)입니다 이것도 또한 연재(連載)되든 소설 『재생(再生)』이 필자(筆者)의 신병(身病)으로 얼마 동안 휴재(休載)케 되기 때문에 지금 이것을 발표하야써 그동안의 독물(讀物)을 삼습니다

『선생님 — 안녕히……』

슷도 채 맛치지 못하고 발음도 잘 되지 안는 어린 학생들의 써나는 인사소리가 잠간 들리며 몽실몽실한 어린 머리들이 놉핫다 나젓다 하는 것이 귀엽기도 하엿고 우습기도 하엿다

『오 — 고맙다 글 만히 읽어라……응』

나는 내 심장에서 터저나오는 이 말을 써나는 인사 대답 겸 부탁으로 하엿지만은 마지막 소래는 발발 썰엇스며 내 눈에서는 남 모르게 눈물이 핑 돌앗다 내 사관(舍舘) 압헤 외로히 서서 흐너적거리는 백양목(白楊

木)에다 나는 몸을 기대여 흰 동정[1] 단 검은 본목[2] 두루막을 입은 어린 학생들이 꽁꽁 언 두 주먹을 호호 불면서 시가 길로 아장아장 걸어가는 것을 보고서 ―『아 ― 텬사들아! 조선의 운명들아! 너희가 잇기 때문에 늙은 너의 아버님과 어머님들이 산단다 …… 아 ― 희망의 빗과 생명의 씨야!』 이러케 탄식하면서 한숨을 쉬엿다

그러나 저 아희들이 장차 ― 과연 희망의 빗과 생명의 씨가 되기는 할는지?

그러치 안으면 뒤ㅅ동산 돌바위 틈에서 남 모르게 피여나는 얌전한 꼿 한 송이가 무리한 초동(樵童)의 손에 썩김이나 되지 안을는지? 나는 가슴이 미여지는 한숨을 내여쉬지 안을 수 업섯스며 한 만흔 눈물이 핑 돈다 나는 눈물 새로 차차 멀어저 가는 어린 학생들을 바라본다 그러나 나즈막한 초막집 싸리문 틈으로 하나식 둘식 사라지고 아니 보일 째 내 가슴은 한 조각식 두 조각식 비수로 오려내는 듯하엿다 아 ― 사라지어 아니 보이는구나 ― 사랑스럽은 아희들은……

나는 눈을 감앗다 다시 썻다

해는 수운(愁雲)에 싸히여 서쪽 하늘로 써러지랴고 한다 피ㅅ빗 갓흔 락조(落照)는 압바다에서 춤추는 물결 우에서 웃줄거린다 날시가 몹시 추워서 시가 길복판으로 듯기 실흔 고함을 치면서 구을러가는 마차 ― 인력거 ― 자동차 ― 할 것 업시 모든 움즉인다는 것은 죄다 그냥 얼어 붓을 듯하다 윈 텬디가 꽁꽁 어러서 꼼작 못하고 드러누어 신음하는 듯 하엿다 나는 또 눈을 깜앗다 다시 썻다 ―『귀엽기도 하고 불상도 한

---

1 동정 : 한복의 저고리 깃 위에 조붓하게 덧대어 꾸미는 하얀 헝겊 오리.

2 본목(本木) : 다른 섬유가 섞이지 않은 순수한 무명.

어린아희들 긔진맥진한 우리 몸덩이에게 생명수를 부어줌과 사약(死藥)을 더저줌과의 귀중한 열쇠를 맛흔 어린아희들……』 — 아 — 보이지 안는구나 해는 임의 넘어가 버렷고 바다ㅅ 물결에서 노닐든 락조(落照)도 어느듯 날아가서 서쪽 하늘에 남은 두어 줄기 구름 우에 불을 붓치고 잇다 푸르고 누르고 한 별별 그림을 다 그려붓친 일본인 상뎜의 간판(看板)에서는 과학(科學)의 발달을 자랑하는 듯 뎐구(電球)가 퍼!른 빗을 써지고 잇다 일본 옷을 입은 조선 아희들이 뎜포(店鋪) 압헤 물을 섄리고 난 후 상품에 몬지를 턴다 길가으로서는 팔고 남은 나무짐을 진촌 량반들의 긔진맥진한 『나무 사시우 — 』 하는 소래가 들닐 섇이다 아 — 쌰가 저리는 조선혼의 우름이다

아희들은 영영 보이지 아니하는구나 — 또 눈물이 핑 돈다 나는 부질업시 한숨을 쉬다가 눈물을 흘리다가 그리고는 또 한숨을 쉬엿다 눈 덥힌 겨울바람 한 줄기가 몬지를 씨러다가 내 몸을 싸렷다 나는 깜작 놀나 들엇든 책보를 쌍에 써러첫다 이쌔야 나는 술 쌘 사람처름 — 웨 내가 아직 여긔 섯슬가? 저녁 쌔가 넘엇는데…… 중얼거리면서 쌍에 써러진 책보를 주으랴고 허리를 굽혓다 그러나 엇진 일인지 허리가 잘 굽혀지지 아니하고 배가 압흠을 알엇다 이제야 생각이 난다

해가 맛도록 학긔 시험을 치우느라고 점심을 못 먹엇스며 화로 한 개도 업는 추운 교실에서 썰은 표적이다 그래서 허리와 배가 압흔 것이엇다 그러나 『어린이』와 『어른』 둘을 비교할 쌔 나는 큰 죄인인 것처럼 붓거러웟다 『내가 잘못이다』 하고 중얼거리면서 압흔 허리를 근근히 굽혀 두 손을 쌍에 집혓다 그러나 책보라고는 간 곳 업고 차운 돌덩이만 만지일 섇이엇다……

『선생님 책보 예 잇습니다…네』 하는 소래가 종일토록 얼은 내 귀에 어렴풋하게 들리엇다

나는 텬사의 호령을 들은 것처름 겁이 낫으며 두려웟다 그러나 그 누구일가 하고 눈을 간신히 쓰고 치어다보니 사학년에서 수위(首位)를 뎜령하고 뎨일 얌전한 수동이가 나의 책보를 들고 웃스면서 섯다 나는 하나님을 맛난 것처름 마음이 밝어지면서 허리를 폇다 나는 웃스면서

『아 — 수동인가?』

『네 — 손에 들엇든 책보가 써러지기로 쏘차와서 주어들입니다【』】 하면서 방긋 웃는다 나는 이쌔에 『고맙다! 수동아 그런데 너는 웨 이제 오니?』 물엇다 수동이는 두 쌤에 붉은 기운이 써 — 돌더니 붓그러운 듯이 정다운 듯이 우슴진 조고만한 눈을 말동말동 쓰면서 『녜 — 그런데 오늘 소제 차레가 저 아님닛가요 그래서 우물가로 물을 길럿갓더니 마츰 드레박이 업서요 그래서 저편 동리에 사는 학수집까지 차저가서 드레박을 어더다가 물을 길어 소제를 하자니 자연히 느저젓습니다 그래서 이제야 오는 길입니다요』 하면서 방긋이 웃는다 나는 이 말을 들을 쌔 우리의 잘못으로 너희의 부형의 허물로 — 죄 업는 너희가 욕보는구나 아 가엽슨 조선 아희들아……하면서 울고 십헛다

1925년 4월 28일 4면

疑問의 P人자(2)

그러나 어린 수동이를 위하야 울지도 못하고 억지 웃음을 우서가면서 —『아 그리 되엿나? 어린 몸이 매우 욕 보앗구나 그만침 힘드려 소제를 하엿으니 물론 소제 감독선생님께서 칭찬을 만히 하섯겟지 —』 귀

엽고 사랑스럽은 어린 수동의 말 한 마듸라도 더 — 들어볼 양으로 나는 이럿케 말한 것이다 이 말을 들은 수동이는 얼골을 붉히면서 『아니 — 선생님 소제를 너무 늣게 하야 선생님에게 수고를 찌친다고 남으라십듸다』 하면서 불쾌한 듯이 웃지도 아니하고 섯다 이 말을 듯든 내 눈압헤서는 텬진란만한 어린 수동이를 남우라는 R 선생의 피빗 갓흔 얼골이 떠올랏다 나는 『그러치는 안켓지 어린 수동이를 그리할 리가 업지……』 하면서 머리를 쓰다듬어 주엇다 수동은 『아니 선생님 남으라실 째 그 얼골이 엇지나 붉은지 쑴에 본 피ㅅ칠한 귀신 갓해요』 하면서 중얼중얼한다 나는 하하 웃서 주엇다 수동이를 위로하랴고 우섯지만은 자연히 고개를 돌려 눈물을 먹음엇다 『수동아 날시가 매우 치웁고나 속히 가서 저녁을 먹어야지…』 하엿다 수동이는 모자를 버서 들고서 공손히 경례를 하고 『선생님 안녕히게십시요 저는 가겟슴니다』 하고는 두어 발자국을 써여 놋터니 무엇이 갑작히 생각난 것처럼 휙 도라서면서 『선생님 그런데요』 한다 나는 내 눈에 흙이 들기까지 어린이들과 이야기한다면 그 얼마나 행복될가? 생각하는 바에 가랴고 하든 수동이가 도라서서 『선생님……』 할 째 나는 매우 깃벗섯다 나는 『웨 그러니』 밋처 나오는 말로 대답하엿다 수동이는 내 말을 듯더니 내 압흐로 밧삭 붓터서면서 무슨 연구거리나 잇는 것처럼 입을 우물우물하더니 말을 시작한다

『선생님에게 지금 말슴하랴는 것은 다름 아닙니다 이제 바로 소제를 다 하고 교문을 나서랴 하니 오늘 소제를 감독하든 R 선생님이 저를 불러요 그래서 나는 무슨 쑤지람을 또 하시랴는가 보다 하고 쒸여갓더니 뜻밧게 이럿케 물으서요 『수동아 너는 공부도 잘하고 얌전도 하니 나

역시 너를 귀히 녁인다 그런데 너에게 잠간 물어볼 말이 잇서 불은 것이니 꼭 너 아는 대로 대답하여라』 이렇케 말슴을 하고 한참 섯더니 내 등을 툭々 두다리면서 『저 — 너의 담임 선생 말이다 일요일이 되면 K 선생님과 손을 잡고 산보 다니는 C 선생님 말이야 — 그 선생님이 너희들다려 내가 술 먹는다고 — 또는 행실이 낫부다고 욕하지……응』 이렇케 뭇기에 나는 바로 못 드렷습니다 하니 R 선생님은 정말이냐? 하기에 나는 정말입니다 하엿습니다 또 한참 무엇을 생각하다가 이렇케 물어요 저 — 너 K 선생님 말이야 그 선생님이 술 말을 아니하더냐? 합듸다 그래서 나는 바른 대로 R 선생님께서 술 먹는다는 말은 아니 하여도 이전 수신 시간에 술의 해독을 말한 적은 잇섯습니다 하닛가 갑작히 R 선생의 얼골이 새ㅅ팔해저요 그다음에 무엇을 또 물으랴고 어름어름하다가 그만 나가라 하기에 돌아오다가 마츰 선생님을 맛나 이약이 하는 것입니다……』

이만침 수동이는 쪽쪽히 말을 하고 난 후 나의 대답을 기다리는 것처름 나를 치어다본다 나는 이 말을 듯고 독약을 풀어 노흔 물속에 파뭇친 고기처름 말업시 먼산을 바라보고만 잇섯다 이 꼴을 보고 섯든 수동이는 말을 이어 『선생님 참말이지 그 R 선생님은 실허요 지난 일요일에도 저 ○○루(樓)에서 술을 먹고서 기생들을 안고 춤을 추어요』 하고는 낫을 붉힌다 나는 이 소래에 깜작 놀라 — 『수동아 웨 그런 말을 경홀히 하느냐? 네가 잘못 본 것이 아니냐?』 하고 나는 눈을 부릅썻다 이 말을 듯든 수동이는 『아니야요 저 — 수철이와 함께 쪽쪽히 보앗습니다』 하고는 얼골이 붉어진다 이때 나는 내 가슴이 터지는 듯하엿다 그 놈이 엽헤 잇섯다면 당장에 물어 씹고 십헛다 그러나 엇절 수 업서 얼골에 써오르는 로긔(怒氣)를 억지로 참으면서 —

『수동아 그런 말은 일절 옴기지 마라 학교의 명예가 손상 되느니라 배곱흐겟다 속히 가거라……』 하니 수동이는 『네 —』 하고 다라나 버렷다 수동이를 보내고 난 후 나는 그만 펄석 주저안저서 울고 십헛다 그러나 내 정신은 너무나 아득하야 긔계뎍으로 무서운 저성 채사[3]에게 잡히어 가는 것처럼 내 사관(舍館)으로 도라갓다

뎐등불은 내 빈 방을 환하게 빗추면서 주인 오기를 기다리는 듯하엿다 질서 업시 헤여저 잇는 책들과 규측 업시 노혀 잇는 내 이불과 요가 오늘밤에 내 맘을 상징하는 듯하엿다 어멈이 들고 온 저녁상을 다른 곳에서 먹엇다고 핑계를 하고 밥상을 물리치엇다 그러고 권연 한 개를 피여 물엇다 입으로부터 흐터지는 담배 연긔는 나를 저주하는 악귀(惡鬼)를 물리칠 것처럼 빈 방을 쏘차다닌다 솨 — 하고 불어오는 겨울바람은 창틈에서 무서운 고함을 치고 다라들기도 여러 번 하엿다

나도 모르게 내 눈에서는 눈물이 핑 돌며 써러진다 아 — 내 맘은 너무나 피곤하엿다

웨 — R 선생님이 어린 수동이게 그러한 말을 물러볼가 그러면 엇지하야 나를 의심하며 내 친구 K 선생을 의심할가? 술의 해독을 강설하엿다는 말슷헤 얼골이 새ㅅ팔햇다는 것은 이상스러운 일이다 R 선생의 자신을 돌보지는 못하고 순실한 내 친구에게 악의(惡意)를 품음이 안닌가 하엿다 아 — 모를 일이다 도저히 K 선생에게 악의를 품어서는 아니 된다 이전 언제든가 K와 내가 처음 맛나 이러한 회화(會話)를 주고밧고

3 저승 채사 : '채사'는 고을 원이 죄인을 잡으려고 내보내던 관아의 하인. 규범 표기는 '차사'. '저승 차사'.

하엿다 내가 먼저 —

『K 선생님! 우리는 다른 사람과 달라서 조선 아동을 가르친다는 것을 생각하니 항상 눈물이 흘러요』

1925년 4월 29일 4면

疑問의 P ㅅ자(3)

K『아 — 선생님의 말슴이 과연 올습니다 우리는 임의 나래가 불어진 새가 아닙닛가? 그러나 다만 바라고 산다는 것이 저 어린 아희들쑨임니다 저 어린아희들의 약한 몸덩이에 튼튼한 힘을 오르게 하자면 자연히 다 썩고 남은 우리 심장에서 히죽거리는 얼마 못 되는 피나마 어린이들 머리에다 부허주지 아니하면 아니됩니다 우리는 무엇보다도 먼저 조선 아동을 위하야 울어야 되고 웃어야 된다고 생각함니다…』 나는 이 말을 듯고 머리를 숙이면서

『과연 올슴니다 — 만은 형님 갓흔 교육자가 만히 잇서야지요? 정말 한심함니다그려 위선 우리학교부터……』 하고 나는 흙흙 늣겨 울엇다

K『아 — 천만옛 말슴을 하십니다 우리는 어린 아동을 위하야 울 쑨만 아니라 못된 교육자를 위하야 피눈물을 흘려야 됨니다 그러면 그속에서 새로히 튼튼한 교육자가 생길 것임니다 이왕 우리학교 말이 낫스니 말이지 저 R 선생님 말이야요

저 R 선생님이 그대로 나간다면 우리학교만 아니라 왼조선에 큰 좀임니다 일반사회에서도 R 선생을 방축하여야 된다고 의론이 분분하엿지마는 우리는 R 선생을 잡고서 울음의 긔도를 하여야 될 것임니다』

K 선생님은 이만침 열광덕의【인】 말을 한 후

『조선이 가엽습니다』 하면서 나를 안고 울기를 마지아니 하엿다

그 후로는 하로잇흘을 지날사록 K와 나의 사이에서는 사랑의 줄이 점점 두터워젓다 그의 힘 잇는 말과 행동이 꼭 일치함에 대하야는 그의 성격을 사모치 아니할 수 업스며 늘 그와 갓치 되기를 원하얏다 나는 또 K 선생님이 조선에 업다면 얼마나 어두운 조선이 될가 하엿다 그런데 웨 R은 K를 의심할가? 아지 못게라 R이 K에게 악의를 품는다는 것은 적어도 순간에 업서지랴는 조선이란 이 낡은 집에 단지 하나밧게 아니 남은 기동을 쌔히랴 함이 아닌가 이만침 생각한 내 눈압헤서는 시긔 — 질투 — 분로 — 의 날카로운 R의 눈알이 써오른다 나는 부지중에 『이놈』 고함을 첫스나 내 소리에 내가 놀라서 웨 — 내가 이러한 생각을 하느냐 하면서 책상에 언치인 성서(聖書)를 펴어들엇다

그러나 『예수께서 갈아사대…【』】 다음에는 시긔 — 질투 — 분로 — 의 날카로운 R의 눈과 피 무든 칼날이 보일 쌘이엿다

나는 또 『이놈아!』 헷소리를 첫다 K 선생님에게 R이 악의(惡意)를 품는다면 나는 조금도 용서치 못할 것이라 하엿다 나는 당장에 R에게 쒸여가서 『이놈아! 웨 — K에게 악의를 품느냐? K의 아름다운 성품이 개갓튼 너의 속과 갓튼 줄만 아느냐?……하면서 물어씹어야 된다 하엿다 정말 그래야 된다 양과 갓흔 내 친구를 의심한다면 나는 조선을 위하야 내 친구를 위하야 참을 수 업는 일이라 하엿다 이째에 나도 모르게 내 주먹은 디도(地圖)에서 흔히 보는 산맥 갓흔 혈관(血管)이 긔운을 자랑하고 잇섯다

그러나 엇전 일인지 힘잇게 쥐엿든 내 주먹이 차차 풀린 것은 나도 몰랏다 나는 머리를 경건(敬虔)히 숙이면서 『잘못하엿습니다』고 헷소리

를 첫다 내 마음은 무서운 침질을 바닷든 것이엇다 『악을 악으로 갑지 마라 반드시 선으로 갑흐라』 하시는 하느님의 임의 잇는 호령이 내 가슴을 울리운 것이엇다

나는 쏘 『잘못하엿습니다』고 혯소리를 첫다 내가 잘못이다 웨 ― R의 악을 선으로 갑지 못하나 나는 반드시 선으로 갑하야 한다 쇽 그리하여야 된다고 중얼거리엇다 나는 오늘밤이라도 R 선생에게 쒸어가서 쓰거운 눈물을 흘리면서 하느님께 이러한 긔도를 올려야 된다고 하엿다

『오 ― 하느님! 세상에 사람이라고는 죄 업는 이가 업슬 것입니다 R 선생님이 우리에게 품은 악의와 오늘밤에 이놈이 R 선생에게 품은 악의를 용서하시옵고 하느님의 불칼을 나리시사 우리의 더러운 마음을 벼혀주시사 영원히 새사람이 되게 하옵소서 한평생을 지날 째 울거나 웃거나ㅅ간에 하느김【님】께서 부어주신 밝안 피 그대로 사라가게 하옵소서 ― 아멘』

이럿케 긔도를 한 후 R 선생의 손목을 힘잇게 잡으면서

『선생님 ― 오늘부터 새 친구가 됩시다 ― 내 형님아! 신이 아닌 인간으로 엇지 죄 업기를 바라리오 ― 형님이나 내나 잘못이 잇스면 곳 하느님 압헤 잘못하엿다고 빌고 회개(悔改)만 하면 조흔 사람이 되지 안켓습닛가? 텬당길이 가기가 어렵다는 말이 회개하기가 어렵다는 말이 아니겟습닛가? 아 ― 형님아 우리가 새사람이 되자 ― 새 친구가 되자……』

이럿케 눈물 석긴 말을 하면 R과 나는 새사람이 되여어 새 친구가 될 것이라 하엿다 이만침 생각하고 나는 빙그레 웃스면서 『올타 내가 잘 생각하엿다』고 중얼거리엇다

그다음에 나는 R 선생의 손등에 입을 맛초고 다시 고개를 들어 『아 — 새 친구 우리는 말만 하여도 쌔저리는 조선 사람이란다 조선 아동을 가르친다는 자이다 우리는 조선 사람임으로 월급(月給)을 위하야 기생노리 갑을 벌기 위하야 자긔의 인격만 표창하기 위하야 조선 아동을 가르친다면 아니 된다 적어도 우리의 량심(良心)에서 울어나오는 울음을 울어야 되며 웃음을 웃서야 된다 —』

1925년 4월 30일 4면

疑問의 P人자(4)

이럿케 권하면 R 선생도 잘못을 자복하고 나를 붓들고 『새 친구가 됩시다』 하면서 맹세할 것이다 나는 또 『내가 잘 생각하엿다』 하고 빙그레 웃섯다 그러면 영원히 새 친구가 될 것이라 하엿다 나는 또 이러케 생각하엿다 나와 R이 새 친구가 되얏다고 이러한 소식을 K 선생에게 전하면 담박 K는 쒸어와서는 『노래하세 춤추세 새 친구들아 조선의 씨를 잘 기르자 노래하세 춤추세……』 이러한 노래를 불으면서 손에 손을 잡고 발에 발을 마추어 성글성글 우슬 것이다 하엿다

나는 또 만족의 우슴을 한번 크게 웃섯다

차운【차가운】 공긔가 내 신변을 한 박희 휩싸고 돌더니 『짜 — ㅇ』 하고 새로 한 시를 고하는 자명종(自鳴鍾) 소리가 웃방에서 흘러온다 나는 『자야겟다』 하고 누어서 잠 오기를 기다렷다 이불 속에 파무치인 내 머리에서는 오늘밤에 생각한 모든 경영의 아름다운 긔억이 써 — 돌아 밋친사람처름 빙그레 웃슬 지음에

『선생님……』 하는 떨리는 목소래가 문박게서 들리운다 나는 이 밤중에 누구가 차질가 하고 이불 밧그로 머리만 내어밀어 대답도 아니하고 밧글 내어다보고만 잇섯다

또 잇대여 문을 두다리며 『선생님 주무십닛가』 하는 은구슬이 금쟁반에서 대굴대굴 구으는 듯한 그 음성은 뭇지 아니하여도 어린 수동의 불음인 줄 알엇다 그러나 그의 음성은 그윽히 떨리어 나왓다

나는 『수동인가 이 밤중에 웨 찻니?』 하면서 뛰어나가 문을 열고 수동이를 드러오게 하엿다 뎐등 불빗에 공손히도 무릅을 꿀고 안즌 수동이의 엄【얼】골은 그윽히 창백하엿섯다 나는 엇지된 세음인지 모르고 『수동아 너의 집에 누가 압흐시냐?』 하엿다 평시에는 뭇는 말이 긋나기도 전에 대답을 하든 아희가 오늘밤에는 말하기가 너무나 거북한 듯이 말을 내랴고 입을 우물우물하다가 못하고 눈에서는 구름이 써돌기 시작한다 나는 너무나 궁금하야 『수동아 — 웨그러니……응 말을 해야지』 하면서 머리를 씨다듬어 주엇더니 그만 수동이의 입에서는 무서운 명령을 바든 것처럼 우름소래가 터져나왓다 흙흙 늣겨 우는 수동이는 품 안에서 이상한 조희 조각을 끄낸다 잇대여 『선생님! 저 아래 계시든 K 선생님께서 한 시 전에 막 도라가섯담니다 운명을 하시면서 선생님에게 이 편지를 써노앗담니다 — 으아』 하면서 업드려 운다 이 보고를 들은 나는 큰 쇠뭉치에 머리를 마진 것과 갓치 — 멍하니 안젓다가 나도 우름이 터저나와 『내 사랑하는 친구야……』

하고는 울엇다 나는 이것이 꿈이나 되엿스면 하엿다 그러나 수동이의 우름소래와 내 우름소래가 밧게서 고함치는 바람소래와 아울러 들닐 쌘이지 꽤이지 아니함을 보니 분명히 생시인 줄을 알엇다 『오 — 하

느님아! 너무도 무정치 아니하냐 내 친구라고 함보다 조선을 생각지 아니하나 — 아 너무도 무정하다 하늘은……』 나는 업듸여 울엇다 암만하여도 사실 갓지는 아니하엿다 이것이 수동이의 잘못 전함이나 아닌가 하고 수동이의 머리맛에 노힌 조희를 들엇다 이윽고 내 손에 잡힌 편지는 눈물에 가리어 잘 보이지를 아니한다 나는 손수건으로서 눈물을 씨스면서 보앗지마는 너무나 내 가슴을 압흐게 하엿다 —

『나의 사랑하는 C야!

세상은 너무나 괴로웁고나 나는 총에 맛자 피를 흘리면서 이 글을 쓴다 나를 죽인 이는 우리 교원 중 P』

나를 죽인 이는 우리 교원 중 P하고는 더 쓰지 못하엿다 내 눈압헤서는 운명하시는 K 선생의 형상이 나타난다 오직이나 하엿기에 두 줄을 채 마치지도 못하엿슬가 엇던 소설책에서 참혹한 사실을 흔히 보기도 하고 듯기도 하엿지마는 우리에게 이러한 액운이 밋처오리라고는 꿈에도 생각지 못한 바다 나를 죽인 이는 우리 교원 중 P……아 — 무서운 말이다 이놈 P야! P야! 엇더한 심사로 조선의 기동을 썩것느냐? 하고 나는 어린 수동이를 안고 울엇다 이놈 P — P — P가 누구일가? 우리 교원 중에 P라고는 업다 아 — 의문(疑問)의 Pㅅ자다 교원을 헤어보자 — 오늘밤에 도라가섯다는 K 그다음에는 C 즉 나 그다음에는 R — 그 다음에는 업다 P는 업다 나는 또 목을 놋코 『K야! 웨 이러한 불분명한 글을 써노핫나?……』 늣겨 울엇다

나는 언듯 R이나 아닌가 하고 편지를 다시 드려다보앗다 그러나 눈물에 저저 더 뚜렷이 낫타난 Pㅅ자가 분명하다 아니다 아니다 — 도라가시는 K는 너무나 정신이 혼돈하야 R자를 쓰랴다가 한획(一劃)을 더

싀흘 힘이 업서 의문의 Pㅅ자를 쓴 것이 아닌가? 나는 수동이를 안고 울면서 『이놈 R아!』 밋친 사람처름 고함첫다

나는 긔절을 하엿든가 보다 내 눈에서는 무엇이 보혓다 안개가 자욱한 저편 거치른 동산 우에서는 내 친구 K가 흰옷을 입고 도라다닌다 그 주위로서는 어린 학생들이 고개를 경건히 숙이고 잇다 그리고 머리를 숙인 어린 학생들 우에서는 뎐광(電光) 가튼 R자가 붉은 독긔를 품고 잇섯다

나는 깜짝 놀라 눈을 뜰 째에는 문틈에서는 겨울바람이 사나웁고 내 팔 밋에서는 어린 수동이의 『선생님!』 하고 우는 우름소래가 하염업시 들리엇다 멀리서 새벽 종소래가 싀리를 치면서 아리방까지 흘러와 — 이 광경을 엿보앗을 쌘이엿다

을축년(乙丑年) 머리에 — (끗)

소작인 김첨지 1927.1.4~1927.1.11

김남주(金南柱)

1927년 1월 4일 부록 기1 2면

현상 1등 당선설 小作人 金첨지(1)

一

가을이 왓다 촌가에 가을이 왓다 들판에 벼ㅅ곡식 빗이 나날이 누르러온다 온마을 백성들이 다 갓치 기다리든 가을이 반갑게 왓다 그중에도 남보담 더욱 애타게 기다리는 사람이 잇다 그들은 가난한 소작인들이다 발서 여름에 거더드린 보리 량식도 남어지가 업다

『김 첨지』도 그들 가난한 소작인 가운데의 한 사람이다 그는 이 동리 마을ㅅ뒤에 일곱 말지기 소작을 한다 그것이 올에는 지난해보담 갑절이나 더 잘되엿다 소문이 마을에 갓득하다

『김 첨지 자네는 올에 농사를 썩 잘햇서 그래 올에는 면텽(面廳)에서 품평회를 할 터이야 그러면 내가 자네를 일등상을 타게 하여줄 것이란 말이다 엇쨋든 자네는 부즈런하고 어진 사람이닛가 그 다 하늘이 돌보아주시는 것이란 말이다』

이것은 웃마을『최 구장』령감의 말슴이다

『김 첨지』는 다른 사람이 열 번 백 번 자랑해주는 것보다 이 말이 더욱 반가웟다

그는 오늘 이러케 감축한 말을 들엇다 그는 머리를 수구리고 님금의 압헤서 무슨 령을 듯는 듯키 이 말을 들엇다 그리고 가만히 품평회(品評會)에서 상을 바들 것을 머리에 그려 보앗다

— 면장이나 또는 군장(郡長)께서 자랑의 말슴을 하실 것이오니 어서 광이나 또는 호믜 가튼 것을 상으로 주시리라 그러면 나는 절하고 바들 것이다 —

그는 몹시 깃버서 엇더케 할 줄을 아지 못햇다

二

『김 첨지』는 오늘도 얼는 그의 논이 보고 십헛다 그는 동리를 거처서 그의 논으로 가는 길이다 가을 싸뜻하고 싀원한 바람이 산들산들 불어서 그의 얼굴을 시처주고 지나간다 들판에 갓득하게 닉어가는 곡식 냄새가 그의 코를 푹푹 쏘며 들어온다

햇빗이 싹근싹근하게 그의 건강한 얼굴을 나려쏘인다 그는 엇전지 아지 못하게 가을이란 절후에 감사하고 십헛다 보이지 안는 그 무슨 싸뜻한 손이 자긔를 어루만저 주는 것 갓햇다

그는 긔운 잇게 굿센 발을 터벅터벅 옴기면서 논둑길을 걸엇다

바로 마을집을 다 지나서 구장의 논이 잇다 구장은 해마다 동리 사람이 아지 못하는 새종자를 가저다 심는다 올에도 그의 아지 못할 이상한 벼를 심엇다 그것이 잘 되여 잇섯다

『어어 그 댁 농사가 퍽 좃쿠나 이삭이 아주 길고 큰 걸 나도 명년에

는 이 씨를 조금 밧궈다가 심어볼까 아주 잘 되엿는데』

그는 혼자말로 중얼중얼하엿다 구장은 엇더케나 훌륭한 사람이기에 해마다 새 종자를 면에서 내여주는고 그것을 지워서 한 말에 두 말식 밧고 밧궈주는 것이 몹시도 그에게는 불어웟다 자긔는 해마다 일은 봄이면 벼씨가 업서진다 가을에야 씨할 것이라고 소중히 남겨두지마는 그것이 봄날까지 짓터[1] 잇는 적이 아즉 한번도 업섯다

봄이 되면 그는 달리 씨를 꾸엇다 가을이면 그에 추리[2]를 달아서 갑는다 그것이 엇더케나 앗가웟든고 그러나 세상이 다 그러니 엇절 수 업는 일이엇섯다

그는 이 생각 저 생각하면서 자긔의 논으로 걸어갓섯다 그는 논을 썩 자긔의 논인 줄 안다 자긔의 논인 줄 알기로 거긔다 목숨을 걸어 놋코 근농[3]을 하여온다

더구나 녀름 한철에 그 벼가 하로잇틀 자라는 것을 볼 쌔는 이 벼가 자긔의 자서【자식】들보담도 훨신 귀하고 입부게 보인다 그리고 그 논이야 자긔의 할아범이나 아범가치 고마웁고도 감사하게 생각을 한다

그는 눈을 들엇다 저것이 내 논이다 하고 보니 저절로 우슴이 나왓다 입이 벌어젓다

웃는 그의 눈에 보인 것이 잇섯다 바로 그의 논두덕에 무엇이 서 잇지 안는가 이상한 것이다 사람이다

식검은 옷을 닙은 사람이다 둘이다 한 놈은 서서 손에다 무엇을 들엇

1 짙다 : 재물 따위가 넉넉하게 남다.
2 추리(抽利) : 남은 이익을 뽑아서 셈함.
3 근농(勤農) : 농사를 부지런히 지음. 또는 그런 농민.

다 한 놈은 안젓다

『김 첨지』의 우슴은 어데로 가버리엇다 갑작이 가슴이 두군두군하엿다 놀날 것이 잇지 안느냐 무서운 놈이다 눈이 캄캄하엿다

그는 걸어가든 발을 그만 멈추엇다 그는 직각뎍으로 그것이 무엇인지 알엇다

『아아 결국 올 일이 오고 말엇구나 ―』

그는 부르지젓다 일즉부터 그의 가슴속에 숨어 잇든 것이 그대로 되고 말앗다

1927년 1월 5일 부록 기2 3면

小作人 金첨지(二)

자긔의 논에 서 잇는 벼를 집행하는 것이다 그는 이러케 생각하엿다 꼭 밋엇다 틀님업섯다

그는 크게 탄식하엿다 엇더케 할고, 오오, 이 일감당을 엇더케 할고 그 사람들이 몹시도 두려웟다 사람이 이 세상에 엇더케 저러케 무서운 사람이 잇스랴 귀신이다

그는 그 꼴을 더 보고 잇슬 수가 업섯다 그만 그 자리에 쓸어저 안젓다 손으로 길가에 소사잇는 풀을 힘대로 잡아다리엇다 풀은 뽑히엇다 그러나 아모 해결도 업섯다 이마에서 땀이 흘은다 입에서 독살을 품은 한숨이 나온다 눈에서 닭의 똥 가튼 크다란 눈물이 썰어진다 일년 동안을 피와 땀으로 지어나온 농사를 한꺼번에 모다 빼앗겻다 꿈 가튼 일이엇다 그것도 자긔가 쓴 돈이 아니라 남의 보증을 한 돈이다

돈 님자는 읍내에서 전리[4]하는 일본 사람이다 그는 지금 저긔 논두덕

에 안저 잇다 쓴 사람은 구당의 아우이다

지난해 봄이엇섯다 구당의 아우 『최 서방』이 그의 집을 차저왓다 가난한 그의 집이라 들어오라고 할 자리도 업섯다 그래서 문압헤서 이야기를 하엿다 『최 서방』은 그전에 볼 수 업는 다정한 말로 그에게 청하엿다

돈 백 원을 어들 터인데 보증을 서달나는 말이다

조곰도 념녀할 것이 아니라고 몃 번 말을 한다 그는 엇전지 거절할 수가 업섯다 점지안한 사람이라 개명한 사람이라 똑똑할 쌘 아니라 『하이카라[5]』라는 말을 듯는 사람이라 그만 의심하지 아니하고 도장을 씩어 주엇섯는 것이다

그해 가을에 꼭 갑는다하든 돈이 지금까지 왓섯다

그는 조곰도 념녀는 아니하엿다 아모래도 제가 쓴 돈이 안이니 엇든 놈의 법이라도 자긔 것을 앗서갈 줄은 생각지 못하엿다

오늘 이 일은 정말 뜻밧게 일이다 그는 지나간 일이 눈압헤 력력히 낫타난다 오백 량이라는 돈이 얼마나 만흔 돈인지 그는 보지 못하엿다 쉰 량은 안다 그의 열갑절이라는 생각은 가지고 잇섯다

— 아마 돈이 오백 량이면 내 가흔【같은】 목숨은 서너 개야 사고도 남을 만한 돈썸이겟지 —

그는 어느 째 한번 이러케 생각해 본 적이 잇섯다

그는 논에로 달녀가서 저 사람네에게 원통한 이야기나 하여볼까 하

4 전리(錢利) : 고리대금을 하여 받는 돈의 이자. 또는 그 이자를 버는 일.
5 화이트칼라(white-collar) : 사무직에 종사하는 노동자. 푸른 작업복을 입는 육체 노동자와 달리 흰 와이셔츠를 입기 때문에 생긴 말.

엿다 그놈들 압헤 발악이라도 하여 볼까 목숨을 씌여밧치고 싸홈을 하여 볼까도 하엿다

니만 빠득빠득 갈다가도 그들이 무서워 쒸여가지 못하엿다 그는 다시 넉업시 안저서 설은 생각만 하엿다 저 논에서 추수를 하면 열 섬은 되리라 그중에서 넉 섬을 답주[6]에게 밧치고 남어지 여섯 섬이면 그의 식구가 일 년을 살아나갈 것이다 그것은 모다 헛되게 되엿다 답주는 자긔를 고소하리라 그러면 자긔는 갓처서 콩밥을 먹겟지 남어지 가권들은 먹을 것이 업서서 거리에 박아지를 들고 나서겟구나 이 모든 광경이 그의 눈에 완연하엿다

1927년 1월 6일 3면

小作人 金첨지(三)

참새가 두어 마리 짝짝 울면서 그의 머리 우로 날너 지나간다

그는 이 소리에 놀낫다 쑴을 깨인 듯하엿다 눈을 들어 바라보니 그들은 일을 다 맛첫는지 저편 큰길거리로 슬금슬금 나간다 『김 첨지』는 닐어섯다 가만가만 — 그러나 빨니 걸어서 그의 논에 가 보앗다 그는 사면을 쭈렷시 살펴보앗다, 아아 거긔는 무서운 것이 잇섯다

억임업시 잇섯다 벼논 한편 구석에 집행이를 하나 세워 놋코 거긔다가 샛밝은 도장을 직은 조희를 달아 노앗섯다 그의 가슴은 찌여질 듯키 얄미엇다

이 벼가 논에 서 잇슬 동안은 그랴도 제 것으로 알엇다

6 답주(畓主) : 논의 임자.

추수하기 전에는 제 것이라고 미더 왓섯다 그것이 오늘은 제 것이라는 생각도 업서젓다 그러케 되엿 잇섯다 그는 논두덕에서 쌍을 두드리고 울엇다

어이어이 목을 노아 울엇다 사람 업는 빈 들에 그의 소리가 바람을 짜라 자긔의 귀에 들어왓다

나희 사십이 넘은 자긔의 이 꼴을 그는 스사로 생각하니 하도 어니가 업서서 그만 허허 우섯다

그러나 어이 웃고 맛칠 일이리요 그들을 보고 항거하지 못한 것이 인제야 후회가 낫다 만은 그는 약하엿다

한참ㅅ 동안 그 조희를 들어다보고 잇다가 손을 내밀엇다 그 나무를 배엿다 살금 빠진다

— 이것을 집에로 가지고 가서 불에 태워버릴까 —

그러나 그것은 너무도 두려운 일이엇다

그는 조희 붓튼 그 나무를 도루 꼬자두엇다 한숨을 길게 쉬엿다 너무도 원통하엿다 눈물이 또 흘는다

그의 머리에 얼푼 한 가지 생각이 써올랏다

그는 다시 나무를 쌔엿다 그것을 두어 논ㅅ자리 지나서 엇던 논 구석에다가 꼬자두엇다 아지 못할 우슴이 그의 얼굴에 나타난다

그는 닐어낫다 집으로 도라오랴는 것이다 그 논은 돈을 쓴 『최 서방』이 짓는 논이다 그러나 일홈은 그의 형의 것이다 『김 첨지』는 늘 생각해 온 것이다 집행을 하여 가면 그 논을 할 것이라 생각하엿다

그러나 그는 여러 사람에게 법이라는 말을 들엇다 『최 서방』의 일홈에 잇지 안는 것을 하지 못한다는 것을 알엇다 그는 힘 업시 그 나무를

다시 썝앗다 그래도 원통하엿다 다시 그는 힘대로 내던지듯키 그 나무를 삐자 두고 압길만 나려보고 제 집으로 도망질을 하여 왓다 자긔집 문ㅅ간에 발을 놋차 그는 숨을 쉬엇다 숨을 쉬고 생각하니 지금의 해논 일이 너무도 무서웟다

경찰서, 순사, 칼, 류치장, 쇠사슬, 자동차, 콩밥

이 모든 것이 서로 얼키여 눈압헤 왓다가 갓다가 한다 제 집이 바로 감옥 갓햇다 아들놈이 얼넝거리는 것이 순사와 틀림이 업다 그러케 보이엇다

그는 도로 집을 나섯다 먼첨 논으로 갓다 나무를 쌔여서 도로 제 논에 먼첨 잇든 자리에 그대로 삐잣다

그리고 한숨을 길게 쉬고 눈물을 지으면서 무거운 발을 쓸고 터덕터덕거리면서 집으로 도라오는 길이다 길거리에 무엇이 흘너 잇다 그것이 『지갑』인 것을 그는 안다 조고만하게 가죽으로 만든 것이다 무엇이 들엇는지 불눅하엿다 그는 아무 거리낄 것 업시 이것을 주섯다 대담하게 되엿다

『앗가 그놈들의 것이로구나 ―』

1927년 1월 7일 3면

小作人 金첨지(四)

그는 이것을 열어볼까 하엿다 그러나 두려웟다 그대로 버려두고 갈까 하엿다 그러나 앗가웟섯다 그는 길에서 보는 물건은 그대로 버려두고 가는 성미이엇섯다

오늘은 그리하기 실혓다 더구나 이것이 그놈들의 것임에 틀림 업슴

에랴 그는 이 지갑을 바지말에 쌋다 두 번 세 번 그것을 접고 싸서 뒤에 쉬잣다 두 손을 피여서 그 우를 눌느고 제 집으로 향하엿다

그는 자리에 누엇다 닐어날 수 업섯다 발서 사흘이 되엿다 몸에서 몹슬 열이 난다 헛소리를 각금한다

— 이놈 이놈 최가ㅅ놈 네가 나를 잡아먹자느늬 얼는 그 돈 갑허라 그 돈 —

— 어데로 도망을 가? 일본 안이라 대국이라도 차저갈 것이다 — 이놈 죽일 놈 내 딸까지 대리고 —

이런 외마데 소리가 가을 깁흔 밤에 『김 첨지』의 방에서 난다 엽헤 누어 잇는 그의 적은 아들 『덕』이는 왈왈 썬다 새색기처름 썬다 그는 올해 열다섯 살 보통학교 사년급에 지금 단닌다

가난한 중에서도 글이 하도 포원[7]이 되여서 이 자식 하나만은 어렵게 어렵게 학교에를 보내는 것이다

집에는 방이 둘이 잇다 건너방에는 안해와 그의 싀집갓다 쫏겨온 딸과 둘이서 자든 것이다 딸은 지난밤에 도망을 가고 흔적이 업섯다 『최서방』도 가치 이 마을에서 그림자를 감추엇다 그들은 일즉이부터 언약이 잇섯든 모양이다 도망간 뒤에 동네사람의 말이 그러하엿다 지금 건너방에는 안해 혼자서 달찬 애긔를 배여 알코 들누엇다

이 집은 부엌까지 모다 삼간이다 이 집은 삼 년 전에 『첨지』가 제 손으로 지은 집이다

마을 압 독【돌】 두덕을 그는 치웟다 돌을 달이 넘도록 나날이 저다가

7 포원(抱寃) : 원한을 품음.

압 시내 방천[8]을 싸앗다 그리고 조고만한 터가 생겻다 거긔다가 집을 세웟든 것이다 이산저산으로 다 다니면서 재목을 구하엿다 제 손으로 다듬엇다

기동을 세웟다 년목[9]을 노앗다 흙을 발넛다 집은 되엿다 모다 제 손이엇섯다 그 터를 허락해 준 것은 구장이엇다 터ㅅ갑보담 제 품삭이 만흔 것은 그는 모른다

동네의 방천을 그는 하엿다 가장 가난한 자가 동네를 위하야 봉사를 하엿다 그러나 그는 자긔의 터를 엇기 위하야서 한 일이라 그래도 제가 만흔 리익을 본 줄 안다

그로서 구당을거역하지못한다

방 안은 솔고[10] 어둡다 키 적은 첨지가 발을 쉽우리면 잘 만은 하다, 그는 서지는 못한다 바로 서면 천정에 닷는다 바닥에는 집흘 깔엇다 그 우에 덕석[11]을 피엿다

벽은 흰 흙으로 발넛다 밤에도 힐ㅅ금하게 보인다 신ㅅ골 삼다가 둔 집신 헌 누덕이 가튼 것이 어수선하게 걸니어 잇다 고기긔름 등ㅅ불이 아물아물하게 깜박이면서 한편 구석에 노히어 잇다 『김 첨지』는 누어 잇다

잠이 들엇는지 알는 소리는 들니지 안는다 아들 『덕』이는 불 밋헤 쪼구리고 안자서 래일의 숙뎨를 쓰고 잇다

---

8 방천(防川) : 둑을 쌓거나 나무를 많이 심어서 냇물이 넘쳐 들어오는 것을 막음. 또는 그 둑.

9 연목(椽木) : 마룻대에서 도리 또는 보에 걸쳐 지른 나무.

10 솔다 : 공간이 좁다.

11 덕석 : 멍석.

1927년 1월 8일 3면

小作人 金첨지(五)

한편에는 조희가 몃 장 접혀 잇섯다 도장도 잇섯다 그것은 볼 필요가 업섯다

한편에는 돈이다. 돈, 돈 틀임업는 돈이다 은전이 먼첨 『덕』이의 눈에 들엇다 그는 가슴이 울넝 뛰엿다 아버지는 그의 억개 넘에서 손을 내민다 숨소리가 허득허득한다 은전은 세 개다 『덕』이는 얼는 자긔의 월사금이 생각이 낫다 오오 이 돈이면은 선생님께 꾸중을 듯지 안을걸 동모들의 비웃음을 밧지 안을걸 하고 생각하니 그는 그 돈을 자긔 아버지 몰래 숨길까 하엿다 두 손이 옷즐 — 하엿다 그러나 못하엿다 하기도 실혓다

쏘 지전이 몃 장 잇다 큼직한 것이다 일곱 장이나 된다

푸르고 붉으수리한 지전에서 무서운 빗치 난다 은전은 희다하기보담 푸른 빗치 난다 『덕』이는 이만한 돈을 아즉 본 적이 업다 아버지도 물론 처음이다

그들은 거룩한 무엇 압헤 불녀나온 것가치 눈이 쑤레쑤레하여질 쌘이요 말이 업섯다 그들이 처리하기는 너모도 만흔 돈이엇든 모양이다 무서운 것이다 돈이다

더구나 만타 정말 무서운 것이엇섯다 김 첨지는 두 주먹을 불ㅅ근 쥐엿다 손에 땀이 갓득하게 난다

『야야 세보아라 얼마나 되노』

『십 원ㅅ자리가 일곱 장이네 모다 합해서 칠십일 원 오십 전이요』

『쉰 량짜리라 말이지』 그는 손을 꼽엇다 속으로 세엿다 『두 장에 백

량 쏘 두백 량하니 삼백 량 쏘 한 장하니 삼백쉰 량이다 엇다 예 바라』 말슷헤 와서는 와락 소리를 질넛다 잠자든 방은 울컹하면서 놀낫다 그는 슷헤 은전 가튼 것은 발서 안중에도 업섯다 그런 것은 소소한 틔쓸가치 보이엇다

『맛습니다 칠십 원이요』 아들은 쏙쏙하게 말한다 『우리 일본 선생 월급보다 적구만』

『응 뭐야 월급이 이러케 만아 다달이 이만큼 돈을 타먹어 어ㅅ다 학교 선생 버리도 쐐 만네 우리네 가트면 한달ㅅ것만 주엇스면 당장 부자가 되겟네』 김 첨지는 달달이 이만한 돈을 밧는 사람이 참으로 놉흐게 보이엇다 그는 놀나지 안을 수 업섯다 그리고 자긔 아들도 얼는 늘쿠어 서라도 자라게 하여서 선생 노릇을 식히고 십헛다 정말 부러웟다 세상에 이보담 돈버리 조흔 노릇이 어데 잇슬고 하엿다

『너도 얼는 자라서 선생이나 되엿스면 그만 내 일상 가마 타겟네 아아 참 만타』

고요하고도 쓸쓸하다 밧갓헤는 보름을 조곰 지난 달이 낫가치 밝다 방 안보담 훨신 밝다 치운 바람이 아슬아슬 분다 이것이 제 집이라고 병든 첨지는 마음을 놋코 자는 모양이다 그전에 남의 겻방[12]으로 행랑[13]으로 도라다니든 째에 비하여 정말 행복일 것이다

— 아나 덕아 찬물 한 그릇 써오나라 —

『덕』이는 이 말이 몹시 깃벗다 아버지가 누은 뒤로 뎨일 력력하고 쏙

12 곁방 : 안방에 딸린 작은 방. 남의 집 한 부분을 빌려 사는 방.

13 행랑(行廊) : 대문간에 붙어 있는 방. 예전에, 대문 안에 죽 벌여서 지어 주로 하인이 거처하던 방.

쪽한 말이엇다 아버지의 병이 이제 낫는 줄 알엇다 반가운 눈물이 쓰겁게 두 뺨을 저젓다

『예』

그는 쒸여나갓다 싯검엇케 때 무든 수십 년 전 놋그릇에 찬물을 가득히 썻다 조곰 지워버리고 들고 들어온다 엇더케 눈물이 소삿든지 크다란 방울이 물그릇에 써러젓다 크다란 파문이 달ㅅ빗헤 보히엿다 그는 보지 못하엿다 아버지는 자식의 눈물 석긴 물을 마시엿다

그는 『휴우 ―』 하고 일어나 안는다

『덕』이는 엇더케 더욱 반가웟든고 건넌방에 알어 누은 어머니를 불넛다

― 어머니 ―

『그만두어라 자는 것을 깨워 무엇하나』 아버지는 말닌다 『덕』이는 그 맘을 알엇다 잠잣코 잇섯다 그는 아버지의 마음이 긋업시 고마웟다 얼는 자라서 효자가 되리라는 결심이 낫섯다

『덕아 이리 겻헤 오너라 보일 것이 잇다』 하면서 그는 바지 속에서 지갑을 쓰내엿다 그리고 아들의 귀에다 제 입을 대인다 『애 이것 보아라 네 형놈은 무서하고 밋을 수가 업서서』

『덕』이는 이상하엿다 평소에 보지 못하든 아버지의 정답고 열심한 태도가 수상하엿다 이것이 본 정신인가 혼을 일코서 하시는 소리가 아닌가 하엿다

1927년 1월 9일 3면

小作人 金첨지(六)[14]

『김 첨지』의 손은 벌벌 썰닌다 아모도 업는 뷔인 방 안을 그는 이상

한 눈짓을 하면서 구석구석을 살펴본다 한참 동안 눈을 감고 정신을 갈아안게 한다 흥분이 좀 진정되엿다 『덕』이는 놀랏다 아버지에게 이런 것이 잇섯든가 탐스럽게 귀하고 엽분 지갑이다 제가 그만 가지고 십헛다 동모가 가지고 잇는 것보담 훨신 조왓다

『이것이 웬 것이요 어데서 낫소』

『얼는 속을 보아라 나는 아즉 열어보지 못햇다』

『착!』 하는 소리가 나면서 지갑을 열리엇다 그 안은 두 간이엇다

『그래도 조선 사람 선생은 사십 원밧게 못 탄답니다』 그 말은 『김 첨지』에게는 아모 자미도 업는 소리엇섯다

『덕』이는 다 가치 월급이 갓지 안은 것이 좀 이상하엿다 그러나 『김 첨지』에게는 이런 말은 아모 교섭 업는 딴나라 사람의 일이엇섯다

『야 이 돈 가젓스면 우리도 부자 되엿지 —』

『이 돈이 대체 웬 논【돈】이요 아버지가 벌지는 안앗슬 터인데!』

『이것은』 하면서 그는 자긔의 입을 아들의 귀에다 대엿다 『이것은 저 번날 논에 갓다가 주은 것이다 들에 떨어진 것이니 님자도 업는 물건이다 나는 이것을 주어왓다 도적질한 것이 안이닛가 상관이 잇나 그럿치 응 이 돈이야 내가 주어가지게 거긔 떨궈둔 것이지 누가 본 사람이 잇나 일흔 사람도 하마 찻도 안을 것이다』

『그러면 이 돈을 아버지가 가지겟다 말이요』

『암 그럼 누가 가질 사람이 잇나 우리집에 가만히 두엇다가 아무도 몰으게 조곰식 조곰식 내여다 쓰지 그러면 그만 안이냐 이것을 네 형

---

14 5회와 6회 원고 일부분의 순서가 잘못되었다. 편집상의 오류로 보인다.

놈이 보아서는 안 된다 그놈 요새 좀 이상하더라 건들건들하면서 궐연 깨나 잡숫고 일본 갓다 온 녀석들하고 석겨 노는 것이 눈꼴이 시여서 못살겟데 그놈의 눈이 또 매눈이지 네 애미 년은 못된 것이 입이 싸서 탈이야 —』

『 — 』

『이 은전은 네 줄까 자 아나 네 가저라』 하면서 잔돈 세 개를 아들의 손에다 집어주면서 『자 이것은 공으로 생긴 것이니 썩이나 사먹던지 네 맘대로 써라 어어, 귀한 자식』

『 — 안 가질납니다』 아들은 돈을 후리처 샢려 버린다 『나는 돈 쓸 데 업소』

『이 자식아 돈을 몰으는 놈이 잇서 허어 이놈애가 이 세상 사람이 안일세』 그는 돈을 줍는다 희고 푸르게 반짝이는 돈은 무서운 빗을 띄엿다 사람의 운명을 저주하는 빗치다 사나웁다 몸서리칠 빗치다

『흑 흥 흐흐 —』 아들의 늣겨 우는 소리가 난다 눈물을 이리 씻고 저리 씻는다 한숨소리가 간간이 석겨 난다 아버지는 놀낫다 성이 번쩍 낫다

『야 이자식 울기는 웨 울어』

『 — 흥 — 흥』

『무엇 째문에 운단 말고 말을 좀 해봐라 이 밤중에 요것 무슨 요망한 놈의 짓이란 말고』

그는 네네 가란즌 마음이 아들의 우름으로 다시 흥분하엿다 주먹이 벌벌 썰닌다

『 — 아버지』

『웨』

『그 돈을 낭【그냥】 쓰지 마십시오 남의 돈을 주어다가 제 것으로 하는 것은 도적질을 하는 것하고 꼭 갓습니다 네 아버지 —』

1927년 1월 10일 3면

小作人 金첨지(七)

그의 말에는 위엄이 잇다 적은 입에서 두려운 명령이 나린다 날카로운 말이다 그는 몹시 참엇다 그러나 이 적은이의 량심은 거즛과 죄를 아모리 가난한 아버지이지만은 그대로 볼 수 업섯다 아니다 아버지임으로 더욱 마음은 발너젓다 그대로 토하여젓다

『에라 이 밋친 놈의 자식 그것이 무슨 지랄하는 소리야 바보 자식 갓해 가지고 그짜위 소리 듯기 실혀』

『 —』

『아니 엇던 놈이 그짜짓 놈의 소리를 배와주더니 남의 것을 집어서 그 주인이 알 듯하면 주는 것이 좃치 그렇치만은 몰으는 것을 줄 까닭이 잇는가 제가 가지지』

『그래도 우리 선생님이 그럿치 안타 합듸다 만일 알면 경찰에 잡어간다는데요 —』 찰서에 잡어간다는데요 —』[15]

『알면 잡혀갈는지 몰나 그러나 너하고 나하고 단둘이 안젓는데 알 놈이 어데 잇나』

『 — 나는 몰나요』

15 ‘경찰이 경찰서에 잡아간다는대요’의 오기인 듯하다.

아버지는 지갑을 손에 불ㅅ근 쥐엿다 힘잇게 닐어서서 밧갓호로 나간다 몃 날 동안 못 먹고 알코 누엇든 그가 갑작히 이러케 닐어난다 이것이 모다 돈의 요술이 아니고 무엇일고 『덕』이는 아모래도 아버지가 본정신이 아닌 것 갓햇다 그래서 쌀아나가보랴 하엿다 그러나 아버지의 상판이 하도 험하게 되엿지요 흉하게 보여서 쌀아나가다가는 센 주먹을 어더마즐 것 갓햇다 그는 문을 그만 닷첫다 자리에 쓸어저서 소리를 질너 울엇다

아버지가 쒸여 들어온다

『이 방정 마즌 자식이 울기는 웨 울어 ―』

벽력 갓흔 소리다 『덕』이는 새색기처름 왈왈 썰엇다

혼이 썰어질 것 갓햇다 그만 숨소리를 죽엿다 그대로 죽은 듯키 잠이 들엇다 흉한 쑴을 쑤엇다

김 첨지의 병은 나헛다 그러나 쌀은 일헛다 더구나 자긔를 망하게 한 돈을 쓴 놈이 다리고 도망을 간 것이다

그는 한업시 분하엿다 소리를 질너 울엇다 밋친 듯키 밤낫으로 왼 마을을 도라다엿다

구장은 자긔가 그 빗을 안ㅅ고 벼를 차저주겟다 한다

그는 미덧다 다만 밋고 잇섯다

멧칠이 지낫다 벼는 돈 님자가 그대로 베혀서 가지고 갓다

『첨지』는 넉을 일코 두덕에서 이 쏠을 보고 잇섯다. 벼를 베는 썩썩하는 소리가 자긔의 간장을 베혀 내는 소리이엇섯다

그는 반항도 못 하엿다 니만 쑤둑쑤둑 갈고 잇섯다

눈물도 나지 안엇다

나무닙히 모다 쩔어지고 서리는 더욱 희게 나렷다 아츰 저녁에는 손발이 쓰리엇다 밤이 더욱 길어온다 겨울이 차츰 갓가워 온다

쌀은 그놈과 『청진』으로 갓느니 『일본』으로 갓느니 소문은 점점 왼마을에 퍼젓다

그날은 읍내의 장이엇섯다 첨지는 오래간만에 장에로 가기로 하엿다 그는 숨겨둔 돈에서 잔돈을 쓰내엿다

단단히 그의 주머니에 깁어 너엇다 그는 오래간만에 의관을 차렷다 넙우러진 머리에는 집틔가 주렁주렁 달엿다 그 우에다 백립[16]을 썻다 갓은 째가 뭇고 그시렁서 걸어서 누르게 검게 되엿다

발에는 제 손으로 삼은 집신을 신엇다 버선은 발ㅅ등을 근근 덥흘 섄이다 큼직한 두루막을 째무든 옷 우에 덥혀 닙엇다 풀이 넘어도 만히 먹어서 발을 옴길 째마다 왓삭왓삭 하는 소리가 난다 더구나 바람이 불어서 두루막의 자락이 날니어 그는 거름을 것기가 경【정】말 어려웟다

오래간만에 출입하는 의관이 그를 괴롭게 하엿다 얼마ㅅ동안 알코누어 잇슨지라 얼굴이 홀쑥하게 여위고 썌가 들어낫다 살은 한 뎜도 업다 눈은 싯검엇케 들어갓다

그는 오늘 장에 자긔만큼 돈을 풍족하게 쓸 사람이 업스리라 생각하엿다 녜전에 한번 가 본 술집을 그는 생각하엿다 은전 한 개는 술갑으로 다 쓰드라도 앗가울 것 업섯다 쏘 권연을 하나 살 것도 예산에 너헛다 한번 훌륭한 하이카라를 하여 보리라 하엿다 그의 발은 장터로 향하야 썽충썽충 쒸엿다

16 백립(白笠) : 흰 베로 만든 갓.

경찰서 압흘 그는 지나기 실혓다 아모래도 마음에 저리는 곳이 잇섯다 그는 뒤ㅅ골목쟁으로 돌아 들어갓다

그 길로라도 장으로 갈 수는 잇섯다 그의 발은 다시 춤을 추엇다 그는 먼첨 대ㅅ극 술집으로 들어갓섯다

『 — 어이 여보 술 한 찬【잔】 주시오 촌사람은 네길 한잔 못 먹나 엇다 보아라 그레도 이 김 첨지도 한잔 낼 째가 잇단 말이다』

그는 긔운 좃케 소리를 질넛다 압창을 얼어두고 그가 조곰이라도 안면이 잇는 사람은 누구누구 할 것 업시 모다 죄 불너 들엿다 그들은 싱글싱글 우스면서 들어왓다

술은 버러다

『자 이 친구도 한잔 자네도 한잔 술갑슨 내가 낸다』

『어허 참 령감이 오늘 한잔 내시네』

『아니 공ㅅ돈이다 맘대로 먹어라』

『공돈? 공돈이면 맘것 먹어도 좃켓군』

『아 어데서 공돈이 나왓소』

『 — 어 거저 내가 버른 돈이니 공돈이지 —』

첨지는 한잔 먹은 김에 생각 못하고 이 말을 하여버리엿다 그는 깜짝 놀낫다 아아 무서운 소리를 하엿다

하고 보니 그는 그 자리에 안저 잇기가 무서웟다 궁둥이를 바늘로 씰으는 것 갓햇다 가만히 그는 술갑을 혼자 회계해 보앗다 가진 돈에 넘을 것 갓햇다

1927년 1월 11일 3면

小作人 金첨지(八)

그는 그만 밧분 볼일이 잇다고 쎄를 썻다 그는 돈을 치르고 나왓다 과연 그 돈에 조곰 넘엇다 남어지는 나종 주기로 하엿다 그 의장은 이 술방에서 다 보앗다 돈이 업스니 그는 그만 집이 그리웟다 도야지울이나마 그는 그리웟다

인제는 술이 한잔 들어간지라 경찰서가 두려울 것이 업섯다 그는 큰 거리를 손 것처럼 우정 술취증을 더한층 하면서 그 압흘 지나온다 순사가 안에서 갓다왓다하는 것이 보인다 그 중 한 사람이 더벅더벅하면서 밧갓흐로 걸어 나온다 그는 쏙 자긔를 잡으라 오는 것 갓햇다 그만 그는 무서운증이 와락 낫다 눈을 먼산으로 치어보면서 다름을 첫다 숨이 헐썩헐썩하엿다 얼마 동안 가다가 그는 우섯다 크게 우섯다

○

큰아들이 저녁밥 먹으라【러】 도라오지 안는다 안해가 긔다리다 못해서 그의 노는 방으로 차즈러 갓다 업다 밤이 깁허도 오지 안는다 밥때를 빠진 적은 전에는 업섯다 큰아들은 일음이 『큰덕』이다 그는 올해 나히 스물이다 거년에는 남의 집에 고용으로 살엇다 그러나 그는 일을 잘하엿다 나히 어림으로 일 년을 살고도 벼 두 섬밧게 밧지 못하엿다 『첨지』는 생각을 내엿다 제가 다리고 잇기로 하엿다 그러면 둘이서 집안 농사를 하고 남는 여가에 남의 날품을 들엇다 둘이서 하루 일 원을 밧는다 밥은 그 집에서 어더먹고도 이만한 돈이 들어온다 이것을 일 년간 계산하면 벼 두 섬보다 훨신 만흔 것을 『첨지』는 잘 안다 그래서 고용으로 보내지 안코 다리고 잇섯다

첨지는 술이 좀 깨여서 아들의 도라오지 안음을 들엇다 얼는 그는 날카로운 생각이 머리를 싯첫다 이놈이 도망을 가지 안엇나 그는 늘 아들을 밋지 못햇다 동네에 젊은 놈으로 일본 맛을 보지 안은 놈은 그뿐이엇다 경상도의 농부들은 모다 일본 구경을 하엿다 안 한 사람이 별로 업슬 것이다 『첨지』는 그의 아들을 엿해 감시해 나왓다

그러나 『큰덕』이는 긔회를 엿보고 잇섯든 것이다 이제는 일굽 말직이 지워둔 것은 남에게 빼앗겻다 아버지는 정신을 일흔 것 갓햇다 그 꼴도 보기 실헛다 누의는 사네하고 청진으로 뛰엿다 남 보기에도 붓그러웁다 동생은 웬일인지 아해가 변하엿다 긔도 업시 살아지고 학교도 잘 다니지 안는다 집구석에 들어갈 정이 조곰도 업섯다 그러나 그는 로비를 엇지 못하고 잇섯든 것이엇다

아버지는 부【무】럭무럭 올너오는 의심을 참을 수 업섯다

일본으로 갓거니 어데로 갓거니 말도 업시 도망을 햇거니 도주를 한 것은 아모래도 상관업슬 일이엿다 다만 한 가지 의심이 낫다 그는 눈에다 불을 켯다 견듸지 못하엿다 그는 뛰여 나왓다 밤은 캄캄하고 바람은 춥다

하늘에는 별들도 모다 구름에 무치엿다

그는 지갑을 감추어 둔 울타리 밋을 팟다

지갑은 업다 이리저리 뒤적여도 차질 수 업다 확실히 업다 아모래도 보이지 안는다 그 엽흘 팟다 조고만한 마당을 남기지 안코 죄다 팟다 손톱이 달아서 피가 흘는다 그러나 뎡녕히 업다 그는 그만 그 자리에 쓸어젓다 이리 듸굴 저리 듸굴넝다 밋친 즘생가치 지랄을 한다 가슴을 두 주먹으로 힘것 두다린다 캄캄한 하눌을 처다보고 통곡을 하엿다 왼

몸을 벌벌 떨고 니를 갈엇다 바람만 차다 벌서 한겨울이다 벼는 일혓다 논은 띄윗다 그에게 부인 손이 잇슬 섄이다 돈은 아들이 가젓다 쌀은 도망질이다 병든 안해 몸이 잇슬 섄이다

왼누리는 캄캄하다 자긔의 운명은 그보담 더욱 어둡다

그는 엇더케 할 길이 업섯다 정신을 차렷다 한숨을 후유 쉬엿다 가만히 몸을 바루어서 짱에 업데엿다

『나를 버리고 간 자식들에게 복을 주옵소서 오오 명천 하누님이여 그들을 가엽게 보아주소서』

그는 이러케 긔도햇다 목을 노아 울면서 밤이 다 새도록 이러케 긔도하엿다(쯧) —

— 二六, 十二, 一, —

짓밟힌 이의 웃음 1927.1.21~1927.1.29

이문(李文)

1927년 1월 21일 5면

경성 이문 현상 2등 당선소설 짓밟힌 이의 우슴(1)

밤이 되엿다

나제는 불한당 드러왓다가 나간 부자집 대청 모양으로 휑하고 사람 하나 업시 텡 비엿든 이 병목뎡[1]에도 어둠이 짱 우에 나리기 시작한 후로부터는 이상한 사나희들이 확실치 못한 거름거리로 드문드문 낫하나기 시작햇다 그중에는 캡을 눈썹까지 눌너쓴 학생도 잇스며 양복 에리[2]를 세워서 얼골을 가린 점잔은 신사도 잇고 술 취한 로동자도 잇스며 뒤통수에다 갓을 쓰고 집석이[3]를 신은 시골 사람도 잇섯다 그들은 한결가치 주린 맹수와 갓흔 눈동자를 탐학(貪虐)하게 굴니며 어슴푸레한 뎐등 밋흐로 우중충한 문깐 속으로 이성의 살냄새를 찾고 잇섯다

1 병목정(竝木町) : 현재 서울시 중구 쌍림동의 일제강점기 명칭. 1914년 4월 1일 경성부 구역 획정에 따라 경기도고시 제7호에 의해 남부 남소동과 쌍림동 각 일부를 합쳐서 이문(里門)의 기둥이 2개 있던 곳이라는 뜻으로 병목정이 되었으며, 1943년 6월 10일 조선총독부령 제163호로 구제도(區制度)가 실시되면서 중구 병목정이 됨.

2 에리 : '옷깃'을 속되게 이르는 말.

3 짚세기 : 짚신.

강초일일 환수생하니

강물만 푸르러도 님 생각이라

사람이 살면 오백년 살가

오날이라도 죽어지면

만수장림에 운무로구나

첨하 끗헤는 매혹하는 듯한 뎐등이 이상하게도 푸른빗을 토하고 잇는데 그 밋헤는 기름 머리에 분 발는 시악시들이 팔장을 끼고 서서 목청을 노하 노래를 부른다 갑싼 향수 냄새와 밀기름 냄새 그러고 또 특별히 이러한 종류의 녀자에게서만 발견할 수 잇는 냄새 조케 말하면 구수하고 낫부게 말하면 구역질 날 만한 훗훗한 살냄새 — 가 근처를 싸돌고 잇섯다

『여보 학생 냥반 나 좀 보구 가시우』

『메가네[4]상 이리 좀 와요』

『저 냥반이 벌에게 쐿나 똥쑬이 빠지게 다러나니 여보 이리 좀 와요 내 조흔 것 보혀 들릴게 응』

『하하하하하』

간드러진 녀자의 너털우슴소리가 금속성(金屬性)의 날카러운 음향과 가치 주위를 흔드럿다 그 우슴소리는 거슴츠레하고 고달픈 애욕(愛慾)의 거리에 더한층이나 란잡한 분위긔를 도두엇다

『머 웃재고 웃재? 이건 눈깔에 보히는 것이 업나?』

벼란간 한 모퉁이에서 주뎡군이 지나가는 사람을 붓들고 리해 업는

4 메가네(めがね) : 안경.

일에 생트집을 잡어 싸홈을 거럿다

『너야말노 눈깔이 머럿니 이놈아 이건 어듸다가 손을 대니 이 손을 못 놔?』

『누구더러 이놈 저놈 하니 응? 못 놋켓다 헐 데로 해 보아라』

『정말 못 놔?』

『흥 거짓말하겟니』

철석하고 뺨 치는 소리가 들니드니 뒤미처 두 사람이 함께 어우러저 ᄯᅡᆼ 우에 뒹굴기 시작햇다

『싸홈낫다』

하는 소리가 들니기가 무섭게 무슨 생수나 난 듯이 너 나 할 것 업시 수십 명의 군중이 두 사람의 주위를 에워쌋다

『잘한다』

『갈겨라』

『이건 피죽 한 그릇도 못 먹은 것 갓구나』

유혹 질투 매음 주뎡 모욕 싸홈 — 이리하야 병목뎡의 밤은 ᄯᅩ다시 저무러 가는 것이엿다

『에헴』

하며 아니 나오는 헛긔침소리가 나드니 장사ᄭᅮᆫ인 듯한 삼십 내외의 졂은 장뎡 두 사람이 경심이와 도홍이가 서 잇는 대문 안으로 서슴지 안코 처드러섯다 갑싼 대모데[5] 연경[6]을 코ㅅ등에다 건 후 모자를 뒤통수에다 빗ᄯᅮ수름이 쓴 것을 보니 아모리 해도 록록한 위인들은 아닌 듯

5 대모테(玳瑁테) : 대모갑으로 만든 안경테.

6 연경(煙鏡) : 알의 빛깔이 검거나 누런색으로 된 색안경.

십헛다 그들은 다 가치 술이 얼근히 취하여 잇엇다

1927년 1월 22일 3면

짓밟힌 이의 우슴(2)

『드러오십시요 두 분이 모다 가치 올러가시지요』

하며 도홍이는 일상하는 버릇대로 그들의 압흐로 가서 두 사람의 소매자락을 붓잡엇다

『이 아씨가 언제 적에 사괸 친구라고 이러케 다정해? 이 소매나 놔?』

하며 키가 크고 중절모자 쓴 사람이 도홍이가 잡은 소매자락을 뻬치며 의미 잇는 듯이 가치 온 자를 바라보고 씽긋 우섯다

『네? 올너가세요』

『글세 올너가긴 어데를 올너가? 밥숫가락을 놋코 텬당에를 올너가란 말야』

이번에는 키가 작은 자가 입심을 부리며 아모 말 업시 싼 곳을 보고서 잇는 경심이 압흐로 와서 연해 그를 아래 위로 훌터보더니 뒤로 싹 버틔고 스며

『그 량반 매우 거만하다 여 이 량반 담배불 좀 붓칩시다』

『네 부치십시오』

경심이는 마지 못하야 손에 드럿든 담배불을 내여 주엇다 그자는 담배불을 밧으며 아니쏩다는 듯이 겻눈으로 경심이를 슬쩍 보더니

『그 량반 낫은 퍽 익은데 ―』

『코ㅅ구녕에다 군불을 땟남』

하며 키 큰 작자가 대ㅅ구를 햇다

『아니야 어듸서 꼭 한번 본 듯해 더욱히 그 량반 입이야말로 묘한데 하하하』

경심이는 깜짝 놀나며 거의 본능뎍으로 손에 드럿든 깁수건을 가지고 입을 가렷다 그의 머리 속에는 동무들 사이에서도 『도야지 주둥이』라고 놀림감을 밧는 자긔의 입을 흉보는 줄 즉각한 까닭이다

『공연히 시달리지 마시고 어서 올러가시지요 네?』 하며 도홍이는 조금 짜증을 내고 독촉햇스나 두 사람은 서로 바라보고 킥킥 웃더니

『다음날 봅시다』

하며 고만 대문 밧그로 나가버렷다 그들은 길에 나서자 참엇든 우숨을 일시에 쏘다놋는 듯이 허리가 부러지게 우섯다

1927년 1월 23일 3면

짓밟힌 이의 우슴(3)

『짜는 미인인데』

『그 입이 묘하든걸 꼭 도야지 주둥이 갓해』

『아닌 게 아니라 두 귀 붓잡고 키쓰할 만도 한데』

이러한 갈내갈내의 이야기 소리가 경심이 귀에 드러오자 그는 힘업시 고개를 써러트렷다 이러한 소리는 하로밤에도 멧십 번식 듯는 소리이건만 그래도 듯기 실코 분한 소리는 이 소리쁜이엿다 설사 나의 입이 도야지 주둥이 갓다고 하자 그것이 그들에게 무슨 관게가 잇서서 아니 무슨 권리가 잇서서 비평하고 모욕하는가? 이러한 생각을 하면 일시에 모든 설홈과 분함이 것잡을 사이 업시 치미러 오르는 것을 억제할 수가 업섯다

해ㅅ볏을 두려워하는 박쥐의 무리와 가치 낫에는 집 속에서 자고 밤이 되면 써들며 웃고 들네는 이 『그늘 속에 사는 사람』들의 거리 — 병목뎡에 온 지도 어언간[7] 한 달이 지낫다 처음 왓슬 적 얼마간은 모든 것이 무서웁고 몸서리처지는 더러운 것쌘이엿다 멧 픈 안 되는 돈에 팔녀 처음으로 낫 모르는 사나희에게 하로밤의 몸을 던질 제 주린 맹수와 가치 날쒸는 그 사나희의 수욕(獸慾)이 얼마나 경심이를 괴로웁게 하엿든고? 더러운 욕심에 잠긴 거슴츠레한 술 취한 눈으로 경심이를 노려보다가 와락 달녀들어 그를 써안고 입마출 적에 그는 짱속으로라도 움츠라저 드러가고 십흘 만치 몸서리처지는 것을 늣기엿든 것이다 허나 이제는 이짜위 일은 경심에게 대하야 아모럿치도 안은 례사ㅅ일이엿다 아니 그것보다도 그는 하나이라도 그 한 사나희를 더 드러 드릴냐고 애써보앗다 그것은 자칭 아버지라고 하는 포주(抱主)의 무서운 위협이 등 뒤에서 협박하는 싸닭이엿다 사실 경심이가 이곳에 온 지는 그럭저럭 한 달이 넘엇지만 손님이라고 본 것은 불과 다섯 번을 넘지 못햇다 그것도 처음 온 당분간의 일이엿고 요 몃츨재는 시간 노름하고 가는 사람도 업섯다

그러한 싸닭에 경심이는 주인으로부터 여러 번 악착한 형벌과 학대를 밧엇다 이것이 경심이에게는 무엇보다도 무서운 위협이엿다 그리하야 그는 하나히라도 손님을 더 끄러볼냐고 여러 가지로 고심하여 보앗스나 본래 타고난 성질이 침울한 우에다가 동무들 사이에서도 『도야지 주둥이』라고 별명을 듯고 잇는 보기 흉한 입이 손님을 방해하엿다 함께

7 어언간 : 알지 못하는 동안에 어느덧.

잇는 도홍이는 업는 정도 잇는 척하고 간드러진 너털우슴을 우서가며 손님을 호려 드릴 적마다 경심이는 시름업시[8] 팔장을 끼고 한편 구석에 서서 부러운 듯이 이것을 바라보고 잇섯다 『나도 좀 저럿케 해보앗스면……』 하고 생각한 적도 잇섯스나 그것은 경심이에게는 쓸데업는 공상에 지나지 못햇다

밤이면은 뭇 사나희들의 비웃슴과 놀님가음이 되고 낫이면은 주인 녕감의 위협과 혹독한 형벌이 그날그날의 경심이를 지배하엿다 처음 왓슬 적에는 열아홉이란 나희에 비교하야 녀자로서는 지나치게 발달된 건전한 육톄의 소유자이든 경심이도 이 근래에 와서는 분명히 여위엿다

1927년 1월 25일 3면

짓밟힌 이의 우슴(4)

얼골빗은 혈색이 것치고 입설은 푸르죽죽한 자주빗을 씌웟다 보기 흉한 입 — 벗적 들닌 웃입설 아래로 도야지 우리깐에 나무 창살 모양으로 불규측하게 드려다보히는 닛발과 쑥내민 주둥이가 요사히는 더한층이나 보기 실흔 것 갓햇다 저녁 때마다 그는 화장을 할랴고 거울 압헤 안저서 하로하로 말너비트러저 드러가는 자긔의 얼골을 우둑허니 바라보고는 한숨을 지엿다 그리고 그는 세상의 사나희란 사나희는 모다가 자긔 전신에 퍼저 잇는 혈관(血管)의 매듸마다 흡반(吸盤)을 대이고 주린 듯이 쪽쪽 피를 빠라먹는 흡혈마(吸血魔)와 가치 생각되엿다

『이러케 말너드러 가다가는 몃칠이나 더 살녀는가』

---

8 시름없이 : 근심과 걱정으로 맥이 없이. 아무 생각이 없이.

이러한 소리를 중얼거리면 어느 사이엔가 커다란 눈물방울이 속눈섭 밋헤 가득히 맷치는 것이엿다

『경심아 아버지가 잠간 드러오라구 그레신다』

무슨 까닭인지 안으로 쪼르르 드러갓든 도홍이가 다시 나오며 얄밉다고 하면 조흘는지 의미 잇는 우슴을 생글 웃더니 이러케 말햇다

『나를?』

하며 경심이는 가슴이 덜컥 나려안젓다 조 도홍이 년이 무엇을 또 고자질을 해서 남을 고생식히려누 하고 생각하니 무서움보다 도홍이가 원망스럽고 얄미웟다 허나 이곳에서 또다시 지체를 햇다가는 엇더한 벼락이 써러질는지 알 수 업는 것이다 그는 마치 도수장에 끌녀 드러가는 암소 모양으로 가슴을 두군거리며 안으로 드러가서 방문을 부시시 열엇다

『경심아 너 이년』

경심이가 방 안에 드러가서 감히 안지도 못하고 웃묵에 가 쭈구리고 섯는 것을 본 척도 아니하며 얼골을 잔뜩 찡그리고 아르묵에 도사리고 안저서 담배만 쌕쌕 우고【피우고】 잇든 주인 령감이 별안간 경심이를 흘긋 보자 첫 박으로 내놋는 목소리는 거칠엇다

『두말할 것 업시 네 몸갑 삼백 원 당장에 해놋코 썩 나가거라 꼴도 보기 실타』

경심이는 『에그』 하는 소리가 입 밧게 나올 만치 또다시 가슴이 덜컥 나려안는 것을 늣기엿다 뒷고 섯는 두 다리는 참을내야 것 잡을 사이 업시 벌벌 썰니기 시작햇다

『그래 이년아 너도 생각이 잇지 네 년이 무엇이 그리 도저하다고 거

만하게 굴어서 드러올 손님도 내쫏는다니 대톄 네가 엇떡할 작뎡이냐 응? 네년으로 해서 내가 지금 얼마나 손해를 보고 잇는 줄 아니? 네 년을 삼백 원이나 처드려서 사다 놋코 이런 꼴 보자고 한 일은 아니겟지? 무어 길다케 말할 것도 업다 어서 몸갑 해노코 나가거라 어서? 이년아』

령감의 목소리는 차차 놉하갓다 당장에 무슨 거조[9]라도 내일 것가치 담배ㅅ대로 재ㅅ도리를 요란스럽게 싸렷다

『아버지 잘못햇습니다』

경심이는 발등을 나려다 본 채 썰니는 목소래로 간신히 애원햇다 그러나 그 소리가 긋나기도 전에 녕감의 손이 번뜻하드니 어느 사이엔가 목침이 날너와서 경심이의 머리를 맛치고 방바닥 우에 굴너써러젓다 『에그머니』 하는 소리가 경심이 입에서 나오자 그는 고만 비슬비슬 쓰러젓다

『이년 잘못은 무슨 경을 칠 잘못이냐?』

무지한 주먹과 발길이 수업시 경심이 몸 우에 써러젓다 경심이는 단지 짧고 날카러운 비명(悲鳴)을 내일 쑨이요 아무러한 저항도 할 수가 업섯다 머리는 푸러저서 산발이 되고 입설은 깨여서 붉은 피ㅅ방울이 턱 우에 흘넛다

『아버지 고만 참으세요』

『영감 고만해두』

을마 후에야 도홍이와 주인 마누라가 달녀들어 가장 무슨 인정이나 쓰는 것가치 생색을 내엿다 영감은 복날의 개처럼 헐떡거리며 마지못

9 거조(擧措) : 말이나 행동 따위를 하는 태도. 어떤 일을 꾸미거나 처리하기 위한 조치. 큰 일을 저지름.

한 듯이 손은 떼엇스나 그래도 오히려 부족한 모양이엿다

『이년 너 오날밤에도 또 손님을 못 보앗단 보아라 그때는 정말 반쯤 죽여 노흘 터이다』

십 분 만에 경심이는 벌서 문깐에 나서서 지나가는 사람의 소매를 잡어끌엇다

1927년 1월 26일 3면

짓밟힌 이의 우슴(5)

주뎡쑨의 혀 꼬부라진 노래ㅅ가락 아편쟁이 거지의 엉절[10]스러운 구걸하는 소리 사나희를 끄는 녀자들의 비외(鄙猥)한 창가 소리 우슴, 욕설 — 밤이 느저감을 따라 이 거리는 더한층 소란하고 란잡하엿다 가진 계급 웬갓 종류의 인물들이 뒤를 이어 뒤를 이여 한업시 지내갓다 그들은 한결가치 더러운 욕심에 번듯이는 눈을 불량스럽게 굴리며 이곳저곳을 기웃거렷다

『여보시우 만또[11] 입은 냥반』

하며 경심이는 압흐로 지내가는 학생인 듯한 만또를 뒤집어쓴 사람을 불너 보앗다 다행이 그 사람은 거름을 멈추고 경심이를 도라보앗다

『잠간만 이리 오세요 내 할말이 잇스니』

그 사나희는 성큼성큼 거러와서 경심이 압헤 딱 섯다 그는 모자를 푹 눌러쓴 우에 만또를 올리키여 얼골을 가렷슴으로 두 눈과 코박게는 보히지 안엇다

---

10 엉절대다 : 작은 소리로 원망스럽게 중얼중얼 군소리를 자꾸 내다.

11 망토(manteau) : 소매가 없이 어깨 위로 걸쳐 둘러 입도록 만든 외투.

『무슨 할말이요?』

『드러가시지요』

『아니 할말 잇다고 나를 부르시지 안엇소?』

『드러가서 하시지요 그러면 내 조흔 것 하나 보혀 드릴게』

『무엇인지 여긔서 좀 봅시다그려』

『하하하 —』

『여보 그 입에 댄 수건 좀 씌우 이건 언제 썩 내외라고 수건으로 입을 가리고 잇소?』

사나히는 어듸까지든지 시침이를 씌고 수작을 건늬엇다

『어서 드러가 주무시고 가시지요? 네?』

『글세 그 보혀준다는 것 좀 여긔서 보혀주면 드러가지』

『원 내 긔가 맥혀서 여긔서 무엇을 보겟단 말에요 하하하』

나오지 안는 우슴을 정신업시 웃다가 경심이는 부지중 입에 가렷든 손수건을 쎄엿다 그것이 고만 그 사나희에게 경심이의 비밀을 폭로식히고 말엇다 경심이도 이것을 깨닷고 다시 급히 손수건으로 입을 가렷스나 그 사나희는 벌서 다 알엇다는 듯이 비웃는 듯한 목소리로

『여보 급한 볼일노 지나가는 사람을 붓드러 가지고 겨우 할말이란 요것뿐이요 다음날 봅시다 엥』

사나희는 나가려고 햇다 이것을 보자 저편 못퉁이에 서 잇든 도홍이가 쏘처나오며 만또짜락을 잡어끌엇다

1927년 1월 27일 3면

짓밟힌 이의 우슴(6)

『여보십소 급한 볼일이라는 것이 무엇인지 나하고 좀 봅시다』

그 사나희는 그곳에 또 다른 사람이 잇섯든 것을 놀난 듯이 다시 돌처 스며 도홍이를 한참 동안이나 바라보드니

무슨 일인 줄 알고 댁이 함께 보겟구우?』

하며 축은축은하게 또 도홍이 압흐로 갓다 도홍이는 이 말을 듯더니 생글 우스며

『글세 두말 말고 나하고 방으로 드러갑시다 젊은 냥반이 아닌 밤중에 이러한 곳에 와서 급한 볼일이면 내가 보아드리지요』

『흥 이 냥반이 남의 사정을 엇더케 그러케 잘 알우』

사나희는 점점 도홍이에게 닥어섯다

『자 — 급한 볼일이라니 어서 드러가 쌜리 봅시다』

도홍이가 잡어쓰는 바람에 그 사나희는 마지 못한 듯이 슬려 드러갓다

닭 쫏든 개 집웅 처다보는 격으로 한편 구석에 밀려서 우둑허니 이 모양을 바라보고 잇든 경심이는 별안간 눈물이 쏘다질 것가치 분한 생각이 낫다 참을내야 참을 수 업는 설흠과 분함과 두려움이 적은 가슴 속에서 용소슴첫다

설흔 듯이 소란스러운 소리를 내이고 달려가든 뎐차도 임의 끈허진 뒤로 이 병목뎡 거리에도 사람의 그림자가 차차 줄기 시작햇다 각금 지나가는 사람이래야 술 취한 주뎡꾼이나 그럿치 안으면 쓸데업는『히야가시[12]』꾼들쌘이엇다 그나마 엇던 쌔는 이것들도 발이 끈어저서 쓸쓸한 뎍막이 휩싸돌기 시작햇다 자박자박하는 발자최 소리만 들녀도 우중충

한 이 집 저 집의 문깐으로부터 분 발은 하 — 얀 얼골들이 불숙불숙 낫하나는 것이 무슨 숣흔거림이나 보는 것가치 쓸쓸하게 보혓다

경심이는 앗가 저녁 때 주인 령감으로부터 오날밤에는 꼭 손님을 보아야지 그럿치 안으면 반쯤 죽여 놋켓다는 무서운 선고를 밧고 나온 후 웃써케 해서라도 손님을 끄러 보랴고 자긔 딴은 잇는 대로의 수단과 아양을 써러서 호려 보앗스나 필경은 모든 것이 헛수고이엿다 도리혀 그들노부터 아니꼬운 비우숨과 불쾌한 인신 비평만 듯게 되엿다

밤은 소리도 업시 깁허간다 머지아니하야 날은 밝을 것이다 오늘 한 밤을 이러케 또다시 손님을 못 보고 밝히면은 장차 래일 아츰에는 웃썩하려느냐? 무지한 주인 령감의 손에서 나려치는 모진 매주먹 발길 모욕 — 아아 생각만 해도 경심이는 등에다가 찬물을 찌언는 듯이 으쓱한 추위를 늣겻다

『웃써한 짓을 해서라도 오날밤 안으로 꼭 손님을 보아야겟다』

이 소리는 마치 강박관념(強迫觀念)과 가치 경심이의 모든 마음을 차지하고 말엇다 그는 이 생각 외에 아무러한 생각도 해볼 여유가 업섯다 이 순간 경심이라는 인생의 최고 리상은 이 한마듸 더러운 강박관념에 주구(走狗)가 된 버러지만도 오히려 못한 쓸데업는 존재이엿다

『이건 청승막게 무슨 생각을 이러케 하고 섯서?』

12 히야카시(ひやかし) : 놀림, 또는 놀리는 사람. 살 생각도 없는데 상품을 둘러보거나 가격을 물어보는 것. 또는 그런 사람.

1927년 1월 28일 3면

짓밟힌 이의 우슴(7)

돌연히 술 냄새가 확 끼치며 낙【낯】익은 사나희의 목소리가 경심이 귀에 들녀왓다 경심이는 깜짝 놀나서 처다보니 그는 도홍이한테 반해서 일상 차저다니는 김 주사라는 사람이엿다 그는 도홍이에게 놀너 와서 의례히 적어도 십 원은 쓰고 간다는 훌륭한 단골이엿다 외양도 쪽쪽하고 소리도 잘하고 사내답게 씩씩하고 돈도 잘 쓰는 것이 이웃집까지 소문난 김 주사의 특증이엿다

『이러케 늣게야 웬일이심닛가?』

『웬일은 무슨 웬일이야 놀너 왓지 그런데 도홍이는 어듸 갓누?』

『도홍이요?』 하며 경심이는 다른 손님과 잔단 말을 하려다가 뚝 끈치고 말앗다

이 순간 경심이의 머릿 속에는 이상한 게책이 하나 떠올낫다

『그래 도홍이말야 뎡짜(손님 보고 잇는 중이냐는 뜻)인가?』

『아니요 지금 안에 잇서요 치우신데 우선 이리 드러와 안지십시오 내 불너 가지고 나오지요』

『아니 이건 경심이 방이 아니야?』

『웨 저의 방에는 못 드러감닛가?』

김 주사는 의심스러운 듯이 잠간 머뭇머뭇하더니 급기야 경심이 방으로 들어갓다 김 주사가 들어가는 것을 보자 경심이도 곳 뒤짜라 방으로 들어가며 덧문을 다덧다 이상하게도 경심이의 가슴은 무슨 큰 죄나 저즈른 것가치 두군거리며 얼골이 확확 달는 것을 늣기엿다

『도홍이를 불너 온다더니 덧문을 척척 다드니 웬일이야?』

김 주사는 또다시 버럭 의심이 난 듯이 경심이를 치여다보며 물엇다 그러나 경심이는 무엇이라고 대답할 말을 몰랏다 단지 애원하는 듯한 눈으로 김 주사의 얼골을 우둑허니 바라볼 섄이엿다

『응? 웬일이야 어서 도홍이 불너와?』

하나 경심이는 여전히 대답이 업섯다 울넝거리는 가슴을 진뎡하랴는 듯이 그는 바른손을 가슴 우에 언젓다

『김 주사』

을마 잇다가 들니는 경심이의 목소리는 가늘고 늷흐게 썰녓다 어느 사이엔가 그의 눈에는 눈물이 고혓는지 전등불에 반사되야 번썩하고 빗나는 것이 잇섯다

『김 주사』

경심이는 침을 숼썩 삼키며 다시 한번 불넛다

김 주사는 앗가부터 경심이의 심상치 안은 행동을 놀난 눈으로 바라보드니

『돈 일 원은 무엇하랴고?』

하며 더욱이 놀나는 모양이엿다

1927년 1월 29일 3면

짓밟힌 이의 우슴(8)

경심이는 고개를 숙인 채 썰니는 목소리로

『김 주사 그저 가엽슨 저에게 동정하는 세음 치고 일 원만 주세요 네? 김 주사께서 오날밤에 저에게 돈 일 원을 주시면은 그것은 저의 목숨을 구해주시는 것이나 조금도 다름이 업습니다 꼭 그럿습니다 더도

말고 일 원만 주세요 김 주사 갓흔 어른에게는 돈 일 원이 아모럿치도 안은 우수운 것이지만 저에게는 더욱이 오날밤 저에게는 일 원이라는 돈에 목숨이 달렷슴니다 네 저는 거짓말을 햇슴니다 도홍이는 지금 다른 손님하고 자는 중이예요 제가 김 주사에게 이러한 말슴을 드리자고 그러한 거즛말을 햇슴니다 잘못햇슴니다 저는 김 주사에게 일 원이나마 거저 주십시사고 하지는 안슴니다 저에게 돈 일 원을 주시는 대신으로 저를 으써케든지 마음대로 하여주세요 때려도 좃코 욕하서도 좃슴니다 자 — 마음대로 해주세요 마음대로……』

경심이는 조금도 주저치 안코 입엇든 옷을 활활 버섯다 녀자로서 가장 붓그러운 곳까지도 내노흔 쌀가버슨 몸으로 김 주사 압헤 벌썩 누엇다 그리고는 김 주사의 마음속을 읽어보랴는 듯이 절망에 빠진 애처러운 시선으로 사나히를 눈 하나 깜짝하지 안코 바라보앗다

김 주사는 술노 해서 상긔된 얼골을 간신히 추스르며 이 놀나운 광경을 맥맥히 바라고 잇섯다 하드니 그은【는】 돌연히 벌썩 이러나며 입술에는 랭소하는 듯한 야비한 우슴을 씌웟다

『흥 더러운 년! 너 갓흔 더러운 년을 건드려? 엣다 돈 일 원 먹어라 칵 — 퉈 —』

조고마한 조희 뭉친 것이 경심이의 얼골을 맛치고 써러지자 뒤밋처 가래ㅅ침 한 대가 경심이 입술 우에 철석 써러젓다 그리고는 덧문을 소란하게 여러젯기며 김 주사의 나가는 소리가 써들석하게 들녀왓다

경심이는 거의 무슨 긔계장치나 해 노흔 인형 모양으로 벌썩 이러나서 자긔의 얼골을 맛치고 써러진 조희 뭉치를 허둥지둥 펴보앗다 일 원짜리 지전! 아아 그것은 틀님업는 일 원짜리 지전이엿다

『일 원이다 일 원이다』

경심이는 정신 업시 부르지젓다 열아홉 해나 되는 그의 전 생애를 통하야 이만큼 깃부고 만족한 일을 당하여 본 적이 또 잇섯든가? 아니 이 뒤 멧십 년이나 되는 긴 일생을 통하여서라도 이만큼 질거운 일을 또 당하여 볼 수 잇슬가?

그는 쌜가버슨 채 치운 줄도 모르고 입술 우히로 흘너저 써러지는 가래침을 쓰스랴고도 아니하며 일 원짜리 지전을 펴든 대로 망연히 웃고 잇섯다(씃)

그릇된 동경(憧憬) 1927.2.1~1927.2.10

김덕혜(金德惠)

1927년 2월 1일 3면

함흥 김덕혜 현상 2등 당선소설 그릇된 瞳憬[1](1)

옵빠! 나는 여게 왓나이다 여게 와서 S학교에서 다시 교편을 잡게 되엿나이다

여게는 너르고 너른 만주 뜰 북쪽 긋이로소이다 신문으로 보고 풍편에 들은 것도 수업시 만컨만 늘 남의 일가치 귓등으로 들어넘기던 만주도 가업는[2] 북쪽 들 한 구석이로소이다 가도 가도 긋 모르는 북반구의 대륙이 제 맘대로 널게 널게 펼처진 벌판에는 남에도 북에도 조선의 사람은 수업시 만히 널려 잇나이다 그 가운데는 쫏겨온 사람도 잇스리다 밀려난 사람도 잇스리다 피와 갓흔 불평을 품고 온 사람도 눈물 어린 욕심과 힘을 끌안고 온 사람도 물론 만으리다 나는 그네가 그립나이다 그네를 사랑하나이다 아니 사랑한다니보다 나는 그네들 무리 가운데

1 조선 여성이 일본을 '동경(憧憬)'한 내용을 담고 있으므로 제목의 한자는 '憧憬'으로 수정해야 한다.

2 가없다 : 끝이 없다.

몸소 들어선 새사람임을 절절히 늣기나이다 나는 그네들 가운데의 한 사람이외다 그 사람들을 통하야 나를 생각하고 그네들을 통하야 나의 불행과 행복과 또는 나의 힘과 할일을 쉶도 수고 맹서도 하나이다 나는 뜻하지 아니하고 그네들을 향하야 손을 내밀고 맘을 부르짓나이다 복이라면 이것이 나의 크나큰 복일 것 갓나이다 나는 외롭지 안나이다 내 겻헤 그 큰 무리가 잇고 내 스스로 그네 가운데 나의 새 의식과 희망과 맘을 색리고 심으거던 무엇이 그리 외로우릿가 맘이 노이나이다 너그러운 맘이 나를 힘차게 하고 일맛이 나게 하나이다

나는 고국을 써날 때에 울엇나이다 류랑의 숨은 거름을 생각하고 울엇나이다 외롭고 외로운 나를 생각하고 또 울엇나이다 너르고 너른 벌판에 지향 업시 튀여나올 알몸의 나를 생각하고 설은 눈물이 마를 사이 업섯나이다 아! 그러나 살면 고향이요 지나면 정이 붓나이다 나는 요사이 도리혀 만주벌이 그리워서 슷도 가도 모르는 이 바닥에 서서 새 『삶』을 깃버하나이다 과연 만주벌이 그립소이다 이 벌에 막련하야 펼처진 ― 보도 듯도 못한 서백리아[3]도 그리워지나이다 어름판이 하늘에 닷코 눈 쌓이 북극에 쌔친 동토대(凍土帶) 저편까지 그리워지나이다 녯날 녯날 한 녯날부터 오늘날까지도 사람의 종자를 그리기에 해가 지거나 밤이 오거나 맘노코 잠들지 못하는 오로라의 밋 백야(白夜)의 누리도 그리워지나이다 사람을 그리기에 그 너른 들 힌 밤(白夜)의 말 업는 넓은 맘이 얼마나 오래 지첫겟나잇가 만주의 지처버리(濕地)도 서백리아의 눈 쌓도 밤이나 낫이나 저무도록 사람을 고대하고 잇나이다 사람이 차

3 서백리아(西伯利亞) : 지명 '시베리아'의 음역어.

자오기를 간절이 바라고 잇나이다 더 만은 사람의 무리 더 큰 사람의 힘을 바라고 바라기에 그지 업는 것 갓나이다 더 만은 사람 더 큰 힘을 기다리는 이 벌판! 나는 쌔에 사모치도록 이곳에 애착을 늣기나이다 긋긋내 사람의 무리는 이 넓은 광야(曠野)의 밤에 안기고야 말앗나이다

1927년 2월 2일 3면

그릇된 憧憬(2)

옵바! 나의 과거 사 년 동안의 생활은 죄악이엿나이다 애써 배우고 들어서 세상의 물정도 웬만치 가리게 되고 일은바 한목【몫】의 사람이 되리 만큼 되여서부터의 나의 생활은 죄악이엿나이다 남이야 엇더케 보던 쏘는 사랑에는 국경이 업다는 작자들의 봄이야 엇쌔던 나의 량심이 허락지 안음애 나는 죄악의 생활이엿나이다 하고 진실고지로 고백하나이다 이런 삶을 찻고 죄를 지으랴고 배우고 들은 것은 물론 아니리다만 나는 엇지하야 그 가튼 생활 그릇된 사랑에 몸과 맘을 바첫스릿가 그리면서도 나는 옵바에게는 이 사실을 감추엇섯나이다 옵바는 이래오 년 동안이나 텰창 아래에서 그 신산[4]을 맛보시고 나는 쓰린 죄의 살림을 하엿나이다 내가 말치 안으면 알 수 업스리 만치 외롭게 세상을 멀리한 옵바에게 나는 죄악의 비밀을 싸고 돌앗나이다

큰 쯧을 품고 고국을 써나신 옵바가 정치범이라는 죄명 아래에 얼키고 얼키여 상해로부터 붓잡혀 온 이후 일 년 만에야 겨우 감옥에서 옵바를 면회하엿슬 쌔에는 나는 아즉도 텬진하엿나이다 옵바를 보고 진

4 신산(辛酸) : 맛이 맵고 심. 세상살이가 힘들고 고생스러움을 비유적으로 이르는 말.

심으로 늣겻나이다 륙 년의 형기를 맛추지 안으면 다시 만날 수 업는 옵바 한시라도 속히 쓸고 나오고 십흔 옵바를 텰창 건너에 바라보며 나는 오직 울 줄밧게 아모것도 모르는 틔끌 업는 처녀엿나이다 그때에 옵바는 이럿케 말하섯지요

『너도 중학 졸업이 멀지 안엇스니 사람다운 일을 하여라』

이럿케 말하섯다니보다 힘 잇게 웨치실 때에 나는 옵바를 자세히 처다보지 안을 수 업섯나이다 그 말하는 이는 나의 옵바와 갓지 안엇나이다 나는 기실 그때까지도 정과 혈육의 옵바를 알앗슬 쌘이고 사람으로의 옵바 지사로의 옵바를 몰랏나이다 그리하야 그때에 비로소 새 옵바를 처다보지 안을 수 업섯나이다 과연 처음으로 본 옵바엿나이다 아니 처음 대한 『사람』이엿나이다

『어린애가 어머니를 싸르는 것은 사랑이 아니다 진정한 사랑은 책임이 싸라야 한다』 하시고 쏘 한참 나를 보시더니 『진정 어머니를 사랑하거던 어머니를 복 되게 할 책임을 지어라』

나는 더욱 놀낫나이다 의미는 그때에 분명 잡지 못햇슬망정 그 말이 머리에 아리아리 숨여듦을 깨달앗나이다 그 무서운 감옥의 벽을 흔드는 드시 힘찬 소리에 나는 소름이 깃칫나이다 그러나 나는 그 책임은컨영 과거 사 년 동안 옵빠가 일너주신 바 그 『어머니』를 잇고 등젓섯나이다 과연 괴롭나이다 지금이야 그 하시든 말은 다 — 잡아낸 것 갓사오나 지난 생활을 생각함애 다시금 괴로워서 못 견듸겟나이다 때때로 붓끌는 쓰린 우슴이 량심을 쓰침을 금할 수 업나이다 아! 조선의 옵빠여! 조선의 동생을 두지 못한 것을 숨결에나마 얼마나 압하하엿나잇가

『무슨 일에든 성실하여라 공부를 만히 해서 훌륭한 게 아니다…… 너

도 사람이어던 더욱 조선의 종자어던 남보다 갑절 가는 셩력이 잇서야 한다』

이런 말을 하시고 눈물이 그렁그렁하시든 것도 지금까지 기억하나이다 그 말이 지금것 귀에 쟁쟁하나이다 누가 이런 말을 내게 일너주오릿가 사람마다 이런 말을 부르짓고 들을 수 잇다면 우리는 불행한 가운데도 복된 사람이엿스리다만 —

또 어느 때인가 이런 말슴을 하섯나이다

『내 걱정은 말아라 더 큰 근심을 잇지 마라 내 하굽허하는【하고파 하는】 일이면 죽어도 괜찬타 네 일을 잇지 마라』 이때를 나는 더욱 잘 긔억하나이다 나는 그때 옵바 압헤 섯는 것이 무한히 괴로웟섯나이다 나를 위하야 그만한 힘찬 소리를 일즉 건넛드린 이 업건만 나는 그 말이 괴로웟나이다 그때는 발서 지금부터 말하랴는 죄악의 엄이 다 도든 때엿나이다 압흠의 씨가 옵바를 대하는 때마다 짜깃짜깃 량심을 쑤시엇나이다

1927년 2월 3일 3면

그릇된 瞳憬(3)

그리하야 『너는 장차 무얼하련?』 하고 물으실 때 나는 그 대답이 실로 괴로웟나이다 실로 무엇을 하리라는 나 스스로의 주견과 줏대가 서지 못하엿든 것이외다

학교를 마추면 의례 쩨 논 당상인 교원의 직업을 맛하 가지고도 그것이 참말 내 일이며 힘써야 할 바인지를 자각하지 못하엿나이다 그만치 신념과 주장이 미약하엿든 것이외다 그가치도 때 싸라 간곡히 부탁하

섯건만 —

『무엇이던지 낫불 것은 업다 교원 노릇을 한다니 그것이 썩 고상한 책임이 아니냐 네 성력과 책임관이 구드면 그것이 훌륭한 보람을 내고야 말 것이다 정 안 되면 쌍이라도 파야지』

이러케 일너줄 쌔에 나는 나의 은근한 행복을 생각하고 남의 속사정을 모르는 옵싸라고 한 것 무엔지 모를 허영의 우슴을 우섯나이다 자랑이라도 하굡흔 긔색을 막을 만한 아모 반성의 힘이 업섯나이다

그리하야 그저 공순히 머리를 숙이고 가만히 잇섯나이다 그쌔의 나의 맘은 아직까지도 몰느시리다 그 공순한 머리 밋헤 숨은 비밀은 몰낫슬 것이외다 그 비밀과 죄를 조금도 씃하시지 못하고 그저 사람이 되여지다고 일너주시던 옵싸의 지극하신 정성을 생각하오매 지금 다시금 눈물이 흐르나이다 나는 허위와 죄에 살아왓나이다 나는 이것을 쌔달앗나이다 죄를 쌔달은 쌔와 가치 괴롭고도 유쾌한 쌔는 업슬 것이로소이다

옵싸! 나는 옵싸가 감옥에 들어가신 후 약 삼 년 만에 ×라는 일본 사람과 결혼하엿나이다 그는 우리도 ××과당으로 도텽에 근무하는 고등관 중의 가장 젊은 사람이엿고 쏘는 대학 출신이오 인물 고운 청년이엿나이다

그리고 아직 미혼 중이엿나이다

내가 고보 사년급에 잇슬 쌔에 나에게 약혼을 청한 사람이 둘인가 잇섯나이다 두 사람 다 — 일본에 류학하는 사람으로 남에게 싸질 것은 업는 터이엿스나 그중 한 사람은 몸이 약하다는 리유로 아버지가 거절해 버리섯고 남어지 사람은 아버지쑨 아니라 나도 거절은 하지 못하엿

나이다 그리하야 피차 리상을 주고 밧은 적도 몃 번이 잇섯나이다 그리고 그의 말이 꼿싸운 내 청춘에 비치엿다는 뎜에서 나는 그의 일거일동을 남달리 유심히 보앗나이다

『가문도 괜찬코 살님도 그만하면』

아버지도 이만츰 동의를 표하섯나이다 나는 그 말을 밉게 들리지 안엇나이다 가문이라는 데에도 그럴 듯한 호감을 가젓섯고 재산이라는 것도 실을 것 업는 조건으로 생각하엿나이다 일본 유학이란 것도 한 큰 영예와 갓햇고 그리 흔치 못한 대학생이라는 것도 쇄 큰 복록[5]의 전제와 갓햇섯나이다 그리하야 동모들이 그 말을 내면

『누가 그래? 응…… 난 몰나 금시초문이야 대관절 그가 엇던 냥반인데?』

하고 우서버렷나이다 그러나 그 우슴은 나의 부인[6]의 말을 한번 살금 뒤집어 애오라지 시인[7]의 뜻을 반듯 비처주는 간드러진 애교엿섯나이다

『련애는 자유인데 감추면 무얼하늬? 앤 불철저하구나 세상이 다 아는 걸 가지구』

하고 동무들이 다시 채치게 되면

『애두…… 참말이다… 누가 그러듸?』

하고 밉을【미울】 것 업는 히야가시[8]를 오히려 달게 바들만 하엿나이다

그러나 바루 그때 그 판에 새퉁스럽게[9] Y를 알게 되엿나이다 그가 어

---

5 복록(福祿) : 타고난 복과 벼슬아치의 녹봉이라는 뜻으로, 복되고 영화로운 삶을 이르는 말.

6 부인(否認) : 어떤 내용이나 사실을 옳거나 그러하다고 인정하지 아니함.

7 시인(是認) : 어떤 내용이나 사실이 옳거나 그러하다고 인정함.

8 히야카시(ひやかし) : 놀림, 또는 놀리는 사람. 살 생각도 없는데 상품을 둘러보거나 가격을 물어보는 것. 또는 그런 사람.

9 새퉁스럽다 : 어처구니없이 새삼스러운 데가 있다.

느 쌔엔가 한번 학교에 온 일이 잇섯나이다 그쌔에 비로소 그를 알게 되엿나이다 갓 쌔라 논 비단결가치 새하얀 청년 신사 Y는 인사할 쌔부터 나에게 괴상한 인상을 주엇나이다 녀선생은 나 하나쑨이 아니엿스나 유독히 나에게 공순한 태도를 보이고 구면과 가치 다정스럽게 무엇을 뭇기도 하고 생각다가는 쏘 유심히 처다보며 방글방글 쏘 뭇어보군 하엿나이다 필요가 잇서 뭇는다니보다 듯기 위하야 생각하고 생각하다가는 뭇군하는 것 갓햇나이다 그것을 의식한 쌔에 나는 일종 호긔심을 금할 수 업섯나이다 솔직하게 고백하면 그가 더 오래 잇서주고 더 만히 물어주엇스면 하엿나이다 그리하야 그가 도라갈 쌔에 내게 보낸 그 공순한 시선을 나는 이즐 수 업섯나이다

1927년 2월 4일 3면

그릇된 瞳憬(4)

『꼭 일본식이야 허릴업는[10] 일본 녀자야 왜【(倭)】 집신에 왜【(倭)】 옷을 입으면 텬연할[11]걸』 하든 여러 사람의 말을 그쌔에 다시 생각하고 — 짓구지 생각하고 나는 속으로 우섯나이다 그 후부터는 거울을 대하야 더욱 유심히 내 얼골을 보앗나이다 칠부 삼부로 갈나 넘긴 머리라던가 뒤채가 쎄죽하게 내밀고 곰실곰실 들어 언친 머리 맵시가 『에돗고(江戶子)[12]식이라고 나는 깃버하엿나이다 그리고 쌍갑흐리 검스레한 눈이며 연주 찍은 입술이 일본 녀자와 방사한[13]것을 자만하엿나이다

10 하릴없다 : 달리 어떻게 할 도리가 없다.

11 천연(天然)하다 : 생긴 그대로 조금도 꾸밈이 없다. 시치미를 뚝 떼어 겉으로는 아무렇지 아니한 듯하다. 두 물체의 생김새가 매우 비슷하다.

12 에도코(江戶子) : 에도 토박이.

또는 글시까지도 일본식이라든 누구의 칭찬을 생각하고는 자로 일본 편지투 쓰기를 련습하기도 하고 또 만히 일너도 보앗나이다 심심하면 학교에서도 변테이로하(變體イロハ)[14] 가튼 것을 써서 일본 선생까지 놀낸 일도 잇섯나이다

한데 그 후 마츰 도텽 사관이 우리집 압헤 새로 이러나게 되야 그와 나는 길에서나마 만날 긔회가 만앗섯고 또 의식덕으로 맛날 긔회를 짓는 일도 업 잔아 잇섯나이다 나는 동경 사투리 갓흔 것을 어더 들으면 작구작구 되푸리를 해 가며 제멋대로 될 쌔까지 외와가지고는 긴요히 쓸 준비를 하엿나이다 말하자면 내가 손소【손수】 내 맘을 들추고 들쓰게 한 것이엿나이다

나는 학교에서 도라갈 쌔마다 시계를 처다보며 조마거렷나이다[15] 『지금 가면 알마즐가? 그리다가』 하는 생각이 낫섯나이다 그리하야 도라오든 길에 Y를 못 맛나게 되면 별일 업시 우리집 압흘 왓다갓다 근닐엇나이다 이리하야 맛난 일도 물론 잇섯나이다

『오 아소비늬 이랏사이[16] (놀나 오서요)』 하고 한번은 Y가 모자를 버서 들고 은근히 인사하엿나이다 나는 오래 기다리든 말이나 들은 드시 깃버하엿나이다 그리고 내 뜻이 바로 그에게 올마간 것 갓튼 맹랑한 생각조차 이러낫나이다 피차 갑갑한 터에 그는 나의 뜻을 어느새 감수하고[17] 또 제 숨은 뜻을 그대로 파무더 두기에 너무 안타가워서 이런 말이

13 방사(倣似)하다 : 매우 비슷하다.

14 이로하(いろは) : '伊呂波歌(=平仮名 47자를 한 자도 중복하지 않고 의미 있게 배열한 7·5조(調)의 노래)'의 첫 세 글자를 딴 말.

15 조마거리다 : 닥쳐올 일에 대하여 자꾸 마음이 초조하고 불안하여지다. 또는 그렇게 하다.

16 "お遊びにいらっしゃい."

17 감수하다 : 받아들여 수용하다.

라도 하는 겐가 공상하엿나이다 나는 이런 직감을 가지고

『하【하이】 아리가도 — 고자이마시다[18](네 고맙습니다)』하며 거이 무의식하게 답례하고는 그만 얼골이 확근해나서 머리를 숙여 버렷나이다 그이상 더 할말을 아모리 해도 생각해 낼 수 업습을 나는 퍽도 안타가워하엿나이다 일초 — 이초 — 지나가는 타임은 실로 나의 가슴을 조리는 듯하엿나이다

『방와 이쯔모히마데스가라[19] — (밤은 늘 노니까요)』

그도 잘 녀무지 못한 소리를 이러케 남기고는 다시 고개를 끄덕 하고 가버렷나이다 나는 그제야 고개를 들고 그의 뒤모양을 흘깃 보앗나이다 웬일인지 또 얼굴이 확근하엿나이다 그리며 내 할말과 행동이 과연 붓그러운 것이엿슬가를 생각하엿나이다 생각할수록 나는 부족한 생각이 낫섯나이다 내게 스스로 불만을 가졋섯나이다 그만치 나는 행동으로나 말로서 불만이 나 부족이 업시 하굡헛섯든 것이엿나이다 처녀의 슷업는 동경이라 하올넌지 나가 그만치 욕심 사나윗든 것만은 사실이외다 — 련애에는 국경이 업다 — 한 말에 대하야 나의 욕심은 고개를 끄덕이엿나이다

이리하야 나는 멧 번인가 그를 방문하엿나이다 하나 그는 나의 기대와 별다른 낫분 인상을 주지 안엇나이다 대우가 버성기거나[20] 무슨 이국인으로의 넘기 어려운 까다로운 금(線)이 보이지 안엇나이다

『나이지징솟구리데스네[21](쏙 일본 사람 갓터요)』

18 "はい,ありがとうございました."
19 "ばんはいつもひまですから."
20 버성기다 : 벌어져서 틈이 있다. 분위기 따위가 어색하거나 거북하다.
21 "ないちじんそっくりですね."

하고 그가 어루주게 되면 나는 무엔지 모르게 깃부고 만족하엿고 또는 그 말 속에서 별별 암시를 다 캐내랴 하엿나이다

1927년 2월 5일 3면

그릇된 瞳憬(5)

그리하여 자만하는 생각이 나게 되엿나이다 『곤나이나까늬와아다시노무꼬늬나루요나히도와이나이와[22](이런 시골에는 내 남편 될 만한 사람이 업서)』 하고 배부른 홍정이 나가게 되엿나이다 그리하야 전부터 말이 잇서 오든 그 청년도 소실의 자식이라는 것을 구실로 거절해 버렷나이다 아버지 어머니에게 그런 말을 햇더니 그러냐고 놀라시더니 약혼 말을 뎐하는 사람에게 『적지 안은 증명을 해옵세』 하고 종내 응치 안엇섯나이다 햇더니 그 청년은 의외에 살갑게 별 말성【썽】도 씨치지 안코 아조 발을 끈허버렷섯나이다 물론 나를 말할 가치 업는 녀자라고 침묵으로 물너간 것이 틀리지 안을 줄 아나이다 불철뎌한 녀성이요 맘이 약한 녀자라고 속으로 웃고 도라설 성격임을 나는 잘 아나이다

그러나 그때는 그런 것을 깁히 생각할 여유조차 업섯나이다 오직 Y를 자로 차자다니고 세상을 별로 써리지 안케 된 것이 나의 철뎌한 뎜이요 사랑이 큰 증거라고 제 멋에 조와라 만족하엿나이다 자만까지 하엿나이다

그러나 이러한 탓으로 해서 세상의 소문을 속하게 또는 낫부게 하엿나이다 우리 학교에서도 쉬쉬 문뎨가 이러난 모양이고 도텽 안에도 소

22 "こんないなかにはわたしのむこになるようなひとはいないわ."

문이 도는 모양이엿나이다 그리더니 엇지 된 셈인지 Y는 곳 W도로 뎐근이 되어버렷나이다 그러나 그것은 인사와 거리의 변동임애 나는 그대로 이저버릴 수는 업섯나이다 청춘애사의 그릇된 한 페지로 돌릴 수는 업섯나이다 나는 곳 그의 뒤를 쫏차가서 서울 어느 료리집에서 결혼피로를 하여버렷나이다 그날 밤에는 한 쌍의 빗 다른 부부를 중심에 두고 일선융화론이 굉장하엿나이다

나는 그로부터 서투른 일본 사람의 살림사리 숭내에 골몰하엿나이다 조선제 일본 부인의 수구는 실제 해 보지 안으면 반도 모를 것입니다 솟까랍고 버차하기로 유명한 것이엿나이다 너울너울한 일본 옷을 주섬주섬 겹겹으로 입고 나면 활개를 한번 들석해도 넘줄이 걸니는 것 갓고 다리를 한번 쎄죽해도 넓적다리가 선선할 지경이엿나이다 엇재ㅅ던 까다로운 입성[23]이엿나이다 그러나 그쌔는 그것이 자미와 갓햇나이다 머리를 갈느는 법하고 허리에다 지는 방식이 다 — 그럼즉하고 고무창 왜집신을 잘잘 끌며 발긋을 모으고 잉기발질을 하는 것이 모다 자미스러웟나이다 한데 뒷 깃을 목 뒤에 핵근 젝기고 목덜미까지 분되이를 내여들어 내노키 쌔문에 조곰만 하면 추이가 솔솔 기여들어 감긔 들닌 적이 잇섯나이다 그리면서도 한사코 그놈의 살님을 배웟나이다 배워서 어든바가 무엇이오릿가 허위와 가식이 남겨준 밧자는 죄쌘이엿나이다 내 맘을 못 쓰게 하고 내 몸을 버리게 한 큰 죄업일 쌘이로소이다 앗가운 청춘을 나는 이리하야 그곳에 파뭇고 왓나이다 그러나 그것은 모다 나의 잘못이오니 아모도 원망은 하지 안나이다

23 입성 : '옷'을 속되게 이르는 말.

이러한 가운데의 나의 생활은 말치 안어도 아실 것이오며 짜라 그 다닥칠 결과도 대강은 짐작하시오리다 한말로 끗치면 이때는 나의 개성과 인격을 파무든 암흑시대엿나이다 내가 스스로 이러하엿거든 그가 나의 개성과 인격을 존중하지 안을 것은 당연한 귀결이겟나이다 나는 나의 인격과 가치와 조선(祖先)에게 바든 의긔와 피를 더럽혓섯나이다 그리고 그를 짜르기에만 전심하엿나이다 함으로 사람으로의 아모 가치 인정을 바들 길이 업섯다이다 진정한 사람이거나 참된 삶이 오지 안엇슬 것은 물론이외다 이럼애라 사랑이란 작난도 하루 잇흘 스위토【트】홈 — 이란 것도 불과 몃칠이엿나이다

1927년 2월 6일 3면

그릇된 瞳憬(6)

일 년도 다 — 못되여서 그의 생각과 대우는 날로 날로 평범해지고 등한해젓나이다 무슨 골난 일이 잇스면 그저 멸시의 눈길을 한번 툭 더【던】지고 나가버리기도 하고 무슨 쑤중을 하랴다가도 그까진 것에게 하드시 슬적 도라 안는 일이 종종하엿나이다 이것이 내게는 괴롬이 되지 안을 수 업섯나이다 버림을 바드면 하고 근심이 숭숭거렷나이다 나는 될 대로 약자가 다 — 되여버렷나이다 그는 이죽여도 쌕 소리 못칠 만치의 긔가 죽어진 나를 유린할 대로 유린하엿나이다 나를 일본 하녀만도 오히려 못 녀기는 듯하엿나이다 내게 할 말을 하녀에게 돌니는 일이 만엇나이다 긴치 안은 일에도

『그걸 몰나 에 —』 하고는 하녀와 상의하군 하엿나이다 그리고는 시퍼러등등해서 책자나 신문을 듸려다볼 쌘이엿나이다 나는 그만 무안해

나서 더 말도 못 하고 씩걱이를 바라는 강아지 모양으로 그의 긔색이 풀니기만 기다렷나이다

손님 대접이 좀 틀닌다던가 차 권하는 법이 좀 서투루다던가 말수작이 조곰만 군둔해도[24] 『시요가 나이온나다네[25](할 수 업는 게집이다)【』】 하고는 이어 자긔의 면목을 짝그늑【느】니 일본 사람의 톄면을 더럽히느니 큰 수치니 길다마케 느러배즈며 강표한 이마쌀을 찡기군 하엿나이다 심하면 천치라고까지 흘겨보앗나이다 함으로 사람의 맘이란 모를 것이엿나이다 맘의 변함이란 더욱이나 알 수 업섯나이다 조선사람에게 한하야 더욱 절대한 우월감과 지배관을 가진 그는 나를 거지반 사람으로 보지 안는 듯하엿나이다 나는 녯자의 단쉶을 생각하고 차차 심하여 가는 멸시를 생각함애 쏘한 모든 조선의 무리의 압길조차 캄캄해지는 듯하엿나이다 그러나 약자이든 나는

그의 디위를 생각하고 쏘는 나의 명예를 생각하고 그에게 곱삭곱삭 순종하여 왓나이다 욕하고 멸시해도 공순과 무뎌항으로써 그를 눅히려 하엿나이다 말하자면 이것이 리상의 량처거니 하엿든 것이외다 일본 녀자는 조선 녀자보다 훨신 지아비에게 공순하고 부드럽다는 것이 그 째의 나의 관찰이엿나이다 일본 안악은 지아비에게 절대 복종하고 종과 가치 싸르는 것이라고 그것이 아름답고 쌕쌕한 일이라고 어데서 어든 선입견(先入見)인지를 가지고 잇섯나이다

이리하야 나는 쨻지 안은 그동안 나의 인격과 개성을 죽여가며 살앗나이다 당당히 할 말도 참는 것이 부덕(婦德)이려니 모름직이 해야 할

24 군둔하다 : 어수룩하고 둔하다.
25 "しょようがないおんなだね."

바도 지아비의 명령이라야 하고 주저하엿나이다 그러나 이러케 해바야 역시 아모 효과가 업섯나이다

그나 그쁜임닛가 그의 태도는 점점 더 심하여젓나이다 돈 가진 놈이 남의 것을 빼라먹는 쇠가 점점 느러가드시 그의 업누르고 업세녁이는[26] 분수도 작구 늘어갓나이다 나 하나만을 욕하고 무시함으로 족하지 못한 드시

『너의 아버지는 노름꾼이라지 그런 바르지 못한 피를 바덧스니 무엇이 변변하랴 종자가 낫바』

하고 짝가 말할 때 나는 문득 분하엿나이다 전이라고 아조 분하지 안은 것이 아니나 이때처럼 분한 때는 업섯나이다 그러나 한편 그 어린애 가튼 수작이 밉살스럽고 탑지해서

『부모의 말은 웨 하서요 이러나저러나 날더러 말할 일이지요 그런 죄죄한 참견은 마서요 남자가』

하고 골려주엇더니 대단히 분햇든 모양이야요 별별 궁퉁을 다 — 쓰더니 제낌에 다라나서 용굴때질을 하는 꼴이 우습기도 하엿나이다

1927년 2월 8일 6면

그릇된 瞳憬(7)

『네 형 놈은 부덩선인이 아니냐 더러운 징역군이 아니냐 나를 속엿지 못된 년놈들』

하고 그는 그 표독한 쏠때를 내며 물어쓰들 드시 샛두퉁해지더이다

---

26 업신여기다 : 교만한 마음에서 남을 낮추어 보거나 하찮게 여기다.

나는 문득 그의 속통[27] 얇고 써른 것을 깨달앗나이다 그만한 말에 그가치 홍 달아나는 왜남비 가튼 그 맘을 내 편에서 도리혀 업세녁이게 되엿나이다 역시 칼이나 총이나 재여서 싸홈판에나 내세울 인간이요 인격과 도량과 공정으로 남을 대하고 후릴 만한 사람이 아닌 것을 알앗나이다 그리하야 나는 이때까지 공연한 순종을 햇다고 후회도 하고 웃기도 하엿나이다

『내 형이 징역을 해도 그것은 놉흔 명예애요 사람마다 못하는 거륵【룩】한 일을 햇서요 이천 만이 올케 생각하는 일이면 아마 낫분 일이라고는 할 수 업겟지요』

『이천 만? 그까짓 야만들이 무얼해』

이러케 말하고 난 후로는 그 음험한 속통이 탱탱 골마나서 걸핏하면 조선인은 야만이다 동물과 가튼 학대를 바다야 할 인간들이다 하고 욕질이엿나이다

림시정부니 민족주의니 해가지고 주제 넘게 덜넝대지만 그것은 다 어름【림】업는 작난이다 어림업시 덤비다가는 그만 낫든 바람도 업시 쓰러저버릴 것이다 야만인이란 할 수 업다 학대하고 절대 지배를 하지 안으면 그 못된 근성(根性)이 업서질 날이 업다 그 근성을 뻬내어야 동화도 가능한 것이다 하고 제 씸에 성이지요

이리하야 우리집을 욕하든 그는 민족 전톄에 그 주둥이를 돌렷나이다 주제넘은 짓을 하고 말 안 듯는 무리는 죽여버려야 한다 또 네게도 불온한 빗이 보이면 군국정신에 비처 가차하지 안는다고 읔베르기 일

27 속통 : '마음'을 속되게 이르는 말.

수엿나이다

온 민족을 멸시하는 그가 나 한 사람을 탐탁히 알 리는 물론 업나이다 련애는 국경이 업다 하엿스나 이리구서야 련애가 제 아모리 굿세다 하여도 일본 사람의 국경을 넘어낼 것 갓지 안터이다 똥집까지 되지 못한 우월감이 차 잇스니 그를 엇지는 장수가 잇슴니까

나는 알앗나이다 총과 칼이 세력 잇는 시대에는 어데를 물론하고 강한 자가 문명인이요 약한 자가 야만인인 것을 나는 알앗나이다 제가 바라든 자유를 남에게서 빼앗고 제가 사랑하든 민족사상을 남의 민족에게서 죽이려 하는 심사가 과연 문화인의 심사오며 정당한 생각일가요 칼과 총이 만일 필요하다면 못된 자를 걱구리고 버히기 위하야 하는 말일 것이로소이다

옵바! 조선인쁜 아니라 제삼자로 보아서도 극히 올타고 생각하는 일을 오늘날 국부의 인간들은 그르다고 부뎡하고 잡아가두고 때리고 죄주고 하나이다 이날이 언제나 긋날가요 그러나 약하다고 올흔 일이 올치 안을 수 업는 것임애 우리는 모름직이 우리의 사명을 다하지 안으면 안 될 것이로소이다

이스카롯트의 반역이 기독을 죽이고 기독교의 세계덕 발전을 일우윗다더니 그런 사실(史實)을 비처 생각함애 Y가 내게 준 바 공도 적지 안은 듯함니다 조선 사람은 너나업시 모진 회오리바람 가운데서 배우고 깨다른 배 잇지 안으면 안 될 것이로소이다 다 가치 커다란 불행을 지고 잇거던 누가 이것을 저어나가지 안코 복됨을 엇사오릿가 나도 평범한 가뎡에 들어갓드면 오늘날도 업슬 것이요 오늘날의 이 생각 이 생활도 업슬 것이로소이다 널리 살펴보면 우리 중의 어느 누구가 나 만한 고초와

불행을 안 밧사오릿가 그러나 온우리 무리에게 미치는 불행의 물결이니 온우리 무리가 물리치는 외에 아모 싼 도리가 업슬가 하나이다

서백리아의 눈바람은 차차 차지나이다 철창 속 추은 겨울을 또 엇지 보내오릿가 옵싸여! 나는 옵싸를 생각하며 그리고 이 글월을 닥나이다 비록 옵바가 철창 아래에 매인 옴【몸】이라 하드래도 어데서든지 이 뜻과 맘이 서루서루 통하고야 말 것 갓흔 깃븜과 기대로 나는 밤을 새여가며 이 글을 쓰나이다

1927년 2월 9일 3면

그릇된 瞳憬(8)

옵싸! 깃버하소서 나는 지난 녀름에 아조 그를 써낫나이다 그리하야 자유를 엇고 인격을 차젓나이다

지난 초녀름 어느 날 S해수욕장으로 가노라고 우리는 긔차에 올낫나이다 나는 웬일인지 머리가 숙으러 들더이다 긔차 안에는 별로 잘난 톄하는 녀자도 싸우깜자리 쌘쌘한 남자도 만엇나이다 그러나 다 — 맘에 들지 안터이다 그중에도 일본 유학생들의 까부는 말성이 독판을 막더이다 하도 일본 말 조선 말 상반이 야단이게 흘금 그 편을 보앗나이다 나는 놀낫나이다

그 가운데에는 전에 약혼을 청하던 그 청년도 잇섯나이다 하나 그는 별로 말도 업시 가만히 안젓더니 공교히 나와 시선이 마조치엇나이다 얼굴이 일시에 붉어지며 피차에 눈을 돌려버렷나이다

나는 알 수 업는 생각에 머리를 돌녓나이다 무엇 째문에 그를 버리고 이를 좃찻스랴? 그것은 분명 허영이엿나이다 나는 Y의 학식을 부러워

하고 그의 인물을 탐내고 그의 명예와 디위를 생각하엿나이다 그리고는 조선 사람을 업수히 녁이고 내 남편될 작자는 업다고 자만하엿나이다 이리든 내가 그 멸시와 박대를 폭 뒤집어 쓰게 되니 한스럽기도 하고 설업기도 하엿나이다

이러케 생각하다가 나는 【『】고라』 하는 소리에 깜짝 놀나 겻을 보니 Y는 시퍼러케 되여 가지고 웨 얼는 도귀사 부인과 고관들 부인네 잇는데 보지 안코 얼빠진 천치 모양으로 그 꼴이냐고 호통길【질】이엿나이다

『괜찬습니다』

나는 반동뎍으로 악이 낫섯나이다 인제 무서울 것은 조곰도 업섯나이다 해서 싹 잡아떼고 새침하니 시침을 쌋섯나이다 그는 전 도지사(조선인) 때에는 그 부인을 차자가란 적은 한번도 업섯나이다 도지사씀 해서 아모것도 모르는 조선 안악을 다리고 산다고 늘 비우섯나이다 하든 게이번(일본인 지사)에는 내 교제가 민첩하지 못하야 지사 부인에게도 눈에 낫다고 하며 심하면 나 때문에 평판이 낫바지고 젤니는 일이 만타고 트집을 거나이다 하나 나는 그런 관로배의 밋헤서 알낭거리는 간사한 녀자들을 차자가서 맘 업는 수작을 부치기가 실엇고 또 그네들이 나를 우수운 조선인으로 미는데 구태여 그리할 필요도 업섯나이다

1927년 2월 10일 3면

그릇된 瞳憬(9)

그리 햇더니 그는 톡톡이 골이 치밀엇든 모양이야요 제 체면이 잇서 큰 소리는 못 치고 무틀무틀한 소리를 주어처도 나는 몰으는 척하고 잇섯나이다

『요보와 시요가네 — 야반노다네와아구마데모야반다네[28](요보는 할 수 업다 야만의 종자는 씃까지 야만이야)』

하며 제 성을 저로서 감당치 못하는 양이 우습광스러웟나이다 나는 그때에 이미 새 각오가 잇섯나이다 나는 그를 가엽시 보앗나이다 네가 야만이다 하고 툭 쏘기 십헛나이다 나의 구든 각오는 그의 모든 것을 물리쳣나이다 그의 말을 들을 필요가 업섯나이다 제 종으로 나를 부리다가 또 그년들에게 아첨을 식히고 마츰내는 모든 일본 사람에게 머리를 숙이게 하고야 말 그 심사를 나는 몹시 미워하엿나이다 이로부터 나의 맘은 순간에 급전직하하엿나이다 그날 밤에 나는 그를 써나버렷나이다 나는 비로소 자유를 어덧나이다 스스로 자유를 차즌 것 갓하야 한썻 시원하엿나이다 그러나 내가 그러한 경험을 지나왓기에 아즉까지도 조선의 온 사람은 한글로 큰 부자유에 눌려 잇슴을 나는 잇지 못하엿나이다 힘과 맘을 가추고 맘과 리상을 함께하야 이러나야만 할 것을 알엇나이다 또 그린 시긔에 맛다달닌 것을 깨달앗나이다 나는 비로소 사람이 된 것 갓햇나이다

나는 생각한 배 잇서 이곳 온 후 다시 교편을 잡게 되엿나이다 고국을 써남이 엇지 설지 안사오며 형뎨를 여임이 엇지 애닯지 안으릿가만 그러나 나는 우리의 압길이 훤니 동이 터옴을 의식하며 이곳에 왓나이다 나밧게 나와 갓흔 사람인들 얼마나 만사오리가 울며불며 그 고국을 써난 무리나 그리고 그리며 남쪽을 바라는 무린들 얼마나 만사오리가 그러나 이곳 잇는 사람가치 진정으로 고국을 사랑하고 그리는 이를 나

28 "よぼはしょようがね — やばんのだねはあくまでもやばんだね."

는 보지 못하엿나이다 예 잇는 사람은 널은 벌판에서 어느 째라 업시 외롬을 늣기지만 이 무리들처럼 단단이 붓들고 잇는 이를 나는 보지 못하엿나이다 맘과 맘이 뭉치여서 써러질세라 하는 의절한 정을 나는 깃부게 보나이다 아이들에게까지 그런 아름다운 기분이 농후하나이다

나는 참으로 이 조선의 아들과 쌀들을 사랑하나이다 사랑할수록 사랑할수록 더욱 사랑스러워지나이다 날로 요것들이 커다고 늘어가고 나아가고 힘차가는 것을 볼 째마다 더욱 눈압히 환해짐을 깨달나이다 그럴수록 나도 힘이 오고 피 쒸나이다 나는 이 어린 조선의 맘의 엄들을 키우며 옵빠를 통하야 고국에 이 글월을 드리나이다(쯧)

홍수(洪水) 1928.1.2~1928.1.6

한형종(韓炯宗)

1928년 1월 2일 기3 1면

(입선창작)洪水(1)

쌍파먹는 사람들에게 제일 궁금증이 나는 백로절 뒤의 장마가 두 낫 두 밤을 줄창 계속하엿다 이목은 허릴업는 그들의 가슴의 정긔 디진긔(地震期)이다

텰도가 산기슥 나즌 곳을 이리저리 저어서 탄탄한 벌판으로 들어서랴는 어구의 B촌이라는 조고만 마을이 검샌 ― 얀 빗발 채ㅅ죽에 소곰 전부와 가티 각일각[1] 쪼그라저간다 예서 제서 모여든 쌍파먹는 무리가 봄 제비와 가티 갓갓스로 썩고 낡은 나무가지를 주어다 얽어 노코 개울가의 흙을 물어다 지어 논 눈물의 오십 가구의 운명은 비바람에 간들거리고 잇다 과연 몹슬 날세다

B촌 압헤는 한 백 섬지기 되는 넓은 쌍이잇다 그 쌍 주위에는 그다지 놉지 안은 긴 동(垌)이 둥그러케 돌려 치엇다 그동안은 아직 다 개간이

1 각일각(刻一刻) : 시간이 지나감.

되지는 못햇다 좀 평평하고 물길이 편리한 곳마다 벼가 서 잇고는 그밧근 대개 줄늡(草池)이 아니면 잡풀이 무성한 곳이엇다 B촌의 사오십 가구는 모다 이 신개간디를 태산가티 바라고 모여든 맨 밋바닥의 빈농들 뿐이엿다

『이 짱에 목숨을 걸고 일할 사람이래사 되지 그저 조흔 짱 부치는 여가에 추맥거리(시험덕으로)로 해보랴는 사람은 이 짱에 부칠 수 업서』

이 짱 임자인 김 별장은 이러케 말하며 목숨을 이 짱에 툭 털어내 대고 죽도록 일할 의지가 업【있】는 사람만 추려서 소작을 시켯다 그러나 거기는 어려운 조건 하나가 잇섯다 적어도 몃 집 걸너 역부와 농사에 쓸 소 한 제리(두 필)씩 가지고 와야 하는 것이엇다 그리하야 그들은 쓰고 살던 집을 팔아서는 두세 집이 얼너서 소 한 제리식 장만해 가지고 이리로 몰려들엇다 소 사고 남은 돈으로 집이라고 대소 얽어노앗다 집을 얽으랴다가 턱이 모자라면 문달 데 거적을 치거나 그러치 안으면 헌누데기를 치는 수밧게 업섯다 그리하야 겨우 꾸려 논 단간방에는 아이 어른이 오륙월 올창이가티 옥실옥실 모아 살앗다 이 옥실거리는[2] 목숨은 토박한 개간지를 하라비가티 바라고 봄부터 굽석굽석 일하야 벼는 이삭이 도들 만티 커낫다 그만티 이 짱에는 그들의 애착이 숨겨진 것이다

그 무렵에 장마가 달려들엇다 그들에게는 이목이 하눌이 분부한 약속한 절긔엇다 그들은 잘사라도 하눌 못 사라도 하눌 — 하나로부터 백짜지 모다 하눌에 돌렷다 사람과 사람의 관계도 하늘과 사람의 관계로 다 그러치 안으면 사람과 물건의 관계로만 생각하엿다 물건이 발이 잇

2 옥시글거리다 : 여럿이 한데 모여 몹시 들끓다.

거나 하늘이 마음을 주어서 엇던 사람에게로만 가고 자긔들에게는 오지 안는 것이라고 하엿다 함으로 그들은 물건을 야속하게 생각하고 하늘을 무심하게 생각하엿다 잇는 사람의 글거드리는 야바우와 업는 사람의 억울을 한털님이라는 — 사람과 사람의 관계를 ᄯᅳᆺ하지 못하엿다 그리고 다만 두 사이에 ᄭᅵ어 간첩 구실을 하는 물건만을 보든 것이엇다 가튼 사람으로 다만 가젓다는 그것에 의하야 업는 사람을 야속한 운명에 ᄲᅡ지게 하는 얄미운 야바우는 알지도 못햇다

방축 역부는 밤ᄭᅡ지 계속하엿다 모다 흙쥐가 되어 가지고 방축이 약한 곳마다 흙가래(삽)질을 하고는 발로 굴으고 곤장으로 다젓다 비는 채질을 하고 산ᄭᅩᆯ로 몰려 내려오는 물ㅅ살은 더욱 급하야 오늘밤으로 무슨 모진 재앙이 나고야 말 것 갓햇다 그리하야 그들은 이 요란한 밤을 무사히 넘길랴고 턱(곡식 말리는 커다란 방석)이고 베ㅅ섬이고 거적이고 잇는 대로 모다 ᄭᅳ러내엇다 뎨일 위태한 곳에 덤덥티치처럼 척척 걸처 덥헛다

『이봅세 턱석을 이리 가저옵세 여긔가 암만해도 위태함메』

웃 수문가에 흙을 파붓고 곤장으로 ᄭᅮᆼᄭᅮᆼ 다지든 박 서방은 덕석 거적을 ᄭᅳᆯ고 다니는 사람들에게 소리를 질럿다

『암만해도 덕석이 모자라겟서…… 제미부틀[3] 정히 급하면 가마라도 내다 틀어박지』

덕석을 가진 사람들은 수문가에 와서 그것을 덥혀 노코 올나서서 불

3 제미붙을 : 제 어미와 붙을 것이라는 뜻으로, 남을 경멸하거나 저주할 때 욕으로 하는 말.

이나게[4] 발을 굴러서 다진다 그들에게는 이 방축이 목숨과 갓햇다 정급하면 저이가 들어서서 걸창(수중에 박아 수세를 막는 말목 — 柵)을 대일 작뎡이엇다

『금년까지 터지면 아주 게젓이네』

『하늘이 그러케 약속할 수 잇슴』

『녯말을 하구 잇다! 터지면 죽엇지 설다고 아니 죽겟는가』

『간도도 이제는 청인들 서슬에 모다 숨이 한 줌만해 간답데……우리사 덧에 든 쥐지』

발을 탕탕 굴러대며 이런 이야기를 주절댓다

『거저 조흔 수가 잇슴멍이 정 밧부면……』

곤장으로 말뚝을 쌍쌍 박아 너튼 박 서방이 허리를 펴며 무슨 마지막 조흔 결론이나 맷드시 말하엿다

『저 알에 되놈의 동을 툭 테만 노면 물이 대번에 쑥 빠저서 광포(廣浦)로 나감멍이』

『그 동은 직히지 안흘 줄 암?』

『그놈들은 수삼 년을 잘 해 먹어서 배가 불럿기에 익근해야 래일 아츰에나 기동할멈이 등이 튼튼하겟다 배가 압하 이 밤에 우리가티 뒤범벅을 치겟습』

『앙인 게 앙이라 아리 동이사 그놈의 등 때문에 해마다 터젓지)【』】

제일 젊고 팽팽한 황 서방이 박 서방의 말에 구미가 동한 드시 얼는 동의를 하엿다

4 부리나케 : 서둘러서 아주 급하게.

『제 놈들이 강 건너서 지고 온 짱인가!』 우리들은 성명이 이슴메 졸(卒—장구ㅅ말)이 차(車)안테 잡아멕히는 셈인데…… 글세 처음 나왓슬 째는 조선 사람들 머리에 대ㅅ통을 털엇단 밧게 엇저람』

『그건 아시긴 녁임메해 삼청어를 씩어 넘구드시 『쪼개』질을 한 건 엇저구 —』

1928년 1월 3일 4면

洪水(2)

『덧에 든 쥥멍이 뭘…… 그래 저 아래 동을은 여러 사람들이 그리 여러 번 청원하고 또 온 면(面)에서 애걸복걸해도 안 들던 것을 싼 놈에게 허가해서 이 란리가 앙임메 아래에 태산 가튼 동을 싸아서 우리 동 물길을 막지 안앗슴…… 테도 상관 업슴멍이』

박 서방은 긔실 열이 낫섯다 아닌 게 아니라 막다른 골목에 들어서고 보니 못할 일이라고 업슬 것 가탓다 잘못하면 온 집 식구가 다 — 게젓이 되고 마는 판이라

그의 머리에는 병석에 누어 사오일 신음하는 불상한 안해가 써올랏다 일과 주림에 시달리다 못해 병석에 척 느러지자 람프병에 써러진 벌레처럼 다시 숨썩을 못 하는 가련한 안해가 방불히 써올랏다 안해의 ㅅ르ㅅ르 목숨을 톱질하는 기침 소리가 금시 들리는 것 가탓다 그리고 련해 방울방울 달린 세 어린 자식이 생각해젓다 발길을 쎄일 째부터 어머니의 손을 도아 롱 속에 든 새 색기가티 쪼들어만 가는 열세 살 된 맛쌀과 그 알에의 밥과 젓을 굶어서 밤낫 울붓는 두 자식이 간열피게도 그의 머리에 칼침을 주엇다

그것들을 모다 먹여 살릴 생각을 하니 눈압이 캄캄하여젓다 아모 것도 아니 뵈엇다 오즉 먹는 것샌이다 하루 세ㅅ씨의 밥만 잇스면 만사가 별과 달이 소슨 것가티 환 — 해질 것 가탓다 모든 주리고 말은 목숨은 인체 오즉 이 둑에 달려 잇다 이 둑이 만일 터지게만 되면 여러 목숨은 나라나는 판이엇다 한 줄기 희망은 바야흐로 이 둑에 매어 달렷다

그런데 하늘은 지금 얼마나 무심한 분부를 내리느냐 하지만 그 분부를 버서나랴면 버서날 수 업는 것은 아니엇다 물이 빠질 길을 막은 알에 둑만 터 노면 웃 둑을 부티는 모든 사람은 살아날 수가 잇섯다 아모리 제가 허가 어든 짱이라도 그 짱을 맘대로 사용하야 남을 위태케 하는 것은 아모리 생각해도 올흔 일이 아니엇다 인정과 도덕으로는 알에 둑을 발서 터버리고 그 둑 임자를 주리를 틀어야 할 것이엇다 박 서방은 점점 더 분이 낫다

아닌 게 아니라 기실 알에ㅅ 둑이 생기며부터 웃 둑이 물에 쏘들리게 되엇다 알에ㅅ둑 임자는 돈이 만하서 방축을 맘대로 놉게 싸을 수가 잇섯다 그쌔로부터 웃 둑의 물길이 군색해서 물이 불을 쌔마다 웃 둑은 늘 결단나왓든 것이다 원악 이 짱의 몽리(蒙利)[5] 습관은 알에ㅅ 둑에서 웃 둑의 물이 넉넉이 빠질 길을 내노아야 하는 것인데 지금와서는 그런 인정과 습관은 사라지고 말엇다

---

5 몽리 : 저수지, 보 따위의 수리 시설로 물을 받음.

1928년 1월 4일 4면

洪水(3)

원래 알에ㅅ둑 임자는 웃 둑을 통채 도거리[6]로 사랴다가 그것이 뜻대로 안 되니까 그만 감정을 내어 제 둑을 가로 처서 웃 둑의 위험을 더하게 한 것이엇다 웃 둑의 위험과 수재는 아랫 둑 임자에게는 요행한 복이 되고야 말리라고 맘속으로 점을 치고 잇섯다 웃 둑이 작고 터지노라면 둑 임자가 그만 짜증이 나서 헐가로 팔게 되리라고 생각하엿든 것이다 물길을 막고 제 둑을 튼튼히 칠사록 웃 둑이 빨리 제 손으로 들어올 것을 그는 뜻하여 가지고 하회만 기다리는 판이엇다 이리하야 아래웃 둑은 눈물과 우슴의 얄미운 대조가 되게 되엇다

웃 둑 작인들은 수삼 년 동안이나 실지에서 이런 야바위를 차차 어렴풋이 깨달엇다 그리하야 그들은 다가티 알엣 둑을 미워하엿든 것이다 그러나 권력이 업는 그들의 미움은 늘 미움 그것에 끗티고 말앗다

『살구야 볼 일이지…… 금년만 터지면 우리는 생장(生葬)[7]임메 저들만 잘 살라는 법이 어데 잇슴메 해마다 이 뉘기 탓임메 이전 적 사즉사의이지 제 — 미』

『징역은 뉘기 하고……』

『징역! 죽는 것보다야 엇대서…… 처자들만 살려준다면 나는 한뉘르 징역만 하겟슴』

박 서방은 한숨을 하 — 톱으며 말을 이엇다 『우리 에미내(안해)는 영

---

6 도거리 : 따로따로 나누지 않고 한데 합쳐서 몰아치는 일. 여기서는 문맥상, 어떤 물건을 한 사람이 몽땅 도맡아서 사려는 것.

7 생장(生葬) : 목숨이 붙어 있는 생물을 산 채로 땅속에 묻음.

죽는가붐메』

『상긔 낫지 못함메…… 이 녀름에 발서 멧칠임메…. 성한 사람도 골병이 들겟는데』

작년에 마누라를 일코 한숨 노흘 날이 업는 리 서방이 제 설음 삼아 애닯은 소리를 한다

『낫는 게 다멈메 약 한 첩 못 쓰는기 낫기를 엇더케 낫겟습 색기나 업스면 덜 치우겟는기 저놈의 색기라는기 밤낫두루 앙앙 그리지…… 죽한 술 변변이 못 먹는 가슴에서 무슨 물이 돌겟다고 밤낫 글세 젓과 실난질을 하겟습… 나는 이래도 속이 간 데 업습메』

『거 안돼습』

『박 서방 저 웃말 약국집 초시와 좀 사정해봐ㅅ습?』

여러 사람은 련달아 박 서방을 동정하는 말을 보내엇다 그들은 다른 것보다 소와 안해가 무엇보다 절대 필요한 것을 잘 아는 터이엇다

『사정이다 멈메 그 『마눌대가리』가 약 외상 주겟습 요새는 날세가 고약하니 더 막무가내 — 야』

『그래두 짓쎄 공신이라고 작구 댄겨보ㅅ게나』

『안됨멍이 순 당나귀 부랄 가튼 녀석이 쏙쏙 좌수우봉[8]이래 사지 나도 작년 에미내 알【앓】을 째 멧 번 사정햇담메 이피막 저피막 하다가 — 병을 고처 노면 약갑만 잘 쎄먹습데 하고 노 — 라케 핀잔을 줍데』

리 서방은 넘우도 원통햇든 드시 목메는 소리를 쑥쑥 석그며 말햇다

『나도 여러 번 사정해 봣지만 영 앙이 되겟습데… 그러고 에미내가

8 좌수우봉(左授右捧) : 왼손으로 주고 오른손으로 받는다는 뜻으로, 즉석에서 거래함을 이르는 말.

죽어도 약은 안이 먹는담메 평생 약을 먹어바사지』

자욱하게 비ㅅ여긔에 잠긴 녀름밤의 어둠은 무섭고 무섭게 사람을 휩쌋다 새캄한 어둠의 세상의 맨 밋헤서 울어나오는 그들의 소리는 이 밤의 어둠을 더욱 진하게 물듸릴 샌이엇다

1928년 1월 5일 3면

洪水(4)

새벽이 되엇다 비는 좀 슷치엇다 검언 구름장이 차차 여게저게 더저서 희멀금한 곳이 간혹 보엿다 그러나 쌔 아닌 쓸쓸한 바람이 선들선들 불기 시작하엿다 동풍도 아니요 서풍도 아니다 이리 비틀 저리 비틀 사나운 주정군 바람이엇다 그것이 비가 개이랴는 바람인 것을 농부들은 잘 알앗다 그러나 그 바람은 행용 비 뒤의 란리를 전하는 소식인 쌔가 만핫다 그들의 천문 관칙【측】은 틀리지 안핫다 산골작이로 쏘다저 내리는 물은 작구 쌜어갈 샌이엇다 동편 하눌은 어느새 약간 휜 — 해젓다 사람들은 방축에 몰려서서 아차애차한 맘으로 하회만 기다리엇다

『한 썸 두 썸 세 썸 네 썸 다섯 썸』

방축으로 슬금슬금 기어올으는 물을 내려다보며 물에 잠기지 안흔 방축을 썜질하는 박 서방은 발을 구르며 웨첫다 『이저는 죽엇슴 악개 여슷 썸이 남앗든가 어저는【이제는】 네 썸도 앙이됨메』

『악개 여게다 ᄯᅡᆨ쟁이를 박아 노든기 영 석댁이도 앙이 남앗슴』

ᄯᅡᆨ쟁이를 박아 노코 물 불는 도수를 재어보든 황 서방도 훌적 쒸어 일어낫다

— 솨 — 솨 —

물이 몰려드는 소리는 우렁찻섯다 물은 작고 불어 갓다 방축은 인제 불과 얼마 남지 안앗다

『가래(삽) 거게 업슴 가래?… 모두 정신이 잇슴메』

박 서방은 미친 드시 방축을 헤매고 잇다

『가래? 여게 괙기(광이) 잇슴메 자 녯슴』

『가저옵세』

박 서방은 괭이 들고 아래로 아래로 달려갓다 황 서방 리 서방 최 서방 김 서방…… 이 뒤으로 이 뒤으로 쌀하서 줄달음질을 첫다 방축에 나뒹구는 사람이 잇스면 헝쿵차가드시 뒤ㅅ통수를 집어 일으키며 작구 알에로 다라낫다 한참 지난 후엇다

【『】— 탕……쭈룩 쭈룩 —』

아래ㅅ둑에 몰려선 사람들이 한참 왁을왁을 씽씽거리더니 그만 둑이 터지는 요란한 소리가 새벽 하늘의 적막을 깨엇다

— 쭈룩……쑥……쭈루룩 —

물은 고수래(渦卷)를 치며 알에로 내려달앗다 문이 열린 성 안으로 몰려드는 병정과 가티 물은 굉장히 내려달렷다 반가운 소리엇다 또 한참 후엿다

【『】— 탕……쭈루루……룩……솨 —』

아래ㅅ둑의 맨 마지막 둑이 그만 터진 것이엇다 물은 한결 더 속히 빠저나갓다 바다로 나가는 탄탄대로를 만난 것이엿다 갈 길을 차진 듯이 뒤도 안 도라보고 물은 줄다름질을 하엿다

『바……방천 허리가 내뇌앗다』

『이제는 살앗구나 살앗다』 어둠 속에서 방축을 재이든 멧 사람은 일

시에 웨첫다 물은 순식간에 푸푹 졸아들어갓다 방축은 완전히 살아낫다 맨 밋층의 위태로운 목숨은 회생되엇다 새벽의 빗흔 걸음걸음이 밝아젓다

1928년 1월 6일 3면

洪水(5)

박 서방은 대번에 줄다름을 처서 집으로 도라왓다 거적이문을 쿡 찌르고 단간방에 척 들어서니 딸 복녜가 어린아이를 업고 서서 갓가스로 달래고 섯다 조을리는 눈을 비비며 울 드시 짜징이 난 모양이엿다

『아바지 논에 물이 들엇소?』

『앙이 들엇다 이저는 살앗다… 에미는 좀 엇덧늬?』

『지금 잠이 들엇소』

안해는 오즘쫑이 밴 헌 누데기를 발길에 걸고 새벽잠이 겨우 든 모양이엇다 진쌔에 전 머리채를 내던지고 쿨 — 쿨 괴로운 숨을 쉬고 잇다 샛노랏케 기름 빠진 이마에는 피곤한 긔운이 써돌앗다 뺨은 움숙 드러가고 광대ㅅ뼈는 쑥 나저서 마치 시톄를 보는 것 가탓다

『이저는 살앗다 닷새 만에 처음 잠이 드는구나 살앗다…… 색기들을 두고 죽어서 쓰겟늬』

박 서방은 무의식하게 목사와 가티 중얼대엇다

『자장 자장……쉬 고막쥐 온다! 자장 자장 자장…… 내 감지(감자)를 삶아줏마…… 잘낫다 자장 자장』

복녜는 보채는 어린것을 등으로 둥둥 추켜 싸불고 잇다 조으름이 잔뜩 실린 눈싹지를 손으로 비벼 올리며 어린아이 잠들기만 기다리고 잇

섯다

『엄마……앙……엄 — 마…젓(乳)으……흥……』

어린것의 소리에 박 서방은 정신이 확 나는 것 가티 돌아섯다 눈 속이 짝금햇다

『우지 마라 애미가 푹 자고나사 너도 신세를 찻는다』

박 서방은 복네의 등에서 어린아이를 내리며 달래엇다

『복네야 너도 한참 자가라 내 한참 업어줏마… 에미 춥겟구나 그 누데기를 바르 덥허주어라』

박 서방은 넙적한 등에 어린것을 업고 무거운 짐을 진 사람이 고개를 올라가드시 ᄭᅳᆺ덕ᄭᅳᆺ덕 허리를 추며 갈퀴 가튼 손으로 어린아이 엉덩이를 쑥쑥 쑤드렷다 안해의 잠이 ᄲᅢᆯ가바 갓가스로 달래엇다

(……암마……암 — 마……아 — ……』

어린아이는 차차 잠이 들랴 하면서도 갓금 다리를 버둥거리며 젓을 찻는다 『암 — 마……젓 — 으……암 — 마……흥……』

『자자…… 에미 압흐다』

등에서 쑥쑥 무엇을 ᄲᅢ는 소리가 나더니 어린아이의 소리는 점점 가늘어 갓다

『자늬……어 잘낫다 엿 사주지』

박 서방은 고개를 ᄲᅦ죽 들고 어린아이를 돌아보앗다 어린아이는 왼편으로 고개를 축 느러트리고 잠이 들엇다 그 입에는 여직것 새밝간 세 손구락이 물려 잇섯다 제 손을 ᄲᅢᆯ며 잠이 든 것이엇다 그리고는 간혹 입을 옴질하엿다

박 서방의 눈에는 그만 눈물이 괴엇다 코에 흐르는 눈물을 주린 창자

에 드려마시며 소리 업시 숨을 내쉬엇다

해변가의 해면과 가티 척 느러진 안해와 쫑그리고 누은 두 자식과 꿈속에서도 손구락을 빨고 잇는 어린아이가 눈물 어린 눈에서 어른거리엇다

가정교사 1928.1.7~1928.1.10

채봉석(蔡鳳錫)

1928년 1월 7일 3면

(입선창작)家庭教師(1)

一

입학 준비에 골몰한 태선이는 영영 그의 삼촌 집에서 나오게 되엇다 공부를 그만두고 시골로 가라는 명령을 어긔고 그대로 삼촌 집에 잇슨지 사흘 되든 날 저녁 째 태선은 그의 고모ㅅ집에 가뎡교사로 와서 잇게 되엇섯다

태선이가 거처하는 방은 뜰 알에 잇는 이 간 방이엇다 태선은 오래간만에 맛잇는 음식도 먹고 짜뜻한 방에서 공부도 하게 되엇다 집안 식구들이 거의 다 자긔를 위해주는 듯하얏다 『선생님 방에 불을 잘 째여라』 『선생님 진지는 되직하게 해라』 『학교 가신 후에는 방 좀 정하게 치어라』 이런 명령을 서고모(庶姑母)는 하인들에게 하얏섯다 친고모도 잇섯스나 자손 못 둔 탓으로 구박이 자심하야 아모 참견도 못하얏섯다 한갓 맘으로만 태선을 동정하얏섯다 그리고서 고모의 아들인 승철이 남매까지도 태선을 귀빈가티 밧들엇섯다 승철이는 아츰 저녁으로 니불을 깔

고 개고 하며 잔돈푼으로라도 과자ㅅ 부스럭이를 사다가 태선에게 대접하얏다 수동이도 승철에게 지지 안홀 만치 정을 부치랴고 하얏다

『옵바 내의 빨 것 업수? 양말은 내가 지어들릴게!』 이러케 친절히 굴엇스며 무슨 음식 가튼 것도 구미구미 태선에게 갓다가 먹엿다 태선은 오래간만에 본집에서 밧든 그런 자애와 친절을 늣겻다 그래서 태선은 룡상에나 올라 안즌 듯한 위엄을 보였다 『선생님』 하고 누가 부르면 좀 웃다가도 갑작히 점잔을 쌔엇섯다 이러케 올라간 태선의 마음에는 과거에 삼촌 집에서 군불 째고 뜰 쓸든 광경이 눈압헤 나타낫스며 삼촌의 죽일 놈 잡두리하듯 쑤짓든 소리가 암암히 귀를 울리고 지내갓섯다

태선이가 고모ㅅ집에 와 잇슨 지도 그렁저렁 달포가 넘엇섯다 태선이도 맘먹엇든 전문학교에 입학하고 승철이 남매와 승철의 사촌인 길철이도 각기 중등학교에 쏍혓섯다 태선은 아이들 가르치는 데 대하야 연구도 하고 모든 것을 규측적으로 맨들엇다 닐어나고 자는 시간이며 밥먹고 공부하는 시간과 틈틈이 쉬고 째째로 문밧게 산보 나가는 것까지도 일일이 고려하야 그대로 실행하기를 게을리 안하얏다 아이들도 수동이나 길철이는 시키는 대로 잘 지켯스나 한갓 승철이가 큐【규】측을 낸 그 당시 며칠만 지키고 그 뒤로는 태선의 핀잔을 각금 먹으면서도 항상 지키지를 안하얏섯다 밤에도 열 시에 자는 시간을 어그고 열한시나 자정 째까지 안방에서 놀엇스며 야시가 시작된 후로는 과자 사먹노라고 하인들를【을】 늘어노코 차저도 좀체로 들어오지를 안하얏섯다 녀름철 닥어서서는 점점 심하야 태선이가 몸소 나가서 차저들엿섯다

태선이가 야시로 차저 나갓슬 째마다 승철은 수박 파는 근처나 빙수ㅅ가가 압헤서 축은축은 무엇을 사먹고 잇섯다

다 먹고 나서는 권연 한 개를 의례히 피어물엇섯다 그리고도 오히려 집에는 도라갈 생각을 안코서 싸구료ㅅ전이나 마루이찌판 가튼 대로 발길을 옴겻섯다 물그럼히 바라보든 태선은 하도 어이가 업서서 참아 큰소리도 못 질럿섯다

『승철아! 인제 구만 들어가서 공부 좀 하잔흔련?』

이째것 세상을 이저버린 듯하든 승철이도 태선의 목소리가 덜미에서 나면 놀내엇섯다 그러나 즉시 천연한 태도로 『네 바람 좀 쐬러 나왓서요』『제 동무를 맛나서 이야기 좀 하다가 인제 집으로 가는 길이애요』 이런 종류의 거짓말로 힘도 안 들이고 변명하얏섯다 처음 얼마ㅅ 동안은 태선이도 속엇스나 삿사치 됴사하고 미주알고주알 캐보기 잘하는 태선이가 숫숫내 속을 리는 업섯다 그래서 지금에는 그런 거짓말은 쑤여대지도 못하고 다만 『네 들어가요』 하는 소인이 되고 말앗다 말 안 듯는 그 버르장이가 얄밉기도 하려니와 한편 서고모에게 대한 낫으로나 쏘는 남의 집밥을 먹고 마터 가르치는 책임상으로라도 책망 아니할 수 업섯다 『얘! 그런데 너는 어썬 셈평이냐? 림시 시험도 거지반 락뎨 숫수를 바덧다면서 인제 학긔 시험도 며칠 안 남엇는데 이러케 야시로만 쏄쏄대니 무슨 싸닭이냐?』

승철이는 열다섯 살 되는 지금싸지도 그의 부모는 불면 날가 쥐면 써질가 해서 그저 내버려두는 싸닭으로 게으르고 신둥머리젓섯다

1928년 1월 8일 3면

家庭教師(2)

『언니 그러케 념려 마세요 창가하구 톄조는 갑 맛고 조선어도 괜찬태

요』 태선의 점잔은 얼골에는 우슴이 터질 듯하얏스나 억지로 참고서 집으로 다리고 갓섯다

승철도 부자집 아들의 공통점인 둔재를 면치 못할【한】 데다가 그의 부모는 두서너 살 때부터 반주 남저지[1] 술을 먹엿고 담베도 꽤 오래 전부터 인이 백인 모양인지 지금은 조석은 굶어도 담베는 궐하지[2] 못하는 모양이엇다 변소에 갈 때에는 반듯이 아이 하나를 파수 뵈이고서 무사태평으로 담베를 태우는 것이엇다 이런 까닭으로 어린 노【뇌】가 더욱이나 둔해진 것 가타얏다 공부하라고 불러다 안치면 공책에 그림이나 그리고 엽헤 아이에게 욕이나 써서 주며 그러찬으면 교과서에 그림 차저보는 것으로 시간을 보내는것이엇다 태선은 눈에 띄우는 때마다 핀잔하고 훈게하얏섯다 승철은 그 소리가 듯기 실혀서 그 자리를 피하랴는 꾀를 내는 것이엇다 더워서 세수하러 간다는 둥 오줌누러 간다는 둥 물 먹으로 간다는 둥으로 나가버리면 좀체로 불너도 아니 들어왓섯다

그래서 태선은 무거운 책임감으로나 또는 귀찬은 생각으로 매사에 염증이 생기고 맥이 풀려서 자긔 공부까지도 별로 힘쓰지 안케 되엇다 공일이면 친구집에나 그러찬으면 혼자라도 종일 도라다니다가 저녁에야 도라오곤 하얏다 밤에도 거의 날마다 친구 집에만 놀러다니게 되얏다

二

원악 공부할래야 오월 이후로는 할 수도 업고 또 할 멈【맘】도 좀처럼 나지 안엇다 그것은 다른 까닭이 아니라 공부하는 방을 몃칠만콤식 뺏

1 남저지 : '나머지'의 방언.
2 궐하다 : 마땅히 해야 할 일을 빠뜨리다.

기는 까닭이엇다

시고모는 재산가의 소실이나마 하숙옥[3] 영업을 하얏섯다 물론 돈을 모흐는 것도 큰일이지만 손이 만흔 때는 공부하는 방까지 뺏는 것은 좀 과도한 짓이엇다

1928년 1월 9일 3면

家庭教師(3)

오월 이후로 이 려관에는 보통 손 이외에 시골서 올라오는 학생 단톄로 해서 매일가티 벅적거렷섯다 이러하니 공부 안코 날뛰는 승철만 나무랄 수도 업거니와 아이들 감독 안코 맘 들써 도라다니는 태선이도 속 푼어치나 썩엇슬 모양이다 겨우 학생 단톄가 써나고서 책상 나부랑이를 들여노으면 불과 이틀이 못 되야서 또 단톄가 들어오는 것이다 학교에서 도라오는 태선의 마음에는 『오늘은 단톄가 안 들어왓슬가? 안 들어왓스면 공부 좀 시키고 그전대로 규측을 실행하여 보자…… 러케 생각하면서 도라와 보면 책상 잇든 방에는 낫모를 보ㅅ다리가 오방[4]란뎐[5] 가티 널려 잇고 벽에는 우산과 모자며 더러운 수건이 너저분하게 걸려 잇섯다 태선은 쏘다시 이마에 내 천 자 석 삼 자를 함부로 그리면서 그 길로 친구 집을 차저가는 것이다 밤에도 잘 방이 업서서 밤이 깁도록 친구의 집으로 헤매엇섯다 몃번인지는 시고모의 명령대로 뒤마루 골방에서 아이들과 가티 잔 일도 잇섯다 『천석군이 부자가 려관 영업으로

3 하숙옥(下宿屋) : 일정한 방세와 식비를 내고 머물면서 숙식하는 집.
4 오방(五房) : 자기 집에다 담배쌈지, 바늘, 실 따위를 벌여 놓고 팔던 가게.
5 난전(亂廛) : 허가 없이 길에 함부로 벌여 놓은 가게. 조선 시대에, 나라에서 허가한 시전(市廛) 상인 이외의 상인이 하던 불법적인 가게.

말미아마 금옥엽【금지옥엽】 가튼 자질[6]들을 마루방 두주 미테 거처를 시킨다』 이러케 태선은 잠들기 전에 생각해 본 일도 여러 번 잇섯스나 놀라지 말지어다 엽헤서는 칠십이 넘은 녯날 참판 영감인 고모부가 만사태평으로 자는 것이엇다 태선의 공부방 쌔끼는 이보다도 고모부의 큰사랑 쌔끼고서 생전 들어와 보도 못하든 이 마루방에서 하로밤 류하는 꼴악신[7]이야 초상상제[8]라도 허리를 못 펼 일이오 항우가티 위풍이 도도한 장수라도 경풍날 판이엇다 태선이도 처음에는 『이게 꿈이냐 또는 고모부가 망령이 낫단 말이냐?』 할 만치 놀랫섯다 그 위엄 잇든 고무부가 아모리 소실의 사탕발림에 녹아썰어젓기로[9] 이럴 줄이야? 태선은 속이 푹푹 상하는 중에도 래일 시험 볼 걱정 중에도 아모 근심 업시 한번 빙긋 웃고서 고개를 돌이켜 긴수염을 가슴 우에 언고 식식 코 고는 고모부를 가만히 도적하야 드려다보기도 하얏섯다

태선은 이십여 일 전부터 방학은 되엇스나 여름 동안에 승철이를 더욱 감독하야 썰어진 학과를 복습시키랴는 쌔문에 싀골 갈 생각은 못하얏섯다

남의 집에 매어 잇는 신세이니 반역할 자유는 업섯다 그보다도 승철의 성적 불량한 것이 자긔 자신의 잘못한 탓인 것가티 생각되어서 참아 내려간다고도 못하얏섯다 태선은 그리운 녯 싀골의 풍경과 자애로운 식구들의 반김을 눈압헤 그려보면서 빈대 만흔 여름밤을 하로이틀 보내엇섯다

6 자질(子姪) : 아들과 조카를 통틀어 이르는 말.

7 꼬락서니 : '꼴'을 낮잡아 이르는 말.

8 초상상제(初喪喪制) : 초상을 당하여 상중에 있는 상제.

9 녹아떨어지다 : 어떤 대상에 몹시 반하여 정신을 못 차리다.

더위가 차차 심해가든 어느 날 뜰 아랫방이 음침하고 더우리라는 고모부의 동정으로 말미암아 사 간이나 되는 큰사랑으로 공부방을 옴겻섯다 낫이면 팔구십 도나 되는 더위에 공부는 물론 어려웟스나 공부방인 큰사랑에는 고모부의 녯날 친구들이 십여 명식 피서 차로 매일 출근하얏섯다 썩어진 양반 자랑이며 되잔은 벼슬 지낸 이야기로 사 간방이 와글와글하얏섯다

양복 거리는 갓과 두루막이 거리가 되고 책상은 걸상 삼으며 책은 퇴침으로 필갑 쑥생은 재써리로 맨드는 늙은이들이 황혼이 되어서야 몰려갓섯다

아이들이 골을 내고 공부 안 된다고 짜징을 내면 고모부는 오히려 수지람도 하고 그러찬으면『잠간 안에 들어가서 공부해라』하얏섯다 밤이면 고모부의 질기는 소일판이 벌어젓섯다 하는 족족 돈을 일흐면서도 그래도 못 참는 노름이 방학이 씃나고 구월 금음께까지 게속이 되엇섯다 물론 그동안에 늘 —『잠간 안에』식(式)으로 밀어나왓스니 공부가 잘 되얏슬 리는 업섯다 공부하랴고 안젓스면 한편에서는 늙은이 젊은이 할 것 업시 모여 안저서 도박이 시작되니 이것이 소위 재산가의 자식 공부시키는 방법이랄가 하고 태선은 여러 번 비우섯다

1928년 1월 10일 3면

家庭敎師(4)

피서 오는 로인패와 소일판이 쓰칠 만하니까 쏘 지긋지긋한 학생 단톄가 서늘해가는 가을철을 잡어들면서 점점 만해젓섯다 발서 구월 십월 두 달 동안에도 일학긔 못지한케 들어왓섯다

임의 중학교 림시 시험이 몃칠 못 남은 어느 날 오후에 태선은 학교에서 도라왓섯다 어제 하로 쎈하던 집에는 쏘다시 단톄가 들어왓섯다 책상과 책갑이며 잉크병과 시간표를 어느 구석에다가 치워버렷는지 큰 사랑에는 귀 서투른 싀골말 소리가 왁자짓걸하얏섯다 그리고 보통학교 창가 소리며 하 — 모니카 소리가 맛치 야시에 싸구려판만콤이나 써들썩하얏다 태선은 씨푸려진 상판을 애써 펴들고 안으로 들어갓다 시고모는 분주히 반찬을 맨들다가 좀 웃는 낫츠로

『또 학생이 들어왓다네 오늘은 엇더케 만흔지 뒤골방까지 찻스니 다락에서들 자게 하지……』 이런 긔막힌 명령을 내리고서 여전히 분주하얏다 태선은 쓴우슴이나마도 억지로 상판지에 내빗치는 것이엇다 엇잿든 미움 안 밧고 눈치 안 뵈고 쏘는 오래 부처 잇스랴고 항상 실흔 우슴을 흘리는 것이다

三

태선은 안방으로 들어갓다 침침한 방에서 늙은 고모와 아이들이 쌔 아닌 밥상을 붓들고 안젓섯다 이것이 뎜심이란 바람에 태선이도 한쪽 구통이에서 수ㅅ가락을 들엇다 마츰 밥을 다 먹고 난 승철이와 길철이가 도서관 갈 돈을 달라고 그의 륙촌형 되는 석철에게 졸랏섯다 석철은 삼십이 넘은 자로 이 집에서 세간살이순 노릇을 하얏섯다 아는 것은 업스나마 성질이 쌀쌀하고 안하에 무인으로 건방진 궐자[10]이다 무슨 일에 노햇든지 소리를 벌억 지르면서

10 궐자(厥者) : '그'를 낮잡아 이르는 말.

『집에서는 공부 못 하니? 꼭 도서관 가야만 되구…… 응?』

이러케 떠드는 상판대기에는 가장 위엄을 흘렷다 그리다가 태선의 눈과 마조치니까 역시 노한 소리로

『여보게! 저 애들을 내버려 두나? 어듸를 가든지……』

태선은 별안간 이런 큰소리에 홱 돌아안젓다

『무슨 말을 그러케 하슈? 그래 내가 그 애들을 그러케 시켯단 말이오? 또 그 애들이 가면 못쓸 데를 간단 말이오 집에서 공부할 수 업스니까 도서관 가는 게지』

석철은 그 말나꽹이 낫바닥이를 이상스럽게 찌프리고 채색칠하다가 소리를 더욱 놉혀서

『왜 집에서는 공부를 못 한단 말인가? 올 — 치! 단톄 때문에…… 다락을 다치고 책상 들여노앗는데 왜 거긔서는 못 하겟나?』 태선이도 홍분된 말소리로 분김[11]에

『여보! 공부란 그러케 아모 데서나 못 하는 법이오 그저 다락이 되거나 골방이 되거나 매일가티 옴겨다니면서는 안 되는 것이오 그러고저러고 재산가의 집에서 려관 때문에 그 자손을 다락에서 공부를 시킨대서는 좀 우습지 안소? 그러니까 나도 도서관 가는 것을 말리지는 못 하겟소 더욱이 나는 다락에까지 올라가서 가르칠 수도 업스니까……』 석철이는 좀 긔가 맥힌드시

『그래 그러타고 아이들이 가는 것을 못 말린단 말일세 그려…?』

『그러치요 낸들 할 수 잇소』

11 분김 : 분한 마음이 왈칵 일어난 바람.

태선의 대답이 씃나자 밧게 찬간에서 스【서】고모가

『오늘쑨 아니야 엇던 째는 선생이 업다고 도서관 가던데……』 이러케 쑥 한마듸하얏다 태선은 말문이 막히는 듯이 답답하얏다 할말이야 잇섯스나 변명해 무엇하랴 하는 생각이 압흘 섯섯다 석철은 무슨 긔운이나 엇은 듯이

『응! 그래! 그런 자유조차 못 씍그면 못 잇는 게지』 이런 말로 위협하는 듯이 써들엇다 태선은 좁은 가슴이 찌저지듯이 분로와 비애가 용소슴치고 눈물이 왈칵 나와버렷다 석철이와 태선이가 이러케 충돌되기는 지금이 두 번재엇다 얼마 전에도 승철이 공부시키란 명령을 내리다가 역시 충돌이 일어낫섯다 그째에도 석철은 『밤이면 놀러만 나가고 집에 잇서야 승철이가 어듸를 갓는지 부르지도 안코 감독도 별로 하지 안하니…… 그래 자네 목뎍이 무엇이란 말인가 여긔서 막 먹고 잇는 목뎍이 무엇이냐 말이야?』 그째에도 태선은 이런 소리를 지스굿하니[12] 들엇스나 그 가슴에 씩는 서름이야 누가 짐작인들 하얏스랴?

오날도 혼자 속만 썩이면서 대문을 나섯다

태선이가 고모집으로 온 지 한 달이 못 되어서부터 은소반에 써밧치든 대접이 차차로 접시와 종지로 변하야 그러케 신칙 잘하든 시고모가 공부방에 불을 째는지 또는 태선이가 조석을 먹엇는지도 몰으고 지내엇다 다【더】욱이 단톄나 드러오면 태선은 찬밥과 김치 짠지로 끈이를 에우기도 하얏섯다 요사이가티 시고모가 무심하면 무심할사록 하인들까지도 태선이를 문객이나 거지로 녀기고 푸대접을 하얏섯다 쌀하서

12 직수굿하다 : 저항하거나 거역하지 아니하고 하라는 대로 복종하는 데가 있다.

아희들도 버슷버슷하고 별로 짤으지도 안하얏다

이러구러 십일 월도 열흘이 지난 어느 날 저녁에 태선은 밥상을 물리고서 아이들을 다리고 이야기를 하고 잇섯다

태선은 승철이가 또 업습을 째닷고 몸소 불으러 밧그로 나갓섯다 마츰 압 가가 압헤 섯는 승철을 불으고서 다시 방으로 들어왓섯다 그러나 승철은 아니 들어왓섯다 이윽고 태선은 시계를 처다보면서 다시 하인을 시켜서 승철을 불럿섯다 얼마 후에 하인은 못 차젓다는 말을 전하얏다 며칠 전에 시고모가 싀골 내려간 까닭으로 승철은 더한층 란봉이 낫섯다 기다리다 못하야 태선은 길철과 수동이만 다리고 공부를 시작하얏섯다

십 분이 못 되어서 별안간 압문이 후닥싹 열리면서

『이누무 공부 랭콤 구만 두어라 엉! 승철이는 쌔노코 너희들만 공부하면 구만이란 말이냐? 승철이가 어데 가서 죽어도 모른 톄하겟구나에 — 천하에 몹슬 것들 가트니…… 집안이 전부 승철이 하나 위해서 서울 살림도 하는데 너들만 하랴거든 다 구만 두어라 어서! 이누무 책상 집어 동댕이 치기 전에…』 이 가튼 무지막지한 소리를 로발 대발하야 웨치는 자는 석철이엇다

태선은 대강 말귀는 짐작햇다 할지라도 아닌 밤중에 홍두깨 내밀기로 엇전 사단과 영문을 모르고 어리둥절하다가 겨우 입을 열엇다

『여보? 아모리 화가 낫기로 무슨 말을 그러케 한단 말이오 그래 승철이가 죽엇단 말이오 어대로 다러낫단 말이오? 만일 죽엇다 할지라도 내 책임으로는 두세 번식이나 차저보앗스니 고만이지오 더구나 그것도 시간이 자정이나 되얏다던지 해서 좀 느젓스면 모르겟소만 일곱 시도

다 안 되어서 이 야단이란 말이오?』

석철은 소리를 벌억 질으면서

『그래 자네 책임을 다햇단 말인가 그게 무슨 소리야?』

태선은 분이 북밧쳐서 소리를 놉혀 가지고 무릅맛치[13]가 시작되엇섯다

『남의 밥이 그러케 쉰 게 아닐세…… 실흐면 고만이지 자네를 누가 잇스라나?』 한참 싸우다가 석철은 이런 말을 남기고 나가버렷다

『흥! 공부는 다 무엇이냐? 내가 이 집이 아니면 죽는단 말이냐? 분하다 업는 놈이 분하다……』

태선은 이러케 한탄하면서 책과 옷가지며 이불을 주섬주섬 싸놋코서 휙 나가버렷다 승철은 대문 밧게서 울면서 빌엇섯다

그 이튼날 밤 열 시나 되어서 승철의 가정교사는 부산 가는 긔차에 몸을 실리엇다 저녁 쌔ㅅ 내 ― 그의 늙은 고모가 눈물을 흘리면서

『내가 살아 잇슬 동안만 잇서라 내가 살면 얼마나 사느냐 서산락일[14]과 마찬가지다 얼마 남엇니? 제발 이 늙은 아지미를 보아서 그대로 참고 잇서라』 하는 간절한 만류도 저버리고 태선은 원망스런 서울을 써나고 말엇다

13 무릎맞춤 : 두 사람의 말이 서로 어긋날 때, 제삼자를 앞에 두고 전에 한 말을 되풀이하여 옳고 그름을 따짐.

14 서산낙일(西山落日) : 서산에 지는 해. 세력이나 힘 따위가 기울어져 멸망하게 된 판국을 이르는 말.

인정(人情) 1929.1.1~1929.1.3

이석신(李錫薪)

1929년 1월 1일(화) 기6 3면

(단편소설 1등)人情(1)

『만주에서 조선 사람이 만히 죽엇다네 그려』

一九二七년 십일월 이십칠 일! 서백리아의 찬바람이 살을 베어내는 듯 드룽드룽 문풍지를 울리며 휘몰아가는 치운 날 아츰이엇다 고요하든 전주(全州)의 천디는 금방 무슨 재변이 닐어날 듯 와글와글 뒤살헛다 골목골목 휩쓸어 다니는 살긔를 씌운 청년들의 굿세인 팔엔 굵즉한 몽둥이가 제각기 들려 잇섯다

『저벅저벅』

어둑한 골목으로 몰려 다니는 무시무시한 발자최는 덧문을 딱딱 걸어 잠그고 깁숙한 방 안에 숨어 잇는 늙은이들의 주름살 잡힌 등에 소름을 쭉쭉 끼처주기에 족하얏다

『청국 놈 다 ×여라』

때때로 들려오는 아우성 소리는 밤이 점점 깁허질스록 더욱 처참히 들려왓다

『뎐보(電報) 바더가우』

소란한 중에 어둑한 골목의 막바지 집에서는 우편배달부의 외치는 소리가 연방 들려온다

『창수라는 사람 이 집에 안 살우?』

우편배달부의 음성은 좀 더 놉하젓다 그러나 종시 사람의 긔척이 업스매 『이건 아무도 업나』 이러케 중얼대며 마츰내 대문을 덜그렁덜그렁 뚜드리기 시작한다

창수의 집안엔 왼종일 불안한 긔분에 잠겨 잇섯다 작년까지도 한집에 가티 살든 그의 형 창호는 만주가 벌이가 조타니까 돈이나 좀 벌어가지고 올가? 하고 집안 식구를 모조리 더【데】리고 만주로 건너갓든 것이엇다 그리하야 창수는 그러치 안해도 수천 리를 격한 타국 이역이엇슴으로 형을 보낸 후 항상 그의 안부에 저윽이 불안을 늣겨오든 터에 뜻밧게 무시무시한 흉보를 듯고 깜짝 놀라 오늘 아츰에 허둥지둥 지급 뎐보[1]로 안부를 알어보앗섯다 그리하야 조마조마한 불안을 늣기며 점심 때까지 무사하다는 뎐보 회답 오기만 눈이 빠지게 기다렷스나 종시 회뎐이 업스매 더욱 가슴이 쒸어 저녁 때 다시 한번 뎐보를 처노코 감악깜악 기다리든 터이엇다

밤중 열한 점이 지냇서도 뎐보는 오지 안햇다 『이게 웬일인가?』 창수는 가슴이 밧삭밧삭 탓다 아모리 생각하야 보아도 불길한 징조인 것이 틀림업섯다 『설만들……』 하면서도 그의 눈압헨 형의 참혹한 최후의 형용이 력력히 보이는 듯하야 벽에 걸린 사진만 찬찬히 바라보고 안젓

1 지급 전보(至急電報) : 일반 전보보다 더 빨리 전송하는 특별 전보.

는 창수의 눈엔 부질업는 눈물이 핑글을 돌앗다

열두 점이 거의 되엇슬 때 참다못하야 창수는 건넌방의 어머니와 누의동생 혜숙이를 불럿다

『어머니 이거 큰일낫구려』

그들이 미처 방에 들어으【오】기도 전에 창수는 당황히 말하얏다

『이걸 어쩌니』

절망에 갓가운 창수의 이 말에 실낫 가튼 요행을 바라든 그의 어머니의 안타까운 얼굴은 해쓱하게 변하얏다 허둥지둥 뛰어 나려와 창수의 압헤 밧작 쪼글이고 안저 찬찬히 바라보는 그의 표정은 금방 울 듯 울 듯하얏다 얼마를 울엇는지 혜숙의 눈가상은 쫑쫑 부엇다

『암만해두 못 당할 일을 당하섯나보우』

창수의 말은 가늘게 떨렷다

『거걸 어쩌니 아이고 우리 자식이 ―』

그의 어머니의 눈에서는 마츰내 것잡을 수 업는 눈물이 쭈루루 넘처 흘럿다

『아이고 옵바』

흙흙 늣겨 울든 혜숙은 드듸어 창수의 무릅에 업들어지며 소리를 놉혀 엉엉 울기 시작하얏다

『돌아가섯스면 돌아가섯다는 뎐보라두 잇슬 터인데 아마 식구가 모다 죽엇나 봅니다』

얼마 잇다가 창수는 겨우 이러케 말하고 처량히 고개를 떨어털엿다

『뎐보 바더가우』

대쪽을 쪼개는 듯한 우편배달부의 성낸 목소리가 바람소리에 석겨

어렴풋이 들려왓다

『밧게서 누가 찻나봐요?』

훍훍 늣겨 울든 혜숙이가 겨우 알아듯고 고개를 들어 창호의 얼굴을 바라보앗다 눈몰【물】에 저즌 그들은 꿈을 깨인 사람들처럼 얼마ㅅ동안 서로 물ㅅ럼이 바라볼 뿐이엇다

『뎐보 뎐보』

대문을 박차며 부르짓는 우편배달부의 말소리는 이번에는 력력히 들렷다

『응? 뎐보라지오?』

창수는 벌덕 소스라처 닐어나 방문을 열어제치고 허둥지둥 뛰어나갓다 혜숙이와 그의 어머니도 무의식뎍으로 대청에까지 뛰어나갓다

『그 애한테서 왓니? 이걸 어쩌니 대관절 무어라고 햇니?』

세 사람은 서로 압흘 다퉈 가며 방으로 뛰어들어왓다

1929년 1월 2일(수) 기2 13면

人情(2)

창수는 뎐등 미테다 밧작 들이대고 썰리는 손으로 당황히 뎐보를 펴들엇다

『창호 작야 참사 급래』

『오오 ―』

창수는 외마듸ㅅ소리를 질르고 두 손으로 눈을 차고 그 자리에 업들어지며 울음ㅅ보가 터저 나왓다

조마조마한 가슴을 부등켜 안고 뎐보를 훌터보는 창수의 얼골빗만

찬찬히 쏘고 잇든 그의 어머니는 마츰내 심상치 안흠을 직각하고 얼골이 새팔아케 질렷다 창수의 거동에 혜숙은 가슴이 덜커덩하야 눈섭을 쏫쏫이 세우며

『뭐라고 햇서요』

하고 불이나케 집어 들고 나려 훌터본다 그러고 다시 한번 닑엇다 그리다가 겨우 뜻을 알고 그역시 『아이고머니』 하고 그 자리에 쓸어저 버렷다

『애들이 왜 이러니? 뭐라 햇늬?』

닑을 줄 모르는 그의 어머니는 그들의 거동만 살펴보다가 눈이 휘둥글하야 소리를 벼락가티 질렷다

『죽엇다니?』

그래도 대답이 업스매 그는 답답하야 쏘 한 번 소리를 질렷다

『네……』

창수는 겨우 고개만 끄덕하야 그러타는 뜻을 표시하얏다

『뭐이 어쌔?』

그는 넘우나 놀란 끄테 소리를 벽력가티 질르고 눈이 휘둥글하얏스나 얼마 안 되어

『아이고머니 그 애가 죽다니 ―』

하고 두 팔로 허공을 집고 그 자리에 걱굴어지고 말앗다

방 안에는 그들의 울음소리가 한테【데】 뒤범벅이 되어 구슬피 울려나왓다

바람ㅅ세는 더욱 맹렬하야젓다 쇄 ― 쇄 하고 휘몰아가는 바람에 『덜크덩 덜크덩』 하고 이 집 저 집의 양텰 집웅이 맛부듯는 소리가 요란히

들린다

『청국놈 다 죽여라』

거리에서는 아즉도 살긔를 씌운 군중의 휘몰아 다니며 웨치는 소리가 은은히 들려온다

『우닥툭탁』

울음에 잠겨 잇는 창수의 집 대문이 부서지는 듯한 소리가 낫다

『우둥퉁퉁』

뒤미처 마당으로 쒸어들어오는 사람의 급한 발자최가 들렷다

『게 누구니?』

창수는 울음 중에도 깜짝 놀라 부지중 소리를 질럿다

『사람 살려주』

방문이 『와직끈』 열리며 얼굴이 새ㅅ팔아케 질린 청국인이 당황히 쒸어들어왓다

『아? 이게 어썬 놈이야』

창수는 깜짝 놀라 소스라처서 일어낫다 의외의 돌입자임에도 놀래엇거니와 그가 다시 청국 사람임에 더욱 놀래엇든 것이엇다

『싸람 살려주시유 울리는 아무 죄 업수 울리가 무슨 죄 잇수』

얼마를 쏫기엇는지 눈이 휘둥글하야 숨을 헐덕거리며 연방 허리를 굽슬거린다

『웬 놈이야 이놈』

창수의 눈은 갑작이 살긔를 씌워 부지중 주먹을 쥐엇다

『잡아 잡아』

밧게서는 휘몰려가는 군중의 허트러즌 발자최가 요란히 들렷다

『쌀려주슈』

허락 업시 남의 집 방에 뛰어들어온 자긔의 잘못을 깨닷고 방 가운데 무류히 서서 구해주기만 빌든 그는 형세가 위급함을 알고 『으아 ―』 이상스러운 외마듸 소리를 치고 알에목으로 걱구러지는 듯 뛰어 내려가 이불을 둘러쓰고 쓸어저버렷다

『에그머니』

혜숙은 얼굴이 재빗이 되어 벌벌 썰고 섯다

1929년 1월 3일(목) 9면

人情(3)

얼마ㅅ동안 이 돌입자를 찬찬히 노려보고 섯든 창수는 마츰내 쏘차 내려가 벌벌 썰고 업들인 그의 왼몸을 함부로 박차기 시작하얏다

『어이구 살려주슈』

창호의 모진 발길이 여긔저긔 함부로 썰어질 쌔 쫏기어 온 돌입자는 비명만 부르지즐 싸름이엇다

『되놈 가트니 우리 형님을 죽인 원수 되놈들』

이윽고 창수는 이불을 거더치우고 청인의 멱살을 움켜쥐고 잡어 일으킨 후 쌤을 후려갈겻다

『어구구 살려주슈 우리 무쓴 죄 잇서』

돌입자는 아모 반항도 업시 파리한 그의 왼몸을 창수의 하는 대로 맷겨줄 싸름이엇다

『죽어라 이놈』

창수는 그의 멱살을 힘썻 움켜쥔 후 알엣목 벽에다 냅다 샛리첫다

『쿵!』

벽에다 머리를 사정업시 들이부드친 그는 두 눈에서 눈물이 핑글을 돌앗다 창수는 아즉도 죽일 듯이 노려보고 섯다 형세가 위급함을 깨달은 청인은 창호를 내버리고 한편 쪽에 쩔고 섯는 혜숙에게로 뛰어가 허리에 매달려 살려주기만 빈다

『에그머니』

혜숙은 자즐어지도록 깜짝 놀라 겁결에 뿌리치고 다러나려 하얏다 그러나 그는 더욱 굿세게 매달릴 뿐이엇다

『죽여라 죽여』

문득 밧게서는 군중의 아우성이 가까웁게 들렷다

『청국 놈이 집에 안 들어왓소?』

대문을 열어제치는 소리가 낫다 방 안에 웃둑웃둑 서서 서로 바라보는 그들의 얼굴엔 이상한 긴장미가 써돌앗다 청인은 눈을 스르를 감앗다 파리한 그의 눈에선 눈물이 쪼르르 흘럿다 창수는 다시 한번 청인의 얼굴을 바라보앗다 그러고는 쥐엇든 주먹을 스르를 폇다 가엽슨 마음이 낫든 것이엇다

『여긔는 아모도 안 왓서요』

혜숙은 고요히 한걸음 나아가 방문을 반만 열고 가려서며 이러케 말하얏다

『씩 이 집으로 들어온 듯한데 ―』

그들은 의아한 듯 고개를 갸웃거리며 밧그로 나아갓다

청인은 눈을 반만 쓰고 혜숙을 바라보앗다 감사하다는 표정이 그의 얼굴에 력력히 써돌앗다

묵묵히 섯는 창수의 가슴은 마치 그야말로 천 갈래 만 갈래로 허트러즌 실오락가티 어즈러웟다 『무지막지한 이놈들의 무리에게 우리 형은 참살을 당하얏구나』 이러케 생각하니 창수는 설사 그를 죽인 원수가 비록 이놈은 아니라 하지만 악이 밧삭 올른 지금엔 아모 죄 업는 그에게까지 적대시하는 마음이 들지 안흘 수 업섯다 그러나 — 애매한 유긔장사격으로 이곳에서 원수풀이를 한다는 것은 돌이어 못생긴 일 가탓다 창수는 다시 눈을 스르를 감앗다 이윽고 그의 눈에서는 부질업는 눈물이 뚝뚝 떨어젓다

『왜 울어?』

창수의 돌변한 태도에 청인은 의아한 생각이 들어 눈이 둥글하야 찬찬히 바라본다

『우리 대국서 누가 죽엇수?』

『잔소리 말고 나가 지금 곳 안 나가면 죽일 테야』

창수는 주먹을 불끈 쥐고 청인을 몰아내랴 하얏다 눈치를 채인 그는 안타까운 빗을 얼굴에 가득 씌우고 처량하게 나아갔다.

『죽여라 죽여』

그가 나간 지 얼마 안 되어 길거리에서 군중의 웨치는 소리가 다시 들렷다

『옵바 좀 더 숨겨두엇다가 내보낼 걸 그랫서요』

혜숙의 얼굴엔 가엽슨 빗이 써돌앗다

『응?』

창수는 눈이 휘둥글하야 귀를 기울엿다

『얼른 쪼차가서』 돌우 불러오너라』

창수 역시 가엽슨 마음이 써올랐든 것이엇다

얼마 지낸 후에 혜숙은 허둥지둥 쒸어오며

『옵바 암만 차저보아도 업서요』

하고 거의 울 듯 울 듯하얏다

『응? 업서? 그럴 리가 잇나』

두 사람은 다가티 쒸어나갓다

『혜숙아 너는 어머니하고 이 길로 가보렴 나는 저 길로 쏘차가 볼 테니 얼른』

한 걸음 쏘 한 걸음 죽엄의 길로 쓰을려 들어가는 가련한 사람을 구하야 주려고 쒸어가는 그들의 뒤를 동편 산 우흐로 두렷ㅅ이 써올르는 한 조각 달은 훤히 비취어주엇다 (쯧)

세모편경(歲暮片景) 1929.1.4~1929.1.6

이일광(李一光)

1929년 1월 4일(금) 5면

(당선단편 2등)歲暮片景(1)

대목 갓가워 오는 섯달 날세는 몹시 쌀쌀하얏다 건너방에 혼자 안젓스랴니 으시시하기보담도 로파와의 약속의 긔대도 잇고 하기에 나는 안방으로 건너가 늘 하는 버릇으로 병풍을 등지고 알에목【아랫목】 보료[1] 속에 반신을 파무덧다 주인 녀자는 웃목에서 머리를 가리기에 골몰하얏다 남의 소실로 상당히 호화로히 지내든 전날의 버릇으로 머리 빗고 화장하는 것이 나날이 하는 그의 일이엇다 당시에 그것은 외로운 방을 지키는 쓸쓸한 그의 생화에 업지 못할 깃븜인 듯도 하얏다 그의 필요 이상의 정성을 가지고 공들여 빗질하는 것을 보면

『오늘은 틀림업겟지요』

나는 혼자 화토 쪽을 치면서 그의 의견을 듯고저 주인 녀자를 보앗다

『인제 맘이 바짝 씨이시나 보군』

1 보료 : 솜이나 짐승의 털로 속을 넣고, 천으로 겉을 싸서 선을 두르고 곱게 꾸며, 앉는 자리에 늘 깔아 두는 두툼하게 만든 요.

그는 조롱하는 듯이 웃엇다

『재 맘이 씨인다는 것보다도 정성껏 서둘러 주시는 것이 고마워서요』

『앗다 무얼 남의 탓을 하십니까』

『남의 탓이 아니라 진정입니다』

정말이엇다 당사자는 나일지라도 애초에 그 일을 쇠하고 서둘러 준 것은 그엿다 젊은 나를 동정함이엇든지 아무 리해 관계도 업스면서 그는 힘을 다하야 주엇다 그 바람에 쓸려 당초에 시들하든 나도 요사이 와서는 오히려 그를 졸르게까지 되엇다

『늙은이의 풍이니 몰르긴 몰라도 되긴 잘 되엇나 봐요』

그는 경대 속에서 웃엇다

『글세요…… 오늘이야 틀림업겟지요』

『돈맛을 보인 담에야 어길 리 잇서요』

막 이러는 즈음에 로파가 왓다 고달픈 생활에 시달려 오느라고 주름살 만흔 오십 로파엿만 그만하야도 직업뎍 필요상 어썰 수 업는지 머리를 곱게 빗고 옷도 갓든하게 입고 외모를 항상 단정하게 하얏다 자긔의 말인즉 장안 치고 어썬 집에든지 안 드나든 집이 업다고 한다 그만큼 모든 수단이 로련한 것은 사실이다

『퍽들 기다렷지요』

그는 허물업시 찬 몸을 요 속에 너헛다

그런데 오늘은 곡 더리고 오지요?』

긔대하얏든 것만큼 급하게 나는 닷자곳자로 요건을 끄집어 내엇다

『앗다 급하긴 퍽 급하게』

『생각이 매우 간절하야서』

주인 녀자까지 나를 조롱하얏다

『오늘랑은 념려 말아요』

하고 로파는 권연에 불을 부치더니 새삼스럽게 점잔은 목소리로 늘하는 소리를 또 한바탕 되풀이하얏다 —

『색시야 참 잘됏지 참허겟다 인물 잘낫겟다 글세 계동 리 자작이 다 탐냇다면 인물이야 그만 아니요』

늘 듯는 것이지만 나는 듯기 실치는 안헛다

『일어를 못허나 영어를 못허나……』

『처녀는 확실히 처녀지요?』

흔히 속는 은근자[2] 짜위나 아닌가 하야 나는 또 한 번 다젓다

『앗다 그건 념려 말라니 그러네 리상가티 점잔은 이에게 글세 왜 되구말구 함부로 지시를 허겟소』

나는 아롬【름】다운 교양 잇는 처녀를 가슴 속에 그렷다 그리고 아즉 낫 몰르는 처녀에 대하야 대면 감격 련애 결혼…… 쉴 대로의 아름다운 삶을 다 수엇다

『얌전하기야 리상 거튼 이 업지 맘씨 곱구 점잔쿠 조용하길랑 짝이 업구』

그의 어됴는 능걸첫다 몃 사람 압헤 나가서 이 직업 구변으로 그들을 후렷슬가를 생각하매 나의 마음을 흐렷다

『색시도 얌전하겟다 리상허구야 천상배필이야』

이것이다 몃츨 전 그에게 쥐여준 얇은 지폐의 농간임을 깨달을 때에

2 은근자(慇勤者) : 기생의 한 부류로, 남몰래 매음하는 여자.

는 그나 내나 피차가 슯허젓다

『잔소리는 그만두고 어서 가 더【데】려나 오구려』

나의 흐린 얼골을 예민하게 살폇든지 주인 녀자는 로파를 재촉하얏다

『지금 곳 가기는 갈 테인데』

로파는 찬찬히 권연 불을 죽이더니

『이것 보오 대목이 점점 갓가워오는구료

몹시도 부드러운 목소리엿다 나는 이 탄식의 복잡한 정서를 어렴풋이 짐작할 수 잇섯다 말하기 극히 어려운 듯이 한참 동안 침믁【묵】하얏든 그는 마츰내 입을 열엇다

『차차 변통되는 대로 또 돌려 쓰드래두 위선 좀 잇서야 젊은 것들 더리구 소위 명일이라구 서운치 안케 마저볼 터인데』

1929년 1월 5일(토) 7면

歲暮片景(2)

역시 나의 짐작을【은】 틀리지 안햇다 이 한 마듸가 결국 그의 모든 노력의 귀책뎜이오 결론이 아니엇든가 그러나 쌔마츰 궁경에 잇든 나로서는 무엇이라고 하얏스면 조흘는지 대답의 도리를 몰랏다 이런 쌔 항상 나를 건저주는 것은 주인 녀자엿다

『로인 사정도 모르겟소만 요새 마츰 세미치구 해서 누구나 다 픈픈치 못한가 보우』

사실 나도 나려니와 그 역시 여간 군색한 터이 아니엇다 남편의 고마운 유의로 시골에 쌍마지기나 차지한 덕으로 근근이 살아가기는 하나 결코 풍족치는 못하얏다 우연한 관계로 식객 겸 관리인 격으로 잇는 나

에게 일뎡치 못한 간혹의 수입이 잇다고 하야도 그것으로도 도뎌히 넉넉치는 못하얏다 요사이에 와서는 전날에 장만하얏든 패물까지도 속속히 잡혀서 지내는 형편에까지 니르럿다

『일전에도 다소 생각한 배 잇고 하니 며츨만 더 참아주시구려』

나는 불쾌를 늣김보다도 로파가 오히려 딱해서 부드럽게 그를 권유하얏다

『오늘 쏙 좀 됏스면 조켓는데요』

『그러나 일이 아즉 결말도 안 낫는데 그거야 될 말이요』

주인 녀자는 경우 밝게 싸젓다

『경우는 그러치만 내 사정이 하도 딱해서 하는 말이오』

하면서 로파는 한숨을 내쉬드니 한참 잇다가

『이러케까지 된 다음에야 말 못할 게 잇겟소 부끄러운 말이지만 집의 젊은 것들은 오늘 아츰까지 굶엇다우』

하고 말뒤를 흐리처 버렷다 밧게서 부는 으시시한 바람 소리에 아울러 눈물겨운 그의 목소리가 고요한 방 안에 압흐게도 반영하얏다 그의 사정이 그러케까지 절박하얏든가 그러고 보니 오늘의 그의 얼굴은 더 한칭【층】 해쓱하야 보엿다

『변통은 해 놀테니 그럼 곳 가 더【데】리고 나오우』

주인 녀자의 목소리는 별안간 눅을어진 듯하얏다 로파는 안심한 듯이 대답을 남기고는 즉시 나갓다

나는 어찌 마음이 유울(幽鬱)하야서[3] 모든 것을 다 집어치울려다가 주

3 유울(幽鬱)하다 : 우울하다.

인 녀자의 권유도 거절할 수 업섯거니와 로파의 사정이 하도 딱하기에 아수우나마 시계를 가지고 나가 몃 장의 돈으로 밧구어 왓다

짜장[4] 약속의 처녀를 더【데】리고 로파가 또다시 온 것은 짤은 낫이 훨신 지내 엷은 햇발이 창에 해죽이 들 째에엿다 그는 문간에서 주저주저하는 처녀를 이끌어서 안방으로 인도하얏다 건넌방에서 일하든 나는 하든 일을 주섬주섬 치워 노코 혹 긔대가 쌔어지지나 안흘가 하는 약간의 긴장한 마음으로 건너가 그를 대하얏다

첫눈에 괜찬햇다 처녀로는 팽팽한 맛이 좀 적엇지마는 — 말하자면 세상의 거츠른 풍파를 얼마간 격근 듯한 늣김을 주엇다마은 — 수집어하는 품이라든지 구수한 차림차림이라든지 그리고 용모가 괜찬햇다 정말인지는 박인도 그만하면 계동 리 자작인가 한 것이 탐냇슬 만도 하얏슬 것이다 눈가장자리로 드뭇하게[5] 박인 죽은깨가 흠이라면 흠일는지 진하지 안흔 분긔도 상스럽지 안커니와 전체로 보아 그 어대인지 가련한 늣김을 주는 것이 한층 더 조핫다

『어때요!』

하는 듯한 자신 잇는 눈초리로 로파는 나를 한번 싱긋 보드니 그 시선을 처녀에게로 옴기면서

『이 량반이 늘 말하든 리상이라우』

하고 그에게 나를 소개하얏다

『조용하구 젊잔쿠 둘이 십상[6] 됏지야』

---

4 짜장 : 과연 정말로.
5 드뭇하다 : 사이가 촘촘하게 많다.
6 십상 : 일이나 물건 따위가 어디에 꼭 맞는 것.

량편을 번갈라 보면서 싱글싱글 웃는 로파는 앗가보다는 훨신 양긔로워진[7] 듯하얏다

성격의 소위도 소위려니와 그런 일을 처음 당하는 터이라 나는 열적은 마음을 금할 수 업섯다 더구나 그는 녀자된 몸일 만큼 더욱 수집을 것이오 두 사람 새는 자연히 서툴럿다

『아이구 시체 량반들이 무얼 그러우』

로파가 나의 무언을 책하는 듯이 엽구리를 쑥 찔르자 주인 녀자는 권연을 피어물면서 로파에게 눈짓을 하더니

『조금도 시스러워[8] 말고 두 분이 안저 이약이하시우』

하고 둘은 닐어서서 건넌방으로 건너갓다

넓은 방에 단둘이 남으니 자유로운 듯도 하나 그실 돌이어 시스러웟다 아름다운 그와 말업시 마조 안저 믁믁히 서로 량해하는 것이 돌이어 갑절의 행복은 행복이엇스나 언제까지든지 잠자코만 잇슬 수도 업서서 나는 용긔를 다하야 입을 열엇다

『로인께 말슴을 만히 들엇습니다』—

별안간 대문 밧기 요란하얏다

이리 오너라 소리가 놉히 들리고 문 흔드는 소리가 어지러웟다

1929년 1월 6일(일) 3면

歲暮片景(3)

『아씨 아씨』

---

7 양기(陽氣)롭다 : 만물이 살아 움직이는 활발한 기운이 있다.

8 시스럽다 : 수줍고 부끄러운 느낌이 있다. 규범 표기는 '스스럽다'.

황겁하게 쒸어들어오는 항랑어멈 목소리에 로파와 주인 녀자는 건너 방에서 쒸어나왓다 나는 별안간 심상치 안흔 일이 닐어날 것을 예감하얏다

『아이구 내 원!』

누구인지 어멈을 쌀하 들어온 이의 숨찬 목소리엇다

『이게 웬일이오!』

로파도 적지 아니 놀란 듯하얏다

『내 그저 이러케 될 줄 알앗지』

『아니 그런데 어쩌케 된 곡절인지 얘기나 좀 하우』

『나 들간 뒤에 좀 잇스랴니깐 별안간 옵듸다』

이 소리를 듯자 문득 처녀는 닐어서면서 방문을 열엇다

『어쩐 일이얘요 어머니!』

나도 쌀하 나갓다 하나 어머니는 그의 쌀은커냥 나에게까지도 관심할 여유가 업는 듯이 급하게 말을 니엇다

『오더니 닷자곳자로 재를 차저 오라구 야단이구려 몰른다니깐 쌕싄 쒸고 소리소리치면서 그럼 내가 차저노마고 불야불야 나를 이리로 끌고 오는구려』

로파와 처녀는 넘우나를 놀란 듯이 아무 말 업섯다

『어서 좀 나가봐요』

하는 어머니의 재촉에 로파는 더한층 놀란 듯이

『지금 밧게 와 잇단 말이요?』

『그럼!』

하면서 어머니가 바로 가르치자 로파와 처녀의 낫빗은 일시에 암담

하야젓다

『대톄 어써케 된 일이요?』

하고 주인 녀자가 뭇기도 밧부게 대문 소리가 쎄걱쎄걱 나더니 낫 모르는 사람 하나가 불쑥 들어왓다 중년이 넘어보이는 살진 양복쟁이엇다

『이건 계집 하나를 몃 놈에게 팔어먹는 셈이여』

그의 당돌하고 험상구진 이 한마듸는 털퇴가티 우리 우에 대려젓다 『처녀』도 『처녀』려니와 어머니와 로파는 실색한 듯이 한마듸 말할 바를 몰랏다 물론 주인 녀자와 나의 놀람도 컷섯다

『념려 업시 숫색시라더니 요게 생판 숫색시야』

그는 험상구진 눈초리로 『처녀』와 로파를 번갈아 노렷다

이것이야말로 쏙바로 내가 로파에게 할 말이엇다 나는 로파의 얼굴을 다시 한번 쏙바로 보지 안흘 수 업섯다 그러나 『늙어서』 핏긔 업는 핼슥한 그의 얼굴을 볼 쌔에 나의 시선은 제절로 짱에 떨어저 버렷다

『쌀을 이쪽저쪽 팔어 먹어도 유분수지』

양복쟁이는 요번에는 어머니를 억세게 노렷다

그의 그들에 대한 관계가 어써한 것이엇든지 간에 나는 이 렴치 조흔 사나히에 대하야 나로써의 공분을 늣기지 안흘 수 업섯다

『어썬 량반이게 남의 집에 함부로 들어와 이 야단이란 말이요』

『흥 댁만 계집을 씰 권리가 잇단 말이요』

이것은 처녀에게 대하야서도 나에게 대하야서도 참을 수 업는 모욕이엇다 나는 분개하얏다

『무엇이 어쌔 이 무례한』

『누가 무례해 돈 삼십 원까지 어젓하게 치른 놈더러 무례하다구? 댁

이나 나나 돈 내고 사기는 일반이 아니요』

나는 놀랏다 그의 험상구진 권막보다도 그의 이 한마듸가 폭로시킨 사실에 놉흔 언덕에서나 떨어진 듯한 나는 더 말할 바를 몰랏다

『멀정하게 돈 삼십 원만 쎄먹자는 수작이지』

양복쟁이의 험악한 형세에 어머니는 로파와 마챤가지로 필연코 『오늘 아츰까지 굶』엇슬 것가티 보이는 어머니는 맥업시 떨엇다

말업시 푹 수그린 『처녀』의 눈에 나는 굵게 매치는 눈물을 보앗다 세상에도 야속한 길을 밟지는 안흐면 안 되는 가난한 집 처녀의 눈에 굵게 매친 눈물을 보앗다

『여긔뿐 아니라 또 한 곳 가는 데까지도 벌서 알아채렷다 자 오늘은 형사까지 더【데】리고 왓스니 가티 가야 돼』

『제발 요번만 참아주세요』

어머니의 애원은 들은 듯 만 듯 그는 문밧게 잇든 형사를 불러들엿다

『나리!』

로파는 눈물을 먹음엇다 그러나 형사는 쌀쌀하게도 그를 붓들어 압장세웟다

『댁도 젊은 량반이 조심하시요』

양복쟁이는 타일르는 듯이 나에게 남겨 노코는 쌀하나가 버렷다

어차피 가싸겟지만 그들에게 끌리는 세 사람의 자태는 이리에게 끌리는 양들과도 가티 몹시 애처로웟다

맨 나종에 떨어진 『처녀』가 막 대문 밧그로 사라질 째에 씨어저서 너풀거리는 그의 뒷 치마자락이 압흐게도 나의 눈을 쏘앗다

젊은 개척자 1929.1.7~1929.1.9

박남조(朴南祚)

1929년 1월 7일(월) 3면

(당선단편 3등)젊은 開拓者(1)

一

『내가 여태껏 세상에 살앗다는 것이 그릇되엇다 오 — 무엇을 차즈랴고 이십일 년 동안이나 쓸아린 길을 걸어왓든가 가난한 것이 결코 죄악은 아닐 것이다 그러나 삶의 힘이란 참으로 위대하얏다』

이십 일을 넘은 구월의 달이 멀리 수평선 넘어로 살아지랴 하는 마산(馬山)의 해안엔 깜 — 한 두루막이를 넙고 맨 머리로 잇는 젊은이가 혼자 이러케 중얼거리엇다

그는 잠잠이 한 몃 분 가량이나 머리를 숙이고 서 잇드니 문득 무엇을 쌔달은 듯이

『오 — 그러타 내가 이 세상에 산다는 것은 내가 나를 위하야 사는 것이 아니다 여태껏 나의 과거가 그러치 안흐냐 어썬 사람은 세상의 모든 만물은 각각 다 존재의 가치를 가젓다, 하지마는 나도 이 세상에 존재하는 가치를 가젓느냐? 오 — 더러운 세상…… 차라리 저 이즈러지는

달과 가티 이 바다물 속에 영원히 잠기는 것이 올치 안흘가』

그리고 그는 두루막을 벗고 느즌 달이 비치는 해안의 바위 우에 안젓다 고요한 달빗이 비취는 잔잔한 물결을 내려다 볼 적에 그의 두 눈에서는 그도 모르게 눈물이 압흘 가리엇다

『오 — 이것이 나의 마즈막인가』 이러케 생각할 적에 그의 머리에는 녯날 진주(晋州)에서 여러 동무들과 이야기하든 것이 써돌앗다

『민 군(閔君)! 군은 오랫동안 참으로 잘 싸웟네 요번에 마산을 가드라도 늘 굿세게 싸워주게 싸우는 곳에는 슯흠이 업슬 것이야 싸우는 것이 우리의 사명이 아닌가 만약 군이 싸우다가 죽엇다면 모르거니와 군이 이 세상을 비관하야서 자살을 하얏다면 군은 가장 이 세상의 약한 자일세 물론 조선에 자라난 사명 가튼 것은 생각지도 안핫다고 안 보겟는가』

키가 자그마한 咸이란 자가 이러케 말할 적에 閔은 다만 참 그럿타는 듯이

『오른【옳은】 말일세』라고 긴장한 태도로 대답하얏다

『태신(泰信) 군이 요번에 마산을 간다는 것은 군 자신으로서도 퍽 슬풀 것이네 그러나 우리의 객관뎍(客觀的) 정세가 그리 맨든다는 것은 군 스스로도 아는 바 아닌가 마산을 가드라도 늘 굿세게 싸워주게 최후까지 싸우는 자가 승리자일세』

말이 써듬써듬 나오는 陳이란 자가 이러케 말할 적엔 태신(泰信)이는 다만 믁믁하얏다

×

굿세게 싸워주게 씃까지 싸우는 자가 승리자일세 우리의 사명을 위하야 싸워야 안 되겟는가 세상을 실혀하야 자살하얏다면 가장 약한 자일세

이 모든 가락이 그의 머리를 푹푹 찌르는 듯하얏다 그리고 어대서인지 모르게 『태신아 너는 너의 사명을 모르느냐 힘차게 나아가라 그러고 너의 운명을 네가 개척하야라』 하는 소리가 들리는 것 가탓다

二

태순이의 고향은 진주(晋州)이엇다 그는 보통학교를 졸업하고 중등학교에 갈랴 하얏스나 가세가 넉넉지 못함으로 그러치 못하얏다 그러나 그의 매【배】워볼랴는 마음, 알어볼랴는 마음은 그가 신문 배달로 쌩 장사로 혹은 들로 혹은 장터로 헤매일 동안에도 그침 업시 닐어낫섯다 그는 열아홉의 가을에 어썬 이의 소개로 진주의 한편에 잇는 좌등(佐藤)이란 일본 사람의 집에 가서 표구(表具) 일을 배우게 되엇든 것이다

『내가 지금으로부터 일본 사람 미테서 일을 배운다 나의 일생을 이것으로 뎡하고 마는 것가 어썬 동무들은 책보를 씨고 배움의 돗흘 달고 나아가지 안는가 이것이 만약 나의 운명이라면 조물주는 나에게 넘우나 무자비한 짓을 하지 안햇는가 그러나 한 계단 두 계단 학교를 지내다고 결코 훌륭한 공부를 한다는 것은 아니요 놉흔 학교에 가지 못한다고 훌륭한 공부를 못한다는 것은 아닐 것이다 미국의 『린 — 컨』을 보라 그는 초등학교도 올케 졸업 못 하지 안햇는가』

좌등 모의 집에 간 일주일 만의 어썬 비오는 밤에 그는 이러케 혼자 말하얏다 그리고 여가 잇는 대로 공부를 하리라고 결심하얏다

1929년 1월 8일(화) 3면

졂은 開拓者(2)

그의 주인인 좌등이는 나희가 오십을 넘은 사람으로 일즉이 표구업을 배워서 본뎜(本店)을 마산에 두고 지뎜을 진주에 두어서 제법 넉넉한 생활을 하야 나갓다 그의 처는 일즉 딸 형뎨만 나코 세상을 써낫다

태신이가 이 집에 와서 제일 피피스럽고 하기 실흔 것은 아츰저녁으로 밥 해먹는 것이엇다 다른 곳의 심부름이라든지 일을 거드는 것 가튼 것은 미리 각오하고 온 것이지마는 쓰니마다 쌀을 씻고 솟에 불을 피울 째마다 『산애자식이 이것이 무슨 짓이냐』 혼자 ▣▣게 중얼걸이엇다

이 집 주인은 심심하면 야마도다마시이[1]를 자랑하는 사람이엇다 그리고 태신이에게도 『야마도다마시이』와 가튼 성질을 함양하랴고 권하얏섯다

태신이는 이 집에 오기 전에 동경이나 만주로 갈랴 하얏다 그러나 그에게는 려비가 업섯다 그러기 째문에 태신이가 이 좌등이 집에 와서 부처 잇는 한 달에 자긔가 보수로 밧는 오 원식을 저축할랴 하얏다 그러나 중병에 신음하는 아버지가 계시고 나 어린 동생들이 만흔 그의 가뎡은 그것조차 용서를 아니 하얏다

三

어느듯 그해의 설은 지냇다 정월 이 밤만 지내엇든 날 밤에 주인은 태신이를 자긔 방에 ▣▣▣▣고 이러케 말하얏다

1 大和魂(やまとだましい) : 일본 민족의 고유한 정신.

『민 군 나에게는 다만 딸들만 잇네 나는 말하면 퍽 서러운 사람일세』

술이 제법 취한 주인이 이러케 말할 적에 태신이는 『아 — 참 달마다 몃 번식 마산서 아버님 전이라고 하는 편지가 오든 걸』 하는 생각이 낫다

『큰딸은 마산서 학교에 다니고 자근딸은 소학교에 다니네 그런데 나는 나희도 이만치 되엇고 하니까 부득이 양자를 두어야 되겟네 그런데 태신 군은 여러 방면으로 보아서 참으로 나의 마음에 쏙 맛는 사람이니까 나의 집에 양자로 오면 어써켓나?』

사실 태신이는 주인에게 대하야서 이러타저러타 반항을 안 하니까 자긔에게 반항 안 하는 사람을 가장 조흔 사람이라고 아는 주인에게는 태신이가 가장 훌륭한 사람이엇슬 것이다

태신이는 의외의 문뎨에 아니 놀낼 수 업섯다 그러고 부모가 게시고 형님이 잇는 태신이는 자긔의 마음대로 대답을 할 수가 업섯다

『대단 고맙습니다 그러나 부모에게도 물어보지도 안코 제가 어써케 대답을 할 수가 잇습니까』

『그러면 군의 생각만은 어써한가』

『글세요……』

사실 태신이는 직각뎍으로 실혼 생각이 낫다 그것은 일본 녀자와 평생을 지내는 것이 웨 그런지 조치 못한 것 가튼 생각이 낫다

좌등이는 이 말을 낼 쌔에도 그랫거니와 말을 이만치 진행시켜 노은 후 자긔가 한 말에 태신이는 매우 호감을 가즐 것이라고 미덧든 것이다

『자 — 민 군 과자 먹게』 하면서 싸슨 차물을 좀 마시며(물론 여태까지도 그랫지마는 우리 지금으로부터는 더 일층 화목하게 지내세)라고 하얏다 태신이는 다만 참 그러켓다는 듯이 허리를 굽흐리며 례를 하는 듯하얏다 어느

듯 시계는 열한 시가 다 되엇는데 뎐화로써 청국 우동을 시켜다 먹고 각각 자긔 방으로 갈리엇다

이 집 주인인 좌등이에게는 재산이 근 오만 원 이상이 잇섯다 물론 이 재산은 아무라도 양자 오는 사람에게 상속시키랴든 것이엇다

태신이는 요사이에는 밤이나 낫이나 이 문뎨에 대하야서 생각하게 되엇다 그러나 태신이의 머리로서는 어써케 하는 것이 올흘가 판단을 못 하게 되엇다

1929년 1월 9일(수) 3면

젊은 開拓者(3)

四

어느듯 봄은 왓다 어느 곳에 봄이 안 왓스랴마는 진양(晋陽)의 봄은 더욱 아름다웟다 비봉산(飛鳳山)의 마른 가지에 새닙이 피고 얼엇든 남강(南江)이 흘러내리면 임자 업는 강변에 해는 저물어 지는데 황금빗 쇠꼴이만이 첫봄의 놀애를 불러준다

태신이는 좌등이와 가티 마산 본뎜으로 옴겨가게 되엇다 마산으로 이사를 간 뒤로부터는 좌등의 집에는 식구가 둘이 더 불엇다 한 사람은 좌등의 동생이엇스며 쏘 한 사람은 좌등의 큰쌀이엇다 태신이는 마산에 와서도 역시 아츰저녁으로 밥을 지어먹는데 진주 잇슬 쌔보다 더 마음 상하는 것은 크나큰 처녀가 밥해 먹을 생각은커냥 밥을 퍼서 상에다가 올려노흐면 밥만 맛잇게 먹고 긔명 설거지 가튼 것은 생각지도 안코 책보를 끼고 학교로 항하는 꼴이엇다 그러나 태신이는 늘『에라 내가 이놈의 집의 종노릇을 하기 쌔문에 이런 꼴을 보는 것이 아니냐』이러케 말

할 샌이엇다

바로 태신의 엽방에 『도미고』의 방이 잇섯다 태신이는 밤마다 자리에 누으면 이런 생각을 하고 잇섯다

『내가 저 『도미고』와 결혼을 하는 것이 어썰가 그리하야 그 집 재산으로써 공부나 만히 하고 다음에 실흐면 그만두어 버리지 에라 치어라 내가 웨 이런 생각을 가즈느냐 만약 그런다면 나는 무서운 악마에 지내지 못하지 안느냐 그러나 또 나의 환경으로 보아서 이것도 큰 행운인 듯도 하다…… 에라 단념하자 나의 사명은 크고 전도는 멀지 안흐냐 나에게 계집이 무엇이야 황금이 무엇이야 내가 여긔에서 이 짓을 하고 잇는 것도 잡【잠】간 동안 침믁【묵】이 아닌가……

그러나 『도미고』는 또 어써케 생각하고 잇는지 알 수가 잇나』 이러케 의심도 해보앗다

태신이가 마산에 와서부터 자긔 방에 뎐긔를 안 켯다 그러기 때문에 『도미고』의 방과 『후스마』[2]를 치우고 책을 읽게 되엇다 낫이 좀 길죽한 데다가 코가 좀 놉즉한 그의 얼굴은 남성에 갓가운 얼굴이나 어덴지 모르게 어엿븐 자태가 써돌고 잇섯다

태신이가 마산 온 지 일주일이 못 되어서 『도미고』와 저녁마다 이야기를 하게 되엇다

『민상 어썬 책을 보세요 저는 부녀계(婦女界)를 봅니다 들이쎄 보시겟서요』

『도미고』는 방긋이 웃으면서 이러케 말하얏다

---

2 襖(ふすま) : 일본 건축에서, 나무틀을 짜서 양면에 두꺼운 헝겊이나 종이를 바른 문.

『감사합니다 저 읽는 것은 하챤은 것이랍니다』

『족음 실례할 터이야요』 하면서 『도미고』는 보들보들한 손으로 태신이의 보든 책을 들더니 『사뎍유물론(史的唯物論)이라고 쓴 책갑을 무심히 보고 잇섯다

이러케 하야 그네들의 사이는 세상 이야기 혹은 자긔네들의 처디 이야기를 하고 각각 갈리어 누어 자는 것이엇다

『도미고』가 옷을 벗으면서 『민상 안 주무시렵니까 후스마를 닷지요』 할 때에는 언제든지 방긋 우스면서 말하얏다 태신이는 녀성미가 풍부한 그의 육테지에 한 겹의 옷도 입지 아니하고 빨간 속옷만 허리로부터 다리까【다리까지】 가리고 누어 잇는 그의 자태를 그리워도 보앗다 그러나 태신이는 생각하기를 나는 이 집의 하인이 아니냐 그런데 『도미고』가 나 가튼 것을 꿈에나 생각하겟나 내가 그를 생각하는 것이 그릇되엇다 근본뎍으로 단념을 하여야지 하는 생각을 가지게 되엇다

열여덜의 순결 처녀인 『도미고』는 밤마다 웨 그런지 잠을 속히 일우지 못하얏다

태신이는 마산에 와서부터 두 가지 설어운 것이 잇섯다 한 가지는 주인의 동생에게 『조센진쿠사이』[3]란 말을 듯는 것과 진주의 여러 동무들을 늘 맛나지 못하는 것이엇다 더구나 태신이가 족음만 무엇을 잘못하면 『조센진쿠사이 쿠세니』[4] 하는 말을 들을 때에는 젊은 태신이의 마음으로서는 자긔의 일개인의 잘못으로 전 조선 사람을 들먹이는가 하는 생각을 가즈게 되면 그만 잣고 울고만 십헛다 그러고 또 한 가지 듯기

3 "ちょうせんじんくさい": 조선인 같다. 조선인처럼 느껴지다. 조선인 냄새가 나다.
4 "ちょうせんじんくさいくせに": 조선인 냄새가 나는 주제에.

실흔 것은 이웃집 일본 아이들이 『사도오노쏭가』[5] 하는 것을 자긔의 대명사로 쓰는 것이엇다

그가 마산 온 뒤로 『도미고』 때문에 만흔 위안도 어덧지만 주인의 동생에게 조센진 무엇이니 하는 말을 들을 때마다 그는 이 집을 떠나려는 마음이 생겻다 그러고 그는 이 쌍에 잘아난 설음이 복바처 올랏다 날마다 몃 번식 조센진노쿠세니란 말을 들엇다 그리하야 그는 자살을 생각한 때도 잇섯다 그러나 그는 마음을 돌으켯다 자긔의 사명을 생각하얏다 죽어서는 안 된다 나의 살길을 개텩하자 하고 맹서하얏다

태신이는 모든 용긔를 내어 주인에게 집을 떠나겟다는 말을 하얏다 주인은 이때에 병상에 누어잇섯다 몃 번이나 태신이를 가지 말라고 하얏다 그러나 태신이는 쏙 가겟다 하얏다 이 말을 들은 『도미고』는

『민상 참으로 우리집을 써나렵니까』 하얏다

『네 래일은……』

『도미고』는 머리를 숙이고 잠잠히 안저 잇더니 『와다시 난도나구가나시이와』[6]라고 간얄푸게 눈물겨운 소리를 내엇다

『나도 그럿습니다 그러나 나는 나의 압길을 위해서 긔어히 가야되겟습니다』

『네 그럿습니가 저는 다만 민상의 성공만 빌어요』

『대단 고맙습니다』

태신이는 어느듯 자긔 압헤 잇는 『도미고』가 손수건으로 낫을 가리고 울고 잇는 것을 보앗다 그날 저녁에 『도미고』는 태신이의 엽헤서 자

---

5 "佐藤のそんか": 사토의 자식인가?

6 "私何と無く悲しいわ": 저는 왠지 모르게 슬프네요.

기를 원하얏다 그러나 태신이는 거절하얏다 밤이 삼경을 넘은 뒤에 태신이는 눈을 써보니 자긔 엽헤 『도미고』가 자고 잇섯다

××

그 이튼날이엇다 마산역을 써나는 렬차의 마즈막 긔뎍 소리가 울리자 어썬 졂은 녀자가 렬차가 보이지 안는 째까지 바라보고 잇섯다

조선의 한 졂은이는 제 운명을 제가 개텩하여야 한다! 하고 빈약한 조선에서 설어운 운명을가지고 자라난 태신이는 황금도 미녀(美女)도 썰처버리고 멀리 개텩의 나라로 써낫다 (쯧)

감돌 1930.2.2~1930.2.5

방휴남(方烋南)

1930년 2월 2일(일) 4면

(당선소설)감ㅅ돌(1)

一

박 구장(朴區長)은 점점 더 헛소리를 질러가며 자긔의 아들 한텰(漢哲)이를 부른다 각금 시커머케 상한 피ㅅ덩이를 토해서는 고개도 들지 못해서 걸레로 바더 내며 쌜건 피 석긴 침을 질질 흘린다 누러케 쓴 얼굴은 광대쌔가 툭 불거지도록 살 한 점 업시 가죽만 쌔에 부터 잇다 눈자위는 푹 써저서 마치 종지굽가티 되엇고 눈알은 힌자위만 남엇다 감으면 틀림업는『미 — 라』송장이다 왼편 엽구리가 결리어서 반듯이 누운채 그대로 굴신 못하고 그륵그륵 가래만 끌는다 어제 저녁부터는 미음한 술도 넘기지 못한다

『한철아 한철아 나는 죽는다 한철아』

그는 또 가래 끌는 목소리로 이러케 분명치 안케 중얼거린다 그러나 한철이는 어제 아츰에 전보를 첫서도 아즉 아모 소식도 업다

二

서울서 남으로 한 이백 리쯤 나려가면 충청도 N고을이 잇스니 자래로 산수가 아름답고 또한 온천으로 이름이 넓은 고을이다 충청도라면 녯날부터 소위 양반 만키로 유명한 곳이다 그중에도 N고을은 더욱 심한 곳이다 그쁜만 아니라 양반이 만하서 그런지 아모 일 업시 쥐죽은 듯이 고요한 곳이 충청도요 또한 N고을이다 부자 만키로도 첫재이지마는 가난한 사람 만키로도 또한 뒤지지 안는 곳인데 흔히 일어나는 로동운동(勞動運動)이나 혹은 소작쟁의(小作爭議)도 볼 수 업고 심지어 형평운동(衡平運動)도 별로 볼 수 업다 그래서 소위 당국자들의 안전지대로 삼는 곳이며 일본 사람 만키로도 유명한 곳이다

이러한 고을에 금년 봄에 큰 화재가 낫섯고 그 화재가 잇슨 후로 박구장의 원통한 죽엄의 실꾸리[1]는 풀리기 시작하얏다

밧삭 마른 봄판[2]에 설상에 가상으로 마파람까지 솔솔 부는 어썬 장날 저녁 째이엇다 어썬 술 취한 장꾼의 담베불이 술집 나무가리에 썰어저서 어느듯 추녀로 부터가지고 끌 새도 업시 왼 집에 싹 부텃다 차차 엽집으로 엽집으로 불은 점점 버더나갓다 왼 장꾼이 뒤끌허 가지고 밤중까지 한바탕 랄리를 꾸미엇스나 대여섯 집이나 태운 후에 불은 겨우 잡엇다 이러한 큰 화재가 난 지 며츨 만에 그 장터에 사는 윤원상(尹元相)이는 자긔 외에 몃 사람이 발긔인이 되어 화재 구제회를 조직하야 가지고 면사무소에 가서 긔부를 청하얏다 원상이는 전날에 어느 고을 군수로 가서 짱마지기나 글거모아 가지고 온 집 맛아들로 한참 동안은 태을

1 실꾸리 : 둥글게 감아 놓은 실타래.
2 봄판 : '봄날'의 충청 방언.

교[3]에 반해가지고 싹것든 머리를 다시 길러서 상투를 짜고 밤낫 치성들기에 논마지기나 조히 팔어 업새드니 요새 와서는 가장 정신차린 듯이이 장터로 나와서 국수 가개를 내엇다 모든 일은 다른 사람을 시켜서 하고 자긔는 늘 장긔나 두고 유성긔나 트는 것이 그의 일이다 친구라고 만나면 밤낫 양반 싸움이나 하고 안젓다 그는 가장 쪽쪽하고 무엇이나 제법 아는 듯이 국수 맨드는 일꾼들에게 각금 아모 일에나 『사람들이 상식이 업서서 그러치』 하고 점잔을 쌔어가며 호령하는 것이 그의 행세이엇다

그래서 이번 일에도 자긔 싼에는 가장 큰 명예나 엇는 줄로 아모 한 것도 업시 구제회라고 적어 가지고 돌아다니든 것이엇다 면장은 조흔 일이라 하며 자긔도 찬성하노라고 해서 이런 일에 동리 일보는 구장이 빠저서 되겟느냐고 하며 구장에게는 물어보지도 안코 자긔 마음대로 면서긔를 시켜서 박 구장도 발긔인에 한목을 들게 하야 원상의 이름과 나란히 썻다.

박 구장은 본래 그 량반 만흔 틈에서 들복기든 리속(吏屬)이다. 위인이 못나고 어리석은 데다가 몹시 가난하얏다. 면장의 덕으로 구장이나마 어더 가지고 녀름에 보리 한 말 가을에 벼 한 말씩 집집마다 거더 가지고 겨우 살어가는 것인데 그나마 각금 술잔으로 마시고 마는 째도 잇다. 어썬 째는 술을 잔득 취해 가지고 비틀거리고 돌아다니며 구장이 큰 벼슬이나 되는 듯이 동리 사람에게 눈을 부릅쓰고 호령을 하는 째도 잇섯다. 원상이는 면장의 하는 태도에 대단히 불쾌하얏다. 자긔에게 별로히 허락

3 태을교(太乙敎) : 증산 강일순을 창시자로 하는 증산교 계통의 한 교파.

을 밧지도 안코 자긔 마음대로 구장으로 발긔인에 집어넛는 것도 불쾌하거니와 그보다도 자긔네 량반끼리 솔선해서 하는 일에 천한 상놈인 박구장을 한목 끼어 자긔 이름과 가티 쌍나란히 쓰는 것이 마치 자긔 얼굴에 똥칠이나 하는 듯이 창피하고 아니쏘앗다. 그러나 면장의 아폐서는 아모 말 업시 자긔집으로 돌아서는 장터에 나서서 소리를 고래고래 질러가며 박 구장에게 참아 입에 못 담을 욕설과 악담으로 퍼부엇다 상놈이 아니쏩고 건방지게 남의 일에 무슨 상관이 잇서서 이름까지 올려 가며 비비대고 끼어드느니 마느니 해 가며 야료[4]를 부리엇다.

1930년 2월 3일(월) 4면

감ㅅ돌(2)

이째에 마츰 박 구장이 장터로 나려가다가 자긔에게 하는 욕설을 들엇다. 어리석고 용해 빠진 박 구장은 처음에는 그저 못 들은 듯이 지나랴다가 동리 사람 보기에 넘우도 구장이란 자긔의 위신이 썰어지는 듯해서 한참 동안이나 서서 주저하고 망사리다가 잇는 용긔를 다 내어 가지고 그의 아프로 걸어가서 한참 대담스럽게 한다는 수작이 『아 윤상 왜 이러케 대로하시엇습니까』 하고 어름어름하얏다[5]. 원상이는 다시 눈을 부릅쓰고 소리를 노피 질러 『이놈아 아니쏩고 당돌한 놈아 윤상이란 엇다 쓰는 말이냐 이놈아 칼로 아가리를 째어놀라 이놈 녯날 세상 가트면 당장에 육시 처참을 하야 죽일 터이다 이놈』 하고 그야말로 추상가티 호령을 하얏다. 어리석고 무능한 박 구장도 이 소리에는 치가 썰리

---

4 야료(惹鬧) : 까닭 없이 트집을 잡고 함부로 떠들어 댐.

5 어름어름하다 : 말이나 행동을 똑똑하게 분명히 하지 못하고 자꾸 우물쭈물하다.

도록 분하야 이놈 저놈 욕찌거리로 맛장구를 첫다.

원상이는 닷자곳자로 마당가에 싸힌 장작가리로 우루루 달려가드니 장작가비 하나를 쑥 쌥아 들고 와서 박 구장의 머리 등깜 할 것 업시 닥치는 대로 내려족엿다[6] 오십이 훨신 넘은 박 구장은 처음에는 째리는 장작가비를 붓들랴고 버리둥거리다가 사정업는 매에 그는 아프로 푹 곡구러젓다. 원상이는 업드러진 그를 타고 안저서 가슴과 엽구리를 죽으라는 듯이 되는 대로 두드려 넘겻다.

三

그 이튿날 박 구장은 동리 소임을 시켜서 보리 몃 말 남은 것을 돈 사가지고 인력거를 타고 한 십 리씀 새 써 잇는 N고을 신읍(新邑)으로 나가서 진단을 내어 가지고 경찰서에 고소장을 제출하고 돌아와서는 몸저누어 알앗다 그러나 파김치가 되도록 마저서 왼 삭신이 쑤시고 엽구리가 결리어서 꼼짝 못하게 되엇지마는 거트로는 별로 상처도 나지 안코 간혹 가슴과 엽구리에 조금씩 먹이 젓슬 쌘이다 어리석은 박 구장의 마음에는 속으로는 견댈 수 업시 아프면서도 거트로는 별로 상처도 업고 크게 먹진 데도 업는 것이 남보기에 별로 대수롭지 안케 여기는 것 가태서 원통하고 안타까웟다 그래서 그는 마츰내 가슴과 엽구리에 군대군대 푸른 잉크칠을 하고 문질러서 일부러 먹진 것처럼 맨들어 가지고 위문 오는 사람마다 주착업시 작구 슬러보엿다 원상이는 박 구장을 개패듯 두드려 준 후로 거트로는 아모 걱정 업는 듯이 코 큰 소리[7]만 하

6 내려조기다 : 냅다 두들기거나 때리다.
7 코 큰 소리 : 잘난 척하는 소리.

얏지마는 실상 속으로는 몹시 근심이 되엇다.

박 구장이 진단을 내엇다는 둥 고소를 햇다는 둥 또는 몸저누어 알른다는 둥 이런 소문을 들을 때마다 가슴이 뜨끔하얏다 똥이 타도록 근심이 되엇다 그래서 그는 이런 소문을 들은 그날부터 자긔집 마로 뒤에 잇는 주재소 순사 부장[8]을 밤마다 왕 서방네 료리집으로 청하야다 노코 질탕치듯 먹여가며 무엇인지 늘 수군수군거렷다 그리고 각금 갈비짝도 사 보내엇다

그뿐만 아니라 각금 신읍에 잇는 등본(藤本)이란 일본 사람을 찻기 시작하얏다 등본이는 한 이십 년 전에 이곳으로 와서 거트로는 우편소를 경영하고 속으로는 고리대금업(高利貸金業)을 시작하얏다 처음부터 어찌 지독한 짓을 하얏는지 근방에 땅마지기나 잇든 사람들은 모조리 다 빨리고 건달[9]이 나게 되엇다 그래서 이 고을 사람들은 일채[10] 놋는 등본이라면 호랑이보다 더 무서워하고 혹은 이를 북북 가는 사람도 잇섯다 그는 양재물보다 더 지독하다는 별명까지 들어왓다 이리해서 등본이는 이 고을 대지주(大地主)가 되어 가지고 왼통 세력을 다 감어쥐고 마치 대왕국이나 건설한 듯이 자긔 마음대로 뒤흔들엇다 이 고을 군수나 경찰서장도 그에게 홀대를 못하고 일상 그의 말이라면 어쩌지 못하고 끄려왓섯다

8 순사 부장(巡査部長) : 일제 강점기에, 경찰관의 계급 가운데 하나. 경무보의 아래, 순사의 위이다.

9 건달(乾達) : 아무것도 가진 것이 없는 빈털터리.

10 일채(日債) : 하루에 얼마씩 이자를 물어 나가는 빚.

1930년 2월 4일(화) 4면

감ㅅ돌(3)

원상이도 전에 한참 난봉 피며 돌아다닐 때 논문서 잡히고 돈냥이나 빗내 쓰노라고 등본이를 알게 되엇다 등본이는 남의 일에 아모 상관 업는 일이지마는 발 벗고 덤비엇다 첫재는 자긔의 세력과 위세를 뵈자는 것이오 둘재는 자긔 영업에 대한 수단이오 또 선전 광고심이엇다 등본이가 경찰서장을 그의 집으로 몃 번 차저다닌 후로 박 구장의 고소ㅅ장은 주재소 관내의 사건이나 주재소에서 조사하야 보내라고 주재소로 퇴각을 당하얏다

원상이는 순사 부장과 등본이를 시켜 경찰서에 교섭을 하는 한편으로 쏙한 속으로 남모르게 능청스럽고 수단 잇는 동리 사람 하나를 술잔이나 먹여가며 박 구장의 병상을 알어보게 하얏다

능청마진 그의 간자(間者)는 박 구장에게 차저가서 가장 딱딱하고 애석한 듯이 알는 사람의 머리도 어루만저가며 병세를 들써보앗다

속 못 차리는 박 구장은 주착업시 조고리 고름을 풀어헤처 가며 가슴과 엽구리에 먹진 것을 보여 가며 원통하고 분하다는 이야기를 늘어노핫다

눈 밝은 간자는 어두운 방 속에서도 잉크 칠한 것을 잘 알아보앗다 그는 잉크 칠한 것을 발견하고는 속마음으로 가장 큰 공로(功勞)써리나 어든 듯이 쒸어와서 원상에게 보고를 하얏다 원상이는 그날 밤에 또 주재소 순사를 불러다가 술이 만창이 되도록 권하고 고맙다는 치사를 하야 가며 박 구장이 별로 대단치도 안한데 일부러 잉크 칠을 하고 누어잇드라는 말을 하얏다

四

그 이튼날 주재소에서는 소사를 보내어 조사한다고 박 구장을 불럿다 박 구장은 아픈 몸을 간신히 이르켜 소임에게 업혀서 주재소로 다려갓섯다 그가 주재소에 들어설 때에 배치해 노흔 주재소의 술이란 장관이엇다

순사 부장과 조선 순사가 안젓섯고 소독의를 입고 버틔고 안젓는 백 의생과 그 외에 장터에서 과자 장사하는 오까사끼(岡崎)라는 젊으면서도 이 한 개 업시 다 빠저서 합죽이가 된 일본 사람이 잇섯다 그리고 원상이가 잇섯다 그는 죄인이니까 가장 공정하게 다룬다는 듯이 마루바닥에 쑬려 안처 잇섯다 그리고 박 구장은 썩 의자에 올려 안치엇다

순사 부장이 얼마나 몹시 마젓느냐고 싹한 듯이 물을 때에 여페 안젓든 오까사끼는 반 더듬 조선말로

『구장구 나리가 배구성으하고 사무하시며는 고고노 됨무니까』 하고 능청을 피엇다

순사 부장은 조선 순사에게 통역을 시켜 본서에서 조사해 보내라고 명령이 왓스니까 먼저 진찰하야 보고 조사를 하겟노라 하며 백 의생에게 진찰을 권하얏다

백 의생은 장터에서 한약국을 하며 한편으로 짜로 양약부를 내어 가지고 잇섯다 알콜과 석탄산수 몃 병을 상 우에 늘어노코 붕대와 소독면 몃 봉지를 유리 항아리에 너허서 벌려 노핫다 벽에다가는 인체 해부하는 그림을 몃 장 썩 부치고 청진긔를 걸어노핫다 그는 제법 신의학이나 아는 듯이 왕진하러 나갈 때면 톄격에 맛지 안는 소독의를 주서 입고 까만 가죽가방에다 청진긔와 톄온긔를 집어너허 가지고 들고 나서는

것이엇다

이번에도 그는 가장 무엇을 아는 듯이 박 구장의 가슴에 손을 대고 뚝뚝 뚜드려 보기도 하고 청진긔를 대고 무엇을 생각하는 듯이 고개를 숙이고 눈만 깜막깜막하면서 여긔저긔 옴기어 대보다가 다시 등 뒤에 손을 대고 뚜드려 보앗다 그리고 다시 아프고 결린다는 엽구리에 손을 대고 쑥쑥 눌러 보다가 뜻밧게 차저내인 듯이 잉크 칠한 것을 자세히 들여다보앗다 그리고는 그 퍼런 것이 무엇이냐고 물엇다 박 구장은 마저서 먹진 것이라고 변명하며 백 의생의 얼굴을 처다보앗다 순사 부장과 오가사끼도 들여다보앗다 마츰내 순사 부장은 물걸레를 갓다가 문질러 보앗다 물걸레에는 시퍼런 물깜이 들엇다

순사 부장은 물걸레로 박 구장의 뺨을 갈기고 발ㅅ길로 엽구리를 사정업시 차며

『바가야로 —』[11] 하고 소리를 질럿다

오까사끼도 들여다보드니 순사 부장을 처다보며

『고라 와잣도 잉키오늣데니세뵤 — 오 시마시다네[12](이건 일부러 잉크 칠을 하고 거짓 병을 맨든 게올시다그려)』 하며 깜찍하다는 듯이 박 구장을 쳐다보앗다

박 구장은 업듸린 채 일어나지 못하고서 잉크 칠을 하면 응혈이 풀린다기에 칠햇노라고 그럴 듯하지도 안흔 변명을 승겁게 중얼거리고 잇섯다

순사 부장과 조선 순사 또 그 외에 오카사끼와 백 의생은 서로 한참

11 馬鹿野郎(ばかやろう) : 바보 녀석, 멍청이, 멍텅구리.

12 “これはわざとインクを塗って偽病をしましたね.”

동안이나 일본말로 무엇인지 짓거리드니 순사 부장이 또 조선 순사에게 통역【역】을 시켜 박 구장에게 이러케 일럿다 당장에 무고죄(誣告罪)로 본서로 잡어 넘길 터이나 동리 구장이란 면목을 보아서 특별히 용서해주는 것이니 이 자리에서 원상이와 사화하고[13] 곳 고소장을 취소 철회하라고 하얏다 만일 사화하지 아니하면 곳 잡어서 본서로 넘기겟다고 위협을 하며 강청하얏다[14]

박 구장은 원통하고 분하얏다 죽도록 매마저서 돈 드려 가며 고소를 햇드니 돌이어 무고죄로 몰리게 되엇다

그는 순사 부장에게 채워서 업더진 그대로 흑흑 늣겨 울엇다

1930년 2월 5일(수) 4면

감ㅅ돌(4)

五

박 구장이 주재소에서 울며 게자 먹기로 원상이와 사화하고 돌아온 그날부터 썰어가며 몹시 알터니 며츨 안 되어서 거의 다 죽게 되엇다 그는 매마저 죽는 것 아니라 분통이 터저서 죽는 것이다 그는 정신업시 신음하면서도

『한철아 한철아 나는 죽는다 한철아 원통하게 매맛고 분통 터저 나는 죽는다 한철아 내 원수 갑허다구 한철아』

13 사화(私和)하다 : 법으로 처리할 송사(訟事)를 개인끼리 서로 좋게 풀어 버리다. 원수였던 사이가 원한을 풀고 서로 화평하게 지내다.

14 강청(強請)하다 : 무리하게 억지로 청하다.

六

한철이가 자긔 집에 돌아오기는 전보 친 지 사흘 되든 날 저녁 자긔 아버지가 죽게 되엇슬 째이엇다

그는 박 구장의 맛아들로 만세통에 주재소를 들부시엇다는 혐의로 잡혀가서 일 년 반이나 감옥사리를 하고 나와서는 그길로 방랑 생활로 써돌아다니엇다 어느 째는 품파리도 해보고 쏘 어느 째는 달머슴[15]도 살다가 차차 그런 길로 풀리기 시작하야 나종에는 금광으로 들어서게 되엇다

본래 금광이란 곳은 팔도난봉 난봉 중에도 불량 무식한 하류배들이 만히 모여든 곳이다 그들은 친하다고 술상을 버려 노코 권커니 잡거니 하다가도 족음만 틀리면 당장에 술상을 들부시며 칼부림이 일어나는 것이 그들의 교제요 생활이다 광항(鑛坑)[16] 속에서 감ㅅ돌(금ㅅ돌)을 캐다가도 싸움이 일어나면 증 째리든 쇠메[17]로 후려갈기는 것이 그들의 일상사인 것이다

한철이는 본래 유순하고 무능한 사람이엇다 처음으로 이런 살풍경을 볼 째에는 가슴이 씀직씀직하도록 무서웟스나 날마다 보는 것이 그것이오 듯는 것이 그것이라 나종에는 별로 무서웁지도 안코 례사로 보이며 오히려 그런 싸움이 업스면 심심하야젓다 그뿐만 아니라 그는 확실히 그의 성질이 그런 살풍경 생활에 물들여젓다 마치 무서운 전염병이 한 사람만 잡아가지 안코 그 근처에 잇는 사람을 모조리 집어삼키는 모

15 달머슴 : 한 달을 한정하여 하는 머슴살이. 매월 그달의 품삯을 정하고 하는 머슴살이.
16 광갱(鑛坑) : 광물을 파내기 위하여 땅속을 파 들어간 굴.
17 쇠메 : 쇠로 만든 메. '메'는 묵직하고 둥그스름한 나무토막이나 쇠토막에 자루를 박아 무엇을 치거나 박을 때 쓰는 물건이다.

양으로

그가 방에 들어서자 그의 아버지 박 구장은 거의 죽어가는 임종이엇다 어두운 방에 가물거리는 조그만 등잔불 빗으로 겨우 그의 아버지의 얼굴이 보엿다

『아버지 아버지』

부르는 소리에 박 구장은 눈을 써서 그의 아들을 보앗다 그의 눈에서는 눈물이 핑 돌드니 양쪽 눈초리로 흘러서 금시 베개를 흠신 적신다 그는 아모 말도 못하고 가래만 그륵그륵 끌타가 겨우 간신히 손을 헤우적거리며

『웬수 웬수』 할 샌이다 그러다가 쿨럭 기침을 하드니 시커머케 상한 피ㅅ덩이를 토한다

한철이는 자긔 어머니에게서 원상이 놈에게 아모 까닭 업시 죽도록 매를 맛고 고소햇드니 돌이어 무고죄라나 무슨 죄라나 뒤집어 쓰게 되어 순사 부장에게 엽구리를 채워가며 사화를 하고 올라오드니 그날 저녁부터 벗적 더 알키 시작하야 저러케 원통한 호소 한 마듸 못해 보고 죽는다는 말을 대강 들엇다

이 말을 들을 째에 그는 가슴에서 불ㅅ덩이가 확 치밀며 그의 두 눈에서는 파란불이 번개가티 번쩍하얏다

그는 이를 부득부득 갈며 버르르 썰엇다 박 구장은 다시 눈을 번쩍 쓰드니 닭의 쫑 가튼 눈물이 주르르 쏘다지며 힘업는 듯이 스르르 감고는 아모 말 업시 점점 더 가래 끌는 소리만 요란할 샌이다

아모 말 업시 물ㅅ그럼이 내려다보고 안젓든 한철이는 벌썩 일어나며

『응 이놈을 죽여야지 이놈을 하고 크게 소리를 질으며 압문을 박차고

쒸어나가 헛간에서 무엇을 찻드니 새로 베려서 날이 시퍼런 도끼를 번쩍 둘러메고 장터로 쏜살가티 나려 닥친다

원상이는 그동안 걱정꺼리이든 박 구장을 시원하게 처치하고 나서는 순사 부장과 백 의생과 다른 여러 사람을 더리고 다니며 료리를 먹이고 술이 만창이 되어서 비틀거리고 돌아다니드니 오늘 저녁에는 자긔집 국수 가개에 나와서 유성긔를 틀고 잇섯다 동리 사람들이 함싹 모여 안저 아모 소리 업시 유성긔 소리에만 취해 귀를 기우리엇다

이때 마츰 한철이가

『원상아 이놈 이리 나오너라』 하고 소리를 지르며 도끼를 휘날리고 달려들자마자 마치 금광에서 감ㅅ돌을 캐낼 때 쇠메로 증 머리를 내려찍듯이 유성긔 여페 부채질하고 안젓든 원상의 머리 우으로 도끼를 번쩍 들엇다가 왼 힘을 다 모아 가지고 힘껏 내려찍엇다 원상이는 아프로 푹 곡ㅅ러지자마자 머리알이 두 쪽으로 탁 터지며 박속 가튼 뇌장이 쏘다젓다

달은 밝엇다

한철이는 정신업시 작구 퍽퍽 내려찍엇다 피 무든 도끼날은 내려찍을 때마다 달빗에 번쩍번쩍 서릿비치 찰란하얏다

모여 안젓든 사람들은 하나도 업시 다 풍지박산해 버렷다 다만 틀어노핫든 유성긔만 퍽퍽 내려찍는 도끼 소리에 마추어 반주곡을 울릴 섄이엇다(끗)

두 전차(電車) 인스팩터 1930.2.6~1930.2.9

김명수(金明水)

1930년 2월 6일 6면

(소설)두 電車 인스팩터(1)

一

추레이닝(견습)제이【의】 일이나 준배는 한울의 별들이 총총할 째 일어나서 캐수(더운 물)를 사 오고 세수를 한 뒤 어젓게 차저다 노흔『유니폼』을 입어 보앗다

어제 오후에『톰손』이란 원숭이가티 생긴 자를 쌀하『니유 · 인스퍽터[1]』다섯이 양수포(楊樹浦) 차고에 가서 남 입든 헌 것을 아모거나 두 벌씩 골라잡엇다 그때 경산이란 사람이 가만 잇섯스면 조흘 것을『올드 · 유니폼 포 — 니유 · 인스펙터?(새 인스펙터에게 헌 옷입니까 하는 뜻), 하고 물엇다가 단박 톰손한테 양 코를 쎄인[2] 일을 생각하고 그는 혼자 웃엇다

준배는 몸에 넘우 꼭 끼이는 로동복을 생전 처음으로 입고 집안 식구들이 깨일가 보아 가만가만히 뒤ㅅ문으로 나갓다 그는 첫재 그의 매부

1 인스펙터(inspector) : 검표원.

2 코떼다 : 무안하리만큼 핀잔을 듣다.

의 집으로 발길을 노핫다

일은【이른】 새벽에 아비가 끌고 마누라와 자식이 뒤를 미는 시컴한 똥통 구라마[3]가『모 — 동』하고 소리 크게 웨치면서 지나갓다

준배는 올에 갓 스물밧게 안되는 홍안 미소년이다 그는 어려서부터 집안 형편 때문에 이 학교 저 학교를 건너뛰어 다니면서 공부햇고 작년까지도 ××대학 영문과 이년 급의 대학생이엇다 면비[4]로 간신히 공부하든 ××대학에서 작년 십이월에 무슨 일로 조선 사람이 모다 쫏겨날 째 그도 어썰 수 업시 집으로 돌아오지 안흐면 안 되게 되엇섯다

식구는 만코 일정한 수입이 업는 그의 가정에 돌아온 준배는 더 공부할 길을 어들 새도 업시 즉시 어머니의 재촉에 못니기어, 또 그의 매부가 소개하는 바람에 전차 회사의 차표 검사원(특겟 인스펙터)으로 부텃다 부틀 적에 서양 매네저는 준배를 보고 나히 어리고 몸이 작지마는 특별히 삼국어(영어, 일어, 중어)를 잘한다는 리유로써 본다고 하얏다 그래서 준배는 한 달을 그의 매부에게서 추레이닝을 맛지 안흐면 아니 되엇다

그의 매부는 매년 오 원씩 올르는 월급을 지금 칠십오 원 바드니까 전차 인스펙터 다닌 지가 칠 년재 된다 그도 한참 팔팔하든 시절에는 만주 지방에서 활동도 해보고 상해에 와서는 다시 공부를 하다가 모든 것이 틀리니까 이런 밥버리로 들어간 것이다 물론 맨 처음 그째는 이까진 거 얼마나 오래 해먹을 거냐 하든 것이 그동안에 가정이란 것을 일우어 노흐니까 이제는 여긔에 아주 목이 매고 말앗다 이것이 써러지는 날이면 아모 기술과 배경을 가지지 못한 코리안은 이 넓은 상해ㅅ 바닥

3 구루마(くるま) : 짐수레.
4 면비(免費) : 비용의 부담을 면제함.

에서 정말 단 몃십 원짜리 일도 붓들기가 어렵다 현재 전차 회사에만 사십륙 명 새로 생긴 뻐스에 륙십 명이 넘는 젊은 조선 동포가 다 이런 처지에 잇다 모다 맨 처음에는 공부를 하러 왓다가 학비가 끈허지니까 밥버리로 당당한 한 지사라 하는 사람들도 처자를 먹여 살릴랴니까 이런 밥버리로 모다모다 죽지 못해 하는 그 노릇이다 그러나 그중에 또 어썬 자는 돈벌어 저금해서 자긔도 『꼬 — 드』 가튼 사람이 되겟다고 꿈꾸는 사람도 잇겟지만 매부ㅅ집 우층에는 전등불이 켜 잇고 그 안에서 갓난 어린애의 울음소리가 나왓다

『순희야 매부 깨엇늬?』 하고 준배는 위를 향하야 누의동생을 불럿다

순희는 창문을 방긋이 열고

『나 애기를 안핫스니까 이걸로 뒷문 열고 들어와요』 하고 한 손을 내어 밀어 열쇠 뭉치를 썰어틀엿다

『오 — 라잇』 하고 준배는 그것을 털석 바다 가지고 뒷문으로 돌아 우층으로 올라갓다

二

준배가 방에 들어올 째 그의 매부는 아즉 침대 우에서 이불을 뒤집어 쓰고 정신업시 콜콜 자고 잇고 순희는 하얀 가슴을 내어 노코 난 지 백날도 채 못 되는 애기 입에 젓을 물리고 방 안에 빙빙 돌고 잇섯다

동이 훤한 게 틀랴고 한다

『애 아즉도 안 깨어서 어써커니?』

『어제밤 늣도록 『마 — 장』(麻雀)[5]만 햇다우 애기는 밤새도록 무엇 째문인지 보채기만 하지요 난 쏙 죽겟서』

순희는 준배보다 두 살 알에인데 작년 봄에 열 살이나 우이인 이 매부와 혼인을 하얏다 혼인한 지 일 년 족음 지내서 쌀을 나핫다 어머니가 넘우 어려서 그 어린애가 제 쌀갓지 안햇다 어린애가 어린애를 가젓고나 하고 준배는 생각하얏다

『자 — 어썰랴고 마장만 할가』

준배는 이런 한탄하는 소리를 내엇다

『옵바 일전에 일백삼십호가 면직 당한한【당한】 걸 알우?』

『응 나도 알어』

인스팩터 일백삼십호 최는 지난달 월급 탄 날부터 일도 안 나오고서 사흘 낫밤을 연겁허 마 — 장만 한 것을 회사 측에서 어써케 알아 조사해 가지고 (물론 회사 스파이가 찔러준 것이다)두말업시 『씨스미스』[6](면직)를 시켯다 그래 십 년이란 긴 동안 몬지를 마시고 되놈에게 가진 욕만 먹어가면서 일한 결과 월급 최고 대양 팔십 원을 밧든 사람이 그냥 하로에 목이 썰어저 어린 처자를 더【데】리고 상해 천지에서 오고 갈 데 업는 참혹한 지경에 싸지고 말은 것이다

이 무서운 일이 잇슨 뒤에 준배의 매부의 마장 놀음도 한째는 좀 뜸하드니 요지음 와서 다시 성황을 이룬 것이다 우리들에게 무슨 오락이 잇느냐 하고 대부분의 인스펙터들은 자긔집도 돌아보지 안코 월급의 절반을 이것에 쏘다 털인다

『어 —』 하드니 매부가 이리로 돌아 누으면서 눈을 반씀 썻다 요새로

5 마작(麻雀) : 보통 네 사람이 상아나 골재에 대쪽을 붙인 136개의 패를 가지고 여러 모양으로 짝짓기를 하여 승패를 겨루는 실내오락.

6 디스미슬(dismissal) : 면직, 해고.

얼굴이 새캄해지고 눈이 움푹 들어갓스며 광대쌔까지 더욱 쑥 나왓다

『첫차를 노치면 어써캐 하오?』 준배는 시계를 보이면서 매부에게 어서 일어나기를 재촉햇다.

『나 일어나지. 아 지금 몃 시야 응 여섯 시도 못 되엿군아 준배 입브네 영국 군인 갓군 좀 옷이 해젓지만』

그는 이불 속에서 이런 말을 한 후에 천천히 일어나기를 시작햇다

『응 읍【옵】바는 옷맵씨가 잇스니까』 하고 누의까지 추어주는 바람에 준배는 은근히 조하서 경대 아프로 갓가이 갓다

『홍 그러기는 그래 거울에 비최인 스타일이 남경로 경마장 아프로 짧은 스티을 가벼게 흔들면서 엇개를 올리고 활발이 걸어다니는 이십 세 미만의 영국 유년병 갓구나 그래도 선수는 못 되엇지만 평상시에 운동을 열심으로 한 덕택이 여긔서 나타나는구나』 하고 준배는 혼자서 매우 깃벗다

1930년 2월 7일 6면

두 電車 인스팩터(2)

三

그들의 오늘 오전에 일할 장소는 황포탄(黃浦灘)이다 그래서 불이나케 영법계 경계선인 『애다아로』(愛多亞露)로 달아 왓슬 쌔에는 이미 차고에서 나오는 첫차는 십오 분 전에 왓다 간 뒤며 『세큰더 — 드』도 다 노치고 간신이 넷재 차를 붓들엇다

일은【이른】 쌔이라도 등간(頭等)[7]에는 승객 한 사람도 업고 삼등실에 바구니든 몃 사람과 퍼렁 옷 입은 로동자 두엇이 잇슬 쌘이다

준배의 매부는 워이쎌(Waybill)[8]이란 것을 차장에게서 바더서 펴들고 거긔 쓰인 『넘버』(番號)와 승객의 가진 표의 넘버를 비교해본다 그러고 차장의 표 찍은 것이 마젓나 승객이 쎅슌(區域)을 넘지 안핫나 하는 것 등을 다 검사한 뒤 워이쎌에다가 22라고 자긔의 호수를 『싸인』한 다음에 차장의 싸인을 또 자긔 수첩에 바덧다

『짜 — 든쌔리취』에서 압차에 올랏다가 대마로(大馬路)에서 나리고 대마로에서 뒤차를 밧궈 타서 오며【마】로(五馬路)에서 나리고 거긔서 또 오든 길로 다시 올라간다 압차 뒤ㅅ차 올랏다 나렷다 네댓 번 하는 새에 해관의 커다란 자명종(自鳴鍾)은 여듧 점을 전 시가에 크게 울렷다

매부는 준배더러 북사천로(北四川路)로 가는 압차를 검사해보라 햇다

『난 아즉 혼자 못 하겟서요』

『해봐야지 그러고 압차에는 녀자들이 만히 탓스니깐 어서 올라가 저 나려오는 손님들 표 잇나 보게』 하고 그의 매부는 준배를 내버려두고 혼자 『쿨리』[9]들과 촌씌기들이 가득찬 뒤ㅅ차로 쒸어올라가 버렷다

『오피스 · 아워』(사무실 시간)이 되어서 압차에는 이등간과 삼등간이 모다 만원이다 차장은 준배를 어리게 보고 놀리는 웃음을 주엇다

『어대 요놈 쪼긔마치만 얼마나 매운가 보아라』 하면서 준배는 익숙한 것처럼 외이쎌을 펴들고 사이를 쒜뚤흐면서 한 장씩 한 장씩 착을착은【차근차근】 보아 나아갓다

---

7 두등(頭等) : 으뜸가는 등급.

8 웨이빌(Waybill) : 송화인이 운송인의 요구에 따라 운송품의 명세, 운송 경로, 도착지, 수화인, 작성 장소, 작성 날짜 따위를 적고 서명하여 운송인에게 제출하는 운송 서류(승객 명부, 화물 운송장 등).

9 쿨리(coolie) : 육체노동에 종사하는 하층의 중국인, 인도인 노동자.

파스를 가진 사람들이 만흔데 일일이 그것을 내보여 달라 하기에는 넘우나 수집어서 그런 것들은 그냥 쑥쑥 지내가고 더욱 예쁜 젊은 녀자들 아페 가서는 얼굴을 붉히며 정성스러이 펴까지주는 틱켓을 손가락 건드릴가봐 보지도 못하얏다 어썬 젊잔흔 손님은 준배의 손을 만지면서 나히를 물엇다

동전을 손에 들고 잇는 손님들이 만핫다 이것은 물론 차장이 잇다가 협잡해 먹을랴고 팔지 안흔 것이오 심한 것은 벌서 돈을 바더먹고 표를 주지 안흔 것이다 최하 너픈짜리 『스퀴스』(협잡) 한 장에 벌금이 대양이각 열 장이면 쫏겨나는 것을 아는 그들 차장은 이 도적질을 끈치 못한다 차장의 월급은 십삼 원서부터 깃것 올라야 이십일 원이라 하니 암만 갑싼 중국 로동자라 하기로 보통 다섯 식구에 물가 고등한 상해에서 요것 가지고 살아나갈 수는 업다 영국 자본가는 이래서 차장들을 도적놈으로 맨들어 내엇다

『어쌔? 몃 장 잡앗서?』

『아이고 못해먹겟서요 —』

『벌서 이러면 어쩌나 모다 마마후후(되는 대로)로만 해요 일 더 잘한대야 월급이 남보다 더 올르는 것도 아니오 이제부터 할랴면 좀 쇠 잇게 무엇보다도 중국놈에게 넘우 싹싹해서 미움밧는 것이 제일 안된 결세 누구 모양으로 콩알을 먹으면 그만이니까』

『그런데 젊은 녀자보고는 표 뵈어달라는 말도 못하겟서요 그래 그냥 쑥쑥 지내버렷지』

『더욱 조치 손이나 슬슬 다처주고』

오전 열 시에 싹 달라부튼 배와 천근 가튼 다리를 끌고 준배와 그의

매부는 이런 회화를 하면서 집에를 향하얏다

四

조가도(曹家渡), 조가도라 하면 외국 사람 도모지 안 사는 저 영계(英界)의 북쪽 끗트머리 공장들 만흔 대고 불량패 도적놈 굴 잇는 대로 유명한 곳이다 여긔서는 인스펙터와 무지한 승깨【승객】들 사이에 충돌이 자조 생기기 째문에 누구나 여긔 일을 할 째에는 눈을 슬적슬적 감아 준다 그래서 차장은 여긔 오면 협잡을 제 할 대로 막 해먹고 승객들은 그저 타기 일수엿다 전번 오삼십운동 째 서양인 인스펙터가 이곳에 왓다가 죽도록 어더맞고 간 다음부터는 그들의 세력이 더욱 노파갓다

준배와 그의 매부는 오후에 여긔 일을 마탓다

전긔불이 켜진 지 얼마 되지 안흔 째에도 각 공장에서 울어나오는 기름 무든 공인들로 큰 길이 메엇다 소주하(蘇州河) 우에서 가난한 살림하는 무수한 배우에서 저녁 연긔가 무럭무럭 올라오는 째이다

준배와 그의 매부는 정안사(靜安寺) 행의 무궤(無軌) 전차에 올랏다

인제 차 몃 개만 하면 오늘의 의무는 다 마치는 것이다

준배는 여전히 그의 매부의 여페 짤하부트면서 꼭꼭찬 삼등간을 마치고 텅 비인 일등간으로 건너갓다 기름에 짬내, 입김, 방귀 냄새가 코를 콕콕 쑤시고 가슴을 답답하게 하는 대서 그 족으마한 간 하나를 넘어서니까 마치 지옥에 잇다가 천당으로 이사온 것가티 시원하얏다

두루막이 걸친 중국 신사 세넛이 안젓고 한가운대 헌 비단옷으로 싸은 돼지 가튼 뚱뚱한 자가 서 잇섯다 안즌 사람들의 표를 다 검사한 뒤에 준배의 매부는 그 서 잇는 자의 등을 손가락 끗트로 살짝 치면서

『표 잇소?』 하고 물었다

『……』

그자는 말도 업고 뒤도 안 돌아본다

『표는?』 하고 매부는 뒤에 선 채로 두 번재 물엇스나 그래도 또 아모 대답이 업는 것을 보고 이번에는

『표 삿는가?』 하고 소리를 질럿다

그래도 웬일인지 이자는 거만하기 짝이 업서 까딱도 안 한다 그때 삼등간에서 차장이 나타나면서 작은 목소리로

『순, 부시쌍(巡捕先生, 즉 巡査 나으리)』 하고 인스펙터에게다 눈을 씀벅씀벅 하얏다

준배의 매부는 그것도 못들은 체 그자의 엇개를 홱 쓸면서

『표 잇스면 좀 보자』 하고 더 큰소리를 질럿다 일등간의 승객들은 모다 눈이 쫑글햇고 삼등간에서는 좁은 문으로 십여 개의 대가리가 첩첩히 싸혀 내어 밀렷다

이제야 이 평복 순사라는 것은 사납게 생긴 나츨 돌리면서

『메유 메유말라(안 삼【샀】서)』 한다 그 체격과 말에 북방 놈인 것을 알앗다

『왜 안 삿서』

『난 안 사』

『사라 어서 사 네가 무엇인지는 몰르나 누구든지 파스 안 가젓스면 표 사는 규측이다』

이러케 회화가 험악하게 되어가는 것을 보고 부들부들 써는 차장은 준배에게 갓가이 와서 이 사람은 『순부시장』라고【이라고】 여럿이 듯게

일럿다

『순부시쌍이고 무어고 나는 당초에 모른다 제가 제복(制服) 안 입고 말도 안 하는데 내가 어써케 알어 또 일등간에 탓스니까 제갑 내야 된다 어서 표 팔아』 하고 돌이어 차장놈에게 톡톡한 핀잔을 주엇다

『사지! 사 얼마야?』

순부는 팔을 것고 주머니에서 의긔 조케 동전을 쓰집어낸다

『차장에게 물어! 내가 표 파는 사람이냐? 네가 어대서 탓는지 나는 몰른다 차장 표 안 팔고 무엇하고 잇서!』

차장은 인스펙터의 호령을 듯고 순부에게서 동전을 바드면서 나의 잘못은 아닙니다 이 뒤에 나는 째리지 마십시오 하는 표정을 보이면서 굽실굽실 표를 찍어주엇다

표를 바다들은 순부는 이제야 분노가 불길가티 올라서프【올라서】 이런 욕을 두 인스펙터에게다 던젓다

『이 조선놈 저의 나라에서 왜 못 살고 남의 쌍에 와서 또 영국 놈의 개질을 하면서 무슨 세력이야!』

그러나 준배의 매부도 지지 안햇다

『무엇이 어쌔? 너의들은 무엇을 잘한다고 써드냐? 내 정당히 할 것 햇는데 무슨 잔소리야?』

뚱뚱한 순부는 더욱 골이 붓적 나서

『쓰리×××』 이러케 못할 욕을 하고 표를 짝짝 찌저서 인스펙터 나체다 썍렷다

1930년 2월 9일 6면

두 電車 인스팩터(3)

다시 아프로 나와서 매부의 멱살을 두 손으로 석 잡고 끌어나려 가랴 한다

『매부 그대로 끌려나려 가시오 여긔 싸하기 좁습니까』

앗가부터 한편으로 처음 당하는 일임으로 약간 겁을 집어먹고 가만히 보고만 잇든 준배는 이제야 그의 매부 뒤에서 이러케 입을 벌엿다

일등간의 승객들은 모두 일어나 맨 처음에 이 싸움을 말리랴 하얏지마는 삼등간에서 몃 놈이

『쌍!(처라)』

『쌍 사표(인스펙터를 처라)』 하고 외치는 바람에 손들이 쑥 들어가고 말앗다

준배 매부는 멱살을 잡힌 채 끌려나려갓다

준배도 썰어지지 안흐랴고 쌀리 뛰어 나려갓다

삼등간에서 몃 험악하게 생긴 놈들이 가티 뛰어나렷다

차장은 급히 종을 울려 쌀리 차를 써나게 하얏다

아스팔드 행길 우에서 뚱뚱한 순부 놈과 가느다란 준배의 매부는 서로 멱살을 잡고 잇다 그러드니 어느 틈에 투닥투닥 째리기를 시작해버렷다

준배는 이 싸움이 절대로 자긔들에게 불리한 줄을 알고 얼핏 순사 호각을 쓰내어 사방을 휘 돌아다보며 길게 불엇지만 순사는 하나도 오지 안햇다

돌이어 저쪽 네거리에 막대기 든 중국 교통 순사는 쌈난 곳을 못 본

체하고 서 잇다

어느새 삥 둘러싼 쌈 구경꾼들은 하나나 말리기커녕 사방에서 『짱!』『짱!』을 련발하는 것이 긔세가 자못 험악하야 갈 쌘이다

매부는 요새 그리 건강치 못하다 긔 하나 살앗슬 쌘이지 힘으로는 도저히 저 큰 놈을 당하지 못할 것이다 준배는 별안간 결심을 하고 격투하는 속으로 쒸어 들어가 말리는 체 하면서 순부의 팔을 째리고 목아지를 잡아당겻다

인스펙터들의 모자는 쌍에 대글대글 굴어 사람의 발에 밟히고 단초는 쏙쏙 다 썰어젓다 그러고 순부의 비단 저고리는 갈래갈래 찌저젓다

『자 이놈 하나만 죽여 노차』 하는 것이 서로 말하지 안하도 두 인스펙터의 이쌔의 전술(戰術)이 되엇다 되놈이란 한 놈만 혼을 내어 노흐면 남아지는 무서워서 꼼쩍 못한다는 것을 들엇섯다

순부는 과연 잔인한 북방 놈인 데다가 순사도 해먹고 거긔다가 키가 훨신 커서 팔도 길고 몸이 무거워서 맨 처음에는 두 인스펙터의 주먹으로서는 까딱도 안햇지만 준배의 매부가 인스펙터의 유일의 무긔인 『쏘아•키 —』(전차 문 열쇠)로다가 이마를 찍고 준배가 정확한 슈팅으로 급소를 차니까 단박에 죽는 시늉을 하면서 거굴우 넘어젓다 두 인스펙터가 『자 — 도망하자』 할 째는 이미 느젓다

인산인해로 둘러싼 시컴한 되놈쎼에게 두 패로 난호어 잡혀서 그들은 실컨 모두 매를 마젓다

그로부터 한 삼십 분 후에 준배는 어느 시컴한 골목 안 더러운 쓰레기통 속에서 슬금슬금 기어나와서 일허버린 매부를 차젓다 그는 앗가 대가리를 마즈며 무수한 발길을 배에다 바들 제 아픈 것도 모르고 날래

게 코 — 트를 벗고 사람들 가랭이ㅅ속으로 몰래 기어 달아나간 것이다

이제는 아조 밤이 되엇다 준배는 앗가 그 싸움 현장에를 와 보앗다 전차들은 조금 전에 이곳에 무슨 일이 잇섯는지도 모르고 쌩쌩거리면서 좌우로 지내다닌다 모두 매맛든 장소 바로 아픠 호썩 가게에서는 자긔들을 때려 준 듯한 『류망』(거지 不良輩)쎄들이 오줌 가튼 차를 천연덕스럽게 빨고들 잇다 그러고 네거리에는 인도 순사가 나와 서 잇다

『매부를 어써케 차질가 어대서 죽지나 안햇나?』

이러케 걱정하면서 그는 배 우의 람포불이 깜박깜박하는 소주하 가으로 걸어갓다 그 미테 시컴한 진흙 구덩이를 나려다보면서

준배는 얼마쯤 우으로 올라가다가 저긔 썩언 다리 미테 무슨 쑤물쑤물하는 허연 것을 발견하얏다

『매부 — 매부 —』 하고 불르면서 그는 그 다리 우으로 급히 쒸어갓다

『매부 — —』

『오 — 준배냐?』 하고 대답하는 허연 것이 길어젓다

준배는 한 초가 밧브게 란간에서 쒸어나려 물컹물컹한 진흙 구덩이ㅅ속으로 싸젓다

『오 매부 살엇구료? 어써케 여긔를 왓소?』

『아하 — 여길 좀 봐』

매부는 뭇는 말에는 대답지 안코 자긔 가슴을 가르쳣다 준배는 코트를 헤치고 무슨 심히 무서운 것을 만지는 것처럼 그 속으로 한 손을 슬적 들여밀엇다 하자 『악!』 하고 준배는 질급[10]을 하며 손을 얼른 쌔엇다

10 질겁(窒怯) : 뜻밖의 일에 자지러질 정도로 깜짝 놀람.

매부의 가슴은 피투성이다! 친득친득한 피가 준배의 온 손에 무더 그 손가락 ᄉᆞ테서 방울이 쑥쑥 썰어진다

『이걸 어써오 어서 병원으로 가야지』

준배는 인력거를 불를랴고 일어서랴 하얏스나 다리가 푹 잠겨서 발을 쌔기가 어려웟다

『준배! 지금도 위험해 나는 이 근방에 원수가 만탄 말이야 준배! 내가 준배를 인스펙터로 소개해준 것이 잘못되엇네 행여 인스펙털랑 오래 해먹지 말게 뜻 잇는 청년에게 사형선고야』

매부의 음성은 썰렷다

『인스펙터』

『인스펙터』

하고 두 사람의 입은 약속이나 한 것처럼 동시에 쏙가튼 단자(單字)를 내노핫다 서로 보지 못하는 눈에는 눈물이 그득 찻섯다

칠 년 해먹은 인스펙터의 설음이나 이틀 된 인스펙터의 설움이나 다 한 가지엇다 나는 지금 사형선고를 바든 청년이 아닌가 생각하매 준배의 가슴은 찌저질 듯이 아팟다

준배와 그의 매부는 거긔서 나오랴는 생각도 업는 것가티 얼마를 그대로 쏙 박여 잇다가 물 들어올 쌔에 기어 올라와 그리운 법조계(法租界)를 향하야 황포차(人力車)를 쌀리 몰앗다 (ᄭᅳᆺ)

명랑한 전망 1932.1.6~1932.1.9

문성훈(文成薰)

1932년 1월 6일 4면

(당선소설)明朗한 展望(1)

그다지 넉넉지 못한 책장이언만 조곰이라도 갑나감 즉한 책은 모조리 셉아 내노흐니 그의 아페는 어언 수십 권의 책이 수북히 싸엿다. 그 수만흔 책 우에 지울 운명을 가엽게 여길 여유조차 업스리만치 그의 마음은 좀해 가라안지 안는 흥분에 설렷다. 그 흥분된 마음에 책장을 뒤지는 손가락이 아직까지도 가늘게 썰엿다. —

그날에 한한 일이 아니요 허구한 그 어느 날엔들 격지 안는 날이 업지만 그날은 유난이도 요동하는 심사를 봉호는 금할 수 업섯다. 기우러가는 집안의 형편과 안타가운 어머니의 마음속을 봉호가 짐작하지 못하는 바가 아니라 그 모든 것을 너무도 잘 알고 잇는 까닭에 날이 자저가는 늙은 어머니의 걱정과 푸중을 그로서 응당 달게 바더야 올흘 줄을 번연히 알면서도 각금 빗나가는 마음에 자연 댓구를 하고 항역[1]을 하게

1 항역(抗逆) : 맞서 거역함.

되는 것이다. —

『취직은 대체 어써케 되는 셈이냐』

『아직 자리가 업서요』

『학교를 졸업한 지 반년이 넘도록 아직 자리가 업다면 언제 잇단 말이냐』

『업는 것은 할 수 업지요』

『할 수 업지요라니 못난 녀석!【』】

『제가 못난 탓이 아니요 시절이 험해 그런 것을 인력으로 어떠케 합니까』

『웨 학교에도 각금 못 가보고 어른도 자조 차저보지 못하느냐』

『암만 차저가야 되지 안는 것을 어써게 해요』

『못난 자식!』

— 이만한 정도의 꾸중은 늘 당하는 봉호에게는 그래도 예사엿다. 버릇업는 짓이라고는 생각하면서도 그는 상스러운 억지와 불손한 대답으로 댓구는 할 수 잇섯다. 그러나

『너도 철이 잇스면 집안 형편을 좀 생각해 보렴으나. 늙은 아버지의 혼자 버시는 것을 어더먹기가 부끄럽지도 안흐냐. 그것도 질내라면 몰라두 년세가 차차 차가시니 그 자리도 언제 썰어질지 모르지 안니. 집안 식구나 어대 적단 말이냐. 밋고 바라는 것은 너 하나쁜이다. 그 네가 이러케 힘이 업고 주책이 업스니 글세 어써잔 말이냐』

— 여긔에서부터 봉호의 울울은 시작되엇다. 넉넉지 못한 현재의 형편. 압히 쌘히 내다보이는 집안의 장래 짐이 무겁고 책임은 중하나 현재 힘이 업고 성산[2]이 업고 나갈 길이 보이지 안는 그 자신. — 어머니

의 꾸중을 듯지 안트라도 그것은 그의 눈아페 력연히[3] 보이는 사실이엇고 보고 생각하면 할수록에 그의 우울한 마음은 날로 더하야 갓다

『나히가 찻스니 이제는 장가도 들어야 하지 안켓느냐. — 원동 윤씨댁 규수는 벌서 쏘 다른 데와 성혼이 되엿다드라 그런 소리 들리는 것이 네게는 부끄럽지도 안흐냐 직업이 업는 탓【탓】으로 성혼되엿든 색시짜지 쌧겨 버리고 —』

— 이 어머니의 꾸중에서 봉호의 우울은 더한층 기퍼 갓다 문벌이 훌륭하고 가세가 부유하다는 리유로 봉호 자신의 의사는 무시하야 버리고 윤씨댁과 그의 집안 사이는에【에는】 재학 시대부터 혼담이 잇섯든 것이다 비록 규수가 그의 마음에는 씨이지 안키는 하엿더라도 일단 말잇든 것이 파혼이 되여버리고 그 중요한 리유가 봉호의 취직 여부에 잇섯든 것만은 사실이니 다만 그 사실 그것만이라도 봉호에게는 알 수 업시 우울한 것이엇다

그러나 이러한 꾸중도 그의 마음을 우울하게는 할망정 늘 듯는 터이라 귀에 익고 버릇이 되여서 그의 마음을 오히려 근본적으으로【근본적으로】 휘둘으지는 못하얏다 그러자 그날만은 아츰부터 어머니의 꾸중이 매우 심하얏다 진종일 꾸중을 하다가 꾸중 끗데【끝에】 격분한 어머니는 나종에 목소리를 노펴서 호령하얏다

『나가거라 집을 나가거라 변변치 못한 자식!』

안타까운 흥분 끗테 나온 일시의 호령인 줄은 알면서도 봉호는 마츰 불끈 솟아올으는 심사를 억제할 수가 업서서 가티 댓구를 하야 버렷다

2 성산(成算) : 일이 이루어질 가능성.

3 역연(歷然)히 : 분명히 알 수 있도록 또렷하게. 기억이 분명하게.

『나가지요 나가고 말고요』

『빨리 나가거라 너 가튼 자식은 다시 눈아페 보이지 말어라』

역시 격분한 봉호는 단거름으로 그 자리를 쒸여나가 사랑방 서재에 가서 길 써날 려비를 만들 셈으로 책장의 책을 주섬주섬 골라내든 것이다

할 일 업는 집에만 틀어박혀 잇스니 심사가 우울한 판에 집을 나가서 굶어죽는 한이 잇더라도 오래전부터 소망이든 외지에나 나가보겟다는 생각이 불현듯이 난 봉호는 그날 마음속으로 마즈막 결정을 지으면서 흥분에 썰리는 손으로 한 권 두 권 책을 쌔내든 것이다

책장의 간간을 모조리 뒤저 마즈막 운명을 가진 수십 권의 책을 가려낸 그는 큰 려행용 트랑크 속에 그것을 그득 담어 들고 방을 나왓다 뜰을 나려 대문께로 향할 째 안채에서는 전에 업든 어머니의 우름소리가 가늘게 새여 나왓다

1932년 1월 7일 4면

明朗한 展望(2)

2

저무러 가는 거리로 나와 책을 처치하고 몸에 지녓든 시게마자 업새버린 봉호는 빈 트랑크를 든 채 의론도 잇고 하야서 경희를 차저가기로 하얏다.

m백화점에 녀점원으로 잇는 그를 차저 마즈막 작정을 이약이하고 혹시 가티 써나게 된다면 그 백화점에서 단손에 려행용픔 가튼 것을 사서 트랑크 속에 재여 가지고 그길로 즉시 써날 결심이엇다. 만약 곳 못 써나게 된다 하드라도 집에는 다시 안 들어가리라고 생각하며 트랑크를 주체

스럽게 휘둘으면서 종로 거리를 걸어갈 때 별안간 등 뒤에서 귀익은 목소리가 날러왓다. 돌아보니 거긔에는 동창인 명수와 상근 두 사람이 걸어왓다.

『얼마 만인가. — 초저녁부터 자미가 조흔 모양일세그려』

『조타니 고맙네』

우울한 자긔에 비하야 항상 명랑하고 양긔로운 동무들을 봉호는 다만 겸손하게 축복하야 주고 십헛다.

『조흔 것도 리유가 잇지 —』

하며 상근은 빙글빙글 웃으며 봉호를 바라보앗다.

『 — 오늘 마작을 놀아서 의외에도 만히 싼 까닭일세』

『그런데 자네 가방을 들고 어대를 가는 셈인가?』

그의 트랑크를 바라보며 명수가 물엇다.

아직 어데라고 작정한 곳은 네【업네】.

『작정 업시 나선 길이라면 — 자 우리들과 잠간 가티 놀너가세.【』】

『지금 놀러가지는 못할 처지네』

『앗다 잠간 가티 가세그려. 싼 길에 내 한턱함세』

『아니 사실 지금 밧분 길이네【』】

『어른의 말 안 들으면 조치 못하다』

경희가 백화점에서 나올 시간이 거의 되엇슬 것을 염려하야 루차 거절하얏스나 문득 돌려 생각하야 그날은 경희가 상품 정리에 밧버서 늣게 — 거의 밤 아홉 시나 되여서 나온다는 것을 깨달은 봉호는 동무들의 청을 싹 잡아뗄 수도 업서서 마츰 승락하고 그들 속에 휩쓸녓다.

『자네 직업은 어떠케 되엇나』

뒷골목 조그만 카페에 들어가 세 사람이 자리를 잡엇슬 째에 명수는 숭굴숭굴 웃으며 봉호를 바라보앗다.

『아직 놀고 잇네』

『자네 가튼 우등생이나 우리 가튼 건달이나 결국 마찬가질세그려. 허허허』

『자네들도 아직 직업이 업나』

『직업이라니 이 사람. 구해서 약할래도 업나부데. ― 속이 상해 죽을 지경일세』

그러나 그다지 비관하는 듯한 긔색도 보이지 안코 도리혀 허울 조케 웃는 것을 보면 아즉 『죽을 지경』싸지는 이르지 안흔 듯하얏다.

『일은 업고 속은 상하는 판에 날마다 마작판으로만 돌아다니니 젊은 놈 신세 다되지 안헛나』

『그래도 소일거리나 잇스니 심심치는 안켓네』

사실 일 업시 집에 들어 우울한 심사에 잠겨만 잇는 자긔보다도 소득은 업슬망정 마작으로라도 심심푸리를 하는 동무들의 신세가 봉호에게는 부럽게 생각되엇다

『밤낫 집에만 박혀 잇스려니 어른의 쑤중만 자저가고 사실 나야말로 죽을 지경일세. ― 모든 것을 버리고 차라리 집을 써나 버릴 생각이 하로에도 몃 차례씩 나는지 모르겟네』

『그래 오늘 길 써나려고 가방싸지 들고나온 셈인가?』

『아닌게 아니라 써날 수만 잇다면 이밤에라도 곳 써나고 십네』

『앗게 아서. 그런 말 들으면 더 속상하네』

가제나 못하는 술에 오래간만이래서 맥주 두어 잔에 봉호는 벌서 얼

굴이 확근거리고 골이 띵하얏다. 그러나 마작을 일삼는 두 동무는 술에도 어지간히 발전한 것 가태서 녀급의 짤하주는 술을 잔잔이 들어켜고도 늠실도 아니하얏다.

『일는 사실 큰일야』

단숨에 드려켠 술잔을 탁자에 노흔 명수는 별안간 목소리를 써러트리며 탄식하얏다.

『— 우리 가튼 청년이 해마다 수백 수천씩 늘어가는 형편이니』

비록 취직은 못 하얏다 할지라도 집안들이 넉넉한 덕으로 의식에 그리울 것 업시 마작으로나 세월을 보내는 그로서 오히려 이러케 탄식하는 것을 들을 째에 봉호는 그 역시 시긔의 탓임을 늣기지 안흘 수 업섯다.

『무섭고 험한 시절이지!』

마듸마듸 실감 씌운 봉호의 이 말에 명수는 무겁게 고개를 끗덕끗덕하얏다.

거듭 드는 술에 발서 어지간히 취하야 술 짜르는 녀급과 롱담을 건너고 잇든 상근은 문득 그 무슨 신긔한 것을 생각하얏는지 어조를 변하야 가지고 동무들의 회화를 가로채엿다.

『원동 윤씨댁 색시 말일세』

『그래 —』

『어적게 조선호텔서 결혼식을 하지 안헛나』

『나도 들엇네』

명수는 이러케 대답하얏스나나【대답하였으나】 봉호는 초문이여서 그 소식에 귀가 번적 씌엿다.

『그런데 말일세 놀나지 말라 결혼 비용이 일금 만 원이라네』

봉호에게는 지금에는 아무 상관도 업는 거리의 이약이거리에 지나지 아니하나 이 소문에 놀나지 안흘 수는 업섯다.

『흠 돈 잇는 놈둘은 못하는 짓이 업드라 — 우리들의 원수는 그저 그 놈들이야』

업【옆】자리에 안저 듯고 잇든 녀급이 엇전지 악이 나는 듯한 목소래로 이러케 외첫다 이 맹랑한 말에 동무들은 도와라【좋아라】 하고 박수하얏스나 봉호의 마음은 웬일인지 우울하야젓다

『가난한 사위ㅅ그리는 모조리 차버리고 골으고 골으다가 나종에 못난이를 골낫나부드라 하기는 돈이 만하니까 그것으로 족하겟지』

기왕에 봉호와도 혼담이 잇슨 줄을 몰으지 안는 명호가 봉호의 아페서 웨 이런 소리를 하는지 봉호는 동무의 생각이 알 수 업는 동시에 그 규수에 대하야 기픈 교섭과 애정이 전연 업섯다고 하더라도 이제 소사오르는 알 수 업는 우울을 금할 수 업섯다

그 우울한 마음에 속히 경희를 차저가 보고 십흔 열정이 불현듯이 솟아올나서 그는 아직 일으다고는 생각하얏스나 알마진 긔회에 좌석을 이러서서 동무들과 작별하고 먼저 카페를 나갓다

1932년 1월 8일 5면

明朗한 展望(3)

3

느즌 여름 밤거리에는 사람의 왕래가 어지러웟다.

혼잡한 사람들 쉅헤 석겨 M백화점에 들어간 봉호는 닷자곳자로 화장픔부에 가서 향수병의 진렬 사이에서 경희의 얼굴을 발견하얏슬 째

에 유심히도 두터운 애정과 안심을 늣겻다.

『얼굴이 웨 붉으우?』

경희는 향수병 사이로 웃으면서 은근한 목소리를 던젓다.

『동무들을 맛나서 술을 한 잔씩 나누엇드니 그런가부우』

『가방은 웨 드셋서요?』

『잇다 말하지 — 식당에서 기다리겟소』

경희가 파할 시간까지는 아직도 여유가 잇는 까닭에 봉호는 이러케 약속하고 그곳을 써나 심심푸리로 백화점의 층층을 휘돌아 나종에 식당으로 들어갓다.

취한 속에 시원한 차를 마시면서 안젓스니 그에게는 째아닌 이째 곳아닌 이곳에서 경희와의 사랑의 추억이 솔솔 풀려나왓다

그가 전문학교 재학 시대에 학교에서 돌아오는 길에 고개를 넘어 긴 벽돌담 여플 돌 째면 녀학교 이층 들창에서 번김 업시 박글 내다보는 녀자가 잇섯다. 비 올 째에나 안개 기플 째에나 눈 날릴 째에나 공교롭게도 그가 지날 째에는 실음 업시 박글 내다보는 그 녀자와 반드시 시선이 마조첫다. — 이것이 그들의 사랑의 시초엇다. 서로 사괴이게 된 후 처음으로 교외에서 만낫슬 째에 잔디바테 누어서 반날을 허비하면서도 서로 말이 업시 결국 『하늘이 웨 저리 푸를가요!』 하는 탄식박게는 남기지 못하든 일. 가을 일요일에 산에 올라 단풍가지를 썩다가 치마폭이 들려 가시넝쿨에 다리를 찔려슬 째 그의 양말을 벗기고 손수건으로 훌으는 피를 닥거주든 일. 구즌비 오는 밤에 어두운 방에서 전등대신에 초불을 켜노코 주고밧든 엽서를 밤새도록 닑든 일. 주고 밧든 엽서가 일 년 동안 모엿슬 째에 그것으로 두 사람의 벼개를 만드든

일…… 가지가지의 아름다운 긔억이 이제 봉호의 가슴속에 장면장면 물결처 흘러왓다

두 사람의 사랑이 근 일 년 동안이나 진전되엇슬 때까지도 경희는 그의 가정과 그의 일신에 관한 이야기는 한 마듸도 봉호에게 전한 일이 업섯다 만날 때에는 미소를 씌우고 헤여질 때에는 슯허하는 경희의 표정을 봉호가 예민히 살피지 못한 바는 아니엿스나 말 업는 그에게서 자세한 곡절은 캐낼 수는 업섯다

그러자 경희가 녀학교를 마치고 M백화점에 들어가게 되든 때 봉호는 모든 것을 그의 입에서 자세히 들을 수 잇섯든 것이다 그의 고향은 이 짱 안이 아니라는 것과 어릴 때부터 고아엿다는 것과 현재 그의 초가에는 혈통이 다른 어머니와 이복의 누이동생과 그의 세 식구가 살어간다는 것과 그 외 가지가지의 슯흔 이야기를 그의 입으로부터 들엇든 것이다 —

『시간이올시다』

가게 다칠 시간을 고하는 어린 녀급의 목소리에 추억에서 깨여난 봉호는 거리로 향한 들창 엽 식탁에서 문득 고개를 돌녓다 그로 하야금 오랫동안 추억의 길을 더듬게 하기에 적당하리만치 텅 비인 식당 안은 고요하고 어린 녀급들의 하아얀 행주초마가 귀엽게 다플그릴 뿐이엿다

트랑크를 들고 식당을 나온 봉호는 백화점 압 진렬창 여페서 한참 동안이나 기다린 후에 몰려나오는 녀점원들 숩헤서 향수 냄새 가장 만히 나는 경희를 차저냇다

『오랫동안 기두루섯지요』

『집으로 차저가랴다가 또 시끄러울가봐서 단손 이리로 차저온 것요

— 조용한 데 가서 차나 한 잔씩 마실가』

아직 시간도 일으고 하기에 그는 사랑하는 사람을 조그만 찍차점으로 이끌엇다

『아까부터 들고 다니시니 그 가방은 대체 무어야요 — 큼직한 가방을 들고 둘이 이러케 나란히 서서 걸으니 마치 신혼려행을 써나는 부부와도 갓군요』

『이 길로 신혼려행 써날까?』

『써나고는 십지만 어써케 써난단 말이야요』

『경희만 승락한다면 나는 이 길로라도 곳 써날 작정이엇소』

『지금 불시에 어써케 써난단 말이야요 쏘 집안 어른과 충돌하고 나오신 모양이군요』

우울한 침묵에 잠겨 찍차점을 나온 두 사람은 밤이 아직 깁지 안흔 것이 아깝고 쏘 서로 집도 돌아가기를 질겨하지도 안어서 집으로 향하는 길과는 반대 방향의 전차를 탓다.

밤에 철교 우를 그니는 것은 지나는 사람에게 상스러운 의혹을 줄가봐서 그들은 중도에서 나려서 넓은 풀바트로 향하얏다.

반날【달】이 걸렷고 길게 쌔친 두 줄 철교가 두렷이 빗낫다.

달빗에 흐려지기는 하얏스나 하늘에는 그득히 별들이 반작엿다.

『저별이 『오리온』이지요』

경희는 수만흔 별 중에서 『오리온』을 가장 조하하는 싸닭으로 언제든지 그 별이 제일 먼저 눈에 띄이든 것이다.

『『오리온』의 바른편에 『카시오』와 『안드로메라』가 잇고 —』

『그 우에 『케페우스』가 잇고 —』

『그 바른편 우에 잇는 것이 『허큘레스』 — 북두칠성의 동편에 잇는 『허큘레스』! — 나는 저 별을 치어다볼 때마다 그 방향을 더듬어 이 쌍을 북으로 올라가고 십드라』

『어대까지든지요?』

『더두 말구 시베리야까지만이라도 조치 거긔에는 집단농장 『신세게(新世界)』가 잇다니까 그곳에 가서 일이나 하엿스면』

『하바로쁘스크 근처 말이지요?』

『경희의 고향은 북쪽이라니 그 근처 어대가 아닐까』

『하기는 저도 가고 시픈 생각은 늘 나요 —』

『더구나 요사이는 그 녀석이 날마다 상점으로 차저와서 아주 앗씰이예요 하로는 화장픔 아페 와서 가장 갑 만흔 불란서 향수 한 병을 달라길래 돈을 밧고 싸서 내주니까 바더 가지고는 머뭇거리다가 돌오 나에게 주면서 사랑의 선물이니까 바드라고 하겟지요 그나 그쑌인가요 각금 집에 와서 어머니를 졸으기까지 하지요 아주 실혀서 못 견듸겟서요』

호소하는 애인을 봉호는 품 안에 폭 안엇다.

그러나 우리가 정식으로 결혼할 째까지는 이곳에 살면서 부지런이 일해야겟서요 저는 다달이 버는 돈 속에서 무서운 어머니의 눈물 속에서 무서운 어머니의 눈을 속혀 조곰씩을 갈라서 결혼비로 가만히 저금해둔답니다. 그것이 싸이고 싸이면 우리도 썻썻이 결혼하게 될 것애요』

이런 애인의 계획이 너무도 귀여워서 봉호는 더한층 그를 쓰겁게 안으며 그의 귀ㅅ속과 동시에 그 자신의 마음속에 수군그렷다

나도 일하지! 긔게를 맨지든지 쌍을 파든지. — 이 쌍에 머물어 무슨 일이든지 하지. 그리고 결혼비를 한 푼 두 푼 저축하야 갈 테야』

— 밤이 기퍼지고 별의 좌향이 돌 때까지 두 그림자를【는】 풀바테 나란히 누어 잇섯다.

1932년 1월 9일 5면

明朗한 展望(4)

4

두 사람 다 집으로 도라가기가 실혓고 다음날은 경희의 쉬는 날이고 한 까닭에 두 사람은 풀바테 누은 채 밤을 밝혓다.

『풀바테서 하로밤을 자다니!』

새벽에 일즉이 눈을 뜬 그들은 서로 바라보며 우섯다.

이슬에 축축이 저즌 옷은 몸에 짝 드러부텃다.

이슬을 썰치고 이러나 그들은 전차도 업는 일흔 새벽길을 문안으로 향하야 걷기 시작하얏다

빈 트랑크가 오늘 아츰에는 그의 팔에 주체스러웟다.

『우리의 이 꼴은 신혼려행에서 돌아오는 꼴인가.【』】

『그러니까 신혼의 단 꿈을 이슬 나린 풀바테서 매즌 셈이 되엇군요』

『이슬 마즌 최조【초】한 부부!』

두 사람은 서로 바라보며 웃엇다. 웃는 봉호의 얼굴에서는 어제의 우울의 그림자는 사라지고 이제는 신선한 긔색이 넘우 흘럿다.

사람의 그림자 드믄 새벽 거리를 걸어 철도 공장 지대에까지 이르럿슬 때에 두 사람은 문득 주춤하고 행길 우에 거름을 머물럿다

(以下 四十四行 削)

봉호 자신도 일흔 아츰에 우연히 목격한 그 광경에 말할 수 업는 감

상이 생겻다.

어제밤에 꾼 그들의 감상적 꿈과 오늘 아츰에 목도한 그 생생한 현실 사이에는 얼마나 만흔 차이가 잇는가. 한편에 서정시와 서사시. 한 폭의 달밤을 그린 수채화와 움직이는 현실의 그림자 바로 그 사이의 차이일 것이다. 이때까지의 그의 힘 업든 생활과 무긔력한 헤매임에 대하야 봉호는 붓그러운 생각을 금할 수 업섯다.

차차 사람들의 그림자가 늘어가는 거리를 여전히 걸어들어오는 봉호의 마음속에는 쓰메에리[4] 청년의 싱싱한 인상이 맥 치며 사라낫다 —

문안까지 들어섯슬 때에 아츰은 훨신 퍼지고 거리는 신선하얏다.

신선한 맛에 두 사람은 집으로 향하든 거름을 주저하고 방향을 돌려 오래간만에 남산에 올랏다

『신선한 아츰!』

『아름다운 거리!』

눈 아래 아물아물하게 전개되어 시야 숙【속】에 그득히 차는 아츰 거리를 바라보며 두 사람은 번가라 칭찬을 마지아니하얏다.

그들의 늘 조와하는 이 거리의 전망이 오늘 아츰에는 더욱 큰 매력을 가지고 그들의 시각을 질겁게 하얏다

아츰해가 쑥 솟아올으니 그 해ㅅ바를 밧는 거리의 표정은 일시에 밝은 빗을 씌엇다 신선한 약동! 명랑한 립체미(立體美)!

『모순의 소굴이요 착오의 련쇄이든지 마든지 간에 —』

아츰의 이 거리는 아름다운 표정 명랑한 전망이 아닌가

4 쓰메에리(つめえり) : 깃의 높이가 4cm쯤 되게 하여, 목을 둘러 바싹 여미게 지은 양복. 학생복으로 많이 지었다.

그 속에 굼틀거리는 각가지의 생활상이 비참하든 혹은 호화롭든 이 거리를 운전하는 사람이 어느 백성 어느 게급이든 그리고 그 속에 봉호와 가티 취직을 못 하야 헤매이는 청년이 몃천겻만 수물그리고[5] 잇든지 마든지 아츰해를 바든 이 거리는 아름다운 것이 아닌가 — 하고 봉호는 생각하얏다

그 풍경 그 전망은 어써한 력사의 미테 노여 잇슬지라도 변치 안코 아름다운 것이다 — 그 녯날 그곳이 참나부【무】 밧이엇고 그 속에 쓸어저 가는 숫【숯】 장수의 오막사리가 잇고 그 오막살이 안의 생활이 아츰해ㅅ빗에 빗취워 나왓슬 째에도 그것은 필연코 아름다운 풍【풍경】이엇스리라 목가가 흐를 째에나 공장의 사이련이 울닐 째에나 그 배경인 사긔와 력사를 불문하고 해ㅅ빗 아래 인간 생활의 자태가 들어나는 그 풍경은 태고ㅅ적부터 아름다운 것이다 — 그 속에 움직임이 잇고 거룩한 노력이 잇는 이상.

— 이러케 생각하는 봉호는 쏘 한 번 부르짓지 안흘 수 업섯다

『아름다운 거리 명랑한 전망!』

그 아름다운 풍경과 아싸의 청년의 인생관 어제밤의 경희의 게획이 한데 휩쓸녀 가삼 속에 뱅도는 봉호는 어제밤 경희의 귀에 수군그렷든 결심을 마음속으로 쏘 한 번 되푸리하얏다.

『나도 일하지! 푸른 옷을 닙고 긔계를 맨지든지 쌍을 파든지 — 이 쌍에 머물너 무슨 일이든지 할 것이다!』

그리고 아름다운 전망에 정신을 일코 잇는 경희의 손을 쓸며 명랑하

---

5 수물거리다 : 한군데 많이 모여 자꾸 움직이다.

게 외쳣다.

『이 가방 속에 희망을 그득히 잡아너헛스니 어서 저 아름다운 거리로 나려갑시다!』 (끗)

국화(菊花) 1932.1.12~1932.1.16

김현홍(金玄鴻)

1932년 1월 12일(화) 4면

(가작소설)菊花(1)

왕 참봉은 그가 살고 잇는 B동리에서 행세하는 집 사람치고도 빠지지 아니하는 어른이엿다 가문으로나 유식한 것으로나 전장[1]이 제일 만흔 것으로나 인덕이 잇는 것으로나 무엇으로든지 B동리에서는 웃듬이엿다.

그런데 서울로 학교 공부를 갓든 그의 둘재 아들이 우연치 안은 병으로 죽은 후부터는 그것이 시초가 되여 가지고 그의 행복하든 집안에는 뒤짜라 불행한 일만이 일어낫섯다.

가튼 해에 그의 네 살 먹은 손주 애가 죽고 새로 사온 큰 황소가 죽고 뜻하지 안엇든 수리조합이 안는 통에 그의 제일 조튼 농토는 모조리 저수지(貯水池)로 화하여 버리고 나종에는 삼 대째 살아오든 B동리에서는 단 한 채의 기와집 『왕대궐』이라고까지 불리든 집조차 내여노케 되엇

1 전장(田莊) : 개인이 소유하는 논밭.

다. 그러나 불행은 그것만으로도 그치지 아니하고 그에게 해【허】리아리[2]를 더하여 주엇다.

이러케 그의 가운이 점점 쇠패[3]하여가는 일편에 언제든지 그와는 은연중에 경쟁자이든 진 주사네는 붓적붓적 가세가 느러갓다. 그것은 진 주사가 그의 채권자엿든 짜닭이엿다.

왕 참봉네가 삼대나 나려 살든 왕대궐도 지금은 진 주사 나리의 댁이 되엇스며 애송(松)이 다부룩이 짤린 마즈편 산도 지금은 진 주사의 소유로 되엇스며 왕 참봉이 자랑하든 농토도 거반은 다 이 진 주사의 손악위로 드러갓다.

그것을 짜라 동리 사람들의 인심도 차츰차츰 저절로 진 주사에게로 쏠리고 그의 말이라면 시비를 가릴 것이 업시 올타고만 하엿다 그리면 그리할스록 진 주사는 이 B동리에서 완전한 패왕(覇王)이 되엇다. 그는 마즈막으로 동리 사람들의 반대에도 불고하고 수리조합을 설시하게 해논 공로로 당장에 면장까지 되엇다 이러케 해서 그의 세도는 B동리쑨만이 아니라 그가 살고 잇는 근방 민간에서 물론 관청에서까지도 쌜래줄 쌧듯 하엿섯다.

이러케 눈이 부시게 쌔처가는 진 주사의 세도와 명예가 잠간 동안에 그에게 아조 참패하야 버린 왕 참봉의 심중에 대연헐 리는 만무하엿다.

그는 처음에는 진 주사의 세력이 쌔처가는 것을 코우슴첫다. 그러나 그 코우슴이 얼마 안 가서는 질투로 변하얏다. 나종에는 그를 해치고자 하는 미운 생각까지 낫다 그러나 이전이면 몰라도 지금 와서는 진 주사

2 허리앓이 : 허리와 엉덩이 부위가 아픈 증상.
3 쇠패(衰敗) : 쇠하여 패망함.

와 왕 참봉과는 무어스로든지 견우워보려고도 하지 못할 형세이엿다 이것이 왕 참봉에게는 가슴을 칼로 쑤시는 것보다 더 아팟다.

『내게 이전 가튼 가세가 잇섯스면……』

그는 혼자 속마음으로 이러케 생각하엿다. 그러나 그에게 더욱히 그의 생전에 이전 가튼 가세가 돌다서서 진 주사의 세력을 썩거볼 그런 긔적은 화수분이나 잇기 전에는 틀릴 일이엿다 그러나 그와 가튼 화수분은 그의 공상 가운데도 나오지를 아니하엿다.

이러케 자긔가 진가의 세력을 썩그려야 썩을 수 업는 것을 알면 알스록 왕 참봉의 가슴은 안타가웁게 아팟다.

그러나 가슴이 아픈 것쌘 그외에는 그를 어써케 할 수는 업섯다. 그러고 그 되지 안흔 세도가락을 걸핏하면 피려고 애쓰는 진 주사의 쏠을 그대로 가마니 안저서 보고 잇기는 그는 참아 실혓다.

『그놈의 되지 안흔 쏠을 눈아페 보지 안코 살아갈 수는 업슬가』

그는 자긔가 도저히 진가의 세력을 썩거볼 수가 업는 것을 쌔다를 쌔 이런 소극적(消極的)인 문제를 가지고 신【진】가의 되지 안흔 세도가락을 피하야 보려고 생각하엿다

그러면 그는 자긔가 이 정든 B동리를 써나가 버리기 전에는 진 주사의 아니꼬운 쏠을 아니 볼 수가 업는 것을 쌔다랏다. 그러나 그것은 아모리 생각하야 보아도 되지 못할 일이엇다. 삼 대쌔나 살아오든 자긔의 정든 고향인 B동리를 그리고 조상의 해골이 무처 잇는 이 쌍을 그대로 버리고 써나가 버린다는 것은 도저히 그에게는 할 수 업는 일이엇다. 그는 다시 번민번민한 스테

『내가 이 쌍을 아조 써나가 버리지 안코라도 싸로잇 다른 곳에 쑥 썰

어저서 동리에 나오지 안코 파무처 살면 고만이지』

하고 이러한 생각이 낫다.

『내가 그까지ㅅ 놈에게 쏘껴서 은돈(隱遁) 생활을 하다니』

하는 생각도 업지는 안헛지만 그러나 가마니 생각하면 그리할 수박게 도리가 업섯다. 그는 할 수 업시 자긔가 은돈 생활을 하려고 결심을 하얏다. 그리고 그것은 즉시 실시가 되엇다. 그는 모 동리에서도 가장 욋다른 가 변두리에 족으만 초가집을 하나 새로 짓고는 아조 그곳으로 들어안저 버렷다.

그러나 은돈 생활이라는 것도 그가 처음 생각하드니 보다는 수월한 일이 아니엇다. 첫재 무엇보다도 갑갑하얏다. 그리고 아즉까지 그래도 실낫가티 부터 잇든 동리 사람들과의 교제도 그가 그리로 들어안진 후부터는 아조 싹 끈허저 버렷섯다. 그도 그것은 미리부터 각오하고 또 원하든 바이엇스나 정작 그리되고 보니 고독하고 적적한 심사는 오히려 더욱이 진 주사의 되지 안흔 꼴을 더 몹시 생각하게 되엇다.

1932년 1월 13일(수) 5면

菊花(2)

그는 날마닥 허리가 아픈 타세 농사 거추[4]도 못하고 담배ㅅ대 하나만을 든 채 뒷짐을 지고는 뒷산으로 올라가서 소일을 하얏다.

어둑어둑 하여오는 개어스름의 거믄 장막이 그의 서 잇는 뒤등성이에까지 닥아올 째 그는 멀리 B동리를 바라보며 그리고 자긔가 살든 왕

4 거추하다 : 보살피어 치다꺼리하다. 도와서 주선하다.

대궐을 바라다볼 때 그의 가슴에는 미여지는 듯한 서름이 복바치엇다. 그리면서도 그는 자칫하면 그의 발길이 자긔도 몰르게 B동리로 향하려는 것을 깨다를 때 자긔 스스로가 가엽게 녀겨젓다.

이러케 수심에 때고 외로운 가슴을 안고 날마다 뒤산을 거닐든 어느 해 봄에 그는 바위 틈에 외ㅅ다로 고웁게 핀 철축 꼿 한 글우를 발견하엿섯다 그는 처음에 우연히 그 꼿츨 발견하엿슬 때 왜 그런지 그의 심중에 무심치 아니하엿섯다.

『이러한 곳이 철축 꼿이 잇는 것을 내가 엇지하여 알지를 못하엿슬가』 하고 그는 마치 자긔가 지금까지 그 철축 꼿을 찻든 사람이나가티 생각하여 보앗다 그리고 사방에는 모다 진달레 꼿만에 만살을 하엿는데 외ㅅ다로이라 한 곳에 단 한 나무의 고흔 철축 꼿이 호을로 피여 잇는 것이 그의 외로운 신세와 무슨 인연이 잇는 거와 가탓섯다.

그는 가마니 그 꼿츨 자서히 듸려다보앗다 그러하면 그 꼿츤 더욱 아름다웟고 더욱 자긔와 무슨 인연이 잇는 거와 가탓섯다 그는 한참이나 그 꼿츨 무심히 드려다보다 얼른 집으로 나려와서 굉이와 삽반을 들고 다시 꼿 잇는 곳으로 올나와서 그 꼿를【을】 캐여다가 자긔집 울 미테다 심어 노앗다.

그날 밤 그는 잘이에 들어누어서도 낫에 캐여다 심어 논 철축 꼿 생각을 하고 잇섯다 그리다 그는 문득 이러한 생각이 낫다.

『올타 나는 지금서부텀 화초를 심어야겟다 그리면 우선 나의 갑갑한 증도 면할 것이며 아름다운 화초가 집으로 핑 둘러 잇스면 보기에도 조흘 쌘만 아니라 향내와 꼿냄새가 진동을 할 것이고 거기 짤하 나의 외로운 가슴과 음산한 가정에도 얼마간의 위로와 화긔가 생길 것이다 그리고 이 B동리에서는 구해 보기도 어려운 여러 가지 꼿을 마니 심으면 그것이 자연히 나의 자랑도 될 것이고 그것이 나의 자랑이 된다면 탐내기 조하하는 진가니까 그것으로나마 진가를 부러웁게 하야 볼 수도 잇슬 것이다. 또 그 부러움을 딸하 내가 아즉도 그에게 지지 안는 여러 가지 재조를 가지고 잇다는 것을 알리여 줄 수도 잇는 것이다』

그는 이러케 질거운 공상 가운데서 하로밤을 새웟다.

그 이튼날부터 그는 화초를 모으기에 열중하엿다. 처음에는 산으로 도라다니면서 그의 마음에 드는 꼿나무를 모조리 캐여 왓다. 그다음에는 오래동안 발도 듸려노치 안헛든 B동리를 나려가서 화초를 모앗다. 물론 그가 살고 잇는 B동리에서 갓가운 촌에서도 화초를 구할 수 잇는 대로는 모조리 구하야 보앗다 그러나 이러케 하야서 모아드린 화초도 그의 마음에는 성에 차지 아니하엿다. 마즈막으로 그는 장안으로 드러갓다. 거기서 그는 몃칠식 묵어 가며 여러 방면으로 화초를 모앗다.

이러케 그가 그해 일 년을 내려두고 모은 화초는 그가 처음 생각할 째와 가티 B동리에서는 구해 보기도 어렵고 그러튼 화초가 잇섯다는 것도 알지도 못할 만치 진긔하고 훌륭한 화초가 듸리쌋섯다.

그것을 그는 조리 잇게 모다 알마진 곳에 심엇다 어써한 것은 울 미테다 심고 어써한 것은 뜰 안에도 심고 어써한 것은 분에도 심어서 그의 투박한 솜씨로 만드른 화단에도 올려노앗섯다 그리고도 남은 것은 마루방 안 곡간 퇴지[5] 긴돌 할 것 업시 화초를 느러노을 수 잇는 곳에는 모조리 느러노앗섯다 그래서 그의 집은 온통 안과 박기 모다 화분으로

5 퇴지 : 토방. '토방'은 방에 들어가는 문 앞에 좀 높이 편평하게 다진 흙바닥.

파뭇칠 지경이엇다 이러케 만흔 꼿나무가 제각기 철을 짤하 격금내기[6]로 아름다운 꼿이 필 때 그의 주름진 얼굴에도 오래간만에 우슴이 써올랏섯다.

『나의 운수는 아즉도 다하지는 안헛다』 이러한 자부(自負)가 그의 가슴에는 깃거움과 가티 꽉 찻섯다.

『이것을 좀 진가 놈의 눈에다 보혀 주엇스면』 이러한 야릇한 자랑까지 그의 가슴에는 써올나 왓섯다 그는 진실로 행복하엿다 매일 아츰 일즉히 일어나서 꼿나무를 한차레 시중하여 준 뒤에 조반을 먹을 때의 그의 밥맛은 류달리 맛이 잇섯다.

그러나 이러케 행복하든 그의 마음도 그 이듬해 봄에 움 속에 무더두엇든 화초분을 캐내여 보앗슬 때 선뜻하엿다. 화초는 모다 겨울의 혹독한 치위에 얼어죽은 것이다 그리고 그것이 모다 얼어죽은 것을 보앗슬 때 그의 가슴은 단박에 어름장과 가티 식어 버렷섯다.

『그럴 때까지 나에게 무슨 상팔자가 잇다고』

그는 속마음으로 이러케 자긔 팔자를 탄식하얏다. 그는 이전과 가티 다시 우울하야지엇다 온종일이 가도 그는 입을 다물고 말도 한마디 하지 안헛다. 그리고 허리아리는 점점 더 심하야지엇다.

『망조가 드는 놈에게는 하는 수가 업서』

그는 이러케 자긔 스스로를 비우서 버렷다. 다시는 나머지 몃 간의 화초를 각구어 줄 생각도 나지를 아니하얏다.

그대로 내어버려 둔 화초는 모다 말라버리든지 썩든지 하야서 그 만

6 겨끔내기 : 어떤 일을 서로 번갈아 하는 것.

흔 화초도 그의 집에서는 단 한 나무를 차저볼 수가 업섯다.

1932년 1월 14일(목) 5면

菊花(3)

그는 날마다 밤이나 낫이나 컴컴한 사랑방에 혼자 들어누어서 박게 잘 나오지도 아니하엿다. 그는 이 세상에서 마음을 붓치고 살 맛이란 조금도 업섯다.

이러케 그는 온 봄을 쓸쓸한 가운데 보냇다. 그리고 답답한 여름도 지나갓다. 뒤를 이여 초가을이 닥처 와서 쓸쓸한 가을 바람이 불 쌔 그의 마음은 더욱 살란하엿다 짓탕【탱】할 수 업는 애수가 매일가티 그를 괴롭게 하엿다.

이러케 신산한[7] 세월을 보내든 어느 날이엿다 그는 우연히 봄에 죽은 줄 알고 아무러케나 내여버려둔 구월 국화 한 나무가 씩씩하게 자라 잇는 것을 보앗다. 그는 국화 나무를 처음 보앗슬 쌔엔 겨테 가기도 실혓다. 그러나 날이갈사록 그의 마음에는 이상하게 그 국화 나무 생각이 당겻다. 처음에는 겨테 가기도 실튼 그가 하로잇틀을 지낼수록 다시 이 국화 나무에 무서운 애을【를】 가지고 각구어 주기를 시작하얏다. 처음에는 아무 곳에나 내버려두엇든 국화 나무를 추이【위】가 차차 쌀쌀하야지면서붓텀은 그것을 다시 자긔가 자는 방 안에까지 다려다 노코 길럿다

이러케 그가 힘을 쓴 국화 나무는 점점 꼴이 들기를 시작하야 가지고

7 신산(辛酸)하다 : 세상살이가 힘들고 고생스럽다.

진장 쌔 갓가워서는 탐스러운 쏫송이가 둘이나 커다라케 피엿섯다 이것을 본 왕 참봉의 마음에는 도시 깃거운 생각이 움도닷다. 그리고 그의 얼어붓텃든 가슴속에도 얼마간의 화긔가 돌기를 시작하엿다.

그는 자나쌔나 이 국화 한 나무를 가지고 그의 생활의 전부를 삼앗다.

× × ×

그날 아츰에도 왕 참봉은 그의 애지중지하는 국화분[8]을 마루에다 내다 노코 대견한 마음으로 물을 주고 잇섯다. 그쌔 누구인지 문박게서

『참봉장 게신가요』

하고 그를 찻는 소리가 낫다. 그는 들엇든 물통을 그대로 든 채

『거 누구요』

하고 큰 기침을 하면서 문박그로 나갓다. 그가 문박그로 나오자 그의 눈에 씌우는 사람은 그가 원수가티 생각하는 진가의 머슴이엿다.

이 진가의 머슴의 얼굴을 바라볼 쌔 그의 가슴에는 진가의 얼굴을 보는거나 다름업시 미운 생각이 치밀엇다.

그는 마음속으로

『이놈이 무슨 일로 우리집이【에】를 왓슬가』 하고 생각하면서 머슴의 인사하는 소리도 듯기 실타는 드시

『그래 웃재 올랏나』

하고 퉁명스런 소리로 물엇다 진가의 머슴은 그의 퉁명스런 소리에

8 국화분(菊花盆) : 국화를 심은 그릇.

얼마간 무렴해서 말하기가 어려운 드시 조심조심하면서

『저 우리 댁 나리께서 래일 어려우서도 화초분을 좀 멧 분 빌려줍시사 하고 엿주라고 그리셔서 올라왓는데요』

하고 대답을 하엿다.

『화초분을 빌려달라고 그리셔 그래 그건 비러다 무얼하나』

『저 래일이 우리 댁 자근 서방님의 혼사날인데요 그날은 장안 손님이 여러분 오실 샌더러 군수 나리께서도 나오실 듯하다고 사랑 설레로 래일 하로만 빌려주섯스면 조켓다고 그리서요 그리고 래일은 참봉장께서도 꼭 나려오시도록 말슴을 엿주라고 그리서요』

『응!』

그는 이러케 대답을 하면서 잠간 동안 잠자코 잇섯다.

그 잠자코 잇는 동안에 그의 가슴속에는 여러 가지 생각이 오락가락하엿다 그러나 화초분을 더욱히 한 분박게 업는 국화 꼿을 진가에게 빌려주겟다는 생각은 눈곱만큼【큼】도 업엇섯다. 그러나 그럿타고 아모리 미운 진가의 소청이지만 어린애와 가티 단번에 『안 되네 안 돼』 하고 거절할 수는 이편 체면으로라도 그리할 수가 엄【업】섯다.

『어더케 거절을 하얏스면 조흘가』

그는 속마음으로 이러케 생각하얏다 그러나 갑작스레 조흔 의사도 나오지를 아니하엿다.

『글세 화초분이 여러 분이면 잠시 빌려드린들 어써켓나마는 지금 우리집의 화초란 씨알갱이 업다십피하이 단지 국화 꼿 나무 한 분이 잇기는 잇스나 그것은 미안하지만 빌려드릴 수가 업는데』

하고 고지곳대로 거절을 하엿다 그러나 진가의 머슴은 이런 거절을

밧고도 잠자코 도라갈 생각을 안 하고

『왜요』

하고 경망하게 못 빌린대는 리유를 물엇다 이 소리에 왕 참봉은 성이 불컥 낫다.

『왜라니 못 빌리갓기에 못 빌린대는 거지』

하고 그는 진가의 머슴이 깜짝 놀랄 만큼이나 소리를 꽥 질렀다 그 서슬에 진가의 머슴은 다시 더 두말도 못하고

『그러슴니까 그럼 나리께 가서 그대로 엿주겟습니다』

하고 인사도 하는 등 마는 등 돌아서 가버리엿다.

왕 참봉은 그의 걸어가는 뒤ㅅ모양을 괫심한 드시 한참이나 승난 눈으로 노려보면서 그대로 서 잇섯다.

그의 가슴에는 다시 진가의 미운 생각이 불붓텃다. 그리고 진가의 머슴이『왜요』하든 소리가 그의 귀박휘에서 써나지를 아니하고 뱅뱅 돌앗다.

그는 진가의 머슴의 그림자가 그의 눈에 보히지 아니할 때야 안으로 들어왓다. 그리면서 그는 생각하얏다.

『샌질샌질한 녀석 가트니 화초를 좀 빌려달라고 그게 쏘 먹고 십퍼서 그리고 내일은 쏙 나려오라고 자랑을 하잔 말이지 나는 이러케 손님이 만코 군수까지 나오는 혼인을 한다고 시러배들[9] 녀석 가트니』

그는 이러케 그의 마음속으로 진가가 자긔 아들의 되지 안는 혼사를 자랑하려는 심정을 비우섯다.

9 시러베아들 : 실없는 사람을 낮잡아 이르는 말.

1932년 1월 15일(금) 4면

菊花(4)

그러나 일편 그의 마음의 한 귀퉁이에서는 까닭 모를 애수가 가마니 기여올나오기를 시작하엿다.

그리고 그의 가슴속에는 오 년 전에 죽은 그의 둘재 아들의 생각이 써올라 왓다.

『그 녀석이 살앗스면 그 녀석도 올 즘은 장가를 들엇술걸 그리고 그 녀석이 죽지만 안엇드라면 오늘날 우리 집안이 이러치도 안엇슬걸 그러케 쏙쏙하든 그 녀석이』

그의 가슴은 몹시 씁【슬】퍼지엿다. 그리고 그의 머리 속에는 이전에 자긔 아들이 살앗슬 적의 모든 생각이 질서 업시 작고 써올느기를 시작하엿다.

그리고 그의 마음은 점점 더 슯픈 생각으로만 들어갓다.

그리다 그는

『에 내가 웨 이런 쓸데업는 생각을 하나』 하고 모든 생각을 이저버리겟다는 드시 만질 것도 업는 국화분을 이리저리 다스리고 잇섯다. 그러나 그의 슯픈 생각은 조금도 물러가지를 아니하고 그의 머리 속과 그의 가슴속에서 빙빙 맴을 돌고 잇섯다. 그는 참다 못하여 방 안으로 들어가서 요를 쓰고 들어누어 버렷다.

그가 이러케 쓸픈 생각에 저저서 헤매이고 잇슬 째이엇다. 갑자키 박갓 마당에서 제그럭 제그럭하고 한두 소리가 두어 번 나드니

『주인 잇소』

하고 문 안으로 드러스면서 주인을 찻는 순사의 사나운 목소리가 낫

다. 그는 깜작 놀래 일어나면서

『네』

하고 대답과 가티 문을 열고 박그로 나왓다.

사랑 마당에는 너머 동리 주재소에 잇는 감쎄사나운[10] 순사가 쌔리쌔리해서 웃둑 서 잇섯다. 그는 갑자기 이 순사가 무슨 일로 자긔 집이【에】를 차저왓는지를 몰랏다. 그리고 무슨 일에 골이 낫는지도 몰랏다.

그러나 하여간 순사의 쌔리쌔리한 모양이 그는 공연히 겁이 나서 두근두근하는 가슴으로

『왜 그리쇼』

하고 물엇다 그러나 순사는 그의 뭇는 말에는 대답도 하지 안코

『왜 요전에 넘어 신작로 길 치도[11] 하든 날 나오라는데 나오지 아니하엿서 그리고 압 개울에 다리를 고치든 날도 나오지 아니하엿지』

하고 댓자곳자로 우르닥달 그리면서 물엇다 왕 참봉은 그런 일은 조금도 몰랏다 그러나 그는 이 닥달에는 감쎄사나운 순사의 아페서 선듯 나는 그런 일은 모른다고 대답할 수가 업섯다.

그가 이러케 어려운 대답에 말을 못하고 주저주저하고 잇슬 쌔 마츰 논에 나갓다 들어오든 그의 큰아들이 이 소리를 듯고 문 안에서 빈 지게를 버스면서

『저의 집에는 일순을 내라는 통지가 업서서 안 나갓는데요』

하고 대신 대답을 하엿다 그 소리에 순사는 그의 편을 홱 돌아다보면서

『일군을 내라는 통지가 업섯서』

10 감때사납다 : 사람이 억세고 사납다.
11 치도(治道) : 길을 고쳐 닦는 일.

하고 소리를 꽥 질렀다.

『네』

『통지가 업섯다니 아니 지금 면장 어른이 너의 집에는 두 번 다 멧 번식 사람을 보내도 아모도 나오지를 안엇다고 주재소로 통지가 와서 내가 왓는데 그래』

하면서 순사는 그를 잡아먹을 쓰시나 무서운 눈으로 노려보앗다. 그러나 왕 참봉의 집에는 두 번 다 아무런 통지가 업섯다. 그러니까 왕 참봉의 아들은 조금도 두려워하는 기색이 업시

『면장 어른은 누구를 시키서서 통지를 하섯는지는 몰라도 저의 집에는 두 번 다 아무런 통지가 업섯습니다』

하고 태연히 대답하얏다.

『면장 어른은 누구를 시켜서 통지를 하섯는지는 몰르나 저의 집에는 아무런 통지가 업섯다고 이놈아 그게 누구에게 하는 말버르장머리냐』

자긔를 조금도 두려워하지 안는 그의 태연한 대답에 와락 골이 덤친[12] 순사는 그를 시게 쌤을 첫다.

그러나 왕 참봉의 아들은 쌤을 마즈면서도

『통지가 업슨 것을 업섯다고 대답하지 그럼 어써케 대답을 합니까』

하고 여전히 말하엿다. 이 말에 골이 점점 더 난 순사는

『이놈아 네가 지금 그러케 대답햇냐』

하고 그의 쌤을 다시 몹시 첫다 그리곤 다시 무엇이라고 그리는 그의 말은 듯지도 안코

12 덤치다 : 느낌이나 기운이 정도를 벗어나도록 강하게 일어나다.

『그래도 무엇이라고 촌놈이 되지 못하게 이놈아 주재소로 가자』

하면서 순사는 뺌 마즌 곳에 손을 대고 섯는 왕 참봉의 아들의 등덜미를 다시 세인 주먹으로 우려 아프로 모라냇다.

겻테 섯든 왕 참봉은 자긔 아들이 그의 눈 아페서 몹시 매를 마질 쌔 쌔를 어이는 드시 자긔 마음이 아팟다 그리면서드【도】 싸리는 사람이 순사이니싸 그는 어써케 할 수가 업섯다 그러나 순사가 『이놈아 주재소로 가자』 하고 자긔 아들의 등창을 우릴 쌔 그는 가마니 그대로 서 잇슬 수가 업섯다.

『요보십시요 이만 일에 주재소에싸지 더리고 가실 것이 무엇 잇습니싸 벌금을 내라고 하시면 벌금이라도 내겟스니 이번만은 용서를 하여 주십시요』

하고 그는 순사의 팔을 붓잡을 드시 하면서 애결하엿다 그러나 골이 잔득 난 순사는 그의 애결하는 말은 듯기도 실흔지 팔을 색리치면서 그의 아들을 아페 세우고 문밧그로 나가 버렷다.

1932년 1월 16일(토) 5면

菊花(5)

왕 참봉은 그래도 순사의 뒤를 쏘차 나오면서

『그저 이번 일은 경관쎄서 이 늙은 놈의 면목을 보아서라도 용서를 하야주십시요』

하고 썰리는 목소리로 애결하엿다. 그러나 목석 가튼 순사는 대답 한마디 업시 그의 아들을 압령[13]해 세우고 주재소 가는 뒤 등셍이 길로 넘어갓다. 왕 참봉은 참아 자긔 아들을 혼자만 주재소로 보낼 수가 업섯다. 그는 허위단심해서[14] 순사의 뒤를 쏘처갓다. 그러나 주재소ᄭᅡ지 온 순사는 그의 아들만을 사무실로 데리고 드러가 그는 드러오지 말라고 유리 창문을 탁 다다버렷다. 왕 참봉은 감히 그 문을 열고 ᄯᅡ라 드러갈 수가 업섯다. 그는 닷친 문 아페서 그대로 주저주저하고 서 잇섯다.

그리다 그는 다른 순사가 문을 홱 열고 저리 가라고 콱 질느는 소리에 할 수 업시 문 아페서 물러섯다. 그는 문 아페 물너스기는 하엿스나 그래도 주재소의 겻틀 ᄯᅥ날 수가 업섯다. 그는 행여 안에서 무손【슨】 소리가 들닐가 하고 주재소의 노픈 창 밋트로 슬슬 거러보기도 하엿다. 그러나 주재소의 안에서는 아무 소리도 들리지를 아니하고 조용하야 그 조용한 것이 오히려 그의 마음에는 조마조마한 불안을 이르키엇다.

그는 이러케 불안한 가슴을 가지고도 이 일을 엇더커면 조흘가 하고 생각하여 보앗다.

그리다 그는 악가 순사가 『지금 면장 어른이 말슴을 하세서 왓는데 그래』 허든 생각이 그의 머리 속에 번개가티 일어낫다 그리고 거기 ᄯᅡ라 그의 머리 속에는 오늘 아츰에 화초분을 빌러 왓든 진가의 머슴의 생각과 자긔가 그를 소리를 질러 쏫차보내든 생각이 낫다 그 생각에 ᄯᅡ라 그의 가슴에는 모든 일이 환희 내다보혓다.

『오 그놈이 면장 노릇이나 한다고 화초를 아니 빌려준 것을 험의로 먹고 그ᄶᅡ우 짓을 하얏구나』

그는 이러케 생각할 ᄯᅢ 그의 가슴속에는 진가에 대한 분함과 원통함이 일시에 확 일어낫다. 그는 이 길로 단박 진가의 집으로 ᄯᅱ여가서 그

---

13 압령(押領) : 죄인을 맡아서 데리고 옴. 물건을 호송함.
14 허위단심하다 : 허우적거리며 무척 애를 쓰다.

놈의 멱두시[15]를 잡아채서 곤두박질을 시켜주고 십흔 생각이 낫다. 그리고 진가를 주재소로 쓸고 와서

『이놈이 길 치도하든 날도 다리를 곤치든 날도 우리집에는 사람을 내노라는 통지도 안코 그대로 잇다 오늘 아츰에 화초분을 빌러 온 것을 거절을 하야 보냇드니 이런 생무애[16]를 잡아 우리 아들을 잡아가게 하얏다고』 시비를 가르고 십흔 생각이 낫다. 그러나 차차 그의 흥분되엇든 신경이 가라안저올 때 그의 머리 속에는 다시 일어한 생각이 써올라왓다.

『아니 그 진가 놈을 잡아가지고 온대도 그놈은 면장이고 나는 의지업는 농사군이니까 주재소에선 나의 말을 고지드러 주지도 아니할 것이고 또 무슨 증거도 내여세울 수가 업는 이상 그놈을 잡아 가두지도 아니할 것이다 그리고 오히려 이 일이 그러케 된다면은 그 흉악한 진가놈이니까 또 무슨 큰 무애를 잡아가지고 나를 흔드러 노흘지도 몰른다 그럼 나는 분푸리도 하지 못하고 공연히 어편만 더 곤난하게 될 것이다. 그러하면 나에게 무슨 리로움이 잇는가 찰하리 — 그러타 하여간 잡혀간 그 애를 내여노토록 하고 말이다』

그리면 그의 가슴에는 그 미운 진가에게 가서 자긔 아들를 노아주도록 하여 달라고 청을 아니할 수가 업는 것을 깨다랏다. 그리고 자긔의 생명가티 사랑하든 단 한 나무의 국화분까지도 진가에게 아니 갓다줄 수가 업는 것을 깨도【다】랏다. 그러나 그의 마음에 조금도 그 원수가티 미운 진가에게 자긔가 그러케 사랑하든 국화분까지 갓다주며 그의 압

15 멱두시 : '모가지'의 평북 방언.
16 무해(誣害) : 거짓으로 꾸며 해롭게 함. 또는 그런 일.

페서 머리를 숙이고 청을 드릴 생각이 나지를 아니하엿다.

『그러치만 할 수 업는 일이다』

그는 그의 마음을 이러케 타일렷다.

그리고 그는 할 수 업시 진가에 가서 자긔 아들를 무사히 내여노토록 주재소에 이야기를 하여 달라고 청을 하라【러】 씨여지지 안는 거름을 억지로 터벅터벅 걸어서 국화분을 가질라【가지러】 자긔 집으로 도라왓다.

왕 참봉은 이러케 결심을 하고 집으로 돌아오기는 하엿스나 집까지 와서는 참아 한 분밧게 업는 국화분을 가지고 진가의 집으로 청을 지리라 갈 생각이 나지를 아니하얏다.

그는 마루 슷테 가 씨쌰두드한 마음으로 한참이나 거러【걸터】안저섯다. 그러면 그의 눈아페는 악가 순사에게 뺨을 맛든

자긔 아들의 불상한 얼골이 얼른얼른하엿다 그는 그대로 더 안저쓸 수가 업섯다.

『하여간 가 보자』

그는 비참한 마음으로 이러케 속으로 중얼그리면서 할 수 업시 국화분을 들고 마루에서 이러섯다.

(十二月 十九日)

황소 1934.1.1~1934.1.6

최인준(崔仁俊)

1934년 1월 1일 석간 신년호 부록 기4 3면

(당선소설)황소(1)

황소와 같은 정열이 씨근거리엇다.

참새와 같은 초조가 할딱이엇다.

하나는 성만이고 또 하나는 탄실이고 — 마을과 동떠러진 우물 곁에서 긴장된 분위기(雰圍氣)에 싸인 채 물【둘】이 마주 서 잇는 것이엇다.

황혼. 그리고 황혼의 우물 곁.

어름장 같은 미소 — 를 최후까지 던지고 잇든 겨울의 짧은 해가 아모 미련이 없이 서산을 넘어갓을 때는 — 벌서 어두엇다. 어둠의 회색 날개가 멀리 가까히 몰려왓다.

어둠은 물【둘】 사이에도 구비첫다. 물【둘】 사이의 공간(空間)을 가뜩 채우고야 마는 어둠의 『의지』가 물【둘】의 사이를 멀리하려는 것 같앳다 그럴수록 성만이는 탄실이 앞으로 닥어섯다.

『너, 너는 정말……』

성만의 두터운 입술이 푸들 푸들 떨엇다. 말소리까지 떨려나왓다. 그의 뜨거운 입김이 탄실의 얼골 우에 어깨 우에 확! 확! 내품겻다. 그것을 피하느라고 탄실이는 고개를 숙이엇다. 『참새와 같은 초조』 때문에— 젖가슴이 발룽거리엇다.

『정말 넌 예배당에 갈테냐』

『……』

『웨 말이 없니』

『무슨 상관야. 가건 안 가건』

잠잣코 잇든 탄실이가 톡! 쏘아붙이고 핼끝 성만이를 처다본다. 성만이는 속으로 뭉클하엿다.

하긴 무슨 상관이 잇는가? 탄실이가 예배당에 가든 안 가든 그 이유를 알어야만 할 필요가 어데 잇는가? 그러나 성만이는 『필요 이상의 필요』를 느끼엇다. 적어도 탄실이가 예배당에 간다는 뚜렷한 사실이 그에게는 적지 않은 불안을 주는 것이엇다. 그것은 어데까지든 불길한 예감!이엇다.

무엇보다도 탄실이의 태도가 달라지지 않엇는가? 빨래줄에 앉은 참새 몸처럼 안정(安定)을 잃은 탄실의 『초조』가 — 성만의 눈에도 애처럽게 뵈이엇다. 그것이 성만이를 더욱 불안하게 하엿다.

성만이는 탄실의 마음이 알구 싶엇다. 그래서 예배당 가는 탄실을 중노에서 맞난 것이다. 그러나 도로혀 핀잔을 받엇을 뿐이다.

(무슨 상관야)

— 해도 대답을 못햇다.

겨울 저녁은 차다.

노도(怒濤)와 같이 성낸 바람이 미친 듯이 불어오고 또 불어 오고 — 해가 지면서부터 더한층 요란하여젓다. 바람은 요란스럽게 또다시 왼쪽 산모통이로 휘몰려 나갓다.

산모통이를 돌아가면 예배당이 잇다. 예배당의 불빛이 가늘게 새여 흘럿다. 흘으는 불빛 줄거리를 따라서 탄실의 눈초리도 산모퉁이로 돌아갓다.

깜박깜박하는 불빛!

그 불빛이 탄실이를 어서 오라는 듯이 손질하는 것 같엇다. 실상 예배당에는 『크리쓰마쓰』를 준비하는 여러 동무가 자기를 기다리는 것이다. 때문에 탄실이는 초조하엿다. 마주선 성만이가 한없이 미웟다. 성만이가 미운데 비하야 — 서울서 온 영수는 얼마나 정다운 존재엿든가?

1934년 1월 2일 석간 신년호 부록 기3 2면

황소(2)

『난 갈 테야』

불시에 탄실이가 홱! 돌아섯다 그러나 성만이가 앞으로 돌아와서 불숙 막어섯기 때문에 한 발자욱도 내디디지 못하엿다.

『어딜 가』

억세인 성만이의 손아귀에 탄실의 손이 쥐여젓다.

『왜 이래』

탄실이가 손을 뿌리첫다. 뿌리쳐도 성만이는 점점 더 힘껏 글어쥐인다. 황소와 같은 거세인 힘에 탄실의 조고마한 손이 으스라질 것 같엇다.

힘 — 그것은 『황소와 같은 정열』이엇다.

성만이의 『황소와 같은 정열』은 탄실의 『참새와 같은 초조』를 완화(緩和)시키려 하엿다. 그러나 할딱어리는 참새 한 머【마】리의 초조를 어루만지기에는 — 그 정열이 넘우 거칠엇다. 그 호흡이 넘우 뜨거웟다. 그 힘이 넘우 억세엿다.

그 억세인 『힘』에서 버서나려고 탄실이가 몸부림치며 악을 썻다.

『놔 놔요』

『그럼』

성만이도 같이 언성을 높엿다.

『그럼 너는 내가 싫으니』

『……』

『넌 그 자식이 조치! 그 뻔뻔한 영수가……』

『무에 뻔뻔해』

『그럼 뻔뻔하잖어 그 자식이 얼골에 『크리 — ㅁ』을 번지레하게 바르고 게집애를 후리려고……』

『듣기 싫여』

탄실이가 얼굴이 새파랏케 질리여서 소리첫다. 영수를 욕하는 것이 자기에게 대한 모욕인 것처럼 성만에게 대들엇다.

그것이 성만이를 격분식히엇다 불뚝 치미는 분노에 입술을 질근질근 씹으면서…… 그리고 무겁게 입을 열엇다.

『자 그럼 한마디만 해다고』

『……』

『넌 어쩔테냐』

『뭘 어째』

『나허고 살테나 안 살테냐 말이야』

『누가 너하고 산대』

『음 —』

성만이가 커다랗케 신음하엿다 짐 싫고 힘에 붓쳐서 나가자빠진 황소와 같이 —. 황손【황소】의 탄식은 땅이 꺼질 것 같엇다.

그는 이제야 탄실의 마음을 확실이 알엇다. 그러나 그 『앎』이 몰으는 것보다도 얼마나 더 큰 불행이엇든가? 절망 — 넘우나 커다란 절망이다. 때문에 팔뚝의 힘이 빠져서 탄실의 속【손】을 자기도 몰으게 놓아주엇다.

탄실이는 뒤도 안 돌아보고 종종걸음을 첫다. 탄실이가 산모통이를 돌아갈 때까지 정신없이 섯든 그는 그만 우물 등성에 펄적! 주저안젓다. 갑제기 울적해젓다. 목놓고 실컨 울고 싶은 충동이 가슴에 뻤첫다. 그러나 지금 그의 마음속엔 눈물을 흘릴 만큼한 여유좇아【조차】 없엇다.

탄실이는 성만이의 전부엿다.

그의 하나밖에 없는 미래요 하나밖에 없는 히【희】망이엇다. 그러나 탄실이가 가버린 때 — 그의 마음은 공허다. 히【희】망도 미래도 아모것도 남지 않엇다. 그는 『전부』를 잃은 것이다.

성만이와 탄실이!

둘이는 보통학교를 다닐 적부터 친하엿다. 보통학교를 졸업할 때 — 둘의 우정(友情)은 사랑으로 발전하엿다. 우정에서 사랑으로 — 그것은 극히 순조로운 발전! 이엇다.

학교를 나와서 三년. 둘의 사랑은 결혼을 준비하고 잇엇다. 그러나 그들의 결혼을 『가난』이 허락하지 않엇다.

(올가을에는 —)

둘의 생각이 다 같엇다. 올가을에는 타조만 끝나면 어떠케 해서든지 성예[1]를 일우려 하엿다. 그러나 타조의 결과는 — 말할 것도 없다. 봄의 『가믈』로 인해서 타조는 예년에 절만도 못되엇다. 소작요가 되나마나 하엿다. 때문에 성예란 염두에 낼 수도 없엇다.

(올가을에는 —)

— 하는 것이 두 번이나 그들을 속혓다. 그때마다 (설마 내년에야 —) 하는 새로운 히【희】망을 가젓다.

1934년 1월 3일 석간 신년호 부록 기2 4면

황소(3)

그들은 『설마』에서 살고 『설마』에 죽엇다.

그들의 현실은 비참하다. 만일 그들에게서 『설마』까지 빼앗는다면 — 그들의 미래!는 더한층 비참한 것이 아닐 수 없다. 때문에 풀닢을 글어쥐는 그러한 집착(執着)으로 그들은 또다시

(설마 내년에야)

하는 하욤【염】없는 히【희】망이나마 가지는 것이다. 하지만 『설마』는 언제나 그들에게 만족을 주지 못햇다. 『설마』가 그들을 속이고 그들이 『설마』를 속이고 — 모두가 『가난』의 악착한 작란이엇다.

그런데 지금 성만이는

(설마……)

---

1 성례(成禮) : 혼인의 예식을 지냄.

까지도 내버리지 않으면 안 되엇다. 탄실이가 가버린 것이다.

탄실이! 그는 성만의 마음 숲에 깃드리엇든 조고마한 참새엿다. 그의 마음 숲에서 자유롭게 날러다니고 마음껏 노래하고 쪼줄대고 그리고 피곤할 때 나른이 잠드는 사랑스러운 참새엿다. 그의 마음 숲은 참새 한 마리를 위해서 나무가지에 잎이 피고 욱어젓다. 언제나 봄이엇다.

그런데 참새가 훌적! 날어가고 말엇다.

참새는 어대로 갓나? —

예배당 안에 난로불이 활활 타올랏다.

난로를 가운데 놓고 — 난로불처럼 마음의 불길이 활활 타오르는 마을의 처녀들이 둘러앉엇다. 난로불에 그리고 마음의 불길에 처녀들의 얼골이 밝애젓다.

새파란 짜겓을 입은 영수만은 교의[2]에 앉엇다. 머리에서 발밑까지 서울 냄새가 나리 만큼 번즈레하게 차렷다.

영수는 ××고보생이다. 그의 집이 서울에 잇다. 이번 겨울방학에 三촌 되는 이곳 김 목사 집에 왓다가 『크리쓰마쓰』 준비를 맡게 되엇다. 노래와 춤과 성극(聖劇)[3] — 이런 것을 준비하느라고 벌서 열흘째나 매일 밤 마을의 처녀들을 모왓다. 크리쓰마쓰는 이제 사흘이 남엇다.

처녀들은 둘씩 셋씩 뭉켜 앉엇다. 시골 참새가 가지는 『조심성』은 될 수 있는 대로 가까이 하려면서도 — 영수와 일정한 거리를 두엇다 제일 가까운 곳에 탄실이가 앉엇다.

처녀들과는 훨신 떠러진 한 구석에 마을의 젊은 사내도 서넛 쪽꾸리

2 교의(交椅) : 사람이 걸터앉는 데 쓰는 기구.
3 성극(聖劇) : 성경에서 소재를 따서 꾸민 종교극.

고 앉엇다. 몣은 팔장을 끼고 몣은 무릅을 뺨에 대고…… 그리고 딴 세상을 엿보는 것처럼 멀건이 처녀들 쪽을 바라보고 잇다 성만이만은 이상한 눈초리로 탄실이와 영수를 겨을리지 않고 보살폇다. 텅 비인 듯한 커다란 눈이 무섭게 빛낫다.

그것을 아는지 모르는지 탄실이는 저의 동무들과 고개를 맞대고 종알댓다 조고만 일에도 — 그야말로 바늘 끝만치 조고만 일에도 놀랜 듯이 고개를 가웃거리며 맞장구치고 입을 가리고 웃엇다 서로 옆꾸리를 쿡! 쿡! 찌르며 꼬집엇다.

— 이러한 시골 처녀들의 동정을 영수는 이따금 곁눈질해 보고 싱긋이 웃엇다.

『자 노래합시다』

영수가 먼저 노래를 끄냇다. 굵직한 『멜로띠』가 간조한 례배당 안의 공기를 흔들어 놓고…… 그리고 처녀들의 마음으로 고요하게 흘럿다. 처녀들은 숨을 죽이고 들엇다.

『가치 해요 시작 —』

영수는 눈으로 선웃음[4] 치며 유쾌한 듯이 목청을 더 크게 내뽑앗다. 처녀들은 모두 노래에 취하엿다. 무엇을 꿈꾸는 듯이 눈을 깜박어리며 영수의 동그스럼한 얼골을 쳐다보구 잇엇다.

영수는 목청이 좋앗다. 그것만으로도 처녀들의 마음을 건든【드】리기에 넉넉하엿다. 그런데 영수는 얼골도 잘생기엇다. 더구나 서울의 학생이다. 『서울의 학생』이 가지는 매력은 무조건으로 시골 처녀들의 가슴

4 선웃음 : 우습지도 않은데 꾸며서 웃는 웃음.

을 울렁거리게 하엿다.

탄실의 마음은 더욱 평온하지 못하엿다.

팔닥어리는 호흡이 영수의 노래와 함께 높앗다 낮엇다……하엿다. 그것은 탄실이 자신보다도 성만이가 더 잘 아는 것이다. 탄실의 얼골이 붉어지는 정도로 그 호흡의 높고 낮어짐을 성만이는 자기의 경험으로 알 수 잇엇다.

때문에 성만이도 마음이 평온하지 못하엿다.

1934년 1월 4일 석간 신년호 부록 기1 2면

황소(4)

탄실의 상기된 얼골이 자기 앞에 잇다면 그리고 주위에 아모도 끄리는 사람이 없다면 그는 이제라도 탄실이를 힘잇게 끌어안엇을 것이다. 그러나 탄실은 지금 영수의 코김 알에 잇지 않는가?

그것은 영수의 포옹을 기다리는 것 같엇다. 그러케 생각할수록 성만이는 호흡이 괴로웟다.

그는 자기를 영수와 비겨보앗다.

자기는 얼굴이 컴엏고 손이 장작가비처럼 매디(節)가 앉고……통트려서 해볕에 걸은 황소와 같엇다.

황소와 같이 먹고 황소와 같이 일하엿다.

황소와 같이 노둔하고 힘이 억세엿다.

황소의 호흡과 같은 정열을 가젓고 황소의 불과 같은 분노를 가젓고 그리고 언제나 황소와 같은 침울한 표정을 가젓다.

그러나 영수는?

얼골이 동그스럼하고 콧날이 서고 살빛이 희고 맑고 …… 서울의 공기를 마시는 서울 학생의 하나이엇다.

그는 인조견[5] 같은 보드라운 감정과 『짜즈적』인 퇴페(頹廢)와 『아스팔트』의 명랑성(明朗性)과 도시인 허영을 한꺼번에 가진 — 말하자면 현대 도시의 전형적 표현(典型的表現)이엇다.

성만이와 영수!

성만이는 『황소의 침울』을 가젓고 영수는 『도시의 허영』을 가젓다 『황소의 침울』과 『도시의 허영』은 서로 융합할 수 없는 하날과 땅의 차이를 가젓다.

그 『도시의 허영』이 탄실이를 유혹하엿다.

영수의 의미 깊은 눈초리가 탄실이 얼골 우에 배암과 같이 감겨 돌앗다. 어떤 순간 — 번개처럼 둘의 시선이 마조첫다. 그것을 찾어내든 성만이는 벌떡! 일어낫다.

문을 박차고 밖으로 나왔다.

그리고 하날을 향하야 춤을 탁! 배앝엇다. 획■■지는 『황소의 침』을 가슴속에서 모라내려는처럼 —

1934년 1월 5일 석간 신년호 부록 기1 2면

황소(5)

요즘 탄실이는 남이 보기에도 확실히 변하엿다.

얼골에 분을 바르고 기름한 머리에 『가미사시』 — (이 전짜리 『가미

5 인조견(人造絹) : 사람이 만든 명주실로 짠 비단.

사시』는 마을 처녀들이 가지는 단 하나의 자랑꺼리다) — 를 꽂고 그 대신 『참새의 조심성』을 잃어버렷다.

탄실의 눈이 점점 높아갓다.

성만이의 키보다도 훨신 높은 데로 올라갓다. 높은 곳 — 거기에 서울이 잇다. 서울의 『허영』이 잇는 것이다.

탄실은 『서울의 허영』을 가슴속에 그리엇다. 그리고 영수가 이야기해 준 자기 — 공작의 날개와 같이 화려한 자기의 미래?를 꿈꾸엇다.

몸에 맞는 비단옷을 입고 굽 높은 구두를 신고 여호 목도리를 두르고 사내와 함께 — (그 사내는 영수래야만 된다고 생각하엿다) — 삼월(三越)로 화신(和信)으로 점심을 먹고 화장품도 사고 그리고 자동차를 타고 극장으로 청량리 밖으로 『뜨라이부』 하고……언제나 시골 처녀가 항다반[6] 가지는 단순하고도 복잡한 그런 종류의 달콤한 공상이엇다.

이러한 공상에 잠겨서 — 탄실이가 영수에게 속삭이엇다.

『나도 서울에 갓으면 —.』

『내가 데려갈가』

영수가 속으로 코우숨 치며[7] 탄실이를 끌어안엇다.

『네 그래주서요』

영수의 품안에 안기어서 탄실이는 속으로 몇 번이나 부르짖엇다.

『잊지 말고 나를 데려가요』

반짝어리는 그 눈이 수없이 말하엿다.

---

6 항다반(恒茶飯) : 항상 있는 차와 밥이라는 뜻으로, 항상 있어 이상하거나 신통할 것이 없음을 이르는 말.

7 코웃음을 치다 : 남을 깔보고 비웃다.

탄실이는 정신이 황홀하엿다.

황홀한 가운데 『크리스마쓰』도 지나갓다. 『크리스마쓰』가 지나가니깐 — 실망과 같은 가비여운 피로를 느끼엇다. 그와 동시에 탄실이와 영수의 달콤한 사랑도 가비여운 『피로』를 느끼기 시작하엿다.

그런데 그 『때』가 왓다.

영수가 개학이 되어서 서울로 올라가지 않으면 안 될 그 『때』 — 가 온 것이다.

차디찬 달빛이 흘러내렷다.

하날에 땅 우에 그리고 엉성하게 뼈만 남은 나무가지 가지 사이에 은실 같은 달빛이 고요하게 고요하게 흘러내렷다. 은실 같은 달빛은 쌔하엿다. 쌔하연 밤길로 — 성만이가 걸어갓다.

거기엔 아모 목적도 없다.

다만 걸어갈 뿐이다. 황소와 같이 뚜벅뚜벅 느리게 걸어갓다. 황막한 사막 우에 쓸쓸히 남겨지는 락타의 발자취처럼…… 그는 끝없는 인생의 광야를 호올로 걸어간다.

지금 그의 마음은 텅 비엇다. 다만 달빛과 같이 쌔하연 과거의 흔적이 남엇을 뿐이다. 그는 『쌔하연 과거』를 씹고 씹고 되씹으며……그리고 묵묵히 걸어갓다.

그는 이따금 하늘을 처다본다. 그러나 동굴과 같은 그 눈에는 아모것도 비최지 않엇다. 힘없이 다물어진 두터운 입술, 탄력을 잃고 축! 늘어진 두 팔 그리고 침울한 얼골 그 얼골은 어데까지든 침울하엿다.

그는 묵묵히 걸어갓다.

그래도 그의 눈은 잃어버린 기억을 더듬는 것처럼 하늘 어느 한 곳에 어믈어지는 순간이 잇다. 그 순간 — 성만이는 미친 듯 부르짖엇다.

『오 —』

그는 두 팔을 벌리고 허공으로 허우적이엇다.

『저기 저기……탄실이가』

그것은 마치 탄실이가 하날 저편에서 걸어오는 것처럼…… 그래서 탄실이를 붓잡으려는 성만이의 두 팔 다시는 그의 의지와는 반대로 머리 우에서만 허우적이엇다. 그는 아무것도 붓잡을 수 없엇다. 붓잡힌 것은 밤이다. 밤의 공허뿐이다.

성만의 눈은 다시 히【희】미해젓다. 그 눈에는 — 역시 아모것도 비최지 않엇다. 그는 다시 침울해저서 걸어갓다.

예배당까지 왓을 때 — 그는 또 한 번 멈칫하고 서지 않을 수 없엇다

『네 선생님』

— 하는 간열핀 녀자의 목소리가 예배당 안에서 들리엇기 때문이다 그는 조심스럽게 발자최소리 내지 않고 창문으로 가까이 가서 예배당 안을 들여다보앗다.

예배당 안에는 —

간단히 말하면 영수의 무릎 우에 탄실이가 얼골을 파묻고 흐늑이고 잇엇다. 어깨에서 등어리로 파르르 떨리는 곡선(曲線)이 창으로 들어가는 달빛에 더한층 가늘게 흔들리엇다.

흐느게면서 탄실이가 말하엿다

『나는 어떠케 해요』

영수는 흩어진 탄실의 머리카락을 나려다보며 쓸쓸히 대답하엇다.

『이담에 내가 데려가마』

『이담에요?』

『……』

『그때가 언제애요』

『글세』

『글세라니요』

탄실이는 파묻엇든 얼골을 처들엇다. 지금까지 애원하든 빛이 원망으로 변하여 갓다. 빨아먹다가 배알은 포이송이처럼 탄실의 얼골이 새파라케 질리엇다.

『싫여요 난 싫여요』

탄실이가 날카롭게 부르짖엇다.

『나도 내일은 똟아갈태야요』

『안 돼』

영수가 고개를 흔듣【들】엇다. 그 표정이 어름과 같이 싸늘하엿다.

『왜 안 돼요』

『안 된다니까』

1934년 1월 6일 석간 4면

황소(6)

영수는 와락! 역증을 내며 몸을 일으켯다. 그리고 문쪽으로 두어 걸음을 옮기엇다. 그 뒤를 탄실이가 비틀거리며 똟아갓다.

똟아가면서 악을 썻다.

『날 데려가요』

『……』

『안 데려가겠거든 죽여줘요』

그리고 흐흑! 느끼며 다시 마루 바닥에 엎드러졋다. 엎드러진 채 경련적으로 몸부림치며 흐느껴 울엇다.

창밖에서 엿보든 성만이도 두 주먹을 쥐고 부루루 몸을 떨엇다. 그는 여러 가지 생각에 머리가 극도로 혼란되엇다. 그러나 혼란된 그의 감정 가운데도 하나만은 뚜렷하엿다.

『그 자식!』

그러타. 그 자식 때문이다. 탄실이가 자기를 배반한 것도 허영에 날뛴 것도 모두가 그 자식 — 영수 때문이다. 그런데 그 자식은 탄실을 농락할 대로 농락하고 이제는 헌신작처럼 내버리려는 것이 아닌가?

『그 자식!』

혼란된 그의 감정은 — 그 자식에 대한 증오로 통일되여 갓다. 황소의 불과 같은 분로에 성만이는 커다라케 눈을 부르떳다. 그 눈에 영수가 비최인 것이다.

그는 예배당 문 앞으로 성큼성큼 걸어갓다. 그리고 안에서 나오든 영수와 맞부드쳣다. 잠간 동안 야릇한 침묵이 흘러갓다.

『이 자식아!』

성만이는 먼저 침믁을 깨트렷다.

『이 자식아 너는 양심도 없니』

『뭐야!』

영수는 지지 않고 대들엇다.

『이 자식! 건방지게』

시비를 분간할 사이도 없이 성만이가 영수의 멱살을 추겨잡고 발길로 힘껏 걷어찻다. 그 바암에 영수가 비틀거리며 한 간쯤 밖에 나가떠러젓다. 나가자빠진 영수를 성만이는 사정없이 내려 밟엇다.

『아 선생님』

예배당 안에서 튀여나온 탄실이가 비명을 지르며 영수 옆으로 달려갓다.

『이 더러운 년』

성만의 발길 알에 탄실이도 무참하게 고꾸라젓다. 성만이는 벌서 사랑의 이성(理性)을 완전이 잃엇다.

그것은 성난 황소엿다. 유순할 때는 유순해도 순종할 때는 순종해도 사람의 부리움을 받을 때는 부리움을 받어도 한번 성나면 자기의 주인까지도 뿔로 받고 발길로 거더차는…… 그러한 황소엿다.

황소의 분노는 것잡을 수 없엇다. 그것은 영수 하나를 따려눕힌 것으로 풀어질 수 잇는 그런 종류의 『분노』가 아니엇다.

황소의 뿔과 같은 분노!

그것은 또한 단순한 것이 아니엇다. 현실에 대한 가난에 대한 자기에 대한 탄실에게 대한 영수에게 대한 그리고 그 모든 것에 대한 — 가슴속에 쌓이고 쌓엿든 『분노』가 영수로 말미암아 일시에 폭발한 것이다.

황소는 무슨 생각을 햇는지 갑작이 달음질치기 시작하엿다. 구렝이처럼 꿈틀거리는 밤을 헤치고 산으로 들로 — 달음질쳣다. 달음질쳣다. 달음질쳣다.

『황소의 뿔과 같은 분노』가 가라앉을 동안 — 그는 며칠이라도 아니 며칠 아니라도 쉬지 않고 달음질칠 것이다.

입원 1934.1.7~1934.1.14

운향(雲香)

1934년 1월 7일 조간 3면

(가작소설) 入院(1)

『오오, 오, 참 착하다, 아기.』

칼을 들고 어린애의 똥똥 부은 볼을 어루만지는 의사는, 머리를 뒤흔들며 칭얼대는 아이를, 이러케 달랫다.

어린애는 좀체로 아픈 볼을 내놓지 않고 어머니의 품속에 숨으랴 햇다.

수술대를 이용햇으면 좀 더 안전하련만, 놀랠가봐, 어머니가 안고서 수술을 하기로 한 것이엇다

『아무렴은요. 우리 아기 참 이쁘죠. 아퍼도 참고, 여간해 울도 않고.』

어린애의 어머니인 경히(敬嬉)는, 의사의 말을 받어, 이러케 말하며 딸의 머리를 쓰다듬엇다. 그리고 이어,

『그리 아프지도 않지오? 선생님.』 하고, 의사를 처다보앗다

『아, 그러쿠 말구요, 아프긴 뭐가 아퍼요. 더구나 살몽혼[1]을 햇이【으】

1 살몽혼(살朦昏) : 수술 등을 할 때, 수술할 부위만 신경을 마취시키는 일(=국부 마취, 국소 마취, 국부 몽혼).

니까 조금도 안 아픕니다. 또 조금 아프드래도 아기가 원체 이러케 착하니까 곳잘 참을걸요, 뭐.』

그러나 어린애는 여전히,

『이잉.』 하고, 어머니의 품에 머리를 파묻엇다. 그리고 무서운 생각에 몸을 떤다.

『왜 이러니? 요년아? 낼모래 네 살이나 될 것이.』

어머니는, 달래다 못해, 성이 발끈 낫다. 그러나 그랜다고 어린애가 볼을 내밀고 그러케 고븐고븐 수술을 받을 리는 없엇다.

그래서 경히는 옆에서 고름 받을 그릇을 들고 서서 수중하는 간호부를 시켜, 벽에 걸린 자기 오바[2] 호주머니의 지갑을 꺼내왓다. 우선 十전짜리 돈 한푼을 꺼내어 어린애 손에 쥐여주고, 이걸로 이따가 집에 가서 사탕을 사 먹으라는 둥, 지금 말 잘 들으면 집에 잇는 거보다 더 낳은【나은】 인형(人形)과 여러 가지 작난감을 사 주겟다는 둥하며, 감언이설로 어르고 꾀엿다. 그리고 품에 묻힌 어린애의 머리를 처들어 두 손으로 지긋이 붓들엇다.

어린애의 팔다리와 온 몸은, 물론, 어머니의 몸에 매이엇다.

기민하게 노니는 의사의 칼끝은, 어느 틈에, 띵띵하게 성난 어린애의 볼을 째기 시작하엿다. 음찔 놀래며,

『아야.』 하는 아이는 그만,

『으아 ―.』 하고 소리처 울엇다. 잡는 소릴 치며 자꾸 울엇다.

경히는 진땀이 붓적 낫다. 몸은 부르르 떨렷다. 그는, 다른 간호부와

2 오버(over) : 추위를 막기 위하여 겉옷 위에 입는 옷을 통틀어 이르는 말.

가치 아이의 머리를 붓들고는 외면을 하고 잇엇다. 살을 째는 그 끔찍한 꼴을 참아 들여다보지 못하엿든 것이다. 그리다가

『이 — 키! 상당히 곪앗군.』 하는 의사의 소리에, 경히는 휙 돌아 보앗다. 히붉으레한 피고름이 보기 흉하게 뭉클뭉클 쏟아젓다.

간호부의 핀셋트가 날라 주는 하얀 솜은, 갓 깐 새새끼 같은 핏덩어리가 되어, 고름 그릇에 떨어젓다.

고름은 거의 한 종지 가량이나 나왓다.

×

『선생님, 인젠, 고름이 흠빽 낫으니까, 쉬 낫겟지오? 선생님.』

까 — 제[3]를 넣고 붕대로 처맨 뒤에, 경히는, 큰 숨을 후 내쉬며 이러케 의사에게 물엇다.

손을 씻어 소독을 하고 돌아서는 의사는, 잠간 무엇을 생각하는 듯 고개를 조금 기웃하드니,

『글세올시다. 낫기야 암 낫겟지오. 그러나 될 수 잇으면, 입원을 시키시지오.』 하고, 경히의 얼골을 바라본다.

『네? 입원이어요?』

『녜, 입원을 시키서야 합니다.』

『입원 안 시킴 안 되겟습니까?』

『녜, 안 됩니다. 대단히 위험합니다. 매일 데리고 왓다갓다하시다가

3 거즈(gauze) : 가볍고 부드러운 무명베. 흔히 붕대로 사용한다.

는 단독(丹毒)[4]이 무섭습니다.

『네? 단독이요?』

경히는 단독이라 말에 깜짝 놀랫다.

『네, 단독이란 병이 무서워요 단독이. 달독균(丹毒菌)이란 공기전염(空氣傳染)을 하니까요, 밖에 데리고 다녀서는 안 됩니다.』

의사는, 당황해하는 경히를 보고는 손 씻든 수건을 간호부에게 던지고 의자에 가 앉으면서, 더욱 죄여처, 단독의 위험성을 말햇다. 그리고 입원시키기를 권햇다.

1934년 1월 10일 조간 3면

入院(2)

단독이란, 외부에 무슨 험집만 잇으면, 의례히 전염된다는 것. 더욱이, 설【서】울과 같은 복잡한 도시에는, 공기 중에 무수한 단독균이 잇어, 우리 인간을 위협하고 잇다는 것. 만일에 한번 이 단독균의 침범을 받고만 보면, 도무지 것잡을 새 없이, 삽시간에 온몸이 막 썩어 들어간다는 것. 그러케 되면, 손이면 손목을 잘러내야 되고, 발이면 발목을 잘러내야 되고, 얼굴이면 얼굴을 깎어내지 않으면 안 될 뿐 아니라, 그래고도 오히려 곤치기가 극히 어렵다는 것.

한 四十이 훨신 넘어 보이는 이 의사는 넙더데한 이마를 처들고 이러한 듣기에도 무서운 일장 설명을, 아주 유창한 어조로, 하는 것이엇다.

의사의 말 같어서는, 만일 이 아이를 데리고 밖에만 나갓다가는, 지

4 단독(丹毒) : 피부의 헌데나 다친 곳으로 세균이 들어가서 열이 높아지고 얼굴이 붉어지며 붓게 되어 부기(浮氣), 동통을 일으키는 전염병.

금이라도 당장에 단독에 걸릴 듯이 생각되엇다.

더구나, 의사가 설명하는 그 말은, 경히가, 중학교에 다닐 때에, 생리위생학(生利衛生學) 시간에 듣든 선생의 말과 ■■ 같음에는 더욱 믿어지지 않을 수 없엇다.

경히는 마침내 초초해졋다. 그는,

『에그, 이걸 어쩌나!』하고, 혼잣말로 탄식하엿다. 은행 가풀 같은 그의 두 눈갓에는 더운 눈물이 핑 돌앗다.

그는, 잠간 눈을 감고, 무슨 생각에 잠기는 듯하엿다. 오랫동안 괴롬에 쪼들린 듯한 그의 얼굴은 퍽으나 여위어 보엿다.

1934년 1월 11일 조간 3면

入院(3)

그러나, 어디로 보든지 중류 계급 이상의 의젓한 귀부인인 것은 감출 수 없엇다. 아직 三十이 채 못된 그의 나이, 몸맵시에 나타나는 그의 교태가 그의 아리따움을 잘 표현하고 잇엇다.

경히는 아무리 생각하여도 아이를 입원시킬 수는 도저히 없엇다.

첫재로, 입원을 시킨다면 자기가 데리고 잇지 안으면 안 될 것이니, 실상은 모녀가 다 입원하는 폭이다. 그러면 지금 병석에서 신음하고 잇는 남편은 어찌하나

그의 남편은 어떤 전문학교 교수로서, 벌서 三년 전부터 페병(肺病)으로 시들고 잇다.

남편은, 시중할 만한 어멈이 잇음에도 불구하고, 한시[5] 반시[6] 안해를 떨어지고자 아니한다. 마치 멈【엄】마 따루는 어린애 모양으로. 그래서,

미음 그릇 하나도, 약 그릇 하나도, 꼭꼭 자기가 갖다가 주지 않으면 안 된다.

그다음, 더 큰 문제는 속 모르는 이는 꿈에도 생각 못할 역시 돈이다. 전에는 전문학교에서 받는 월급이 매삭 一백八十원이나 되엇고, 순전히 거기에서 때어 저금한 돈이 그럭저럭 三, 四천원 가까이 되엇엇다. 그러나, 남편이 한번 병들어 누운 뒤로는 월급은 고사하고 저금햇든 것조차 거의 다 없어저 간다.

그뿐인가. 병이 원체 오래 끄는 병인지라, 석왕사(釋王寺)로 해주(海州)로 어디로 요양(療養)하러 다니느라고 올녀름에도 들고 잇는 집마저 잡히어 먹으랴고 움즉어렷엇다.

남편이 요양을 가는데도 아이들까지 끌고 자기가 땋아가지 않으면 물론 안되엇엇다. 그러므로 더욱 돈이 많이 들엇든 것이다 지금은 자기 자신이 직업전선(職業戰線)에라도 나서지 않으면 안 될 형편에 잇다.

그런데다가 엎친 데 덮친 데로 지금 또 세 살 난 딸아이가 이와 같이 볼을 수술하게 된 것이다.

도련도련하고 곳잘 놀든 아이가 몇일 전부터는 볼에 뾰로지가 나가지고 자꾸만 보채기 시작하엿다. 그것이 점점 커져서 지금 그것을 수술한 자리가 입아귀 근처에서부터 귀밑까지 이러케 끔직이도 크다. 이것이 새살이 나와 합창이 되어 완치되자면 못 걸려도 아마 한 달은 넘겨 걸릴 것이다. 그러니 둘이 달포나 병원에 잇자면 적어도 몇백 원 가저야 한다. 그러나 몇백 원이 어디 잇나

5 한시(한時) : 잠깐 동안.

6 반시(半時) : 아주 짧은 시간.

『에잉, 뒤여저라, 단독에나 걸려서.』 하고 경히는 속으로 아이를 톡 쏘앗다. 화가 벌컥 난 것이다. 그는 가운[7]의 비색[8]해짐이 끝없이 원통하엿다. 게다가 사내아이와 다르고 게집아이가 얼골에 보기 싫은 큰 흉이 생기리라는 생각까지 아울러 솟아나며 어머니 된 마음에 딸의 미적 손상(美的損傷)이 더욱 쓰리고 안타까웟다. 그런 남어지에 차라리 죽어 없어젓으면 오히려 낫겟다는 생각까지 난 것이엇다.

그러나 그것은 극히 순간의 홧김에서 난 생각이엇다.

1934년 1월 12일 조간 3면

入院(4)

『아으흐…… 엄마 가, 집에.』 하고 어머니의 젓가슴을 불끈 쥐며 신음하는 어린애의 소리에 그는 측은한 생각이 불현듯 낫다. 어미가 되어서 자식을 죽으라고 한 것이 한없이 뉘우쳐젓다.

『선생님 어째면 좋아요?』 하고 의사에게 애소하는[9] 경히의 눈은 또 한 번 후끈하고 눈물이 고엿다. 궁극에 빠지고 어려움을 당할 때 모든 여자의 마음이 다 그러하여지는 것과 같이 그는 무슨 신비러운 구제의 손을 바라는 듯하엿고 그의 일신을 의사에게 내어 맡긴 듯 싶엇다.

『뭐 별 수 없습니다, 역시 입원시키는 것 밖에.』

의사는 의연히 입원을 요구하엿다.

『아니, 여보서요. 만일 입원을 하면 둘씩이나 어떠케…….』

7 가운(家運) : 집안의 운수.

8 비색(否塞) : 운수가 꽉 막힘.

9 애소(哀訴)하다 : 슬프게 하소연하다.

『네? 어짼 둘?』

『아, 얘가 입원하면 저도 가치 와 잇지 않으면……』

『네, 그야 뭐, 글세요. 좀 괴로우시겟지오. 그러나 뭐 방만은 얼마든지 잇으니까 댁에서 다 와 게서도 거처는 염려 없습니다. 음식이 혹 어떨는지.』

의사의 이 말에 경히는 기가 막혓다. 그는, 좀 멍하니 잇다가

『아니여요, 머 방이 좁을가봐 그리는 게 아니라요……』하고는, 자기의 지금의 사정을 자서【세】이 고백하랴 하엿다.

막 이럴 판에, 복도에서 쿵쿵하고 발소리가 나더니 앞문이 쓱 밀리고 어떤 학생이 썩 들어섯다. 학생은 모자를 벗고 의사에게 예를 한다.

『음 벌서 오니? 학교에서 나오는 길이지?』

『네.』

손에 벗어 든 모자는 뿔난 모자엿다. 거기에는 『大學(대학)』이란 큼지막한 교표가 붙엇고 양복 에리에는 『M(엠)』 자가 붙엇다. 얼른 봐도 경성제국대학 의학부(京城帝大醫學部) 학생임을 알 수 잇엇다. 의사와의 언어 행동을 보아 의사의 집안사람인 것도 직감할 수 잇엇다.

헌칠하게 생긴 이 대학생의 얼굴은 서창에 비취는 석양을 받아 더욱 환하엿다. 그는

『저 밖에 누가 옵니다.』하고 바쁘게 말하며 일변 곤색 외투를 벗어 벽에 건다. 아직 첫겨울이라 외투를 입고 달려온 그의 이마엔 약간의 곤땀이 비쳣다.

『응? 누가?』

『웬 노동자인 모양인데 아마 병 보이러 오나 보아요.』

『노동자라니?』

『글세요 자세 모르겟서요. 지금 제가 들어오자 뒤딿아 어떤 노동자들이 무슨 병자를 떠메고 들어오드만요. 옷 벗으러 물어보도 않고 들어왓습니다.』 하고, 대학생은 다시 나간다.

의사는 좀 불쾌한 얼굴로 벌덕 일어서서 유리창 카틴[10]을 걷고 내다본다. 간호부도 그리 달려가 본다.

조금 잇다가 대학생은 들어왓다.

의사는 상을 찡그리고 돌아보며,

『뭐래디?』 하고, 대학생에게 묻는다.

『저, 입원을 하러 왓답니다. 』

『뭐? 입원?』

의사는 못마땅하다는 어조엿다.

『네, 입원을 해야겟답니다. 노동하다가 외상(外傷)을 당한 모양인데 아주 중상인가 봐요.』

『방이 없어 못한다고 그래!』

의사는, 이러케 냉정한 명령을 해 버리고는, 더욱 이맛살을 찌프렷다.

간호부는 아모 말없이 의사와 대학생을 번갈아 쳐다보고 섯다.

대학생은 또다시 나아갓다.

경히는, 방이 없다는 말을 듣자, 무슨 생각이 머리를 딱 때림을 느꼇다.

『어린애 입원시키란 방은 무슨 방? 그리고 우리집 온 가족이다 와 잇어도 방은 염려 없다면서…….』 하고, 경히는 말속으로 햇다.

---

10 커튼(curtain) : 창이나 문에 치는 휘장.

대학생은 다시 되들어왓다.

의사는 여지껏 펴지 못한 이마를 들이키면서.

『뭐래? 그놈들이?』 하고 대학생에게 뭇는다.

『암만해도 입원을 좀 해야겟답니다.』

대학생은 의사의 눈치를 살피며 대답햇다.

『뭐? 움 ばかなやつら!(나쁜 자식들!)』 하고 엎어질 듯이 경히의 앞을 지나는 의사는

『やつらしやうかない.(자식들 할 수 없어)』 하며 문을 확 밀어제치고 나아간다. 그는 당장에 누구를 막 두들겨나 쫓을 듯이 보엿다.

대학생과 간호부도 뒤를 따라 나갓다.

경히는 암만해도 의사의 이 모든 행동이 온당하다고는 생각되지 않엇다. 매우 불쾌히 생각햇다. 따라서 아까 자기에게 어린애 입원시키라든 권고가 더욱 밉게 생각되엇다. 대학생의 말을 들으면 밖에 잇는 환자는 매우 중태인 모양이다. 그런데 방이 없다고 거절을 함은 아무리 생각해도 참아 못할 일이다 더구나 방은 분명히 잇는데. 그리고는 채 걸리지도 않은 단독을 걸리리라고 가정하고 몇백 원을 들여 자기의 딸을 입원시키라는 심리는 털끝만치도 고맙게는 생각지 않엇다. 도리어 딴 의심이 버쩍 치밀엇다.

경히는 혼자 여기 더 앉어잇을 필요가 없다고 생각햇다. 그는 어린애를 안고, 부시시 일어나 역시 그들의 뒤를 뚫아 나아갓다.

×

『웨들 야단야? 방이 없다는데』

뜰에 나와 우뚝 서는 의사는 한마디 호령을 햇다. 그의 성난 주먹은 부르르 떨엇다.

뜰앞 마당에는 과연 들꺼치에 누은 환자가 잇엇다. 그리고 그 옆에는 환자의 동료인 듯한 노동자 六, 七인이 웅게중게 모여 잇엇다.

의사의 날카로운 호령이 나리니까 그 노동자들은 눈이 둥그래서 자기네끼리 서루들 두렛두렛 처다만 본다.

그리드니 그중에서 한 사람이 썩 나섯다. 그는 의사를 향하야 주제주제 하드니,

『여봅쇼, 저 그러치만 어떠케 좀 잘 생각해주시지 못하겟쇼니까?』 하고, 그저 관대한 처분만 바랄 뿐이라는 듯한 표정을 한다.

『뭐 어째? 잘 생각은 무슨 잘 생각? 방 없다는데.』

의사는 여전히 서리 같은 호령을 질럿다.

노동자는 아모 말 못하고 어안이 벙벙해 한다.

이 때에 그 중에서 어떤 다른 노동자 한 사람이 또 나섯다. 나이 한 四十되어 보이는 후리후리한 몸에 낡고 찌브러진 중절모를 쓴 사람이엇다. 그 나서는 품이 동료들 중에서는 제법 말주벅[11]이나 하는 똑똑한 사람인 듯 싶엇다

그는 모자를 벗어 들고 의사의 앞에 가까이 와 공손히 예를 하엿다. 그리고 말하기를 시작하엿다

『저, 나리, 대단히 황송합니다 나리께 역정이 나시게 해서 대단히 죄송

---

11 말주벅 : 이것저것 경위를 따지고 남을 공박하거나 자기 이론을 주장할 만한 말주변.

합니다. 허나, 나리 어쨉니까. 그저 사람 하나 살려주서야 하겟습니다.』

1934년 1월 13일 조간 3면

入院(5)

그의 음성은 나직하고 아주 유순하엿다. 그러나 말끝을 맺고는 앞니로 입술을 지긋이 깨믐을 보아 의분에 치미는 격분을 강잉[12]히 참는 듯 싶엇다

『뭐?』 하고, 나려다보는 의사의 태도는, 그 노동자의 정중한 언사에, 의외로 좀 눅으러진 듯도 하엿으나 그 소리만은 여전 날카로웟다.

『네, 그저 사람 하나 살려주십쇼 나리. 저것 좀 보십쇼, 저 옆구리를, 나리. 저것이 그냥이야 어찌 살기를 바라게십니까 구녕이 저러케 뚫리고 피를 저러케 몹시 술구야. 나리, 그저 나리가 아니면 꼭 죽는 목숨입죠. 저 녀석이 이펜네들(= 이편네들 = 우리들)과 가치 오늘 사방공사(砂防工事)[13] 일을 하다가 그만……』

들꺼치에 누운 환자를 가리치면서 이러케 말하는 그 노동자는 마침내 목메인 말끝을 다 맺지 못하고 눈물이 좌르르 흘럿다.

들꺼치에서는

『으흐흥 으흐흥!』 하는 가느다란 비명의 신음 소리가 간간히 들려왓다.

죽은 듯한 환자의 흙칠한 오지랍[14]이 발룩발룩 함을 딸아 그의 옆구리에서는 검붉은 선지피가 꿀꺽꿀꺽 소용처 흘러 마당에 헝근히 고엿

12 강잉(強仍) : 억지로 참음. 또는 마지못하여 그대로 함.

13 사방공사 : 사방 시설을 하는 공사. '사방'은 산, 강가, 바닷가 따위에서 흙, 모래, 자갈 따위가 비나 바람에 씻기어 무너져서 떠내려가는 것을 막기 위하여 시설하는 일이다.

14 오지랖 : 웃옷이나 윗도리에 입는 겉옷의 앞자락.

다. 마치 목을 따 놓은 도야지의 목에서 꿀꺽어리는 그것과도 같엇다. 어느 동맥(動脈)이나 끊어진 모양이엇다.

휙 불어 닥치는 싸늘한 바람에 지독한 날비린내가 훽근 코를 찔럿다.

대학생과 간호부는 의사, 환자 노동자들을 번갈아 보며 상을 찡긋찡긋하였다.

경히는 지긋지긋하야 참아 그 흉한 모양은 바로 보지 못하엿다. 때로 등에서 소름이 쪽쪽 끼칠 뿐이엇다.

의사는

『내가 어떠케 사람을 살려?』

하고는 대학생과 간호부를 돌아보앗다.

『나리, 나리. 구태여 여쭐 말슴 없습니다. 사람 살려주시기만 바랍니다. 지금 저거 하나 죽으면 아 아홉 식구가 일시에 생목숨 끊는 게워요, 생목숨. 아홉 식구가 한꺼베……』

그 노동자는, 흐르는 눈물을 팔둑으로 흠칫 씻으며, 이러케 환자의 사정을 애소하엿다.

환자 하나가 죽으면 그는 아홉 식구가 한꺼베 생죽음을 하는 것이라 한다. 八十 로령의 아버지와 어머니, 줄레줄레 자라나는 五남매의 자식들, 그리고 그의 안해.

환자는 하루 四, 五十전밖에 안 되는 품삯을 받으며 ×산 기슭에서 사방공사에 노동하는 것이 그의 아홉 가족이 매어달린 유일한 밥줄이라 한다.

1934년 1월 14일 조간 3면

入院(6)

늙은 부모와 어린 자직【식】들. 이들을 먹여 살리느라고 그는 오늘도 아침도 변변이 못 얻어먹고 그 육중한 흙짐 흙짐을 져 날르다가 한낮이 헐신 겨워 저녁때가 되매 주린 창자에 기운이 진하야 어찔하고 정신이 핑 잡어돌리는 바람에 흙짐을 진 채로 고꾸라저서 팔둑 같은 나무 끝에 옆구리를 푹 찔린 것이라 한다.

가치 일하든 동료들은 흙짐 떼짐을 다 집어치우고 달려들어 들꺼치에 얹어 메고 ×병원을 달려갓으나 거기서도 역시 거절을 당하고 할 수 없이 이 ××동 외과병원(外科病院)으로 몰려온 것이라 한다.

노동자의 이러한 말이 떨어지자마자, 경히는,

『우선 응급수당이라도!』 하는 소리가 자기도 모르는 결에 굴러 나왓다.

『급한 대로 위선 응급!』

대학생의 입에서도 경히와 약조나 한 듯이 일시에 이런 말이 나왓다.

『돈 잇서?』

의사는 노동자에게 이러케 물엇다.

『녜?』 하고는 노동자는 뒤에 잇는 동료들을 돌아봣다.

『되나부다?』

『글세』 하고 그들은 서루 두렌두렌하며

『자넷 얼만가?』

『十전』

『난 五전.』 하고, 모조리 주머니 털음을 하엿다.

긁어모은 돈은 七十五전이엇다.

『어? 그걸로 무슨 치료?』하고, 의사는 노동자를 노려본다.

『나, 나리. 아직은 이걸로.』

『글세 이걸로 무슨? 더구나 입원까지?』 의사는 또다시 ㄴ노기가 떠올랏다.

『아, 아니올시다. 지금은 없지만 입원만 되면 이펜네들이 출렴[15]을 내서라도 어떡허든지 됩니다. 사람만 살려줍쇼.』하고, 노동자들은 이구동성으로 말햇다.

『일업서, 가들!』하고, 의사는 손을 물어나가라는 신융을 하엿다.

『아, 아니올시다, 나, 나으리』

『무슨 잔말야?』

『아, 나, 나리』

『듣기 싫여! 어서 가! 만일 안 가면 순, 순사 불러올 테야! 남의 집에 이러케 떼 지여 와서 안 가면』

의사는 이러케 얼러대고 홱 돌아서서 대학생과 간호부를 등을 밀어들이[16] 쫓으며 자기도 힝하니 들이빽다.[17]

멍멍하니 서서 의사의 뒷모양을 바라보든 노동자는 주먹을 부르르 떨엇다. 그는

『사람은 죽어도 일없다? 쌍!』하며 성크런 니를 부드득 갈어부쳣다.

들꺼치에서는 지금도

『으흐흥 으흐흥!』하는 신음 소리가 모기소리만큼 가늘게 들려온다.』

15 추렴 : 모임이나 놀이 또는 잔치 따위의 비용으로 여럿이 각각 얼마씩의 돈을 내어 거둠.
16 들이 : 세차게 마구.
17 들이빼다 : 갑자기 내빼다.

꿀꺽꿀꺽 흐르는 시뻘언 선혈은 때로는 줄대를 지어 내뿜기도 한다.

이따금 훽 뿜겨오는 비린내는 주위의 공기를 음울케 한다.

경히는 상을 찡그리고 어린애를 품에 품은 채 실그만이 돌아서서, 타고 왓든 인력거에 다시 올라앉엇다.

인력거는 어느덧 종로(鐘路)의 큰 거리를 달리고 잇엇다.

인력거에 앉은 그의 머릿속에는,

『……어쩌면은?…….

『……걸리지도 않은 단독을….

『……방은 분명히 있으면서도…….』

이러한 생각들이 순서도 없이 훽훽 지나갓다. (끝)

외투 1934.1.17~1934.1.23

방휴남(方烋南)

1934년 1월 17일 조간 3면

(기작소설)外套(1)

一

치운 겨을【울】날 저녁때다.

H는 학교에서 하숙으로 돌아오는 길로 주인 마누라에게서 엽서 한 장을 받엇다. 발신인 란에는 S라는 전당포 도장이 찍히엇다. 편지 내용은 간단하다. 상의할 말이 잇으니 전당표를 가지고 이 편지를 받는 대로 곳 와달라는 것이다.

편지를 읽은 H는 가슴이 덜컥 나려앉으며 얼어서 붉든 얼골은 아조 주홍빛으로 변하엿다. 주인 마누라는 무슨 기색을 살피엇는지 어대서 왓느냐고 그저 지나가는 말로 물으면서 안으로 들어가 버리엇다. H는 『예 — 저 —』 하고는 별로 똑똑한 대답도 없이 방으로 들어가서 모자도 벗지 않고 그대로 이불에 기대어서 다시 편지를 자세히 들여다보앗으나 편지 사연은 틀림없이 자기를 오라는 것이엇다. 그는 가슴이 몹시 뛰는 것을 깨달엇다.

二

H는 이 편지를 받기 전 한 달쯤 해서 어느 날 그의 연인 K에게 갓섯다. K는 학비 부족으로 자기 선생집 행랑방을 거저 빌어가지고 반 동무한 사람과 가치 자취를 해서 지내든 것이다.

K는 몹시 반기엇다. 가치 잇는 그 동무는 웃으면서 『선생님 참 좋으시겟습니다.』 하며 놀리듯이 쳐다보고는 K에게로 얼골을 돌리며

『어서 드리지 왜 가만이 잇수?』 하엿다. K는 공연히 헛소리한다는 듯이 시침이를 뚝 떼고 앉어서 딴 이야기를 끄내랴고 하드니 그 동무가 자꾸 꼬집으며 성화를 대니까 그제야 못 견디는 체하고

『저 오늘 웬 사람이 외투 하나를 가지고 와서 사라기에 퍽 싼 듯해서 삿는데 맞기나 할는지 좀 입어 보세요.』 하고 이불 우에서 떠불 회색 스콧치 외투 하나를 내어 놓앗다. H는

『그건 웬걸 무슨 돈으로 삿단 말이유? 어떤 사람이 가져왓는데?』 하며 들처보앗다. 새로 산 지 오래되지 않은 꽤 얌전한 것이엇다. K는

『오늘 웬 사람이 안에 선생님 댁에 와서 사라는 것을 선생님은 이번에 새로 마치시기 때문에 안 산다고 하시고는 물건도 좋고 값도 그다지 비싸지 않다고 하시기에 그리고 마침 요전 시골서 오빠가 돈 십 원 보내신 것이 잇기에 삿지요. 흥정은 선생님이 하섯세요. 칠 원 주엇는데 칠 원이면 퍽 싸대요. 그런데 맞는지 입어나 보세요.』 하며 외투를 들고 일어섯다.

H는 염치없다는 듯이

『그건 웨 삿세요 — 이달은 무엇 가지고 지낼라구 하면서 못 이기는 듯이 일어나서 받어 입어 보앗다. 아조 마침 모양으로 잘 맞엇다. 그 동

무는

『아주 안성마침인데요. 똑 맛습니다.』하며 어깨와 품을 만저보앗다. 그러자 그 집주인인 K의 선생이 안에서 H의 목소리를 들엇는지 나오며

『김군 오섯수? 이거 한턱 내시요. 외투는 내가 싸게 흥정햇으니』하고 웃어 대며 들어섯다.

이러케 H는 그날 밤늦도록 이야기하다가 외투를 하나 얻어 가지고 하숙으로 돌아왓다.

그는 그날 밤에 이불 속에서 벽에 걸어 놓은 외투를 쳐다보며 여러 가지로 생각을 달리엇다.

다첫재로는【첫째로는】 K가 퍽 고마웟다. 학비 부족으로 자취를 해 가면서도 자기를 위해서 그 외투를 산 것은 미안하도록 고마웟다. 그러나 다시 생각하면 좀 부끄러웟다. 일반 경우로 본다면 의레히 자기가 외투나 그러치 못하면 그보다 값 적은 쇼울이라도 K를 사주어야 할 텐데 도리어 받엇다는 것은 자기가 남자라는 위신이 떨어지는 듯도 하엿고 또한 다 떨어진 외투 하나 없이 알몸으로 떨고 다니는 꼴을 K에게 보이엇든 것이 창피하엿고 자기의 자존심이 눌리는 듯하엿다. 그러나 H는 이런 모든 생각은 다 자기의 오해요 K가 그 넓고 현철한[1] 마음씨로 잘 리해한 것이라는 생각으로 돌리랴고 애를 쓰다가 잠이 들엇섯다.

H는 그 이튼날부터 버젓하게 그 외투를 입고 학교에 갓섯다. 동무들은 그 외투의 내력은 모르고『얘 너 한턱 내야되겟구나 이건 어쩔라구 막 이래니?』

1 현철(賢哲)하다 : 어질고 사리에 밝다.

『인전 몸이 막 타겟구나』

『몸이 타다니?』

『야 이 사람아 애가 저 외투를 입고 종로 네거리를 나서면 길에 가든 그 수많은 여학생들의 그 지독한 시선이 다 애 외투로 몰리어서 초점이 될 테니 타지 않겟나?』

이러케 동무들이 놀릴 때마다 H는 싱그레 웃으면서

『그럼 소방수를 미리 데리고 다녀야 되겟군!』

하엿다. 이 모양으로 성화를 받어가며 외투를 입고 다니다가 H는 또 알몸으로 떨고 다니게 되엇다. 식비도 두 달재 밀리엇거니와 주문햇든 책을 찾어 가라는 통지가 두 번이나 왓섯다. 그래서 그는 어느 날 학교에서 돌아오는 길로 길 엽 어느 전당포에 들리어서 몸벳김을 당하고 종이쪽에 돈 오 원을 받어 가지고 나왓섯다.

이리해서 H는 다시 알몸으로 떨고 다니엇고 동무들은 또 성화를 부리엇다.

『애 너 정말 몸이 타든 모양이로구나』

『여학생을 유혹시키는 불온한 외투라고 해서 경찰서에서 압수를 한 게로구나 응? 하하하하』

『애는 원래 변화가 무쌍하니까 내일은 또 무슨 외투를 입고 올는지 누가 아나』

이러케 여러 동무들이 남의 사정은 모르고 성화를 대엇으나 그러나 그것은 오히려 자미스러운 성화이엇다.

H는 그 외투를 잡힌 후로 큰 고통이 하나 생기엇다. 알몸으로 초라하게 떨고 다니느 것도 어려우려니와 오히려 그것은 또한 우수운 것이

요 한시도 못보면 몸이 다는 K에게를 못 가게 된 것이다.

1934년 1월 18일 조간 3면

外套(2)

전 같으면 의레히 토요일 오후 세 시에는 한 십 분을 틀리지 않고 K의 방 문턱에 들어섯든 것을 그 외투를 잡혀 먹은 후로는 그 문앞을 지나지도 못한 지가 여러 날이엇다. 일것 사준 외투 하나도 지탕을 못하고 잡혀 먹고는 초라하게 알몸으로 떨고 다니는 꼴을 참아 K에게 보일 수는 없엇든 것이엇다. 그래서 H는 하는 수 없이 여러 날 동안 K에게 가지 못하엿고 그래서 애를 태우든 판에 설상에 가상으로 그 편지를 받엇든 것이엇다.

H는 실상 그 외투를 입고 다닐 때에도 늘 안심은 안 되엇섯다. 물론 도적놈이 훔처다가 팔엇기에 그러케 싸게 팔고 달어난 것인데 만일 거리에서나 혹은 전차 속에서 그 외투 임자가 자기 것을 보고 달려들어 벗어내라면 어쩌나 하는 생각까지 나기도 하엿다. 그러다가 잡혀 먹은 후로는 그런 걱청【정】은 잊엇든 판이라 이 편지를 받은 H는 놀래지 않을 수 없엇다. 그는 직각적으로 이런 생각이 들엇다. 그 외투 잃은 사람이 경찰서에 계출을 해서 경찰서에서는 각 전당포로 조사를 하다가 자기가 들려나서 그래서 오라는 것이라고 생각하엿다. 그러나 약간 의심이 나는 것은 만일 그러타면 반듯이 형사나 순사가 와서 잡어가든지 할 것이지 한만하게 전당포에서 편지로 오라고 하엿을가 하는 의문도 들엇으나 그러나 처음 생각이 너무도 분명하기 때문에 그런 의문은 눌리고 말엇다.

五【三】

H는 그날 저녁때 여러 가지로 궁리를 하다가 참아 용기가 안 나는 것을 하는 수 없이 창피를 무릅쓰고 오래간만에 K에게 갓엇다.

K는 그동안 꼼짝 안 해서 퍽 궁금하엿다는 말을 하고는 H의 외투 안 입고 온 데에는 주의를 못한 모양이엇다. H는 퍽 민망하엿다. 참아 외투를 잡히엇드니 그 때문에 탈이 나서 왓다는 말을 할 용기가 나지 않엇다. 다행히 K가 외투는 어쨋느냐고 물어나주면 아조 시침를 딱 떼고 『아 — 참 당신 그 외투 도적 놈에게서 삿습디다 그려!』 하고 말을 시작하겟지만 K는 도모지 외투에는 눈이 띠이지 않는 모양이엇다

H는 그런 말 기회만 엿보려고 앉엇다가 하는 수 없이 마침내 그 외투의 사단을 끄집어내엇다. 그런데 H가 처음에 집에서 생각할 때에는 솔직하게 돈 좀 쓸 일이 잇어서 잡히엇든 것이 그 지경이 되엇다고 고백할 작정으로 왓든 것이 막상 말을 할 때에는 어찌어찌하다가 자기도 모르는 동안에 스리슬적 거짓말을 하엿다.

『저 내 동무 한 사람이 급한 일로 시골 자기집에 간다는데 여비가 없어 애를 태우기에……』 하고 공연히 조고만 일에 능청스런 거짓말을 하고 앉엇는 자기를 생각할 때 퍽 불쾌하엿다. 그러나 다시 돌리는 수도 없어서 그는 그대로 이야기를 꾸며대서 자기 발뺌을 해 가며 외투의 사단을 다 말하엿다.

K는 이 말을 듣드니 얼골이 파라케 질리면서

『아 — 그럼 경찰서에 잡혀가시게 되엇서요?』 하고 당황하게 물엇다.

1934년 1월 19일 조간 3면

外套(3)

『글세 아적 알 수는 없지만 ―』 하고 H도 그럴는지도 모른다는 대답을 하엿다. K는 안으로 뛰어 들어가서 외투 흥정해 준 선생을 데리고 나왓다. H는 그 선생 보기에 더욱 창피하엿으나 하는 수 없엇다. 그래서 그들은 한 시간이나 모여 앉어서 여러 가지로 의논을 하다가 마지막으로 그 선생의 연구로 이러한 게【계】획을 찾어내엇다. 만일 경찰서에서 물으면 처음에 K가 시골 잇는 자기 오빠를 주려고 삿다가 돈에 몰려서 도루 그 선생에게 팔엇엇고 그 선생은 자기 동생에게 사주엇드니 맞지 않어서 그 친고인 H에게 팔엇든 것이라고 서로 계통[2]이 들어맞게 대답을 하자는 결론이엇다. 그것은 무슨 물건이든지 세 다리만 넘어가면 관게치 않다는 말을 들엇기 때문이엇다. 그래서 H는 이러케 말 준비를 배워가지고 나와서 S전당포로 갓엇다. K는 무슨 일이 크게 난다면 자기가 솔직하게 말을 하고 일도 자기가 당하겟다고 따라 일어낫다.

『공연히 내 초사[3]로 무슨 일이 크게 나면 어떠케 하서요. 지금 붓들려 가시면 졸업 시험도 못 치시게 될 텐데 ― 그러구 그런 창피가 어데 잇서요.』 하며 자꾸 말려도 구지 듣지 않고 따라나왓다.

四

S전당포 문밖에 다달은 그들은 참아 들어가지를 못하고 슬적 안을 들여다보며 왓다갓다 주저하기를 여러 번 하엿다. 그러다가 H는 마침

2 계통(系統) : 일의 체계나 순서.
3 초사(稍事) : 사소한 일.

내 자기의 남자다운 기개를 잃지 않으려고 없는 용기를 내며 아래배에 힘을 잔뜩 주고 발은 기침을 칵 한 번 하고는 문 안으로 썩 들어갔다. 방에서는 마침 저녁을 먹든 중이엇다. 두 사람은 상을 받엇고 한 사람은 아래목에 앉어서 장부를 뒤적거리엇다. 그들은 유리 붙인 영창으로 내다보드니 요전에 보든 머리는 중의 머리로 깎고 아래 수염만 길게 느린 늙은 사무원이 나오며

『무에요』 하엿다 H는 편지와 전당표를 내주며 『무슨 상의할 말슴이 잇으시지요?』 하고 태연하게 물으려고 애를 썻으나 그래도 약간 떨리엇다. 사무원은 잠간 들여다보드니 『녜 오섯읍니가 추신데 좌우간 이 방으로 들어오시지요.』 하고 반가운 듯이 맞어주엇다. H는 아주 방으로 몰아넣고 잡으려는 듯해서 정말 들어가기가 싫엇다. 그러나 그 사무원이 한사코 잡어끌다싶이 권하므로 너무 의심스럽게 거절할 수도 없어서 몇 번 사양하다가 들어갓엇다. 그들은 아래목으로 자리를 권하며 일변 『저녁 진지 아직 안 잡수섯지 —』 하고 H의 대답이 채 나오기도 전에 안채로 향한 미다지를 열면서

『저 떡국 한 그릇 속히 가조래라.』 하고 분부를 하고 H의 말리는 말은 손쉽게 얼른 누르면서

『아 추신데 오시래서 —』 하며 그 태도가 의외로 친절하엿다. H는 더욱 의심이 들엇다. 아래목에 앉어서 장부를 뒤적거리는 사람은 분면【명】코 형사인 듯하엿고 떡국을 주문하는 것은 이왕 늦엇으니 저녁이나 먹여서 잡어가려는 것이나 아닌가 하엿다.

H는 사양하다 못해 떡국은 먹으면서도 그 맛을 몰랏다.

그 사무원은 H의 받엇든 상이 나는 것을 기다려서 여전히 다정한 어

조로

『저 오시란 것은 다른 게 아니라 요전에 왜 학생 어른께서 외투 한 개 입질하신 게 잇으시죠? 그런데 그것이 —』 하고는 장부를 뒤적거리고 앉은 그 형사 비슷한 사람을 처다보며 말끝을 내지 못하고 어름어름 하엿다.[4] H는 인제 일이 본격적으로 들어가는구나? 하고 가슴이 울렁거리엇다.

그 사무원은 다시 말소리를 낮읔이 다정하게

『그날 좀 바뻐서 그 외투를 바로 창고에 갓다 두지 못하고 임시로 저 벽에 걸어 놓고는 잠간 변소에 갓다 온 새 고만 어떤 놈이 저 들창문으로 손을 너서 그 외투를 네려간 모양이예요. 그래서 그 말슴을 하고 피차에 좋도록 상의를 하자고 오시란 겝니다.』 하엿다.

이 말을 들은 H는 마치 무서운 꿈을 꾸거나 가위에 지늘키다가 깨인 사람 모양으로 시원하엿다. 아주 진저리를 치도록 시원하엿다 그러나 그런 눈치는 아니 채이려고 아주 엉뚱하게 놀래는 듯이

『네? 누가 집어가다니요?』 하고 물엇다. 그 엽에서 장부를 뒤적거리든 사람은 그제사 입을 열어

『네 저 사람이 잠간 변소에 갓든 새 아마 어떤 아편쟁이 절도 녀석이 손을 넣어서 네려간 모양인데 물론 저이의 잘못이니까 그 손해야 우리가 다 물어드릴 테니 그는 염려 마시고 한 가지 여쭐 말슴이 잇습니다.』 하며 H의 기색을 살피엿다.

H는 외투를 잃어서 속상한다는 듯이 얼골을 찌푸리며 아모 말 없이

4 어름어름하다 : 말이나 행동을 똑똑하게 분명히 하지 못하고 자꾸 우물쭈물하다.

그 사람을 쳐다보앗다.

그는 다시

『다른 게 아니라 우리가 그 외투를 잃어버리고 아직 도란게를 안 햇습니다. 게출[5]한대야 물건도 못 찾으려니와 질옥이란 다른 데와 달라서 여러 가지 성가스런 일이 많기 때문에 게출을 아니햇는데 그저 선생님만 가만히 게시면 아모 일이 없겟는데 외투는 다시 새것으로 마쳐드릴 테니 그러케 해주십시요 그 전당표와 편지는 저를 주시고 저와 가치 나가서서 그 외투를 새로 마치시도록 하시지요.』 하엿다.

1934년 1월 21일 조간 3면

外套(4)

H는 의외에 일이 아주 더 말할 수 없이 잘된 것을 속으로는 퍽 다행으로 여기면서도

『그런데 그 외투는 지난 가을에 우리 형님이 동경 가섯다가 새로 마침으로 사오신 겐데요 요새사 처음으로 며칠밖에 안 입은 겝다. 그런데 서울서 짓는대야 그런 감도 없으려니와 바누질이 어림도 없을 텐데 ─』 하고 큰 걱정이라는 듯이 배씸[6]을 부리엇다.

그런 뒤에 H는 그 주인을 떯어 나왓다. K는 그때까지 문밖에 서서 동정을 살피고 잇엇든 모양인지 H를 보고는 빙그레 웃으면 슬적 옆 골목으로 사러지고 말엇다.

그들은 종로로 와서 청년회 밑층 D양복점으로 들어 갓엇다. H는 든

5 계출(届出) : 국민이 법령의 규정에 따라 행정 관청에 일정한 사실을 진술, 보고함.
6 뱃심 : 염치나 두려움이 없이 제 고집대로 버티는 힘.

듣하고 제일 나어 뵈는 감으로 골러서 가치 간 주인에게 보엿다. 그는 『이걸루?』 하며 H를 처다보드니 다시 고개를 돌리어 양복점 주인에게 향하며

『이걸로 한다면 얼마나 되겟읍니까』 하고 물엇다.

양복점 주인은 수판을 비슥암치 쥐고 여러 번 수판알을 올렷다 내렷다 하드니

『그 감이 제일 좋은 박래품[7]이어서 값이 좀 많읍니다. 이렇습니다. 아주 염하게 해서 오십칠 원은 꼭 주셔야겟습니다.』 하고는 수판을 내밀며 무슨 큰 비밀이나 보이는 듯이 전당포 주인에게 보이엇다. H는 전당포 주인이 양 미간을 좁히며 아모 말이 없이 자기만 처다보는 것을 볼 때 좀 미안하엿으나 그대로 그 감으로 지으려는 듯이

『이것두 그전 것에 비하면 어림도 없는데요. 뻣뻣한 게 무겁기만 하겟는데요 —』 하엿다. 그리고 오히려 불만한 듯이 얼굴을 찌푸리며

『이보다 좀 나은 감은 없습니까?』 하고 물엇다.

양복점 주인은 전당포 주인의 기색을 살피엇는지

『잇기는 잇으나 그건 값만 많지 실상 이만 못합니다. 여리기만 하구. 그저 이 감으로 하세요 제일 낫습니다.』

하엿다. 전당포 주인은 H가 다른 더 나은 감을 보자는 말에 질색을 하며

『그럼 이게 좋다니 이것으로 합시다.』 하며 애걸하듯이 H를 처다보앗다. H는 마음에 들지 않으나 하는 수 없다는 듯이 아무 말을 더 아니 하엿다.

---

7 박래품(舶來品) : 다른 나라에서 배로 실어 온 물품.

전당포 주인은 H의 아무 말 없는 것을 보고는 안심한 듯이 고개를 돌리며 양복점 주인과 흥정을 시작하엿다.

『그런데 좀 덜하시지요. 五十원만 합시다.』

『원 천만에 망녕이시지 아주 에누리 없이 말슴햇습니다. 이런 데서는 에누리해서 여쭙잖습니다.』

『아 금년에 양복값이 내렷다는데 五十七원은 턱없는 값이올시다.』

『아 내렷으니까 五十七원이지 작년만 해두 이게 七十원 이상 갓든 겝니다.』

1934년 1월 23일 조간 3면

外套(5)

『여러 말슴 하기 싫으니 아주 五十五원 드리지요.』

『아니올시다. 그저 말슴하시는 게니 一원 하나만 덜해드리지요. 에누리 없는 게지만 ―』

『더는 못하겟습니다. 다른 것으로나 하면 햇지 오십오 원두 퍽 비싼 값인데』

이렇게 그들은 오래 승강이를 하엿다. H는 그들이 서로 싸우는 것을 볼 때 속으로 퍽 우스웟다.

양복점 주인은 종로에서 뭇사람에게 시달린 가장 경험 많고 상업 전술에 제일 능난한 장사꾼이요 그 상대자로는 푼리를 다루는 전당포 고리대금업자로서 서로 경제전에 넘어가지 않으려고 빼티는 것이 퍽 자미스러웟다.

외투는 결국 전당포 주인의 굳센 주장과 H의 응원으로 오십오 원에

낙착이 되엇고 그리해서 식과 촌법 재는 것이 끝이 나며 게약금 십오 원을 치루고 전당포 주인과 H는 그 양복점을 나왓다.

그들은 아모 말 없이 종각 앞까지 가치 오다가 전당포 주인이

『그럼 아주 이걸 맡으섯다가 찾어 입도록 하지요.』하고 게약금 낸 영수증에 돈 사십 원을 얹어서 H에게 주엇다.

H는 그제사

『그런데 받기는 받습니다만 일이 퍽 미안하게 되엇습니다.』할 때에 전당포 주인은 아조 태연하고 너그러이

『뭐 천만에 저의 잘못으로 그리된 것이니까요.』하고는 다시 놀러 오라고 하며 서로 헤어젓다.

五

H는 종로 네거리를 지나서 북촌을 향하고 걸음을 급히 옮기엇엇다. 벌서 전등이 들어온 지 오래된 듯하엿다.

그는 얼마쯤 가다가 다시 돌쳐서 그 양복집으로 들어갓엇다. 그래 외투감을 다시 골라서 삼십 원짜리로 마치고는 그 길로 나와서 다시 북촌으로 자진 걸음으로 걸어가다가 길 옆 어떤 중국요리집에 들리어서 사인분 요리를 주문하고는 K에게로 갓엇다.

K는 아모 말이 없이 빙그레 웃으며 그 동무는 어찌 되엇느냐고 조급한 듯이 내달엇다.

안에 잇던 주인 선생도

『어찌 되엇소?』하며 나왓다. 그들은 H의 이야기를 듣고는 아조 다행이요 또한 자미스럽다는 듯이 좋아하며 그 동무는 손벽을 치며 K를

꼬집고 야단이엇다. 그러자 K가 부억으로 나가며 저녁을 지으려고 할 때 중국요리는 들어왓다.

네 사람은 상을 받은 지 얼마 후에 이야기와 훈훈한 음식에 취해서 모다 얼골이 붉으레하엿다.

H는 이를 쑤시며 비스듬이 이불 개어 얹은 고리짝에 기대어서 그날의 모든 일을 다시 생각할 때 자미스러운 꿈같이도 색【생】각되어서 자기도 모르게 만족한 우음을 빙그레 웃엇다.

세상이 모두가 외투로 되어서 실상을 찾기 어려우며 권모, 수단, 사기, 질투로 꽉 찬 이 무서운 사회에 아직 정말로 그 실지에 부닥처보지 못한 H는 자기가 무슨 큰 수단이나 부려서 일이 그렇게 잘된 듯한 자부심이 나며 학창에서 듣고 볼 때 무섭다고 하던 세상은 허잘것 없는 모두가 자기 두 주먹 안에 걷어 쥐일 만한 것으로 생각되엇다. 그러나 이는 마치 아직 대양의 풍랑을 모르는 어린아이가 잔잔한 시내에서 작은 뽀 — 트에 노를 저으면서 대양의 풍랑을 우숩게 아는 것이엇다.

그러나 H는 자기의 한 일을 신기타면서도 또한 일편으로는 무슨 죄를 지은 듯한 거리낌도 생기엇다.

H는 이런 생각을 하다가 다시 머리를 흔들며 K를 물끄럼이 쳐다보앗다. K는 아까 전당포 갈 때에 뚫어서던 얼골과는 아조 소양지판[8]이엇다. 고개를 다소곳이 하고 앉어서 조고만 입을 벌리지도 않고 오독오독 아담스럽게 가만가만히 먹다가 따이야[9] 같은 두 눈을 돌리어 H의 빙그

8 소양지판(霄壤之判) : 하늘과 땅 사이의 차이라는 뜻으로, 사물들이 서로 엄청나게 다름을 이르는 말.

9 다이아몬드(diamond) : 탄소의 결정체로 가장 널리 알려진 보석. 지구상에서 가장 단단한 물질이다.

례 처다보고 앉은 것을 방섯거리는[10] 웃음으로 대답하더니 얼른 고개를 돌리며 선생과 동무의 기색을 살피엇엇다.

(끝)

10 방싯거리나 : 입을 예쁘게 벌리며 소리 없이 가볍고 보드랍게 살짝살짝 자꾸 웃다.

격랑 1935.1.1~1935.1.17

김경운(金卿雲)

1935년 1월 1일 석간 신년호 부록 기11 1면

(당선소설)激浪(1)

(咸北 어느 조금아한 漁村의 스켓취)

×

동해 바다에 임한 S어촌의 아침!

동편으로부터 솟아오르는 햇살에 포구의 바다는 금빛의 잔물결로 봄날의 아지랑이처럼 어른거리고 낮게 퍼지는 아침 연기에 마을은 안개에 잠기듯 고요히 불어오는 해풍에 섬(洋島 S촌 남편에 잇는 거대한 섬) 소식을 엿듣고 잇다.

포구의 아랫편 부두에는 첨첨이 드려매운 어선의 돛대들이 하늘에 다흘 듯 솟아 잇고 부두의 왼편에는 정어리 공장 양철 집웅들이 아침 햇빛에 번적어리고 잇다.

그리고 그 뒤에는 우선 회사[1] 회조점[2]기가 중천에서 펄럭거리고 우편

언덕에는 우편소 집웅에 앞뒤로 벌려선 라디오 대가 한끝 이채를 발하고 잇다. 잘되어 한 백 호 가량 되는 S촌. 이것이 이 지방에서는 통신의 중심지며 수륙 교통의 중심지며 문호엿다.

건너다 보니 부르면 그 소리 다흘 듯한 섬은 아직도 신비의 꿈에서 다 못 깐【깬】 듯 아침노을에 잠겨 잇고 멀리 수평선 가까히 보이는 알섬(卵島)은 오늘도 어제 같은 일기를 점치듯이 춤추며 넘놀고[3] 잇다.

멀리 일짜로 끄어논 수평선 우에는 순풍에 돛단배 한 척 뒤이어 나타나는 두 척, 세 척, 네 척.

포구의 백사장에는 그 배를 기다리는 나룻 사람들이 허여케 모여 섯고, 갈메기는 분주히 그 우를 휘날고 잇다.

배는 어느듯 쏜살같이 포구의 가까이로 달려오고 잇엇다. 뱃머리에는 대풍획(大豊獲)을 자랑하는 붉은 기빨이 힘차게 펄럭거리고 선체(船體)는 물속으로 거이거이 잠겨 들어가고 잇엇다.

『아, 춘보네 배다』

『야 — 잘잡앗구나』

『여 — 춘보 —』

기다리든 사람들은 벌서부터 두 손을 내저으며 고함치고 잇엇다.

『아, 뒤엣 건 태순이네 배다』

『그것두 만선이구나』

『그 뒤엣 건 뉘 배냐?』

---

1 우선 회사(郵船會社) : 우편선을 운영하는 회사.

2 회조점(回漕店) : 뱃짐을 다루는 가게. 해운업자와 하송인 사이에서 화물을 운송하는 일을 맡는다.

3 넘놀다 : 넘나들며 놀다.

『동호네 배다 아 쌍동이네 배두』

그것은 네 척이 다 공장배엿다.

공장주 덕재는 여러 사람들 뒤에 서서 이 광경을 보고 만족한 듯이 빙그레 웃고는 고무신 바닥같이 두꺼운 배ㅅ가족을 슬 — 슬 어루만지엇다.

배에서는 큰 돛을 내리우고 속력을 느추엇다.

그리고 사공들은 좌우편에 벌려서서 노를 백이며 노래를 부르기 시작하엿다. 선두에서 부르는 큰 사공의 그 노래를 바다 부르는 그들의 힘찬 노래소리는 포구의 뒷산에 우렁차게 울리웟다.

순풍에 돛단배는
에 — 헤 — 야
짐배냐 고기배냐
에 — 헤 — 야
이 배 가는 곳 어딘가
에 — 헤 — 야
우리 님 품 속 나루지
에 — 헤 — 야

배가 가까이 들어옴을 따라 그 소리는 더한층 힘차게 들려왓다.

공장에서는 벌서 준비를 하기 시작하엿다.

인부들은 가마를 까시고[4] 착유기(搾油機)를 손질하고 여자들은 제각기 그릇을 가추어 가지고 부두로 내려갓다.

---

4 가시다 : 물 따위로 깨끗이 씻다.

이윽고 배 네 척은 개선장군의 그 모양과도 같이 엄숙하게 장엄하게 부두에 다헛다.

사공들의 가족은 일시에 그쪽으로 쏠렷다.

무사히 돌아온 것을 말없이 서로 축복하는 얼골과 얼골 — 그것은 그들의 생활에 잇어서 가장 긴장된 순간이엇으며 히열의 순간이엇다.

어느 사이엔지 배에서는 그물을 내노코 코마다 걸린 정어리를 털기 시작하엿다.

털어논 정어리는 다루(樽)에 담아서 인부들이 나르고 그것을 여자들은 다시 함박으로 공장까지 나르고 잇엇다.

서기는 분주히 한쪽에서 다루 수를 문서책에다 적고 털든 다루만 보면 잔소리를 하엿다.

그리하야 공장의 굴뚝에서는 거문 연기가 삼ㅅ단같이 솟아오르기 시작하엿다.

일을 다 마친 사공들은 제작기 피곤한 몸을 끌고 집으로 돌아갓다.

그리고 밤에는 약속이나 한 듯이 술집에 모혓다. 사공과 술!

그것은 아모리 하여도 끈지 못할 인연을 가지고 잇엇다. 물 우에서 일하는 그들은 춥다고 먹고 먼바다에 갓다오면 살아온 것이 반갑다고 먹고 고기를 잡으면 잡엇다고 먹고 못 잡으면 화가 난다고 먹고 이래도 술이요 저래도 술이엇다.

그 때문에 어촌치고 술집이 없는 곳은 없엇다.

S촌에도 순전히 사공들을 상대로 경영하는 술집이 이십 호는 더 잇엇다.

춘보와 태순이네는 밤이 깊엇것만 원산집이라는 술집에서 소주에 취하야 서로 안ㅅ고 부닥기며 떠들고 잇엇다.

1935년 1월 2일 석간 신년호 부록 기2 1면

激浪(2)

춘보는 절구통같이 생긴 원산집 무릅에 쓸어져서 한 팔로는 그의 허리를 끌어안고 아까부텀 잘 넘어가지 안는 이팔청춘가[5]에 목까지 쉬일 지경이엇다.

『자네 춘보 큰일이 나네』

술기운에 땀을 벌벌 흘리며 웃저고리를 벗어 내친 태순이는 놀려주듯이 말하고는 또 한 잔 곱부로 들이켯다.

『왜 어째서?』

『에미네 『안해』가 알문 또 야단나네』

『그까짓 년 그년이 지랄을 쓰문 죽여버리지』

『큰소리 말게 그리다가두 맛나면 벌벌 떠는 꼴에』

『천만에 오늘 저녁엔 여기서 잘 테야』

『정말인가?』

『정말이구말구… 여보 아즈머니 어떠오? 자두 일없지』 하고 춘보는 원산집을 처다보며 눈을 껌뻑하고 웃엇다.

『아 조하 나 지금 혼자 돼서 쓸쓸한 판인데』

『아이구 사람 살려라』

하고 태순이는 또다시 잔을 들엇다.

거기에 쌍동의 처가 밖에 찾어왓다.

---

5 이팔청춘가(二八靑春歌) : 1920년대 경기 지방에서 부른, 〈청춘가〉와 같은 굿거리장단의 신민요. 젊어서 홀로된 여인의 남모르는 슬픔을 한탄한 내용으로 "이팔의 청춘에, 소년 몸 되어서……"로 가사가 시작한다. 갑오개혁 이후 개화기에 유행한 속가(俗歌)의 하나이다. 인생은 쉽게 늙는 것이니 젊어서 열심히 살아야 함을 경계하는 내용이다.

『우리집이서 여기 왓소』

그는 들어오지 못하고 밖에서 불렷다.

『어째 그래오?』

쌍동이는 문을 열고 내다보앗다

『어째 그리다니? 오늘밤이 어느 땐 줄 아오? 벌서 첫닭이 운 지두 오란데』

그는 정답게 남편을 흘ㅅ겨 보며 하소연하듯 말하엿다.

『오라기는 무스거 오라다구 이리우, 어서 가오 곧 갈게』

『언제 온다구 그리우? 날래 가게오』

『글세 먼저 가라니까』 하고 그는 문을 닫엇다,

『이 사람 날래 자네는 가라니 우리두 곧 갈께니까』 하고 동호는 쌍동의 등을 밀엇다.

쌍동이는 기다렷다는 듯이

『그럼 갈까』 하고 미안한 듯이 여렷【럿】의 얼굴을 돌아보며 나갓다.

그가 나간 다음 여렷은 갑작이 집 생각이 낫다.

『아 — 하 우리두 갈까』

『그러게 하세』

『이 사람 춘보 춘보 가지 앙이켓는가?』

1935년 1월 3일 석간 신년호 부록 기2 1면

激浪(3)

그러나 춘보는 어느 틈인지 정신없이 잠들고 잇엇다.

『이 사람 춤【춘】보』

『어쩔까? 그냥 둬둘까?』

『그냐 둬두지 자다가 깨나문 가지 안으리』

『그럼 그냥 가지……』

『여보 아즈머니 이불이나 좀 덮어주』

『걱정 말어요 다 — 내가 할ㅅ게』

하며 원산집은 술상을 걷거 치우기 시작하엿다.

얼마ㅅ동안을 잣던지 춘보가 눈을 떳을 때는 벌서 동ㅅ살이 훤 — 히 터오고 잇엇다.

그는 자기가 현재 누어 잇는 곳이 어디인지 처음에는 알 수가 없엇다.

누가 자기의 허리를 끌어안ㅅ고 자기에 그는 안해인 줄 알고 주위를 살펴보니 어둠 속이엇지만 자기의 집과는 달렷다. 곁에 누은 여자를 자세히 보니 그것은 원산집이엇다.

그는 깜짝 놀라 일어나서 지난밤 일을 곰곰히 생각하여 보앗다.

『어째 일어나요? 가게수?』

원산집은 자던 것 같지 안케 명랑한 목소리로 물엇다.

『아니 목이 말라서』

『거 아니우 물ㅅ그릇이』

춘보는 곁에 노힌 물그릇을 들고 양끗 들이켠 다음 씩 우스며 다시 들어누어서 원산집을 힘끗 끌어안엇다.

얼마 후에 날이 다 밝아서야 집으로 돌아온 춘보는 안해를 대하기가 거북하엿다.

안해의 태도는 몹시 쌀쌀하엿다.

그는 들어오는 남편을 보는 체도 안 하고 그냥 이불을 뒤집어 쓴 채

저쪽으로 돌아누어 버렷다.

춘보는 어떠케 수작을 걸어보려 하엿지만 할 말이 없엇다. 그리다가 겨우 잇는 용기를 다 내어 죽어라 하고 말을 걸엇다.

『여보, 일어나 물이나 좀 떠주오』

그래도 안해는 대답이 없엇다. 그는 얼마간 무안하엿으나 다시 말하엿다.

『물을 좀 떠달라니까 온밤을 퍼먹엇드니 죽을 지경이오』

『무시게라오? 어째 그년네 집에는 물이 없음데?』

그 소리를 들으니 춘보는 더욱 대답이 없엇다.

그는 아모 말도 없이 슬그머니 안해의 이불 밑으로 기어들엇다.

『저리 물러나오, 귀치앵이우』 하며 안해는 몸부림첫다.

『앗다 무스거 이리 야단이우, 술이 취해서 그냥 자다가 나니 이러케 늦엇지』

『듣기 실소 더럽소』.

춘보는 그만 화가 벌컥 치밀엇다.

『무스거 어째?』

안해는 차라리 다행이라는 듯이 벌떡 일어나서 달려들엇다

『무스거 어찌다니…… 무슨 일루 집에 왓소? 그년의 집에서 살지 안쿠』

『그래 사내가 술집에서 좀 잣는데 어쨋단 말이우!』

『그리게 가서 살라지 나는 더러워서 실소』

『무스거? 더럽다…… 이년 너는 무스게 그리 깨끗해서 지랄이냐?』

『무시게라오? 내가 어쨋단 말이오?』

『이년 더럽다 죽일 년 같으니라구』

『아니 내가 어째 더럽단 말이오? 여보』

하며 그는 사내에게 달려들어 뜯엇다.

『이년아 네가 나를 더럽다구? 동네 개는 다 짖기면서』

『아니 무스거 어쨋다오?』

『엑기 망할 년』

하고 춘보는 주먹으로 안해의 가슴을 후려갈겻다.

『아이구 — 사람이 죽소』

『죽어두 조타』

하고 그는 손을 툭툭 털며 밖으로 나갓다.

안해는 뒤쫓아 나오며 남편에게 매달렷다.

『여보 내가 언제 개를 짖겻소? 말을 좀 하오』

『이년이 지금 죽을라구 이래느냐? 이년아 내가 모르는 줄 아느냐?』

『아이구 하느님 맙시사[6] 아이구 원통해』

하며 그는 손벽을 치며 통곡하엿다.

그 소리에 이웃집에서 모여들엇다.

춘보는 그만 구경꾼들의 눈을 피하야 뒷골목으로 빠저 들어갓다.

공장에서는 만 사흘 동안을 자지 못하고 기름을 짯다. 인부들은 곤하다 못하여 인제는 술취한 사람같이 비청거름이 날 지경이다.

그러나 한편 공장주 덕재의 집 안ㅅ방에서는 저녁마다 마작(麻雀) 귀신들의 『펑』[7] 『훌라』[8] 소리가 밤새도록 들려오고 잇지 안는가?

---

6 하느님 맙소사 : 기막힌 일을 당하거나 보았을 때 몹시 탄식하여 이르는 말.

7 펑 : 마작에서, 패를 모두 맞추었다는 뜻으로 쓰는 말. 먼저 맞춘 사람이 '펑'을 부르면, 그 판이 끝난다.

8 훌라 : 마작에서, 장원이 났다는 뜻으로 외치는 말.

그 소리를 들을 때마다 일하던 인부들은 말없이 서로 처다보며 까닭 모를 한숨을 쉬엇다.

『아 — 모르겟다. 허리가 불어지는 것 같구나』

가마에서 정어리를 젓던 삼돌이도 그만 박죽을 집어던지고 한쪽에 나가 앉엇다.

『좀 쉬어야지 죽겟구나 이거』

다른 인부들도 다들 앉엇다.

덕재의 집에서는 여전히 『펑』 소리가 들려오고 그 우에 축음기 소리까지 들려왓다.

그 소리에 마춰서 일성이는 발장단을 치며 코ㅅ노래를 부르고 잇엇다.

『이 자식아 거더치워라 무슨 서언한 일이 잇어서 군소리냐?』

철주는 역정이 나서 욕하엿다. 그리고는 그 어디다가 집어던지듯이

『제 — 길 세상이 이러케두 불공평한가?』

하며 담배쌈지를 끄내엇다.

『흥 인제야 알앗느냐?』

순석이는 비웃듯이 내뿜고는 그도 담배를 말기 시작하엿다.

다른 인부들은 너무나 피곤하여서 말한【할】 맥도 없다는 듯이 잠자꼬 앉어서 어두운 바다만 내다보고 잇엇다. 바다에서는 쌀쌀한 바람이 불어왓다.

철주는 우두커니 앉어서 담배만 빨고 잇다가 갑작이 생각난 듯이 자기의 팔을 만저 보며

『이거 봐라 한두어달 동안에 이러케 말라들엇다.』

하고 순석이를 돌아다보앗다.

1935년 1월 4일 석간 신년호 부록 기2 1면

激浪(4)

『아 그야 말라들구 말구』

『사실 정어리기름을 짜는 것이 아니라 제 기름을 짜구 잇는 모양이구나』

『말이 맞앗다』 하며 잠자꼬 잇든 유복이까지 한마디 툭 쏘앗다.

그들은 대개가 다 이십전 전후의 청년들이엇다. 그리고 유복이와 순석이를 내노코는 전부가 농촌에서 온 청년들이엇다.

아모리 죽을 힘을 다하야 애쓰고 벌어도 농촌에서는 먹을 수가 없기 때문에 할 수 없이 이 정어리 공장에 와서 품삭을 받고 잇엇던 것이다.

그러나 어디던지 다른 데는 없엇다. 공장에 와서도 그들의 괴로움은 마찬가지고 배고프기는 일반이엇다.

『빌어먹을걸 이 고생을 하자구야 무슨 멋으루 왓을까? 싹김[9]이나 매구 잇지』

그들은 보낼 곳 없는 울분을 참으며 두덜거렷다.

거기에 서기가 나왓다.

『아니 뭘덜 하구 잇어? 오늘 저녁에는 다 짜야 내일 검사를 마치지』

빤질거리며 마부는 서기의 모양이 아니꼽긴 하엿지만 여럿은 그대로 잠자고【코】 일어낫다.

서기가 들어간 다음 갑순이는 기다렷다는 듯이 바른편 손으로 왼팔을 훑어보이면서 욕을 하엿다.

『제 — 미할 자식 사궁들의 에미네 궁뎅이만 따라댕기면서…… 이 자

---

9 삯김 : 삯을 받고 남의 논밭의 김을 매어 주는 일.

식을 어느 때 종용히 맛나기만 하문』

『종용히 맛나문 어쩰 테냐?』

유복이는 비웃듯이 입을 꼬며 물엇다.

『죽여버리지』

『흥 큰소리는 잘한다』

『어디 두구 봐라 저 자식이 지금 춘보 에미네를 봐 댕기는 모양이드라』

『쓸ㅅ데없는 소리 말어라 알지두 못하며』

하고 철주가 핀잔을 주는 바람에 갑순이는 쑥 들어갓다.

바다에 나갓던 사공들은 공장주 덕재에게 가서 얼마 안 되는 돈을 타가지고 장보려 시장으로 갓다 동호는 쌍동이와 같이 장에 가서 좁쌀을 서너 말 사고 아이들 의복감을 끈코 나니 겨우 칠십 전밖에 남지 안헛다. 그것으로 그는 안해의 고무신을 한 켜레 사려다가 술집에서 흘러나오는 술냄새를 맡고 보니 고무신 생각은 어디로 갓는지 자최조차 없이 사라지고 말엇다. 그리하야 그는 실타는 쌍동이를 끌고 들어가서 칠십 전을 다 팔아먹엇다. 그 바람에 쌍동이도 한 오십 전 축이 낫다.

집에서 고대하고 바라던 그의 안해는 너무 어이없어서 버린 입을 담을지【다물지】 못하엿다.

『아이구 기맥혀 죽겟네 글세 온 여름을 벗구 댕기는 줄을 알면서』

『염려 마우 내일 사다 줄 테니까』

그는 혀가 잘 돌지 안어 말도 바로 못하엿다.

『내일……무스거 주구 사온단 말이우 말은 뻔뻔하게 잘하네 지금 아이새끼들 신발두 다 해젓는데 어찌문 저리두 술에 미쳣소? 그리게 한뉘[10](일생)를 남에게 목을 매와 살지 좀 정신을 차리우 밤낫 번대야 멫

대 전 빗두 못 벗으면서 아이구 기맥혀라』

그러나 동호는 벌서 잠이 들어서 코를 골고 잇엇다. 그것을 본 안해 더욱 속이 탐탐하엿다.

1935년 1월 5일 석간 5면

激浪(5)

온 여름을 굶으며 발을 벗고 고기짐을 이고 댕기다가 요행 고무신 한 켜레가 생길 줄 알엇드니 그것조차 허지로 돌아간 것을 생각하면 원통하기 짝이 없엇다.

그리고 일생을 아니 대대손손을 내리 덕재에게 목을 매워 살 것을 생각하면 금시에 죽고 싶은 생각이 무럭무럭 일어낫다.

생각하면 사공의 안해로 태여난 것이 무한히 애닯엇다.

사공!

그들에게는 내일이라는 날이 없엇다. 그리고 지나간 어제ㅅ날도 그들에게는 하등의 소용이 없엇다. 그저 오늘이란 날을 평안히 지나면 그만이엇다. 내일이라는 그날에 바다에 나가서 어떠케 어느 바람에 불려서 어느 파도에 치워 죽을넌지 모르는 그들에게는 과거도 없고 미래도 없고 다만 현재뿐이엇다.

그리고 명예도 지위도 다 소용이 없고 다만 잘 먹고 잘 노는 그것이 유일의 생활 조건이엇다. 잇으면 잇는 대로 닥치면 닥치는 대로 먹고 쓰며 명일을 위하야 저축하는 법은 추호만치도 없엇다.

---

10 한뉘 : 살아 있는 동안.

그래서 그들은 돈만 맡을 수가 잇다면 얼마던지 전후사를 생각 안코 맡엇던 것이다.

그것을 기회로 돈 잇는 자들은 얼마던지 그들에게 빗을 지웟다.

사공들은 그 빗을 한번 지면 일생을 벗지 못하고 죽도록 벌어주엇다. 그러므로 사공들 빗에는 이대 삼대 되는 빗이 얼마던지 잇엇다.

그리하야 그들은 그 빗 때문에 채권자의 배를 타고 고기를 잡아다 주며 얼마간식 생활비를 탓엇다. 그러나 고기가 잡히지 안는 때면 그 생활비가 또한 빗이 되는 것이엇다. 그래서 그들은 이중삼중으로 얽히워서 일생을 채권자에게 바치는 것이엇다.

자유와 평등과 권리를 부르짖는 현대 사회에 잇어서 이 사공들은 틀림없이 저 노예시대의 『말하는 도구』엿다.

그 덕택에 공장주 덕재는 공장까지 경영하게 되고 배도 오륙 척이나 되며 또한 토지도 수만 평에 달하엿다. 그리고 한편으로는 사공들을 상대로 상점을 경영하며 두 아들과 딸은 서울까지 보내여 공부를 시키고 잇엇다.

뒤에서는 남들이 사공의 후손이니 상놈이니 하고 욕하지만 돈의 힘이란 무서워서 정면으로 대하면 누구던지 다 허리를 굽혓다.

그러나 심중에는 늘 자기의 신분 낮은 것이 언찌안헛다. 그래서 그는 어느 해 가을이던가 향교(鄕校) 대향제에 일금 삼백 원을 기부하엿더니 대번에 유사(有司)[11]체가 나왓던 것이다.

그 후부터는 누구던지 그를 유사라고 불럿다.

---

11 유사(有司) : 단체의 사무를 맡아보는 직무.

그러나 뒤에서는 『정어리 유사』라고 욕을 하엿던 것이다. ―

포구는 오늘도 어제같이 평범하게 지낫다.

사나히들은 고기잡이를 나가고 녀자들은 멱 따려 섬으로 나갓다. 갈메기들도 여전히 휘날고. ……

큰 배 사공들은 모래밭에 나가서 그물눈이 떠러진 것을 손질하며 다시 바다로 나갈 준비에 분망하엿다 유복이는 공장에서 일하는 것이 웬일인지 마음에 흡족치 안코 바다에 나가고 싶은 생각이 불같이 치밀엇다. 그래서 그는 웃마을 모래밭에서 그물을 집고 잇는 쌍동이를 차저갓다. 거기는 태순이도 와 잇엇다 쌍동이는 그를 보자 벙글벙글 우수며

1935년 1월 6일 석간 4면

激浪(6)

『너 요새 혼이 낫지』 하고 수작을 걸엇다.

『아이구 말슴 마소 죽다가 살앗소』

『바다에 나가기보담 더하겟느냐?』

『아니 더하오』

『그럼 이번에 나갈 때 타보겟느냐?』

유복이에게는 두 번 없는 조흔 기회엿다.

『사실은 그래 왓는데 이번 나갈 때 태워주겟소?』

그는 밧삭 들어부텃다.

『정 생각이 잇다면 태워주지 그러나 일을 잘해야 한다』

『아 그야 잘하지요』

하며 유복이는 반가워서 자신 잇게 대답하엿다.

『그럼 덕재와 말하구 오너라』

『그래오』

그는 벌서 배를 다 탄 듯이 깃버하엿다.

『그런데 이 녀석아 너의 잔치날은 어느 날이냐?』

하고 엽에서 태순이가 시물시물[12] 우스며 물엇다.

『오는 초여드랫날이라우』

유복이는 얼마간 얼굴을 붉히며 대답하엿다.

『아니 그럼 몃일 없구나…… 가만잇자 인제 한 열흘밧게 남지 안엇구나』

『……』

유복이는 대답 대신으로 빙그레 우섯다.

『야 — 이 녀석 조켓구나』

『좃키는 무시게 좃탄 말이우?』 하고 그는 얼는 화제를 돌려서

『그럼 꼭 태워주』 한 다음 공장 편으로 달음질처 내려갓다.

그가 간 다음 태순이는 옛일을 생각고 무연한[13] 한숨을 쉬며 쌍동이를 도라다보앗다.

『참 세월이란 빠른 걸세』

『어째서?』

『글세 생각해 보라니 저 유복이란 놈두 벌서 열아홉 살이야』

『……』

쌍동이는 아모 말도 없이 지나간 옛일을 생각하여 보앗다.

생각하면 유복의 애비가 바다에 나갓다가 파선이 되어 죽은 것도 어

---

12 시물시물 : 입술을 약간 실그러뜨리며 소리 없이 자꾸 웃는 모양.

13 무연(憮然)하다 : 크게 낙심하여 허탈해 하거나 멍하다.

제 갇더니 벌서 열아홉 해란 세월이 그동안에 흘러가지 안헛는가? 그리고 그의 유복자로 그해 가을에 비로소 세상에 태여난 유복이는 벌서 장가를 가게 되고 배를 타게 되지 안헛는가?

그의 머리속에는 열아홉 해 전 동무의 얼골이 새삼스럽게 떠올라【랐】다.

『그러치 세월처럼 빨은 건 없네 그때 일을 생각하면 지금두 나는 몸서리가 치네』

『이 사람 그만두게 속이 언찌앵이네』

태순이는 그때 일을 생각하는 것이 웬일인지 앞날의 불길은【을】 예측하는 것 갇아여 마음이 무거워젓다

그래서 그는 화제를 돌렷다.

『그런데 춘보 처 소문은 그게 정말인가?』

『글세 아마두 근원이 잇는 말 가태』

『그러치 근원이 없는 말이 날 리는 없으니까』

『그년이 미친개 눈처럼 이리저리 내젓구 댕기는 꼴이 암만해두 수상해』

『그리구 그 서기 놈이 쥐색기처럼 빤질거리며 웃말루 늘 나오는 걸 보면 이상하단 말이야』

『아니 본 사람두 잇다는데』

『글세 그런 말두 잇어』

『춘보안태【한테】 들키기만 하면 두 년놈이 다 죽을껄』

『그저는 잇쟁일 께야』

둘이 서로 주고받고 하며 이야기하는데 유복이와 약혼한 복실이가 지나갓다.

『복실아』 하고 태순이가 실없이 불럿다.

『예?』

복실이는 탐스러운 얼굴을 돌렷다.

1935년 1월 8일 석간 3면

激浪(7)

『너 어디 가느냐?』

『멱 따라 가오』

『너 시집갈 때 나한태【테】는 술상을 차려와야 한다』

『몰우 그런 소린』 하고 그는 도망질하듯 달아낫다.

『허허허……』 하고 태순이는 유쾌한 듯이 우섯다.

S촌에서 줄바위라고 불우는 섬ㅅ가에는 제각기 긴 작대기를 쥔 녀자들이 파도에 밀려나오는 멱을 건지느라고 빈틈없이 늘어섯다

엷은 속옷에 적삼만 입은 그들은 젓가슴까지 치는 물속으로 조곰도 주저하는 기색 없이 들어가서는 서로 경쟁하며 작대기로 밀려나오는 멱을 건지고 잇엇다.

파도가 처들어올 때면 물 우에 둥둥 펴지는 치마폭. 그리다가도 파도가 다시 밀려나갈 때면 산【살】에 쪽 들어부터서 살빛까지 보이는 듯한 육체의 건강미는 히랍 시대의 조각을 방불케 하엿다.

그리고 그들의 입에서 흘러나오는 노래는 말할 수 없는 정서를 자아내여 주고 잇섯다.

나루에 밀물이 들 때면

내 맘도 그득히 차지만

나루에 밀물이 찔 때면

울구픈 내 맘을 난 몰라

몰라 몰라 난 몰라

그이밖에 모르지

바람은 고요히 불어서 그들의 노래를 먼바다에 나간 배에다가 전하여 주는 듯.

그리하야 석양이면 그들은 함박에다가 멱이며 조개 같은 것을 갓득 담아 이고 집으로 도라오는 것이엇다.

그리고는 이튼날이면 식전 새벽부터 고기며 그 멱을 이고 농촌으로 흐터저 가서 좁쌀이나 감자들과 밧구어 가지고 도라오는 것이엿다.

그것은 상고 시대의 물물교환 바로 그것이엿다.

복실이는 바다에서 도라오니 맥이 빠저서 사지가 나룬하엿다.

그래서 그는 저녁을 먹고 마루에 나와 앉아 놀다가 저도 몰르는 동안에 조을고 잇섯다

그의 어머니는 이웃집에 나드리를 가고 아버지는 해변으로 나가고 집에는 아모도 없엇다.

그는 비몽사몽간에 무엇이 앞에 와 서는 것 같아여 깜짝 놀라 깨여보니, 말없이 마루 아래에 와 선 웃묵한 그림자.

『에구머니』

그는 정신없이 기동을 안고 일어섯다.

『내오 복실이』

『누구요?』

『내라니까 유복이오』

『에그!』

복실이는 어쩔 줄을 몰우고 망서리엿다.

『뉘기 없소?』

유복이는 빙그레 우수며 방 안을 드려다보앗다.

『없소』

『그럼 다행이구만, 복실이 난, 이번에 배를 타게 됏다오』

『배를?』

복실이는 무의식중에 놀란 듯이 반문하엿다.

『그러타오, 그까짓 공장에서는 용ㅅ돈두 생기쟁이는 걸』

그는 마루턱에 걸터앉으며 복실의 얼굴을 정답게 처다보앗다. 복실이는 얼굴을 돌렷다.

그러나 그는 심중에 몹시 근심스러웟다.

『그러치만 어떠케 타쟁이 턴 배를…』

『무스거, 타쟁이 턴 건 못 타오?』

『그래두』

『아니 일없소 한번 나가 잘 맛치면 돈 십 원씩은 생기니까』

『그래두』

『무스거 작구 그래두 그래두 하오? 괜치안타니까, 걱정 마오』 하며 그는 기동에 부터 잇는 복실의 손을 잡엇다.

『에구머니』 하고 복실이는 모로 돌아서며 잡힌 손을 빼려고 하엿다

『앗다 손을 좀 쥐는데 어떠우?』

『아이구 실타니까』

『실키는 어째 실탄 말이오?』

그는 실타는 복실의 손을 더욱 힘을 주어 틀어쥐엿다. 그리다가 밖에서 발자최 소리가 나는 것 같아여 그는 얼는 손을 노코 마루 아래에 내려섯다.

그 바람에 복실이는 넉없이 방 안으로 뛰여들어갓다.

1935년 1월 9일 석간 3면

激浪(8)

유복이는 그길로 집에 도라와서 어머니와 배 타게 된 이액이를 하엿더니 그의 어머니는 대경실색하엿다.

『이 자식아 그런 생각은 아예 말어라 무슨 일을 못해서 배를 타겟네야?』

『걱정 마오 배 타는 게 그러케 무섭다면 사공들은 어떠케 산단 말이우?』

『그러치만 생각해 봐라 네 애비두 끗내 물에서』

어머니는 더 말하지 못하엿다.

『아 그때는 지금처럼 천기예보가 없엇으니 그럿치 지금은 바름이 불면 분다구 성진(城津)서 통지가 오는데 무슨 걱정이 잇소?』

『그래두 내 말을 좀 들어라 이제 몃츨이 앵이문 잔치두 하겟는데』

『글세 그리게 그 비용을 벌어온다구 하잿이우』

어머니는 남편의 일을 생각고【생각하고】 애걸하며 말녓지만 아들의 결심은 변치 안엇다.

오리 색기는 나면서부터 물을 조와한다고 유복이는 바다가 그리웟다.

흉흉한[14] 대해에 나가서 산덤이 같이 밀려오는 고기 무리를 그물로 휘싸며 쫓아다니는 그것을 생각하면 자다가도 가슴에 피가 펄펄 뛰엇든 것이다.

그는 육지에서 일하는 것이 웬일인지 날개를 동여매운 것 같으며 부자유한 것 같아엇다.

어머니가 한사코 반대하며 복실이가 그 때문에 자기를 배척한대도 바다의 유혹에서 물러날 수는 없엇다.

바다!

그것은 사공들의 생명선이며 자유러운 천국이엇다. 육지에 오르면 『사공이니』『상놈이니』 하며 사회는 그들에게 선을 끄어 노치만 바다에만 나가면 그들은 자유러웟다.

만은 그들의 생명을 빼앗는 것인들 얼만나 만흔가? 그러므로 바다는 그들의 천국이자 동시에 지옥도 되엇든 것이다.

유복이는 어머니의 잔소리가 듣기 실혀서 쌍동이네 집으로 올라갓다.

1935년 1월 10일 석간 3면

激浪(9)

『유복이냐?』

쌍동이는 마을도리[15]를 나가려든 차에 유복이가 오는 것을 보고 빙그레 웃으며 맞아 주엇다.

『예, 저녁을 잡숫소?』

『응, 그래 어찌 되엇느냐』

---

14 흉흉(洶洶)하다 : 물결이 세차고 물소리가 매우 시끄럽다.

15 마을돌이 : 이웃으로 돌면서 노는 일.

『어찌될 게 잇소? 됏지』

『어머니가 반대하쟁이 테야?』

『무슨 반대하문 소용 잇소』

『그리구 복실이가 울문 어찌갯네야?』

『또 그런 소리를』 하고 유복이는 픽 웃엇다.

쌍동이도 웃엇다.

거기에 태순이가 황급하게 찾어왓다.

『이 사람, 아랫말에서 지금 춘보가 큰일낫다네』

『무스거? 어째서?』

『모르지 그 자식이 무슨 짓을 햇는지, 덕재한태 한 절반 죽엇다네』

『어디서?』

『저 공장 앞에서』

『어디 가보세』

셋은 넋없이 아랫마을로 달음질첫다.

공장 앞에는 남녀 구경군이 모여 서서 떠들고 잇엇다 쌍동이는 넋없이 여러 사람을 헤치고 들어가 보니 얼골이 피투성이가 된 춘보가 모래밭에 엎디여 훌쩍훌쩍 느끼고 잇엇다.

『춘보, 어쩐 일인가?』

『아 — 분해서』

춘보는 쌍동이게 탁 매달리며 엉엉 울엇다.

『이 사람아 무슨 일인가?』

『글세 세상에 이런 일두 잇는가?』

『아니 무슨 일인가?』

『엑 분해서』

『하여간 올라가세』

하고 태순이는 그의 팔을 잠【잡】아 일으켯다. 그리하야 웃마을 원산 집에 가서 자세한 내막을 물엇다.

춘보는 분이 풀리지 안허서 흑흑 느끼며 이야기를 하엿다.

『덕재란 눔이 저의 가가ㅅ방에서 물건을 사가지 안쿠 다른 데 가서 산다구 이랫네』

『무스거?』

『외상 맡을 때만 저에게서 맡아 가구 현금이문 다른 데루 간다구 트집을 잡아가지구』

『그런데 때리긴 어째서 때린다든가?』

태순이와 쌍동이는 분하야 푸들푸들 뛰며 물엇다.

『아침에 쌀이 떨어젓다구 에미네 년이 꽁꽁 알키에 싸울 때는 싸우지만 어디 그러튼가? 그래서 아랫말 쌀전에 가서 좁쌀을 두 말을 사왓네. 그랫더니 덕재란 놈이 알고 아까 맛나서 그전 빗을 내라기에 없다구 햇더니 다른 데 가서 살 돈은 잇구 빗 물 돈은 없느냐 하면서 야단을 치데 그래 좀 말대답이나 햇드니 건방지다구 욕을 하며 장잭이루 이러케 때렷다네』

『그래 자네 가만 잇엇는가?』

『가만 잇쟁이문 어찌는가? 자루 잡힌 놈이』

둘은 아모 말도 못하고 서로 얼골만 처다보앗다.

『글세 이 사람아 생각해 보라니 다른 데보다 한 말에 십오 전은 더한 걸 현금이 잇구야 어떠케 거기 가서 산단 말인가?』

춘보는 억울하여 못 견디겟다는 듯이 하소연하엿다.

태순이는 너무나 분하여 이를 부드득 갈엇다.

아모리 권리가 없고 천대 받는 사공이라지만 억울하게 매를 맞으면서도 반항 한번 못하여 본다는 그런 법이 어디 잇는가?

사공도 사람이 아닌가?

덕재가 사람이면 춘보도 사람이다.

다 — 피도 잇고 눈물도 잇고 신경도 잇는 사람이다.

남에게 맞으면 아픈 줄도 부끄러운 줄도 아는 사람이다.

덕재는 무슨 권리로 무엇이 나어서 춘보를 때리며 춘보는 무엇이 덕재만 못하여 대항도 못 하고 맞앗단 말인가?

다만 덕재가 춘보보다 낫다는 것은 돈이 잇다는 그것뿐이 아닌가?

그러타면 돈 잇는 놈은 돈 없는 놈을 마음대로 차고 때리고 하여도 조탄 말인가?

1935년 1월 11일 석간 3면

激浪(10)

『엑 술이다 술을 가져오너라』

춘보는 주먹으로 이마에 피를 씻으며 원산집을 불럿다.

『그러타 술이나 먹자』

태순이와 쌍동이도 그밖에는 길이 없다는 듯이 찬동하엿다.

유복의 어머니와 복실이가 제일 무서워하든 배 떠날 날은 돌아왓다.

사공들은 이른 아침부터 출발의 준비에 분망하엿다.

부두에 나가서 배에다가 그물을 실고 양식쌀을 실고 물을 실고 장작을 패여 실고 돗대를 세웟다. 그리고나니 해는 어느듯 정오 가까이 되엇다.

유복이는 알 수 없는 흥분에 아침밥도 잘 먹지 안코 우줄렁거렷다[16] 그의 어머니는 인제는 할 수가 없다는 듯이 단념하고 더 말리지 안헛다. 그것은 바다로 나가는 사공들에게는 계집의 잔소리가 가장 큰 금물이라는 사공들의 독특한 신념도 잇엇기 때문이엇다.

그는 그저 하늘을 처다보며 순풍 불기만 속으로 빌엇다.

평상시에는 밤낮 싸우기만 하든 춘보의 안해도 배 떠나는 때만은 남편을 위로하여 주며 웃음으로 떠내워 보냇다.

가족들은 부두에 몰켜나왓다. 덕재도 나왓다.

그는 어떠케 하여서든지 남의 배보다 더 잘 잡아오라고 열ㅅ 번 스무번 부탁하엿다.

거기에 공장 서기가 황망하게 뛰여나왓다.

『저 유사 어른 좀 봅시다』

『내 말인가? 무슨 일루?』 하며 덕재는 서기를 따라 사람 없는 공장쪽으로 갓다.

서기는 말하기가 퍽 거북한 듯이 주저하며 말하엿다.

『저 큰일낫서요』

『무슨 일인가?』

『성진서 폭풍 경고가 왓서요』

『무스거? 언제?』

---

16 우줄렁거리다 : 큰 물체가 굼실거리며 자꾸 움직이다.

덕재의 얼골은 갑작이 철색이 되엇다.

『인재 방금 왓습니다』

서기는 덕재의 얼골만 처다보앗다.

덕재는 입을 다물고 한곳만 뚤허지게 내려다 보더니 문득 무슨 생각을 얻은 듯이 얼골을 번쩍 들엇다.

『얼른 우편소에 가서 성진다가 전화를 걸어 보게 폭풍이 심하겟는가구』

『예』

서기는 번개같이 뛰어올라갓다.

그를 우편소에 보낸 다음 덕재는 하늘을 처다보앗다. 폭풍이 심하리라면 어쩔까? 지금 바로 도시기(都時機)가 아닌가? 이때를 노치면 금년일은 틀리지 안는가? 그는 어떠케 하여서던지 배를 내보내고 싶엇다. 그러나 만약 배를 보낸 후 변사가 생긴다면!

그의 머리 속에는 폭풍에 전복되는 배 모양이 떠올랏다. 다음에는 산ㅅ덤이같이 밀려오는 정어리 무리가.

사공들의 목숨이냐? 정어리냐【?】

그는 하늘이 원망스러웟다. 만약에 폭풍의 정체를 잡을 수만 잇다면 천 갈래 만 갈래로 찢어 노하도 시언치 안흘 것 같앗다.

부두에서는 벌서 사공들이 배에 올랏다.

『닻을 감어라』

『배를 밀어라』

그것을 본 덕재의 머릿속은 극도로 혼란되엇다.

(아 — 어쩔까?)

서기가 왓다. 덕재는 그의 입만 바라보고 묻지 못하엿다.

『내일 석양쯤 서남풍이 강하리라는데 주의하라고 합디다』

『서남풍이? …… 응 괜치안허 고만한 건』

『그래두』 하며 서기는 근심스럽게 처다본다.

『뭐이 그래둔가? 사공이 그만한 걸 무서워하구 언제 바다로 나간다든가?』

서기는 다시 두말을 못하고 우두커니 서서 부두를 내다보앗다.

이윽고 배 네 척은 부두를 떠낫다. 사공들은 노뒤(선체의 오른편)와 노앞에(선체의 외편) 갈라서서 노를 저으며 우렁차게 노래를 불럿다.

인제 가면 언제 오랴
에 — 헤 — 야
살아봐야 기약하지
에 — 헤 — 야
아침밥이 마지막이네
에 — 헤 — 에
저녁밥이 마지막이네
에 — 헤 — 야

포구의 뒷산에까지 울려가는 노래 속에는 말할 수 없는 애조가 넘처 흘럿다.

노를 백여라 에 — 헤
바람이 분다 에 — 헤

돛을 달어라 에 — 헤

고기가 논다 에 — 헤

이윽고 그들은 쌍돛을 달아가지고 화처가며 푸른 물결을 헤가르고 나갓다.

부두에 가족들은 서늘하여진 가슴을 부둠켜 안고 멀리 배가 보이지 안흘 때까지 바라보고 잇엇다.

배들이 섬 밖으로 돌아나가려 할 때 춘보네 배는 갑작이 섬을 향하야 들어갓다.

다른 사공들이 이상하여 뭇는 것을 들은 체도 안 하고 춘보는 섬에다가 배를 부첫다.

1935년 1월 12일 석간 3면

激浪(11)

그리하야 그는 섬에 뛰어내리며

『이번 축은 나는 빠지겟네 자네들끼리 갓다오게』

한 다음 뒤도 안 보고 집마을로 걸어갓다.

여럿은 어쨴 영문을 모르고 그저 멍하니 그의 뒷그림자만 바라보고 잇엇다.

그러나 얼마 후에는 할 수가 없다는 듯이 다시 배를 돌려가지고 그대로 떠나고 말엇다.

춘보는 섬 주막에 들어가서 종일 해를 술만 먹엇다.

섬 사람들도 그의 행동이 이상하여서 아는 사람치고는 누구던지 다

물어보앗지만 그는 그저 쓴웃음만 웃엇다.

그리다가 그는 밤 아홉 시 가량이나 되엇을 때 섬 배를 얻어 타고 포구로 향하엿다. 섬에서 포구는 십 리는 되엇다.

그는 어두운 바다를 깜빡거리는 포구의 불빛을 목표로 말없이 혼자 저엇다.

일ㅅ자로 다문 그의 입과 어둠 속에서도 날카롭게 빛나는 두 눈은 반듯이 그 무슨 폭풍을 부르는 듯, 몸서리가 칠 지경이엇다.

그리하야 포구의 어구에 달하엿을 때 밤은 자정이 훨신 넘엇다.

포구는 모도다 잠이 들어서 죽은 듯이 고요하엿고 가담가담[17] 모래 언덕에 부서지는 파도 소리에 개 짖는 소리만 들릴 뿐이엇다.

춘보는 부두 머리를 지나서 조심스럽게 웃마을 모랫가로 저어갓다.

이윽고 배를 내린 그는 모래 우에 서서 알 수 없는 한숨을 쉬고는 부지중에 오싹 몸을 떨엇다.

그리고는 얼마ㅅ동안 주저하며 그 무슨 생각을 하다가 골목으로 들어갓다.

한 발짝 두 발짝 집이 【가】까워 오면 올사록 그의 가슴 속은 울렁거리고 그리고 일종의 알 수 없는 잔인한 쾌감까지 느꼇다.

그리다가 그 무슨 발자최 소리에 깜짝 놀라 그는 본능적으로 나무 그늘 뒤에 몸을 감추엇다.

숨을 죽이고 엿보느라니 누구인지 아랫마을 골목으로 바삐바삐 돌아서 갓다.

17 가담가담 : 이따금.

순간, 춘보는 무의식중에 한걸음 나섯다.

어두운 밤이엇지만 호리호리한 키꼴[18]에 힌 양복을 입은 그 모양은 두말없이 공장 서기가 아닌가?

(앗 늦엇구나)

그는 정신없이 집으로 뛰어갓다. 방 안에는 빤 — 하게 불이 켜저 잇엇다.

창문을 들어닥치듯 열고 보니…

『앗』

게집은 넉없이 일어낫다.

속옷까지 벗어 버리고 아래우를 그대로 내논 그 모양 헐크러진 머리 방바닥에 흩어 논 의복들 그리고 더구나 요 우에 가즈런히 노혀진 두 벼개.

춘보는 머리속이 핑 돌아갓다. 여자는 너무나 불의의 변에 정신을 일코 앉엇다가 그제야 비로소 제 몸을 이불 속에 감추엇다.

『에그 이게 어쩐 일이오?』

순간 춘보의 전신은 왈칵 끌어올라서 무엇이 무엇인지 분간할 수가 없엇다.

다만 발낄에 무엇인지 거두채우자 기절하는 듯한 여자의 비명소리밖에 들리지 안헛다.

그리하야 이튼날 아침 나루 사람들이 일어낫을 때 그들은 벍어벗고 전신이 피투성이가 되어서 신음하는 춘보의 처와 역시 죽어가듯이 공

18 키꼴 : 키가 큰 몸집을 속되게 이르는 말.

장 사무실에서 신음하고 잇는 서기를 발견하고 놀랏다.

그러나 춘보의 그림자는 볼 수가 없엇다.

그리다가 점심때나 되어서야 뒷산 솔밭에서 나무가지에 길게 달린 그의 모양을 발견하고 마을은 떠들석하엿다.

이 불상사가 생기자 마을의 늙은 사공들은 그 무슨 불길한 예감에 해변에 나와 천기를 보앗다.

그것은 바다로 배가 나간 후 육지에서 불상사가 생기면 반듯이 바다에 나간 배에게 불길하다는 사공들의 신념이 잇엇기 때문이엇다.

그래서 아침부터 바다로 나가려든 포구의 배는 한 척도 나가지 안헛다.

1935년 1월 15일 석간 3면

激浪(12)

『이 사람아 아침에 무슨 바람이 불엇는가?』

한 늙은 사공이 곁에 서서 역시 바다를 내다보고 잇는 젊은 사공에게 물엇다.

『가즈꺼지 맛바람(南風)이 불엇소』

『그런데 지금은 새ㅅ바람(東風)이 불지 앵이는가?』

『글세 그런 것 같아요』

『어째 저 — 알섬 밖이 저러케 어두어지는가?』

하며 가리치는 곳을 바라보니 거기에는 어두운 구름이 수평선 우를 휩싸고 잇엇다.

사공들은 불안에 극도로 긴장되엇다.

그리자 얼마 잇지 안허서 서북풍이 불기 시작하엿다.

『아 하늬(西北風)다. 큰일낫다.』

『배들을 불러라』

그러나 먼 바다에 나간 배를 불러들릴 수는 없엇다.

사실 현대 과학을 종종 비웃는 사공들의 기상 관측은 틀리지 안허서 내다보니 이때까지 고요하든 바다 일때에는 거칠거칠한 파도가 일기 시작하고 수평선 우에는 험악한 구름이 갑작이 동편으로 펴지고 잇엇다.

그리고 바람은 점점 맹위를 발하고 바위를 물고 뜯는 파도 소리는 바야흐로 요란하게 일어나고 잇엇다.

『아 폭풍이다』

그것은 순식간에 바다 일대를 뒤집어 엎엇다.

산덤이 같은 파도가 밀려오고 바다에 배들은 한 척도 볼 수가 없엇다.

사공들의 가족은 전부가 바다까에 나왓다.

그들은 말 한마디 못하고 서로 처다만 보앗다.

여자들은 가슴을 쥐어 뜯으며 벌서부터 칙칙 울기 시작하는 것도 잇엇다.

그제야 비로소 공장 앞 폭풍 경고대에는 신호가 나붙엇다.

밤이 되자 폭풍은 한층 더 기세를 올렷다.

파도는 집마을까지 처들어와서는 쫙 퍼저 나갓다.

이곳저곳에서 울음소리가 터져 나왓다.

사공들은 파도에 치우는 배들을 전부 모래 언덕에 끌어올리고 바다에 나간 사공들의 가족은 뒷산 언덕에 올라가서 밤을 새우며 가슴을 쥐여뜯엇다.

어느덧 지리한 밤도 밝기 시작하엿다.

사람들은 어둠이 밀려가는 광란의 바다를 일심 정력으로 내다보앗다.

그러나 미처 날뛰는 물결밖에는 아무것도 보이지 안헛다.

『죽엇다. 다 죽엇다』

가족들은 미칠 지경이엇다.

『아, 유복아 유복아』

유복의 어머니는 손벽을 치며 통곡하엿다.

『아이구 하나님 맙시사』

쌍동의 처는 치마끈이 풀어져서 벗어지는 줄도 모르며 머리를 풀어 헤치고 목이 막혀서 소리도 못 치고 울엇다.

마을의 굴뚝에서는 연기나는 곳이 한 곳도 없엇다.

마는 덕재의 집 굴뚝에서는 싯거먼 연기가 높이 솟고 잇엇다. 마을의 변사와는 하등의 관게도 없다는 듯이…….

점심때가 지나서 멀리 바다에는 뒤집혀진 배 한 척이 파도에 이리 굴며 저리 굴며 둥실둥실 떠들어 오고 잇엇다.

그것을 보자 여럿의 얼굴은 사색으로 변하엿다. 배는 점점 가까히 들어왓다. 사람들은 눈 하나 깜빡하지 안코 주시하엿다.

1935년 1월 16일 석간 3면

激浪(13)

이윽고 그것은 포구의 앞바다에 솟은 바위에 와서 부디첫다.

『앗』

여러 사람들은 제 몸이 부디치는 것처럼 일시에 소리치며 얼굴을 돌렷다.

형용할 수 없는 공포심에 떨면서 겨우 얼굴을 돌렷을 때 거기에는 배는 그림자도 보이지 안코 산산히 깨여진 널조각이 흩어저서 떠돌고 잇을 뿐이엇다 사람들은 다시금 얼굴을 돌렷다.

순간 누구의 입에서 나왓던지

『이춘배가 아니다 돛 그봐라』 하는 소리가 날카롭게 고막을 찔렷다.

그 소리에 여럿은 일시에 내다보니 물 우에서 넘노는 돛에는 검은빛으로 그려진 둥구런 표가 잇엇다.

『무슨 표가 잇다 여기 배는 아니다』

여럿은 일시에 휘유 — 하고 한숨 쉬엇다.

그러나 다음 순간 그 배처럼 어느 바위에 가서 그러케 부서질 것을 생각하면!

파선의 현장을 목격한 여럿의 머리속은 더욱 어지러웟다.

이튼날 밤이 되어서야 바람은 갑작이 자기 시작하엿다. 바람이 자니 파도도 수머즛하엿다.[19]

그러나 마을의 비탄은 더하엿다. 사람들은 여전히 언덕에서 밤을 새웟다.

그리다가 그들은 밤중이 훨신 넘엇을 때 바다에서 그 무슨 소리가 들려오는 것을 들엇다.

『어 —』

그것은 파도 소리도 아니엇고 물새 소리도 아니엇다. 확실히 사람의

19 수머즛하다 : 잦거나 심하던 것이 좀 덜하다.

소리엇다.

여러 사람의 신경은 극도로 긴장되엇다.

누가 바다를 향하야 고함첫다.

『어 ―』

밤의 적막을 깨치는 그 소리가 사라지기도 전에 바다에서 또다시 들려오는 『어 ―』 소리.

『앗 배다, 배다』

『확실히 배다』

『어 ―』

『누구여 ―』

『어 ―』

살풍경으로 되엇던 나루는 갑작이 활기를 띠엇다

『홰를 매오너라』

『배를 내리워라』

언덕을 뛰어 내려가는 사람들, 뛰어 올라오는 사람들 모래ㅅ가에서는 언덕 우에 끌어올렷던 배를 끌어내리고 잇엇다.

뒤ㅅ산 마루턱에는 홰ㅅ불이 하늘에까지 다을 것 같앗다.

『어 ―』 소리는 점점 가까이 들어왓다.

나루ㅅ배들은 서로 앞을 다투며 마중을 나갓다.

『누구여 ―』

『태순이더 ―』

『앗 태순이다, 태순이네 배다』

여럿은 홰를 내저엇다. 태순이네 가족들은 너무나 반가움에 엉엉 울었다.

이윽고 태순이네 배는 소생의 기쁨에 피곤한 줄도 모르고 포구로 들어왓다.

그리고는 부두에 내릴 것도 잊어버리고 실신한 듯이 우두커니 서 잇엇다.

그러나 여러 사람의 얼굴은 다시금 흐려젓다.

뒤에 남은 다른 배들. 그것은 어떠케 되엇을까?

가족들은 새로운 실망과 공포심에 더한층 떨엇다.

새벽녘이 되어서 배는 또 한 척이 들잇【어】왓다. 그것은 동호네 배엿다.

그리고 얼마 후에는 춘보가 탓던 배도 들어왓다. 그러나 쌍동이네 배만은 소식이 없엇다.

살아온 사공들은 너무나 기적적 소생에 꿈같어 어찌할 바를 몰랏다.

1935년 1월 17일 석간 3면

激浪(完)

그것을 보니 쌍동이네 배사공들의 가족은 더욱 기가 막혓다. 유복의 어머니는 미친 사람같이 울지도 못하고 그저 손벽만 치며 아래웃마을을 올리닫고 내리닫고 하엿다. 그리고 복실이는 나오지도 못하고 방구석에서 안타까운 가슴만 쥐어뜯으며 맴을 돌앗다.

덕재는 돌아온 배들을 보고 만족한 듯이 또 그 두꺼운 뱃가죽을 쓸—쓸 어루만지엇다.

그는 사공들의 목숨도 목숨이려니와 배가 무사히 돌아온 것이 무엇보다도 기뻣다.

그러므로 쌍동이네가 아직도 돌아오지 안흔 것을 생각하면 가슴이 서늘하엿다.

그것은 네 척 중에서도 제일 조흔 배엿고 가격은 아무리 헐하게 처도 오륙백 원은 되는 것이엇다.

해가 뜨자 해변에는 바다에 나갓던 사공들도 모엿다. 그리하야 그들은 바다에 나간 동료들이 무사히 살아오기를 빌기 위하야 도야지를 잡아 가지고 앞도래(前磯)에 나가서 치성을 드렷다. 그리고는 바다에 나간 사공들의 입던 의복을 한 벌씩 물에다가 집어너헛다. 그것은 일소에 부칠 미신이엇지만 내일의 운명을 점치지 못하는 그들에게 잇어서는 유일의 신앙이엇다.

점심때가 지나도 소식은 없엇다.

인제는 절망이엇다.

사공들은 두 패로 논아 가지고 한 패는 언덕 우에서 망을 보고 한 패는 춘보의 장사 준비를 하기 시작하엿다.

『망할 자식이 죽기는 어째 죽는단 말이냐?』

『못난 자식이지』

『두 년놈을 죽이지두 못하구 저만 불상하게 죽엇지』

동료들은 서로 측은한 빛으로 이얘기하며 관을 짜고 잇엇다.

『아무래두 죽을 바엔 덕재 놈두 한 몽둥이루 때려치우지』 하며 전일에 덕재에게 매맞던 춘보의 일을 생각하엿다.

『글세 말이네 이왕이문』

동호도 분하다는 듯이 트집스럽게 말하엿다.

해변에서는 또다시 울음소리가 들려왓다. 그중에서도 유복의 어머니의 울음소리는 가슴이 터지는 것 같아 참아 들을 수가 없엇다.

여럿은 서로 얼골만 마주 처다보며 듣고 잇엇다.

그리다가 갑작이 울음소리는 딱 끈첫다. 그리고는 여러 사람의 떠드는 소리가 요란하게 들려왓다.

그것은 심상치 안흔 소리엿다.

『무슨 일일까?』

『글세』

군중의 소리는 점점 높아지며 고함소리로 변하엿다.

태순이와 동호는 귀를 기우리고 듣다가 이상하여서 해변으로 나갓다. 뒤엣 사람들도 따라 나갓다.

그들이 나갓을 때에는 벌서 군중은 무엇이라고 웨치며 가까히 오고 잇엇다.

『가자』

『잡아치워라』

『때려 부셔라』

『가자 다 내려가자』

군중은 기세를 높이며 흥분되어서 제각기 손에다가는 돌맹이며 몽동이를 들엇다.

그러나 앞장을 서서 어디로 어떠케 인도하는 자는 없이 그저 한곳에 뭉쳐서 어물거리며 떠들기만 하엿다.

『아니 무슨 일이우?』

하고 태순이는 앞에선 젊은 여자를 보고 물엇다.

『덕재가…. 저 공장 주인 놈이 성진서 저……』

여자는 급하여 말을 바로 못하엿다.

『덕재가 성진서 어쨌단 말이오?』

태순이는 조급하게 독촉하엿다. 거기에 한 사공이 달려오며

『이 사람 태순이 덕재 놈이 성진서 폭풍 경고 통지가 온 것을 그냥 깔구 배를 내보냇다네』 하고 헐떡거리엿다.

『무스거?…… 누가 누가 그런 말을……』

『우편소 서기게서 발설이 됏다네』

『엑』

태순이는 두 주먹을 불끈 쥐고 이를 악물엇다.

곁에 섯던 동호는 어느 틈엔지 아랫마을 공장을 향하야 뛰여 내려갓다.

『엑 때려치워라』

극도로 격분된 태순이도 번개같이 그의 뒤를 따랏다.

갈팡질팡하며 어쩔 줄을 모르던 군중은 그제야 비로소 그들의 진로를 얻은 듯이 그 뒤를 따라 고함치며 내려갓다.

『으아 ―』 하고 공장을 향하야 고함치며 달려가는 군중!

그것은 폭풍우의 바다 우에 밀려오는 격랑과도 같아 어떠한 힘으로서던지 막을 길이 없엇다. (끝)

(一九三四年 一二月 一二日)

이민열차(미완) 1935.1.18~1935.1.19

김정혁(金正革)

1935년 1월 18일 석간 3면

(선외가작)移民列車(1)

一

일천구백삼십사년 이월, 어떤 저녁.

백만양(百萬亮)의 고래 같은 집 앞에 겨랑 같은 자동차 세 대가 다엇다. 아버지, 어머니 서신 곳을 다시 한번 볼 새도 없이 자동차에 삼키워 버리는 영실이. 같은 신세의 옥돌이 그랫고 금순이도 그랫다. 그들은 제각기 딴 차에 갈리워 앉치웟고 그들의 곁에는 빨어 논 김치쪽같이 뼈만 남은 여석들이 하나씩 딸어 탓다. 자동차는 빵 — 하고 호령을 하드니 몬지를 남겨 노코 큰길에 나선다.

영실이 아버지와 어머니는 자동차가 움즉이기 바뿌게 그만 돌아서고 말엇다.

사람들이 참으로 슬픈 때는 눈물이 없기 예사이며 오히려 우숨이 터지기 쉬운 것이다.

……

달어나는 자동차 안의 이야기.

『어 — 오늘은 신혼여행일세 어짠 말이냐…』

『헤헤 신혼여행할 것 없어서 이따위 시굴뚝이와 해 — 당찬은 말이지…』

『허지만 이 사람 왈 — 이것이 진짤세 진짜야!』

『그것두 그러키야 하지 틀림없는 처녀일 테지』

딸어 탄 사나히와 운전수 사이에는 이런 수작이 오고 갓다 — 물론 조선말보다 쉽게 잘하는 저쪽 말로 — 영실이는 될 수 잇는 한도로 그 좁은 차 안의 면적일망정 옆구리 쪽에 바ㅅ싹 피하여 앉엇다.

곰방대통에 담배를 피워 문 그 사나이는 운전수 등덜미에까지 허리를 굽혀대고 각금 영실이를 도적하여 보군 한다.

『얘 — 이건 관찬치 안나 —』

『응 시굴뚝이로는…』

『자네 그걸 맞지 못해?!』

『허허 — 안돼!』

『웨?』

『회사 물건이 아닌가 이 사람』

『뭘 회사 물건이래두 영영 회삿 건가 안될 것 없어 그리구 저것도 하루 이삼십 전 받구 열 몇 시간씩 고생하기보다는 나흘 테니까 조하할걸.』

『그것두 그러치만 이것들은 지금 저의들 때문이 아니구 어미네들 때문에 팔리우는 것이니까 —』

『아모리 어미네들 때문이래두, 공장일을 하면 그 무서운 병들에 걸려 보세나…….』

『쉬 — 그런 걸, 이것들이 알면 안 돼.』

『아 — 이 사람 그러니까 국어로(……) 말하는 것이 아니냐』

『하하……참, 국어로 말햇지, 난 또 조선말로 햇다구』

아직도 집안 살림이 넉넉햇을 때 보통학교 三학년까지 다니엇든 영실이는 이들이 염치없이 짓거리는 말을 대개는 알어들을 수 잇엇다.

가슴이 아펏다.

눈이 캄캄하여지고 정신이 아찔하엿다.

자동차는 허물어저 가는 집들과 밭들을 뒤으로 뒤으로 밀어 보내면서 산탄(散彈)과 같이 달엇다.

— 지금 영실이, 금순이, 옥돌이는 먹는 때보다 굶는 때가 오히려 만흔 집안 식구들을 위하야 ××회사의 직공으로 거리에 실리워 가는 것이다.

작년 가을 —. 몇 해 만에 벼알이나, 타작되엇다고 기뻐햇을 때 애써 지은 벼는 한 알도 건드리지 못하게 밀려 나려온 소작료와 비료값 때문에 백만 양의 립도 차압(立稻差押)을 맞엇다.

— 젊은 사람들은 거리에 떠나가고 딸들은 공장에…….

이것도 저것도 못하는 집은 만주로 떠나갓다.

1935년 1월 19일 석간 3면

移民列車(2)

二

영실이네가 거리에 실리워간 이튼날 저녁! 재작년 수재에 넘어진 채 이 겨울에 눈에 싸인 돌배나무에 양복쟁이 하나가 걸터앉엇다.

이 마을은

산, 들, 강, 그리고 바다까지도 가까웁게 잇어서 사시장철, 아름답고 평화한 마을이라고 예ㅅ날이면 일럿다. 해마다 이 돌배나무는 푸르럿고 자랏다. 이 마을에서 진사나 초시가 나면 이 나무에 풍경을 달고 울리면서 축복하엿다. 그리고 곡식이 황금덩이 같이 고개를 숙이는 가을이 오면, 마을의 꽃 같은 색시들은 그네를 매고 즐거워하엿든 나무다.

지금 이 사나이는 게딱지 같은 마을 집들을 맥없이 바라보고 잇다. 집집마다 바처 노흔 장대만 없으면 벌서 쓸어진 지 오랫을 것이고 마당에는 집단 하나 노히지 못햇다.

찬 바람만 휙 — 휙 — 몰려가고 몰려온다. 구장인 백만양의 집 울탈이엔 붉은 기ㅅ발이 이 바람에, 위세 조케 날고 잇다. 그것은 호세(戶稅) 제一기분(第一期分)이 나왓으니 어서 갓다 바치라는 것이다.

바로 그 뒤를 돌아 왼편으로 꺽어지면 장마질 때. 물이 나기 조흔 웅덩에 쓸어저가는, 그 집이 어제 공장에 간 영실이네 집이고 또 — 그 뒤에 소나무가 무성히, 들어선 산이 바로 국유림(國有林)이다.

한 아름씩 되는 소나무 뿌럭지 편에 눈이 싸힌 것 말고 빨래를 말리는 것처럼 허 — 엿케 보이는 것은 마을 사람들이 나무에 상처를 입히여 노흔 뒤자취다. 이러케 말하면

『에잇! 망국인종(亡國人種)들이란…』 하고, 애림사상(愛林思想)이 무딘 것으로 나므랠지도 모른다. 그러나 그 나무의 상처를 볼 때 이 마을 사람들의 배주린 한숨 소리를 들어야 한다. 사실은 먹을 양식은 떨어지고

하니 그 나무껍질을 발르고 송진을 긁어내엿든 것이다. 농사는 지엇으나 양식이 없는 이들은 산기슭이나 언덕을 파고 전날이면 도야지도 먹을가 말가의 풀뿌리, 나무뿌리가 다행히 마을 사람들의 양식이엇다. 흔한 것이 물이라 냉수 한 가마에 이름 몰르는 이 뿌리들을 집어너코 끌여 먹엇엇다. — 한가을 동안 그러나 겨울이 닥치어 이 뿌럭지의 복음길도 일허버리게 되니 누가 발명하엿든지 송진을 긁어지내는 묘책을 알어내어 한참 동안 이 방법으로 목숨들을 이엇다. 그 송진을 먹은 게 죄가 되어 얻어 맞고 잡혀가고 또 먹고도 배탈이 생겨서 생고생을 한 사람도 만헛다. 말이 낫으니 말이지만 지난 가을에 힌옷 입은 사람들만 보면 먹총을 쏘러 다니든 색의장려원(色衣奬勵員) 한 분이 그 소나무에 겁질 발은 것을 바로 힌 빨래로 알고 『저런 망할 자식들 저 산에다가 뻔뻔스럽게 힌 빨래를 펴 말리다니……』 하고 노발대발하여 먹총을 메쫓어갓든 착각도 없을 듯 잇은 일이엇다.

사나이는 그만 일어서서 백만양의 집 뒤를 걸어간다.

『거 — 영준이 아닌가?』

그는 돌아섯다. 거기에는 백만양의 아들 근영이가 섯섯다.

『아 — 참 오래간만일세 아니 그래 어디 갓드랫나?』

사나이 — 영준이는 그가 쫓어와서 손을 잡고 흔드는 데까지도 아모런 대답할 기운조차 없이 섯섯다.

미완

산화(山火) 1936.1.4~1936.1.18

김동성(金東星)

1936년 1월 4일 석간 신년호 부록 기3 1면

(당선소설)山火(1)

사방 산으로 둘러싸인 뒤ㅅ골 사람들은 겨울이 되면 모도 숱을 굽는다. 굽지 않으려야 않을 수도 없고 또 동구 앞까지만 가면 임자네 화물자동차가 기두르고 잇으니 옛날처럼 읍내까지 지고 들어가야 할 수고를 덜기는 한다.

오늘도 그들은 동구 앞까지 숱을 저내고 시방 굴터로 도라가는 길이다.

『뒤실 어룬은 멫 짐 저 냇능교?』

젊은이가 묻는다.

『나이? 난 여섯 짐 자네는?』

『나요? 난 아홉 짐요』

그들은 가름패 길에서 갈리엇다. 해는 산마루에 걸려 잇다.

뒤ㅅ실이는 젊은이와 갈리어 그의 숱굴까지 왔다. 굴 안에는 벍언 불이 타고 잇다. 그는 숱굴에서 열여덟 거름 떠러저 잇는 허ㅅ간에 가서 지게를 벗고 광이를 들고 나온다.

『내일쯤은 끄내 묻을구나』

그는 숟굴 우로 오르는 흰 연기를 바라보며 혼자 중얼거린다. 그는 불이 얼마나 탓는지를 연기만 보면 제일 잘 알 수 잇다 한다. 처음엔 검은 연기, 다음엔 푸른 연기, 나종엔 흰 연기라 하나 검어도 다르고 푸르러도 여러 빛이라 경험이 잇고야 할 말이다.

그는 광이를 들어 숟굴 곁에서 흙을 파기 시작한다. 내일은 숟을 묻으려는 것이다. 솔숟 같으면 한 육칠일 불이 타면 앞뒤 아가리를 꽉꽉 막어 버리지만 참숟(백탄이다)은 벌언 불덩치를 그대로 끄내어 흙으로 묻고 문지르는 법이다.

그의 숟굴이 잇는 안ㅅ골에서는 송아지가 혼자서 나무를 치며 노래를 부른다.

이 나무 넘어간다
어라어라 넘어간다
심심산 이후후야
건너산으로 물러가자
어제 벼른 무쇠 도끼에
낙낙 장송이 다 넘어간다.

한참씩 『저르렁저르렁』 하고 도끼 소리가 산ㅅ골에 울이다가는 『지적근 쾅』 하고 나무 자빠지는 소리가 난다.

뒷실이는 『흑』 『흑』 하고 흙을 파든 광이를 멈추고 꽁무니에서 곰방대를 내어 물엇다. 건너편 산ㅅ골 등에는 붉고 검고 푸르죽죽한 누덕이를 두른 이 골 사람들이 솔닢을 따고 잇다. 그는 입에 곰방대를 문 채 그 솔ㅅ등 기슭으로 어정어정 걸어갓다. 그는 산기슭 밑에 가서 손을 들며 누구를 불르려다 말고 그냥 멀거니 바라보고 섯다. 그러자

『아배!』(註 아배 — 아버지란 뜻)

하고 여섯 살 먹은 자근쇠가 시퍼런 코ㅅ덩이를 입에 물고 이리로 달려온다. 겨드랑에 낀 자그만 오그랑박 바가지에는 파란 솔닢이 잇다.

『아배 저기야, 돌이 즈거(저히) 엄마가야 석탕(석탄) 파다가야, 죽엇단예!』

자근쇠는 아버지를 따라 숱굴로 가며 솔닢 따다 들은 이야기를 전햇다.

『응? 누가?』

아버지는 엉뚱한 생각을 하다가 다시 묻는다.

『그전 때 앙 이썻나, 와, 돌이 즈거 엄마야』

『돌이 엄마가 석탄을 파다 죽어?』

『응』

뒤ㅅ골 사람들은 겨울이 되면 만히 솔닢을 먹게 된다. 솔닢을 먹으면 늙지 안느니, 병이 없느니 정신이 조흐니, 눈이 밝으니 하야 서로 기리고 권하고 하나 그실인 즉 그나마 씹고 굶어죽지 안으려는 수작들이다. 풍년이라도 풀뿌리를 캐어야 겨울을 치르는 이곳이라 먹을 만한 풀뿌리가 곳잘 잇지도 안코 또 십 리 이십 리나 먼 산을 가서 혹시 츩뿌리나 본다고 해도 흙이 얼어붙어서 광이질을 할 수가 없다. 솔닢 같으면 얼마든지 잇지만 먹어 내기가 원악 거북하다 하야 이 솔닢의 령효를 선전하게 되는 것이다.

뒤ㅅ골에는 흉년도 자질다. 해마다 어디론지 없어지는 사람도 만타. 아까 자근쇠가 듣고 와서 전하든 그 돌이 엄마라는 여자도 솔닢 못 먹

어 달어난 사람 중의 하나다.

자근쇠는 불에 언 몸을 녹이어 솔닢 바가지를 안고 집으로 돌아갓다. 뒤ㅅ실이는 자근쇠를 보내고 혼자 불 앞에 앉어 또 곰방대를 내어 들엇다. 혹 어쩨다가 가물에 콩 나듯이 히연을 얻어 피우기도 하나 대개는 구기자 잎이다.

뒤ㅅ실이란 그의 택호요 그에게는 또 태평이란 별호도 잇다. 이 별호는 누가 처음으로 부르게 되엇는지 이제 그 자신도 잊엇으나 그것으로 그 워【위】인이 얼마나 청처짐하고[1] 세상일에 등한한가를 짐작할 수 잇다. 그는 철이 든 이래로 아즉 목소리를 도도아 사람과 시비를 캔 일이 없다 하며 집안에서도 그의 어머니나 안해가(대개는 안해지만) 여간 잔소리를 하고 충충거리고 조르고 퍼붓고 해도 그저 입맛을 다실 쯤 이상이요 별로 그러냐 저러냐가 없다. 안해도 기진하면 만다. 언제나 부엌에 돌아와 혼자 발버둥을 치다 말고 냉수나 한 그릇 들이키고 솔닢 가루나 한 줌 입에 털어 넣으면 그만이다. 태평이도 안해가 부엌으로 들어가는 것을 보면 숟굴이면 숟굴 일철이면 들로 나가 버린다.

하긴 입이 무섭【겁】기만 한 것도 병이라면 병이리라. 때로는 걱정도 펴고 나면 가슴이 가볍고 말이라도 주고받는 것이 여자에게는 한 가지 워【위】로다. 그러나 그의 심근은 무척 어질고 정인도 깊다. 그에게 죄가 잇다면 약고 영리하고 영악치 못한 것쯤이다.

---

1 청처짐하다 : 동작이나 상태가 바싹 조이는 맛이 없이 조금 느슨하다.

1936년 1월 5일 석간 신년호 부록 기3 1면

山火(2)

어둠【둡】다. 어느듯 해빛이 없다. 산중이란 본래 그러커니와 이 운문산(雲門山) 뒤ㅅ골엔 더욱 오후 해가 절반이다. 낮이 짐짓한 해가 산마루에 걸리엇가는【걸리엇다가는】 이내 밤이 되어버린다. 황혼도 없다.

태평이는 불이 꺼진 담배ㅅ대를 두어번 빽빽 빨어 보고는 재를 떨고 다시 한 대 넣어 물엇다. 그의 유일한 락이라고는 애오라지 이 곰방대를 갖은 것뿐이다. 그는 한 모금 드뭑 빨고는 손으로 눈물을 닦고 얼굴을 들어 밖을 둘러보앗다. 곧장 사람의 기척 소리가 나는 양 싶어 짐짓 머리를 들고 보면(눈이 흐린 탓인지) 사람의 그림자는 보이지 않고 여기저기 멀고 가까운 숯굴에서 벍언 불이 보일 따름이다.

이때,

『아배!』

하고 맑고 높은 소년의 목소리가 난다.

깜짝 놀라 보니 바로 곁에 한쇠 와 잇다.

『아배, 눈 어둔교!』

『우야, 한쇠가?』

그는 또 눈물을 닦으며 아들을 불렀다. 워낙 여러해 불에 시달린 탓인지 요즘은 한찬 동안만 불을 보고 나면 그만 이렇게 눈물이 줄줄 쏟아지고, 바로 턱 밑에 닥아서도록 사람이 보이지 않는다

한쇠는 걱정스럽게 아버지의 얼굴을 바라보고 잇다가

『이번 숯은 우리끼리 묻을난요』

『와?』(註 와 — 왜의 뜻)

『아배, 눈이 자꾸 머러지문…』

소년의 목소리는 엷은 강철 오리처럼 슬프게 떨리엇다.

『그러치만 니가 어째 숯을 묻노?』

그는 한쇠의 눈에 눈물을 보며 속으로 한숨을 쉬엇다. 사실 요사이는 불 앞에 서기가 무시무시하다. 더구나 그 벍언 불덩이를 끄내고 묻고 한 것을 샘【생】각하면 진저리가 난다.

『송아지 아저씨랑 할란요』

갑작이 한쇠는 큰소리를 질럿다. 그의 두 눈은 날카럽게 빛낫다.

『……』

『……』

두 사람은 한참 동안 말없이 마주보고 서 잇다가

『참, 아배 시장한데 얼른 집에 가이소』

그제야 생각난 듯이 그는 그 아버지를 재촉햇다.

『오늘 장엔 일즉이 댕겨 왓나』

『팔기사 진작 팔엇지만 삼십 전 받아서 좁쌀 한 되 팔고나니 그만 미역 살 돈은 없읍데요』

한쇠는 이 말을 하기가 왜 그런지 숨이 가뻤다.

『아침에 갈 때 윤 참봉이 보고 매양 그라문 숯을 못 굽는단요』

이 말을 하는데도 가슴이 터질 듯이 답답하엿다. 물을 마시듯이 말이 마디 마디 끈이엇다. 그의 두 눈은 점점 더 빛낫다.

『……』

태평이는 말없이 흐런 눈으로 한쇠를 바라보앗다. 한참 뒤에 한쇠는 또 그 아버지를

『얼른 가이소, 시장한데……』

하고, 재촉햇다.

『와, 느거 엄마가 아프다나?』(註 느거 — 너희란 뜻)

『안요』

태평이는 또 곰방대를 내어 물며, 숯굴을 나섯다, 조곰 잇으니

『야야, 쇠야, 니 저 불 봐라』

하고, 서서 가르친다.

낮으로 보면 구름같이 아스라한 홍하산(紅霞山) 머리에 불이 보인다. 나무가지가 바람에 마찰되어 송진에 불이 나는 것이라 한다. 어떤 때는 아주 여러 날식 타고 잇다.

한쇠는 아버지가 가버린 뒤에도 혼자 서서 먼산ㅅ불을 바라보고 잇엇다.

1936년 1월 6일 석간 3면

山火(3)

二

붉읏붉읏한 빈대 피와 싯컴언 숱 그림이 혼란하게 그려진 바람벽과, 머리를 나려눌르는 듯한 천정 밑에, 반디ㅅ불보다도 적은 어둠침침한 호롱ㅅ불이 켜저 잇다.

『아이고, 사람이나 얼핏 와야지』

구석구석이 너절하게 흩어진 버선 목다리 헌겁 보따리를 주섬주섬 걷어 훔치며 늙은이는 무섭게 우울한 목소리로 혼자 중얼거린다 귀마다 낡아 모지라진 돗자리 우로는 흙이 풀풀 오르고 오줌 지린내와 때꾹 저른내가 석유 냄새 된장 냄새와 업처서 건건접접 하고 떨적지근한 공긔가 코를

쏜다.

며누리는 죽은 사람같이 창백한 얼굴로 천정을 바라보고 누엇다가 잇다금 바늘에 찔리는 듯이 전신을 비트른다. 이때마다 시어머니는

『사람이나 얼핏 와야지, 사람이』

하며, 놀라 뛰어들어 며누리의 젖가슴에 손을 얹고 묻는다.

『배가 아프냐? 자꾸 빼찌르는가배』

『……』

며누리의 귀에는 말소리도 들리지 안는 양 대답도 없고 그저 배만 뒤집고, 뒤집고, 엉둥이를 깝술르고 할 다【따】름이다.

얼굴에 숱거멍 칠을 하고 태평이가 들어오자 마침 정신이 나는지 그 종이ㅅ장같이 푸른 얼굴을 들어 한참 동안 그를 바라본다…… 순간 침묵이 흐르자, 그 흉한 냄새들이 이 사이를 이용하려는 듯이 한참에 코를 쏜다.

그 어머니는 며누리의 흩어진 머리를 가추려 벼개를 너어주며

『이 얼굴 좀 봐라, 어디 핏기 한 점 잇나 꼭 죽은 사람 안 가트나?』

『……』

태평이는 대답이 없다.

『곧 죽은 사람이다, 곧 죽은 사람이라 그래도 인제 게우 숨을 쉴구만 아까사 그저 사죽을 틀고 네 구석을 매고 차마 눈으로 못 보겟드라이』

늙은이는 윈 얼굴을 비쭉거리며 목메인 소리로 짖거린다. 그래도 아들은 대답이 없다.

『된장ㅅ국이라도 한 그릇 끌여줄라니 어디 건데기가 잇어야지 맨 장ㅅ국이야 써먹나? 세에 이런 꼴이 어디 잇단? 금년 내내 일을 하고 해

산중에 된장국 한 그릇을 못 얻어 먹다니 그 더운데 보리밭을 맨다 논을 맨다 똥물을 여낸다 오줌을 여낸다 보리를 벤다 타작을 한다 콩씨를 넛는다 논에 물을 대인다 그 고된 일을 제 손으로 다하고 집에 들면 길삼을 한다 빨내을【를】 한다 그래도 옷가지를 꿔맨다 안팟【팎】 없이 무슨 일을 안 햇노? 남자면 어느 남자가 그리해? 내야 인제 송장 다 됏지멀 아나 그래 햇자 어느 칠칠밧【맞】은 시부모가 잇어 저를 애껴줄 줄 아나 어느 알뜰한 가장이 말 한 마디라 아근자근히 해주나 끌끌』

늙은이는 어이 없는 듯이 혀를 찬다. 눈거풀이 뛰며 근육이 잇는 대로 실룩거린다.

『그러케 세(혀)가 빠지도록 해놔도 하늘이 비 안 주니 헐 수는 없드라마』

늙은이는 며누리의 불상한 이야기만 시작하면 본대 한정이 없다. 아들이 저녁을 굶고 잇어도 모른다.

태평이는 아무런 대답도 없이 항아리와 호박과 그밖에 여러 가지 그들의 세간을 쟁여 둔 그의 어머니 방에 가서 시렁 우에 노여둔 자기의 저녁상을 내려다 먹고 잇다. 서숙과 도토리를 가라(磨) 너코 죽을 쑨 것이다.

『아이 밴 어미는 음식이 제일이란 거로 어느 평생에 기름진 걸 먹어보나? 태산도 모도 기름으로 된다는데 일 년 열두 달 풀만 먹고 사는 거이 무슨 기름으로 힘을 쓰나? 낯에고 목덜미고 손이고 팔다리고 모도가 죽은 사람 갵잔흐나? 끌끌』

늙은이는 싯누런 며누리의 다리를 걷어 보이며 또 혀를 챈다.

태평이는 역시 아무런 말이 없다. 그는 저녁상을 물리고 어느듯 곰방대를 내물엇다.

『봐라 어디 가서 쌀이나 쌀사발하고 국 건데기나 좀 하고 못 꿔올란?』

『……』

『지금 이대로 두면 해산도 안 되고 사람만 널치[2]가 날 뿐더러 까딱하면 두 목숨이 오락가락하는 거로 암만해도 이 지경 되면 뭐라도 낫게 먹어야지 못 먹이면 절단인데.』

『……』

태평이는 역시 곰방대만 빽빽 빨고 잇다.

『지금 이러케 몸을 틀고 해싸도 아즉 새벽녁에 될지 내일 낮에 될지 모른다 인제 다시 음식이 들어가 원기를 도아줘야지 이대로 자빨트려 두면 언제까지 해산도 안 되고 사람만 생으로 잡는단이』

『그러면 송아지네 집에라도 가보소』

태평이는 인제 겨우 곰방대를 문턱에 떨며 입을 뗀다.

『그러치만 송아지네가 집에 와 잇을라아? 고것이 못 되게 일을 해주고는 진작 제 집에 도라 안 오고 만일 저물게 와서 그 어질고 인심 좋은 송아지를 늘 속생힌다드구나』

『……』

태평이는 잠잠코 입맛을 한번 다신다.

『어쨋든 고 송아지내【네】를 만나야 수이될 겐데 그래도 제가 늘 큰문에 드나드는 게라 말 한마디라도 바로 들어가 아근자근히 할 게라고 그러는지 인제사 윈골 사람들이 모도 참봉네 집에 빌 말이 잇으니 매양 고걸 보고 사정하데』

---

2 널치 : '몸살'의 경남 방언.

늙은이는 바쁜 듯이 일어나 히꾸무레한 겉치마를 하나 두르며 한손으로 곳장 실룩거리는 왼편 얼굴을 얼싸쥐며 어린양같이

『아이고 가기사 가 보지만 안 되면 어짤고?』

주량 없이 건【걱】정을 하며 황황히 뛰어나간다.

1936년 1월 8일 석간 5면

山火(4)

세상에 흔히 며누리를 기리는 시어미가 드물다 하나 이 한쇠 할머니처럼 진정으로 며누리를 믿고 아끼고 장히 여겨주는 이는 보기 어려울 것이다. 그만치 며누리가 장한 것도 사실이지만 본래 그의 사람됨이 바르고 온전하고 또 자애가 깊지 않으면 안 되는 법이다.

그런데 이 할머니는 며누리가 몸집고【도】 툭지고[3] 뚝심도 세고 또 솜씨가 칠칠바【맞】저 없는 거리로도 잘 엄버무려 내어 끼니를 이어가게 하고 하는 반면 그는 키도 적고 힘도 약하고 세정에 절벽이요 가난한 살림에 너무 얼래도 병통도 없어 금년 같은 흉년엔 팔장 끼고 시렁 밑에 앉어 걱정만 하다 굶어 죽을 사람이다. 그러나 며누리는 성미가 좀 시무룩하고 무뚝뚝하고 주ㅅ대도 세고 억지스럽기도 하고 거츠른 반면 그는 어디까지 고르고 곧고 보드랍다.

만날 늙은이는 며누리를 보고

『미련키는 소 같네』『소같이 일을 하네』

하고 알【안】쓰러워 굴면

3 툭지다 : 굵어지거나 두꺼워지다.

『하믄 앙그라고 살지시픙교?』

하고 툭 쏜다.

여름으로 목화밭이나 맬때 등ㅅ골로는 땀이 줄줄 흘러나리고 땅에서는 불ㅅ김이 훅훅 치받고 한데 얼굴이 벍어게 데이고 전신 흙투성이가 되어 호미로 고랑을 허비며 내다르는 것을 보면 어떠케 거츨고 앙탈스러운 즘생같이도 보인다. 이리하야 마음까지 점점 더 거츠러지고 거츨기를 거듭하야 늙어진 것이다.

작년 봄이다. 어릴 때 친정에서 보니 누에를 먹일 만하드라고 하야 그는 뽕나무도 없이 누에씨를 받엇다. 처음엔 열 잎 다음은 한 보구미 또 다음은 한 둥우리, 누에가 자라면 자란 만치 뽕을 먹는다 산으로 들로 친정집에로 허둥지둥 다닌다. 그러나 아모 대도 뽕이 없다.

본래 무엇이던 하면 되는 솜씨라 첫 시험이라 해도 똥을 치는 것이며 치잠을 가리는 것이며 여러 해 먹여 본 사람 같다. 그차에 홀가분키도 하야 병잠 하나 없이 썩 충실하엿다. 따라서 자미도 나고 애도 쓰이고 하야 여러 날과 밤을 쉬지 못한지라 얼굴이 부숙부숙 붓고 두 눈엔 싯뻘어케 피ㅅ대가 섯다.

제四령 사흘ㅅ재 되든 날 누에로 뽕을 굶게 되엇다. 비는 아침부터 부슬부슬 왓다. 하로를 굶고난 누에는 잠박 가으로만 느렁느렁 지어나왓다. 그는 그 뻘건 눈으로 왼종일 벙어리처럼 누에만 들여다보고 잇다가 어둠이 들자 집을 나갓다. 뽕 도적질을 간 것이다.

한쇠는 이날 밤처럼 조마조마하게 어머니를 기두러 본 일이 없다 한다. 한쇠는 문고리를 잡고 앉어 몇 번이나 밤비가 좌락좌락 나리는 검은 섬■■■ 내다보군 하엿다 간 지 한 시간쯤 지나서 치마에 붕긋이 뽕을 싸가지고 그의 어머니가 들어왓다. 젖은 옷은 몸에 휘감겨 붙고 머리는 나려와 붉은 눈에 흐트러저 물귀신같이 되엇다. 오다가 비녀가 빠져서 그를 찻노라고 길을 더듬다가 개똥을 주물럿다 한다.

굶을 대로 굶고 이미 때가 늦은지라 한쇠 어머니의 그 신통한 솜씨로 두세 번 물을 닦어 주엇지만 누에들은 머리를 두른다. 되면 귀인(貴人)들의 몸을 싸게 될 그들이매 한쇠 어머니의 정성쯤 거절하기 어렵지 안흔 모양이다.

이튼날 뽕 임자가 왓다. 그는 윤 참봉네 큰아들 첩이다. 샛파라케 성이 나서 처음 아모 말도 없이 문턱에 걸터앉어 권연을 한 개 내어 물고 나드니

『세상에 사람 사는 법이 언제까지 제 손으로 알들히 벌어 제 것을 먹는 법이지 남의 것을 함부로 앗어 올라고 들어서야 하로 이틀도 아니요 허구한 세월에 어이 발을 페고 살 수가 잇나?』

하고 무릇 사삼의 사는 법부터 설명하야 차곡차곡 죄목을 캘 모양이다. 들으니 말슴은 올타.

그런데 한쇠 어머니 거동 보소 다른 때 같으면 윤 참봉네 큰아들 첩이 아니라 바로 윤 참봉댁이라 하드라도 계집년이 이러케 남의 집 문턱에 걸터앉어 담배를 피우고 한다면 뫼ㅅ돼지처럼 뛰어들어 동댕이를 치울 그언마는 이날은 벙어리가 되어 눈을 멀뚱거리며 누에만 바라보고 앉어 잇다.

빌기 잘하는 시어머니는 왼 얼굴에 힘줄을 시루며

『그저 살라하이 그러삽내다』

하고 여자 앞에 손을 부빈다.

『대저 허욕 만흔 사람이 되는 것을 못 보거던…』

하고 또 참봉네 큰아들 첩이 샛노란 금니로 연기를 씹으며 사람의 허영을 경계하고 잇을 때 평생 사람의 몸에 손질한 일이 없다는 태평이가 뛰어들어와 안해의 머리채를 잡어 뜰에 네치고 도리깨로 뚜드려 까므러트리게[4] 되엇다.

이리하야 윤 참봉네 큰아들 첩의 허욕 경계는 고만하고 말엇지만 그 뒤로는 그 튼튼하든 몸이 날세만 흐려도 사지를 못 거두고 병도 잘 나고 그리고 갑작이 늙어저 버렷다. 어느 날 한쇠가

『그래도 그해 니 여름사리(옷)가 사뭇 업듸라』 하고 뚧게 입이 비쭉거리며 웃는지 마는지 햇다.

그러나 오늘밤 저 미간을 찌프리고 싯누런 사지를 네뻐트리고 송장 같이 푸른 낯을 하고 누어 잇는 저가 그 허욕에 피눈을 뜨고 비 오는 검은 밤에 도적질까지 하여온 그인가 생각하면 그사이에 어울리지 않는 무엇이 흐른다 건너기 어려운 검은 개울이……

1936년 1월 9일 석간 5면

山火(5)

三

태평이는 그 어머니가 도라올 때까지 곰방대를 빨며 앉어 이런 것 저런 것을 궁구하고 잇엇다. 그는 눈이 오는 밤에 짚신을 삼다 말고 해지는 저녁 때로 숱굴에 불을 보다 말고 정신없이 앉어 혼자 궁구를 잘 대인다. — 저 소터개벌로 나가서 이쪽 서으로 갈라저 오는 물을 저쪽 큰

4 까무러뜨리다 : 까무러치게 하다.

내로 몰고 저쪽 새바디로 넘어오는 물은 그쪽 산 밑으로 보낸다. 그런데 열 집서 한 집에 장정 하나씩이 나오면 십 년을 두고두고 한다. 허십 년 뒤에는 잘내먹으른 하나 앞에 쉬 섬은 수얼하네 — 그는 또 천황씨 목덕 지황씨 화덕 태평씨 수덕이란 말을 늘 생각한다. 어느 가물든 해 이 골 대표로 그가 산제(山祭)를 지냇드니 그날 밤으로 비가 쏘아젓다 하야 태평씨 수덕이란 말이 나왓는데 그는 이 말을 자꾸 궁구한 결과 자기도 천황씨 시절에 만낫으면 그때까지 미간된 황지를 많이 일으리라고 믿게 되엇다.

오늘밤에도 이러한 궁구를 대이고 잇는 중에 국거리를 꾸러 나간 그 어머니가 도라온다.

『아이고 밖에서는 굿을 해도 우리 집구석에서는 사뭇 모르는구나』

하고 늙은이는 사립 안에 들어서부터 짖거린다.

『성님 좀 어떠싱교?』

늙은이 앞서 송아지 처가 광주리를 안고 들어온다. 광주리에는 빛이 검고 푸른, 누렁내음새가 물컥물컥 오르는 고음ㅅ거리가 반 광주리나 실케 된다.

『허따 어떤 고음ㅅ거리는 이처럼 가지오능교?』

태평이도 광주리를 들여다보고 나서 흐뭇한 듯이 인사를 한다.

『윤 참봉네 집에서 그 큰 소를 잡어 동내에 노느든가만 우리만 깜짝같이 모를 번햇든갑데』

늙은이는 바빠서 어느 말을 먼저 해야 할지 두서를 못 차린다. 그러나 태평이는 해를 두고도 말 몇 마디 없는 사람이요 며누리 역시 입 열어 말창【참】견할 정신이 없는 사람이요 곁에 선 송아지네 또한 이번 이

일에 큰 공노자라 물러가 자중하는 품이 함부로 나설 것 같지 안타.

『이게 일 원어치란다. 공ㅅ게지 장에가 살라문 암만해도 삼 원 덜 주고 이러케 받을가바더러라 그 백정놈들 파는거사 일 원어치 사노니 곧요 조막뎅이만 하드구나』

할머니는 그 거풀과 뼈만 남은 주먹을 쥐어 보이며 어쨌든지 공ㅅ거란 것을 증명하려 한다. (이런 말을 하기 할머니에게 좀 미안하나) 속담에 『똥본 가마귀 같다』는 말과 같이 워낙 오래 오래 굶고 주리든 남어지 이제 그 소원을 이루게 된지라 자연이 할 말도 만흔 모양이다.

『내사 곧장 공ㅅ것 같다』

그 목소리는 떨리엇다.

『우리 살림에 평생 가믄 이러케 한번 먹어 볼느아? 어디서 돈이 삼원이나 사 원이 한목 생겨 이런 고음ㅅ거리를 사와 먹어볼노? 맘 난 적에 그만 눈 질끈 감고 낫게 가저왓지 왼 권구[5]가 한번 실컨 먹어버리게 그라고 또 깜박 잊엇네 놔두고 메누리 해산ㅅ국도 끄려 줘야지』

하고 잠간 숨을 쉬고 나서

『아무래나 늙으니 송장이다. 아까버텀 내가 이 송아지네 말을 할란게 엉뚱한 말만 자꾸 햇구나 이러케 만히 받어온 것도 송아지네 덕이다. 서글프다. 우리 보고 누가 이러케 인정을 쓸노? 모도 보는 데가 잇지 끌끌』

어느듯 추창한[6] 듯이 혀를 챈다.

『어디매요 저를 보고 드렁게 아니란요 금년이 참봉 어른 환갑이라고

5 권구(眷口) : 한집에 사는 식구.
6 추창(惆愴)하다 : 실망하여 슬프다.

그 잔치도 하기 삼아 왼골 사람들게 그저 노너먹인 양으로 하는 게란요』

이것은 이 집 사람들에게 들을 수 없는 억양과 음률이 든 부자연스러워 밉고 또 언제나 그립기도 한 젊은 여자의 목소리다. 그는 이 골 여자들이 아무도 못하는 호사 — 감은 우단 저고리 안에 연분홍 담ㅅ베로 만든 내의(샤쓰) — 를 입고 잇다.

『어떠케 소가 컷든지 왼골에 노누겟드란요』

그는 수삽한[7] 듯이 턱으로 덜 여며진 옷깃 서슬을 가룬다. 그 내의 빛같이 붉으스레한 두 뺨과 새캄안 두 눈은 아직도 어린애 같다. 그가 시방 이 길로 나가 지금 막 뒤ㅅ담 우로 넘겨두고 온 옷보따리를 안고 동구 앞까지 내다를 참이라면 도리어 우습겟다. 하긴 아직 어리고 철이 없어 그런 게지만.

1936년 1월 10일 석간 5면

山火(6)

그런데 여기 소개하기 늦은 사람이 하나 잇다.

큰 황소를 잡어 왼골 사람에게 헐값으로 나눠 먹이고 그 큰아들의 첩은 일즉이 뽕 도난을 만나 한쇠네 집 뜰에도 출입이 잇엇든 여자요 또 그 둘재 아들은 오늘밤 사이로 화물 자동차에 송아지의 처를 실고 속력을 만히 낼 사람인 그네 아버지는 어떠한 사람인가?

뒤ㅅ골 사람들은 모도 윤 참봉이라 부른다. 그것은 아주 최근의 일이다. 한 사오 년 전만 해도 윤 주사라고 부르든 것이 어쩌다가 윤 참봉이

7 수삽(羞澁)하다 : 몸을 어찌하여야 좋을지 모를 정도로 수줍고 부끄럽다.

되어 버렷다.

그는 볼【본】래 읍내 태생으로 어릴 적 그 부모를 따라 이 골로 들어온 것이라 한다. 그의 아버지는 읍내 윤 참봉의 서자로 그의 어머니(뒤ㅅ골 윤 참봉의 할머니)가 그 집 부억어멈으로 잇을 때 그 주인과 알게 되어 그가 난 것이라 한다. 부자요 또 참봉 벼슬이라도 한답시고 그때쯤은 적서(嫡庶) 관게도 까다럽게 들먹거릴 때라 늙은 참봉이 세상을 떠날 때 뒤ㅅ골 부근에 잇는 논 이삼십 마지기와 산과 엽전 몇十량을 타 가지고 이곳으로 들어오게 된 것이라 한다.

그의 아버지는 이 골에 들어온 지 三十여 년 만에 백 석이나 가까히 되는 농장과 큰 집과 집 부근의 산을 그에게 끼처주고 죽엇다. 처음 그의 아버지가 죽고 나니 그도 슬펏다. 그러나 오래가지 안허 슬픔보다 돈을 벌어야 할 것이 바뻣다. 그러타고 갑작히 묘안도 나지 안코 하야 당분간은 그의 아버지처럼 일철엔 손수 농사를 짓고 겨을【울】로는 큰 굴에 숱을 구엇다.

이러고 잇는 동안 그는 더 철저하게 마을 사람의 노동력을 이용해야 할 것을 깨달엇다. 그는 여러 가지 꾀를 썻다. 봄으로 살기 어려울 때 장리벼[8]를 준다 잔돈을 꿔 준다 하야 여름으로 제일 일꾼이 아쉬울 때 일도 시키고 혹은 추수 때에 이자를 처서 받엇다. 이밖에도 겨을【울】이 되면 부근에 잇는 산을 이용하야 사람들에게 숱을 굽게 하고 혹은 돈냥이나 낫게 꿔 줄 때마다 그들의 땅마지를 잡고 하야 세월이 갈수록 용한 꾀가 자꾸 나왓다.

8 장릿벼 : 장리(長利)로 빌려주거나 또는 장리로 갚기로 하고 꾸는 벼.

요즘은 또 그의 두 아들이 장성하야 그가 일즉이 못한 신기한 꾀를 썻다. 큰아들은 첩을 얻어 그의 사무소도 겸 동구 앞에 가가를 열엇다. 술 담배 소금 석유 석양 북어 포목 비료 등 기타 일용잡화를 가추려 그의 여자에게 맡겨 두고 그는 뒤ㅅ방에서 수판을 들고 앉어

『앞골이는 넉 섬 일곱 말에 솔숱이 수무 짐이라. 태평이는 닷 섬 엿 말에 백탄이 열아홉 짐이라』

하고 문서를 마추어 들어가다가

『흐 이 돼지 같은 놈들 금년 빗도 이 지경가?』

하고 코우슴도 친다.

이 가가가 특히 마을 사람들을 끄으는 것은 고뿌 술이다. 양조회사가 생긴 이후로 그 즐기는 술을 전혀 사먹게 되니 옛날처럼 그 부드럽고 배부른 마껼리를 마음 노코 먹을 수 없다. 이 수요(需要)에 따라 꼭꼭 찌르는 왜소주가 나왓다. 마껼리로는 십 전어치나 먹어야 속이 한번 화뜩할 것이 왜소주를 먹으면 오 전짜리 한 고뿌면 넉넉하다. 여름으로 논에 물을 푸다 숨이 차면 이 가가로 온다 피를 뽑다 목이 마르면 온다 콩밭을 매다 온다 겨을【울】밤으로 숱굴에 불을 보다 온다 투전을 하다 온다 —

『주 — 타 탁배기보다사 참 우에 잇다』

『흐 한 목음을 먹어도 어디라고 야 참 탁배기보다사 위지 양반의 음식이지』

하고 바늘 끝같이 꼭꼭 찌르는 소주 고뿌를 기우르고 나서 여자에게 빙그시 웃어 보인다.

그러면 여자도 생긋이 웃으며

『그러문요 마껄리버덤야 참 정하지요』

해주고 주전자를 들어

『또 한 고뽀 칠교?』

물으면

『어떤요 그만두소 없는 사람이 먹구 싶다고 자꾸 먹을 수 잇능교 호호호호……』

하고 그 싯컴언 얼굴을 잿겨 누런 니를 보이며 한참 웃고 물러 앉거나

『그러치러요 탁주에서 정긔만 뽑은 거 아닝교?』

하고 또 한 고뽀 받어들거나 한다.

여자는 상품 외에도 팔 수 잇는 것을 팔고 혹은 사고 또 뒤ㅅ밭에 뽕나무를 심어 봄부터 이른 여름까지 이웃 여자들을 데려다 누에를 먹이고 하야 매년 이 여자의 ▣으로 되는 돈만 해도 적지 안타.

둘재 아들은 어디 가서 큰아들보다도 더 신식법을 배워왓다. 그는 자동차 운전수다. 겨을【울】이면 이 골에서 굽는 숱을 화물 자동차로 읍내에 실어내고 다른 철엔 가까운 해변에 가서 어물을 실어다 원근 각 읍에 페어 먹인다.

이리하야 금년 환갑이된 윤 참봉은 매년 벼를 오륙백(석)이나 받게 되고 겨을【울】에는 뒤ㅅ골 사람 전부가 그의 숱을 구어 바처야 하게 되어잇다. 이백 호나 넘어 되는 동리에 그의 소작을 하지 안는 집이라고는 불과 두세 집을 헤아릴 지경이다. 혹 밖에서 이 골 형편을 짐작이나 한다는 분들의 말투로 이 골 사람들은 모두 윤 참봉네 덕에 살어가는지 죽어 가는지를 하고 잇다.

한쇠네도 죽고 살기가 오로지 그의 손에 매인 사람들 중의 하나이다.

풍년이 지면 벼 얼【열】대엿 섬 나는 논 여나무 마지기 주고는 임자네 앞으로 얼【열】 섬을 매니 남직이 대엿 섬으로 농비 덜고 지세를 주고 나면 쭉지[9]벼 한두 섬 처지면 상이요 흉년이 지면 전부 해야 일여덟 섬 된다. 거기서 모자라는 것은 빗을 지게 된다. 이 빗을 지고 겨을【울】에 숱을 구워 바처야 한다. 태평이는 여러 해를 타작마당에서 이러케 빗을 지거나 빈손을 털고 나서 입을 삐쭉거리며 하늘을 처다보군 하엿다.

그러나 또 봄이 온다. 산기슭에 진달래가 붉게 피고 깊은 골에서 늙은 접동새가 피나게 울며 그들을 부르고 하면 태평이도 억울과 통분의 동면을 깨고 들로 나간다. 하야 씨를 뿌리며 종달새 소리에 마추어 코ㅅ노래를 부르기도 한다

그런데 이 윤 참봉은 금년 환갑에 조금하면 착한 일을 할 번햇다. 그것은 왼 골 사람들에게 거여 공으로 나놔 먹이듯 헐값으로 판 고기다.

오늘 새벽 머섬이 잘못하야 소죽에 무슨 독한 약이 들어갓든 모양이다. 아침 죽을 먹은 황소가 그대로 자빠저 죽엇다.

『그건 니가 알어 해라』

윤 참봉은 뒤ㅅ짐을 끼고 서서 머섬에게 죽은 소를 눈으로 가르친다. 그는 자빠저 잇는 것을 보고도 자기 소 없어젓다고는 생각되지 않엇다.

『니가 알어 해라』

그는 한번 더 명령하고 안으로 들어가 버렷다. 그는 소값이 갚일 대까지 머심 놈의 새경을 없이리라 한 것이다.

그러나 오늘 머섬이 왼종일 엎드려 빌고 집안 사람들도 금년이 그의

9 쭉지 : '쭉정이'의 경상 방언.

환갑이란 말마디도 거들고 하야 본래 송아지 값만 머섬이 당하고 죽은 소 고기는 골 사람들에게 헐값으로 나눠 먹이기로 특서를 나리게 되엇다.

1936년 1월 11일 석간 5면

山火(7)

四

송아지네가 돌아간 뒤 이내 한쇠가 들어왓다.

『야야 이거 와바라』

할머니는 탁은히 불러 턱으로 고기ㅅ 광주리를 그에게 가르친다

『아이고 누렁내야!』

한쇠는 광주리를 드려다보고 대뜸 이러케 소리를 질럿다.

『……』

할머니는 약간 악의를 띤 눈으로 잠잠코 손자를 바라본다.

『어째 자꾸 썩은 냄새가 나노?』

한쇠는 엎드려 다시 냄새를 맡고 나서 할머니를 쳐다본다.

한쇠가 얼마나 기뻐하야 놀라는가를 보려고 처음은 입을 닫고 천연스럽게 빼고 앉어 잇든 할머니는 한쇠의 거동에 얼굴이 샛노라케 질리며

『뭐?』

가느다란 마른 나무 끊는 소리를 낸다.

『이거 어디가 사왓는교? 누구 집 병든 소 잡은 거나 않 사왓능교?』

『오 오냐오냐 니는 먹지 마라 내 내 혼자 먹을란다 니 니는 먹지 마래이 머 먹지 마 마 마』

할머니는 왼쪽 입아귀와 눈추리를 실룩거리며 두 손을 한쇠에게 내저으며 전신에 경련을 이르킨다.

한쇠는 실쭉해서 도라서 버렷다. 그는 할머니의 그 사근사근코 유순한 얼굴에 이러케 무서운 저주가 잇는 것을 처음 보앗다.

할머니는 행여 누가 또 무슨 말을 할가 보아 겁이 나서 고기 광주리를 안고 뒤 원으로 달어낫다. 조금 뒤에 할머니를 뒤밟어 가 본 자근쇠의 보고를 들으면 거기서 할머니는 두 손을 부비며 『천지신명』 천지신명 하고 뒷산을 향해 자꾸 절을 하드라 한다.

할머니는 산을 보고 여나문 번이나 절을 하고 나니 가슴이 좀 진정되는 것 같기는 하엿다. 그러나 이때 방에서 며누리의 몸을 뒤틀며 신음하는 소리를 들으니 문득 조바심이 낫다. 혼자서 『아이고 생사람을 잡는구나 생사람을 잡는구나』 하며 부리나케 고음ㅅ거리를 작만햇다.

한쇠는 이날 밤 처음 고기를 볼 때부터 그 검읏 푸릇한 빛이 곧 마음에 거슬리엇다. 그러나 한번만 더 딴소리를 하엿다가는 당장 할머니가 까무트릴 판이라 그 우에 입은 떼지 안헛다. 그는 원 밤벽을 향하고 누어 거이 수잠[10]을 잣다. 눈만 감으면 곧 꿈이 뵈인다 — 군대군대 시컴언 잡풀이 나고 질직한 땅에서는 송장 냄새가 코를 찌른다. 그는 히미한 종이 등불을 들고 곁에 서서 잇고 그의 할머니와 어머니와는 흙을 판다. 할머니는 호미로 해작해작 허비고 어머니는 괭이로 퍽퍽 둘러 판다 이윽고 흙 속에서 싯컴언 죽은 소가 드러난다. 두 사람은 손에 쥐엇든 칼로 소의 살을 오리기 시작한다. 푸른 칼날에 먹물같이 검은 피가

10 수잠 : 깊이 들지 않은 잠.

흐른다. 두 사람은 오리고 또 오린다. 광주리에 넘으며 치마에 싼다. 그는 다리가 떨리며 들고 잇든 등불을 내던진다. 소리를 친다 — 눈을 뜬다. 방 안에는 그의 어머니가 알코 누엇고 늙고 자그만한 그의 할머니가 그때까지 아직 얼굴이 밝아케 데어 고음솥에 불을 너코잇다.

『야야 한쇠야 와 그카노?』

『할매!』

『니 와 자꾸 그케쌋노?』

『할매 이태 안잣능교?』

1936년 1월 12일 석간 4면

山火(8)

五

이튼날 새벽이다.

고음ㅅ국이 끌혓다.

할머니는 먼저 고사를 지낸다고 소반 우에 고음ㅅ국 한 사발을 얹어 들고 방에 들어와

『천지신명님네께 빕내다. 조양신주님네께 빕내다』

하고 손을 부비며 사방을 보고 절을 하고 나서

『인제 모도 오나라』

『자 한쇠도 오나라』

하고 떠들며 식구마다 한 그릇식 맡긴다. 그중에도 한쇠 어머니의 것이 제일 만타. 그들은 모두 한 사발씩 안고 술가락을 들엇다.

『한쇠야 얼른 오나라』

할머니는 못 잊어서 또 부른다.

『실쿠마요』

『야 이 못된 것아, 얼른 와서, 한 그릇, 처먹어라』

그의 어머니도 민망한 듯이 겨우 힘을 내어 한마디 거든다.

『내사 실쿠마요』

한쇠는 벽을 향해 도라누엇다. 김이 오르고 구수무레한 냄세도 나고 하니 처음보다 전혀 구미가 돌지 안흔 것도 아니나 그 징글맞은 꿈과 어제밤에 본 그 흉한 빛과 냄세가 머리를 떠나지 안는다.

『실커든 마라 내 다 먹지러 병든 소믄 어떨가바 우리사 예전에 땅속에 묻어둔 죽은 소도 파다 먹엇다 배부르고 맛 조코 기운 나고 먹으니 먹은 놈만 넝길네라』

할머니는 혼자 속이 타서 길드란 뼈를 하나 들고는 모모이 돌려 핥고 샅샅이 우비어 빨고 일부러 입맛을 다시고 한다.

그들은 워낙 오래동안 겨ㅅ쪽디와 풀뿌리만 먹어 오든 참이라 처음은 소 고음이란 말만 들어도 살 것 같고 훅하고 오르는 김과 누렁 냄세에도 침이 지르르 흑【흐】를 지경이엇다. 그들은 그것을 먹고 설사 큰 병이 나리라고 해도 그 말이 들리지 안혓을 것이며 바로 죽는다고 해도 한 그릇 먹고 나서 그 두려움을 깨다를 것이다.

그러나 한 사발을 거이 먹어갈 때에는 벌서 육초도 나고 진한 누렁 냄새에 머리가 갈라지는 듯하엿다.

『고기는 다르든가배』

한 그릇 퍼먹고 나서 손으로 이마에 땀을 씻으며 한쇠 어머니는 얼굴을 찌프렷다. 태평이는 아모 말도 없이 입맛만 한번 다시고 나서 곰방대를 내물엇다. 그는 벌서 어저께부터 짐작을 한 모양이다.

『그거사 쇠견 없는 소리지 성하고 존 걸 누가 그러케 헐값에 팔가바 잡어도 병들어 죽게 된 걸 잡엇거나 안 그러믄 잡은 지 오래되어 변한 거겟지 그 사람들이 누구라고 장히 말장한 소를 잡어 그 값으로 팔엇을난?』

이말을 듣고 한쇠는 뛰어 일어낫다. 그는 아즉 반이나 남어 잇는 고기 광주리를 보고 달려들엇다. 이때 할머니는 어느듯 일어나 고기 광주리를 며누리에게로 넘겨 버리고 뛰어오는 한쇠의 옷섶을 잡엇다.

『야가 와 이카노? 이놈이 와 이카노? 이것바라 야가 와 이 발광고?』

할머니는 한사코 그를 노치 안는다. 그 입아귀와 눈추리는 무섭게 실룩거리며 또 경련을 일으킨다. 그 얼굴엔 황당한 저주와 히스테리 비슷한 분노가 뵈엇다. 이때 또 한쇠 어머니가 몸을 틀엇다. 한쇠를 떼어 내인 할머니는 고음 먹은 뼈를 그릇에 끌어담으며 자근쇠가 먹다 남긴 고음 그릇을 들고 마시며

『실커던 말지 니 먹으라고 안 한다 내 먹지 내 다 먹지 내사 늙은 게 실컨 먹고 죽으믄 어딴? 닐랑 싱싱코 정한 것만 먹어라 내사 아숴우니 이런 것도 없어 못 먹을다』

할머니는 그 비트러지는 입으로 짖거려대인다. 한쇠는 할머니에게 잡히어 광주리 안에 싯컴언 고기를 물그럼이 바라보고 섯다가 두 눈에 눈물이 글성글성하야 할머니의 손을 뿌르치고 도라섯다 울음이 차서 목구멍이 아프다. 그는 입술을 물며 엉엉 터지려는 울음을 억지로 참엇다. 그는 그들이 먹지 못할 것을 알면서 먹는 것이 분하엿다.

한쇠는 어머니의 신음하는 소리가 점점 높하지는 것을 들으며 집을 나왓다.

그는 산으로 갓다.

1936년 1월 14일 석간 5면

山火(9)

六

겨울해라도 드물게 따뜻한 날세다.

차운 소나무에 아침해의 금빛이 퍼붓는다.

『저르렁 저르렁』 하고 도끼 소리가 산ㅅ골에 울리며 『지직끈꽝!』 하고 나무 자빠지는 소리가 난다

아 나무 너머간다
어라 어라 너머간다
심심산 이후후야
저 건너 물러가자
어제 벼른 무쇠【쇠】도끼에
낙낙작송이 다 너머간다.

송아지가 혼자 나무를 치며 노래를 부른다. 그는 또 이런 노래도 부른다.

기름 바른 갈보는
날 마다해도
이웃집 큰애기는
날 조하한다.

그는 금년 수물아홉이다. 작년까지 윤 참봉네 집에 머슴을 살어서 금년 봄에 사십 원을 내고 처음 장가란 것을 갓다. 라기보다 색시 하나를 사왓다. 처음 그가 그의 안해를 이 뒤ㅅ골에 다려왓을 때 골 사람들은 이러케들 말햇다.

『사십 원짜리 각시 좋네!』

『흐 가시나 풍년이사 젓구마는!』

혹은

『고것 너무 이뿌다!』

『송아지한테 과한거로!』

제 식구를 가지게 되면 살림을 살어야 하고 살림을 살려면 재물이나 의지할 곳이 잇어야 한다. 그러나 송아지는 일즉이 부모를 여이고 부근에 친척도 없다. 의지할 곳이라고는 그가 이십년이나 가까히 머슴사리를 한 윤 참봉네 집박에 없다. 하야 그들 내외는 안팟【팎】 없이 윤 참봉네 집에 거이 살 듯이 일을 하러 간다.

이러는 동안에 그의 처와 윤 참봉네 둘재 아들이 남몰리【래】 지나게 되엇든 것이다. 어떤 사람은 송아지네가 윤 참봉 집에 일을 하러간 첫날부터 벌서 다른 일이 잇엇다느니 혹은 사흘ㅅ재부터라는 등 한다.

워낙 숙설거리고 하니 송아지도 그 눈치는 진작 알어챗다. 그러나 그 집밖에 의지할 곳이 없는지라 출입을 끈흘 수도 없다. 그는 속으로 금년 겨을【울】만 치르면 내년 봄엔 죽드라도 다른 대로 떠나려니 햇다.

그의 안해는 일이 만허서 이러노라 하고 종종 밤도 새우고 다녓다. 송아지가 나무래면

『글케 얼른 돈 벌어 오라문 내 것 잇으믄 나도 앉어 먹게』

하고 뾰루퉁해진다.

송아지는 골이 나서 두어 번 뚜드려 주기도 햇다. 그러다가도 애고지고 부억에 앉어 우는 것을 보면 그만 밖으로 슬그머니 나와버린다. 어제밤에도 그는 혼자 잣다. 방구석에는 평시보다 좀 정한 저녁상과 오늘 아침먹을 밥까지 두어저 잇다. 제 말 마따나 소위 밤일이 잇을 때는 저녁에 와서 이러케 미리 밥상을 준비하야 두고 간다.

한쇠눈【는】 송아지를 보고 소리를 질럿다.

『송아지 아저시!』

송아지는 도끼를 멈추고 서서 빙그레 웃는다.

『인저 모도 몇 짐이나 첫능교?』

한쇠가 가까히 가서 물으니

『인저 한 수무 나문 짐 첫지러』

하며 입을 송아지처럼 벌리고 웃는다. 여러해 남의 집 고용을 살고 나도 그다지 짜달려 뵈지 안코 어딘지 송아지처럼 젊고 싱싱코 단순하여서 송아지란 별호까지 얻게 되엇다. 그의 제일 친한 말동무는 한쇠요 한쇠 역시 송아지를 제일 믿어워한다.

『불을 막앗능교?』

『어제 새벽에!』

『그러면 오늘 우리 숱 좀 묻어 주소』

『아배는?』

『아배는 불만 보믄 눈물이 질질 쏘다진단요』

멍멍히 두 사람은 마주보고 서 잇다가

『오래 불을 보믄 모도 그런갑데 저 앞에 깨돌 아배도 보니 사철 눈물만 질질 흘리잔탄? 후후후후…』

하고 웃으며 송아지는 도끼를 메고 한쇠 뒤를 따라나선다.

『허ㅅ간에 숱 다 나갓나?』

한쇠네 숱굴 앞에 와서 도끼를 노으며 송아지는 이러케 묻는다.

『예 어저께 아배가 마저 저냇네요』

한쇠는 허ㅅ간에서 길다란 쇠갈키와 수금포[11]를 가지고 나온다.

송아지는 숱굴에 불을 드려다보며

『아직 늣장쿠나!』

하드니 앉어서 저고리 섶을 들시고 베쌈지를 끄낸다.

한쇠가 수금포를 그에게 주며

『아저실랑 흙 덮어주소 내 끄낼게』

하고 갈키를 들고 나서니

『한 대 푸고 천천이 하자구나』

송아지는 담배ㅅ대를 물고 앉엇다.

1936년 1월 15일 석간 6면

山火(10)

참숱 가운대도 금탄과 백탄이엇다. 금탄은 숱굴에서 불이 엔만이 타버리면 게다 그냥 흙을 퍼부어 불을 꺼버려서 하는 것이요 백탄은 밝언 불덩이를 끄내어 흙을 덮어 문즈러서 겁지를 한벌 더 벗겨서 만드는 것

11 수금포 : '삽'의 경북 방언.

이다.

한쇠가 길다란 쇠갈키로 불ㅅ덩이를 끄집어내면 송아지는 수금포로 흙을 떠 덮어서 문지른다

『나무도 귀하지만 공도 솔숱보다 훨신 더 드러요 이게』

한쇠는 갈키로 불을 끄내어 송아지게로 주며 말한다.

『수얼코 어렵고 간에 나는 이 참숱은 굽기 실허』

하고 송아지는 큰 손으로 수금포를 가벼운 듯이 흙을 뜬다.

『참 아저시 어제ㅅ밤 홍하산에 불 밧능교?』

『시방도 저기 타네』

하고 입으로 가르친다.

한참 동안 두 사람은 잠잠코 일을 하다가

『어 참 덥다』

하고 한쇠는 벍엇케 다른 쇠갈키를 짚고 물러서며 다른 손으로 이마에 땀을 씻는다. 이때 털에 기름이 반즈레 흐르는 감동 강아지 한 마리가 알른하드니 도로 다러나 버린다. 이것을 본 한쇠는 갑작히 쇠갈키를 내던지고 강아지 뒤를 따라 내다른다.

조곰 뒤에 한쇠가 강아지를 일허버리고 숨이 씨근씨근하며 도라오니 수금포를 짚고 서서 바라보고 잇든 송아지는 빙그레 웃으며

『인제 영우 집에 안 오재?』

하고 뭇는다. 한쇠는 대답을 하지 안헛다.

금년 봄이다 여러 해를 두고 늘 고기 먹기를 원하든 그의 할머니가 봄 들고부터 그만 얼굴이 비트러젓다. 의원은 늙은 사람이 여러 해 동안 너무 자양 없는 것만 먹어 그러노라고 곧치려면 먼저 보신을 만히

도우고 나서 침을 맞는 것이라 한다. 이 말을 들은 지 몇칠 지나 한쇠 어머니가 친정에 가서 자그만한 감동 강아지를 한 마리를 안고 왓다.

『어마님 이거 고아드릴게이 잡숫고 그만 나시쇠』

하고 며누리는 웃엇다 시어머니도

『아이고 어떤 강아지를 그래 안고 으【오】노?』

하고 얼굴에 은근히 기뻐하는 빛이 보엿다.

그러나 강아지가 너무 어리다. 작은쇠는 첫날부터 제 달라고 안고 달어낫다. 사람들은 모두 좀 더 키어서 잡어 먹으라고 햇다.

며누리는

『사람도 굶는데 제 먹일 게 잇나 뭐 내일이라도 잡아먹지』

하면서 그래도 욕심인지 밥이면 밥 죽이면 죽 생기는 대로 자긔는 사뭇 굶고도 강아지를 먹인다. 그런데도 강아지는 곧장 마른다. 그것을 자근쇠의 주무른 탓으로만 자근쇠만 여러 번 억울한 매를 맞엇다.

그러할 지음 송아지네가 와보고 살갑다고 질색을 하면서 요새 참봉네 댁에서는 제일 큰 개를 잡어먹어 버렷는데 그 대신 강아지를 한 마리 더 두어야 되겟다고 애를 쓰고 구하는 중이니 이럴 때 그만 이 강아지를 갖다드리면 대단히 생광스러워[12] 할 것이며 선사한 보람도 잇을 게라고 권하는 것을 한쇠 어머니는 안 된다고 햇다. 그 뒤에 또 누가 와서 비슷한 말을 햇다. 그는 또 안 된다고 햇다. 이리하야 강아지는 날로 말러가는 덕으로 나날이 목숨이 보존되어 가는 것이엇다.

그 뒤 강아지는 마을을 다니기 시작햇다. 집에서 굶고 옹글트려 누엇

12 생광(生光)스럽다 : 아쉬운 때에 요긴하게 쓰게 되어 보람이 있다.

다가 마을을 나가면 그래도 무엇을 먹고 들어오는지 번번히 배가 볼눅하다. 혹은 밤을 새고도 왓다. 어떤 때는 이삼일식 눈에 안 뜨이기도 햇다. 한쇠 어머니는 태평에게 말햇다.

『인절랑 어디서든지 보는 대로 잡어오소』

그러나 태평이는 자기집 뜰에 와도 그냥 보고 곰방대만 내물엇다

한번은 뜰에 온 것을 한쇠 어머니가 나무 맥대를 하나 쥐고 나서니 벌서 자근쇠가 안고 나무래도 얼른 놓지 안는다. 눈치를 챈 감동이는 자근쇠의 코를 한번 핥어주고 그만 어느 구멍으로 빠저버렷다 이날도 자근쇠가 강아지 대신 맞고 울엇다

어느 날은 또 송아지네가 와서

『요새는 감동이가 참봉 댁에 살죠 암만 쪼차도 눈치만 할금할금 보고 뒤원으로 가 숨어버리죠 내가 자근쇠ㅅ 거라고 참봉 댁에 일러드리니 참봉 댁 할머니가 강아지 값을 주라데요』

이러케 일러주고 갓다. 그러나 강아지 값은 여테 소식이 없다.

1936년 1월 16일 석간 6면

山火(11)

한쇠는 강아지를 생각하니 언제같이 또 가슴이 뛰엇다 그는 한참 동안 멀거니 정신없이 바라보고 섯다가 다시 쇠갈키를 잡엇다 송아지는 한쇠가 끄내 주는 불덩이에 또 흙을 덮어 문지른다 이때 무쇠박을 긁는 듯한 기침 소리가 난다. 보니 벎어케 벗겨진 이마 우에 탕건을 쓰고 누런 명주 바지저고리를 입은 윤 참봉이 두꺼비처럼 엉금엉금 기어온다.

『참봉 어른 나오시능교?』

송아지는 수금포 잡엇든 손을 문즈르며 그 앞에 허리를 굽신한다. 한쇠는 인사할 겨를도 없이

『니 아비는?』

하고 누런빛 정기가 칠칠 흐르는 움퍽한 눈으로 한쇠를 노려본다. 한쇠는 엎드려 숟을 끄집어 내려다 말고 쇠갈키를 불에 걸처 두고 허리를 들엇다.

『편찬읍요』

『뭐? 아퍼?』

『……』

한쇠는 대답을 하지 안엇다.

『이번 숟은 몇 짐이나 되견?』

『아직 꺼봐야 알거러요』

『뭐? 꺼봐야 알어?』

그의 눈은 점점 크고 깊어지고 관골[13]과 범영 사이에 잇는 누런 사마구가 훌훌 뛰는 것 같다. 그가 성을 내면 이 사마구는 굵어 뵈기도 하고 여러 날같이 되어 뵈기도 한다.

누렁 사마구는 한참 동안 뛰드니

『이번 숟만 내라』

마츰내 최후의 선고를 나린다 한쇠는 이 말의 뜻을 알엇다. 한쇠는 두어 번 장에 숟을 저다 팔다가 그에게 들키엇다. 그는 그의 허락이 없이 장에 숟을 저다 팔어 먹엇으니 인제는 숟을 더 굽지 말라는 것이다.

13 관골(顴骨) : 빰의 튀어나온 부분을 이루는 네모꼴의 뼈.

한쇠는 좀 날카럽게 그를 처다보앗다. 그는 아즉 누렁 사마구가 훌훌 뛰고 코ㅅ구멍이 늠늠거린다.

이때 주먹 같은 퍼런 코ㅅ덩이를 입에 물고 자근쇠가 올라온다.

『성아 집에 오나』

『와, 엄마 애이 낫나?』

『응』

『아배는?』

『아배?』

하며 코ㅅ덩이 도루 코ㅅ구멍으로 드리키고 나서

『아배는 애이 죽아 안고 갓다』

또 조금 쉬어서

『할매가 아파……』

할 지음 어디가 숨어 잇든 강아지가 쏙 나왓다. 강아지는 자그만한 꼬리를 치며 자근쇠 겯에로 왓다. 자근쇠는 하든 말을 끄처버리고 기함을 하며 뛰어가 강아지를 안는다. 그는 기쁨으로 새ㅅ밝아케 된 두 빰을 강아지의 목에 문지르며

『니 어디 갓던, 감동아, 응 어디 갓던, 그새 날 모른?』

강아지에게 묻는다. 강아지는 꼼작도 안코 얌전케 안겨 잇다.

『감동아 내 안고 우리집에 가 엉이? 배고파? 배고파 갓던? 엉이 감동아 가믄 내 곧 똥 눌게 엉이 고음국도 줄게 그래 그래 엄마가 때리믄 말려줄께 엉이』

자근쇠가 강아지를 안고 어루며 집으로 내려가려 할 때

『아나 이놈아!』

하고 윤 참봉은 큰소리를 친다 자근쇠가 놀라 고개를 들자 어느듯 번적 높게 치들엇던 길다란 담배ㅅ대의 굵다란 쇠꼭지가 자근쇠의 머리 우로 날카럽게 나리엇다 담뱃대는 한가운데가 『저적건』 부질어저 한 동강은 숱굴 우로 푸르르 날럿다. 금시에 자근쇠의 머리가 뚫어지며 빩안 피가 솟아 이마 우로 흘러나린다. 자근쇠는 얼결에 강아지를 노하 버리고 두 손으로 머리를 안으며 꼬꾸라진다.

순간 한쇠는 불에 걸처 두엇든 쇠갈키를 번개같이 잡어 쥐엇다. 윤 참봉의 낯을 날카럽게 향한 벍언 불쇠갈키는 그의 누렁 사마구를 찔럿다. 낯에 불갈키를 맞은 윤 참봉은 정신없이 뛴다. 한쇠는 다시 그의 뒤통수를 전주엇다.[14]

『아서! 아서!』

송아지가 그제야 소리를 치고 말린다. 한쇠는 분ㅅ김에 떨리는 입술을 피가 맺히게 물엇다. 그는 한참 동안 꼼작도 안코 윤 참봉의 뒤통수만 노려보고 잇다가 갈키를 내던지고 피를 쏫고 잇는 자근쇠를 업엇다.

그들은 마을로 내려갓다.

홍화산엔 낮에도 불이 뻗어 나갓다.

1936년 1월 17일 석간 5면

山火(12)

七

한쇠가 집을 나온 뒤다.

14 전주다 : '겨냥하다'의 경상 방언.

고음ㅅ국 한 그릇을 먹고 난 한쇠 어머니는 조금 뒤에 검붉은 피ㅅ덩이와 죽은 아이 하나를 나핫다. 늙으니는 고음국을 먹고 나도 노상 입아귀와 눈초리를 실룩어리며 간신히 태라고 갈럿다.

소반에 냉수 그릇을 얹고 삼신을 빌랴니 머리가 어리둥절하고 전신이 후둘거린다.

『싸, 쌈신님네, 쌈쌈신님네께 빕내다』

겨우 절을 서너 번 하고 손을 좀 부비고 나서 며누리의 해산ㅅ국을 뜰어 밖을 나왓다. 솥뚜껑이 미적지근하나 다시 불을 살우어 너흘 정신이 나지 안는다. 그대로 솥뚜껑을 밀치니 국에 육초가 가뜩 끼이고 훅 오르는 냄세가 소스라치게 거슬린다. (아까 그러케 좋든 고음국이 웬일고?) 그는 속으로 이러케 중얼거리며 물러섯다. 그리고는 다시 들어설 기운이 나지 안는다

골치가 벌룸거리고 속이 욱신거린다. 그는 겨우 방으로 들어갓다. 거기서 그는 며누리의 눈에 이상한 정기를 보앗다. 육독(肉毒)! 그는 먼 옛날의 아득한 기억이 꿈같이 떠오른다. 그가 아즉 어릴 적 대추나무 밭거리에 살 때 건너 집 김부목 영감이 죽은 소 고기를 먹고 육독이 들어 죽든 것을 보앗다. 그때 하로 낮과 두 밤을 웨치든 그 무서운 소리! 그러나 아까는 왜 이것을 잊엇든고? 한쇠와 싸울 때는 왜 이 생각이 조곰도 조곰도 나지 안엇든가? 그의 눈에도 점점 이상한 광채가 낫다.

태평이는 피ㅅ덩이와 죽은 아이를 누덕이에 싸안고 한편 손에 광이를 쥐고 집을 나갓다. 그러나 집에서 몇 발을 가지 안어 산기슭에 흙을 허비고 묻는 둥 마느【는】 둥 하다가 돌아왓다. 그도 역시 골치가 둘리고 속이 메슥거리고 푹푹 쑤신다

이리하야 세 사람은 모도 가치 들어눕게 되엇던 것이다.

한쇠와 송아지는 산에서 나려와 아즉 집에 이르기 전에 중도에서 또 소동을 맛낫다. 거기에는 만흔 사람들이 모혀 잇엇다. 그들은 모도 이런 소리를 숙설거렷다.[15] 앞 골목에서는 고음을 먹고 사람이 셋이나 죽엇다느니 개가 두 마리나 죽엇다느니 혹은 윤 참봉이 고기에 독약을 처서 팔엇다는 등 하엿다.

또 이러한 말도 햇다.

윤 참봉의 둘재 아들이 송아지의 처와 병들어 죽은 소 고기를 화물자동차에 실고 밤 사이에 달어낫다는 것이엇다. 그들 중에는 그가 여자를 다른 마을에 갖다 숨겨 두고 그의 첩으로 하리라고도 하고 혹은 어디다 팔어먹는 게라고도 말햇다.

이 말을 들은 한쇠는 자기 일처럼 섭섭하엿다. 송아지의 얼굴은 흙빛이 되어 잇엇다. 그들 두 사람에게는 전혀 의외의 일이엇다.

『아저씨!』

한참 동안 정신없이 잇다가 한쇠는 풀죽은 목소리로 송아지를 불럿다.

『……』

송아지는 말없이 얼굴을 들엇다. 그리고는 곧 도로 숙이엇다. 그의 두 눈에서는 구슬 같은 눈물이 몇 방울 뚝뚝 떠러젓다. 한쇠는 사철 새로 피는 잎같이 젊고 씩씩하고 부지런한 송아지의 얼굴에 처음으로 이같은 슬품【픔】을 보니 다시금 세상이 원망스럽고 가슴이 어두웟다.

『아저시 —』

15 숙설거리다 : 남이 알아듣지 못하도록 낮은 목소리로 자질구레하게 자꾸 이야기하다.

이번에는 그의 목소리도 떨리엇다. 그러나 그것은 그냥 떨리는 목소리만은 아니엇다. 송아지는 흐린 눈을 들엇다. 두 사람은 한참 동안 묵묵히 바라보고 서 잇엇다.

해는 낮이 짐짓하엿다.

송아지와 갈리어 한쇠는 집으로 갓다. 그의 목덜미로는 등에 업힌 자근쇠의 머리의 피가 흘러나리엇다. 그의 왼몸은 피투성이가 되고 등에 업은 자근쇠는 점점 몸이 굳어저 가는 것 같엇다.

집에 와서 얼른 자근쇠를 내루엇다. 코에 손을 대보니 코밑에는 아즉 따뜻한 숨이 잇다. 방 안에서는 또 사람 알는 소리가 들리엇다. 그는 먼저 장광[16]으로 뛰어갓다. 된장으로 자근쇠의 피구멍을 막어 주고는 부리나케 방문을 여니 그 안에는 세 사람의 뚱뚱 부은 얼굴들이 입을 버리고 누어 잇엇다. 그는 갑작히 눈이 캄캄하엿다 정신없이 그도 입을 버럿다. 그리고 다음은 그 어머니의 손을 잡고 엎더젓다.

『엄마 엄마 엄마!』

그들은 가치 입을 버려

『한쇠 ― 아 ― 야 ―』

햇다. 한쇠는 정신을 차리려고 다시 머리를 들고 일어낫다가 그의 발밑에 검고 붉고 뚱뚱 부은 할머니가 그 비트러진 입을 버려 『한쇠』라고 부를 때 그는 또 얼을 일코 숱 그림이 검어케 글린 바람벽에 머리를 찌으며 쓰러젓다.

세 사람의 알는 소리는 점점 높어젓다.

---

16 장광 : 장독대.

『아이고 아야 — 아 — 야 —』

1936년 1월 18일 석간 4면

山火(13)

한쇠는 좍좍 흐르는 눈물을 입으로 먹으며

『아이고 할매 와 이렁교 와 이렁교?』

할머니를 드려다보고 울엇다.

태평이는 비교적 덜 심한 편이엇다. 그러나 그의 눈에도 다른 정기가 흘럿다. 그는 자꾸 한쇠를 불럿다.

한쇠 어머니는 손으로 아들을 불럿다. 그는 한쇠의 손을 잡으며 눈으로 자근쇠를 찾엇다. 한쇠가 자근쇠는 마을 갓다고 한즉 한참 잇드니

『한쇠야!』

한번 다시 불럿다.

『나는 못 살【산】다 나는 인저 죽는갑다 내 죽은 뒤라도 우리 원수 갚고 자근쇠랑 잘 살어라이』

그의 번젠번질한 귀밑으로도 눈물이 흘러나렷다.

『엄마 죽지마 엄마! 내 원수 갚어 줄게 죽지마 죽지마!』

한쇠는 울음을 참으려고 피가 나도록 입술을 물엇으나 그냥 눈물은 멋지 안코 줄줄 나렷다 그는 언제【젠】가 붉은 피눈을 뜨고 뽕 도적질을 갓다가 까므트리기까지 한 그 어머니를 생각할 때 목을 노코 어머니를 부르지 안흘 수 없엇다.

『엄마, 엄마, 죽지마 와 죽을라노? 분해서 어째 죽을라노? 엄마, 엄마!』

어머니는 한쇠가 자꾸 우는 것을 꾸짖는 듯이 그의 얼굴은 점점 엄숙

하여젓다.

『한쇠야!』

하고 숨을 쉬어 방 안을 가르치며

『할매 불상타 할매도 못 살겻재』

말을 끈코 한참 잇다가 다시 한쇠를 불럿다.

『한쇠야, 이것아, 불상해라 원수 갑고 살어라이, 어린것아!』

한쇠는 어머니의 얼굴이 엄숙하게 자기를 꾸짓는 듯한 것을 보고 정신을 차리엇다. 그는 자기가 너무 어린애같이 울기만 한 것을 깨달엇다. 그는 다시 날카롭게 빛나는 두 눈으로 어머니를 바라보앗다.

운문산 뒤ㅅ골에는 오후 해가 절반이다. 황혼도 없다. 낮이 짐짓한 해가 산마루에 걸리엇다가는 이내 캄캄한 밤이 되어 버린다.

뒤ㅅ골 사람들은 거이 절반이나 윤 참봉네 소고기를 먹엇고 먹은 사람은 거이 전부가 육독이 들엇고 육독 든 사람들은 만히 살어날 가망이 없어 뵈엇다. 그들은 못 견데서 모도 죽는다고 고함을 첫다. 이리하야 집집마다 죽어가는 사람들의 웨치는 소리가 우뢰같이 밤이 깊어갈수록 산ㅅ골에 높어젓다.

산에 잇든 사람들은 모도 마을로 내려왓다. 숱굴마다 불이 낫다

어떤 사람은 한쇠네 숱굴에서 먼저 불이 날러 여기저기 벌은 게라 하고 혹은 어느 사람이 일부러 노흔 것이라고도 하엿다.

불은 삽시간에 뻗어 합하고 합한 불은 골을 건너고 등을 넘엇다.

불과 함께 바람이 일어낫다. 바람은 흙을 이르키고 나무가지를 꺾으며 광한(狂漢)의 정열로 벍언 불 우에 춤을 추엇다.

홍하산ㅅ불은 하늘을 사른 듯이 별빛 죽은 검은 허궁에서 운문산 마

루를 향해 나려온다.

사람들은 골목마다 숙설거렷다 어느듯 그들은 불과 바람과 같이 아우성을 치며 한곳으로 몰려들엇다. 그들은 입입이 윤 참봉이 약을 먹여 죽은 소 고기를 팔엇다는 것과 그의 둘재 아들이 송아지의 처를 속여서 화물 자동차에 실고 달어낫다는 것과 그가 자근쇠의 머리를 뚫어주어서 자근쇠는 피를 쏟고 죽엇다는 것을 웨치며 그의 집으로 향하엿다.

바람은 점점 그 미친 나래를 떨치고 중독자의 비명은 높어가고 골목사람들의 아우성은 끊이지 안코 산ㅅ불은 억울한 혼령들의 저주같이 뻗어나갓다.

이리하야 그들은 날이 밝기를 재촉하엿다. (끝)

졸곡제(卒哭祭) 1936.1.19~1936.2.2

정비석(鄭飛石)

1936년 1월 19일 석간 4면

(가작소설)卒哭祭(1)

1

땀과 때꾹 새까마케 배여 코리탑[1]지근히 쉬인 냄새 나는 홋뗑이 한 겹으로 북국의 시월 치위를 막으며 셋방 구석으로 도라오는 언삼(彦三)에게는 등에 걸머진 지게도 적지 안이 방한 도움이 되엿다.

언삼은 두 손을 좀 늘어진 멜태[2] 끈 사이에 끼워서 밧삭 죄여 지게판[3]이 등에 찰닥 붙게 하며 거리의 한 편 구석을 거닐엇다. 지게판이 등에 찰닥 붙으니 어쩐지 몸이 좀 후근해지는 것 같앗다. 게다가 一金 七十錢也라는 근람에 처음 만저 보는 거액의 금전이 지금 자기 지갑에 잇다고 생각하니 후근해지는 것은 그의 몸뿐이 아니엇다. 언삼은 싱그레하고 곰의 발같이 어슬터슬한 얼굴을 구겨서 웃어보앗다. 그리고 나서 다시

1 고리탑탑히 : 몹시 고리타분히(냄새가 신선하지 못하고 역겹도록 고리게).
2 멜태 : '멜빵'의 평북 방언.
3 지게판 : 지게에 붙인 등태. 짐을 질 때에 등이 배기지 않도록 짚으로 엮어 지게에 댄다.

한번 다저보듯이 옷 우흐로 지갑을 쓰다듬어 본다. 지게군으로서 하로에 칠십 전이라는 수입은 금시 처음인 분수에 넘찌【치】는 행운에 틀림없엇다. 하로에 이십 전 삼십 전 운수가 괘【꽤】 좋아야 오십 전 — 그것도 지게군 노릇을 시작한 지 석 달에 단 두 번밖에 없는 일이엇는데 오늘은 웬걸 생각지도 안튼 바에 七十전이라는 수입이니 언삼은 너무나 큰 행운에 그것이 혹 어떤 불길의 징조가 아닌가 하는 의구까지 생겻엇다. 그러나 하여튼 내중에는 갑산엘 가는[4] 수가 셈이 잇드라도 칠십 전이라는 수입은 그를 무조건하고 즐겁게 하엿다. 언삼은 거리를 벗어나서 교외로 나오다가 오늘 저역과 내일 아츰 먹을 량식으로 호좁쌀[5] 두 되를 삿다. 포대로 사면 아니 주저【제】넘게 포대 운운은 그만두고 말(斗)로 사드라도 이 원 륙십 전이면 되지만 원체 되로 파는 것은 한 되에 이십칠 전을 땅땅 받어낸다. 생각 같애서는 돈 생긴 김에 아예 돈껏 사둘까 하엿지만 남들은 다들 솜옷을 입은 지금이라 어린 장손이란 놈 내복이라도 하나 사 입히고 그리고 장작새도 사야 할 터이고 해서 속상하는 것을 꿀꺽 참고 두 되만 사들엇다. 언삼은 쌀자루를 잘못하여 내리 떠룰까 보아 거름조차 조심히 걷는다. 그는 전등불 빛나는 거리를 지나고 어득시근한 길을 얼마큼 걸어서야 자기 셋방이라고 찾어왓다. 쪽데기[6]로 영[7]을 해 덮은 높이 넉 자가 될락말락한 집이라기보다도 도야지우리라고 하는 것이 마땅할 움막이 증강 내음새 나는 개굴역에 잇다. 언삼은 그 집 한편 옆 모통이 어둑컴컴한 들창 앞에 가서

4 삼수갑산을 가다 : 매우 힘들고 험난한 곳으로 가거나 어려운 지경에 이르다.
5 호좁쌀 : 중국에서 나는 좁쌀.
6 쪽데기 : 통나무 따위를 켜서 다듬고 남은 것.
7 이엉 : 초가집의 지붕이나 담을 이기 위하여 짚이나 새 따위로 엮은 물건.

『야! 금녀야!』

하고 부른다. 안에서는 아모 대답이 없다. 언삼은 어쩐지 쓸쓸하엿다. 진종일 짐을 지다가 집이라고 찾어오면 처권[8]이 잇어서 따뜻이 지은 밥이라도 곧 갓다주면 그래도 과히 고생 같지는 안켓는데 집에 돌아오는 길로 여섯 살멕이 딸년을 더리고 밥을 지어야 하니 맘이 쓸쓸치 안흘 수 없엇다.

『금녀야! 이년이 어딜 갓나?』

언삼은 다시 한번 불러 보고 혼자 중얼거린다. 그리자 뒷방에서

『아바지 완?』

하며 머리칼이 탑수룩한 게집애가 코를 훌적 들여마시며 뛰어나온다.

『응 지금 온다 장손인 송구(상기) 안 왓네?』

언삼은 방문을 열고 지게를 벗어서 방 안에 들여노흐며 묻는다.

『송구 안 와서』

금녀는 쌀자루를 받어서 박아지에 쏟는다.

『야래 어떠케 된 일야!』

언삼은 근심스러운 빛을 하며 방 한편 구석에서 저녁밥 지을 준비를 한다.

단간방 아랫 구석이 부엌이오, 좀 높이 가마니를 네 개 이여서 깔은 것이 소위 방이엇다 언삼은 좁쌀을 한 벌 물에 쓸쓸 헤워서[9] 그대로 솥에 너코 불을 땐다.

금녀는 벽 아궁에 앉어서 꿰진[10] 홋옷 바지 사이로 두 무릅을 쭉 내밀

8 처권(妻眷) : 아내와 친족을 통틀어 이르는 말.
9 헤우다 : '헹구다'의 평안, 함경 방언.

고 불을 홀홀하며 쪼인다.

『장손이래, 참밥 먹구 나갓네?』

『고롬』

금녀는 또 신기하게 불만 쪼인다.

언삼은 어쩐지 궁금하엿다. 어연지간에 밥도 끌키 시작하여 인제 곧 담으면 먹게 되고 게다가 창자가 텅 비여 밸[11]이 맛붙을 지경인데 장손이가 아직도 안 오니 웬일일까? 전날 같으면 벌서 왓겟는데 — 언삼은 장손을 찾어보고 싶엇으나 어디라 찾을 수도 없엇다. 장손의 일은 안동현서 신의주로 사탕 밀수입이엇다.

밥이 보지적보지적하고 잦는 소리가 나자 솥뚜껑 사이로 흐미한 내음새가 코를 스치여 언삼이나 금녀나 똑같이 주먹 같은 침을 억지로 꿀꺽 삼켯다.

『장손이가 와야 밥을 먹을 텐데 앤 배고픈 줄도 모르고 아직 안 올까?』

언삼은 이러케 중얼거리며 방문이자 부엌문인 봉창문을 열고 밖을 내다본다. 발서 사방이 컴컴한지라 오가는 사람이 누구인지 분간할 수 없엇다. 언삼은 양지기에 김이 무럭무럭 나는 조밥을 담어 노코 금녀더러 먼저 먹으라고 장손이 오기를 기대린다. 조밥을 한 수깔 무뚝이[12] 떠서 조그마한 입으로 덮석 삼키고 오물오물 씹는 금녀를 물끄럼히 바라보든 언삼은 다시 한번 침을 꿀꺽 삼키고 일어서며

『애가 날래 와야겟는데 —』

---

10 꿰지다 : 내미는 힘을 받아 약한 부분이 미어지거나 틀어막았던 데가 터지거나 하다.
11 밸 : '배알'의 준말. '배알'은 '창자'를 비속하게 이르는 말.
12 무뚝이 : 수북이.

짜증 비슷이 말하며 밖을 내다본다 컴컴한 사방이 언삼의 머리에 검은 구름을 갖다주엇다. 언삼은 어쩐지 또 쓸쓸해젓다. 오늘 낮의 큰 행운이 어떤 불길의 징조가 아니엇나 하고 생각한다. 【『】만인게(萬人契)[13] 에 일등하는 것은 조흔 신수가 아니야』 하든 옛 영감들의 말삼을 생각하며 언삼은 피울까 말까 하는 담배를 한 대 피웟다. 인제 곧 저녁을 먹을 것이니 피울 필요가 없엇겟지만 자꾸만 흐르는 침 때문에 담배라도 피우지 안흘 수 없엇다. 씨 ─ ○ 하고 지나가는 바람에 열어제친 방문을 『지 ─ 끈!』 하고 닫드려준다 언삼은 벼락인가 하고 가슴이 덜컥하엿다. 밥 먹든 금여도 『엄메야』 하며 언삼의 무릎에 엎덴다.

언삼의 가슴은 점점 메여젓다. 장손이가 어찌 된 일일까? 언삼의 단 하나의 히【희】망인 장손이가 도라오지 안는다는 것은 언삼의 가슴을 너무나 어둡게 하엿다. 현기증 나는데 연신 담배만 빤 탓인지 언삼은 정신이 후리후리해진다. 그대로 밖을 내다보고 잇노라니

『아버지 ─』

하며 장손이가 달려온다. 아! 얼마나 기쁜 일이냐? 언삼은 벌덕 일어서며 죽엇든 아들이나 도라오는 듯이 맛바덧다.

『모! 장손아! 웨 그리 늦엇니』

『그놈의 안된 놈이 세관 감시 시간이 지나기를 기대리노라구』

어느듯 연【언】삼이와 장손은 본능적으로 수깔을 들고 밥상에 마조앉엇다. 밥은 아직 식지 안헛다.

---

13 만인계 : 예전에, 천 명 이상의 계원을 모아서 각각 돈을 걸게 하고, 계알을 흔들어 뽑아서 등수에 따라 돈을 태우던 계.

1936년 1월 21일 석간 4면

卒哭祭(2)

2

『아바지 오늘은 얼마나 버런?』

식후에 장손이가 언삼에게 물엇다. 언삼은 어둠 속에서 싱그레 웃으며 『글세 오늘은 일곱 냥(七十錢)을 벌엇구나 참말 신수가 조핫지 날마당 오늘 같기만 하면 우리두 조밥이나 근심 없겟는데』

언삼은 슬하에 소독히 쭈구리고 앉은 장손과 금녀의 머리를 쓰다듬는다. 인제 겨우 열세 살에 집안 형편과 세간사리 궁리가 멀끔한 장손이란 놈이 기특하고도 귀엽거니와 여섯 살에 에미를 여이고 애비를 졸졸 따르는 금녀가 가긍도 스러웟다. 언삼은 저녁때가 제일 즐겁고도 애달펏다. 자식들을 앞에 앉히고 얘기하는 것은 다시없는 락이지만 또한 그런 때마다 락이라고는 한번도 못 보고 죽은 처권이 생각되여서 끝없이 서럼이 복바쳣다.

『일곱 냥? 에 — 라』

장손은 눈을 휘둥그레 뜨며 어성[14]을 높여 놀래고 기뻐한다.

『넌 얼마 버러서?』

언삼은 장손에게 물엇다.

『닷 돈(五錢)! 오늘은 두 탕밖에 못해서 그 왜, 누깔[15] 뚝베진 조선 놈의 감시(監視) 잇잔은!)

『그래』

14 어성(語聲) : 말하는 소리.

15 누깔 : '눈깔'의 평안, 함경, 황해 방언.

『그놈 때문에 두 탕밖에 못해서 두 탕에 겨우 다슷 근밖에 못 내왓스니 닷 돈이지? 그러치 아바지?』

『응 그래도 장하다. 그 추운 강바람을 쏘이구 얼마나 추웟니? 홋뎅이를 입구』

언삼은 다시 장손의 등을 어루만진다. 어미도 없는 어린것들의 등을 까는 애비는 어지간히 슬펏다. 차라리 애비된 내가 죽고 에미가 살엇든들 허다못해 낡은 포대를 꿰매줘도 저러케 침【춥】게는 안 햇으리라 생각하니 어쩔 수 없이 어린것들이 불상해 보엿다.

언삼은 어린것들에게 날래 자라고 아릇목에 단 하나인 이불을 깔어주고 자기는 웃목에서 새끼를 꼬기 시랫한다. 새끼를 꼬아야 장손이 내복도 사줄 터이고 해서 그는 밤을 새여 꼰다. 새끼를 꼬면서 언삼은 지난날 동리 사람들과 같이 담배도 피우고 옛말로 우슴 낙담에 지지벅거리든 때를 회고하고 절로 나는 한숨을 후유 내쉬엿다.

『그적만 해도 내게는 다시없는 행복된 시절이엇다』

이러케 중얼거리는 언삼은 어느듯 옛날로 도라가 버린다. 옛날 머잔은 옛날이엇다 바로 석 달 전만 해도 언삼은 이러케 설사롭지는[16] 안엇다. 언삼이가 신의주로 옮겨 와서 자유노동자인 지게군으로 전락되기 전에는 그는 순진한 농사군이엇다. 논 닷 말지기에 밭 하루갈이[17]를 언삼이 부처와 두 아희가 다루는 것은 그리 힘든 일은 아니엇다. 그리고 거기서 나는 수입은 벼 한 섬에 十원을 노치지 안는 한에서 가장 단출하고 질소한 언삼이네 살림의 재원으로 부족하지는 안헛다. 게다가 초

16 설사롭다 : '가난하다'의 평북 방언.
17 하루갈이 : 소를 데리고 하루낮 동안에 갈 수 있는 밭의 넓이.

가막사리나마 엉뎅이 들여노흘 자긔집이 잇엇다. 그래서 언삼은 붐【봄】부터 가을까지 지주에게서 농채를 내여먹다가 가을이 되면 농터에서 나는 수입으로 농채를 갚어 왓다. 그는 거이 개미 체바퀴 돌듯 꼭 같은 방식을 매년 반복하여 왓다. 그래 그는 좀 농채라도 안 지고 살면 부자가 될상 싶어서 밤낮 새끼를 꼬느니 가마니를 치느니 하엿지만 타고난 운명인지 역시 가세는 그 모양대로 잇엇다. 그러나 그는 그럭그럭하느라면 장손이란 놈이 커서 할 일이 잇으려니 그러면 팔자 바꿈이 되려니 하는 막연한 희망에 그리 불행치는 안헛다. 물론 어느 때나 현실에 만족을 느껴본 적은 없엇지만 그 대신 절망을 부르짖은 적도 또한 없엇다

말하자면 농사군의 누구나가 다 그러한 것과 같이 희망을 아들에게 부치고 어서 아들이 자라기만 고대하엿다. 그리고 아들이 자라는 동안 지금의 평범한 운명에는 조곰도 변동이 없으려니 믿어 왓다

그러나 고대하는 희망의 실현보다도 꿈도 안 꾸엇든 비참한 현실이 그를 습격하고야 말엇다.

지난 여름이엇다. 가물이 근 한 달 격이나 계속된 끝에 급격히 폭풍우가 머리에 쏟기 시작하엿다. 오매로 고대하든 비인지라, 농사꾼들은 처음에는 찌푸렷든 눈쌀을 펴고 금년도 풍년이라고 배장단을 첫다. 그러나 그만 왓으면 하는 동안에 비는 끄칠 줄을 모르고 자꾸만 퍼부엇다. 게다가 바람이 마적의 무리떼산이처럼 습격을 하여 와서 농가에서는 점점 가슴이 두근거리기 시작하엿다. 더구나 압록강을 옆에 끼고 잇는 언삼이네 사는 면소 마을의 인심은 더할 수 없이 전전긍긍이엇다. 채ㅅ굽 받듯 하는 비를 무릅쓰고 논드렁이 문허질까보아 산지[18]를 들고 밤을 새이며 드나드는 한 가정의 가장과 허리가 끈허지도록 애써 김을

매 놓앗는데 하는 안악네의 근심…… 마을은 비ㅅ속에 발깍 뒤집힐 듯 하엿다. 그러나 비는 여전히 하세하여 밤으로 낮【낮】을 닛는다. 그리고 바람도 미친 호랑이 모양으로 앙 소리를 질으며 한창 자라는 벼에게 노대를 친다. 언삼은 도무지 잘 수가 없엇다.

농사지어 놓은 것이 없어지면 죽는 목시나 다름없다고 믿으니 밤잠도 변변히 오지 안헛다.

1936년 1월 22일 석간 5면

卒哭祭(3)

그러나 하늘은 그들의 그러한 근심을 모르는가 사변은 종시 일어나고야 말엇다. 하로아츰 누구의 소린지는 모르나 왜자하고[19] 고함치는 소리가 나고 그 뒤니여 사색이 된 마을 사람들이 산지를 들고 부들부들 떨며 강변으로 뛰여간다.

『보통이 터저 들어온덴다!』

하는 고함과 함께!

불시에 마을은 게엄령 나린 전율할 기분에 찻다. 마을 사람들은 죽기를 한사한[20] 비장한 결심으로 제각기 산지를 메고 터저 간다는 압록강 보동[21]을 막으러 강변으로 달려간다. 그러나 그 뒤를 니여 정복한 순사 세 명이 숨차게 딸어와서

『오 — 이 고라! 물이다 물이![22] 가지 마라 가믄 죽은다. 다들 이리

18 산지 : '삽'의 평북 방언.
19 왜자하다 : 왁자지껄하게 떠들썩하여 시끄럽다.
20 한사(限死)하다 : 죽기를 각오하다.
21 보동(洑垌) : 보를 둘러쌓은 둑.

와! 아부나이요!』[23]

산지 든 농군들은 그러나 잠간 멈추엇든 발을 되것기 시작한다. 그래 정복 순사는 애가 타서 죽겟다는 듯이 다시 딸어가며

『고라! 물이 왓소! 동이 터진다 죽어! 이리 와!』

상류에서의 전화로 지금 막 강물이 범람하여 하류로 습격한다는 정보를 받은 경관은 어쩔 줄을 모르고 안타까워한다.

『안 죽어요! 또 죽어도 좋아요 보동이 터저서 먹을 것이 없어지면 살어 뭣 하우?』

한 농부가 갑분 숨을 쉬지도 못하고 대답한다. 그리자 다달은 경관은

『우물쭈물하지 말구 어서 집으로 되도라 가! 방금 웃물이 내려와서 보동이 터진다니 죽지 안을랴면 어서 어서!』

정【정복】 입은 경관의 권위로 명령한다. 다들 멍하니 섯다!

『보동이 터진다!』

그 말은 하늘이 문허진다는 것보다도 무서웟다. 다들 입만 딱 버리고 잇엇다. 그리다가 경관이

『곤칙쇼! 나니시데룬다이![24]』

하며 검 자루를 휘두르는 김에 숨찬 걸음으로 집으로들 뛰여왓다

마을은 산이 가리워서 생명의 위험은 조금도 없엇다. 그러나 생명만 남고, 생명을 키워갈 논과 밭이 없어지는 것은 더 큰 비참에 틀림없엇다.

『보동이 터젓다!』

---

22 "おい! こら! 無理だ 無理!" : 예끼! 이놈아! 무리다 무리!

23 "あぶないよ" : 위험해.

24 "こんちくしょう! なにしてるんだい!" : 제기랄! 뭐하고 있는 거야!

하는 웨침과 함께 아! 삽시간에 평야는 수국화하고 말엇다. 새파랏튼 드을이 하 — 얀 물로 변하고 말엇다.

날카로운 잇발로 보동을 물어 끈은 물결은 평야를 미친 듯이 휩쓴다. 뒷물은 압물을 치밀고, 물은 물을 치밀어서 평야로 평야로! 치미는 물은 머리를 장긋 들엇다가 턱 거꾸러저 노대를 치며 산본에 와서 쏘 — 하고 물방울을 튕긴다. 마을 사람들은 너무나 의외엣 운명에 마치 아모런 관게도 없는 것같이 노소를 물론하고 산 우에서 응성하엿다. 다만 악【안】악네들만이 어린애를 품에 안고 울고불고할 뿐이엇다. 언삼의 처는 금녀를 등에 업은 채 보이지 안는 자기집 논 터가 어디 갓느냐구 혼자 씽씽 울다가 그만 기가 막히워서 산 우에 쓸어지고 말엇다.

물은 이튼날도 찌지 안엇다. 시기가 알배일 때라 이 이상 더 물속에 채여 잇으면 전멸이라고 야단이지만 물은 그대로 너훌너훌 할 뿐이엇다. 그 이튼날은 징그럽게도 날이 개이고 해가 비죽히 솟앗다 그러나 마을 사람들은 얼마나 햇님을 원망하엿든고? 사흘 만에 물이 찌여스나 벼는 보이지 안코 무연한 들판이 윈통 매토로 잘판[25]지근히 분장되엿다.

마을은 발끈 뒤집혓다. 사십여 호의 농가에 — 서는 눈물로 날을 보내엿다. 갑자기 마을에 유결쌈지가 터진 셈이다. 그중에도 언삼이네는 설상에 가상으로 산에서 졸도햇든 안해가 좀처럼 정신을 차리지 못하엿다. 무슨 병인지 알 수 없지만 병은 심상치 안헛다. 지옥 생활 같은 나달은 한 보름 동안 보낸 후엿다. 안해는 싱겁게도 죽어버리고 말엇다. 언삼은 더할 수 없는 슬픔을 맛보앗다.

---

25 잘판하다 : 조금 질거나 젖어 있다.

집안의 대들보로 여기든 안해의 주검은 도리여 그들로 하여금 유리(流離)의 길을 밟게 하엿다. 벌서 먹을 것도 없어지고 지주도 받을 터구니가 없는지라 농채를 주지 안헛다. 그래 시재[26] 벌어먹을 곳을 찾어 신의주로 찾아오게 되엇다. 집은 농채 五十원 대신으로 지주에게 넘겨주고 이불 한 자리와 밥바리 서너너덧 개만 들고 마을 一十여 년 살든 마을을 떠나는 언삼의 괴로움은 가슴을 빼개는 듯하엿다. 마을과 신의주는 그리 머지는 안치만 그래도 떠난다고 생각하니 다시 못올 마을이 새로히 그리워저서 자꾸 돌다보곤 햇다. 그것이 벌서 석 달 전! 그 후의 마을의 소식은 아득하엿다. 이런 생각을 하며 언삼은 꼬든 새끼를 멈추고 한숨을 집는다. 지갑을 털어보앗지만 담배도 없엇다. 내일의 살림을 생각하며 깊이깊이 집는 언삼의 한숨은 서리와 같이 새차서 땅이라도 꺼질 듯하엿다. 교외의 밤은 슬픔 속에 깊어 갓다.

1936년 1월 23일 석간 4면

卒哭祭(4)

3

몇 날 후엿다. 저녁을 막 치르고 뒷설거지를 하고 잇노라니 피날루라는 별명을 가진 노파가 찾어왓다.

『어서 들어오시우 우리집 문턱이 낮어젓나 아즈머니가 어떠케 이러게』

언삼은 가싯물[27]에 질그릇을 씻다 말고 손을 물속에 담근 채 노파에게 허리를 굽실하며 어설굿게[28] 말한다.

---

26 시재(時在) : 당장에 가지고 있는 돈이나 곡식.

27 가싯물 : '개숫물'의 평안 방언. '개숫물'은 설거지할 때 그릇을 씻은 물이다.

『그새 잘 잇엇소? 어! 참 저거 바! 홀애비 살림이 가엽군! 설거지도 다 제 손으로 하고! 호호호호호! 사내 설거지하는 꼴이라구야! 그릇에서 ×내음새 나겟군 그래 호호』

오십 줄을 넘은 노파는 새룩새룩 주름살 간 얼골을 더 구겨서 웃어댄다.

『아즈머니두 원 하하 그걸 밤낮 붓잡구 잇기에 내음새가 나겟수?』

『오즘은 안 누나 뭐? 호호 그래두 홀애비 것이 돼서 하괜치는 안켓군! 참 세상엔 홀애비처럼 불상한 건 또 없어! 입성[29]을 꿰맬래두 그러쿠 밥짓는대두 그러쿠』

노파는 은근히 음성을 나추어 정 가득한 태도를 보인다.

『불상허니 어떡허우?』

언삼은 가만 잇을 수가 없어서 댓구를 노핫다.

『어떡허긴? 웨 에미네가 없어서! 발에 채이는 것이 맨 게집년인데』

『아즈머니 발에 채이는 것은 여편네지만 내 발에야 어디 채워야지요』

『글세 그만두! 사내루 생겨나서 사채기[30]에 ××달구 에미네 없이 산다는 게야 말인가 원!』

『하하! 그러치만 ―』

언삼은 다음 대답이 없엇다. 따는 그럴 상도 싶엇다. 그러나 자신의 처지를 생각할 때 자기한테 올 녀편네는 잇을 상 싶지 안엇다 잠간 침묵이 계속되엿다.

『여보! 장손 아범!』

---

28 어설궂다 : 몹시 어설프다.

29 입성 : '옷'을 속되게 이르는 말.

30 사채기 : '샅'의 평안, 함경 방언. '샅'은 두 다리가 갈라진 사이의 허벅지 어름.

노파는 목성을 나추어, 웃목, 언삼에게로 닥어 앉으며 은근한 태도를 보인다.

『예?』

언삼은 무슨 일인가 몰라 숙엿든 고개를 번적 들어 노파를 처다보앗다.

『장손 아범두 그냥 홀애비로는 살 수 없는 게 아니요 과부 티는 없어두 홀애비 내음새는 코리타분하다구 영 홀애비로 살 수야 없잔우? 또 말이야 바른 대루 아따 아직두 나히 사십이엿다 칠십을 산다손 치드라두 아직 삼십 년이 남엇으니 웨 홀애비로 늙겟수? 그러기 장가를 드는 것이 어떠냐 말이유?』

노파는 신이 나서 눈을 껌뻑껌뻑하고 입을 실룩실룩하면서 연손【신】 손짓을 하여 타일 듯한다. 언삼은 지금껏 생각지도 안헛고 또 생각한다야 쓸데없는 일이라구 믿엇든 일을 갑자기 듣게 되니 어찌 대답해야 좋을지 몰라 어리둥절하엿다. 언삼은 흥! 코우슴 한번하며 귀밑까지 붉어지는 얼굴을 숙여버렷다.

『장손 아범 생각은 어떳수? 여보 글세 우물쭈물할 게 뭐요. 홀애비 장가가는 것쯤이야 당연에 웃당연이지【』】

노파는 장소【손】 아범의 옆모습을 말끔히 바라보며 대답을 기대린다. 언삼의 가슴은 갈팡질팡하여 진정되지 안헛다. 이때껏 생각해 본 일은 없엇지만 정작 그런 얘기를 듣고 보니 미상불 녀편네가 얻고 싶지 안흔 것도 아니엇다. 언삼은 여편네가 잇으면 위선 밥 짓기와 옷 근심은 면할 수 잇으려니 생각하며 하나 얻어볼까 하는 맘가지 들엇다. 게다가 그동안은 살림에 너무 쪼들리고 죽은 안해 생각 때문에 특별이 괴로운 적이 없엇지만 지금 여편네 말이 나고 보니 아직 나히 사십인지라 피여

오르는 정욕을 위하여서도 없어서는 안 될 것 같엇다.

『글세 어느 여편네가 나한테 온답디까? 올 사람이 잇어야 얻지 안수?』

언삼은 불숙 이렇게 말하며 게면적은 낯을 감추기 위하여 길마루에 향하여 매렵지도 안흔 코를 킹! 하고 풀엇다.

『없긴 웨 없다구 그러우?』

노파는 놀래는 기색을 짓고 나서 다시 좀 더 닥어 앉으며 음성을 나추어 『내가 달래 온 게 아니라 지금 축동 안에 나히 설흔네 살 먹은 과부가 잇는데 그래 그 과부와 장손 아범과 어떠케 맛부처 볼가 하구 온 게야. 그 색시두 — 호호호 — 참말 색시지 뭘 그래 아직 설흔넷이지만 이십 안팍으로밖에 안 보여 — 그 과부가 즉 내 시누이의 딸이야. 이태 전에 서방이 열병으로 죽고 여태껏 혼자서 버러먹다가 녀편네가 아무리 골골하면 혼자 사는 재간이 잇나. 그래서 나랑 제 에미랑 다 권해서 마차운 데가 잇으면 옮가안도룩 됏는데 세상에 어디 그리 무던한 사내가 잇담? 생각하고 생각한 끝에 장손 아범이 하두 무던하고 유순하기에 호호호…… 택지우택에 뽑혓으니 한턱해야 해!』

노파는 발서 혼인이 다 된 것같이 기뿜에 못 참겟다는 듯이 몸집을 뒤척댄다. 언삼은 미상불 즐겁지 안흔 것도 아니엇다. 수다한 홀애비 중에서 뽑히엿다는 것은 다시없는 행복이엇다.

『글세요 이러케 수고를 해주시니 고맙기는 하지만 —』

언삼은 속살은 웃슥햇지만, 말만은 엉거즈츰이햇다.

1936년 1월 24일 석간 4면

卒哭祭(5)

『뭐 또 어떠한 말유! 아따 인물이 미인엿다 일 잘하것다 그리구 속이야 다시없이 착하지. 부처 오누이라구 장손 아범과 천상배필일걸』

『흥 하 하 하』

언삼은 천상배필이라는 말이 우수워서 어둠 속에 히주그레 웃엇다.

『그런데 한 가지 말할 것은 저편두 어린것이 둘이 잇어! 다섯 살멕이 세 살멕이 이러케 둘야 그러나 둘 다 게집애니깐 뭐 한 사오 년만 잇으면 남의 집 애보개로 보내면 그만이지 뭘, 어서 얻어두우 그리구 겨울에 추울 적이면 푹은히 안구 잣으면 그만인걸 웨 그루?』

소년 과수[31]로 신의주 일판에서도 『피날루』라는 별명으로 유명한 늙은이라 사내들과 꼭 같은 농담을 곳잘 하엿다.

『아즈머니두 원 우습게두』

언삼은 그러면서도 속으로는 좀 실망하엿다. 더바디가 둘식이나 되면 식구나 여섯이 될 게다. 지금 세 식구 먹기에도 귀차한데 여섯 식구를… 그뿐 아니라 에미와 애비 다른 네 애들이 의조케 살 것 같지는 안엇다. 그러케 되면 애들 싸움이 어른 싸움이라고, 비록 지금 생각 같아서는 그럴 리 없을 것 같지만 실제로 당하고 보면 애들 때문에 부부간에 의 상할 일이 없다고도 단언 못 할 노릇이엇다. 더구나 언삼은 언제나 밖에 나가 잇는 몸이라 진종일 이【의】붓에미하고 잇을 금녀를 생각하니 도저히 얻을 생각은 안 낫다. 그러나 한끗 생각하면 이대로 홀애

31 과수(寡守) : 남편을 잃고 혼자 사는 여자.

비로는 늙을 수가 없엇다. 며누리를 얻는다면 문제는 없지만 며누리를 얻는 것보다 여편네를 얻는 것이 문제 해결의 첩경일 것이고, 또 사실 말이 낫으니 말이지 삼십이 가까워서야 장가를 갖든 언삼인지라, 사십인 지금에도 밤에 혼자 잘랴면 앞이 허순한[32] 게 여간 쓸쓸치 안혓다 그래서, 이리 뒤적 저리 뒤적 벙어리 냉가슴 알틋 하든 언삼은

『어디 얻어볼 맘이 없수? 어서 얻어보우 이런 기회가 또 잇다구』

하고 한번 비꼬는 노파의 말에

『글세요』

굵다란 손가락으로 머리를 빽빽 긁는다.

『그럼 내일 낮에 서로 선을 보구 그 다음에 어떠커든지 할까? 맞선만 하면야 홀딱 반해서 어쩔 줄을 모르고 그 밤으로 자자구 할 것을 호호』

노파의 자꾸만 놀려 대는 김에 언삼은 또 귀밑이 붉어지며

『그럼 그러케 해주 아즈머니, 내일 낮에 아즈멈 댁으로 가리다. 그동안 나두 생각 좀 해봐야겟구』

『생각은 무슨 생각 개로 태여낫으면 똥 먹는 것이 당연하듯 홀애비 됏으면 장가가는 게 당연하지. 돈이 없기에 그러지 돈만 잇으면 색시장가[33] 들 판에 안 그래 장손 아범』

노파는 내일을 약속하고 가버렷다. 이윽고 잠자리에 누은 언삼은 너무나 여러 갈레의 생각에 갈피를 잡을 수가 없엇다. 집안을 위하여 여편네를 얻는 것도 그럴 듯햇고 아히를 위하여 그대로 며누리 얻기까지 늙는 것도 그럴 듯햇다. 밤은 점점 깊어가나, 언삼은 도저히 잘 수가 없

32 허순하다 : '허전하다'의 평북 방언.
33 색시장가 : 결혼한 일이 없는 젊은 여자에게 장가드는 일.

엇다. 게다가 첫치위라, 선들선들하는 바람이 문틈으로 몰려와서 정신만 말정해지고 허리만 까부러저 왓다. 생각이 생각의 꼬리를 물고 맛닷드니 새벽역이 되여서는 그런 생각은 겨우 다 없어젓다. 그러나 다음에 오는 것은 정욕의 주림이엇다. 홀애비로 지낸 지 발서 석 달! 손을 곱아 본 언삼은 전신에 갑자기 정욕이 홍수 치밀 듯하는 것을 깨달엇다.

안해! 생각만 하여도 입에 생침이 즐즐 흘럿다. 죽은 안의의 — 몸은 수척하면서도 젖가슴만은 툭 터질 듯이 발달되어 토실토실하든 그 젖무덤!

해별에 타서 적동색이면서도 뽑은 듯이 미끈하든 그 넓적다리! 갸금한 통상의 중앙에 유난히 빛나든 그 눈동자! 바람과 햇볕에 탄 얼굴이 엇지만 결코 누구의 안해보다도 못지안흔 언삼의 처권이엇다.

언삼은 생활의 쫄린 속에서도 항상 자유롭고 아름다운 꿈이 잇엇으니 그것은 안해에 대한 만족과 안해를 품에 안는 순간이엇다

오늘밤과 같이 치운 밤에는 밤늦도록 마을 새냥[34]을 갓다가 돌아오면 안해는 자든 잠에도 의려히 그 따뜻한 품으로 남편을 안아주엇다. 그런 지나간 일을 회고하니 언삼은 혼자서 새우잠을 자는 자신이 그지없이 설어웟다. 그러나 다시 도라오지 못할 안해다. 안해 이외의 게집을 한번도 사괴어 보지 못한 언삼은 문득 아까 노파가 말하든 설흔네 살의 과부에 대한 흥미에 붓적 끌엇다. 『나히는 설흔넷이지만 실상은 이십 안팍으로밖에 안 보인다』든 노파의 말은 더욱 고지식한 언삼이를 홍분되게 하엿다.

34 새냥 : '사냥'의 평북, 함남, 황해 방언.

『망할 놈의 늙은이 맞선만 하면 홀닥 반해서 그 밤으로 자자구 그럴리라구!』 언삼은 아까 노파의 농담을 한번 되노이며 어둠 속에서 싱글 웃고 두 주먹을 사채기 사이에 끼우고 허리를 딱 까부렷다. 어쩐지 전신이 훅군 달어왓다. 숨이 가뻐지는 것도 갈엇다.

『망할 놈의! 호미밥 먹은 놈의 것이 기운은 어디서 이러케 날가?』

언삼은 내일 기여코 그 게집을 만나리라 결심하엿다. 그리고 정영코 미인일 그 게집과 한자리에 누엇을 자기를 상상하니 꼬박이 뜬 눈으로 새이는 긴 시간도 그리 괴롭지는 안헛다. 새벽 다섯 시 고동이 뚜 하고 들려왓다.

1936년 1월 25일 석간 5면

卒哭祭(6)

4

이튼날 지게를 지고 나선 언삼은 도무지 심란하여 견댈 수가 없엇다. 어데를 가야 조을지 또 어디가 어딘지를 모르고 공연히 거리를 어슬렁거리며 싸다녓다. 그러면서도 생각은 조곰도 머리에서 떠나지 안헛다. 이십 안팍으로 보인다는 과수와 맞선을 본다는 것은 공연히 그를 기뿌게 하엿다.

『이 누추한 꼴루 맞선을 어떠케 본담』

그는 혼자 중얼거리며 자기 옷을 도라보고 게면적게[35] 싱글한다. 그는 발서 몇 번채 해를 처다보앗다.

35 계면쩍다 : '겸연쩍다'의 변한말. '겸연쩍다'는 쑥스럽거나 미안하여 어색하다는 뜻이다.

짧은 겨울날이건만 오늘은 웬일인지 낮 되기가 한 달같이 길어 보엿다. 그래 그는 아까운 줄도 모르고 연신 담배를 피운다. 그리면서 다시

『그것을 얻어 살어야 옳은가?』

하고 스스로 묻고 그 답에 몹시 궁색해 한다. 그리다가 그는 덜컥 이런 생각도 낫다.

『하여튼 우수운 일이야 그러케 젊엇으면 나 같은 가난뱅이한테 올 리가 없는데 ―』

일러 놓고 보니 이상치 안흔 것도 아니엇다.

신의주 판 하두 많은 홀애비에서 하필 지게꾼인 언삼을 고른 게 어쩐지 이상하엿다. 그러고 보니 언삼은 한시라도 속히 만나 보앗으면 하는 조바심증이 생겻다. 중낮이 되여서 그는 과부와 맞선을 하엿다. 『피날루』의 말처럼 곱지는 못하엿고 또 그리 젊지도 못하엿고 게다가 죽은 안해 대구는 모든 점이 어림도 없엇으나 『홀애비 눈에 미운 게집 없다』는 속담도 잇거니와 언삼의 눈에 과히 못생겨 보이지는 안헛다. 게다가 혹 병신이나 아닌가 하고 아까 안타까이 근심햇드니 조금도 몸 트집은 없는 것 같앗다.

결국 언삼은 어느 정도까지의 만족을 얻엇다.

그래 오늘밤 다시 『피날루』 노파와 맛나기로 하고 헤여젓지만 거리에 나온 그는 암만해도 그 여편네의 ― 어린것에게 아직 젖을 멕이는 탓도 되겟지만 ― 그 턱 버그러진 젖무덤이 몹시도 눈에 암암하여 보이지 안는 노끈으로 전신을 박결하여 끌어당기는 것 같앗다. 한참 그런 궁리를 하다가 이러다가는 안 된다 얻을 때에는 얻는 셈치드라도 위선 내일 먹을 시량[36]을 위하여 오늘 벌지 안흐면 안 되겟다고 벌떡 일어서

보고 그는 그제야 자기가 공동변소 옆에 앉어 잇는 것을 알고 픽 웃엇다. 이날은 운수가 조앗겟는데 웬일인지 돈이라고는 단 이십 전밖에 못 벌엇다.

『내가 게집한테 미첫군! 게집한테 미치면 집안이 망하는 법이야』

이런 줄은 모르고 애비가 돈과 쌀을 버러오려니 하고 기대릴 어린것들을 생각하고 언삼은 집으로 가는 발길이 천근같이 무거웟다. 집에 오니 장손은 발서 와 잇엇다. 겨우 해서 쌀 한 되를 사 들고 들어오는 언삼은 자식들 보기가 그지없이 부끄러웟다. 언삼은 여편네를 얻어 올랴면 자식들과도 의논을 하리라 결심하엿다.

그러나 다시 생각하니 자식들에게 너이들의 훗에미[37]를 얻어 오겟다고 하는 것도 쑥스럽기도 하거니와 오늘 같애서는 입 가진 동물을 셋식이나 터치기는 도저히 불가능한 일이엇다. 그는 이리저리 궁리한 끝에 아예 단념하고 말리라고 다짐을 하엿다.

그러나 그러케 다지고 나니 어쩐지 갑자기 방 안이 쓸쓸해 보엿다. 밤에 노파가 왓을 때

『아즈머니 난 얻기 그만두겟쇠다. 머 — 색씨가 부족해서 그런다거나 얻고 싶지 안허서 그런다는 것보다 얻어 온다야 먹을 것이 근심이거든요 참 우정(일부러) 수고를 해주시는데 이러케 말하기는 거절하는 것 같애서 박절하지만 집 사정이 그러니 딱하지 안수』

언삼은 연신 머리를 빽빽 긁고 담뱃대를 들엇다 노핫다 하면서 몹시 미안한 기색이다. 그러면서도 여간 서운치 안헛다. 옆방 늙은이 말에

36 시량(柴糧) : 땔나무와 먹을 양식을 아울러 이르는 말.
37 훗어미 : '의붓어미'의 옛말.

의하면 『피날루』가 언삼을 소개한 것도 오직 언삼의 심지가 무던하여서 이붓자식에게도 고마이 굴리라는 것과 또 과부 본인의 그런 조건이 잇엇든 탓이라니, 그처럼 생각하고 주선해 주는 노파에게 딱 잡어떼는 것이 미안도 적지 안헛거니와 들어오는 복을 내쫓는 것 같애 자신도 퍽 섭섭햇다.

『그래두 얻어 두는 게 내 생각 같애서는 조암즉한데』

노파는 실망한 기색으로, 다시 한번 권해본다.

『글세 얻으면 그것들을 다 어떠커우 아즈머니두 생각 좀 해 봐주 자그래 버리를 못 하면 내 자식을 굶기겟수? 또 이붓자식이라 해서 그 애들을 굶기겟수? 이왕 굶는 바에야 내 색기나 굶겻으면 그만이지 남의 색기까지 다려다가 굶【굶】기잔 필요는 없거든요』

『허! 그저 장손 아범 심지야 다시 없이 무던하지』

노파는 감탄하고 나서

『그러나 부처끼리 손목을 잡고 나서면 식구 대여섯이야 굶기겟나 원! 입 주신 하느님은 굶기지 안는다구 설마 굶어야 죽겟나 또 여봐 장손 아범 굶어도 부처 간에 손목 잡고 굶으면 혼자 굶기보다는 좀 괜찬흘 게 아니야』

『글세요 ―』

언삼은 듣고 보니 그럴 상도 싶어서 살며시 노그러진다.

털어노코 본다면 언삼은 누구보다도 녀편네를 얻고 싶은 것은 사실이엇다.

『그러기 얻어 두래두 그래 늙은이가 웨 장손네게 해롭게 하겟소. 색시는 다시 없대두 그래! 또 말이야 바른 대루, 이번만 노쳐 보우 다음에는 또 잘 잇을나구?』

능그러운 노파는 녹으러지는 언삼의 태도를 보고 두 ○○짬을 찌르는 듯, 한 대의 동침을 노앗다. 언삼은 생각지 안은 것도 아니엇지만 사실 장래로는 이런 운수가 한번도 도라올 것 같지는 못햇다. 그러고 보면 장차는 굶어죽는 한이 잇드라도 맛부터 사는 것이 상책이라 하엿다

1936년 1월 26일 석간 4면

卒哭祭(7)

『그럼 어떡헐 셈이유 속히 귀결을 지어야지 얻는다든가 그만둔다든가?』

전술이 능란한 노파는 드디어 적을 궁지에 몰아너코야 말엇다. 언삼은 한참 고개를 숙이고 잇다가

『그럼 얻어 살게 해주 ―』

간단한 그러나 침통한 음성이엇다. 언삼은 장래 일 모르지만, 현재에는 여편네를 얻는 것이 자식들에게도 행복일 것 같엇다. 노파가 언삼의 말을 전하마 하며 돌아간 뒤에 여태껏 잠잣코 눈만 꺼벅이며 듣고 잇든 장손이가 은근히

『아버지 그 노친네래, 뭘 그르네?』

하고 묻는다. 언삼은 아차 잘못하엿구나 후회하엿다. 장손이와 금녀에게도 의견 ― 의견이라기보다 말해 보고 얻는 것을 하고 뉘우첫다.

『장손아! 집안에 내인[38]이 없어서 하나 얻어 올까 하는구나』

언삼의 말은 어떠케 들으면 애원하는 것도 같앗고, 또 어떠케 들으면

38 내인(內人) : 남의 집 부녀자를 통속적으로 이르는 말.

민망해하는 것도 같앗다.

『어디서?』

축동 안에서 그런데 애가 둘씩이나 된다는구나』

『애래 둘이야? 몇에 난 거?』

『다슷허구 둘잡이허구』

『그따위래 돈 벌간 머?』

언삼은 가슴에 찔끔하엿다. 장손은 새루 올 엄메보다도, 밥 벌거지 두 마리가 근심되는 것이엇다. 집안 살림에 대하여 그처럼 밝은 어린것인데 늙은 애비는 멋두 없이 모아만 드리자니 언삼은 뼈가 쑤시엇다. 내가 웨 좀 더 딱 잡어떼지 못하엿든가 하고 자신을 비우섯다.

『내가 계집에게 미첫구나』

언삼은 잠에서 깨여난 사람처럼 새로히 자신을 깨닫고 그리고 오늘 낮에도 쓸데없는 공상에 버리를 못한 것이 여간 부질없어 보이지 안헛다. 그 뿐더러 장내를 생각하여도 장손이가 치위를 무릅쓰고 철교를 넘나들며 한 푼 두 푼 모아 온 돈으로 이붓자식을 멕여주기에 애비로서는 도저히 못할 노릇이엇다. 또 그 뿐일까 이불 안(內)엣 공소 안 듣는 사내 없다구, 언삼이 자신이 혹 안해의 말을 믿고 어미 없는 불상한 것들에게 큰소리라도 치면 저것들이 누구를 믿고 살어갈까 생각이 여기까지 미치니 연【언】삼은 그대로 앉엇을 수가 없어 밖으로 뛰여나와서 줄다름질처 『피날루』 노파의 뒤를 딸엇다.

『아즈머니! 아즈머니! 거 피날루 아즈머니요?』

언삼은 어둠을 뚫코 달리며 고함첫다.

한참 달려서야 겨우 노파를 붓잡은 언삼은

『아까 그 말은 그 그만둬 주』

갑분 숨을 씨근거리며 한숨을 내집는다.

『이건 뭐! 그래도 ×을 달구 다니유? 사내답지도 않게 이랫다 저랫다』

『글세 아까두 말햇거니와 사정 이【있】거든요 글세 이거 좀 보우 장손이란 놈 벌어오는 밥을 어떠케 이붓자식에게 멕이겟수? 그러구 아즈머니 말은 이태 후이면 그것들을 남의 집에 애보개로 보내면 그만이 아니냐구 하지만 내 딸 그대루 멕이면서 그것들을 남의 집에 주면 저이 어미니 좋아할 턱이 잇수? 안 그래요 아즈머니』

『건 그러치만 —』

거기에는 노파도 대답을 못 하고 만다.

『또 그 여편네두 그런 군즈러운 것이 잇기에 날 같은 거지에게 오겟다는 게지 그러찬으면 웨 잘오윌다. 그러기 나두 내 색기를 위하고 그 여편네는 제 색기를 위하긴 피차에 일반 이【아】니유?』

『……』

『그러기 그런 애기난 해주구래 그리구 아즈멈두 과히 나무래지 말구요. 그럼 난 가봐야겟수다 갑자기 벌컥 달어나와서 그것들이 무슨 영문인가 할 텐데 —』

언삼은 노파를 그대로 두고 다시 다름박질하여 집으로 달어왓다.

그는 무거운 짐을 펴 노훈 것같이 심신이 헌출하엿다. 어떤 괴로운 일이 잇드라도 두 자식을 위하여 몸을 바치리라는 단심이 용소슴첫다. 그러나 밤이 깊어 오고 치위가 조여오니 또 어쩐지 쓸쓸하엿다. 하지만 세상모르고 자는 장손을 품속에 꼭 안은 언삼은 무심치 안흔 하늘이 머잔어 이것들 우에에 축복을 주시리라 굳게 신념하엿다.

1936년 1월 28일 석간 5면

卒哭祭(8)

음력으로 시월을 반 넘은 신의주는 발서 아츰저녁으로 어름이 얼기 시작하엿다. 차차 차가워지는 일기와 같이 언삼이네 살림사리도 점점 쪼들어갓다. 시월달을 잡으면서부터는 웬일인지 하로에 삼사십 십 전 버리도 여간한 일이 아니엇다 이 거리 저 거리 가가의 상품 진렬장 밑에서 양지갈괨을 하면서 두 손을 모아 홀홀 입김만 불 뿐이엇다.

진종일 그것이 지게꾼의 일과엿다. 잇다금 어데선가 짜 — 하고 웨치는 소리만 나면 가득가득 조을든 눈을 번적 떠서 사방을 휑둥그레한 눈으로 살펴보는 것이지만 역시 지게꾼을 부르는 것은 아니엇다. 그럴 때이면 제각금 먼저 가겟다고 일어서서 서들든 지게군들은 다시 싱거운 표정을 하며

『망할 놈의』 하고 제자리에 와서 쭉으리고 앉는다 지게꾼으로서의 오랜 역사를 가진 『건수존우』의 말에 의하면 지게꾼의 가장 불경기 시기는 가을부터 겨을【울】이라고 한다. 언삼은 그런 말을 듣고 어쩐지 가슴이 서늘해왓다. 하로에 적어도 쌀 두 되는 가저야 먹겟고 밥을 끄릴랴면 장작 오 전어치는 가저야겟는데 다시 말하면 아모리 해도 삼십구 전은 가저야겟는데 요즘 같해서는 하로에 삼십 전도 신통치 안타. 그래서 엇저녁부터 언삼은 좁쌀에다가 무 줄거리를 얻어다가 함께 두고 죽을 쑤어먹기로 햇다. 그러커니 하루에 쌀 한 되면 넉넉햇다. 그런 것도 장손이와 금녀는 처음 먹어서 그런지 공연히 맞【맛】이 조타고 떠드러대는 것을 생각하니 어린것들이란 참말 너무나 천진스러웟다.

이러나 저러나 호좁쌀죽 끄려 먹는 것도 장손이란 놈이 다만 십 전이

라도 버러오기에 입에 드러오는 것이라고 생각하니 언삼은 공연히 가슴이 두근거렷다.

『애비를 잘못 만난 탓으루!』

언삼은 입속에 중얼거리며 이 한겨을【울】을 어떠케 지내나 하는 일에 가슴이 막막하엿다.

『돈이 이십 원만 잇으면 노동조합에 들 터잇데』

언삼은 지금 노동조합에 가입하는 것이 그의 단 하나인 희망이엇다. 노동조합에만 일자리가 턱턱 밀리고 일자리가 밀리면 돈이 많이 드러오고 돈이 많이 드러오면 장손이란 놈더러 철교 넘나드는 일은 그만두래야겟는데 — 그러나 노동조합에 가입하는 데는 보증금 이십 원이 필요하엿다.

『망할 놈의!』 참말 노동조합이란 언삼이 말마따나 망할 놈의 것이엇다. 보증금 이십 원을 갓다대일 만하면 구태여 노동조합에 들 필요가 없지 아느냐? 그러타면 돈 이십 원 없는 놈은 일도 못해먹으리란 말인가? 바람이 몬지를 모라다가 지게꾼들 웅켜 앉은 데 퍼부엇다.

『에이 빌어먹을 놈의 바람!』

공연한 바람에 대한 짜증이엇다 그들은 바람에게밖게 짜증 쓸 곳이 없엇다. 해가 저므러가는 것을 그들은 가장 두려워한다. 일이야 생기건 말건 그대로 해만 계속하면 그래도 그리 불행할 것 같지 안은 그들이다.

웨냐하면 거리에서 양지갈갬을 하는 동안 그들은 자긔집의 우울한 분위기에서 해방된 셈이니까! 그러나 노을이, 쇼 — 윈도의 웃층 가라스[39]에 비스듬이 비치고 변또[40] 낀 육거리 월급쟁이들이 이저리[41] 흐터지면 지게꾼의 얼굴에서 해별에 녹아스러젓든 우울의 구름이 떠오르기 시작한다.

오늘은 겨우 다습(五合)밖에 못 가지고 가겟거니 생각하고 언삼은 남몰래 얼굴을 찡그렷다.

집에 가서 장손이와 금녀를 다리고 오론도론 지낼 것을 상상하면 집이란 다시없이 그리운 것이지만 그러나 자식을 뱃겻 못 멕이는 아비의 가슴은 자식보기에 낯이 뜻뜻하엿다.

그러나 이러케 근근덕사로 살어가노라면 또 어떤 행운이 도라올는지도 모르고 게다가 장손이가 크면 아모 근심 없으려니 하는 히【희】망은 늘 언삼의 원기를 도다주엇다.

저녁이라는 명색으로 무 줄거리 국을 한 그릇 먹고 난 언삼은 한숨을 후유 내쉬엇다. 배는 부르지 못하드라도 이럭저럭 또 하로를 살엇다는 안도의 한숨이엇다. 저녁 후에 세 식구는 곧 자리에 누엇다. 일즉부터 조름이 올 턱 없엇지만, 치위에 부들부들 떨며 앉엇잔맛고 없엇고 짚(藁)이 없으니 새끼도 못 꼬고 더구나 하루 진종일 얼쿼다가 저녁만 소지[42] 올리듯 하고 나니 방바닥이 몹시 차저 서로 껴안지 안흐면 치위 때문에 어린것들이 자지를 못한다. 그래 언삼은 가운데 누워서 금녀는 바른편에 장손은 외인편에 하나씩 껴안고 자는 것이다.

언삼은 자리에 누은 때가 고작 평화스러웟다. 오누이를 한편에 하나씩 껴안고 살에 살을 맞대고 재우는 것은 그의 다시없는 즐거움이엇다.

---

39 가라스(ガラス) : 네덜란드어 'glas', 유리.

40 벤또(べんとう) : 도시락.

41 이저리 : '이리저리'의 준말.

42 소지(燒紙) : 부정을 없애고 신에게 소원을 빌기 위하여 흰 종이를 태워 공중으로 올리는 일. 또는 그런 종이.

그리 넓지 못한 이불은 꼭 껴안은 그들 세 몸둥이를 간신히 덮어주엇다. 그래 혹 잠결에 이불이 한켠으로 치우치지나 안나 하여 언삼은 늘 어둠 속에 손을 어름 쓴다. 같은 셋방이면서도 옆집에서는 김장 준비하느라고 또드락 또드락 댕가지 다지는 소리가 밤늦도록 들려온다. 언삼은 그 소리에 밤새껏 자지를 못하고 공연히 흥분되엇다. 맘성 같애서는 김장 한 독쯤은 해노코 싶지만 우선 독이 없엇다. 작년만 해도 채전에서 나는 것으로 김장 두어 독은 문제 없이 하엿건만 — 그리고 그런 것은 안해에게 맡겨둔 채 챙견도 안햇든 것을 — 하고 생각하니 다시 죽은 안해가 못 견디게 그리웟다.

七월 十一일! 잊어지지도 안는 안해의 죽은 날!

『팔월 열하루 구월 열하루 시월 열하루!』

언삼은 이불 속에서 금녀를 깨안은 채 손고락을 곱아보다가 아직도 퍽 남은 줄 알엇든 안해의 졸곡제(卒哭祭)[43]가 내일모레라는 것을 발견하엿다. 안해가 죽은 지 발서 백일!

기억이 새로운 마련해선 너무나 빨리 간 것 같다. 그러나 그 백일이라는 동안에 겪은 풍파와 고초를 생각하면 백년도 더 된 것 같다.

1936년 1월 31일 석간 4면

卒哭祭(9)

『내일모래가 졸곡제!』

언삼은 젯날 매밥(白米飯)이라도 지어 노코 어린것들과 가치 논아먹고

43 졸곡제(卒哭祭) : 삼우제를 지낸 뒤에 곡을 끝낸다는 뜻으로 지내는 제사. 사람이 죽은 지 석 달 만에 오는 첫 정일(丁日)이나 해일(亥日)을 택하여 지낸다.

싶엇다.

그러는 것이 남편의 도리로서 또는 아들을 가르키는 애비의 의리로서 옳을 것 같앗다. 그러나 요즘 상태 같애서는 그만 돈이 손에 들어올 상 싶지 안엇다. 이흔【튼】날 언삼은 전보다도 부즈런히 나섯다. 한닢이라도 더 버러서 정성일망정 안해의 졸곡제를 지내주겟다는 지성에서엿다. 그러나 세상은 언삼의 그런 사정을 아는지 모르는지 너무나 쓸쓸하엿다. 언삼은 그날도 겨우 이십오 전의 수입밖에 없엇다. 그 이십오 전이라는 돈도 쌀가가에서 조희봉지 쌀과 바꾸고 마니 결국 뷘 주머니다.

이튼날 — 이날이 바루 안해의 졸곡젯날이다.

언삼은 오늘은 아모리 해서도 입쌀[44] 한 되는 버러야겟다고 아글타글하엿다.[45] 그러나 언삼의 심사와는 반대로 오늘은 이십오 전도 안 생긴다. 중낮이 지나고 제지 회사의 고동이 낫지만 주머니는 아츰에 집을 나온 그대로 잇다. 언삼은 시간을 따라, 점점 초조햇다. 가만 앉엇슬 수가 없어서 이리저리 거리로 싸다니며 행여 찾는 사람이 잇을까 햇지만 아무도 찾는 군이 없엇다. 그리자 아 — ㅇ하고 고동을 요란히 지르며 남행 새루 한 시 급행차가 철교를 건너온다. 언삼은 얼핏 정거장에나 나가보리라 하고 바른길을 찾어 재빠르게 뛰여나갓다. 발서 그동안에 차가 다어서 말숙한 신사들이 내리는 쪽 인력거를 잡어탄다. 언삼은 그 인력거군이 여간 밉지 안엇다. 그리고 또 여간 부럽지 안헛다. 저놈들은 오늘 저녁 배부르게 먹으려니 하면 어쩐지 샘증이 생겻다. 언삼은 정거장 안으로 들어가서 짐 가지고 나오는 손님이 잇으면 허리를 굽실

44 입쌀 : 멥쌀을 보리쌀 따위의 잡곡이나 찹쌀에 상대하여 이르는 말.

45 아글타글하다 : 무엇을 이루려고 몹시 애쓰거나 기를 쓰고 달라붙다.

하고

『나으리 짐 안지우시렵니까?』 하고 묻는다.

『아니! 싫소』

그리기도 하고 어떤 손님은 들은 둥 만 둥 그대로 지나가서 인력거를 마중이나 나온 것처럼 잡어타고 달어난다.

『제길할 놈! 대답이나 하려무나』

언삼은 이러케 또 혼자 짜증을 쓰며 또 헛길이엿다고 막 정거장을 나오려는데

『요보! 요보상! 고라』[46]

하고 사십 가까운 일본 양복쟁이가 부른다. 언삼은 획 도라서며

『옛? 옛옛! 웨 그리십니까』

허리를 굽실하며 가까이 갓다. 양복쟁이는 지금 막 수화물 취급소에서 내주는 행리[47]를 지고 가자고 명령한다. 언삼은 너무나 조은 김에 어쩔 줄을 모르고 백 근 가까이 무거운 짐을 성냥갑같이 가벼히 질머젓다.

『경찰서 앞에까지 어루마요?』

뒤따라오며 묻는 김에 언삼은 걸어가는 그대로

『그저 이십 전만 주시구려』 하고 말햇다.

『나니?[48] 이시비 젠이? 시비 전이 좃소. 짓센데이이야』[49]

언삼은 속으로 십 전이면 십 전도 조타고 생각햇다. 이윽고 우편국 뒤의 어떤 조그마한 일본집에 다다른 언삼은 주인이 지시하는 대로 짐

46 "よぼ! よぼさん! こら": 요보! 요보상! 이놈아.
47 행리(行李): 여행할 때 쓰는 물건과 차림.
48 "なに?": 뭐야?
49 "じっせんでいいや": 10전이 좋아.

을 집 안에 들어다 주엇다 헌데 마츰 안주인은 어대 나갓는지, 열대여섯 난 게집애가 혼자 잇다가 오는 사람을 아버지라고 부르며 맞는다. 언삼은 짐을 방 안에 옮겨 노코 나오다가 우연히 싹문 앞에 노힌 경대 우에 샛밝안 돈지갑을 보앗다. 언삼은 갑자기 가슴이 뜩끔하엿다. 주인은 안방에 들어가서 옷을 가러입고 게집애는 부억에 나가서 세숫물을 뜨는 모양이고 — 아모도 보지는 안는다 순간 — 언삼은 가슴이 두근거리고 치가 떨렷다. 피가 순환하기를 딱 멈춘 것같이 전신이 찔끔햇다. 유난히 눈에 띠이는 새빩안 지갑! 지갑은 뱃속에 돈이 갓득 찻는지 뱃가죽이 불룩하엿다.

『저놈을 갖엇으면 안해의 졸곡제는 잘 지내 —』

언삼은 현관에 나와서 신을 신는 순간 이러케 생각하고 얼른 손을 내밀어서 경대 우에 노인 지갑을 집엇다. 그리고 이내 밖으로 나와서 부들부들 떨리는 다리로 꼬부랑길을 넘어서 축동 밖으로 나왓다. 정신없이 다름질친 언삼은 축동에 와서야 겨우 자기가 남의 물건을 훔쳣다는 놀랍고도 무서운 사실을 깨달엇다.

언삼의 이마에와 손에는 땀이 축진히 흘럿다.

난생처음 남의 물건을 훔처 본 언삼은 용서할 수 없는 죄인인 자신을 깨닫고 전률치 안흘 수 없엇다.

『내가 웨 이런 죄를 짓는담』

하고 뉘우치지만 벌서 지나간 일이엇다. 언삼은 다시 부르르 떨고 나서 허리춤 속에 손을 너허 보앗다. 손아귀에 쥐여지는 조그마한 지갑하고는 단즛하게 무거웟다.

『이 돈으로 졸곡제를 지내야나?』

이런 궁리를 하다가 언삼은 문득 수상한 자신을 발견하고 방금 누가 뒤에 쫓아오는 것 같애서 집으로 달어왓다.

1936년 2월 1일 석간 3면

卒哭祭(10)

6

언삼은 황겁히 방으로 들어와서 안으로 문을 잠것다. 방금 뒤로 순사가 자긔를 잡으러 덮눌러 오는 것 같어서 견댈 수가 없엇다. 언삼은 그대로 어름장 같은 방에 혼자 쓸어저 누엇다. 금녀는 옆집에 가서 놀고 잇는 긔색이엇다. 한창 정신을 못 차리든 언삼은 얼마 후에 겨우 원긔를 가다듬어 일어낫다. 그리하야 마치 깊은 잠에서나 깬 사람같이 탁 — 풀린 눈을 들어 허춤에서 끄집어내인 새빩안 지갑 속을 검사해 보앗다.

一, 金一圓 六十七錢

지갑 속에는 겨우 그뿐이엇다. 언삼은 그 돈이 적은 것을 알고야 겨우 안도의 한숨을 쉬엿다. 만약 그 속에 十六원이라는 돈이 들어 잇엇드면 언삼은 질색을 하고 말엇을 것이다. 十六원이라는 돈은 그를 너무나 크게 위협하엿을 것이니까!

『허! 내가 도적질을 하엿구나!』

언삼은 — 순사, 경찰서, 재판소, 감옥, 이런 것을 질서 없이 련상해 본다. 죄지은 자의 가는 길! 그것은 너무나 언삼을 심난케 하엿다. 장손이가 돌아왓을 때 언삼은 겨우 일어나서 쌀 두 되, 조기 세 개, 초 두 대, 고기 한 근을 사오라고 일원 五十전을 내주엇다. 장손이가 돈이 어디서 낫느냐구 묻는 말에 언삼은 어안이 벙벙하엿다. 남의 것을 훔처왓

다면 아 — 자식인들 얼마나 애비를 안된 놈이라고 비웃으랴

『남 — 남헌테 꿰왓지 — 꿰왓서, 오늘 저녁이 너이 어미 졸곡제길래……』

이러케 대답하는 언삼의 음성은 몹시 떨렷다. 비록 가난하엿으나 어진 안해가 아니엇느냐? 그런 안해가 설사 남편의 정성이라 해도 남의 것을 훔처온 돈으로 지어주는 메를 잘 먹을지 그것까지가 의문이엇다.

언삼은 겉으로는 쓸언듯이 이밥[50]을 부둑히 두 그릇 지어서 고기국에 바처 애들에게 권하엿다.

그러나 맘속은 언제나 자신의 범죄에 떨고 잇다. 그런 줄은 모르고 장손이와 금녀는 오래간만엣 이밥이라고 제각기 밥 한 그릇에 국 두 그릇을 넘실 먹어버렷다. 그러나 언삼은 구미까지를 제껴서 겨우 몇 술 뜨고 말엇다. 밤 열 시 가까히 되어서 언삼은 안해의 젯상에 대할랴고 일부러 메를 지엇다. 그리하여 열한 시 가까히 되어 안해의 기렴인 단 한 가지 죽기 전에 새로 해 입은 무명치마를 웃굿 바람벽에 걸고 그 앞에 젯상이라고 이밥 한 그릇에 조기 한 개를 덮어노앗다. 그리고 그 앞에 초ㅅ불을 켜고 장손이와 금녀더러 절을 하라 하엿다.

장손이와 금녀는 처음에는 좀 어색한지 실타고 하드니 나종에는 엄메하고 웨치며 그대로 탁 엎대며 목을 노하 울기를 시작한다. 그래 언삼은

『울기를 그치라. 울랴거든 속으로 울어라』

이러케 달래며 자신 역시 쏟아지는 눈물을 소매자락으로 슬금슬금

50 이밥 : 입쌀로 지은 밥.

씻는다. 그런 중에도

『엄메 — 엄메 —』

하고 벽에 걸어 노흔 어미의 치마귀를 붓잡고 하염없이 눈물 콧물을 흘리는 금녀의 정상이란 바라보는 애비의 핏대가 끈키게 괴로웟다.

한바탕 그런 후에 언삼은 젯상을 물리고 잠자리를 깔엇다. 울고불고 하는 김에 맥이 푹 빠젓든 금녀는 젯상에 노앗든 이밥을 또 반 넘어 아구아구 먹고 나서 곧 자리에 눕자 색색 잠이 들엇다 장손이는 밥도 안 먹고 누어서 씩씩 울고 잇드니 그대로 잠이 든 모양이다 언삼은 그것들이 치워할까 보아 이불을 폭폭 덮어 주고 너훌너훌 하는 초불 밑에 우두머니 앉어서 담배만 피운다. 안해보다 여듧살이나 우이여서 늘 안해보다 몬저 죽는다고 믿엇든 언삼이가 이처럼 안해의 졸곡제를 지내게 되엇다고 생각하니 가슴에 서리가 매칠 듯이 쓰라리고 설어웟다 지금쯤 안해는 지부황천에 가서 무엇을 하고 잇을까 아마도 우리들이 가기를 기다리고 잇겟지. 이 터문이없는 생각을 하고 잇을 때의 가지가지 즐겁든 추억에 어느듯 밤은 깊엇다. 게다가 저녁에 비방울이 몇 개 떨어지드니 갑자기 바람이 덮처서 그야말로 본격적인 치위엇다. 그래 저녁에 불 때고 밤에 메 짓느라고 또 때엇지만 방 안은 점점 얼어와서 그대로 앉엇는 언삼은 발등이 깨져 올 지경이다. 전신이 마치 림종 시의 안해의 몸둥아리처럼 얼어들어 왓다. 이대로 앉어서는 도저히 견댈 수가 없다.

이런 때에 생각나는 것은 술이엇다. 언삼은 술이라도 한 목음 마셧으면 몸이 좀 후눈해질 것 같앗다. 그래 그는 아직도 지갑에 二十여 전 남어 잇는 것을 생각해내고

『에라! 죽은 안해의 졸곡제 저녁인데 한 잔 먹자』

하고 어린것들의 이불을 꼭꼭 감싸주고 밖으로 나왓다. 언삼은 선술집에 가서 곱부로 두 개를 드윽 들이키고 안주로 주는 낙화생[51]을 내일 아침 금녀 주리라는 생각으로 손에 들고 집으로 오노라니 어둠 속에 젤그덕하고 검(劍) 흔들리는 소리가 낫다.

언삼은 그 소리에 멈칫 발을 멈추엇다. 그는 어안이 벙벙하엿다. 등골세 찬땀이 바싹낫다.

1936년 2월 2일 석간 3면

卒哭祭(11)

『나를 잡으러 오는구나』

하엿다. 잠간 벼락 맞은 사람처럼 멀거니 섯노라니까 순사는 저편 거리로 지나가고 만다. 그제야 겨우 숨을 내쉬인 언삼은 발자최를 죽여가며 집으로 도라왓다. 어쩐지 열병을 한 달 알코 난 사람같이 다릿맥이 풀리고 정신이 헤천헤천해 왓다. 오랫만에 마신 탓인지 두 곱보 술이 꽤 몸에 퍼진다. 언삼은 그대로 이불을 들고 두 짬에 끼워서 한편에 하나식 자는 것을 껴안고 눈을 감엇다. 바람이 쉬하고 문을 스치고 지나가는 김에 또 찔끔하고 놀래엿다.

밤이 들자 치위는 더욱 가하여 왓다. 이처럼 치워서는 밤이 밝기 전에 모다 얼어죽고 말 것 같다. 그리고 오늘밤 얼어죽지 안는대도 아직도 시초인 이 치위가 그대로 세 생명을 두어줄 것 같지는 안헛다

51 낙화생(落花生) : 땅콩의 열매.

『잘 죽엇지 잘 죽엇서 —』

언삼은 거이 소리를 입 밖에 내여 이러케 중얼거린다. 참말이지 따저 보면 죽은 안해보다도 산 세 생명이 더 불상하엿다. 죽으면 그만인 것을 공연히 살어서 고생이라고 언삼이은【는】 생각하엿다. 어섬더선 사이에 술이 깨니 전신이 더 얼어 왓다. 금녀와 장손은 마치 병아리 엄지 품을 파고 기어들 듯 자우편으로 바싹바싹 파고든다. 언삼은 파고드는 대로 힘껏 힘껏 껴안어서 자기 몸에 잇는 온기가 다 그리로 옮으면 하엿다. 그리고 내일 저녁은 이보다도 더 치우려니 하면 너무나 슳엇다. 바람이 또 몬지를 모라다가 문에, 퍼붓는 서슬에 언삼은 아깨 본 순사 생각이 낫다. 그 순사는 정령 자기집을 찾는 것이라 그는 믿엇다. 그러하면 날이 밝으면 순사의 박승[52]에 꽁지워서 앞장서서 경찰서로 가야 할 것이다. 언삼은 치를 부르르 떨엇다. 그 참혹한 꼴을 장손이와 금녀에게 보이고 싶지 안헛다. 착한 애비로 믿고 잇는 것에게 그런 추한 꼴을 보이는 것은 가슴을 어이는 것보다도 아플 것이다.

『아! 내가 웨 그런 죄를 지엇든고?』

언삼은 다시 좌우 겨드랑이에 두 어린것을 껴안고 부들부들 떨엇다. 언삼은 어린것들에게 언제까지든지 착한 애비로 잇고 싶엇다. 또 그뿐 아니라 만약 자기가 잡혀간다면 의지할 곳 없는 그들이다. 자식을 나허서 밥바가지를 들고 집집마다 대문간 적간을 시키는 것보다는 차라리 죽여 버리는 것이 나을 것 같앗다.

앗! 내가 웨 이런 생각을 할까? 언삼은 자기 생각에 놀래여 눈을 번

52 박승(縛繩) : 죄인을 잡아 묶는 노끈.

득 떳다. 웃목에 켜 놓은 초불이 문틈으로 달겨드는 바람을 딸아 너홀너홀 춤을 추고 잇다. 어린것을 껴안은 엄【언】삼의 팔과 다리는 아플 정도로 얼어 왓다. 언삼은 다시 얼어 죽는 세 생명을 생각한다 — 그대로 가면 얼어 죽고 내가 경찰서에 갓치면 역시 어린것들이 동령[53]을 하다 얼어 죽고 나만 남을 것이고 — 아! 길은 꼭 하나 죽엄뿐이엇다. 더구나 언삼은 자식들에게 잡혀가는 제 꼴을 보이고 싶지는 안헛다.

언삼은 벌덕 일어낫다. 너홀너홀 하는 초ㅅ불 속에 안해가 숨어서 손짓을 하는 것 갈앗다.

『죽은 안해는 우리보다 얼마나 행복이냐?』

언삼은 넌즈시 고개를 높여서 아룻목 솥 옆헤 시퍼런 시칼을 보앗다. 초ㅅ불에 번득이는 시칼이 언삼의 손을 이끄는 것 같앗다. 언삼은 눈을 한번 크게 떠서 사방을 돌아보앗다. 구석구석이 어득시근한 게 무엇인가 피비린내 나는 것을 조상하는 듯하다. 언삼은 고개를 돌려 금녀와 장손의 얼굴을 번갈어 보앗다 평화로운 듯이 싸근싸근 자고 잇는 그 귀여운 얼굴! 이러게 평화로운 잠 속에서 영영 죽어버리는 것이 치위에 쪼들려 눈이 발정해서 얼어 죽는 것보다 얼마나 행복이랴! 언삼은 금녀의 입설에 자기 입설을 꼭 마주대엇다. 그리고 한참만에

『마즈막이다』

하며 고개를 드는 언삼의 눈에서는 죄 없는 눈물이 방울방울 떨어젓다. 언삼은 다시 장손에게도 그러케 하고 나서 젯상에 노앗든 이밥 남은 것을 마즈막으로 어린것들에게 멕여줄까 하는 생각이 낫다 언삼의

53 동령(動鈴) : '동냥'의 평안 방언. '동냥'은 거지나 동냥아치들이 돌아다니며 구걸한다는 뜻이다.

눈앞에는 아까 그 너무나 탐스러히 먹든 금녀의 얼굴이 떠올랏다 이밥! 밥에 주린 것들이엇다. 잠간 무거운 침묵이 아연같이 둔하게 흘렷다. 초ㅅ불이 또 너훌너훌 귀신의 치마귀같이 너훌거린다. 언삼은 그 순간 구막[54]에 노힌 시칼에서 자기를 부르는 무엇인가를 깨달앗다. 그는 넌즈시 손을 내밀어 시칼을 잡어당기려 하엿다.

그리자 무엇인가 또 힘차게 언삼의 손을 꽉! 붓잡는 것이 잇다. 그래 언삼은 번득 고개를 들어 뒤를 돌아보앗다.

『앗!』

언삼은 쓸어지고 말엇다.

언삼의 눈앞에는 흰 저고리에 흰 치마를 입은 안해가 흐틀진 화장을 하고 서서 생글생글 우스며

『어린것을 웨 죽일랴구 그리서요!』

하고 책망하는 것이 아니냐? 언삼은 차디찬 방바닥에 쓸어진 채 정신을 일허버리고 말엇다. 멀리 멀리서 새벽닭 소리가 들려온다. 초ㅅ불은 아직도 누구를 부르는지 너훌너훌 손짓을 하고 잇다. (끝)

---

54 구막 : '부뚜막'의 평안 방언.

실낙원(失樂園) 1938.1.6~1938.1.14

천지인(天地人)

1938년 1월 6일 석간 3면

(당선소설)失樂園(1)

一

이것이 아주 한 일과가 되어 버렷나 보다 ―.

나는 밥만 먹으면 날마다 이곳으로 올러온다. 비가 나리거나 바람이 몹시 거칠기 전에는 의례히 빼노치를 아니한다.

병고로 인하여 정양을 하러 온 것이라 몸이 약한 만큼 올러오려면 힘이 몹시 든다. 숨이 여간 맥히지 아니하고 다리가 휘청거릴 때도 잇다. 게다가 오륙월 포양[1]이라 가뜩이나 만히 흘르는 땀이 더욱 사정없이 솟아 나리어 머리에서 등꼴을 통하여 발뒤꿈치에 가 떨어지는 것 같은 것이 마치 송충이가 기어내려가는 것처럼 근질거린다. 이마에서 흘른 땀 눈으로 들어가면 동자를 도려내듯 아리고 입으로 들어가면 찝찌름한 것이 곧 구역이 날 지경이다.

1 폭양(曝陽) : 뜨겁게 내리쬐는 볕을 쬠. 또는 그 볕.

단장이 아니라 지팽이를 끌고 잇는 손바닥이 기름 사발 속에 집어너헛든 것같이 미낀덩거린다. 발바닥에도 끈적어리는 물이 고여 이따금씩 고무신이 훌렁훌렁 벗어진다. 금방 갈어 입은 옷이엇만 어느새에 땀이 펑하니 배어 몸에 척척 감긴다.

그러나 이러케 땀을 빼고 숨을 헐덕어리면서라도 이곳까지 올러오기만 하면 그 시원하고 상쾌한 맛이란 무엇에다 비길 도리가 없다. 그것은 마치 찌삶는 캄캄한 굴 속에서 후다닥 뛰어나온 때도 같앗고 가위를 눌리다가 벌덕 깨어난 것같이 마음이 탁 터지고 정신까지도 번쩍 나는 것이다.

바다까의 산이 언제나 선선한 바람이 불고 잇다. 그 속속드리 시원함이라니 선풍기 열ㅅ개를 한꺼번에 틀어 노흔 것보다도 냉(冷) 어름차를 다섯 컵이나 연겁허 마신 것보다도 더 후련하다. 아무리 해도 먼지가 절반은 차지하고 잇는 도회지의 바람과는 비할 것도 아니 된다.

나는 지금 소나무 그늘에 두 다리를 쭉 뻗고 앉어 잇다. 그런데 이 그늘이 말할 수 없이 커서 한층 더 시원함을 북돋우어 준다. 손바닥 만한 양산으로 얼골만을 가리우고 태양을 정복할 듯이 생각하는 종류는 확실히 아니다 소나무로되 송충이 한 마디【리】 안 붙엇고 마른 솔닢 한 개 달리지 아니한 싱싱한 나무다. 하루 종일 벌덕 두러누어 눈을 멀뚱멀뚱 뜨고 잇어도 조금도 불의(不意)의 습격에 불안해 할 아모 준비도 여기서는 필요치 아니하다.

나무가지 사이로 처다보이는 하눌 쪽으로 들창으로 생각할 수도 잇고 내가 앉어 잇는 이 밑뿌리를 의자로 볼 수도 잇다. 드러누어 잇으면 곧 옥상(屋上)의 침대요 서서 거닐면 공원 꽃밭에 진배없다. 또한 친하게 생각해 보면 매일같이 상대가 되어 주는 나의 유일한 동무이기도 하며 다시 나를 행복스럽게 해 주려 왼갓 애를 쓰시다가 그대로 도라가신 어머니의 품 안으로도 역여볼 수가 잇다. 자연의 고마움이란 아마 이런 것이든가 보다.

내게는 시간(時間)이라는 존재가 아무런 문제꺼리도 되지 안는다. 그래 이러케 사지를 되는 대로 쭉 뻗고 누어 잇어도 어느 누구 하나 게으름뱅이라 하고 시비하는 사람도 없는 것이다.

물론 단순히 이 때문은 아니지만 여기 이러케 누어 잇으면 모든 것이 다 나의 세상같이 보여지고 느껴진다. 마음이 저절로 너그러워지고 평화하다. 미래의 원려(遠慮)는커녕 지금의 근심 지난 동안의 불안조차도 생각할 필요를 느끼지 아니한다. 그저 눈앞에 보이는 풍경 이따곰씩 들려오는 물새들의 노래 또 동리의 평화로운 가옥들을 보【돌】라보고 듣는 것으로서 만족하게 된다. 감정이 맑어지니 저절로 심사도 순해진다. 그래 그런지 R형사의 족재비눈[2]도 나와 더부러 한때는 매일같이 지내다가 S군 군수가 된 K의 얼굴도 이곳에서는 조금도 얄미운 감정을 이르켜 주거나 분한 생각을 돋구어 주거나 하는 일은 없다. 또한 재작년 가을에 S형무소를 나와 이 주일 만에 죽어버린 함 군의 소리를 높이 질르든 그 최후의 얼굴도 그다지 비참한 것으로는 보여지지 안흐며 이 함 군의 얼골에다 능청스럽맞기 그지없는 전기 K의 씽긋거리는 입과 둘을 합해 노코 번갈러 생각하여 보아도 아무런 흥분 같은 것이나 눈살을 찌프리게 하거나 하지도 안는다. 내가 작년 봄부터 바루 석 달 전까지 함

2 족제비눈 : 작고 매서운 눈을 비유적으로 이르는 말.

군의 뒤를 딸어 드난사리[3]를 가 잇는 일 년 동안에 어디로인지 감쪽같이 도망을 처버린 한강물을 들어 사랑을 맹서하든 순이의 얼굴도 가끔 나타나는 때가 잇으나 처음에는 그러케도 나를 못 견디게 굴든 그 그림자가 이 마당에 와서는 그것 역시 한 개 평범한 여성의 모양으로 돌릴 수 잇을 만한 마음의 여유가 생기는 것이다. 청춘의 정렬로 말미아머 공규[4]의 일 년을 직힐 길이 없어 나를 버리고 간 순이에게 나는 도리어 적지 안흔 동정이 갓고 어디 가서 행복스럽게 잘 살고 잇어 그전에 삼 년 동안이나 내가 끼처 준 정신상 물질상 고통을 잊어버리기나 하엿으면 하는 관대한 마음이 내가 그를 사랑하든 정을 통하여 진심에서 솟아난다. 이박게 친구들의 환상들이 무수히 나타난다. 그러나 어느 것 하나 얼굴을 찡그리며 한탄하는 상 혹은 받【발】 굴르며 소리치는 자태 또 혹은 땀을 빼면서 씩은거리든 모양들이 아니라 단장을 집고 여럿이서 산으로 산책하는 때의 얼굴, 함께 모혀 맛잇는 음식을 먹든 때의 얼굴, 고요히 눈을 뜨고 잇는 사진 속에 찍혀진 얼굴 같은 평화스럽고 기꺼운 모양들뿐이다.

조선 사람은 선천적으로 산과 바다를 조하하며 숭배한다고 한다. 화가의 그리는 한 폭 그림의 절반이 산과 그 속을 흐르고 잇는 개울물로 되어 잇고 시인의 읍는 노래의 거이 모두가 바다를 찬양하고 그 우에 피어올르는 구름의 탐스러움을 예찬한 것으로 보아도 결국 그들이 조선 사람인데서 조선 사람만이 가지고 잇는 정서를 소유햇기 때문이라

3 드난살이 : 남의 집에서 드난으로 지내는 생활. '드난'은 임시로 남의 집 행랑에 붙어 지내며 그 집의 일을 도와줌. 또는 그런 사람을 뜻한다.
4 공규(空閨) : 오랫동안 남편이 없이 아내 혼자서 사는 방.

고들 한다. 물론 조선은 산과 바다가 맑은 곳임으로 이런 정서가 알지 못하는 사이에 누구에게나 드러백인 것이겟으나 내가 이러케 날마다 이곳엘 올러오고 또 올러와서는 조흔 심사를 갓는 것도 생각하면 나 자신이 조선 사람의 일분자인 때문일 께다.

어쨋거나 나는 이곳이 무한이 조타. 나는 여태것 이러케 크고 맑은 곳엘 올러와 본 적이 없다. 서울서 인왕산 남산엘 가끔 올러간 일이 잇엇지만 거기는 너무나 속세와 가까운 곳이라 그랫는지 조곰도 마음의 아름다운 변화를 느껴보지 못하엿다. 홍제리의 넓편한 들이 바라보이기 전에 먼저 화장터의 높은 굴뚝이 눈에 띠인다. 근너ㅅ산의 바위를 헤이기 전에 먼저 서대문 형무소로 시선을 거치지 아니하면 안 된다. 나의 드난사리를 갓던 지긋지급【긋】한 저곳 ―. 창덕궁의 노송(老松)을 안어보기 전에 해골 같은 벽돌집이 먼저 눈 안에 들어왓으며 한강의 힌 줄기로 마음이 쏠리기 전에 시꺼먼 연기가 눈을 가렷엇다. 그러나 여기선 그런 것이 보이기는커녕 상상도 잘 되어지지 안는다. 왼갓 가면을 쓰고 가진 추악한 애교를 피우는 서울과는 너무도 동떠러진 천연의 경치다. 이곳이야말로 순수한 조선 대자연의 아름다운 한 폭의 그림이다.

자연은 말로만 아름다운 것이 아니라 실지로 아름다웁다. 이 산이 아름다웁고 저 아레 연못이 곱고 바다가 크고 섬이 보기 조흐며 모래사장이 안윽하고 동리의 초가집까지 그들의 생활까지 오곳하고 아담한 것이다. 나는 여기 앉어서 혹은 거닐면서 또는 드러누어서 이런 것들을 보고 느끼고 생각하는 것이다. 그리고는 스스로 심신이 함께 황홀한 경지로 드러감을 깨닫이다

1938년 1월 8일 조간 4면

失樂園(2)

二

생각하면 나도 그전에는 다른 사람에게 과히 떨어지지 안케 날뛰는 몸이엇다. 바루 작년 봄에 R형사에게 붙들리든 그날까지 아니 석 달 전 S형무소를 나오든 날까지도 뜨거운 쟁렬가엿엇다는 것을 내 스스로 말하는 데에 조고마한 주저도 느끼지 아니한다. T클럽을 만들자고 제일 먼저 발론한 사람도 함 군 다음에는 나엿엇고 또 기관지를 밤중에 돌아다니며 나누어 주든 사람도 나엿으며 그것을 어느 노가다패의 한 사람에게 몰려주려다가 고발한다고 위협을 하는 바람에 돈을 삼십 원이나 내주며 발이 손이 되도록 빌어 그의 입을 틀어막은 사람도 역시 나엿든 것이다. 노동자와 부축이 되어 다니며 집에 잇는 돈을 함부로 갖다 쓴다는 그 한 가지 이유로 밀미아마 그러케도 극진히 사랑하여 주시든 아버지와도 반목이 된 내가 아니엇든가.

그러나 생각해 보면 그것이 다 부질없은 한 어리석은 수작이엇든 것이다.

물론 절실히 심장 속에 색여진 불평과 의분 밑에서 자기 자신의 온갓 것을 떠나 단지 남을 위해서 한몸을 히【희】생한다는 각오로 행한 일이엇다는 것을 내 자신이 모를 리 없는 바이지만은 그것이 지금 생각해 보면 퍽이나 철 없고 심속 못 채린 짓이엇든 것이다.

『사람은 무엇이 어떠니 저떠니 하고 떠들어도 결국은 사러노코야 볼 일이다. 살지 안는다는 것은 다시 말해 보면 아무 것도 없다는 뜻이 아닌가. 아무 것도 없고서야 도대체 무엇이 되겟느냐 말이다. 사(事), 업

(業), 휴(休), 면(眠)… 모두가 살어 잇고서야 될 일이다 남을 위하여 행하는 사업도 다 자기가 산 연후에야 일우어질 것이다. 삶도 모조리 집어치우고 뭘 한다는 것은 되지 못할 이론일 뿐 아니라 오히려 크게 모순된 공상이다.

나는 이러케 생각한다.

다시 생각해 보면 그 지긋지긋한 감옥사리에서 해방되어 급작스럽게 자유로운 몸이 된 만큼, 넌덜머리 나는 일 년 동안의 생활을 다시는 못해 먹겟다는 일종 본능적인 공포심에서 일어난 심리상의 변화인지도 모른다.

그리고 또한 이런 아름답고 조용한 자연 속으로 드러와 단순하고 행복스럽기 한이 없어 보이는 이곳 사람들의 생활을 엿보고 그 근본이 이곳 사람들은 아무런 사상도 철학도 없이 자기 몸에 저절로 닥어오는 날마다 날마다의 일을 말없이 해 나가는 것뿐인 데 잇다는 것을 깨닫고 내 스스로 알지 못하는 사이에 이들의 심사와 생활이 몹시 부러워 온 때문인지도 모른다. 다시 절교를 하다십이 하여 지내든 아버지의 사랑의 가득 찬 권고로 인하여 약해진 내 마음이 눅으러진 까닭인지도 알 수 없없다. 세 가지가 다라도 조코 다 아니라도 무관하다.

어쨋거나 그전에 행한 모든 일이 지금은 다 객적은 짓이엇든 것처럼 뉘우처지는 것마는 사실이다

나의 지금 생활은 행복스러웁다. 전에 밤잠을 자지 않고 날뛰던 때는 그러게도 극진하고 친절하게 굴던 순이가 잇엇어도 행복스럽기는커녕 무엇엔지 모르게 구속을 받는 것 갈더니만 지금은 나를 따러다니는 그림자밖에는 동무 하나 없는 몸이엇만 고독한 생각조차 나지 안는다. 그

리고 이러케 삶의 애착을 느낄 수 잇고 인생의 환히【희】를 맛볼 수 잇는 것이다. 누구든지 지금 내게 와서 나를 이 생활 속에서 끌어내려고 하는 사람이 잇다면 나는 거침없이 그와 더부러 싸울 것이다. 그 조건이 비록 어떤 곳에 잇던 누가 끌면 끌수록 나는 행복된 생활의 문고리를 굳게 잡어쥔 채 영영 노치를 아니할 작정이다. 행복이 인생의 구하는 최대의 목적인 이상 웨 또다시 이 문밖을 나설까 보냐.

나는 진작 이 생활 속으로 드러오지 못한 것을 뉘우치고 잇다.

그러고 나는 지금부터라도 이곳 사람들과 같은 생활 속으로 들어갈 수 잇는 것을 여간 다행으로 역이지 아니한다. 나는 나의 생명이 잇는 동안은 영원히 이 생활에서 떠나지 안으려 한다 이곳이야말로 영원한 나의 이상촌(理想村)일 것이며 낙원(樂園)이기도 할 것이다.

어느듯 해가 옆 산봉오리 속으로 몸을 숨기기 시작한다. 바다 저쪽에 붉은 노을이 빛웨인다. 금붕어의 나른한 비눌과 같은 저 노을 그리고 바다에 빛이는 그 그림자의 아[아]름다움 장하기 비할 곳 없는 저 경치에 다시금 정신이 황홀하여짐을 내 스스로 깨닫는다.

나는 내일도 모레도 이곳엘 올라와서 고요히 소일을 하련다. 그리고 날마다 저런 고흔 자연을 즐길 수 잇으려니 생각하면 더욱 마음이 느껴워진다. 나는 지금 하숙 할머니가 밥을 다 지어 노코 기대릴 생각도 하지 못하고 저 노을을 바라다보고 잇는 것이다.

배가 곱허 온다. 나는 비로소 한나절이 겨웟음을 깨닫고 점심을 먹으러 갈 양으로 책을 덮엇다. 요사이는 밥이 제법 만히 먹힌다. 주발 밑을 긁을 때가 가끔 잇다. 밥 할머니는 그 젊엇을 때 자못 탐스러웟을 듯한 두 눈으로 나를 빙그레 바라보며 밥 만히 먹는 것을 대견히 역인다. 그 모양은 자못 내 마음을 눅지게 하여 나도 가치 딸허 빙그레 웃는다. 마음과 몸이 함께 유괘【쾌】해진다.

집에 가면 맛난 고사리 장아치가 기대리고 잇으려니 하고 생각을 하니 어서 속히 내려가고픈 충동조차 일어낫다. 나는 제법 빨른 거름으로 엉뎅이의 흙을 털며 나만을 위하여 내어진 좁은 길을 휘바람을 부러 가며 내려오고 잇엇다.

나는 그때 아까까지 보지 못하던 것을 보앗다. 머리를 백사장 쪽으로 돌리고 걸어오는 동안에 아까까지 눈에 뜨이지 아니하던 곳에 무슨 하연 물건이 노여 잇는 것이 보인 것이다. 그러나 나의 시선은 그곳을 스치는 동안에 단 한 번을 머물른데 지나지 안헛다. 그것은 그런 것에 대해서 오래ㅅ동안 관심하여 바라보고 잇을 필요도 여가도 느끼지 아니한 때문이다. 나는 고개를 다시 마을 쪽으로 돌리며 불든 휘바람을 계속하엿다. 나의 생각은 집에 잇는 가무족족한 고사리 장아찌와 붉은 깍두기와 그리고 끼고 잇는 『빠이론』의 시집 속밖에는 아무데로도 퍼지지 아니하엿든 것이다.

三

점심을 파한 나는 집에 오래 누어 잇을 필요가 없엇다. 산으로 올러가든 나는 왼손에 들려 잇는 시집을 어서 마저 읽으【을】 량으로 거의 조급한 거름거리로 산을 행【향】햇다.

올러가는 도중 나는 문득 발을 딱 멈추엇다. 그리고 내 눈은 한 곳을 바라본 채 움직이지 아니하엿다. 동리 부녀들인 듯한 안악네가 여덜 명이나 함께 어울려 제각기 바구니 하나씩을 옆에 차고 바다ㅅ가변을 거

널고 잇는 것이엇다

이것은 아주 보기 어려운 것이 아니지만 날마다는 볼 수 없는 내게는 참으로 귀중한 점경이다. 나는 여기서 다시금 이곳 사람들의 순박하고 천진스러운 생활을 엿본다. 그들의 벼치마적삼, 차고 잇는 바구니, 참아 아까워 신지는 못하고 들고만 다니는 집신, 해에 껄은 얼골 — 이런 것에서 나는 그들의 순박을 본다.

나는 저들에게서 조화(造花)를 한아름 안은 여자의 허영에 뜬 미(美)보다는 몇 갑절이나 더 고결한 미를 찾으며 순박한 생활을 얼마든지 엿볼 수 잇는 것이다.

참된 아름다움을 느낄 때 그 사람의 마음은 뜨거워지는 것이고 아울러 행복스러워 오는 것이다. 나는 다시 발 떼일 것을 잊어버리고 그 자리에서 움직이지 안혓다.

저들은 지금 조개와 굴을 줍는다.

그리고 한 바구니씩 주서다가 혹은 남편에게 삶어주며 시어머니를 끌려 봉양하고 또 혹은 어린것들에게 짖어 먹일 것이다. 그리고는 즐거운 이야기를 하며 행복된 우슴을 웃을 것이다.

내 마음은 더 늣꺼워젓다. 그리고 정신은 다시 황홀해젓다.

그러나 그것은 너무도 크게 모순된 감각이엇다. 더구나 당장 눈앞에 이것으로 관련된 큰 비극이 일어날 것을 꿈에도 생각지 못하고 무한량으로 기꺼워하엿으니 아무리 앞일을 모르는 것이 인생이라 할지라도 너무나 그 착각이 큰 데는 서글픈 일이라고 아니할 수 없다.

나는 그 아낙네들이 거러가든 발들을 우뚝 멈추며 한꺼번에 우 몰리는 것을 보앗다. 그리고 모두 이상스러운 음성으로 부르짓는 소리를 들엇다. 그것은 소스라치는 소리엇다. 나는 처음에 그들이 모힌 지점이 어디인지 알지 못하여 잠깐 망서리엇다. 그러나 오래지 아니하여 그곳이 아까 여기를 내려오다가 본 하연 뭉테기가 잇든 곳이라는 것을 알엇다!

나는 왼 전신이 갑자기 옷삭하여짐을 깨달엇다. 덜컥하고 가슴이 나려안나 보다. 얼골빛은 흙빛이 됏을 것이다. 내게는 그때 재빠르게 그리고 날카롭게 홱 지나가는 한 예감이 잇엇다. 그리고 그것은 소름이 쫙 끼칠 만한 무서운 예감인 동시에 또한 거이 확정적인 생각이엇다.

순간 나는 모든 지금의 꿈이 모조리 깨어짐을 깨달엇다. 그리고 아름다운 몽상의 몇 갑절이 나 될 것 같은 크고 무거운 힘이 왼 전신을 짓누르는 것을 느꼇다. 나는 눈을 꽉 감는다. 몸이 부르르 떨린다. 이 찰라 나의 뻣뻣하던 근육은 급속도로 탁 풀려 버렷다. 그와 아울러 내 입에서는 『아아 ―』 하고 마음의 가장 깊은 곳에서 울어나오는 한탄이 들엿다.

1938년 1월 9일 조간 6면

失樂園(3)

四

나는 냉정하려고 애를 썻다. 나는 지금의 이 생각이 글르기를 정성껏 빌엇다. 그러나 그것은 거진 절망적인 『바램』이엇다.

사람이란 절망 속일수록 오히려 더 새로운 히【희】망을 찾는 것이다. 나는 나의 두 번째의 생각이 절망이기에 도리혀 더 강한 마음으로 나의 『바램』을 일치 안흐려고 왼갓 애를 버둥버둥 쓴 것이엇다.

나는 내 몸을 아낙네들이 모혀 잇는 곳으로 날러가기로 작정하엿다. 몸소 가 보아서 그것이 나의 첫번 생각한 바가 아닌 것을 알려고 한 때문이다. 그리하여 마음속에 새로히 뿌리박으려 하는 슬픔의 눈(花)이 잘러지기를 바란 것이엇다.

그러나 드러맞인 나의 예감은 참말 불행히도 둘째 번의 것이 아니라 첫재 번의 것이엇다. 예감은 조고마한 어그러짐도 없이 적중된 것이엇다. 아니 어그러지지 않【않】엇다느니보다는 차라리 나의 생각한 바의 몇 배나 다【더】 무서운 사실이엇다.

그것이 사람의 시체(屍體)라는 것은 드러맞엇다. 그리고 힌 옷을 입은 조선 사람이라는 것까지는 바루 맞엇다. 그러나 그밖에는 전부가 나의 상상한 바와는 어그러젓다. 자는 사람과 같이 감격 잇을 것이라고 마음먹어젓던 눈은 감격 잇기는커녕 알맹이조차도 죄 빠저버리고 그 대신 그 자리에 힌 모래가 하나 가뜩하게 드러백여 잇엇다. 빡빡깍엇을까 혹은 하이칼라엿을까 하고 결정을 짓지 못하고 망서리든 머리는 너무나 깨끗하게도 밴질밴질하게 밀려 잇엇다.

귀도 코도 입술도 보이지 아니하였다. 코와 귀의 자리에도 눈구멍과 마찬가지로 모래가 가뜩히 차지하고 잇다.

양 볼따구니에 살이라고는 얼마 없엇다. 느러저 잇는 손등과 종아리에도 별로 살이 보이지 안는 대신 하얀 뼉다귀가 사모처 잇엇다. 그리고 입술도 없이 앙상하게 담을려 잇는 아레우 잇빨엔 조고마한 조개 새끼가 자그만치 셋이나 붙어 잇엇다.

살이 붙어 잇는 데라곤 틀어진 잠뱅이 속으로 빛이는 넙적다리와 목아지가 약간 잇을 뿐이엇다. 옷도 하연 조선옷이라고 하엿지만 실상은 거무죽죽한 것이 털레털레 어떤 쪽은 짖어지고 어떤 쪽은 떠러저 나갓다. 그런데서 자개단추 다섯 개만이 강렬한 해볕을 받어 눈이 부시도록 반짝어리고 잇다. 거기서 풍겨 나오는 내장 썩은 냄새가 여간 고약한 것이 아니다. 바다 짠물 속에서 나온 시체라 썩는 냄새가 그다지 대단치 안흘 것 같으면서도 실상은 그러치 안헛다 썩는 것치고 어느 것이 조은 냄새를 내랴만은 사람 썩는 것보다 더 악독한 냄새가 또 잇으랴.

그것은 너무도 참혹한 광경이엇다. 나도 죽은 사람의 시체를 세 번쯤은 본 일이 잇으되 이다지도 괴상한 몸둥아리는 사실 꿈속에서도 그려본 일이 없다. 더구나 잇빨에 내로라도 태평스럽게 붙어 잇는 조개로 시선이 갓을 때는 나는 몸을 부르르 떨지 아니하고서는 백일 수가 없엇다. 저것이 벼 껍질 하나만 다어도 부지를 못하게 거북함을 감각하는 잇빨이엇던가는 생각도 되기 전에 도대체 사람의 몸둥아리로서 저런 모양도 만들어질 수가 잇을까 햇다 셋 중의 한 놈이 속살을 이에 붙인 채 한발 기어나간다.

만물의 영장이라고 자처하며 신령의 다음을 딸는다고 떠드는 인간도 죽어지면 조개까지도 함부루 범함【할】 수 잇게 저러케도 덧없이 되는 것인가고 생각하니 하염없이 복바처 나오는 인생의 무상을 흘러나오는 슬픈 마음과 함께 막어낼 도리가 없엇다.

이때 나는 어찌할 바를 아지 못하고 북적거리며 비명을 지르고 잇든 아낙네들 사이에서 이런 소리가 나옴을 들엇다.

『이게 암만해두 맹돌 아부지 가태!』

『그리게 말이유! 벌서 나간 지가 왼 보름이 되어두 안 두로온다드니—. 원 얼굴을 볼 수가 잇어야 누가 누군지 알지 안나베?』

『보나마나지 뭐유? 이 옷 입운 걸 봐서두 몰루? 원!』

그러자 한꺼번에 입맛을 다시며 혀를 차는 소리가 낫다. 그들의 말은 좀 더 계속되다가 한 부인이 옆에 조고마한 계집아이를 도라보자 그 아이는 쏜살같이 모래사장 우를 다름질처 동리로 향하여 뛰어가는 것이엇다. 심부름을 시킨 뒤 부인들에게는 잠간 동안 조용한 시간이 흘럿다. 그 통에 그들 중의 몃 사람의 눈에서 아침 이슬방울 같은 것이 반짝어리고 잇음을 나는 보앗다.

1938년 1월 11일 조간 4면

失樂園(4)

五

그것은 심장을 한 개 갖이고 눈을 두 개 달고 잇는 인간으로서는 차마 그대로 보고 잇기 어려운 너무도 애닯은 음률을 띠인 소리엇다 더구나 나는 남달리 심장이 약해진 때문인지 나 자신이 소리처 울고 잇는 듯한 정말 견디기 어려운 쓰라림을 느끼엇다.

문정문정[5] 옷이 떠러지고 살이 묻어나는 시체이엇만 그의 어머니는 모두 가리지 아니하고 아들의 몸을 꽉 얼싸안은 채 발을 굴르며 우는 것이엇다. 『아! 이눔아! 이게 무슨 꼴이냐? 아구 하누님 아! 왜 나를 먼저 잡우가지 안누!』

어머니는 넋을 일코 부르짖엇다 입 가장자리에 허연 게거품이 끌어나왓다. 목구멍에서 나오는 우름소리가 아니라 가슴 한복판을 뚫코 나오는 호통이엇다. 그리고 그 옆에는 소리조차 삼켜 가며 이 마나님을 딸어 눈물을 펑펑 쏫고 잇는 아무리 생각하여도 아직 수물다섯을 채 넘

5 문적문적 : 무르고 연한 물건 따위가 조금만 건드려도 자꾸 뚝뚝 끊어지거나 잘라지는 모양.

지 아니하엿을 젊은 여인이 앉어 잇다. 면영[6]조차 남지 안흔 남편을 바라보는 이 여인의 마음은 하누님을 우러러 탄식하는 자기 시어머니에 못지안케 기맥히고 쓰라렷을 것이다. 그 여인의 끝일 줄을 모르고 떨고 잇는 왼쪽 손에는 두 개로 깨어저 잇는 면경 쪼각이 동구라케 맞혀저 잇다. 그것의 한 조각은 시체의 적삼주머니에서 찾어낸 것이다. 그리고 다른 한쪽은 울고 잇는 아낙의 품안에서 꺼내낸 것이다. 이 두 쪽 거울이 서로 한끝의 짬도 없이 바루 들어맞일 때 곡성은 다시 폭발을 한다.

나는 비로소 이 거울의 유래를 알엇다. 만일 이 거울 쪼각이 없엇더라면 아무리 맹돌 아버지가 나간 지 반 달이 지낫다 한들 눈도 코도 없는 그 시체를 보고 어떠케 누가 누구인지를 알며 자기 남편인 줄을 알고 통곡을 할 것이랴.

또한 저 거울은 이곳 바다ㅅ가 사람들의 슬푼 생활을 말없이 설명해주는 가장 심각한 해설자인 것도 알엇다.

이곳 사람들은 배를 타고 바다를 향해 나갈 때면 누구나 면경 하나씩을 두 조각으로 내어 한쪽은 나가는 사람이 지니고 다른 한쪽은 집안에 둔다는 것을 나는 옆에 어떤 마나님에게 들은 것이엇다. 그것이 인생으로는 참으로 당하지 못할 리별할 때에나 면경으로 간혹 행하는 것일진대는 이 어찌 덧없는 일이 아니겟으랴.

그것을 각금 당하는 이곳 사람들의 심사는 과연 어떠할꼬.

×

6 면영(面影) : 얼굴 모습.

나는 전날 정자나무 밑에 앉어잇을 때에 가끔 바다 우에 떠도는 힌 돗과 아른아른한 그 그림자를 보앗다. 그리고 그곳에서 나오는 굵은 노랫소리를 들엇다. 바루 그끄저께만 하여도 나는 그것을 가장 기꺼워하던 바 대상물의 하나로 역엿엇다.

더구나 힘차게 들리는 배ㅅ노래는 나의 어깨를 으쓱하게 하엿고 심장을 뛰게까지 하엿다. 그리고는 병이 다 나어진 다음에는 나도 저들과 함께 저 바다 우에 떠잇을 것을 머리 속으로 그려본 것이엇다. 그때 내 마음이 얼마나 통쾌하엿던 것인가는 지금도 잘 기억하고 잇다.

그러나 지금 이 얼마나 어그러지는 정경일꼬.

청춘의 피끌는 몸이 마음대로 뛰놀 수 잇는 것이라고 믿엇던 저 바다는 환히의 무도장이 아니라 주검과의 전장(戰場)인 것이다. 더구나 그들은 누구 하나도 빠지지 아니하고 깨어진 거울 쪼각을 몸에 가지고 잇을 것이다.

그리고 그들도 언제 어데서던지 휩쓸른 폭풍우와 더부러 싸우다가 기어히 지처버리면 이 맹돌 아버지의 모양같이 될 것을 미리 각오하고 그 깨어진 거울의 최후의 용도를 찾고 잇는 사람들일 것이다 비극! 이런 것이 비극일 것이다.

과연 생활을 위하여 주검의 길로 떠나는 사람과 그를 배웅하는 사람들의 이별하는 정경보다 더 큰 비극이 다른 어느 곳에 잇을 것이랴 —. 더구나 하늘을 우러러보고 땅을 두드리며 통곡하는 맹돌 어머니 고비[7]의 모양…….

7 고부(姑婦) : 시어머니와 며느리를 아울러 이르는 말.

이 지방에 이런 일이 잇을 줄은 참말 꿈속에 다시 꿈속에서도 생각지 못햇엇다!. 행복스러운 생활을 할 때에 찾어오는 불행은 같은 불행이면서도 늘 불행 속에서 허덕이는 사람이 감각하는 바 괴로움보다도 더 설고 쓰라린 것이다. 나는 석 달 동안을 가장 행복스러웁게 생활하엿엇다 그런 만큼 오늘에 본 바 이 정경은 나로서는 정말로 감당하기 어려운 큰 충동을 준 것이엇다. 사실 이 현실에서 나는 맹돌에 식구가 받는 설음보다는 성질을 달리하는 다른 어떤 한 가닥의 생각이 새롭게 솟아난 것이엇다.

1938년 1월 12일 조간 4면

失樂園(5)

그들 고비는 여름날의 긴긴 해가 거진 기우러가도록 아낙네들이 매달리듯 하고 말류하것만[8] 듣지 안코 나종에 동리 젊은 장정들이 들것을 가지고 와 시체를 담어 가려 할 때가【까】지 그칠 줄을 모른다.

눈등은 어느듯 밤송이같이 부루퍼올럿으며 더구나 시어머니 얼굴에는 왼 눈물이 씻어도 씻어도 주름 고랑을 타고는 해볓에 번적어리는 것이엇다.

바람이 획 지나간다. 괴상한 냄새가 한칭 더 강하게 풍겨진다.

장정 세 사람이 참나무에다 가마니댁이를 걸처 만든 들것을 가지고 왓다. 그들을【은】 오히려 예사나 되는 듯키 별로 말도 없엇다. 그들은 이런 일을 가끔 당한다는 것이다. 한 달에도 두 번 이상을 볼 때가 다

8 만류(挽留)하다 : 붙들고 못 하게 말리다.

잇다는 것을 동리 아낙에게서 듣고 알엇다.

들것을 내려노은 장정들은 손에 베 헌겁을 감ㅅ기 시작하엿다. 맨손으로는 차마 그대로 시체를 다루지 못하겟는 모양이엇다.

그들이 시체에 달려들어 막 처들려 할 때 건드럭어리든 발목이 하나 떨어저 나갓다. 시체의 어머니와 안해는 다시 두 눈을 폭 가리며 소스라처 우는 것이다. 엽에 부인들 틈에서도 우름을 삼키는 소리가 낫다.

나도 차마 그 모양을 정시[9]하지는 못하엿다. 가슴이 뭉글 내려앉으며 코시울이 찌르르하여옴을 느끼엇다.

한업이 맑은 오늘이엇만 음울한 공기가 무거운 힘으로 내려눌른다 날카롭게 쏘는 태양빛과 매정스러운 바람은 아낙네들의 눈물과 코ㅅ울【물】이 채 나오기도 전에 홱홱 채어간다.

장정 두 사람이 동각동각 떠러저 나가는 몸이나마 기어히 들것으로 올려노흐려 할 때다. 그중 한 사람이 문득 붓잡고 잇든 잠뱅이 가랭이를 다시 땅에 노핫다. 모든 사람의 시선은 다 그의 얼골 우로 모혓다. 그 사람은 한곳을 바라본 채 까딱도 안는다 그의 눈초리는 시체의 배(腹) 어우【위에】 꼬치엇다.

그는 급작스럽게 팔을 홱 걷어부치더니 벼락불 덩어리처럼 시체의 배 우로 달려들엇다. 그리고 썩어문들어진 살을 가린 적삼과 잠뱅이 허리를 해첫다. 또다시 내장 썩는 냄새가 확 끼친다.

그때 나는 정말로 그 시체를 바루 바라볼 용기를 아주 일코 말엇다. 그보다 먼저 나는 내 눈을 의심햇다 눈앞의 모든 것이 다 팽글팽글 도

9 정시(正視) : 똑바로 봄.

는 것만도 같엇다.

헤처진 적삼 밑에서 불숙 나타난 것은 커다란 『낙지』의 대가리엇엇다. 실물의 낙지…….

아낙네들의 사이에서는 『왁!』 하고 자즈러진 비명소리가 낫다. 맹돌네 고비는 그대로 그 자리에 팩 쓰러지고 말엇다. 그러케도 무뚝뚝한 장정들도 여기 와서는 일시에 『앗!』 하고 부르짖엇다.

땅바닥에 고꾸라진 맹돌네 고비는 울고 잇는지 까무러첫는지 움직이지도 안는다.

한참 동안이나 박어 노흔 말뚝처럼 웃뚝 서서 시체를 노려보고 잇든 장정 중의 하나가 천천히 달려들어 그 『낙지』를 배ㅅ속에서 끄집어내기 시작하엿다. 낙지는 불의로 자기 몸을 습격한 외래적(外來敵)에게 대하여 항상 방비할 것을 잊지 안헛다.

몸이 그 요색지[10]로부터 끌려 나오게 되자 시꺼먼 물대포를 노흔 것이다. 그리고는 여덜 개 수비병으로 하여금 불시의 적인 장정의 손을 홱 나궈채게 하엿다.

장정은 시꺼먼 먹물을 날세게 피하며 손을 팩 뿌리처 저쪽 모래밭으로 집어던젓다. 커다란 몸둥아리는 길다란 다리를 쫙 편 채 보기 조케 『스미스』식 비행술을 한번 시험해 보고는 고만 불시 착륙을 해버린다.

나가떠러지는 소리가 펄석 제법 요란하게 들렷다.

그러나 최후의 일각까지도 싸워볼 심사는 잇는 모양이엇든지 물대포 노는 것은 끝이지 아니하엿다. 사방의 모래가 까머케 물든다. 사람과

10 요색지(要塞地) : 군사 요새가 있거나 혹은 요새가 밀집한 지역.

낙지와의 격투 — 그것은 한 개의 큰 활극이엇다.

그러나 이미 완전히 패북[11]을 당하여 자기의 요색지를 일허버린 낙지는 다만 분함과 원통한 마음뿐으로 매서운 두 눈만 말뚱말뚱 나려뜨며 버둥거리는 것이다.

1938년 1월 13일 조간 4면

失樂園(6)

주인을 일은 성(城)은 커다란 뒤웅박같이 환하게 뻥 뚜러저 잇엇다. 하연 늑골(肋骨)이 배ㅅ속을 통하야 보인다. 그리고 텅 비인 그 속에서는 낙지가 터트리고 나간 독와사[12]의 냄새가 더욱 맹렬한 기세로 우리의 코를 문드려 떼이려 하는 것이엇다.

사실 이것은 참을 수 없는 냄새엇다. 아까까지의 냄새는 여기 비하면 일종의 향기라 할까! 숨을 쉴 때면 부득이 뒤로 도라서서 코는 트러막고 입으로 바람을 드려마시며 일 분 간에 열여덟 번 호흡하는 관례를 찢고 될 수 잇는 대로 주리어 열 번쯤으로서 견디어 나갈 수밖에 없엇다.

나는 아까 이빠리에 조개가 붙어 잇는 것을 보고 몹시 놀랫엇다. 그러나 그것은 예다 대이면 너무도 약과이고 극히 평범한 일이엇다 하층미물이 고귀한 인체를 저러케도 함부루 범할 수가 잇을까 하고 진심으로 한탄하던 그것은 조곰도 이상스럽게 생각할 것조차 없는 가당한 일이엇다. 시체가 물속에서 나타나는 이상 조개나 굴 새끼가 몸에 붙어 잇지 안는 일은 별로 없다는 것을 나는 들은 것이다. 그러나 배ㅅ속에

11 패배(敗北) : 겨루어서 짐. 싸움에서 져서 달아남.

12 독와사(毒瓦斯) : '독가스'의 비표준어.

서 낙지가 나왓다는 것은 이곳에 사는 사람들도 전고미문의 일대 사변이라 한다.

동리 부녀들은 너무나 허무맹랑한 이 사건에 모두 정신을 일허버리고 맹돌네 고비의 애끈는 음률을 딸허 기맥힐 이 바다의 공기를 어지럽게 흔들어 노코 잇다.

저들 중에는 자기 아들의 장래를 그려 보고 몸서리치는 어머니도 잇을 것이다. 또한 이미 바다에게 곱게 바친 자기 남편의 추억에 대하여 외로운 정을 하소연하는 안해도 잇을 것이다. 저기 서 잇는 머리가 치렁치렁한 커다란 처녀는 어떠한 꿈을 꾸며 저리도 슬프게 눈물을 흘리는고?

오오! 과연 이 비극이 어디까지나 게속될 것이며 언제나 끝을 막으려는고! 그러나 그 끝막는 날을 바랄 수 없는 것이어니 — 이 비극은 이곳 바다ㅅ가 사람들이 존재해 잇는 한 영원히 끝일 줄 모르고 게속된다는 것을 생각할 때 나는 차라리 이 『생』이라는 것이 저주되엇다.

사장 속에 낙지를 고이 파묻어 버린 장정들은 내장이 하나도 없는 몸둥이나마 떠러지지 아니하게 처들어서 들것 우에 올려노핫다. 그들은 아무 말 없이 양쪽 막대기에 손을 대엇다.

그들은 처참한 뒷모양을 보이며 맥없이 걸어갓다. 따라가는 아낙네들의 바람에 펴덕이는 치마가락이 상여의 휘장으로 보엿으며 디룩디룩 매달려 잇는 바구니가 저쪽 땅속에 묻힌 낙지의 대가리처럼 보여진다. 맹돌네 고비는 가다가는 쓰러지고 쓰러지고는 한참씩 가마니 잇다가는 소리를 처 울며 땅을 치고 쫓아갓다.

저 모양들이 아까는 내 눈에 가장 아름다운 점경으로 보엿든 것이다.

한없이 행복스러운 존재로 느껴젓든 것이다. 모르는 것이 부처님이라드니 — 아까와의 대조에 쓴우슴까지 흘러나왓다.

해는 누엿누엿 자기의 잠자리를 찾어 숨어 들어가고 잇다. 바다물이 출렁거린다. 섬들이 숨엇다 나왓다 하는 저 수평선 우에 저녁노을이 붉은빛을 뿜ㅅ고 잇다. 저것이 — 저것이 전에는 과연 얼마나 나를 광【황】홀한 정신으로 도취케 하엿든고? 자연의 아름다움, 생의 행복을 가장 절실히 느끼게 하든 것이다. 그러나 너무나 야숙하여라. 오늘의 내 눈 속에 빛웨이는 것은 시뻙언 선현빛밖에는 아무것도 아닌 것이다. 저기서 집을 찾어 허매는 갈매기의 우름소리가 들려온다. 얼마나 가늘고 곧은 음률이엇든가는 지금 나의 기억이 잘 알고 잇는 바이다. 주검의 만가(輓歌)로밖에 들리지 아니하는 지금의 내 심사 — 이 얼마나 변한 것인고! 철렁철렁 들려오는 파도소리조차 내 몸을 집어삼키려는 듯한 무서운 악마의 너털거리는 소리로밖에는 생각할 수가 없다. 저기 곱게 묻혀 잇는 낙지가 나를 무서웁게 노려보고 잇는 것 같다. 악마(惡魔)! 내가 상상할 수 잇는 가장 무서운 악귀(惡鬼) 바루 그놈의 눈동자이다.

무서웁다. 정말 이곳에 단 일각이라도 혼저 잇기가 견디어 나기 어렵게 무섭다. 어서어서 이곳에서 몸을 피하고 싶으다. 그러나 나는 어디로 가야 할지 갈피를 잡지 못한다. 어디로 갈꼬. 나는 벌서 갈 길을 일흔 것이 아닌가? 싸늘한 바람. ……

해가 완전히 시선에서 사라질 때까지 나는 그곳 백사장 우를 거닐고 잇엇다 — 가 아니라 갈팡질팡 방황하고 잇엇다. 그리고 이곳으로 오든 날부터 지금까지의 당한 일 본 일 생각한 일들을 순서 없이 되푸리하여 보앗다.

나는 이곳에 더 오래 머므를 수 없음을 턱없이 서급기만 햇다. 차차 내려 덥는 검은 장막은 서글풀 뿐이 아니라 무시무시하기 짝이 없다. 황혼의 산ㅅ보가 내게는 얼마나 유쾌한 시간이엇든고 그러나 지금은 같은 자연 같은 황혼이 이러케 다를까. 지금은 황혼의 해변이 아니라 마신(魔神)의 굴속이다.

무시로 몸에 소름이 쪽쪽 끼처 올러온다 오한이 일어나 몸이 옷삭옷삭한다. 가슴이 답답하고 숨이 가뻐진다.

나는 나도 모르게 빨리 걸엇다. 그러나 마음은 조급하면서도 몸은 죽어라 하고 마음의 명령에 복종하지 안헛다 드디어 나는 빨리 걸을 것을 단념햇다. 그리고는 될 수 잇는 대로 마음과 정신의 혼란을 진정시키려 햇다.

고개를 푹 숙으리고 오는 동안에 나는 저 마을 쪽에서 불이나케 달려오는 한 할머니와 마주첫다 자식을 일흔 할머니다. 나는 인사를 할 용기가 나지 안헛다. 그 노인도 무엇이 바쁜지 그대로 바다ㅅ가 쪽으로 사러지고 만다 나의 마음은 더욱 쓸쓸하고 허무하여젓다. 저 노인도 남편을 바다ㅅ속에 잃고 지금 면경을 맞히고 잇는 안해나 아닌지? 혹은 자식을 빼앗긴 어머니나 아닌지? 그러타면 아니라면?

그러나 나는 구태어 그 대답을 구할 필요를 느끼지 아니하엿다. 나는 저 노인도 바다ㅅ가 마을에 살어 끄님없는 비극에 출연하는 배우 중의 한 사람인 것만은 사실이라는 것을 아까 그가 여러 아낙네들이 울고 잇는 틈에 끼어 함께 눈물을 흘리고 잇든 것을 보앗다는 것으로서 벌서 확실히 아는 때문이다. 다만 그 사람의 슬픈 정도가 궁금할 뿐이다. 지금 어디로 가나? 차차 어두어 오는 이 저녁 길을 눈도 흐릴 터인데 무엇을 하려 달려가는 것일꼬?

그러다가 나는 저 뒤쪽에서 다시 모래를 밟는 발자욱 소리가 가차워옴을 알엇다. 도라다보니 그 노인이 부지런히도 달려오는 것이엇다. 그런데 나는 그때 그 노인에게서 아까 지나갈 때에 보지 못하든 이상스러운 물건이 들려 잇음을 발견하엿다. 그것은 검운 장막 속이고 또 꽤 거리가 잇는 곳이라 똑똑히는 알 수 없엇으나 컴컴한 중에도 유난스럽게 검게 보히는 것이 얼른 짐작에도 힌 물건이 아니라는 것만은 넉넉히 알 수가 잇엇다.

그러나 나의 신경은 그런 것까지 자세히 살펴볼 수 잇을 만하게 안정되어 잇지는 못하엿다. 나는 그 노인이 무엇을 가지고 도라오는 길이라는 것을 알엇을 뿐 더 달리 관심하지 안헛다.

발자욱 소리는 점점 커 왓다. 마침내 도보 경주는 그 할머니의 승리로 도라갓다. 나는 조용하게 한마대 말하엿다.

『어델 갓다 오시나요,』

내가 대답 인사는 받을 생각도 안코 그대로 뒤떠러저 거러가려 할 때 할머니는 우정 옆을 도라다보기까지 하며 말햇다.

『나 강변까지 갓다 와유』

나는 대답을 하려 고개를 돌렷다. 그리고 미처 다 고개가 도라가기 전에 눈을 크게 뜨지 아니할 수가 없엇다. 나는 황급하게 부르짖엇다.

『아니, 그 들고 오시는 것은 낙지가 아녜요?』

『이거요?』

하고 들어 보이는 것은 아무리 오밤중이라도 청맹관이[13]가 아니면 어떤 외씨 눈이라도 알어볼 수 잇는 낙지임에 틀림없엇다. 그리고 더욱 나를 기절하게 한 것은 그것이 아까 썩은 송장 배ㅅ속에서 빼내어 모래ㅅ속에 파묻어 버린 그 지긋지긋한 낙지라는 것을 지금 급자기 저런 할머니가 게밖에는 어디서 잡어 올 수 잇을 것이랴는 것보다도 진실로 아직까지 풍겨 나오는 이상스러운 냄새(!)가 더 자세히 설명하여 주엇다.

1938년 1월 14일 조간 4면

失樂園(完)

내 마음이 그때 호기심에 끌렷다면 그것은 새빩안 거짓말이다. 나는 극도의 공포 속에 왼 마음과 전신이 휩싸힌 것이다. 나는 조급하게 소리치지 아니 할 수 없엇다.

『아니 그건 저기서 아까 빼내 묻은 것이 아녜요?』

할머니는 대답 대신 거진 다 빠진 이를 내밀며 한번 열적게 웃는 것이엇다. 질문할 때에 대답 대신 웃는다는 것이 그러타는 말보다 더 분명하다는 것을 내 모를 리 없다.

『그런데 그건 갖다 뭣에 쓰세요』

오오! 내가 왜 이 말을 물엇던고 나는 후회한다느니보다 오히려 절통해[14] 한다. 저 할머니에게 먼저 인사를 올 적 갈 적 두 번씩이나 하는 것부터가 사실은 내게 아무 소용도 없는 짓이엇다. 내가 입이 보통 사람보다 퍽 무거운 편이라는 것을 내 자신이 잘 알고 잇는 바인데 오늘밤엔 무슨 환장[15]이 생겨서 잘 알지도 못하는 노인에게 두 번이나 연겁

13 청맹과니 : 겉으로 보기에는 눈이 멀쩡하나 앞을 보지 못하는 눈, 또는 그런 사람.

14 절통(切痛)하다 : 뼈에 사무치도록 원통하다.

15 환장(換腸) : 마음이나 행동 따위가 비정상적인 상태로 달라짐. 어떤 것에 지나치게 몰두하여 정신을 못 차리는 지경이 됨을 속되게 이르는 말.

허 인사를 하엿는지 모른다. 무슨 보이지 아니하는 신비력이 나로 하여금 이 말을 시킨 것이라고밖에는 생각할 수가 없다. 왜 그대로 수꿋수꿋 지나가지 못하엿든고!

이 말만 묻지 아니하엿어도 나는 오히려 이전대로의 이곳 생활을 계속할 히【희】망이 잇엇을런지도 모를 것이엇다. 오늘의 당한 일은 한때의 현실적인 비극을 본 마음으로 끝엿을 것인지도 알 수 없다. 그러나 그러나 — 안되는 놈은 자빠러저도 코가 깨어진다는 비유가 알뜰살뜰이도 들어마진 것이다.

할머니는 처음엔 무슨 생각인지 잠깐 머뭇머뭇하엿다. 입을 쫑긋쫑긋하고 망서리엇다. 그러다가 내 물음에 대하여 분명하게 대답하여 준 것이엇다.

『뭣에 씨능기 아니라유 — 삶아…』

노파는 말을 딱 그친다. 나의 독기 잇는 눈이 그를 쏘아온 까닭이다. 노파는 자세히 나의 얼골을 따저 보더니 그대로 낙지를 내던지고 줄다름을 처버린다. 이제야 아까 나도 그 자리에 잇엇다는 것을 깨다른 모양이엇다.

나는 이 말을 그대로 가만히 듣고 잇을 힘과 마음을 가지지 못했다. 나는 몸을 웃숙 소꾸엇다. 그리고 불덩어리라도 토할 것 같은 대성으로 벼락 같은 소리를 첫다.

『오! 무섭다!』

九

나는 지금 캄캄한 모래 우에 우두머니 혼저 서 잇다. 몸이 휘청거림을 깨닫는다. 머리에서 모기 우는 소리가 들리는 것을 안다.

나는 지팽이를 던지고 스르르 그 자리에 주저앉는다. 낙지 떠러질 때와 비슷한 엉댕이 소리다.

나는 다리를 쭉 뻗는다. 머리를 푹 숙으리고 하연 모래를 뚜러저라 하고 쏘아본다.

나는 다시 고개를 처든다. 그리고 고요히 두 눈을 감는다.

흐트러진 머리속을 진정시키려고 서긇은 애를 쓴다. 그러나 머리는 점점 더 산란해지는 듯 그 모기 소리만이 더 높어진다.

나는 아까 배ㅅ속에서 낙지의 대가리가 불숙 솟어 나오든 광경을 머리속에 그려 본다. 그리고 저 할미가 엉뎅이를 하늘로 뻣치고 숨을 헐러벌덕이며 땅속의 뭇친 낙지를 두 손으로 파고 잇는 광경을 보기나 한 것처럼 서언히 눈앞에 그려 본다.

나는 노파의 인상과 생활과 성질을 알지 못한다.

그러나 나는 그것을 알고 싶지 아니하다. 오히려 웨 그것을 갖다 먹느냐고 캐어보지 안헛음을 다행으로 역인다. 그 내막은 내가 상상하고 잇는 바보다 더 무서웁고 기맥힌 사실인지도 모르기 때문에….

그러나 물어보지 못해도 생각하지 안허도 이 한 가지만은 내 모를 리 없다 — 동기(動機)보다도 더 들어가 근본 원인을 준 것은 그 노파의 마음이 아니고 이 현실이리라는 것을 —. 나는 아까 바다ㅅ가에서 노파의 눈물을 보앗다. 거기서 나는 거짓을 찾지 못햇다. 그리고 힘없이 거러들 것을 딸어 마을로 향하든 그의 뒤ㅅ모양을 보앗다. 나는 거기서 측은한 마음이 솟아나는 내 자신을 발견햇다.

문득 나는 현실에 침 뱉기 전의 그의 얼굴에 침 뱉은 것을 뉘우친다.

주저[16]할 것은 먼저 이 현실인 것을 나는 채 생각지 못한 것이엇다.

이것은 백 번 천 번 생각을 되씹고 정신을 가다듬어 보아도 뼈에 사모치는 아푼 일이 아닐 수 없다. 이것은 비극이 아니라 오히려 그걸 초월한 참극(慘劇)이다. 세상에 또다시 없을 무서운 극이다.

사람이 사람의 고기를 먹고저 하는 이 연극 —.

十

나는 이곳을 낙원이라고 햇다 현실에서 볼 수 없는 리상촌이라고 부르짖엇다. 나를 영원히 안어 줄 자연의 품속으로 보앗다. 그리하여 나는 생명이 잇는 동안은 언제까지나 이곳을 떠나지 안으려 햇엇다. 누가 나를 끌어내고저 하면 거침없이 그의 가슴을 떠다밀어 버리려고 결심하엿엇다. 바루 아까까지만 햇어도 나는 내 생명을 마음것 죽【축】복하며 내 삶을 기리기리 찬송하지 안헛드요.

그러나 나는 이것이 진정한 현실을 몰르고 그저 조아하든 허ㅅ된 생각이엇다라는 것보다도 먼저 비로소 내 일생에 내려저 잇는 운명이 어떤 것이라는 것을 깨달엇다.

나는 고개를 번적 처든다. 왼 전신을 후다닥 일으키어 엉뎅이의 모래를 턴다.

나는 두 팔을 펄적 벌린다. 그리고 허공에 활개를 키며 크게 심호흡을 해 본다.

나는 내일 첫 새벽이라도 이곳을 떠나지 아니하면 안될 몸이라는 것

16 주저(呪詛) : 남에게 재앙이나 불행이 일어나도록 빌고 바람. 또는 그렇게 하여서 일어난 재앙이나 불행.

을 지금 깨닫는다. 그리고 제일 먼저 갈 곳은 남편의 사진을 고히 간직하고 잇는 함 군의 미망인의 집이라는 것도 알엇다.

현실은 영원한 현실인 것이다. 자연이 어디 잇으며 낙원은 또한 어느 곳일까?. 가슴을 떠다밀 그 상대자는 다른 사람이 아니고 결국 내 자신이엇든 것이다.

외로웁고 무서웁다. 자기가 배반한 것이 아니라 내게 배반을 당한 순이가 보고 싶으다. 『죽음을 설허하지 말자!』라고 부르짖든 함 군의 최후의 소리가 불현듯이 그리워진다. T클럽의 일곱 명 동무들의 얼골이 주마등의 행렬같이 홱홱 눈을 스치고 지나간다.

뒤ㅅ짐을 지고 잇는 내 눈에는 서울 장안의 왁작거리는 광경이 눈에 서-ㄴ이 떠올른다. 함 군의 다 떠러진 양철 집웅도 보이고 종로 경찰서의 피뢰침(避雷針)도 보이며 R형사의 족재어 눈도 보인다. 그러나 그중에도 가장 뚜렷이 나타나 잇는 것은 다른 아무것도 아니고 그 지긋지긋한 S형무소의 붉은 벽돌담인 것이다.

파도의 음향을 따라 갈메기의 우름소리가 들린다……. (끝)

만세환(万歲丸) 1939.1.7~1939.1.19

김몽(金夢)

1939년 1월 7일 석간 4면

(당선소설)萬歲丸(1)

바다를 뒤집던 사나운 폭풍우도 지나가고야 말엇다. 무서웁게 아우성치던 동해안의 바다물은 인제는 어느 호수와도 같이 잔잔하고 거울처럼 맑다.

새나루 앞 바다까에 싸인 돌부두에는 동편 하날이 섬나라에서 날을새고 온 갈맥이 떼들은 오골오골 모혀 앉어 무순 바다의 정서를 실흔 듯한 그 우름소리는 고요히 잠든 새나루의 새벽 정막을 깨트리고 잇을 뿐이다. 남쪽 깎어 세운 듯한 청도(青島) 절벽 우에는 페허의 역사를 단북히 실흔 산제당(祭堂) 하나이 오동나무 욱어진 속에 고요히 잠겨 잇고 기둥은 여지없이 찌부러저 가고 기와짱도 어디로인지 드문드문 날러가 버리고 말엇다

사시로 이 청도 기슬기로 날러다니는 까치 가마귀 떼들은 저이들이 지여 노은 보금자리듯이 저녁이면 모혀와 쉬여 가고 아츰이면 그들이 남겨 놋코 가는 포기물은 어느 조각사의 기공품처럼 처마끝과 기둥모

에는 유난히 빛나고 잇엇다. 이러케 진애 속에 파묻힌 산제당 이러컷마는 이 새나루에 잇어서는 둘도 없는 하나의 커다란 수호신(守護神)이 되고야 말엇다. 바람이 불어도 이 산제당을 믿엇고 고기가 잡히지 안커나 무슨 병에 걸리거나 하여도 이 새나루 부녀들은 청도에 달려 올려와 산제당 앞에 엎들엿고, 무슨 재난, 무슨 근심 걱정이 생기여도 먼저 마음에 떠오르는 것이 이 산제당이 되고 말엇다. 산떼미 같은 파도가 밀려오는 바다를 보고도 집들이 날려 갈 듯한 바람이 불어도 마음의 전부를 다하야 정성으로 비는 곳은 이 산제당이 되고 말엇다

『이러케도 바다는 고요하여질 때가 잇을까?』 하고 넘으도 의심할 만치 잔잔하여진 바다를 복순이는 한없이 내다보고 잇엇다.

『이러케도 고요하여지는 때도 잇으면서도 때에는 그러케 지랄을 하듯이 아우성을 친다는 말인가?』

복순이는 다시 이러케 생각하여 보고는 끝없는 수평 쪽으로 다시 한없이 내다보앗다.

그러나 복순이가 찾는 배라고는 그림자도 보이지 안헛다.

『망할 놈의 바다!』

하고 복순의 바다를 향해서 혼자 웨치는 이 음성은 약간 떨렷고 그의 얼굴은 점점 절망에 가까운 빛이 떠올랏다. 넓고 푸른 바다를 아모리 내다보아야 그 흔하던 배는 오날 아침은 웬일인지 한 척도 보이지 안는다.

『아! 그러면 어쩌나. 인제는 벌서 열흘이나 넘지 안헛나!』

복순의 두 뺨에는 기어코 눈물이 흐르고야 말엇다. 불안과 초조에서 벌서 열흘 동안이나 잠을 일코 만 복순은 밤을 새여 가며 청도 절벽에 올라가서는 오즉 하나인 오빠를 실은 배가 이 새나루 부두로 찾어오기

를 고대하엿든 것이다.

그러나 폭풍우 지난 뒤 날이 갈스록 소식이 점점 멀어저가고 잇는 듯한 복순의 수집은 마음은 더욱히 조급하고 진정치 못하여 오날 새벽은 벌서 두 차레나 청도에 옵【올】라와 바다만 내다보앗으나 여전히 바다는 소식이 없엇다.

『옵빠 웬일일까요. 제가 이러케 대하는 줄도 모르고……』.

혼자 다시 복순의 눈에 빛이우는 바다는 어느 굼줄인 호랑이의 아가리처럼 보이엿고 영원히 비극을 연출하는 무대와도 같앗다.

『백 번이고 천 번이고 소리를 높여 울어도 시원치 안흘 바다! 내 혼을 전부 사로잡고 만 바다!』

복순이는 미친 사람처럼 바다를 향하야 소리 높이 웨치고 싶엇든 것이다. 그러나 드디어 그의 조고마케 꼭 다믄 입술은 열래지며 울음은 터지고야 말엇다. 열흘 동안이나 참고 참은 서름과 원한이 일시에 복받처 울어나오는 울음이엇다. 복순이는 치마짜락으로 입을 막고 울음을 그처 보려고도 하여보앗으나 울음소리는 되려 높아저서 아침 맑은 공기를 뚫고 먼 곳까지 흘러가고 잇엇다

남쪽은 마양도(馬養島)[1]가 애급의 "삐라미트"처럼 우두거니 서 잇고 동쪽은 갈마반도[2]가 수평선을 지나치는 빙산(氷山)처럼 희미하게 보일 뿐이엿다. 톱날처럼 뽀쪽뽀쪽 굴곡이 진 해안선에는 푸른 바다만 양식 주

1 마양도(馬養島) : 함경남도 신포시 앞바다에 있는 섬. 조선시대에 이곳에 목마장이 있어서 마양도(馬養島)라 불리게 되었다.

2 갈마반도(葛麻半島) : 함경남도 영흥만 남쪽에 있는 반도. 북쪽의 호도반도와 함께 원산항의 방파제 구실을 한다. 명사십리와 송도원 따위의 해수욕장이 있어서 휴양지로 유명하다.

머니처럼 믿고 사는 어촌들이 무수히 따닥따닥 붙어 살엇다. 암도(巖島)를 앞에 두고 경포만을 옆꾸리에 낀 이 새나루 어촌은 세상은 과학 문명의 혜택 속에서 살고 잇다는 소리가 높것만 그 옛날이나 지금이나 여전히 갈맥이 울음과 파도 속에 끼어 매고 또 끼어 맨 낡은 풍을 달고 다니는 쪼각배들이 푸른 바다로 드나들고 잇을 뿐이엇다.

『아모래도 내가 미치지 안헛나 웨 이러케 철단선이[3] 없는 울음을 울고 잇는 겔까』

복순이는 한참 동안 그 마음속에 파묻힌 서름을 마음껏 목노아 울다가 스스로 책망을 햇다. 바다는 다시 복순의 눈에 비치엇다. 바람 한 점 없이 고요한 바다는 다시 원한과 저주의 흑막을 벗어난 듯, 복순의 마음속에는 순간적이나마 바다는 다시 평화스럽고 다정스럽게 비치엇다.

『내가 왜 울엇을까. 내일도 잇고 모레도 잇고 오빠가 올 앞날은 수두룩하지 안흔가』

복순이는 제 마음을 위안하는 듯이 이런 생각을 하며 그 퉁퉁 부은 눈으로는 여전히 바다를 내다보앗다. 동편 하늘은 점점 붉어저 왓다 수평선 가까이에는 이제껏 보이지 안는 배들이 돗대만을 붉은 광선에 알룽거리면서 무수히 보이엇다 복순이는 이제껏 그 불안스럽던 얼굼【굴】에 가느다란 미소가 흘르면서 이 배들을 쏘아본다. 그러나 배들은 다시 수평선 쪽으로 사라저 갈 뿐이엇다

그는 돌아서자 산제당과 마조치고 말엇다.

(오늘 아침은 판판이 젓네)

---

3 철딱서니 : '철'을 속되게 이르는 말.

하는 생각과 함께 그 산제당 앞에 무릎을 꿀코 손을 합장하고 무엇이라고인지 빌고 잇엇다. 까치 두 마리가 복순이를 보더니 놀란 듯이 무엇이라 지저귀며 새나루 쪽으로 날러가고 잇다.

1939년 1월 8일 석간 4면

萬歲丸(2)

『이러케 일즉 너 어디를 갓다 오느냐?』

박 영감은 복순이가 허덕거리면서 들어오는 것을 보고는 의심난 듯이 물어보앗다. 복순이는 한아버지가 묻는 말에 얼른 무엇이라 대답할 생각이 나지 안타가

『이순의 댁에 놀러갓다 옵니다』

하고 대답하고는 한아버지의 형편없는 얼굴을 대하기도 거북한 생각이 나서 집으로 달려 들어오고 말엇다.

박 영감의 검은 수염 속에 감추운 입에서는 커다란 한숨이 흘러나오면서 여전히 아침 햇볕에 금붕어처럼 비눌 돋힌 듯한 바다를 내다보고 잇엇다.

박 영감은 복순이가 밤늦도록 청도 우에 올라가서 배를 기다리거나 새벽에도 제일 먼저 일어나 청도로만 달려 올라가는 것을 몰랏고 마을 사람들도 아는 사람이 없엇던 것이엇다. 복순이는 하라버지가 물으면 동무집으로 놀러갓다 온다는 것이 어느 때나 같은 말이엇다.

벌서 해는 뜰창으로 뻗치엇다 복순이는 아침을 지을 량으로 가마 뚜경을 열다가 그만 무슨 생각이 낫던지 다시 뚜경을 가마니 닫고야 말엇다. 복순이는 가마 뚜경을 열다가 문득 생각이 난 것이 어제저녁까지

쌀은 모조리 떨어젓다는 것이 마음에 문득 솟아 올라온 것이엇다 (그러면 또다시 누구 집으로 뀌러 가야 하는가)

복순이는 이러케 생각하여 보고 마을의 이 집 저 집 쌀 항아리를 생각하여 보앗다.

벌서 이돌네 집에 두 번 이 주사 집에 한 번 이순이 집에 한 번 이러케 생각하여 보고 그러면 이 마을에서는 잘산다는 집은 다 쌀바가지를 들고 갓다가 오지 안헛는가? 남의 것을 꾸어다 먹기만 먹고 한 번도 갚지 못한 복순이는 인제는 바가지를 들고 문전으로 나설 용기가 나지 안헛다. 그러나 복순의 마음속에 늙은 한아버지를 생각하여 보매 이러고 잇을 경우도 아니엇다.

자기 혼자라면 며칠이고 굶어도 보고 싶엇지마는 한아버지 앞에는 아모리 제 몸이 부끄럽고 천해지는 아침저녁으로 따뜻한 밥 한 끼식은 지여 올려야 한다. 복쑨【순】이는 다시 문전으로 나섯다.

근 백이여 호나 산다는 이 새나루의 집집을 모조리 생각하여 보앗으나 참아 복순의 발이 서슴치 안코 찾어갈 집은 한 집도 생각이 나지 안헛다. 그중에서도 좀 잘산다는 집들은 일전에 다 한 번씩 꿔어다 먹고 아직도 갚지도 못하고 이 집들을 다시 찾어갈 수는 없지 안흔가. 오즉 한 집 그것은 갑돌네 집이엇다. 그러나 복순이는 참아 쌀바가지를 들고 갑돌네 문전으로 들어서기는 실혔다. 갑돌이는 서울로 유학을 간다고 마을의 동무들 그리고 남녀노소할 것 없이 십 리나 되는 정거장까지 딸하가서 바래다주며 성공하라고 축복을 햇더니만 웬일인지 이태 만에 다시 이 나루의 사람이 된 것이다. 복순이는 갑돌이가 서울서 돌아와서부터는 웬일인지 길까에서 만나거나 또한 해변가에서 만나게 되어도 인사도 하지 못하고 얼골만 먼저 붉어젓다. 그는 땅만 보고는 속히 갑돌이를 피하곤 하엿던 것이엿다.

복순이와 갑돌이는 나서부터 한 마을 한 모통에서 자랏고 여름이면 홀작 벗고 바다가에서 물싸움도 치고 어떤 때에는 장난이 지나처서 서로 쥐어박다가 울기도 하며 자란 새엿다. 그러나 복순이도 나이 찻고 갑돌이도 나이 스무 살이 된 오늘의 복순의 마음속에는 벌서 숨길래야 숨길 수 없는 인생의 삯이 엄트고야[4] 말엇던 것이엇다.

이러케 길까에서 보아도 부끄러운 갑돌네 집에 지금 쌀을 거저 가저다가 먹으래도 참아 쌀바가지를 들고는 가기가 실흔 집이 되고 말엇다. 복순이는 다시 뒷골목 우물까에 잇는 김 과부 집이 생각낫다. 이 가【과】부는 스무다섯 나던 해 남편은 어린아이들 둘을 남겨 노코 바다에 나아가더니 영영 소식이 없고 말엇던 것이엿다. 이 과부는 그때부터 어린아이들을 더리고 조개 줍기와 해초를 뜯어서 근근이 살아가더니 지금은 두 아들이 다 배를 타고 살림은 염려 없는 집이 되고 말엇다.

그러나 복순이는 문득 그 전날 이돌네 택【댁】으로 쌀 꿀러 갈 적에 이 과부를 우연히 모통에서 만나던 일이 생각낫고 그날 마주치자 그는 슬적 치마짤알 속에 무엇을 감추는 것을 목격하엿던 것이다. 복순이는 그날 이 과부를 지나치고 직각적으로 저 과부도 누구 택【댁】으로 쌀을 꾸러간 것이나 아니엇던가 햇다 그러면 누구 댁으로 갈까. 복순이는 여러 가지 생각다 못해서 한 번 꾸어다가 먹은 이 주사 집으로 찾아가지 안흘 수 없던 것이다.

4 움트다 : 초목 따위의 싹이 새로 돋아 나오기 시작하다. 기운이나 생각 따위가 새로이 일어나다.

복순이는 집안에서 무엇이라 드렁드렁 말소리가 요란스러운 이 주사 할머니가 근방 문을 열고 나오는 듯하여 이 집 문전에 와서 몇 번 서슴타가[5] 그만 살몃이 열고 들어갓다.

『아 — 이게 복순이 아닌가』

하면서 볼【본】래 서근서근하고 무엇이나 숨김없고 남의 일을 내 일처럼 돕고 가치 울어 주는 이 할머니는 복순이를 보더니 몹시 반가워한다. 그러고 복순의 손에 쥐어진 쌀바가지를 보고 벌서 그 쌀바가지를 받어서 며누리한테로 준다.

『야 그런데 너 오빠 나간 지 며칠이나 되느냐?』

『벌써 열흘이 넘습니다』

『홍 아즉도 멀고 멀엇다. 그전에 우리 영감은 바람에 불리어서 한 달 만에야 서수라던가 하는 곳에서 소식이 왓다』

이러케 말하는 사이에 뒷방으로 들어간 며누리의 쌍【쌀】 항아리 밑을 긁는 소리가 박박 하고 복순의 귀에 들려온다. 복순이는 가슴이나 내려지는 듯이 아펏다. 할머니는 다시 된장을 한 보식[6]을 떠서 쌀바가지 우에 얹어주면서

『너는 아모 근심 말어라 어서 속히 가서 아침을 지어라. 늙은 하라버지가 오즉 시장하겟니』

하는 할머니 얼골에도 쓸쓸한 빛이 흐르고 잇다.

---

5 서슴거리다 : 말이나 행동을 선뜻 결정하지 못하고 자꾸 머뭇거리며 망설이다.

6 보시기 : 김치나 깍두기 따위를 담는 반찬 그릇의 하나. (수량을 나타내는 말 뒤에 쓰여) 김치나 깍두기를 '보시기'에 담아 그 분량을 세는 단위.

1939년 1월 10일 석간 4면

萬歲丸(3)

새나루 동쪽 해안(백사장이 벌어진 곳에는) 여른【름】이 오고 일기가 조흔 날이면 어디로부터 찾어오는지 알 수 없는 피서객들이 모여와서 모래 언덕 우에 천막을 치고 며칠식 묵다가는 다시 어디로 살어저 가곤 하엿다. 이러한 여름날이면 새나루의 사람들은 모조리 바다까에 나와서 조개잽이가 시작되는 것이엇다.

오늘은 복순의 동무들도 해변에 나타낫다 치마짜락을 종아리까지 훌쩍 걷어올리고 얼골 손발 할 것 없이 검붉게 타버린 십여 명이나 되는 이 복순의 동무들은 손에 한박[7]과 옹댕이[8]를 들고 파도가 찰락거리는 해안에서 발을 적서 가면서 조개가 만히 잇다는 뚝섬 쪽으로 걷고 잇엇다.

『야 그런데 이야기가 잇다. 우리가 오늘 주은 조개는 모조리 장에 가서 팔아서 되는 대로 함순이한테 무엇을 사주자』

복순의 동무 가운데서 괴수라고도 할 수 잇는 주인 격이고 지도 격인 말광량이라고 변【별】명을 부르는 차돌이가 이러케 말을 끄집어냇다.

『그래 함순이 시가를 언제나 가느냐』

『내달 스무날이란다.』

이순이가 묻는 말에 말광량이는 대답하고 다시 입을 열어

『야 함순이는 신세를 고첫다. 함순의 남편은 발동선에 다니는 월급쟁이란다. 나도 그러한 월급쟁이나 생겻으면 조켓네』

말광량이는 진심으로 나오는 말인지 이러케 말하엿다.

7 한박 : '함박'의 옛말.

8 옹댕이 : '소쿠리'의 방언.

『홍 말 말게 말광량이쯤 하면 발동선 선장쯤은 얻을 격이 잇고 그런 함숨【순】의 남편을 부러워 할 것 같지 안네』

이순이는 이러케 말하고 동무들 가운데서 함순이를 찾어보앗으나 오늘은 함순이는 나오지 안헛다. 말광량이는 키가 후리후리 크고 검은 눈과 덩그런 코와 둥근 뺨을 가진 그러케 못난 여자가 아니엿다. 오히려 그는 어디로 보든지 미인에 가까운 여자엿다. 성질이 괄괄하고 무엇이나 자기 일처럼 서들기를 조하하고 말이 수다해서 어데나 선봉에 나서서 행동하는 마음이기 때문에 복순의 동무들은 말광량이라고 별명을 지어주엇던 것이엇다.

이들은 뚝섬 가까이 가서는 모조리 치마를 입은 채 물로 절벅절벅 뛰들어갓다. 한박은 물 우에 둥둥 떠다니고 가지각색 빛을 가진 조개들이 한박 속으로 싸히어 올랏다. 이때에 멀리서는 갑돌의 동무 일단이 지나간 폭풍에 불리어 나온 등북(海草)을 끄집어 올리며 불으는 노래가 이곳까지 흘러저왓다. 그들의 노래는 다시 점점 이곳까지 가까이 오더니 인제는 뚝섬 동쪽 해안선으로 다시 멀리 노래소리만 가믈가믈하게 들리면서 사라저 갓다. 이 갑돌의 동무들은 모두 이십 전후의 씩씩한 젊은 이들이다. 여름철이 오면 고기도 잘 잡히지 안코 잡는 대야 이내 썩기도 해서 여름 한철은 이들에게는 제일 한가한 시절이엇다. 바람이 불어 산데미 같은 파도가 밀리어 오거나 무엇이나 극【급】박한 일이 생기면 이들이 제일선에 나서서 힘쓰고 애쓰고 몸을 받히고 이 새나루를 내 것처럼 애끼고 도웁고 한다. 그러다가 불행히 비참한 광경이 생기면 서로 손목을 잡고 울기도 하엿던 것이엇다. 오늘도 근 십 리나 되는 이 해안선 일대에 깔리운 등북을 그들이 작당을 하야 끄집어 올리고 그것이 모래 언덕에서 며칠이고 달랑달랑 소리가 나게 말르면 이 새나루의 누구의 집을 물론하고 다가치 땔나무로 사용하는 것이다.

말광량이의 한박 족【쪽】에는 어느듯 조개는 가득히 싸히어 올라왓다. 그리고 말광량이는 사방을 살피어 보면서 모든 한박마다 조개가 넘실넘실 싸히어 잇는 것을 보고

『야 너이들 인제는 그만두지 안켓니 해도 만히 갓고나』

이러케 호령이나 하는 듯이 말하고 선봉에 서서 바다에서 나와 모래언덕 우로 올러왓다. 모래 언덕에 올라온 말광량이를 보더니 모두 일시에 조개를 실은 한박을 물 우에 둥둥 띠우면서 바다를 나오고야 말엇다. 복순이는 동무들과 한참 걸아가다가

『그런데 차돌이 나의 조개까지 좀 가지고 갈려므나 나는 이곳에서 좀 쉬어가겟다』

복순이는 아모 용기 없는 말로 말광량이를 보고 말하엿다. 말광량이는 복순이가 좀 쉬어가겟다는 말, 그리고 내 조개까지 가지고 가 달라는 말을 듣고 복순의 마음을 잘 깨달앗던 것이엇다.

물론 복순이는 오늘부터는 벌서 조개잡이가 한 업이 되고 말엇다. 오늘도 조개를 장에 가지고 가서 팔어야 저녁과 내일 아침 때거리[9]까지 생기는 것이엇다. 말광량이는 이러한 복순의 사정을 잘 알어채리고 아까 함순의 선물로 오늘 조개는 모조리 누구 것이나 팔겟다는 말 한 마디가 인제 복순의한테 무슨 죄나 지은 듯이 마음이 괴로웟던 것이엇다.

『그러면 복순은 이곳에서 쉬게 그리고 복순의 조개는 그만두게 우리

9 땟거리 : 끼니를 때울 만한 먹을 것.

이 조개만 팔어도 돈은 남을 터이니…』

하고 말광량이는 자기 한박 조개까지 절반이나 복순의 한박에 넘어오도록 쏟아 주엇다. 복순이는 이 말광량이의 우정에 입이 떨어지지 안코 자기 홀로 함순이한테 인사를 못 차리고 자기 동무들 앞에 서게 된 자기 몸이 너무도 천하게 생각되엇다. 이러케까지 흘러오게 된 자기 신세를 다시 생각하고 눈물이 앞을 가리웟든 것이엇다. 말광량 일단이 마을로 사라질 때 복순이는 오늘과 같이 따뜻한 날에 조개를 더 주을 욕심이 나서 그는 한박의 조개를 모래 언덕에 쏟아 노코 다시 물로 뛰어들어갓던 것이엇다.

복순이는 한 발작 두 발작 걸어 들어 갈수록 더욱 조개가 만흠을 알고 목에 물이 넘실거리는 곳까지 걸어 들어가고 말엇다. 지금 복순이가 한 발작 옮겨 놋는 그곳은 복순이의 키를 넘는 옹댕이[10]엇다. 복순이는

『앗』

소리를 한번 치고 그만 물속으로 사라저 버렷다. 단지 한박만은 이곳 저곳으로 떠다니고 잇을 뿐이다. 이때에 마침 갑돌의 동무들은 등북은 다 끄집어 올리고 집으로 돌아오는 길 모래 언덕에 잇는 조개를 보앗던 것이였다.

『이것이 누구의 조개인가?』

하고 갑돌이는 문득 바다를 내다보앗다. 그 순간 『앗』 하고 갑돌이는 떠다니는 한박을 보고 웨첫다. 갑돌의 동무들은 어느듯 갑돌의 놀랜 소리와 함께 물속으로 뛰어들어가고야 말엇다.

10 옹댕이 : '옹당이'와 같은 말. 가운데가 움푹 패어 물이 괴어 있는 곳.

1939년 1월 11일 석간 4면

萬歲丸(4)

『박 영감이 게시오?』

하고 부르는 이 서기의 음성은 그전보다도 대단히 부드럽고 얼굴빛도 어딘가 웃음이 흐르는 듯하엿다.

박 영감은 사오일 지난 오늘도 여전히 아모 것도 먹지 못하고 창백한 얼굴로 신음하고 잇는 복순의 곁에서 시중을 하다가 밖에서 구두 소리가 나고 그 음성이 들릴 때 자기를 찾는 사람이 누구인 줄은 벌서 짐작하엿던 것이엇다. 그러나 박 영감은 그 사람이 귀찬흔 손님이라고 생각될 때 일어서 나갈 용기도 나지 안코 대답할 힘도 없엇던 것이엇다.

『박 영감 안 게십니까?』

하고 다시 부르는 이 서기의 음성은 아까보다도 더 높이 들리엇다.

『네, 어서 들어오시오』

하고 박 영감은 귀찬흔 손님이엇으나 허리문을 열고 방 안으로 이 서기를 모서 들여왓다.

『오시느라고 수고하엿습니다』

『머, 관계찬습니다.』

하고 말하는 이 서기의 그 뺏뺏 마른 얼굴에는 여전히 웃음이 흐르고 잇엇으나 그 뽀족한 턱과 콧등이 당스라케 올라온 것을 보아 딱딱하고도 팩한 성질의 인물인 것은 암시하고 잇엇다. 이 서기는, 오늘은 한복도 벗어버리고 아청색(紺色) 『세비로』[11]에 빨간 "넥타"를 하고 머리에는

11 세비로(せびろ, 背広) : 저고리, 조끼, 바지로 이루어진 신사복.

기름이 반질반질 흐르고 잇엇다.

이 서기는 이 새나루에서 한 십 리가량 떠러저 잇는 어떤 포구 어업 조합(漁業組合)에 근무하고 이 박 영감 댁에는 채무 관게로 벌서 수십 차례 왕래하는 몸이 되고 말엇다. 그런데 오늘은 이 서기가 웬일인지 그 태도가 그전과는 대단히 달러젓다. 오늘의 이 서기는 박 영감을 보자 모자를 벗고 공손히 인사하고 박 영감이 안내하는 대로 방 안에 들어와서는 무릎을 쪼구리고 앉엇다. 박 영감은 (오늘 이 서기가 웨 이러케 무던하여젓을가) 하고 의심할 만치 그 태도가 변하엿다. 그전의 이 서기는 박 영감댁에 찾어오면 그 구두발로는 땅을 탕탕 구르며 왼 마을에 알리도록 소리를 치며 『기한이 넘어갓느니 인제는 집행을 하느니』 하면서 울러대이는 이 서기의 돈받이[12]엇던 것이엇다.

『그런데 영감께서 돈은 어찌 되엇습니까』

이 서기는 공손스러운 말씨로 물어본다.

『어찌할 도리가 잇겟습니까. 좀 더 참어주시오』

박 영감은 어느 때나 이러케 그 애교 없는 음성으로 애걸하듯이 말할 뿐이엇다. 자기집의 사정을 조리 잇게 잘 변명하여서 이러한 군극 소게서 지금은 한 푼이라도 어찌할 도리가 없다는 자기 신세를 잘 꾸며 말할 줄을 몰랏다.

『글세요, 참으라시면 참지오. 그러나 너무 오랜 때의 돈이 되고 보니……』

박 영감은 이 서기의 이 대답에 더욱이 놀래지 안흘 수 없엇다. 그전

12 돈받이 : 받을 돈을 거둠. 또는 그런 일을 하는 사람.

은 하로라도 넘어가면 금방 목아지라도 달아날 듯이 위협을 주엇던 것이엇다.

박 영감은 자기 외아들 영숙이 살앗을 적에 배를 묵느라고 어업조합에서 백 원을 빗을 내어 쓴 것이엇다. 박 영감은 자기집 재산을 모조리 통털어 너코도 백 원이라는 돈이 부족하여 그와 같이 어업조합에서 채금을 내게 되엇던 것이엇다. 그리하여 박 영감은 오십 평생에 처음으로 자기 소유라는 영광스러운 목선을 하나 가지게 되엇던 것이고 배가 물에 내리는 날 아침 박 영감은 자기 손으로 그 배 옆구리에 『만세환』(萬歲丸)이라는 이름을 써서 이름과 같이 자기집 대대로 물리어지기를 마음속으로 빌엇엇다. 그리고 처음으로 영숙이가 이 배를 타고 떠날 때 영숙의 안해는 복순이를 등에 업고 복돌이의 손목을 이끌고 마을 사람들과 함께 부두에서 처음으로 자기 배를 타고 바다로 나가는 남편을 웃음 띤 얼굴로 전송하엿고 박 영감도 모래 언덕 우에서 자기 아들이 타고 가는 만세환이 돛에 바람을 맞어 바다를 달리는 것을 물끄럼이 바라보고는 그의 검은 구렛나릇(수염) 속에 감추엿던 입술을 삐죽이 열어 웃음을 흘렷던 것이엇다. 그리하야 저녁 때마다 모여 앉으면 먼저 어업조합의 채금 문제가 일어나고 아모리 하여도 일 년 내에 갚어 버리겟다는 영숙의 굳은 결심의 말이 어느 때나 집안을 화목하게 하엿던 것이엇다.

그러나 뜻과 같이 바다의 작업은 되지 못하야 고기는 잡히지 안코 바람에 불리어 이곳저곳으로 쫓기어 다니며 어업조합의 돈은 고사하고 아침저녁으로 먹을 것이 근심스러웟던 것이엇다.

그리하여 영숙의 나이 스물일곱이 되는 해 가을 어느 날 영숙이가 바다로 나간 후 난데없는 폭풍은 불어서 바다물은 뒤집히고 파도는 새나루 모래 언덕 높은 곳까지 치밀어 올라오고 바닷가에 가까운 집들은 벽이 문어지고 바다속으로 흘러 들어간 것이 한두 집이 아니엇다. 폭풍우가 지난 뒤 며칠 후에 청도 절벽 앞바다에는 빈 배 한 척이 엎들도진 채 둥둥 떠서 새나루로 점점 가까이 오고 잇엇다. 마을 사람들이 이 배를 발견하고 나가서 배를 끄집어 들여오니 그것은 의외의 만세환이엇엇다.

박 영감은 집에 잇다가 만세환이 엎들여젓다는 소리를 듣고

『그게 무슨 소리야?』

하면서 달려나왓던 것이엇다.

박 영감은 소리 높이

『만세환이라는 소리가 웬 말인가?』

부두에 달려 내려가서 엎드려진 배 옆구리를 보고 만세환이라는 세 글자가 뚜렷이 박 영감의 눈에 비칠 때 그만 그 자리에서 기절하고 말엇던 것이다. 마을 사람들은 이 비참한 속에 만세환을 모래 언덕에 끄집어 올리고 잇노라니까, 박 영감은 조금 후에 정신이 들어 배 올리는 광경을 목격하더니

『배는 웨 끄집어 올리나? 내 아들을 일허버린 그놈의 배만을 올려 무슨 소용이 잇나!』

하고 부르짖으며 집으로 달려 들어가더니 도끼를 들고 나와서 만세환의 앞대가리를 산산이 부서 때리엇던 것이엇다. 마을 사람들은 겨우 박 영감을 진정시키고 언덕까지 만세환을 끄집어 올리엇는데 영숙의 안해는 이듬해에 드디어 심사병으로 일곱 살 되는 복돌이와 다섯 살 되는 복순이를 남겨 노흔 채 세상을 떠나고 말엇다. 이 서기가 오늘 받으려 온 돈이 이러케도 박 영감에게 잇어서는 저주스럽고 원망스러운 돈

이 되고 말엇던 것이엇다.

1939년 1월 12일 석간 4면

萬歲丸(5)

『영감 그런데 좀 미안한 말슴을 여쭈어야겟습니다』

하고 이 서기는 그 커다란 눈으로 박 영감을 한번 훑어보고는 다시 고개를 숙인다. (말은 하지 못하고) 무엇인지를 가지고 손장난을 하고 잇엇다.

『무슨 말슴인지요?』

그래도 이 서기는 얼른 입을 떼지 안는다. 그는 다시 한번 박 영감을 힐끈 치어다보고는

『그런데 저 — 지금 홀로 나는 중이올시다. 지나간 겨울에 우연히 상처를 하고 말엇읍니다』

『허 그것 참』

하고 박 영감은 이 서기가 뜻밖에 문제를 끄집어 내는 것을 보고 어쩐지 가슴이 덜렁햇다. 이 서기는 또다시 아모 말이 없이 잠시 동안 무엇을 생각하는 듯하더니

『그런데요 참으로 이러케 제가 말슴하면 어찌 생각하실른지 알 수 없읍니다마는 영감님의 손녀를 저한테로…』

하고 이 서기는 말끝을 채우지 못하고 얼골은 좀 붉어지고 말엇다. 박 영감은 인제야 이 서기의 심중을 잘 깨닫고 이 의외의 청혼에 무엇이라 대답하엿으면 조흘른지 얼른 생각이 나지 안헛다. 오늘까지 박 영감은 아즉도 복순이를 어린아이로만 생각하여 왓고 따라서 복순에게

대한 결혼 문제는 한번도 생각하여 본 일도 없엇다. 더욱 물에 빠저 겨우 생명을 구해낸 복순, 지금은 병석에 누어 알코 잇는 터라 그 뿐인가 복돌이의 소식도 막연한 오늘날 박 영감에게 그럴 여유가 잇을 택이 만무엿다.

이 서기는 박 영감의 이러한 사정을 알고 혼담을 끄집어내는 겐지 모르고 끄집어내는지 이 서기는 비록 그전보담 그 태도와 언사가 공손햇지마는 혼담을 끄집어내는 그 마음은 오히려 얄미웟다 박 영감은 여전히 아모 대답도 못 하고 단지 햇쌀이 쨍쨍하게 비치인 뜰창만 물끄럼히 내다보고 잇을 뿐이엿다. 이 서기는 어느 날 박 영감 집으로 출장을 왓을 때 우연히도 물똥이를 이고 문전으로 들어오던 복순니【이】와 마조첫던 것이엇다.

『이러한 가난뱅이의 나루 이러한 오막사리 속에도 저러케 착한 처녀가 숨어 사는고냐』 이러케 혼자 중얼거리면서 그날 종일토록 복순이의 환상을 그리엇던 것이다.

그날 밤 이 서기는 이불 속에서도

『그 눈! 그 코, 어디 험잡을 데가 잇던고? 비록 검게 타기는 햇으나 늦은 가을 뜰국화처럼 수집고 장화스럽고 그 버들입처럼 생긴 두 뺨, 호수처럼 잔잔하고 평화스럽게 보이는 그 얼굴

이 서기는 한 시를 치도록 잠을 이루지 못하고 복순이를 이러케 그려보고는 결국 자기 안해로 만들어 보겟다고 결심을 한 것이다. 그러고 또 자기의 자기 지위와 박 영감 집에 자조 왕래하는 관게상 여러 가지 구실과 조흔 기회가 잇을 것이니 위선 안심해도 조타고 생각햇던 것이다.

그래서 오늘은 일요일임에도 불고하고 평소에는 집에 두고 다니던

금메달을 양복 조끼에 걸머차고 구두와 머리에는 기름을 번질번질 칠하고 출장 시에 쓰던 가방을 들고 그 전에는 생각만 하여도 까마득하던 이 새나루를 찾엇던 것이다.

『저는 그러케 큰 재산은 없습니다. 그러나 영감의 손녀를 고생은 안 시키겟습니다.』

그는 이러타 저러타 가부간[13]의 대답도 없는 것이 안타까웟다.

『글세요. 아직 나[14]도 어리고 시집 줄 생각은 아직 해 보지도 못햇는데……』

『여자의 나이 그만큼 되면 무어 어리다고야 하겟습니까. 그저 허락만 하시면 영감 생각대로 결혼식은 몇 해 후라도 조흘 것입니다』 박 영감은 이 서기의 말을 가마니 들어보더니 사실 복순이도 인제는 시집을 갈 나이라고도 생각햇다 그러타면 어차피 한번은 시집을 가야 할 것이다.

오늘까지 빈한한 가정에서 아모것도 배우지 못하고 자라난 복순, 지위도 권세도 가지지 못한 우리네 신분으로서는 복순이도 결국은 이 새나루 어촌 어느 총각안【한】테로 시집을 가서 사공의 안해가 될 수밖에 없고 자나깨나 푸른 바다만 바라보고 갈매기 우름만 들리는 부두에서 남편을 고대하고 또한 바리우는 나루의 아낙네가 될 수밖에 없다고 생각하자 구미가 당기지 안는 것도 아니엇다. 지금 이 서기를 앞에 앉처노코 복순이의 남편을 구하야 볼 때 이 서기는 아모 데도 부족이 없는 오히려 복순이한테는 넘치는 훌륭한 남편깜이라고도 생각되는 것이엇다. 그러타면 이러한 기회를 노치지 안코 복순이를 허혼하는 것이 오히

13 가부간(可否間) : 옳거나 그르거나, 찬성하거나 반대하거나 어쨌든.
14 나 : '나이'의 준말.

려 당연한 일이 아닐까? 이러케도 생각해 보는 것이다. 어떠케 생각하면 주춤거릴 때가 아닌 것도 갇앗다. 그래서 영감은 『글세요 당자한테 물어보지도 안코 제 마음대로야 어떠케·····』 하고 의향이 잇는 듯이 말하고 말엇다. 이 서기는 이 말을 듣더니 조급히 『아니 그 사람한테 무슨 판단력이 잇겟습니까? 영감께서 허락만 하신다면 영감 말슴대로 따르겟지요』

이 서기의 말은 박 영감도 그런 듯 싶엇다. 그러나 사실 박 영감은 입을 뗄려고 하엿으나 어드메가 불족하고 미안된 점이 잇는 듯하야 얼른 입을 뗄 용기가 나지 안헛다. 이러한 박 영감의 심리를 넘어다 본 이 서기는 『영감 무엇을 그러케 오래 생각하실 께 잇나요』 하고 서드는 통에 영감은 자기 손녀가 지금 무슨 생각을 하고 잇는지를 생각해 보지도 안코

『어디 좀 생각해 봅시다』 하고 반승락처럼 해버렷던 것이다.

1939년 1월 13일 석간 4면

萬歲丸(6)

여름 달은 은은히 밝엇다. 더욱이 잔잔한 바다 우에 내리비치는 달빛은 한 폭의 그림처럼 다정스러웟다. 아직도 뚝섬 쪽에서는 잠을 이루지 못한 갈맥이 울음이 새나루 쪽으로 흘러오고 먼바다 저쪽에는 어부들의 등불들이 쌧별처럼 반짝거리고 잇는 고요한 밤이다.

복순이는 흩어진 머리 가닥을 걷어 올릴 생각도 하지 안코 창백한 달빛 어린 모래밭을 거닐고 잇엇다. 사오일을 두고 먹지를 못한 탓인지 다리가 몹시 허전댄다.[15] 그는 초마[16]자락을 움켜중【쥐】고 자기 마음을 달빛에 비처 보앗다. 비록 사오일 간이엇건마는 딴 세상과 갇이 모든

것이 유다【달】리 보이엇다. 복순의 마음은 한곳에서 서 잇고 십지 안혓다. 오늘밤은 어디로라도 날이 밝도록 가고 싶엇다. 그는 모래 언덕 우를 걸으면서 다시 한아버지가 히미한 등불 밑에서 하던 말이 생각낫다.

(우리집에 내내 다니는 이 서긔라는 사람과 너와 백년언약을 하엿다. 그 사람은 어업조합의 서긔, 월급쟁이로 인제는 너도 먹을 것은 근심 없고 팔자를 고쳣느니라 나는 하로라도 바삐 네가 한 술의 밥이라도 근심 없이 먹는 날을 본다면 그날로 죽어도 원이 없겟다.)

그것은 실로 꿈에도 생각지 못한 일이엇다. 복순이는 이 한아버지 말을 되씹어 본다. 웃어야 할른지 울어야 할른지 (이 벼락 같은 말에) 자긔 마음이 오히려 평범해진 데서 놀라고 잇엇다. 복순이 앞에 오늘밤 나타나는 앞바다가 끝이 없는 사막과 같은 벌판이엇다면 오히려 복순이는 사막을 한 낙원으로 믿고 며칠이고 몇 달이고 힘이 자라는 데까지 걷고 싶은 생각이엇다.

『한아버지는 웨 그러케도 바쁘게 나의 결혼을 허약하고 말엇을까 내가 그러케 하라버지 곁에 잇는 것이 미웁게 보이엇을까 오히려 하로라도 내가 곁을 떠난다면 한아버지는 더욱 쓸쓸하지 안흐실까』

그것은 야속한 일이엇다.

『그러타면 한아버지는 웨 당신 생각도 못 하실까 지금은 더욱이 오빠도 믿을 수 없지 안흔가……』

복순이는 오늘밤처럼 세상이 저주스럽고 원망스러운 날은 없엇다. 한아버지는 이러한 혼담이 생긴 것을 영광스러운 일이오 오히려 우리

15 허전대다 : 다리에 힘이 아주 없어 쓰러질 듯이 계속 걷다.
16 초마 : '치마'의 강원, 황해 방언.

쪽에서 자청하여야 할 혼처라고 말슴하시나 대체로 한아버지는 무엇을 보고 어데를 믿고 그와 같은 생각을 하실까? 만약에 한아버지가 나의 신랑깜을 구하여 준다면 이 마을에도 수두룩하지 안흘까? 웨 그러케 근본도 알지 못하는 사람한테로 주려는 것일까 복순이는 아모리 생각하여 보아야 금번 한아버지의 저즐러 노흔 자기 약혼은 믿을 수 없는 현실은 아니고 어떤 꿈속에서 맺어 노흔 약혼으로밖에 생각되지 안헛다. 복순이도 어느때 이 서기라는 사람을 한번 본 일은 잇엇다. 이 서긔는 아모리 몸치장하고 빨건 "넥타이"에 양복을 떨쳣지만 복순으로서는 말도 거닐 수 없는 딴 세상 사람으로밖에 생각이 되지 안는 것이엇다. 나서부터 바다에서 자라나서 오늘까지 바다까에서 조개나 주어 먹고 등북이나 뜯어 먹으면서 입을 것도 변변이 못 얻어 입고 자라난 자기 몸을 생각하여볼 때에 복순이는 이 나루에서는 보지도 못하던 그러한 사람한테로 시집을 갈 자격도 없다고 생각하는 것이엇다. 따라서 구두에 몸을 실고 붉은 태양도 보지 못한 듯한 그 햇슥한 얼굴을 가진 이 서긔라는 사람은 이 나루의 산애들처럼 사나운 파도와 폭풍우를 만나서 목숨을 받히면서도 여전히 바다를 사랑하는 그 심경을 이해치 못하는 사람이라 하엿다. 그러니만큼 또한 자기한테로 장가를 올 자격도 없다고 생각하는 것이엇다. 오늘까지 서로 딴 세상에서 생활하는 환경이 다른 속에서 살어온 사람과는 영원한 반여【려】자로 가정을 이룰 수 없고 만약에 결혼이 성립된다고 하여도 그 부부 생활은 합리적이 못 되고 불자연스럽고 모순만 생기고 멀지 안허서 파탄이 생길 것이라고 복순이는 생각하엿다. 복순이는 이러한 생각을 하면서 오늘 이후 자기의 이 중대한 결혼 문제를 어찌 해결하면 조흘른지 여러 가지로 또한 생각하여 보앗던 것이엇다.

파도는 쉴 새 없이 여전히 찰락거리고 어디로부터인지 갈맥이 울음도 간혹 들려온다.

복순이는 이 갈맥이 울음이 들리는 바다 저쪽으로 무수한 등불을 발견하엿다. 그리고 복순이는 그 등불이 눈에 비치자 그만 발을 멈추고 말엇다.

(오빠가 나간 바다 아즉도 오빠는 저러케 등불을 켜고 고기를 잡고 잇지 안는가?)

복순이는 그 등불을 보고 오빠 생각이 날 때 바다에서 들어올 적마다 웃음이 얼굴에 가득히 흘르며 복순이를 대하여 주던 그 오빠의 얼굴이 꿈속처럼 나타나는 것이엇다. 복순이는 그만 그 순간 팔을 벌려 자기 오빠를 안을려고 하엿으나 벌서 (그 환상(幻想)은 깨틀여지고) 오빠는 어디로인지 살아젓다. 그러고는 아까와 같이 자기 혼자와 푸른 바다가 앞을 가리우고 잇을 뿐이엇다.

(아! 오빠)

하고 복순이는 그만 웨치고 말엇다. 그리고 모래 언덕에 주저앉어 푸른 바다만 여전히 내다보다가 그만 울음이 터지고야 말앗다.

조각달은 뚜섬 쪽으로 기울어지고 새나루에서는 누구 집 강아지인지 짖는 소리가 이곳까지 들려오고 잇다. 복순이는 울을음【울음을】 그칠려고 하지도 안코 세상의 모든 것이 자기를 향하여 겨누고 괴롬과 설음을 덮씨울랴고 하는 것과 같앗다. 오늘 저녁 제 몸이 인제는 하나의 도살장으로 끌리어 가는 목숨처럼 생각되자 더욱 설음이 복받혀 올라 울음소리는 더욱 높아갓다. 이때에 복순의 등 뒤에는 사람의 그림자가 어디로부터인지 나타나 복순의 곁으로 가까이 움직이고 잇엇다.

1939년 1월 15일 석간 4면

萬歲丸(7)

그는 거진 복순의 등 뒤에 와서는 발을 멈추고 통곡하고 잇는 복순이를 이모저모로 뜯어보고 잇다. 복순이의 길다란 머리채는 팡파짐한 둔부까지 나려젓고 힌 적삼젓과 검은 치마를 입은 똥똥한 몸매가 아무리 보아도 복순이엇다.

그는 다시 복순의 몸에서 눈을 옮겨 달빛이 은은한 바다를 내다보고는 한번 긴 한숨을 쉬고

『여보 복순이』

하고 좀 떨리는 목소리로 복순의 이름을 불러 보앗다. 그러나 복순이는 이 불르는 소리도 듣지 못하고 여전히 울고만 잇엇다.

『복순이 웨 이런 곳에서 울고 잇소.』

이번은 아까보다도 복순의 귀 가까이 입을 대고 불러 보앗다. 복순이는 인제야 자기 뒤에 사람이 온 것을 깨닫고 울음을 딱 근치엇다. 그러나 얼른 뒤를 돌아볼 생각이 나지 안헛다. 그는 갑작이 무서운 생각이 들엇다.

『밤도 깊엇는데 웨 이런 곳에서 혼자 울고 잇으시오?』

복순이는 이 음성을 듣고야 홱 고개를 들엇다. 복순의 눈과 등 뒤에 선 사람의 눈이 서로 마주치며 그것이 누구인 것을 깨닫고는 더욱 놀라지 안흘 수 없엇다. 그 순간 복순이는 『아! 갑돌이 아닌가?』

하고 들릴락말락하게 혀끝으로 옮기고도 그만 일어서서 갑돌이 앞에

고개를 숙이고 아무 말이 없이 잇엇다.

갑돌이는 뚝섬 쪽으로 갓다가 인제는 밤도 깊은지라 집으로 돌아가던 중 우연히 어디서부터인지 울음소리가 들리어 그 울음소리를 따라 찾어왓더니 그가 뜻밖에 복순이엇던 것이다.

『그래 웨 이런 데서 이러케……』

갑돌이는 복순의 울고 잇는 그 심경을 잘 알고 잇으면서도 지금의 그에게는 이러케밖에 할 말이 없엇던 것이다.

『달이 밝고 이러케 고요한 밤이면 저의 마음은 웬일인지 자꾸 울고만 싶어요……』.

복순이는 아즉도 울음 섞인 음성으로 이러케 대답하엿다.

『정말 오늘밤은 닭이 밝군.』

『그래요. 퍽 밝습니다』

하고 복순이는 흩어진 머리카락을 긁어 올리엇다.

갑돌이는 오늘 저녁 우연히 복순이를 이러케 만나고 보니 무슨 이야긴지 마음속에는 산처럼 싸히어 잇는 듯하엿다. 그리고 복숙【순】의 마음은 지금 근심 슬픔, 원망, 저주 이러한 감정이 가득 차 잇는 것을 잘 깨달앗다. 그러면 어찌하면 복순의 마음을 좀 위로할 수 잇을까 하는 생각을 이리저리 궁리하여 보다가

『벌서 사람은 이 세상에 날 적에 기쁨보다도 슬픔을 더 만히 가지고 난 겟이오.』

복순이는 여전히 아무 말이 없고 고개만 숙이고 잇다. 갑돌이는 이러케 잇는 것이 오히려 복순의 마음을 괴롭히는 것 같아서 다시 오른쪽으로 발을 옮기엇다. 복순이도 갑돌이의 뒤를 따라 한 발짝식 옮기어 간

다. 오늘밤만은 복순이의 마음은 갑돌이가 가는 곳이라면 어디라도 설령 그것이 가시 돋힌 벌판이라도 따라가고 싶엇다.

『아모리 사람이 괴롭다고 하여도 그것을 어느 때나 괴롭게만 생각하여서는 우리의 살림은 결국 실망으로 돌아가고 마지 안켓소. 인생은 괴로운 속에서 살고 그 괴로움을 달게 맛보고 이겨가는 가운데 사는 보람이 잇고 살 자미가 생기는 것이지오』

『글세요. 그러치만 괴로운 사람은 점점 더 괴로워지니 웬일일까요 저는 인제는 이 세상도 실혀집니다』

『그런 마음이 안 된 것이오 그러한 사람이야말로 불상하고 가련하지요 그러나 내가 불상하다는 사람 즉 먹을 것이 없어서 굶거나, 의지할 곳이 없어서 헤매이는 사람을 가르쳐서 말하는 것이 아니오 오히려 굶어도 힘잇게 살겟다는 굳센 마음, 자기를 살리랴고 끝까지 싸우겟다는 사람은 설령 그들이 굶고 잇다고 하여도 행복된 사람이라고 생각됩니다』

복순이는 그의 말을 유심히 듣다가

『허지만 어찌 먹을 게 없는 사람보다 더 불상한 사람이 잇을까요』

『그러나 먹을 것만 풍족하다고 반드시 그곳에 행복이 잇겟습니까 자기가 못 믿고 좀 딱한 처지에 노여도 그저 신세니 팔자니 하고 아모 뼈없는 사람처럼 흐늑어리는 사람을 아모리 먹을 것이 넉넉하다고 하여나는 그들을 가르처 가련한 사람들이라고 생각한다오』

『허지만 닥처오는 팔자를 어떠케 해요』

『흥 그것이요! 그것! 단지 그러케만 생각하여서는 안 된다니까 어디메로든지 새길을 뚫코 나갈 욕심을 가저야지. 그래야 히【희】망 잇는 사람이 되지오』

이러케 서로 이야기하면서 걸어가는 동안 복순이는 문득 발을 멈추엇다.

(아 내가 갑돌이한테 무슨 죄를 짓지나 안는가 나는 벌서 딴 사람의 안해가 아니던가 그러면 나는 갑돌이와 가치 걸어 볼 수도 없는 몸이 아닌가) 이러한 생각이 복순의 마음속에 떠올를 때 발길을 돌려 홀로 딴곳으로 가지 안흘 수 없엇던 것이엇다.

갑돌이는 이 의외의 복순의 태도에 대단히 의심이 나서『웨 그러케 몸을 달어나오 내 말이 그러케 듣기 실소』

복순이는 아모 말이 없이 여전히 걷고 잇엇다. 갑돌이는 달려가서 복순의 어깨에다 손을 얹어 노면서

『복순이 웨 아모 대답이 없소』하고 안타까이 잡어 나꾼다. 복순이는 갑돌의 손이 자기 몸에 대이자 이상한 촉감이 느껴지며 이제 근방 생각키우던 허혼 문제는 어디로인지 영영 사라저 버리고 말엇다.

복순이가 다시 갑돌의 얼골을 치어다 보앗을 때 서로 얼골에는 가느다란 우슴이 일시에 흘르고 잇엇다. 두 사람는【은】 다시 뚝섬 쪽으로 걷기 시작한다. 백사장(모래 속에)에 지여 노코 가는 두 발자죽【국】 속에는 무슨 이야기를 소복소복 담어 놋는 듯 서산에 지는 달만이 귀를 기울이고 잇엇다.

1939년 1월 17일 석간 4면

萬歲丸(8)

갑돌이와 복순이가 그날 밤 서로 만난 이후 둥근달이 다시 조각달로 변하여 청도 우에 오동나무 잎새로 걸처 올라오는 어느 날 밤이엇다.

잔잔한 파도는 부두에 매여 잇는 쪼각배에 부디치고 갑돌이는 이 배에 타라고 할 때 복순이는 곁에 잇다가 다시 입을 열엇다.

『우리가 이 나루를 떠나지 안허도 이곳에서 살 수 잇지 안허요? 웨 자꼬 그러케 떠날려고 합니까?』

복순의 말은 애원이나 하는 듯하엿다.

『내가 아까도 멧 번이고 말하지 안헛소. 우리가 이 나루를 영영 떠나는 것이 아니라 우리 사랑과 열정을 이 세상에 고백하는 한 수단에 불과한 것이요. 당신이 만약에 약혼한 몸이 아니라면 이러한 행동을 하지 안허도 우리 사랑이 깊어가는 가운데 자연적으로 세상에 알려질 것이지만 지금 복순의 몸으로서는 진정으로 나를 사랑한다면 이것이 비겁하고 유치스러운 행동인 줄은 몰라도 잠시나마 이 나루를 떠날 사정이 아니요?』

이런 말을 복순이는 고개를 숙인 채 듣고 잇다가

『그러나 할아버시를 어떠케 홀로 남겨 노코……』

복순이는 말끝을 채 이으지 못하고 그 음성은 눈물 섞인 듯 하엿다 갑돌이도 복순의 이 말에는 얼른 무엇이라고 대답할 용기가 나지 안헛다.

『그러면 잠시 제가 집으로 갓다 올 터이니 기달려 주십시오.』

하고 복순이는 바쁜 거름으로 집으로 발을 옮기엇다.

오막살이 들창 속에는 여전히 히미한 등불이 비치고 잇엇다. 문전에 이르러 발을 멈추고 귀를 기울려 보앗다. 집 안에서는 세상을 모르고 잠자는 할아버지의 숨소리가 온 집안을 차지하고 잇엇다.

(오! 이것이 내가 웬일이냐? 저러케 세상을 모르고 잠자시는 할아버지를 홀로 남겨 노코 이 집을 떠나다니……)

복순이는 이런 생각이 문득 솟아올랏다 달을 다시 오동나무 잎 사이에서 완전히 올라와 마을은 더욱 밝엇다. 복순이는 살으지 문을 열고 집안으로 들어섯다 (이 집이 웨 이러케도 수산스럽고 쓸쓸한가 복순이는 이제껏 살아오던 자기집이 오늘밤처럼 이러케 쓸쓸하게 생각되는 것이 처음이엇엇다 아직 물동이에는 복순의 예다 노흔 그대로 물이 꼴박 담겨 잇고 히미한 등불 밑에 쪼구리고 잠자는 할아버지의 이마 주름쌀은 더욱 유난히 보엿다. 담배를 피우다가 잠이 들엇는지 담뱃때는 굴레수염 아래도【로】 채 떨어지지 안코 쪼구린 발 우에는 군데군데 힌 솜이 보이는 누덕이가 가리워 잇을 뿐이엇다.

방문턱 우에는 복순이가 이제껏 입고 다니던 등이 쨰여진 적삼과 앞이 해어진 치마가 걸치어 잇고 조앙[17]깡에는 한아버지의 지그룻과 옵빠의 지그룻이 인제는 녹이 슬엇는지 빛도 없이 얹어 잇엇다. 복순이는 이러한 집안 정경을 유심이 살피어 보다가 그만 눈물이 쏟아지고야 말엇다. 복순이는 치마로 눈물을 씻다가 그만 밖에서 누가 부르는 듯한 소리가 들이기에 문을 다시 살몃이 열고 부두로 달려갓던 것이엇다. 부두에 이른 복순의 눈에는 눈물이 자최는 보이지 안코 오히려 청쾌한 낮【낯】이엇다.

『그러면 어서 탑시다. 새개라는 곳은 이곳에서 한 三十리 잘될 것이요. 우리가 그곳에 이를 때에는 아침해가 붉게 올라 오겟지오.』

복순이는 사랑과 몸을 다 바친 지금 갑돌의 말에 맏겻고 또한 갑돌이 가는 곳에는 어디라도 따라가지 안흘 수 없엇다. 달빛 어린 바다로, 두

17 조앙: '부뚜막'의 평남 방언.

몸을 실은 배는 새개를 향하여 노저어 갈 뿐이엇다.

그들이 탄 베【배】가 저만큼 살아지는 것은【을】 바랜 사람은 오직 한 사람뿐이엇다. 복순이와 갑돌이는 그것을 몰랏지만… 그것은 말괄량이 엇든 것이다.

그러고 그들이 이 새나루를 떠나게 된 경로를 아는 이는 말괄량이뿐이엇다. 아니 복순이가 그만한 용기를 낸 데는 오로지 말괄량이의 거센 성격이 유일한 선동이 되엇던 것이다.

『복순아 야 가렴! 너 할아버지야 아모러키로서니 산 입에 거미줄 칠까부냐 복돌이하구 잘 살게 될 때까지 네 목아치까지 잡어서 너 할아버지를 봉양해 줄꾸마.』

말괄량이는 이러케 말햇엇다. 그러고 말괄량이는 결기로 그러는 것이 아니라 사실에 잇어서 복순이가 어디서 떠들어온지도 모르는 이 서기놈한테 가는 것보다는 바다에서 나서 바다에서 자랏고 또 일평생 죽을 때까지 바다와 싸울 갑돌이를 두던하고 싶엇던 것이엇다.

『가, 야 돌보지 말구 어서 가!』

그러나 이런 일이 잇엇다는 것은 꿈에도 생각지 말라는 동무들은 개에 모여 앉기만 하면 복순이 뒷공론들을 햇다. 그럴 때마다 말괄량이는 혼자 도맡아 가지고 복순이를 두던햇고 동무들의 함박에서 조개를 몇 개씩 걷어 가지고는 본【복】순이 대신 복순이네 할아버지를 봉양도 햇던 것이엇다.

『글세 우리가 동물 위해서 조개 몇 알쯤 내는 것이 개【아】까운 게 아니라 말하고 보자면 복순이가 잘못햇지 뭐냐.』

이순이는 조개를 낼 때마다 이러케 군말을 하는 것이다. 그러나 그러면서도 그들은 단 한 번도 조개 추념[18]을 거절한 일은 없엇던 것이다.

1939년 1월 18일 석간 4면

萬歲丸(9)

인제는 울타리조차 할 수 없는 박 영감집은 수수때 울타리도 다 썩어 빠지고 주위에는 군데군데 썩은 나무가지만이 앙상하게 남어 잇엇다. 오늘도 박 영감은 홀로 말른 나무에 기대어서 눈앞에 전개된 푸른 바다를 한없이 내다보고 잇엇다. 그러다가도 귀치안타는 듯이 다시 돌아서 북쪽 검붉은 대지를 또한 한없이 바라보고 잇엇다. 힌 구름떼는 이 산봉오리로 저 산봉오리로 옮겨다니며 흙냄새와 풀냄새가 뭉게뭉게 떠오르고 잇다 영감은 험악한 대지를 무엇이나 찾는 듯이 차근차근 이곳저곳 바라볼 뿐이다. 그리더니 그것도 보기 실타는 듯이 다시 자기 눈앞에 보이는 인제는 홀로 살어가지 안흐면 안 될 오막살이를 유심히 또한 바라본다.

예영[19]초 우에는 군데군데 아람들이 바우가 눌렷고 오늘 우연히 문짝과 기둥이 동쪽으로 기우러진 것이 눈에 띠운다.

『저놈의 집이 웨 저러케 기울려지나』

이런 생각이 떠오르며 그것도 다 보기 실타는 듯이 한숨을 한번 후 하고 내여 쉬고는 다시 바다를 내다보앗다. 열세 살에 배에 올라 오십 평생을 바다에서 살아온 박 영감! 그 푸른 바다 자연 속에서 자라난 박 영감의 마음속에는 오늘까지 한번도 경험하지 못하던 찬바람이 일엇다.

---

18 추렴 : 모임이나 놀이 또는 잔치 따위의 비용으로 여럿이 각각 얼마씩의 돈을 내어 거둠.
19 예영 : '이엉'의 함경 방언.

잠자리에서 깨어나도 바다, 잠자리에 누어서도 바다, 어찌하면 고기를 만히 잡어볼까 지금은 어느 바다에 고기가 만히 들어왓을까 동편 하늘에 구름이 뭉게뭉게 떠오르면 오늘은 샛바람이 불겟구나. 까마케 흐리고 비가 퍼붓는 하늘이라도 함갈영 북쪽 하늘을 치어다보고 편한[20] 푸른 하늘이 조금이라도 보이면

『올치 인제는 날이 곧 개어질 테지』

이러케 위안을 하며 오십 평생을 풀은 바다와 함께 사공 생활을 하여왓던 것이엇다.

이러한 생활 속에서 자기 외아들 영숙이가 나이 들어서 배를 타게 되자 비로소 바다에서 나리고 영숙이가 다시 바다에 영영 돌아오지 못하게 되자 복돌이가 아버지의 뒤를 따라 품팔이로 남의 배를 타게 되엇던 것이엇다. 그러나 복돌이도 인제는 소식이 없고 오직 복순이만을 믿고 그날그날을 살던 박 영감은 복순이조차 오늘에 와서는 영영 자기 몸을 버리고 떠나고 말엇던 것이엇다.

박 영감은 자기 아들과 손자까지 소식이 없는 바다를 유심히 바라다보다가

『복순이도 저 바다로 떠낫다지…』 하는 생각이 문득 솟아올랏던 것이다. 그리고 박 영감은 오늘에야 비로소 자기의 고적과 슬픔이 가슴이 찌어지듯이 떠오르고 오늘까지 살어오던 바다가 저주되엇다. 그러나 영감은 털끝만치도 손녀를 원망치는 안헛다. 되려

『복순이가 저 부두를 떠나면서 나를 얼마나 원망하엿을까. 내가 그와

20 편하다 : 끝이 아득할 정도로 넓다.

같은 일을 웨 저한테 물어보지도 안코 저즐러 노핫던가. 그래서 복순인 이 마을을 등지고 떠나지 안헛을까』 이러케 후회하는 것이엇다.

영감은 온몸에 소름이 끼치엇다. 박 영감은 이러한 지나간 모든 일을 생각하자 인제는 홀로 남은 자긔 신세가 그지없어 서글펏다 여때껏 단 한 번도 울어 본 기억이 없는 박 영감의 눈에서는 눈물이 방울방울 흘러 떨어젓다.

그러나 다시 박 영감은 갈맥이 날러다니는 푸른 바다에는 여전히 무수한 배들이 오가는 것을 보자

『내가 이러한 쓸데없는 생각만 하고 잇을 때가 아니다.』

하는 생각이 떠오를 때 자기도 모르게 벌떡 일어낫다. 어찌하면 굶주리지 안코 살아갈 수가 잇겟는가 영감은 다시 북쪽을 향하여 푸른 대지를 이곳저곳 살피여보앗다. 그러나 아모리 뜯어보아야 나서부터 파도를 베개로 삼고 자라난 방【박】 영감은 아모리 종달새가 울고 푸른 오곡이 은파를 지으며 아모 걱정 근심 없는 평화롭고 행복이 샘돗【솟】는 듯한 대지엿것마는 자기는 대지와는 인연이 없다 하엿다.

그는 다시 "후" 하고 한숨을 내여쉬고는 바다 쪽으로 머리를 돌리엇다. 아모리 넓은 푸른 바다엿건마는 그리고 산데미같이 큰 파도가 아우성치며 진동하는 사나운 바다이엿것만 돛을 달기만 하면 그 물결을 헤치고 나아갈 길은 따로이 잇을 것만 같앗다 아니 영감은 지금 그 훤히 뚤린 길을 바라다 볼 수 잇는 것이엇다.

인제는 모든 것이 다 꿈결 같앗다.

영숙이, 복돌이, 복순이, 이것들은 지나간 날 사나운 꿈결 속에서 만난 얼굴들 같앗다. 박 영감의 눈에 비치우는 지금의 바다는

『저 바다가 정말 영숙이와 복돌이를 삼키고 말엇을가』

의심이 날 만치 다정스럽고 평화스러웟다. 조고만한 쪽백이[21]를 가지고 뜰로 달려다니듯이 바다를 왕래하던 그 전날의 생활을 다시금 추억하여 볼 때 박 영감은 『바다의 길은 그러케 험하고 무서운 길이 아니다』 하는 자신이 다시금 떠오르는 것이엇다.

박 영감은 이때에 문득 백사장 언덕 쪽으로 눈이 쏠리엇던 것이엇다. 그 백사장 언덕 우에는 돌개바람이 몬지를 날리며 갈팡질팡하고 잇엇다. 그 돌개바람이 다시 먼 곳으로 사라저 가고 그 돌개바람이 불던 언덕 우까지 박 영감의 눈이 이르자 무엇에 놀란 듯 박 영감의 눈은 커지면서 한없이 그곳만 바라보고 잇엇던 것이엇다. 박 영감은 어깨를 솟구고 발굼치까지 돋구면서 그곳만 바라보고 잇다. 그 줄음 잡힌 얼굴 우에는 아까의 모든 불안과 슬픈 인상은 어데로인지 사라저 버리고 수염 속에 감추운 입은 약간 벌어지면서 온 얼굴에 기쁨이 넘처흐른다. 박 영감은 한참 동안 서 잇다가 한 발작을 살며시 띠어노코야 말엇다. 그리고 다시 한 발작 점점 박 영감의 발작은 빨러지고 대【나】종에는 달음박질을 처서 모래 언덕 우로 사러지고야 말엇다. 박 영감은 대체로 무엇을 보앗을까 그리고 그와 같이 기뻐서 뛰어갓을까 박 영감의 눈에 비친 것은 무엇이기 때문에 그러케도 일순간에 그 큰 서름과 불안을 일소하고 말엇든가.

21 쪽백이 : '쪽박'의 강원 방언.

1939년 1월 19일 석간 4면

萬歲丸(完)

박 영감은 한참 모래 언덕으로 달려가다가 문득 발을 멈춘 곳이 근십 년 동안이나 모래 언덕 우에서 바람 눈비에 썩어 가고 잇는 만세환이 잇는 곳이엇다. 만세환은 뱃머리가 깨어진 채 전체는 여지없이 낡엇지마는 아즉도 만세환이라는 세 글자만은 대단히 빛나게 비치엇다. 그리고 군데군데 (틈이 번 새에는 뾰족뾰족 내밀고 잇엇다【)】 박 영감은 한참 동안은 옴작도 안코 무엇을 생각하는지 물끄럼이 서 잇다가 다시 만세환을 이곳저곳을 만저 보면서 손톱으로 나무껍질을 뜯어도 본다.

여【이】러케 자세하게 만세환을 진단하여 본 박 영감은 인제는 안심이라는 듯이 아까보다도 얼굴에는 우슴어【이】 더 가득히 차는 것이엇다. 선체가 헐기는 햇으나 매만지고 널판을 대고 뱃머리를 고친다면 넉넉히 사용할 수 잇는 것을 깨달은 박 영감은 미칠 듯이 조아햇다. 이런 배를 웨 두고 썩혓든가. 영감은 자식과 손자를 일코 자포자기한 지금까지의 행동을 후회하엿다.

박 영감은 자기에게 만세환이 잇는 것을 이제야 발견한 듯이 캄캄하던 길에 무슨 서광이나 비치는 듯 기뻣던 것이엇다.

『웨 벌서 내가 이것이 잇는 줄을 모르고 이때까지 마음만 썩히어여 왓든고』

이러케 박 영감은 생각되엇고 자다가 무슨 큰 횡재나 한 듯하엿다

박 영감은 하로 한 시가 인제는 바쁘다는 듯이 집으로 달려 들어가더니 도끼, 방【망】치, 널판을 들고 다시 나왓다. 그리고 깨어진 앞머리를 다시 고치기를 시작하엿던 것이엇다.

쌀쌀한 바람이 옷자락 속으로 스며든다. 구월의 아침저녁으로 찾어들던 치위도 박 영감의 호기에는 움직도 못하엿다.

무쇠처럼 굳은 손아귀에서 부디치는 망치 소리는 구월 하늘 맑은 공기를 뚤코 멀리 청도 절벽에까지 부드처 반사되어 다시 이 새나루의 문전 문전으로 어느 부녀의 다드미 소리와도 갈이 들려오고 잇섯다.

이런 날이 며칠은 게【계】속되어 복순의 동무들은 일기도 따뜻하고 하자 떼를 지어 조개잡이를 나왓다 문득 그들은 언덕 우에서 배를 고치고 잇는 박 영감을 보더니 일시에 그곳으로 달려오고야 말엇다.

『한아버지 인제 다시 배를 고쳐 무엇을 하십니까?』

이순이는 먼저 입을 열어 이러케 말하고 땀방울이 뚝뚝 듣는 박 영감의 얼굴을 유심히 치어다보앗다.

박 영감은 이 말에 아무 대답이 없엇다.

『근데 한아버지 언제는 망치로 깨부시고 언제는 이러케 고치서요』

말광양이의 이 말에

『그땐 자식이 죽은 화풀이엇지! 그런데 너이들 오늘 주은 조개를 날 좀 주렴!』

박 영감의 얼굴에는 여전이 웃음이 흘럿다.

『한아버지 어쩌면 그러케 비우가 좃습니까?』

이순이가 이러케 말하고는 먼바다를 내다본다. 그러나 말괄양이는 이름답지 안케 눈물이 글성글성해지며 한없이 바다를 내다본다 이것이 모두 이 새나루 사람들이다 가치 그러고 영원히 앉고 헤맬 비극이라 햇다. 이런 생각을 하자 그는 자꾸 울어젓다. 『한아버지 념려 마서요. 한아버지 소원이라면 무엇이라도 해 올리지요』

하고 말괄양이는 대답하고 자기 동무들을 데리고 언덕 아래로 다시 내려와서 찰락거리는 파도에 발을 적서 가며 박 영감이 불상하니 복순의 행동이 올타니 글타니 말다툼을 하면서 뚝섬 쪽으로 다시 사라저 갓다.

이로부터 며칠 후 만세환은 새나루의 젊은이들의 부르는 노래와 함께 등에 밀리어서 백사장 언덕으로부터 푸른 바다를 향하야 움직이엇던 것이다. 닻줄[22]이 다시 매어지고 돛대가 높이 서게 된 만세환은 옛고향인 푸른 바다 우에 둥둥 떠서 다시 바다의 율동에 마쳐서 춤을 추고 잇섯던 것이엇다 그리하야 모든 것이 다 준비되어 박 영감은 그전 옛날 배 타던 시절의 마음과 차림차림으로 만세환을 매어저 잇는 부두로 찾어 걸음을 옮기엇다.

아들과 손자를 빼앗기고 복순이까지 보낸 이 부두에 다시 선 박 영감은 마음 한편 구석에는 형언하기 어려운 서름이 가득 차 잇엇다. 박 영감이 떠나는 이 부두에는 오늘은 한 사람의 바래워주는 혈육도 없고 그 옛날처럼 갈맥이 울음만이 박 영감의 귀에 새롭게 들리어오고 잇을 뿐이엇다.

부두에 매어진 닻줄은 박 영감의 손아귀에서 풀어지고 만세환은 인제는 제 갈 길을 찾앗다는 듯이 돛에 바람을 받어 그 옛적 그 걸음 그 멋대로 화살같이 망망한 대해를 향하여 내닫고 잇엇다. 박 영감은 이 배 우에 앉어 새나루를 한번 들여다보앗다. 근 이십 년이나 되는 그전에 바다에서 보던 그 새나루가 그러케 변하여진 것 같지 안헛다. 그리고 다시 북쪽 하늘을 치어다보앗다. 하늘은 맑고 구름은 한 덩어리도

22 닻줄 : 닻을 매다는 줄. 밧줄이나 쇠줄로 되어 있다.

없는 것을 보아 오늘의 일기는 틀림없이 조흔 날이라 생각되엇던 것이엇다.

박 영감의 경험(經驗)에 의한 자연 과학은 아즉도 그 머리에서 사라지지 안햇던 것이엇다. 그리하야 박 영감은 배를 탈 적에는 반드시 동쪽 마양도 하늘과 북쪽 함갈영 하늘을 치어다보고 아모 이상이 없어야 배를 노질하엿던 것이엇다. 그러나 때에는 이 박 영감의 천문학을 조소나 하는 듯이 오늘은 염려 없다고 바다로 나아갓으나 난데없는 바람이 일기 시작하엿다.

『아니 그만 도로 들어갑시요』

하고 불안에 쫓기어 다른 사공들이 웨쳣으나 영감은 고개를 힘차게 내둘럿다.

『뭘 이까짓 바람쯤』

알롱거리는 수평선으로 만세환은 박 영감을 실고 점점 사라저 갈 뿐이엇다. (끝)

봉두메 1940.1.5~1940.1.20

강형구(姜亨求)

1940년 1월 5일 석간 4면

(당선소설)봉두메(1)

봉두메의 가을ㅅ밤

太五네 집 사랑 미다지에는 불빛이 다정햇다. 가을도 중간이 되면 아츰저녁으로 제법 선선해짐애 새로 발른 미다지에는 불빛이 더욱 그러햇다. 고-ㄹ(谷) 깊이 우는 부엉이 우름ㅅ소리가 어딘지 처량하고 — 이래서 밤은 마-ㅁ대로 깊어 간【간다】 부 — 헝 바 — 항. 부 — 헝 바 — 항.

사랑에서 뎅걸뎅걸 흘러나오는 이웃 사람들의 애깃소리가 태고(太古)의 전설같이 평화럽고 부드럽다

봉두멧 사람들은 太古네 사랑에 와서 일하길 조와햇다. 주인되는 太五가 서울서 무슨 높은 학교까지 단긴 사람이라는데 어떠케 그리 시골 사람같이 수수하며 어찌그리 뼈에 굳지 안흔 일은 하느냔 말이다. 이것이 산촌 사람들에게 말할 수 없는 부침성을 자아냇다. 그리고 서울 얘기 듣는 것도 재미잇고 농사짓는 방수[1]를 그에게 뀅겨 주는 것도 또한 보람이 잇엇다. 이래서 그들의 애기란 원래 밑도 끝도 없는 말하자면 들뜨기 말

이다.

『난 서울 간 못 살겟데』 누가 이런 말을 햇다. 그러나 누구 한 사람 꼬던 새낏 손을 놋는 사람도 없고 가마니 치던 바딋 손을 멈추는 사람도 한아 없다. 그저 일은 일대로 계속하며 그중의 한 사람이

『왜』 하고 말을 받는다.

『글세 물까지 사 먹으니 사람이 감질나서[2] 견되여어』

『그래도 서울이 좆하네』

『좆긴 똥사는 게 조화』

『자네들은 천생 농삿군일세. 옛말 드러두 못 봣나 사람의 새끼는 나아서 서울로 보내고 망아지 새끼는 시골로 보내란…』

『건 옛날 말이지. 지금은 시골로 찾어오는 법야』

『말 말게 돈 모면 서울로 가나부데. 까치울 박 선달도 가을해[3] 갖우군 서울루 간다데』

『언제』 하며 남이 서울 간다는 데 적잔히 관심을 갖는 것은 용칠이 윤 서방이엇다.

아직 남헌테 애기는 안 했어도 내심 서울로 뜰까 하는 생각이엇다. 해서 밤이 이식하야 등잔ㅅ불이 히미하고 말꾼[4]들이 헤일 적에 윤 서방은 뒤찾어서 태오와 의논햇다.

『윤 서방 같은 사람이 동내를 떠서야 되우. 좀 더 생각해 보우. 뭘하면 나두 사람을 한아 둬야겟구… 어떳소. 윤 서방은 우리집에 잇어 보지

---

1 방수(方手) : 방법과 수단을 아울러 이르는 말.

2 감질(疳疾)나다 : 바라는 정도에 아주 못 미쳐 애가 타다.

3 가을하다 : 벼나 보리 따위의 농작물을 거두어들이다.

4 말꾼 : '마을꾼'의 준말. '마을꾼'은 이웃에 놀러 다니는 사람을 뜻한다.

안흘려우. 몰으면 몰라도 서울 가서 신통한 일이 잇을 거 같지 안소. 그래두 윤 서방은 시골이 조와. 시골이. 그러쿠 말구』

『그런 줄야 누가 몰르나유 흉년은 들고 살 수가 잇어야쥬』

『딱한 일은 딱한 일이요만은 나는 도무지 尹 서방을 놋쿠 싶지 안소. 농사짓는 사람이면 어디 다 농사꾼이요. 정말루 흙을 사랑할 줄 알어야지』

尹 서방은 흙을 사랑한단 말이 무슨 말인지 뜻은 몰라도 다시 생각해 보마 약속하고 집으로 돌아갓다. 太五는 尹 서방을 보내고 나서 허전함을 어쩔 길이 없엇다. 아무리 커 — 다란 사회(社會)의 분해작용(分解作用)이라 하지만 가는 계절(季節)을 보내는 것 같이 섭섭햇다 봉두메에도 달은 고장에 주인을 빼끼고 비여 잇는 집이 몇 채 잇다. 울타리는 삭아서 주저안고 집웅에는 고-ㄹ(谷)이 나서 잡초가 욱어젓다 太五는 금새로 사람이 그리워젓다.

안ㅅ방. 아즉도 불이 켜 잇엇다.

『입때 자지 안헛소』

『………』 玉林이는 이틀에 한번 우편으로 오는 신문을 열심히 주서 보며 남편이 하는 말에는 대ㅅ구는 고사하고 거들떠 보두 안헛다. 太五는 서운햇다.

『무어 새로운 "뉴-쓰"가 잇소』

『이화전문 음학회가 가까왓대요』

『음악회가!!』

太五는 안해의 속맘을 알아채린다.

1940년 1월 6일 석간 4면

봉두메(2)

그도 도회지 생활의 습성을 떨처 버리기가 여간 힘이 아니엇지만 그래기로니 그의 처는 그다지도 서울을 그려할까. 사람을 그려 드러온 太五는 우울해진다. 시골 농사 짓는 사람들의 하는 말 하는 짓이 소박하고 단순해서 그게 조키도 하지만 그러나 역 太五도 문화인이라 문화적 감정이라던지 내지 심미적 정서를 부인할 수 없엇다. 가령 고요한 밤에 — 고요한 밤이요 — 해도 시골 사람들은 무심하다.

교양의 차이랄까. 그래서 太五는 그의 안해를 유일한 얘깃 동무로 역인다. 사랑에서 안ㅅ방으로 드러옴도 아마 그 까닭이라 하겟다 헌데 이제 새삼스럽게 음악회는 갓다 끄내 낼까. 이것은 짐작컨대 시골 와서 사는 것을 거부하는 완곡한 마음이라고 太五는 그러케 들을 밖에 없었다. 전에도 여러 번 그런 일이 잇엇고 더구나 처음에는 분명히 실타 하던 玉林이다.

『서울이 그러케 가구 싶우』

『가구 싶음 어떡하실 테야요』

『지금 사랑에선 尹 서방이 서울 가구 싶답듸다.』

【『】여기가 사랑인 줄 아세요』 太五의 말이 끝나기 무섭게 받아 내는 玉林의 얼골은 매섭게 새참스러웟다.

뭐 어째! 太五는 금시로 치미는 속을 참고 어이없이 안해를 바라다본다. 달은 때도 감정이 서로 버긋나는 일이 없지 안허 이럴 적이면 덮어노코 안해의 잔허리를 덤석 안어 숨이 맥히도록 껴안고 머리라도 쓰다듬으며

『玉林』이 하면 어느 때는 품안에서 도리질을 치고 눈물까지 먹음어 어린애 같은 눈동자로 빠-ㄴ히 치어다보는 그의 안해엿지만 그때만치는 太五도 그래【러】고 싶지 앉엇다.

『사랑 애기가 그다지도 실소』

『尹 서방인가 하는 자를 실여하는 줄 당신두 알지 안허요』

『尹 서방은 炫에 못치 안흔 내 친구요』

『당신의 친굴 내 압니까』

『그게 안해로서 할말이요』

『안해의 할말이 따로 정해 잇습니까』

『여자란 여자다워야지, 남의 남자를…』

『당신이 이러케까지 보수적인 줄 몰랏읍니다. 그것도 시골 와서 체득한 도덕이랍니까』

『난 당신의 그 말이 시려. 좀 다수긋할 순 없단 말요』

太五의 어성[5]은 높아젓다. 안해의 음성도 따라 날카로웟다.

『두멧년한테루 장갈…』

『가만 잇지 못해』 太五는 악을 썻다.

玉林은 움찔햇다. 정떠러 — 지는 것은 그러나 玉林이보다 太五 자신이엇다. 말이 오고가고 이래서 옥신각신할 적에는 흥분해 그런 줄 몰라도 한번 악을 꽥 써서 두 사람 사이에 아지 못할 장벽을 막어 노흔 후 급기야 남는 것은 쓰디쓴 정분이엇다. 太五는 입맛만 쩍쩍 다시고 玉林은 옷을 입은 채로 자리에 누어 준은 채 돌아눕고 말엇다.

---

5 어성(語聲) : 말하는 소리.

太五는 우두마니 앉어서 애꾸진 담배만 태운다. 玉林은 담배ㅅ연기가 가장 실타는 드시 이불 섶으로 코를 싸쥐고 밭은기침[6]을 한다. 이것은 담배 연기가 정말로 실혀서 그래는 게 아니라 남편에 대한 불만의 발로 엇다. 어떤 때는 자기 말마따나 기분이 조흘 때면 太五가 먹다 남아지 담배꽁추를 주어서 노핫다가 주기도 하는 玉林이 아니든가.

담배는 太五 손에 반이나 넘기 생으로 타드러간다. 그는 빨 생각도 안는다.

— 어떤 것이 정말로 부부의 참된 생활이든가 그는 스무나문 살 청년 같이 생각한다 —

1940년 1월 7일 석간 4면

봉두메(3)

太五의 어떤 선배는 부부란 일종의 종교라 해서 결혼의 행복이니 무엇이니 하는 것을 비린내 나는 소리라고 여지없이 묵살해 버리는 사람도 잇지만 하여튼 지금 그에게 안해라 하는 것은 커 — 다란 짐이엇다. 한편 정이 잇어야 할 것이라면 그저 자기를 맹종하는 사람이면 조【좋】겟다 생각도 해 본다. 玉林이같이 남편을 이해한다 해서 모든 일에 참섭하길[7] 조와하고 나종에는 서신 왕래 일기까지 들추어 가며 제법 알지도 못하는 문장이 어떠니 문장에 음악적 요소가 없느니 해 가지고 심지어는 감정이 그리 무되【디】니까 이런 시골 와서 소같이 일을 할 수 잇

6 밭은기침 : 병이나 버릇으로 소리도 크지 아니하고 힘도 그다지 들이지 않으며 자주 하는 기침.

7 참섭(參涉)하다 : 어떤 일에 끼어들어 간섭하다.

다는 등 하는데 太五는 듣기 실혀 어쩌다 보여 주지 안을 마침 부부간 에 숨길 것이 무엇이냐 요컨대 그것은 애정이 엷은 까닭이라 이따위 애 정입네 문화입네 하는데 골머리가 알어 왓다. 이런 점에 잇어 그는 악 처를 갖엇다 해야 한다.

그러나 한곳으로 그러케만 생각할 수 없는 때문에 그는 답답햇다. 안 해가 때로는 야스랑거리고 어떤 때는 가장 조흔 말ㅅ동무가 되고 또한 밤으로 애정의 기교를 피우기도 한다. 太五는 이것이 조치 안흔 바 아 니엇다. 생각하면 미움 반 귀염 반 이래서 살고 저래서 살고 허기야 종 교라고나 해둘까 그러나 당장 눈앞에 꼬부리고 앙가슴을 써가며 누어 잇는 안해의 꼬라지란 눈의 가시같이 미웟다.

— 따저 보면 봉두메란 이 시골에 온 지가 벌서 반 년. 그만하면 시골 살림에 정을 부칠 만도 하지 안흔가 제가 생각 잇는 사람 같으면 진작 그래야 한다 — 빨아보지도 안흔 담배가 거의 다 타서 손꼬락이 뜨거울 제 太五는 깜작 놀라 한 목음 빨앗으나 신에 붓지 안허 재차 또 한 개 끄내 부치고 이번에도 생으로 태운다.

서울서 시골로 떠나온 얘기.

太五가 결혼하고 一년 화동서 살림할 제다. 本정[8]엘 갓다가 참으로 우 연이 대학에 다닐 적 늙은 선생님 內地人 선생님을 茶방에서 만나 뵛다. 선생님은 여전히 팔뚝같이 굵은 만년필과 사발 종시게같이 무지한 회 중시게를 "테-불" 우에 끄내 노흐신 다음 정중한 인사를 하섯다. 太五

8 본정(本町) : 현 중구 충무로 일대의 일제강점기 명칭이다. 1914년 4월 1일 경성부 구역 획정에 따라 경기도고시 제7호에 의해 명동, 대룡동, 낙동, 장동, 회동, 주동, 저동, 종현 동, 총동, 숙동, 궁기동, 필동 등의 일부를 병합하여 본정 1~5정목(丁目)으로 하였다.

도 이에 따라 오랫동안 안부엿쭙【쭙】지 못햇음을 깊이 사과하고 사탕 그릇을 열어 선생님께 권해 드렷다. 선생님은 말슴하시기를

『실례ㄹ지 몰르나 이것을 뭇는 것이 내 格일세. 속임 없이 말해 주시게』

『뭡니까 선생님』 太五는 조곰 거북햇다. 선생님은 가방에서 노-트를 끄내 드시고 책장을 뒤지섯다. 졸업생들의 이름이 모필로 굵게 씨워 잇엇다.

『君은 몇 回더라』

『五回』

『우-ㅁ』 선생님은 우-ㅁ 하시고 입을 한일짜로 검처무시는[9] 버릇이 잇엇다. 달러진 것은 수염이 반백이 되신 것이다. 太五의 이름은 두껍다란 "노-트"가 반이나 넘어가 네 사람의 동창과 나란이 잇엇다. 순간 太五는 자기가 法學士인 것을 깨달앗다.

『太五』 하시고 선생님은 만년필을 이름 밑에 대이고 안경을 고처 네리 쓰섯다.

『君은 지금 뭘하고 잇나』

『하는 게 별로 없습니다』

『우-ㅁ』

의례이 너도 그러코나 하시는 선생님의 표정이신지 그의 특색 잇는 수염은 아무런 움지김도 없엇다. 그리고 또 잼처 물으섯다.

『앞으로 무슨 "레-벤"[10](生活)의 풀란[11]이 잇나 한 마디로』

9 감쳐물다 : 아래위 두 입술을 서로 조금 겹치도록 마주 붙이면서 입을 꼭 다물다.

10 레벤(レーベン) : 독일어 'Leben'으로 생명, 활력, 인생이란 뜻이다.

11 플랜(plan) : 장차 벌일 일에 대해 조목조목 구상함. 또는 그 구체적인 내용.

太五는 찬물을 끼얻는 것같이 왼몸이 웃쓱해지고 얼골이 홧탓[12]대는 것을 참을 수 없엇다. 선생님이 가슴을 어기고 죄 없는 심장을 꺼내서 "테-불" 우에 노흐신 것 같다.

항상 어렴푸시나마 생각하고 잇던 문젠만큼 그 감(感)은 더햇다. 선생님은 대답을 재촉하시너라 두 번 세 번 太五의 얼골을 처다보섯다. 太五는 대답에 궁햇다. 애꾸진 선생님이 미웟다.

『글세요』

『요컨대 없단 말인가』

『……』

선생님은 또 한 번 다시 우-ㅁ 하시고 "노-트"를 접어 가방에 너흐시더니 다시 끄내서 太五에게 대충 훌터 보이신다.

『선생님은 어떠한 학문적 체게를 세우실랩니까』 太五는 이 말로 간신이 자기의 짓밟힌 자존심을 세워 본다.

『철학의 빈곤이 아니라 정신의 빈곤일세』

이번에는 太五가 "우-ㅁ"할 차례엇으나 그는 위선 자기 슬펏다.

1940년 1월 9일 석간 4면

봉두메(4)

太五의 명색 칩거(蟄居)는 이런 경로를 밟아 한동안 거【계】속했다.

안해와 炫은 자기들의 넘우나 도에 넘치는 추축이 太五의 맘을 혹시 상한가 하야 여러 번 변명 비스듬하게 햇으나 그럴 적마다 太五는

12 홧홧 : 달아오르는 듯이 뜨거운 기운이 이는 모양.

『미친 사람들일세』 하고 개의치 안헛다.

炫이란 그의 가장 친한 동무엿다 대학 선생님을 만나뵙던 날 茶방에서 선생님과 나올 섬에 炫과 안해는 나란히 역시 茶를 마시러 드러오다 마주첫다. 그런ㅅ적 달은 때 같으면 의례 세 사람이 한데 되엇을 것이나 太五는 선생님과의 전말이 하도 충동되어 그럴 맥도 없고 본숭만숭햇던[13] 것이다. 그런 줄은 몰르고 저편 두 사람은 어색하고 미안햇다. 집에 와서도 玉林이 『왜 몰으세[14]햇우. 질투』 하고 불평스러하는 것을 『쓸데없는 소리 마오』 했던 것이 안해로 하야금 한번 더 반감을 품게 햇다.

蟄居. 太五의 입은 더욱 묵어워젓다. 그래잔어 입이 뜬[15] 사람인 데다 사랑에 국 처백인 체 좀체로 나오지 안헛다.

안해는 그의 하는 짓이 하도 우수깡스럽고 알 수 없어 각금 그의 거처를 디려다 볼낫치면 어떤 때는 책을 보고 어느 때는 이불을 둘러쓰고 이래서 전에 없던 게름뱅이 버릇이 하나 생겻고나 하다가도 그래도 전에 사진 구경도 가고 볼일을 만드러 아침저녁으로 분주이 다니고 하던 때와는 딴판으로 달러진 것이 무슨 걱정이 잇나 그럴 듯 짐작해 보다가 위선 남편에 대한 불평으로 돌려지고 말앗다.

이에 그런 불만은 두 사람을 중매한 炫이 생전 맡어야 한다. 炫은 몸이 성치 안허 자리에 누어 잇잇【었】다가 도수 높은 대모테 안경을 뒤집어쓰고 玉林의 말을 듣기로 한다.

13 본숭만숭하다 : 건성으로 보는 체만 하고 주의 깊게 보지 아니하다.
14 모르쇠 : 아는 것이나 모르는 것이나 다 모른다고 잡아떼는 것.
15 입이 뜨다 : 입이 무거워 말수가 적다.

『나는 그런 생활에는 하로를 못 참어. 그게 뭐야 사랑에서 한결음 나오길 하나 말을 하나. 난 정말이지 그런 꼴 보군 못 살아. 이건 내 생리문제야』

『요새 그 사람헌테 무슨 고민이 잇는 게야』

『그럴수록 왜 명랑하게 웃질 못해 그게 뭐야 우울해빠지게. 난 실혀 오늘 아츰에두 말야 와까게끼(若草劇場)[16]에 "페페루 모꼬" 구경 가자니까 『당신이나 갓다 오우』 난 정말루 못 견디여』

『오늘이래두 내 몸이 좀 나면 가서 얘기하면 알지만 무슨 고민이 잇는 게야』

『그래 점 줘요 제발』

『염려 말아』

『그리구 炫은 또 어디가 앞어』

炫은 안경 속에서 눈을 감으며 거푸장스럽게 가느다란 손을 들어 가슴을 가르첫다.

玉林은 혼자서 사진 구경을 가고 炫은 남아서 가슴을 알앗다.

가장 친한 동무가 근일에 무엇인지 고민하는 것을 炫이 자기로서 진작 아지 못하는 것은 암만 도리켜 생각해도 역시 답답햇다. 오후에 太五를 찾어 화동으로 갓다 동무는 그를 반겻다.

『너는 외국의 어떤 철학하는 사람 갈구나』 炫이 말햇다.

『허 — 어째서』 太五는 우섯다.

---

16 약초극장(若草劇場) : 1931년 봄, 경성부 중구 약초정 41번지에 일본인에 의해 세워진 3층 콘크리트 건물로 수용인원 1천 3백명 정도의 영화 상설극장이다. 광복 후, 한국인이 극장을 인수하여 수도극장(首都劇場)으로 변경하였으며, 1955년에 다시 외화 전문상영관인 스카라극장으로 재개관하였다.

『수염은 길러서 더부룩하고 이마는 버서지고…』

『눈은 어떤가』

『눈은 충혈되고……』

『딴은 철학 전 면모ㄹ세그려』 하며 太五는 턱을 쓰다듬엇다.

『그래 어째서 이리 꼼작을 안나』

『내 처 자네헌테 갓던가』

『와서 너를 미첫다 하더라』

『미치기나 햇음 조켓다』

『미처지지 안는 슬픔이로구나. 훌륭한 철학이로구나』

『철학 철학 하지 말라 남이 들음 숭볼라』

『남에게까지 갈 것 잇나 첫재 내가 너를 숭본다[17] 이게 다 뭘가 유난스럽지 안냐』

『나도 그를 모르는 배 아니다 물론 요새 내가 취하고 잇는 바 태도는 그 태반이 강작[18]이다. 오늘도 玉林이 하자는 대루 사진 구경이 가구 싶구 하지만 더군다나 "쥬리안"의 사진이구 하지만 그것을 참는 것은 저번 혼다(本田) 선생님을 만나 뵙던 날부터 나는 생각한다. 우리가 적어도 이래서는 안 된다고』

1940년 1월 10일 석간 4면

봉두메(5)

『이래서라니 어째서란 말인가』

---

17 숭보다 : '흉보다'의 경남, 충청 방언.

18 강작(强作) : 억지로 기운을 냄. 억지로 함.

『너는 나헌테 그것을 반문할 만큼 그처럼 낙천가엿더냐』

炫은 담배를 피어 물고 길게 연기를 내뿜엇다. 연기는 가을의 해빛을 타고 뭉게뭉게 피어나갓다. 두 동무는 아무러케나 앉고, 눕고 이러케 숭허물 없이[19] 잇어도 오히려 따뜻할 만치 피차의 호흡을 이해햇다.

『너 얼굴이 못됏구나[20]』

『나도 며칠 누엇더니』

『건강에 주의해라』

『……』

두 사람은 또 잠잠햇다 炫은 아까부터 太五의 말을 뉘우고 잇엇다 사실 炫도 항상 좀 더 좀 더 낫게 살아보자곤 하지만 이것은 후렴ㅅ바람에 잇다금 나는 생각이오 현실은 그저 그를 범속[21]으로 범속으로 밀어가고 만다 마치 흐르는 물에 물어서 잇으면 마음엔 밀려 갈 것 같지 안허도 발밑의 모새[22]가 소말소말[23] 패이고 또 패이고 이래서 급기야는 한 걸음 밀리고 두 걸음 밀리고 아! 그가 조고만 또랑을 건늘랴도 종아리에 물이 스치는 것을 의식하고 물살을 헤처 나가야 한다.

『왜 그래고 앉엇나. 무슨 조흔 얘기가 없나』

『네 말을 생각한다』

『생각헐 여지나 잇는 문젠가. 누구든지 진실을 좀 더 사랑하면 조석으로 당면하는 문젤.』

---

19 흉허물 없이 : 서로 흉이나 허물을 가리지 아니할 만큼 사이가 가깝게.
20 못되다 : '여위다'의 전라 방언.
21 범속(凡俗) : 평범하고 속됨.
22 모새 : 가늘고 고운 모래.
23 소말소말 : 마맛자국이 점점이 얕게 얽어 있는 모양.

『그래 얘기해 봐라』

『너 나 할 것 없이 우리들은 전부가 말할 수 없는 불안과 애매한 생활을 한다. 그러면서 오히려 따저 볼려 들지도 안는다. 하나 천착해 볼려 들지두 안는다. 이게 네 생활이오 내 생활이다. …….』

『불안과 애매!!』

『그래 불안과 애매헌…』

『아!! 그만 둬라 그만 둬라 듣기 실타 듣기 실혀』

炫은 두 팔을 휘저서 太五의 말을 중지시키고 안경을 벗어 흐린 알을 닦는다 그의 눈에는 눈물이 어리웟다.

『모두 잠재의식이다』 — 太五는 나즉한 음성으로 동무를 위로한다. 『거세한 말 모양으로 미칠 듯한 정열을 저버렷기 때문에 그저 잠재화하고 잇다』

『그러자눔 어쩌니 한 시대를』

『그것이 나는 실타』

『나는 실타』 炫은 자기의 말이 아니라 太五의 말을 받아서 덩다라 이러케 중얼거리고 한숨짓는다.

『이것은 결코 새로운 문제가 아니다. 茶집에서 얼마나 지꺼린 문젠가. 다만 그것이 정말 마 음의 연소가 아니라 싼도윗이나 켁 대신에 지꺼리는 대용품이니 걱정이지』

비스듬하게 누어서 엄지손꼬락으로 턱을 괴고 잇던 炫은 한참이나 골돌이 太五의 얼골을 건디어 보다가 이윽고

『여행을 하게』 하며 절실이 여행을 권햇다.

『정히 답답할 제는 여행도 하구 싶다』

『그것이 조타 몸에 이롭다』

『몸도 몸이려니와 어떤 시사가 잇을런지 누가 아나』 두 사람은 쓸쓸히 우섯다. 만약 이때에 玉林이 극장에서 도라오지만 안헛더라면 太五와 炫은 아마 불이 오도록 무지무지 이 말 저 말 玉林의 말을 빈다면 얘기의 곰팽이를 피엇을런지 몰랏다. 玉林은 "페페루 모꼬"가 재미없다. 드러오는 길로 말하며 금후론 불란서 영화는 다시 보지 안켓노라 맹세까지 하면서 그래도 "갸방"의 체격은 언제 봐도 조터라 한참 재잘거리는 것을 炫이 나가서 맛잇는 저녁이나 작만하라고 밀어냇다. 玉林은 기분이 조왓다. 부억크로 들락날락하며 무슨 곡조ㄴ지 엉얼거리며 나 어린 하녀를 분부하며 한창 마음이 흡족햇다.

이날 세 사람은 오래간만에 茶집엘 갓다.

그 후 炫의 간곡한 권고도 잇고 또 칩거 생활이 무료해지고 햇을 때 太五는 京春 地方으로 여행을 떠낫다. 여행은 그위 없이 유쾌햇다. 도라와서는 눈을 감으면 강원도 지방의 가을 풍경이 나타낫다. 산협의 단풍. 산이 치받고 잇는 푸른 하늘. 그 빛은 한껏 푸르고 붉엇다. 四號 캄피쓰[24]에 째이게 구상된 인상파 그림같이 그 선은 굵고 빛은 선명햇다.

그러나 그것은 끝내 한 도회지 나그네의 자연을 사랑하는 갸륵한 마음이오 정작 太五가 갈망하는 어떠케 살아가느냐 하는 문제에는 조곰도 도음이 되어 주지 안헛다. 太五는 그것이 안타까웟다.

책상머리에 불안과 애매라 써부친 조【종】이 쪼각은 겨울이 깊도록 떼여질 줄을 몰르고 넋적게 붙어 잇엇으며 홀로 화분에 水仙[25]만이 새

24 캔버스(canvas) : 유화를 그릴 때 쓰는 천.

25 수선 : 수선화과의 여러해살이풀.

로 움돋아 싱싱하니 생명을 자랑햇다.

炫은 올 적마다 하로하로 자라가는 水仙을 보고 제 몸의 성치 못함을 비관햇다.

1940년 1월 11일 석간 4면

봉두메(6)

太五는 렌또겐科[26]에 가서 비추워 보기를 권햇다. 炫은 그 결과가 무섭다 주저햇다. 허다 종당은 비추어 보고 말앗다. 의사는 공기 조흔 곳에 섭생하기[27]를 명령햇다.

그때부터 두 사람은 적당한 시골을 물색햇다. 처음에는 炫만 혼자 가기로 햇다가 그와 같이 다감한 사람이 능히 고적을 익여낼 꺼 같지도 안코 도리혀 자가人증(自家症)에 사로잡혀 병을 더치지나[28] 안흘까 염려되어 太五도 함께 가기로 햇다. 우정도 그러려니와 암만 잇어 봣자 그 날이 그날인 서울의 혐오를 그 이상 더 참을 수 없어서 그 사품[29]에 시골로 떠러저 볼랴는 생각이엇다.

炫은 조키는 하나 자기 때문에 太五와 玉林이 그래도 문화의 중심지인 서울을 버리는 게 마음에 애씨웟다.

『날로 말미아마 너까지 풍파를 격는구나』

『널루해서 내가 시골을 간다.【』】

26 뢴트겐과 : 뢴트겐(Röntgen, Wilhelm Conrad, 1845~1923)은 독일의 실험 물리학자이다. 크룩스관으로 음극선을 연구하다가 미지의 방사선을 발견하여 이를 엑스선(X線)이라 명명하였다. '뢴트겐과에 가서 비춰본다'는 말은 문맥상 엑스레이 검사를 의미한다.

27 섭생(攝生)하다 : 병에 걸리지 아니하도록 건강 관리를 잘하여 오래 살기를 꾀하다.

28 더치다 : 낫거나 나아가던 병세가 다시 더하여지다. 병 따위를 덧나게 하다.

29 사품 : 어떤 동작이나 일이 진행되는 바람이나 겨를.

【『】너는 그러케 고맙게 여겨주지만 순전이 그게 아니거던』

『겸손일세』

『아니, 드러봐. 지금 나로선 너를 쫓아 시골이라두 갈밖에 없는데……』

『어쨋던 나루는 고맙다』

『그 후 몇 달이 됏니. 해두 난 아무 것두 얻은 것이 없다』

『비단 얻어야 맛이냐 그 태도가 조치 안냐』

『난 그럴 순 없다 적어두 사람이 주관과 현실과의 또랑을…』

太五는 또랑을 해노코 또랑의 넓이를 시늉하너라 한참이나 말을 멈추고 잇다가 『메꿰야 한다』 하고 다시 말을 계속햇다.

『그럴랴면 말일세 사실 이 복잡한 이 서울보담 알아듯겟나 사실이 말일세 비교적 단순한 村에 가서 직접 내가 그것에 닥처보는 게 훨신 이 아까 말한 또랑이 공허(空虛)를 뭐【메】꿀 순 잇다고 봐진다』

『남의 생각을 얕은 지식으로 비판하는 것은 삼갈 일이지만 농촌이 네가 생각하는 대로 그러케 단순할런지 글세 나는 의문이다.』

『그것두 생각햇지만 거기 대해선 아지 못하는 곳! 이것이 어쩌면 고갈한 내 꿈을 소생시켜 줄지 몰른다』

『하여튼 네 긍정적 태도가 놀랍거니와 그것이 모두 나를 위하는 마음이라고 나는 믿는다』

『과남한[30] 말일세』

炫은 눈시울이 확근하고 코ㅅ속이 뜨끔 닳는 것을 느꼈다.

30 과람하다 : 분수에 넘치는 데가 있다.

『아니 정말이야 정말이야』

玉林이는 처음에 대뜸

『싀골』 하고 눈살을 곤두 세웟으나 炫의 병을 고치기 위해서요 병이 낫기만 하면 곧 다시 서울로 오겟다는 바람에 숙정되어[31] 시골 가걸랑 정원에 사과나무두 심읍시다. 장미꽃을 심읍시다 이런 등속의 약속을 太五와 단단히 따저 두엇던 것이다.

시골. 그 동리는 太五가 강원도 지방에 여행햇을 때 그중 마음에 들던 곳이다.

위선 뒷산이 높고 거한 것은 말할 것도 없거니와 활엽수가 그득히 드러서서 단풍이 곱게 물든 품으로 보아 땔나무에 풍족할 것이오 앞으로 石川이 제법 크게 흘러 太五가 거기를 지낼 적엔 아이놈들이 대여섯 손벽 같은 고기를 잡아내고 잇엇다.

이런 산과 내는 시골 가면 도처에 잇는 거지만 거기가 유달리 마음에 안윽히 기여들던 것은 개울서플[32] 끼고 돌과 바위로 제방을 막어서 마을 쪽으론 田地가 널려 잇는데 때가 한창 가을이라 벼가 누러케 익어서 東南으로 향한 그 마을은 그지없이 포실해[33] 보이던 것이다.

太五는 한참 동안이나 큰길에서 마을을 드려다보고 잇다가 한 로인이 소를 몰고 오길래 여러 가지 물엇다.

땅값이 쌋다. 무 배추 잘된 밭이 二, 三十전밖에 가지 안헛다.

그때 太五는 별양[34] 시골로 올 의향은 아니엇지만 혹 이런 생각도 햇

31 숙정하다 : 행동이 단정하고 예의가 바르다.
32 개울섶 : 개울의 가장자리.
33 포실하다 : 살림이나 물건 따위가 넉넉하고 오붓하다.
34 별양(別樣) : 따로 별다르게.

엇다. 서울 그의 집을 팔아서 여기와 땅을 사면 상당이 넓은 땅을 살 수 잇으리라고.

老人에게 고맙다 인사하고 구비구비 산길을 도라서 어느 고개에 왓을 때 가을 해는 부난 없어 거이 저물고 지금 지나친 마음에는 저녁연기에 띄어리어 그림같이 視野에서 멀어졋다

이것을 太五는 우연한 일이 아니라 추억햇다. 그래서 팔리는 땅만 거기 잇으면 사 가지고 이사하기로 炫과 안해와 의논햇다.

일은 지장 없이 진섭됏다.

太五는 福德房으로 봉두메로 분주이 가고 오고 햇으며 炫은 素人醫療學이란 책이 없나 널리 구햇다.

1940년 1월 12일 석간 4면

봉두메(7)

玉林은 시골 가면 보지 못한다. 전에 가지 안튼 三류 극장에까지 가서 사진 구경을 하고 레코-드도 만히 사디렷다.

하야 어느 날 해동이 되너라 봄비가 나리고 헌 그 다음다음날 세 사람은 春川서 짐을 기달려 간초럽게[35] 달구지에 실고 봉두메라 느트나무 밑을 지나 드러갓다.

아직 철은 봄이라 하나 길ㅅ부적에는 비에 씻기다 남은 으섹이눈이 무지무지 남아 잇엇다. 그러나 집신감발[36]하고 벌서부터 밭에 거름을 내는 사람들도 잇엇다.

35 간촐하다 : '단출하다'의 전남 방언.

36 짚신감발 : 짚신을 신고 발감개를 함. 또는 그런 차림새.

玉林이는 양복장 의거리 모두 갖어가야 한다는 것을 太五가 간신이 달래서 간초롭게 꾸린 짐이나 시골 사람들 눈에는 모두 값진 것으로만 보엿다.

炫은 가며가며 공기에 무게가 훨신 더 잇다고 체조하드시 팔을 휘둘으고 심호읍을 햇다. 동내서는 사람을 만날 적마다 억양 잇게 인사를 하며

『인저 여러분께 폐가 만습니다』 하는 등 그위 없이 즐거웟다. 인사받는 사람도 영문은 몰라도 덩다라 끗덕햇다. 玉林이도 딸아 조핫다. 연신 太五헌테 질문햇다

『저 산에 고사리두 나우』

『저 일대가 모두』

『도라지두』

『더 만치』

『새두 만치』

『그럼 좀 더 잇어봐 꾀꼬리 두견』

『카나리안』

太五는 그것도 잇다 해 두엇다. 앞서 가던 炫은 냉이싹을 양지쪽 돌파구니에 발견하고 오?! 生命이여?! 하며 三冬의 수란[37]을 격고 나오는 어린 生命을 환희햇다.

炫이 조와하고 玉林이도 조와하고 太五는 더 바랄 나위 없이 만족햇다.

동내ㅅ사람들은 炫의 대모테 안경을 太五의 끼겟한 허우대를 玉林의

37 수난(受難) : 견디기 힘든 어려운 일을 당함.

몸맵시와 힌 얼굴을 얘기하고 그리고 太五네 집을 서울ㅅ집이라고 이름 지여 불르게 되엇다.

서울ㅅ집에는 울타리로 돌아가며 감나무도 자도나무도 잇지만 마당ㅅ전에 포푸라낭기[38] 유난히 높앗다. 炫은 어느 날 이웃의 어린아이 눕을 시켜서 꽁문이에 줄을 채워 올려 보내서 라디오를 갖어오면 안테나를 매겟노라 그 높이를 칙【측】정햇다. 그 우에 집을 가진 까치는 집을 헛는 줄 알고 날개로 아이의 머리를 치며 죽겟다 짖엇다.

炫이 "까치와안테나"란 일문(一文)을 초(草)하야 서울 동무에게 편지한 것도 그날이오 저의 창안(創案)[39]이라 하야 간이의료원(簡易醫療院)이란 계획을 설명한 것도 그날이엇다.

炫의 말을 듣건대 봉두멧 사람들이【의】 병은 비문화적이라 한다 즉 다시 말하면 위생 관렴이 전혀 없어서 조곰만 주의하면 될 것을 그러치 못하야 회충 부스럼 안질 같은 것을 알련【턴】데 이것은 炫이 소인의료학에서 공부한 지식으로도 넉넉히 치료할 수 잇다고 자기의 착안(着眼)[40]이 얼마나 훌륭하냐고 자랑자랑햇다. 太五도 그의 안을 예찬햇다.

『그러케 돼서 조곰이라두 이 동리에 공현【헌】되는 게 잇으면 작히나 고마우냐』

『이건 반드시 성공한다』

『잘해 보자. 그뿐이냐 玉林이만 해도 여기 와서 하는 게 뭐 잇니 기왕 풍금도 칠 줄 아니 풍금이나 작만해서 유치원 비슷한 걸 해두 조치 안

38 낭기 : '나무'의 충청, 전북 방언.
39 창안 : 어떤 방안, 물건 따위를 처음으로 생각하여 냄. 또는 그런 생각이나 방안.
40 착안 : 어떤 일을 주의하여 봄. 또는 어떤 문제를 해결하기 위한 실마리를 잡음.

흐냐. 학교는 비용이 없어 못하지만 유치원은 될 줄 안다. 그리고 이건 내 관찰인데 시골 아이들은 너무 정서 교육이 없다. 춤이나 노래의 감정을 저바리고 잇다.』

『여기 아이들은 표정이 너무 없더라』

『그럴 밖에 살림은 가난하고 아이들을 위해주는 인 없고 그저 세습석 교화밖에 없으니 표정이 둔하고 무딜밖에 이걸 흔이 순진하고 소박하니 해서 시골 아이들의 미ㅅ점으로 치는 사람도 만치만 그것은 이상적 관찰이야. 반질반질하게 달아빠진 도회지 아이들에 대한 반발은 될지언정 정당한 견해는 못 되거던, 만약 시골 애들에게 이런 웅장헌 자연을 정당하게 받어드릴 만한 소지를 닦어줘 봐라 이만한 환경에서 위대한 은인은 못 나겟니 음악가는 화가는 못 나겟니…』

『네 말은 명배우의 세리프를 듣는 것 같구나』

『너는 언제든지 배우니 음악이니 그런 말허길 조와하더라 잠간 내가 여기 와서 느낀 것을 두서없이 얘기헌 건데』

『아니 정말』

炫의 눈은 반짝엿다.

『글세 사람이 진실헌 맘으로 얘기헐 제 저절루 가추어지는 품인지 모르겟다. 그리고 한 가지 내게는 이런 신렴이 잇는 게 이런 데 와서 할 일은 얼마든지 잇다고 생각한다. 다만 도회에 대한 향수병만 청찬【산】하면. 근데 이놈은 문제야』

二十여 일은 휙 지냇다.

날이 밝자 햇볕이 사랑 미다지에 쫓아들어오는 것을 炫은 두고두고 찬미하며 玉林은 하로에 한번밖에 세수를 하지 안하되 얼굴에 때가 끼지 안는 것을 조와햇다.

이러는 동안에 봉두메에는 활짝 봄이 됏다.

1940년 1월 13일 석간 3면

봉두메(8)

시냇가 버들강아지가 싹트고 양지짝 오리낭게[41] 푸른빛이 완연햇다. 포곡새 우는 날 아츰 마을ㅅ사람들은 면화씨를 재오줌에 재이고 젊은 여인들은 거름ㅅ동이를 이고 재 넘어 등 넘어 밀 보리 밭으로 바뿌게 다녓다. 중갈이[42] 노인은 쟁기를 끄내서 보십[43]에 쓸은 녹을 닦고 탕게를 단단히 틀엇다. 할머니는 감자씨의 한 뼘이나 자라난 순을 따며 공으다가 쥐 파먹은 금은 불에 구어 골르 새끼들을 들려서 미나리를 뜯어오라 또랑으로 내여쫓앗다.

봄

玉林이도 서울서 사 갖고 온 씨앗을 내놧다. 따리아 츄-립[44] 카-네슌 칸나[45]. 太五네 집 앞에 가로노힌 텁【텃】밭을 갈고 강냉이와 감자를 심

41 오리나무 : 자작나뭇과의 덤불오리나무, 두메오리나무, 물오리나무, 잔털오리나무 따위를 통틀어 이르는 말.

42 중갈이 : 아무 때나 씨를 뿌려 푸성귀를 가꾸어 먹는 일.

43 보십 : '보습'의 전라 방언. '보습'은 쟁기, 극젱이, 가래 따위 농기구의 술바닥에 끼우는, 넓적한 삽 모양의 쇳조각이다.

44 튤립(tulip) : 백합과 튤립속의 여러해살이풀을 이르는 말. 높이는 20~60cm이며 잎은 어긋나고 넓은 피침 모양이다. 4~5월에 종 모양의 흰색, 노란색, 자주색의 겹꽃이 핀다. 꽃은 술을 빚는 데 쓰기도 한다. 관상용이고 동남 유럽과 소아시아가 원산지이다.

45 칸나(canna) : 칸나과의 여러해살이풀. 높이는 1~2미터이며, 잎은 큰 타원형이고 끝이 뾰족하다. 여름과 가을에 꽃잎 모양의 수술을 가진 꽃이 잎 사이에서 나온 꽃줄기 끝에 총상(總狀) 화서로 피고 열매는 삭과(蒴果)로 10월에 익는다. 관상용이고 말레이시아,

는 날 아츰 炫은 손수 제가 강냉이 씨를 뿌려도 여나 안 여나 시험해 본다고 아츰부터 서둘럿다 서울집에서 농사에 사람을 사기는 이날이 처음이라 서울서 가지고 네려온 반찬도 뜯어 굽고 일꾼을 후이 대접햇다. 일꾼들은 반찬이 조컷다 공기밥이엇다 여섯 공기 일곱 공기 이래서 한껏 주인을 흥락케[46] 해주엇다.

이날 용칠이 尹 서방은 마음이 심란햇다. 하나토 일이 손에 잡히지 안코 속만 끌어올랏다 太五가 갈고 감자를 심을랴는 바로 그 밭은 작년까지 아니 어제까지 봄이 되면 그가 강냉이를 심고 봄보리를 갈고 허던 밭이다. 그것이 남의 손에 넘어간다. 어제까지는 마음에 넘어가느니 햇을 뿐이고 오늘은 정말 그것이 눈에 보인다.

尹 서방은 생각헌다. 기위[47] 땅은 제 땅이 아니니 팔고 사는 것은 임의대로 못 한다 하려니와 작권[48]만은 벌서 三대째 자기네 거다. 그것을 太五가 삿을 지음에 작권을 돈과 바꿔 모모헌 빗을 까고 — 그것이 나으리라 예산햇다. 빗 없으면 산다 그는 그러케 믿엇다. 과연 四十원짜리 빗은 껏다. 가을에 벼를 두어 섬 지여서 봉당[49]에 버접【젓】하게 싸 놋는다 하더라도 어느 한 놈 와서 갖어갈 놈 없다. 남들은 그들【를】 잘햇다 부뤄햇다. 그러나 그것은 남의 말이지 감자 심을 때 감자 심을 밭이 잇어야 허지 안나 암만해도 땅이 제일이다. 직【작】권을 팔게 한 것은 자

인도차이나가 원산지로 각지에 분포한다.

46 흥락(興樂)하다 : 흥에 겨워 즐거워하다.

47 기위(旣爲) : 다 끝나거나 지난 일을 이를 때 쓰는 말. '벌써', '앞서'의 뜻을 나타낸다.

48 작권(作權) : 일정한 소작료를 지급하고 다른 사람의 농지를 빌려 농사를 짓고 이익을 얻을 수 있는 권리.

49 봉당(封堂) : 안방과 건넌방 사이의 마루를 놓을 자리에 마루를 놓지 아니하고 흙바닥 그대로 둔 곳.

기가 아니라 무슨 귀신이 들씨엇나 지금 와서는 후회한다. 그는 땅에 대한 애착을 죽어도 버릴 수 없다. 세상에 땅 없으면 죽는다. 그는 흙에서 자라난 동물이다. 尹 서방은 밭에 가서 太五를 불엇다.

『왜 그래우』

尹 서방의 얼골이 ■■■ 안헛다 리해관게가 벌서 적개심을 부채질햇다.

『난 밭 물를나유』

『밭을 몰르단요』

『이 밭 말이유』

『어쩐 말입니까』

『밭을 물어주시유』

『안 될 말입니다』

『안 되긴 왜 돼유 언제 도장두 안 찍엇는데 뭐』

『여보 당투 안흔 말 허두 마우 어리석게스리 그건 애들 작난두 아니구 작정한 걸』

『작정햇어두 다시 물러주세유』

『여보 그건 억지 아니요』

『지금은 땅 삿서도 맘대루 못 해유』

『어디 땅만 삿오, 작권은 당신이 팔지 안헛오 돈 받구』

『돈은 가을에 빗으루 헐래유』

『에이 여보?』

太五의 음성이 높라【아】젓다. 일하던 사람들이 한두루 모엿다

炫이 "뭐야" 하며 나섯다.

『밭을 루【도】루 물루자눔 글세』

『여보!! 이건 당신이 누굴 롱락하는 게요』

1940년 1월 14일 석간 3면

봉두메(9)

다부지게 尹 서방의 아래우를 훑어보아 찔금하게 해노코 太五의 유순(柔順)됨도 나므랫다

『혼을 못내구』

달은 사람들도 尹 서방을 그른 양으로 아는 것이

『어서 일들합시다』

炫의 한마디로 다시 소를 몰앗다. 鄭 감역[50]네 누렁 황소는 느리게 한 걸음 떼어노을랴 헐 제 尹 서방은 거의 반발적으로 소 앞을 막아섯다.

『이눔들 가나보자』

炫도 역시 얼골이 확근하고 치미는 피를 참지 못햇다.

『여보!』 소리 지르며 尹 서방의 앙가슴을 질르다싶이 떠대밀엇다. 尹 서방은 힘으로 炫의 적수가 아니엇다. 炫을 쇠머리맡으로 되떠다밀엇다. 이때 소도 참지 못햇다 모두 눈 감박헐 동안이다. 뿔로 炫을 받엇다 炫은 검불같이 나가떠러젓다. 사람들은 어쩔 줄을 몰나 잠시는 당황햇다. 炫은 재바르게 안경을 버서 들고 일어날려 들다가

『아유유! 이 무지헌』

하고 신음하며 쩔쩔맷다. 太五는 얼른 炫을 일으켯다.

사람들도 尹 서방을 책망햇다. 그러나 그는 귀에 들리지 안헛다.

50 감역(監役) : 토목이나 건축 따위의 공사를 감독함.

『죽어도 내 땅일다』

다음날. 玉林은 炫의 머리맡에 앉어서 그를 간호했다.

『좀 어때애 기분이』

『太五』

『주재소』

『창피스러워라』

『그러케 말야 시골 놈이 창피헐 걸 알아야지』

『흙의 노예들』 허고 炫은 말른 입살을 빤다. 玉林은 보기에 애처러워 이마를 집어주며

『정말 갈 테야』

뭇는 말에 炫은 고개만 끄덕인다.

『난 어쩌구』

『남의 안해어던』

『난 太五의 노예』

炫은 눈을 치떠서 조곰 흘겻다.

『열이 잇어』

太五는 한나절이 지나서 도라왓다.

『炫아 좀 어떠냐』

『이게 무슨 모욕이냐』 금세로 얼골이 경련한다.

『참아라』

『도리이』

『몸에 해롭다』

『아무런 대도 난 가야겟다. 정신상 못 견디겟다』

『쓸데없는 소리……』

『아냐 절실이 나는 환멸을 느긴다. 이처럼 그들이 부도덕하고 몰염치헐 준 꿈에도 몰랏다 그래도 순박 아니 꿈이엇다. 太五 너는 그들의 순박을 주의해라』

『그걸 가지고 一률적으로 그들은 어떠케 비난허니 참어라』

『넌 대체 어떤 굴욕까지를 내게다 강요한단 말이냐』 炫은 골을 슬적 냇다.

『흙과 그들을 생각해 봐라』

『그럼 넌 네 산 땅을 왜 모두 못 내주니』

太五는 딱하다.

『어서 누어 잇거라』

『난 래일 갈 테다.』

『딱허구나』

『갈 테야』 太五는 극도로 신경질인 炫의 병을 가엽이 여겻다.

이튼날 부득부득 간다는 것을 처붓잡을 수도 없어 차라리 얼마 동안 방낭이나 시켜볼랴고

『아무 때라두 네 맘 내키거던 다시 오나』

햇다. 玉林의 섭섭함은 여간 아니엇다. 부부는 앞산 고개까지 가는 사람을 배웅햇다. 세 사람은 성황당에 이르럿다.

『炫아 처음부터 네가 안 오니만 같지 못허다』

『네 말마따나 병이다』

『우리도 갑시다』 에누리 없는 마음일지나 太五는 악을 꽥 써서 玉林에게 핀잔주엇다. 炫의 심장은 이 슲은 작별을 참기 어려웟다. 별안간

『오! 흠【흙】의 노예들 노예들!』 모자를 버서 들고 원망스럽게 높이 외치며 달음박질 길을 꼬부라젓다. 두 사람은 어이가 없엇다. 玉林은 울엇다.

『갑시다』 太五는 부드럽게 안해 억개에 손을 얹이며 말햇다.

부엉이는 밤중까지 운다. 숫놈이 떡 해 먹자 부엉 하면 암놈이 양식 없다 바항 한다. 봉두멧 사람들은 그랜다. 지금 그 부엉이 양주가 운다.

부 — 헝 바항. 부 — 헝 바 — 항.

太五는 담배를 석 댓재 생으로 태우며 봄, 여름, 가을을 추상햇다. 연기는 가늘게 천정으로 올라갓다. 玉林이는 아직도 꼬부린 채 누어 잇엇다. 太五는 그런 때 네 그래 봐라 나는 질 줄 아니 허고 사흘이 되던 닷새가 가던 이편에서 한마디 말도 건늬지 안흐면 저편에서 마츰내 참다 못해 사람 살리우 빌고 오는 그런 안해 조종술을 알지만 구태어 그럴 것이 없다. 그의 서글서글한 성격을【은】 항상 이래서 먼저 안해 앞에 지는 셈이엇다.

『여보』 太五는 부드럽게 불럿다.

『네?』 조곰 전의 말다툼은 씻은 뜻【듯】 玉林의 대답도 보드러웟다.

『자리 깔고 눕시다』

누어서 유리창으로 보는 한울은 더욱 아름다웟다. 은하수가 흘으고 별이 밝앗다. 별똥이 떨어젓다 길다랏케 꼬리를 끌고 산 넘어 저편으로 떠러젓다.

사람이 죽으면 별똥도 하나 떨어진다는 아름다운 전설을 炫은 항상 믿엇다. 그리고 생각나는 때는 죽은 사람의 명복을 빈다고 건강 머리를 숙이는 적도 잇엇다.

두 사람은 炫을 생각햇다.

『가을이 돼두 炫은 소식이 없구려』

『죽엇나봐 불상해라』

『지금 떠러진 별이 아마 炫인가 보우』

『가여워라』

『죽은 줄 알면 병 길어진대』

『그럼 지금 떠러진 걸 꼭 炫이라고 믿읍시다 응』

『그래』

1940년 1월 16일 석간 3면

봉두메(10)

첨하 끝의 이슬이 낙수물같이 묵어운 소리를 내고 잇다금 떨어젓다. 감나무 닢사귀에 덧는 소리도 들렷다.

『난 저 소리가 쓸쓸해 죽겟어 인전 꼭 드러와 주무세요』 玉林은 太五 가슴에 파고들며 말햇다.

『마음의 세례를 받는 것 같지 안쿠』

『당신은 아주 시골에 빠졋어』

『당신은 서울에 반햇오』

『그럿킬레 서울이 가구 싶지』

『묘하게 나를 삶는군』

『아이 미워!!』 玉林은 톳애【애톳】하게 太五를 꼬집엇다. 이런 때 흔히 玉林의 본심을 太五는 들을 수 잇엇다. 그것은 애무의 보상이엇다.

『.........여기 사람들게 대해서 확실이 우월감을 가질 수 잇엇어요. 그게 뭐던지 조하요. 당신 말대루 옷매무시가 나도 낫고 허영이 나도 낫고 어쨋던 이것이 갑갑한 대로 그래두 참을 수 잇더니만 아마 여자의 허영이겟죠 지금 와서는 여깃 사람이나 내나 다를 게 없어저요 이것이 나는 죽기보다 실허요』

『묘한 심리요』

玉林이 한동안 동내 어린애들을 모아 노코 유희 창가를 가르키다 그만 둔 일이 잇다. 그 이유도 太五론 이해키 어려웟다. 아이들이 玉林이의 말리는 데도 한사하고[51] 남자애들은 농군들의 농군악 숭내를 내고 여자애들은 두멧 처자들의 군소리를 입내[52]내기가 일수라 玉林은 이를 실허하야 한 번 말려 두 번 말려 세 번째는 따끔허게 굴엇으나 아이들은 유히 창가 하기보다 그것이 더 조왓던가 보다 종래 듣지 안하서 마츰내 玉林은 두멧 구석의 상스런 전통이라 비난하며 자기의 귀중한 사업을 그만두어 버렷다.

太五는 그 일과 지금 玉林이의 말을 한데 생각하고 한번 다시

『알 수 없는 심리요』 안 하지 못햇다

『그럼 당신의 시골을 조와하는 까닭을 좀 말해 보세요』

『내일은 밭을 걷어야고 모래는 거름을 실어야고』

『글린』

『글린 밭을 갈어야고. 이러케 일은 나를 기다리고 잇는 게 내 대답이요』

『당신이 별난 심리』 밖에서는 우수수 허고 바람이 지나갓다. 부엉이 울음도 그쳣다.

---

51 한사(限死)하다 : 죽기를 각오하다.

52 입내 : 소리나 말로써 내는 흉내.

『여보』

『네에』

太五는 尹 서방을 머슴으로(太五는 머슴이란 말을 실혀햇지만) 둘랴는 생각을 玉林이에게 얘기할까 말까 주저허다 그만두기로 햇다. 못처럼 달래 논 마음을 또 더뜨리기[53]가 위선 가엾다. 玉林은 尹 서방 실혀하기를 사갈[54]같이 헌다. 그것은 炫이 봉두메를 떠나간 것은 尹 서방 때문이라 여기는 까닭이다. 유치원을 할 제도 尹 서방의 딸은 실타는 것을 太五가 빌다싶이 해서 간신이 애들 틈에 너헛던 것이다.

太五도 역 처음에는 처와 마찬가지로 尹 서방을 미상불 조와할 수 없엇다. 그 때문에 주재소엘 몇 번 가구 그러니 여자야 말할 게 잇느냐. 그러다가 여름에 그에게 감동한 일이 잇다.

여름날 전에 없는 큰 가물이 세상을 말리엇다. 팔십로인(八十老人)도 처음이라 하야 세상의 변고를 예언햇다. 한울도 변하야 아침놀이 붉어도 소용이 없고 저녁달부지가 흐려도 비는 영영 오지 안헛다. 새벽한울에 할머니가 움물에 별을 보고 우순 풍조를 점치는 점성술도 믿지 못햇다. 산제도 보람이 잇엇다.

곤란은 사람이나 김생[55]이 마찬가지엇다. 깊은 산의 수다한 토끼들이 마른 목을 참기 어려워 물을 구해 봉두메 앞내로 네려왓다가 동내 아이들께 혼이 나아 쫓겨 갓다. 곡식도 되는 게 없엇다. 따뷔[56] 일은 화전에

53 더뜨리다 : 덧내다. 병이나 상처 따위를 잘못 다루어 상태를 더 나쁘게 하다.
54 사갈(蛇蝎) : 뱀과 전갈을 아울러 이르는 말.
55 김생 : '짐승'의 경북 방언.
56 따비 : 풀뿌리를 뽑거나 밭을 가는 데 쓰는 농기구. 쟁기보다 조금 작고 보습이 좁게 생겼다.

는 동부꽃이 노굿일다[57] 떨어지고 다랑고지[58] 높은 논의 꼬장모[59]가 말라죽엇다. 이리고 봄에 봉두메ㅅ사람도 할 일 없어 느트나무 밑에 모여앉어 한울만 원망햇다

그러다가 하로는 앞산 로적봉에 비구름이 몰려왓다. 청개고리가 몹시 울엇다. 사람들은 논밭으로 달렷다.

구름은 삽시간에 한울을 뒤덮고 바람까지 불엇다.

尹 서방은 물 한 방울이 혹여나 샐새라 물꼬를 단단히 막엇다. 비는 벌서 먼산에 삼대같이 쏟아저 들어온다. 한울이 무심치 안핫다. 언젠가 한울을 대고 욕한 것을 尹 서방은 후회햇다.

『인제는 먹엇고나』 생각하면 이때까지 고생한 것은 백번 해서 오히려 싸다.

1940년 1월 18일 석간 3면

봉두메(11)

『인제는 오겟죠』

이때까지 자기를 서먹하게 굴던 太五가 저의 논에서 건너대고 수작을 부치는 게 尹 서방은 고마웟다.

『오나 부유』

『거깃 논은 한번도 말리지 안핫죠』

『왼걸유 오늘만 지나가면 볼일 다 봣시유. 엔간이 가물어야지』

---

57 노굿이 일다 : 콩이나 팥 따위의 꽃이 피다.

58 다랑고지 : 산골짜기에 만들어진 작은 논.

59 꼬창모 : 강모의 하나. 논에 물이 없어 흙이 굳었을 때에 꼬챙이로 구멍을 파고 심는다.

尹 서방이 두 마지기 그 논을 이때까지 말리지 안키에는 이만저만한 공력이 아니엇다. 꼭 논에서 살앗다. 물을 퍼서 논ㅅ바닥을 추기되 물 잇는 개울에서 한다 광치 남의 논에 퍼올려 거기서 다시 퍼올이는데 밤낮을 몰르고 해도 오히려 그 안해의 힘까지 빌엇다. 내외가 밤낮을 몰랏다. 그러나 그것도 처음 말이지 개울에도 수원이 끈기자 발자욱 물에 조고만 송사리들이 한데 오물오물 허다 무참한 주검을 하게 되는 날부터는 尹 서방은 먼데 잇는 늪에서 물을 저다 부엇다.

사람들은 尹 서방의 지악[60]을 칭찬허기보다 그를 소라 햇다.

또는 말햇다. 그 앨 쓰지 말고 차라리 그 힘을 드려 땅속을 파라 그러면 뭐가 나오던 그 논에서 나는 소출보다는 곱쟁이 얻는 게 잇으리라고.

하던 것이 이제 비가 몰아온다

『한우님 고맙습니다』 尹 서방은 속으로 한울에 대하야 치하햇다.

그러나 한울은 무심햇다, 오던 비는 서남(西南)풍 바람에 슬쩍 방향을 바꾸어 호기 잇게 산을 넘어가고 말앗다. 같은 봉두메하고도 온 데 잇고 안 온 데 잇고.

尹 서방은 비바람에 서늘헌 꼴만 보앗다. 소낙비의 작히엇다. 거짓말같이 한울은 드높게 개이고 먼산에 푸른빛만 눈부십게 새로윘다. 사람들의 낙망은 컷다. 바람이 돌려 붓고 비가 저리로 달아날 제 尹 서방은 논뚜랑에 펄적 주저앉어 두 다리를 뻗고 땅바닥을 치며 울엇다.

『어이 산단 말고 어이 어이』

소리내어 울엇다.

---

60 지악(至惡)하다 : 일을 하는 것이 악착스럽다.

太五는 그때 목도한 바 감동을 생전 잇기 어려웟다. 허길래 그 광경을 될 수 잇는 대로 사실적(寫實的)으로 기록하야 炫에게 편지햇으되 자기의 무딘 붓이 감동의 백분일(百分一)을 딸으지 못한다 하소한 다음 이런 말을 끝에 가서 썻다.

— 우리 젊은 사람들 가운데 누가 일즉이 이 尹 서방 만헌 슲음을 갖어 봣드뇨 락망을 갖어봣드뇨 모두들 앞길에 높은 장벽과 심연을 느끼면서 누가 한번이나 이를 뛰어넘을려 드럿드냐. 몸부림처서 두들겨 보앗드냐. 아닌 게 아니라 장벽과 심연은 우리들 앞에 가로놓엿다 하리로다. 그러나 우리들은 멀직이 서서 이를 주먹질허고 소리처 저주할 따름이다. 이것이 곧 말과 말 사이에 헤염이다. 랑만(浪漫)이란 말도 곳잘 허길 조하한다. 그러나 랑만이란 그러케 미적지근한 역사(歷史)를 갖어 본 적이 없다. 푸른 꽃[61]을 찾고 호수의 정시(靜謐)를 탐내던 독일의 랑만파로 일즉이 넘우나 열중헌 남아지 어떤 자는 발광하고 혹자는 자살햇다. 지금 우리에게 푸른 꽃이 소용 잇으며 후【호】수의 정일이 아랑곳 잇으리요만은 발광, 혹은 자살을 불리하던 그들의 정열을 안타까웁게 높이 평가허고 싶다. 우리들 가운데 누가 한 번이나 정말로 울어 보왓드뇨 울도록 절망해 보앗드뇨. 尹 서방은 논뚜랑을 비고 울엇노라

(下略)

炫에게 보낸 두껍다란 편지는 서울로 평양으로 돌아다니며 석 장의 부전을 달고 도루 太五를 찾어왓다

61 푸른 꽃 : 독일의 낭만파 시인 노발리스가 지은 미완성 장편 소설. 13세기 초엽의 전설적인 기사 시인인 하인리히 폰 오프터딩겐을 소재로 한 작품으로, 주인공 하인리히가 꿈에 본 푸른 꽃을 찾아 헤매는 과정을 그렸다. 1802년에 발표하였다.

太五가 尹 서방을 장이 여기는 것은 그 후부터다. 지내보니 사람도 듬직하고 첫째 부즈런햇다. 노는 것을 보지 못햇다 하건만 살림은 말 못되게 가난햇다. 그만큼 애착을 가지고 잇는 땅을 버리고 도회지로 품파리 노동자가 되어 가기를 원하기까지에는 그만한 고충이 잇으리라.

太五는 그러케 생각하지만 우수한 농민을 도회지에 빼끼고 싶지 안헛다. 그가 아직 아무한테도 발표는 하지 안헛지만 계획하는 공동 농장의 멤버 — 로도 尹 서방 같은 사람이 필요하거니와 그것은 아직 토지 교섭도 끝나지 안헛음에 차치하고 서투른 농사에 기어히 사람을 하나 두어야 하겟엇다. 그동안 뜨내기 드러온 사람을 하나 두엇다가 그릇만 일허버렷다. 밤에 자다가 이놈이 놋대여 하나와 수까락 여나문[62] 개를 가지고 도망햇던 것이다. 그리고 나서는 적당한 사람이 좀체로 나서지 안허 두지 못하고 아쉽긴 한이 없으나 섯불리 둘 수는 없는 일이오 마음에는 尹 서방을 생각해 왓으나 명색이 그래도 살림이라고 하는 사람을 내 집에 와서 머슴 살아라 할 수도 없어 참아 입을 떼지 못해 오던 차에 尹 서방이 서울로 가는 게 어떠냐 하는 것이엇다.

太五는 한사라고 구지 말렷다. 사실 시골 사람들이 서울 와서 고생밖에 할 것이 또 무엇이뇨.

멫일 생각한 尹 서방은 太五네 집에 와서 內外가 머슴 살기를 쾌이 승낙하고

『그러지만 안에서 조와하실까유』 햇다.

안이라 하는 것은 玉林이 말이다. 그도 눈치 잇는 사람인데 玉林이가

62 여남은 : 열이 조금 넘는 수의.

자기를 사갈같이는 몰라도 적어도 실여하는 줄이야 몰으리요. 太五는 『염려 마우』 햇다.

1940년 1월 19일 석간 4면

봉두메(12)

그리고 玉林이에게는 알아들을 만치 누누이 말햇건만 종시 팔짝 뛰고 말앗다.

太五는 이게 尹 서방 귀에 들어갈까 애태웟다. 玉林이를 잘 달랠밖에 도리가 없다.

『여보 어째서 그러케까지 사람이 실탄 말요 건 당신 잘못이요』

『난 첫인상이 제일야요』

『인상이니 감정이니 해서 그것만을 고집하는 건 소녀 시대의 말이요. 사리를 좀 따저 보우. 첫재 일을 그만큼 봐줄 사람이 쉽지 안쿠!』

『한번 실흐면 어떤 일이 잇든지 실흔 것이 내 생리야요』

『그 생리가 글세 소녀의 생리라니. 인젠 아이 어머니 될 사람이』

『그래도 난 실혀. 내 성격을』

太五는 어이가 없어 우섯다.

『말에 밀리면 당신은 언제든지 우서』

『당신의 음성이 조와 그래우』 玉林은 이 말을 조와햇다. 太五는 안해가 좀 가시게 굴면 이 말을 해서 맘을 눙친[63] 다음 자기의 주장을 내세우는 것이다 이를 太五는 炫에게 말하야 아름다운 外交라 이름 붙엿다

63 눙치다 : 마음 따위를 풀어 누그러지게 하다.

이 아름다운 外交에 玉林은 곧잘 넘어갓다.

『뭐니 뭐니 해도 우리들의 애정이 모든 것을 싸주는 게요 처음에 당신이 얼마나 여기를 실타구 해 왓고 그래두 결국 나를 쫓아 당신이 여기 살지 안소. 모든 것은 사랑이오』 玉林은 기뿜을 감출 수 없어 입 가장자리에 우슴이 살을 잡엇다. 太五는 이것을 간취한다.

『그러니까 尹 서방을 두는 문제도 결국은 당신이 이해하리라 나는 그러케 믿고 나【내】일붙엄 이락두 할 테요 가을일은 바뿌고』

『그것만은 절대로』 허며 玉林은 도리질을 첫다. 사리야 어쨋던 사람이 미운 걸 어쩌느냐 여자의 편승인 데다 玉林은 炫과의 일을 생각하면 열번 부당당[64]이엇다.

太五는 이것으로 안해에겐 족허다 허술하게 생각햇다. 그러므로 다음날부터라도 尹 서방을 오라 햇다. 尹 서방은 먹을 것도 없는데 하로라도 일즉 가는 게 수겟기에 아침 일즉부터 갓엇다.

玉林을 만낫다. 굽신햇다. 저편에선 어떠케 햇는지 모르지만 그래도 살게 된 집의 안낭반을 보고 아모리 한 동네라 하지만 인사 한 마디 못한 것을 尹 서방은 어색하게 알앗다.

玉林은 대번에 太五를 사랑에 쫓아나가 따졋다.

『나는 그래도 한집의 主婦애요』

『이건 또 무슨 소리요』

『내가 그만큼 실타하지 안헛어요』

『뭘 말야』

64 부당당(不當當) : 아주 이치에 맞지 않음.

『尹 서방인가가 오면 내가 나갈 테야요』

太五는 큰 눈을 더 크게 뜨고 위엄을 가추어 안해를 치어다보앗다. 一분 二분 玉林은 문을 그루 박고

『어디 잇게 허나 봐요』 하며 방정맞게 나갓다. 太五는 입맛을 다시며 쓰던 일기장(日記帳)을 덮어두고 일어나 밖으로 나갓다.

尹 서방은 마당 쓸던 비를 쥐고 우두마니 섯다가 太五를 보더니 당황해 햇다. 마당에서 두 사람의 다투는 소리를 들엇던 것이다.

『안에서 그래시는 걸 전 안 잇을내유』

太五는 얼굴 둘 곳이 없엇다. 몸이 떨리는 것을 간신이 참엇다

『尹 서방 이거 애들유 어서 마당이나 쓰슈 어서 공연헌 말』

太五는 안으로 들어갓다. 이러케 하다가는 동냇 사람들헌테 무슨 망신을 당할지 모르겟다. 안해의 그 버릇을 단단이 잡두리하리라 한맘 먹고 들어갓다. 안해를 불럿다. 玉林은 벌서부터 암상[65]이 똑똑 떨엇다. 뜬 소가 달으면 더 무섭다고 太五는 보기만 해도 무서웟다. 그는 입에 침이 마르는 것을 참으며 가장 느린 말씨로 말을 끄냇다.

『거기 앉으유』 玉林은 새근거리며 앉어서 속눈으로 남편을 보앗다. 아즉 그러케 무서운 남편을 본 일이 없엇다.

『아마 모든 것을 결정할 날이 왓는가 싶소. 내가 어째서 이 한적한 두메에 와서 잇는지 당신두 그만 허면 알리다. 내가 다시 허수애비가 돼서 서울 가 산댐 또 몰으겟소. 만은 적어도 여기서 살래는 내게 尹 서방은 훌늉한 동반자요 이두 누누이 내가 당신헌테 말한 거요.』

65 암상 : 남을 시기하고 샘을 잘 내는 마음. 또는 그런 행동.

1940년 1월 20일 석간 4면

봉두메(13)

그런데두 불구허고 당신이 그러케 고집헌댐 인젠 허는 수 없오. 무식한 사람도 아니구. 나는 당신의 소위 개성을 존숭해얀다고 당신역 내게 대해 그만한 맘은 갖어야고. 이래서 난 생각허우. 내가 오늘붙어 사흘 동안 어딜 갓다 오리다. 그동안 당신은 맘대루 허우 서울을 가던 아무데루 가던 그건 맘대루요』

천근 같은 음성이 맺고 끈는 듯 太五는 벌떡 일어섯다. 玉林은 울고 잇엇다. 太五는 가엽기도 햇으나 그러케 한【하】는 것이 더 효과적이라고 이런 강작[66]도 없지 안허 조고만 미련도 없는 듯이 홱 나왓다.

다시 안ㅅ방으로 들어가서

『양복 끄내주우』 했으나 玉林은 울고 잇을 뿐 말을 듣지 안혓다 이때 玉林이 잘못됏던들 또 몰랏다.

太五는 손수 양복을 뒤저 입고 혼인 신고할 제 쓰던 도장이 장 속에 잇길래 얼마 돈과 함게 玉林이 앞에 던지고 집을 나섯다.

그러나 얼마 안 가서 太五는 이런 미비한 말을 생각해 내는 것이엇다. 지금도 지극히 玉林을 사랑한다는 말과 반드시 당신이 나를 이해하리라는 말을 아차 잊은 것을 대단히 후회햇다. 사실 太五는 그랫다. 玉林을 사랑햇다 항상 싸우고 허지만 한번도 玉林을 빼노코는 생활을 생각허지 못햇다.

뭣 때문에 그를 사랑허느냐 묻는 사람이 잇으면 글세요 헐밖에 없지

---

66 강작(强作) : 억지로 기운을 냄.

만 사랑햇다 일종의 종교랄까.

자기 말을 고깍게[67] 듣고 玉林이 정말로 어디로 가고 말앗다. 서울 서울 하던 게니 서울로 갔다 가정한다 하눌이 누 — 래진다. 모든 것이 빛을 일헛다. 이러틋은 太五도 의외다. 정신이 잇다 없나 꼬집어 본다. 아니다. 太五는 자신을 우서 버리고 길을 걸엇다 玉林은 울고 잇엇다 가고 오는 게 그리 쉬운 게 아니다 적어도 여자가. 마음이 편헤진다.

도루 집으로 들어갈까 방【망】서리다가 그래서는 정말로 사내자식의 체면이 어디 됏느냐 이왕 읍에 가서 도급기[68]를 살 일도 잇다 읍까지 갓다 도급기는 내일에나 온다 햇다 다른 때 같으면 읍에서 자고 자기 눈으로 골라 갖이고 사 올 것이로대 太五는 그럴 겨를이 없다.

화낌에 너무 말이 지나쳣다. 玉林이 상심할 걸 생각하면 집에 갈 길 바쁘다. 되집어 집으로 온다. 거진 집에 다 왓다. 집이 남실거린다. 우물에서 물 깃는 여인이 보인다. 동네 아이들를【을】 만낫다.

『너 우리집이 가 봣니』

『안유』 에이 이놈. 바쁜 걸음이다. 동네 할머니가 보구니를 끼고 이리로 나온다.

『어딜 가십니까』

『어디 갓다오시유』

『우리집이 들려보셧읍니까』

『안유』 망할 년의 할미. 그런 줄 알앗으면 빨리나 갓을걸. 집이 몇 발작 안 남앗을 때는 太五는 가슴이 다 설레는 것을 깨달앗다. 집에 들어

67 고깝다 : 섭섭하고 야속하여 마음이 언짢다.
68 도급기(稻扱機) : 농업 벼 따위의 곡식 껍질을 제거하는 기계나 기구.

섯다. 기척이 없다.

『여보!!』

또 한 번 불러 본다.

『玉林이』 뒤겻[69]에서 앞치마에 손을 문질르며 바루 玉林이 나왓다 조금 부끄러웟다.

『도급기가 내일이나 온대』

『炫에게서 편지 왓어』

『언제』

『아까』

『어디』

할빈서 헌 편지엿다. 한숨에 녜리읽엇다. 아무데를 가도 시원헌 게 원래 없다는 말이오 太五와 玉林을 찾어 다시 봉두메로 오고 싶으나 차비가 없다는 말을 극히 감상적으로 쓴 내용인데 맨 끝에 가서는

— 우정과 조흔 공기가 절실히 필요하다 OZONE(오존)이 필요하다 — 햇다. 편지를 다 읽은 大【太】五는 시름없이

『망헌 놈!!』 햇다. 마음이 훈훈해짐을 느꼇다.

봉두메에는 한창 가을이엇다. 하놀이 드높고 저녁놀이 붉엇다 사람들은 보리 갈기에 바뻣다. 그들은 씨를 뿌린다. (끝)

69 뒤곁 : 집 뒤에 있는 뜰이나 마당.

간행사_ 연세근대한국학 HK+ 학술총서를 내면서

우리 연구소는 '근대 한국학의 지적 기반 성찰과 21세기 한국학의 전망'이라는 아젠다로 HK+ 사업을 수행하고 있습니다. '한국학이 무엇인가' 하는 점은 물론 관점에 따라 달라질 수 있을 것입니다. 하지만 개항과 외세의 유입, 그리고 식민지 강점과 해방, 분단과 전쟁이라는 정치사회적 격변을 겪어온 우리가 스스로를 어떤 존재로 규정해 왔는가의 문제, 즉 '자기 인식'을 둘러싼 지식의 네트워크와 계보를 정리하는 일은 반드시 필요한 작업이라고 생각합니다. '자기 인식'에 대한 탐구가 그동안 없었던 것은 아니지만, 현재 제도화되어 있는 개별 분과학문들의 관심사나 몇몇 지식인들을 대상으로 한 제한적인 논의였음을 부인하기는 어려울 것 같습니다. 이러한 현실에서 '한국학'이라고 불리는 인식 체계에 접속된 다양한 주체와 지식의 흐름, 사상적 자원들을 전면적으로 복원하고자 하는 것이 바로 저희 사업단의 목표입니다.

'한국학'이라는 담론 / 제도는 출발부터 시대 · 사회적 영향을 강하게 받아왔습니다. '한국학'이라는 술어가 우리의 입에 오르내리기 시작한 것도 해외에서 진행되던 지역학으로서의 '한국학'이 반향을 불러일으키면서부터였습니다. 그러나 '한국학'이란 것이 과연 하나의 학문으로서 성립할 수 있느냐 하는 질문에 답을 얻기도 전에 '한국학'은 관주도의 '육성' 대상이 되었습니다. 이에 대응하여 실천적이고 주체적인 민족의식을 강조하는 '한국학'은 1930년대의 '조선학'을 호출하였으며 실학과의 관련성과 동아시아적 지평을 강조하기도 하였습니다. 그 가운데 근대화, 혹은 근대성은 서로 다른 맥락에서 '한국학'을 검증하였고, 이른바 '탈근대'의 논의는 의심 없이 받아들여지던 핵심 개념이나 방법론에 문제를 제기하기도 하였습니다.

'한국학'이 이와 같이 다양한 맥락에서 논의되어 온 것은 그것이 우리의 '자기인식', 즉 정체성 문제와 관련되어 있기 때문일 것입니다. 대한제국기의 신구학 논쟁이나 국수보존론, 그리고 식민지 시기의 '조선학 운동'은 물론이고 해방 이후의 '국학'이나 '한국학' 논의 역시 '자기인식'에 대한 시대적 요구에 응답하려는 노력이었을 것입니다. 우리가 '한국학'의 지적 계보를 정리하는 것에 만족하지 않고 21세기의 전망을 제시하고자 하는 이유도, '한국학'이 단순히 학문적 대상에 대한 기술이나 분석에 그치지 않고 우리의 현재를 성찰하며 더 나아가 미래를 구상하고 전망하려는 노력에 직간접적으로 연결된다고 보기 때문입니다. 주지하듯 근대가 이룬 성취 이면에는 깊고 어두운 부면이 있습니다. 그리고 이 명과 암은 어느 것 하나만 따로 떼어서 취할 수 없는 한 덩어리일 가능성이 있습니다. 21세기 한국학은 근대에 대한 성찰을 통해 이 질곡을 해결해야 하는 시대적 요구에 응답해야만 하는 과제를 안고 있습니다.

연세근대한국학 HK+ 학술총서는 이러한 과제를 수행하는 과정에서 나오는 성과물을 학계와 소통하기 위한 시도입니다. 학술총서는 연구총서와, 번역총서, 자료총서로 구성됩니다. 연구총서를 통해 우리 사업단의 학술적인 연구 성과를 학계의 여러 연구자들에게 소개하고 함께 논의를 진정시키고자 합니다. 번역총서는 주로 외국인들에 의해 이루어진 조선 / 한국 연구를 국내에 소개하려는 목적에서 기획되었습니다. 특히 동아시아적 학술장에서 '조선학 / 한국학'이 어떻게 구성되고 작동하여 왔는지를 살펴보려고 합니다. 또한 자료총서를 통해서는 그동안 소개되지 않았거나 불완전하게 알려진 자료들을 발굴하여 학계에 제공하려고 합니다. 새롭게 시작된 연세근대한국학 HK+ 학술총서가 소기의 목적을 달성할 수 있도록 여러 연구자들의 관심과 격려를 부탁드립니다.

2019년 10월

연세대 근대한국학연구소 인문한국플러스(HK+) 사업단